Harlem Quartet

Harlem Quartet... Autant dire qu'il est question de musique dans ce grand roman polyphonique et, plus précisément, de cette musique religieuse noire américaine qui vous parle, vous étreint le cœur, ressemble parfois à un cri surgi du plus profond de la mémoire et de la douleur d'un peuple. « *Les nègres peuvent chanter le gospel comme nul autre parce qu'ils ne chantent pas le gospel, si vous voyez ce que je veux dire. Quand un nègre cite l'Evangile, il ne cite pas : il vous raconte ce qui lui est arrivé le jour même et ce qui va certainement lui arriver demain*... » Et c'est ce sentiment d'urgence dans le malheur, cette présence physique, quotidienne, du tragique, de la fatalité et du religieux, qui émanent musicalement de ce grand livre, l'un des plus ambitieux sans aucun doute de son auteur, et qu'il mit quatre ans à écrire avant de le faire paraître en 1979 aux Etats-Unis.

Baldwin, le plus grand écrivain noir américain? Bien entendu! Mais cette définition est encore un peu limitative. Ses romans, ces véritables « tempêtes romanesques » qu'il élabore, nous parlent tous d'une Amérique rongée par les conflits raciaux, la violence, la misère, l'injustice. Que l'on relise donc *Personne ne sait mon nom, Chassés de la lumière* ou *Si Beale Street pouvait parler!*... Baldwin arpente l'envers du « rêve américain ». Il ne cesse de combattre en faveur des droits civiques et de toutes les minorités raciales. Ami de Martin Luther King, il émigra définitivement en France à la fin des années 60 et se fixa à Saint-Paul-de-Vence. « *C'est une chose de savoir que vous allez mourir, c'en est une autre de savoir que vous pouvez être assassiné.* » *Harlem Quartet* parut pour la première fois en France en 1987, quelques mois avant la mort de l'écrivain...

Un quartette, donc. Il y a Arthur et Hall, les deux frères. Il y a Jimmy et Julia, le frère et la sœur. Leurs trajectoires vont s'entrecroiser comme autant de lignes mélodiques. Le décor? Le Harlem des années 50, avec son crescendo douloureux d'émeutes raciales, d'assassinats clandestins, d'humiliations. Si les Blancs ne figurent pas dans le récit de Baldwin, ils sont néanmoins présents sous la forme des lois, des diktats, des pressions, de l'autorité, de la peur qu'ils exercent. Pour donner la mesure et la tonalité du livre, un narrateur : Hall le sage, l'aîné, le grand frère, celui qui a connu la guerre meurtrière de Corée, qui a fondé une famille et qui va raconter l'histoire, les amours, les échecs et les luttes de ces enfants perdus.

Arthur, le jeune frère de Hall, a été retrouvé mort dans les toilettes des sous-sols d'un pub londonien, Arthur que Hall aimait tant, Arthur à la voix d'or, Arthur le chanteur de cantiques, de gospel et de blues, Arthur la star, l'empereur du *soul*, Arthur le drogué, l'insatisfait, le désespéré, Arthur l'homosexuel malheureux et pathétique, qui pour une fois semblait vivre un émerveillement auprès de Jimmy, le frère de Julia, devenu son pianiste...

(Suite au verso.)

Arthur avait trente-neuf ans. Deux ans plus tard, Hall se souvient. Il remonte le temps bien plus avant, jusqu'à leur enfance auprès d'une mère aimante et compréhensive et d'un père pianiste. Il se souvient de la découverte des dons d'Arthur, de l'amitié avec la famille de Jimmy et Julia. La mémoire lui restitue des moments et des épisodes. Dans le buisson enchevêtré de ses souvenirs, il jongle avec la chronologie. Peu importe ! Il ne s'agit pas pour lui de conduire une enquête mais plutôt de dresser un bilan et, à travers l'existence d'Arthur, de Julia, de Jimmy et des autres, de chercher la clé de sa propre vie.

Et que dire de Julia qui, à sept ans, tout de blanc vêtue, grimpée sur une estrade, prêchait comme un ange et chavirait les foules dans les églises ? Julia est la deuxième figure centrale de la narration de Hall, sans doute la plus bouleversante et la plus énigmatique du roman. Jusqu'à quatorze ans, elle reste une fanatique illuminée, un être autoritaire, arrogant, détesté des trois garçons. A quatorze ans, à la mort de sa mère, la réalité bascule soudain autour d'elle. Son père la viole. Elle se sent à la fois culpabilisée, horrifiée et humiliée. Désormais, sa foi est morte. Elle refuse de prêcher. Commence pour elle son calvaire. L'enfantine Julia au regard aussi vieux que l'Egypte, au sourire de garçon manqué, n'a plus qu'une idée en tête : partir et sauver son frère Jimmy que sa mère lui a confié en mourant. Elle assumera tout, et même au-delà : bonne à tout faire, aide-cuisinière, serveuse, prostituée. Sa mission accomplie, elle partira vivre deux ans en Afrique et deviendra la compagne d'un chef africain à Abidjan, après avoir été la maîtresse de Hall, le narrateur... Toujours les destins qui se croisent et le problème de la négritude, au cœur de l'œuvre de Baldwin ! La réflexion de Hall s'achève. Qu'y a-t-il au bout du chemin ? *« Y a rien du tout au bout de la route, que nous »*, répond Hall, alias Baldwin, *« et puis je me réveille, et mon oreiller est trempé de larmes. »* Ou peut-être que si, tout de même, il y a quelque chose, semble nous suggérer l'écrivain, il y a l'acceptation de notre propre regard et une farouche volonté de vivre.

Nicole Chardaire

JAMES BALDWIN

Harlem Quartet

TRADUIT DE L'AMÉRICAIN
PAR
CHRISTIANE BESSE

STOCK

Titre original :

JUST ABOVE MY HEAD

Du même auteur

PERSONNE NE SAIT MON NOM, Gallimard, 1963.
FACE À L'HOMME BLANC, Gallimard, 1968.
L'HOMME QUI MEURT, Gallimard, 1970.
LE RACISME EN QUESTION (avec Margaret Mead), Calmann-Lévy, 1972.
CHASSÉS DE LA LUMIÈRE, Stock, 1972.
LE JOUR OÙ J'ÉTAIS PERDU..., Stock, 1973.
CHRONIQUE D'UN PAYS NATAL, Gallimard, 1973.
SI BEALE STREET POUVAIT PARLER, Stock, 1975.
LE COIN DES AMEN, Gallimard, 1983.
JIMMY'S BLUES (poèmes), Actes Sud, 1985.
MEURTRES À ATLANTA, Stock, 1985.

LIVRE PREMIER

AIE PITIÉ

« Travaille, car la nuit va venir. »

(Traditionnel.)

Daniel
vit la pierre
qui fut
arrachée à la montagne
Daniel
vit la pierre
qui fut
roulée dans Babylone
Daniel
vit la pierre
qui fut
arrachée à la montagne
et détruisit
le royaume de ce monde !

(Traditionnel.)

CETTE saloperie de sang jaillit d'abord à travers ses narines, puis fit vibrer les veines de son cou, explosa en torrent écarlate dans sa bouche, atteignit ses yeux, l'aveugla et le fit choir, choir, choir, choir, choir.

Le coup de téléphone n'entra pas dans ces détails, le télégramme non plus qui réclamait mon arrivée de toute urgence parce que mon frère était mort. Laconique, la presse britannique nota simplement qu'un « chanteur nègre style mur des Lamentations, quasiment oublié » (c'est ainsi que la presse britannique décrivit mon frère), avait été retrouvé mort dans les toilettes au sous-sol d'un pub londonien. Personne ne me raconta comment il était mort. La presse américaine parla du décès d'un chanteur de gospel « plein de sensibilité » à l'âge absurde de trente-neuf ans.

Il perdait ses cheveux, cette jungle sénégalaise de tignasse, je le savais. Jimmy n'était pas avec lui ; Jimmy l'attendait à Paris pour le ramener ici. Julia avait préparé leurs chambres, chez elle, à Yonkers.

Moi, je restai auprès du téléphone. Je contemplai cette merveille de la technique humaine, le téléphone. Le téléphone au chevet de mon lit était noir — comme moi, je crois avoir pensé, Dieu sait pourquoi j'ai pensé ça à supposer que je l'aie fait. Le téléphone de la salle de bain était gris. Le téléphone de la cuisine était bleu, bleu ciel.

Le soleil brillait ce matin-là, comme je n'ai jamais vu le soleil briller.

On l'avait retrouvé gisant dans une mare de sang — pourquoi dit-on une mare ? —, une tempête, une violence, un prodige de sang : son sang, le sang de mon frère, le sang de mon frère, le sang de mon frère ! *Mon sang,* le sang de mon frère, *mon* sang, le sang d'Arthur, imbibant la sciure d'une pissotière dégueulasse dans le sous-sol crasseux d'un pub londonien crasseux.

Oh. Non. Arthur. Je crois que j'ai ri. Je crois que je n'ai pas pu pleurer. Mon frère.

La maison était vide. Ruth faisait des courses, Tony et Odessa étaient à l'école. Un jeudi matin.

Mon frère. Sais-tu, ami, comment un frère aime son frère, sais-tu l'extraordinaire, le péremptoire face à face avec la vérité que recèle ce simple mot ? Simple. Mot. Oui. Non. Tout devient irréfutable, indéchiffrable, devant un événement encore plus inimaginable que sa propre mort. *C'est* votre propre mort, qui prend place bien au-delà des confins de votre propre imagination. Ou, en tout cas, bien au-delà des confins de mon imagination. Et sais-tu, sais-tu, combien mon frère m'aimait ? comme il m'aimait ! Et sais-tu que je ne le savais pas ? N'osais pas le savoir : le sais-tu, toi ? Non. Non. Non.

Je regardai et je regardai et je regardai le téléphone : je regardai le téléphone et je regardai le téléphone. Le téléphone demeura silencieux. C'était le téléphone noir. Je titubai jusqu'au téléphone gris, dans la salle de bain. Peut-être ai-je pensé qu'il aurait pitié de moi si je m'asseyais humblement sur le trône. Rien ne sortit de moi, pas même de la pisse, et le téléphone ne sonna pas. J'allai vers le téléphone bleu ciel dans la cuisine et je le contemplai et le recontemplai : il me contempla aussi par-dessus son arc-en-ciel bleu et il ne sonna pas, il ne sonna pas, il ne sonna pas !

Il ne sonna pas. Comment peux-tu me faire ça, comment peux-tu me dire ce que tu viens de me dire et maintenant rester planté comme ça *par-dessus ce putain de bon Dieu d'arc-en-ciel* ! et te taire ? Oh. Si tu étais un homme comme moi. Oh. Oh. Oh. Arthur. Parle. Parle. Parle. Je sais, je sais, je n'ai pas toujours été gentil avec toi, je gueulais quand je n'aurais pas dû gueuler, j'étais absent quand j'aurais dû être présent, je sais, je sais ; et parfois tu m'emmerdais à plein tube et j'en avais ras le bol de tes histoires et je connaissais toutes tes petites ficelles à la con, vieux, et comment tu roulais les gens — mais ce n'est pas vrai, en fait, tu ne roulais pas vraiment les gens, tu chantais, tu chantais, et, s'il existait une escroquerie quelque part, ce sont les gens qui te roulaient, mon frère, parce qu'ils ne savaient pas qu'*ils* étaient la chanson et le prix de la chanson et la gloire de la chanson : tu chantais. Oh mon Dieu mon Dieu mon Dieu mon Dieu mon Dieu, oh mon Dieu mon Dieu mon Dieu oh non non non, mon Dieu mon Dieu mon Dieu mon Dieu, abandonnez-moi si vous voulez et je m'en tape mais rendez-moi mon frère, mon Dieu mon Dieu mon Dieu mon Dieu mon Dieu !

Je ne pleurai pas. Rien ne sortit de moi, pas même de l'eau. Je restais con et nu comme un ver sous la douche. Je m'épongeai et me rasai — très très lentement, très très soigneusement : je rasai quelqu'un d'autre. J'examinai mes yeux : c'étaient les yeux de quelqu'un d'autre. Je me peignai. Le téléphone ne sonna pas. Bientôt il me faudrait soulever l'appareil, faire un numéro et prendre un avion. London Bridge s'écroule. *My Fair Lady*.

Ruth me retrouva nu, allongé sur le dos, sur le sol de la salle de bain, le rasoir à la main : et le téléphone sonnait.

Deux ans ont passé : si Arthur était vivant aujourd'hui, il aurait près de quarante et un ans. Je suis l'aîné et j'aurai quarante-huit ans cette année.

Je m'appelle Hall : Hall Montana. Je suis né en Californie mais Arthur est né à New York et nous avons grandi à New York.

Notre père, Paul, est mort depuis plusieurs années — il est mort, je pense, d'avoir traversé un continent pour se retrouver à New York. Il était né à Tallahassee, avait grandi à La Nouvelle-Orléans et avait mené une vie dure, très dure, en Californie. Il est mort en tout cas pendant qu'Arthur était encore Arthur, Dieu merci ; il avait quitté la scène avant le déclin d'Arthur. Florence, notre mère, une fois Arthur enterré, retourna à La Nouvelle-Orléans — où Paul et elle s'étaient rencontrés — et elle y habite à présent, chez une de ses sœurs cadettes. Ruth et moi, et les mômes, essayons d'y aller une quinzaine de jours chaque été, et parfois je ramène Maman pour Noël. Mais elle ne se plaît pas ici. Peut-être qu'elle ne s'y est jamais plu — mais maintenant, quand elle vient, je sens bien qu'elle accuse le coup. Elle ne dit rien, la douleur est au tréfonds de ses yeux. Je la surprends parfois quand elle est simplement assise, immobile, en train de regarder la télévision ou par la fenêtre, ou encore quand elle marche dans la rue. Elle n'aime pas aller à l'église ici. Elle dit que les gens n'ont pas d'âme, que leur religion n'est que bruit et spectacle ; qu'ils ont perdu la véritable religion. C'est peut-être vrai. Je ne vais pas à l'église. Mais, même si ce qu'elle dit est juste, et je me souviens aussi comment ces gens ont traité Arthur quand il a fait autre chose que du gospel, ce n'est pas la raison. N'importe quelle église ici pourrait bien avoir Jésus au bout du fil jour et nuit que Maman ne s'abaisserait jamais à s'approcher de ce téléphone. Non, jamais. Elle n'aime pas cette ville parce qu'elle lui a volé son fils et elle sent que les gens d'Église, quand ils se sont dressés contre lui, sont devenus directement responsables de sa mort. Mais elle va à l'église chez elle, dans le Sud, là où elle peut pleurer et prier, loin des gens méprisables dont les langues venimeuses ont mis en pièces son enfant. Elle peut chanter toute seule, sans crainte qu'on se moque d'elle et trouver force et consolation dans l'hymne qui dit : « Ils ne savaient pas qui Tu étais. » Et alors, là, elle ne chante pas seulement Jésus, elle chante son fils. Peut-être tous les chants gospel sont-ils nés du blasphème et de la présomption — ce que l'Église appellerait blasphème et présomption : s'identifier à la souffrance de Dieu et la faire sienne, s'identifier à sa propre souffrance et mettre le Tout-Puissant au défi d'accorder ou de refuser sa miséricorde. Nous serons deux au pied de la pitié : *mon Dieu et moi !*

Deux ans ont passé. Et je n'en ai jamais réellement parlé : ni à Ruth, ni à mes enfants, Tony et Odessa (qui adorent leur oncle), ni à Julia, ni à Jimmy. Et ils ne peuvent pas en parler tant que je n'en parle pas.

Je sais que j'ai tort de les piéger dans mon silence. Peut-être est-ce en partie parce que je fus l'imprésario d'Arthur. J'ai dû parler de lui pendant des années, de son vivant et puis, après sa mort, comme d'une propriété, comme d'une star : je devais le protéger parce que, Dieu me pardonne, ce petit con de nègre ne savait pas se protéger lui-même. Ça me faisait craindre de le perdre en tant que frère : qu'il puisse penser que je le considérais aussi comme la boîte de conserve que n'importe qui pouvait acheter et que tout le monde vendait — et trahissais, mec, pour de drôlement jolis profits.

Je ne crois pas qu'il me voyait ainsi. Je sais que non. Sinon, il serait mort bien plus tôt. Je le sais parce que je sais qu'il n'a jamais essayé de me cacher quoi que ce soit, bien que, à l'occasion, il essayât de me protéger aussi. Je sais que je l'aimais et il le savait. Je l'aimais, de tout mon cœur. Même quand parfois il me foutait tellement en rogne que j'avais envie de le réduire en bouillie. Il se rendait la vie si dure. Enfin. Ce n'est pas vrai, non plus. Il vivait la vie qu'il vivait, comme tout le monde, je pense, et il payait son dû comme tout le monde. Peut-être ce que je veux dire par « il se rendait la vie si dure », c'est qu'il essayait toujours de payer son dû d'avance. Ce qui n'est pas toujours possible : on pourrait même appeler ça une mauvaise habitude. Peut-être que certains dus sont payés. Certains dus peuvent n'être qu'un mauvais souvenir mais vous ne pouvez pas en être certain à moins de pouvoir faire confiance à votre mémoire. La vérité, en tout cas, c'est que je me taperais complètement de toutes ces spéculations abstraites si je n'essayais pas de parler de mon frère. Il était sur la scène. Il était sous les feux de la rampe et c'est ainsi que je le voyais : plus clairement que je ne me verrai jamais moi-même.

J'ai fait ce rêve ce matin, ce dimanche matin, juste comme je commençais à émerger des profondeurs du sommeil, juste à ce moment, dans ces profondeurs, j'entendis Ruth soupirer et se tourner vers moi et, dans mon sommeil, dont je commençais à remonter, je me suis tourné vers elle.

Mais le rêve me tenait encore. Nous étions ensemble, moi, Arthur et Jimmy et Julia quelque part, dans un endroit absurde comme Disneyland ou Coney Island. Pourtant, les enfants n'étaient pas avec nous. Il faisait nuit et Jimmy disait quelque chose à Arthur, quelque chose de drôle que je n'ai pas saisi parce que, à ce moment précis, j'ai senti Ruth remuer.

J'ai vaguement bougé pour que Ruth puisse se rapprocher autant qu'elle le voulait, plus près, plus près : j'attendais. J'attendais. Arthur répondit à Jimmy et Julia brandit entre eux deux un beignet recouvert de sucre glace et Ruth posa sa tête sur ma poitrine et ma main s'emmêla dans les cheveux de Ruth. Julia lança le beignet en l'air et alors ma mère arriva — elle apportait des plats pour le petit déjeuner — et elle dit : *Il vaut mieux que tu laisses ce beignet là-haut où il est à sa place. Tu ne connais pas les beignets comme je les connais.* Puis nous sommes tous allés à la campagne. J'étais dans une camionnette qui grimpait une colline. Il y avait des tas d'arbres sur la colline. Arthur était sur la route avec ses grandes tatanes qui soulevaient la poussière. Il courait pour rattraper la camionnette. Il n'était qu'un petit garçon d'environ cinq ans et il pleurait et de la morve lui pendait au nez. J'essayais d'arrêter la camionnette mais je ne savais pas comment. Je n'arrivais pas à me faire entendre du conducteur. Chaque fois que je tentais de remonter à quatre pattes la plate-forme pour aller frapper sur la vitre de la cabine et supplier le chauffeur d'arrêter et de me laisser ramasser mon frère, la camionnette se mettait à cahoter et à zigzaguer sur la route en me rejetant d'un bord sur l'autre.

Arthur continuait à pleurer et à crier et les arbres se rapprochaient derrière lui ; certains arbres s'étaient avancés tout à côté de lui et un petit nombre se trouvait déjà devant lui. Je décidai de sauter du véhicule et je saisis un arbre pour amortir ma chute mais l'arbre s'écarta de côté. J'essayai de m'accrocher à un autre mais il me rejeta contre la vitre de la cabine. J'étais résolu à sauter et je rampai sur mon ventre jusqu'à l'avant de la plate-forme mais alors la camionnette fit un bond en entamant une descente raide et me rejeta de nouveau complètement en arrière. Les arbres riaient : j'entendais toujours Arthur crier. Je rampai, rampai, rampai jusqu'à l'extrême bord de la camionnette et la camionnette descendit à toute allure la colline et alors l'eau me submergea, de l'eau grise, salée. Ma mère mesura de la levure dans une tasse. Elle dit : *Non. Pas comme je les connais,* et diminua la température du four dans lequel cuisait le gâteau. Je courus, je courus et montai dans le métro juste avant que les portes ne se referment. Toute une foule de gens me regardait, des Blancs pour la plupart, mais il y avait deux frères dans la voiture aussi. Je ne les connaissais pas et je me dis, bon eh bien merde, si vous devez tous faire cette gueule, je vais être mon propre barman et je suis allé me verser une grande vodka Martini. Et puis j'en ai versé une autre parce que j'ai pensé qu'Arthur aurait besoin d'un verre et Arthur m'attendait dans le compartiment voisin. J'entrepris de fendre la foule en essayant de ne pas renverser les deux grands verres glacés et Arthur se mit à chanter « Dieu si précieux, prends ma main » et j'ai cru qu'il était dans le compartiment voisin mais une femme dit : *Non, il est chez lui, chéri. Il est chez lui.* J'étais si heureux d'entendre la voix de mon frère, une voix qui pouvait monter assez haut pour vous faire frissonner et descendre assez bas pour vous faire gémir que j'en pissai presque dans mon pantalon, et puis, juste alors, le métro s'arrêta sur mon toit et j'en sortis en courant et descendis l'escalier avec mes deux dry Martini à la main. Mais j'ignorais derrière quelle porte se trouvait Arthur. J'aurais voulu frapper, mais avec un verre dans chaque main, je ne pouvais pas frapper. Le parquet était si tordu que j'avais peur que les verres ne se renversent si je les posais par terre. Je flanquai un coup de pied dans une porte qui s'ouvrit soudain : qui s'ouvrit tout à coup, comme ça, sur le ciel. Je perdis l'équilibre. Je m'arc-boutai en arrière mais mes pieds se mirent à glisser par-dessus le rebord et dans l'espace. Puis Ruth remua et posa ses lèvres sur ma poitrine. Alors, dans mon sommeil, je m'approchai d'elle, je me tournai vers elle, je m'accrochai à elle, et repris mon équilibre ; quelque part entre le sommeil et l'éveil, je commençai à caresser ma femme et ses soupirs, ses gémissements me tirèrent de mes profondeurs. Je tremblais. Ses doigts, sur mon dos, entreprirent de calmer mes tremblements. Mes bras la serrèrent, ses cuisses m'encerclèrent, ses pieds chatouillèrent mon cul, les poils de la raie de mon cul. Elle s'ouvrit, j'entrai ; j'entrai et elle s'ouvrit. Ses caresses emportèrent mon rêve, elle me fit revenir à elle, elle me réveilla, ses caresses m'éveillèrent au tourment et lentement, lentement, comme si elle se préparait à le porter précautionneusement sans en renverser une seule goutte (je songeais aux deux dry Martini !), elle ramena le rêve du fond de mon ventre au bout de mon sexe. Je fus si reconnaissant, reconnaissant, j'éprouvai une telle gratitude, et je m'accrochai à ma femme qui me tint serré et m'attendit, et puis, après un moment, un très long moment, je déchargeai tout en elle, je déchargeai le chagrin et la terreur et le voyage en elle, puis je m'étendis sur sa poitrine, tenu comme un homme et bercé comme un enfant, libre.

Ruth se leva et je la regardai s'éloigner de moi vers la salle de bain. Ruth est une grande môme lourde, d'une couleur entre l'acajou et le cuivre, avec une tignasse de paille de fer qui commence à grisonner. Je regarde toujours ses fesses quand elle bouge — elle dit que je suis un obsédé du cul. Ses fesses sont grosses mais fermes et lourdes et superbes — *juteuses,* dis-je parfois et c'est alors qu'elle m'appelle l'obsédé du cul.

Je ne savais pas l'heure qu'il était. Puis je me souvins que je n'avais pas à me lever ce matin-là, c'était dimanche. Tony et Odessa avaient passé la nuit chez Julia. Ruth s'apprêtait à aller les chercher. Elle m'appellerait de là-bas, plus tard.

Elle dirait : « Comment tu te sens, mon bébé ?

— J'ai sûrement pas envie de conduire.

— Ça ne te change pas. C'est pourquoi j'ai pris la station-wagon. Juste au cas. Mais allons, fais un effort, bébé, Julia adorerait te voir et les enfants sont toujours ravis quand tu viens les chercher. Tony rentre avec toi et Odessa avec moi et, tu le sais, ça leur donne l'impression d'avoir chacun de vrais secrets d'adulte bien à eux. »

Elle rirait.

« En fait, Odessa préférerait rentrer avec toi mais Tony grandit beaucoup en ce moment et il ne veut rien avoir à faire avec les filles, ni sa maman, et certainement *pas* sa sœur. »

Tony a quinze ans. Je n'ai absolument pas l'impression qu'il sera jamais costaud, comme Ruth ; mais Ruth dit que si. Ruth n'est pas grosse. Elle a une solide charpente. Elle dit qu'à l'âge de Tony, elle était bien pire que lui et qu'elle n'avait que la peau sur les os. Pour l'instant Tony ressemble à un Meccano en pièces détachées. Il pourra devenir un train ou une gare ou un gratte-ciel ou un camion ou un tracteur ou une pelleteuse à vapeur, tout dépend de la main qui le montera. La guerre que se font les chevilles du pauvre gamin les a mises à vif et, de temps à autre, les chevilles paraissent attaquer les genoux qui sont dans un état lamentable. Les jointures, les poignets, les coudes et les omoplates de Tony sont tout bonnement un immense champ magnétique pour les plus brutaux de tous les objets inanimés de ce monde. J'ai vu des tables et des pieds de table se jeter sur lui ; les fenêtres ouvertes, quand il les touche, se font guillotines ; les seuils de portes se marrent quand ils le voient arriver, les escaliers le guettent avec une folle impatience. Je souffre pour cet enfant dès que je le vois bouger. Il n'a pas de chair sur les fesses non plus : en fait il n'a pas de derrière du tout et les planchers, surtout les vieux avec des échardes, refusent de lui foutre la paix.

Pourtant, il peut danser — très très bien, je trouve ; c'est drôle de voir toute cette gaucherie transformée, transcendée au-delà des os par quelque chose que mon fils entend dans la musique. Il a d'énormes yeux noirs — comme son oncle Arthur — et des cheveux de quelque part entre l'Afrique du Mississippi, d'où vient Ruth, et l'Afrique, teintée d'Inde, de la Californie d'où je viens. Il ressemble plus à sa mère qu'à son père. Il a les pommettes hautes de Ruth et sa grande bouche, mais il a mes narines et mon menton.

J'ai le sentiment dérangeant d'être probablement un mauvais père — mon fils est fait de vif-argent, moi pas — mais j'espère que ce n'est pas l'avis de Tony. Je ne sais pas si mon fils m'aime — on a toujours l'impression d'avoir commis de très grosses erreurs — mais je sais que j'aime mon fils. Je le sais un peu parce que j'aimais mon père : je sais que les deux choses n'ont pas nécessairement de rapport. Je me suis efforcé d'être un bon fils -- mais je ne sais pas : mon père avait été formé dans un monde que je n'ai jamais vraiment connu. Je me suis efforcé d'être un bon frère pour mon frère aussi — mais je ne sais pas. Arthur vivait dans un monde dont je n'ai eu que de brefs aperçus, parfois, à travers lui : je n'en ai jamais vraiment bavé dans ce monde-là, pas comme il l'a fait, lui. Mais je ne suis pas davantage certain que les gens qui vivent dans le monde d'Arthur aient été très bons pour lui. J'ai toujours senti qu'il y avait en Arthur quelque chose qui les effrayait.

Tony n'est pas non plus très gentil pour sa sœur, autant que j'en puisse juger. Odessa a treize ans. Tony et elle ne s'accordent sur rien, sauf sur le fait que le sexe de l'autre est détestable, si l'on peut appeler ça s'accorder. *Odessa, je vais te tuer !* ai-je un jour entendu Tony hurler dans la cuisine, pendant que Ruth et moi nous trouvions dans le salon. J'ai levé la tête. Ruth m'a regardé. Elle a crié : « Si vous ne sortez pas de cette cuisine tous les deux, je vais venir vous faire la peau illico ! Et j'ai le couteau à découper. Maintenant, venez ici. Si vous ne pouvez pas vous tenir tranquilles, allez vous coucher. Seigneur Dieu ! » Et elle s'est replongée dans son bouquin.

Mais parfois ils semblent s'entendre parfaitement, surtout quand ils sont tous deux furieux contre nous. Odessa sera très belle. J'en ai toujours été convaincu alors que je n'ai jamais très bien su à quoi ressemblerait mon fils. Pour moi, mon fils tient davantage de sa mère. Odessa ne tient vraiment de personne — enfin, peut-être de ma mère, un tout petit peu. Mes ancêtres indiens ont gracieusement dessiné le nez d'Odessa et taillé légèrement ses yeux en amande. On peut dire qu'elle a mon front. Et je suis plus grand que Ruth mais pas aussi costaud ; les gens me prennent probablement pour un agréable gandin à la peau brun foncé, bâti un peu léger et commençant tout juste à prendre du poids. Odessa sera très belle, et grande comme moi. Comme je l'ai déjà dit, j'ai quarante-huit ans. Ruth en a quarante-deux. Nous nous sommes mariés quand elle en avait vingt-sept et qu'elle était enceinte de Tony. J'avais alors trente-deux ans.

Ruth est le premier engagement que j'aie jamais pris, en dehors de mon engagement à l'égard d'Arthur, et cet engagement n'a été rendu possible que parce que, m'aimant, elle savait combien j'aimais mon frère, et m'aimant, elle aimait Arthur aussi.

À présent, ni réveillé, ni endormi, j'écoutais tandis qu'elle terminait sa toilette. Ni réveillé, ni endormi, je savais qu'elle était en train de s'habiller.

Nous vivons dans une assez vieille maison de pierre, à la limite du Bronx, près de Yonkers ; et Julia habite Yonkers. J'étais l'imprésario de mon frère et je suis toujours dans le show-business. J'ai acheté la maison au cours d'une des années les plus spectaculaires d'Arthur, une des toutes dernières, avant que j'aie à faire face au commencement de la fin de mon frère. Arthur avait parlé d'acheter une maison à Istanbul — il avait été là-bas plusieurs fois, soit pour travailler, soit pour se reposer et il s'y plaisait. C'était une idée dingue que je n'encourageais pas plus que je ne la décourageais. Heureusement, il s'était mis en ménage avec Jimmy à ce moment-là et Jimmy était d'accord avec moi : ce citoyen américain particulier ne serait pas longtemps capable de garder sa liberté dans la ville principale d'un satellite américain avec des frontières à la fois sur la Grèce et la Russie, pour n'en nommer que deux. Il y serait réduit à une mort solitaire ; sa chanson s'éteindrait. Je me foutais complètement qu'Arthur achetât une maison à l'est de l'enfer, Tahiti ou Trifouillis-les-Oies. Mon rôle était de m'assurer qu'il avait le fric pour payer sa maison — il n'y habiterait jamais de toute façon — parce qu'il travaillait nom de Dieu assez dur pour gagner de quoi se payer n'importe quelle connerie dont il avait envie. Je m'entendis un jour crier à un trouduc de producteur blanc qui me faisait d'un ton mielleux tout un plat à propos du problème que posait la vie privée de mon frère : *S'il aime les garçons, alors achetez-lui-en une baignoire pleine, vous entendez ? Achetez-lui-en une cargaison ! Qu'est-ce que vous aimez, vous, bordel ?* Je n'oublierai jamais la gueule de ce mec : il y a des gens qui vous regardent comme si vous aviez pété quand vous essayez de leur dire la vérité ou quand ils comprennent que vous venez d'exprimer exactement votre pensée. Et je me rappelle lui avoir dit, en simple justice à l'égard d'Arthur : *De toute manière, ce n'est pas exactement le problème de mon frère* et ça ne l'était pas. J'ai acheté cette maison en pensant à Arthur, elle était censée être l'endroit où Arthur pourrait toujours venir se réfugier. Mais il ne l'entendait pas ainsi, il refusait que son chagrin entamât ma vie ou menaçât celle de mes enfants.

Je dis, c'est drôle comme nous n'en parlons jamais, mais ce n'est pas vrai. Ruth ne peut pas en parler, personne ne peut en réalité en parler jusqu'à ce que *moi* je puisse en parler. J'ai été si occupé à protéger Arthur, à tenir la presse à distance, à courir la moitié de ce putain de globe — j'ai été si occupé à enterrer mon frère convenablement que je n'ai guère eu le temps de pleurer, encore moins de parler.

Ruth entre dans la chambre ; elle est habillée et les talons de ses escarpins du dimanche cliquettent légèrement. Elle se penche sur moi. Elle porte son tailleur d'automne vert et un manteau gris clair. Elle est tête nue — elle semble m'offrir en cadeau cette merveilleuse chevelure bouclée, gris foncé. Elle s'est légèrement maquillée et parfumée. J'aime son odeur. J'aime son allure.

« Il y a des choses au chaud dans le four. Tu n'auras qu'à brancher la cafetière. Le café est tout prêt. »

Je l'embrasse. Elle me tire un peu les cheveux et se redresse.

« Rendors-toi. Je t'appellerai à temps.

— O.K., Mama. »

Je la regarde et je sens de nouveau monter en moi cette gratitude éperdue que j'ai éprouvée ce matin dans ses bras.

« O.K. Mais, tu sais, je n'aurais peut-être pas envie d'aller jusque chez Julia. Je vais peut-être rester traîner à la maison.

— On verra. De toute manière, je te téléphone. O.K. ?

— O.K., beauté.

— À plus tard », dit-elle et elle m'embrasse encore avant de partir. J'entends la porte se refermer doucement derrière elle.

Je gisais là, dans une torpeur qui n'était pas physique, une torpeur intense dans les profondeurs de laquelle quelque chose prenait son élan et s'apprêtait à sauter. *Ruth.* Parfois, surtout quand nous étions jeunes mais même aujourd'hui, je me réveille alors qu'elle dort encore et je la regarde. Je regarde tout ce que je peux physiquement, avec mes yeux, voir d'elle : c'est-à-dire son corps. Pourtant, des antennes invisibles captent quelque chose de plus profond que ne le peuvent mes yeux. Je suis heureux avec elle, voilà tout. J'avais toujours ignoré que je pourrais être heureux. Cela ne m'était jamais venu à l'idée : je ne l'avais jamais envisagé. Dieu sait, dans cet univers du chanteur de gospel, je ne connaissais personne qui fût heureux : les musiciens, les autobus, les costumes, les propriétaires de théâtre, les églises, les pasteurs, les diacres, les chœurs, les imprésarios, les chambres d'hôtel, les voitures, les bus, parfois les trains, finalement les avions, les horaires foutus en l'air, les nerfs foutus en l'air, Red, Crunch, Peanut et Arthur au début de leur quartette quand Arthur, à quinze ans, était premier chanteur. *Jésus est tout mon univers connard tiens ma petite lumière oo-ba oo-ba merde mec oo-ba oo-ba si je ne récupère pas mon fric Al-lee-lou-ou-ya ! Je ne veux pas entendre ce bruit Jésus je n'oublierai jamais tu vas être obligé de te payer un trou de balle tout neuf vous ne pouvez pas le couronner jusqu'à ce que je oo-ba oo-ba boum boum boum ouais et qu'est-ce que tu dirais jusqu'à ce que j'arrive là-bas d'un zizi tout neuf et quand l'appel est pourquoi? Tu n'aimes pas être appelé là-bas oo-ba oo-ba peau de balle mon vieux pas de cachette! Pas plus? Jésus, je n'oublierai jamais mec ça me plaît ah ils me disent ces nénés mec oo-ba oo-ba oh arrête Mama un jour sans nuage plus bas comment vous sentez-vous vieux quand vous ouais bébé continue sortez c'est même pas à moitié dur du désert oh mec! appuyé reste ici appuyé ouais une chouette nana oo-ba oo-ba appuyé oh espèce de monstre appuyé sur c'est-y pas chouette appuyé sur maintenant le Seigneur reviens ici jusqu'à ce que le vieux ouais tu restes navire ici même de Sion ça va être merveilleux mon âme je vais te faire goûter se tourne un petit peu vers Toi.*

Seigneur. Et pourtant: la foi les guidait.

J'allumai une cigarette et me tournai sur le côté, respirant le souvenir de l'odeur de Ruth, contemplant la place où son corps avait reposé — je suis heureux avec elle. Chaque centimètre de son corps est pour moi un miracle, peut-être parce que son corps m'a tant appris sur le miracle du mien. Parfois, quand je me réveille avant elle, je reste allongé comme à présent et je l'observe: les pieds carrés qui adorent marcher sur la terre nue, les orteils courts, patients. Et je les embrasse. À genoux, j'embrasse ses jambes, ses cuisses, mes lèvres, ma langue remontent sur son sexe, son nombril, ses seins, son cou, sa bouche, et je la tiens entre mes bras comme un immense et lourd trésor. Moi, en tout cas, je remercie Dieu d'être sorti du désert. Mon âme crie alleluia et je rends grâces à Dieu.

J'éteins ma cigarette. Je m'endors.

Un coup de tonnerre éclata dans ma tête, un tonnerre stupéfiant, et je me réveillai. Mon plafond blanchi à la chaux, avec ses lourdes poutres apparentes, était sur le point de m'écraser — n'était plus qu'à cinq centimètres juste au-dessus de ma tête. Ce poids écrasa, étouffa le hurlement dans ma poitrine. Je fermai les yeux : un réflexe. Puis je les rouvris. Le plafond s'était relevé pour se remettre là où il avait toujours été. Je clignai les paupières. Le plafond ne bougea ni vers le haut ni vers le bas. Il paraissait fixé là pour toujours, comme le ciel dehors, fixé, pour l'éternité, juste au-dessus de ma tête.

Et je tremblai comme je n'avais jamais encore tremblé de ma vie. Mon plafond ne réussira pas à repousser ce ciel pour l'éternité. Ce ciel sera là juste au-dessus de ma tête pour toujours, bien après que mon plafond se sera écrasé, et longtemps après que je serai descendu sous ce ciel plus sombre, la terre, qui a porté mon poids jusqu'à cette heure. Ce ciel plus sombre, la terre, me décapera jusqu'à l'os puis me réduira en poudre : en poudre dans les entrailles de la terre. Mes entrailles à moi grondèrent de pure terreur et je me levai. Ma pisse et mon caca qui y tombaient quotidiennement faisaient déjà partie de la terre. Chaque jour une parcelle de soi tombe dans ces ténèbres, y accumulant patiemment les termes d'un ultime rendez-vous : un jour, votre caca tombera dans la terre une heure ou deux, ou peut-être moins, avant que vous ne l'y rejoigniez.

Arthur chantait quelquefois la parodie d'un vieux cantique :

Je suis allé chez la gipsy
et elle a dit
tu reconnaîtras ton amant
par le son de sa voix
chut chut, dit-elle
quelqu'un appelle
ton nom !

Bon, eh bien, là en dessous, tu te reconnaîtras à ta puanteur et tu te rendras à ton rendez-vous en suivant ton nez. Ce rendez-vous, il a été pris dans le ventre de ta mère, avec la pisse et le caca de ta mère, et avant ça avec la nourriture que mangea ton père et qui donna à son sperme sa texture et son goût, et longtemps, bien plus longtemps encore avant ça, et le terrible, le sacré, l'inévitable rendez-vous continue longtemps, longtemps, longtemps après, pour toujours. J'ai pensé, en m'essuyant et en tirant la chasse, en regardant mes sombres messagers emportés par le tourbillon des flots, en faisant couler l'eau pour me laver les mains et me préparer à me raser, en me regardant dans le miroir, j'ai pensé au verset de la Bible que préférait Arthur: *Oh, Seigneur,* disait souvent Arthur, parfois avec un sourire, parfois avec des larmes, *nous sommes Votre œuvre terrible et merveilleuse. Une telle science est trop merveilleuse pour moi.*

J'ai le sentiment paralysant que l'instant où mon plafond m'a paru descendre pour m'écraser ne me quittera jamais. Je n'ai plus confiance en mon plafond, je n'aurai plus jamais confiance en lui, et c'est consciemment que je ne le regarde pas lorsque je reviens dans la chambre. Je n'essaye même pas de me moquer de moi à ce sujet. J'ai bien trop peur pour essayer de me moquer. J'ai bien trop peur pour trouver une consolation dans le fait que la descente du plafond n'était rien de plus qu'une illusion d'optique, due à la fatigue, à ma vue qui baisse.

Je viens de rues où la vie elle-même — la vie elle-même ! — dépend d'un minutage d'une précision infinie, où la perception doit être plus rapide que la vitesse de la lumière. J'ai passé un bon bout de ma vie sur des toits. Je n'ose pas me recoucher. De mauvaise grâce, je m'habille et fais face à ce qui reste de ce dimanche: et le téléphone n'a toujours pas sonné. Il est deux heures et demie de l'après-midi. Ruth me laisse tout mon temps. Je pense : *Merde. Supposons que j'aie été allongé sur le ventre sur le toit et que la rue m'ait paru très proche et que j'aie tenté de m'y blottir ?* J'entendis mon cri et vis ma chute au moment où, trop tard, je me réveillai — en plein vide : et les paumes de ma main, mes aisselles, mes couilles et mon cul sont trempés tandis que je commence péniblement à m'habiller.

Un peu plus tard, je m'assieds pour boire un café dans la cuisine en contemplant par les fenêtres les arbres en exil qui bornent les rues tristes de cet espace sans espoir. C'est mieux que la ville — c'est ce que nous nous disons ; c'est bien pour les enfants — mon royal cul de nègre ! C'est un de ces avant-postes imbibés du sang de l'enfer. Le jour vient rapidement où nous serons obligés de plier bagage et de partir. Rien ne peut vivre ici, la vie a abandonné cet endroit. L'existence immensément calculée de ces lieux révèle une trahison totale de la vie.

Ainsi, quotidiennement, les arbres, avec leur souffle expirant, m'avertissent. Eux aussi sont sur le point d'être abattus et rejoindront bientôt leurs ancêtres au paradis des végétaux.

Je revois Arthur debout dans cette cuisine. Il regardait par la fenêtre.

« Je sais, dit-il, que tu penses que je ne suis jamais satisfait de rien et c'est vrai — je crois. Dans un sens. »

Puis il se tut et se tourna vers moi. J'étais assis à la même place qu'aujourd'hui.

« Tu ne sais pas et je ne sais pas ce que *cela* veut dire — de n'être satisfait de rien. Mais, vieux » — il s'était mis à rire ; il buvait du scotch avec du lait ; les couleurs fanées du paysage tournaient à l'incendie dans son verre — « cet endroit vous *suce.* Avec une paille. As-tu jamais regardé le visage de ces gens ? Oh ! Putain. Merde. Comment est-ce que c'est arrivé, *ça ?*

— On veut simplement être libres. On n'a pas tous pu se

réfugier au Canada. Certains de nous ont dû s'arrêter ici. »

Arthur qui arpentait la cuisine de long en large, rit de nouveau mais son rire n'avait rien de libéré. Puis, son verre à la main, le dos tourné, il fit halte devant la fenêtre, aussi immobile et désorienté qu'un prisonnier. Le soleil couchant l'imprima soudain au fer rouge dans ce que je finirai par appeler ma mémoire.

« Personne n'est heureux ici », dit Arthur. On aurait vraiment cru un enfant. Je voulus répondre — je crois que je voulus répondre — *Oh ! Merde, vieux, laisse tomber,* mais je n'ai rien dit. « Je me demande ce qui se passe derrière ces volets prudents. Impossible que ce ne soit *rien*. Mais » — il termina son verre et me fit face — « ça ne ressemble certainement pas à *quelque chose*. Ça se verrait. » Il leva son regard vers le mien : « Pas vrai ?

— On *me* voit, dis-je. Je suis quelque chose, *moi*. »

Il eut un sourire ironique et se servit un autre verre.

« Ça, je te l'accorde foutrement, lança-t-il. Tu es le roi des cons. »

Rayons célestes, sur mon chemin.

Le cantique préféré d'Arthur, le premier qu'il ait jamais chanté en public, dans l'église de Julia. Nos parents, Paul et Florence, étaient présents bien qu'ils ne fussent pas membres de cette congrégation, mais Julia était la petite-fille d'une amie de notre mère, sa voisine à La Nouvelle-Orléans. Julia était une évangéliste prodige, d'environ onze ans, et cette église était sa paroisse. Son jeune frère, Jimmy, avait alors neuf ans.

Paul accompagnait Arthur au piano.

À travers ce désert

Dimanche de Pentecôte. Arthur a treize ans.

Guidez mes pas en paix
Transformez mes nuits
En jours.

L'église de Julia était alors située dans une maison délabrée à l'angle de la 129e Rue et Park Avenue, à l'ombre des rails du chemin de fer central aérien de New York, et un train traversa avec un rugissement le chant d'Arthur.

Quand dans le noir
J'avance à tâtons
La foi voit toujours au fond
Une étoile d'espoir
Et bientôt je serai délivré
De tout le chagrin de la vie
Et de ses dangers
Un jour.

Un chant bien grave pour une aussi petite silhouette. Je me rappelle qu'il portait un costume bleu marine, une chemise blanche, un nœud papillon et des souliers noirs pointus bien cirés, et des tas de crans dans ses cheveux. Une coiffure très adulte aussi pour un garçon de cet âge mais c'était la mode dictée par ses pairs et personne ne savait sous quel prétexte le dissuader de se coiffer ainsi. D'ailleurs, notre père Paul, solide et attentif au piano, était coiffé à la mode de ses pairs à lui : cheveux aplatis à mort à la gomina au point d'en paraître raides.

Mais je ne sais pas
Le temps qu'il faudra
Ou ce que l'Avenir
Me réservera
Mais ce que je sais
C'est que si Jésus
Me guide
Je rentrerai chez moi
Un jour.

Ce furent les débuts d'Arthur et un grand succès : les chapeaux des femmes dansaient comme des déferlantes sur l'océan, l'église se remplit de clameurs d'adoration. J'étais plus vieux, j'étais gêné, je ne savais pas pourquoi j'étais heureux pour mon père et ma mère, car ils étaient heureux. Je déclarai à mon frère que sa coiffure lui donnait l'air d'une tapette et c'est peut-être la première fois que j'ai vraiment regardé mon frère. Il se tordit de rire et se mit à imiter toutes les tantouzes les plus moches qu'on connaissait et il ne cessa de répéter, avant chaque imitation : « Mais je suis une tapette, *moi.* » Il me fit peur — j'ignorais qu'il fût si intelligent, si lucide, qu'il fût capable de percevoir si clairement autant de désespérance. Mais il me fit rire à chaudes larmes et je finis par me rouler par terre en me tenant le ventre à deux mains.

C'est peut-être ce jour-là que nous devînmes amis.

Arthur continua à se coiffer ainsi pendant un bout de temps puis, un beau jour, il se coupa les cheveux et n'en démordit plus : au sommet de sa carrière, sa jungle tourmentée de cheveux sénégalais lui donnait l'air d'un brave joueur de basket.

HALL MONTANA PRÉSENTE :

(Série limitée de représentations)

et, dessous, s'étalait la photo d'Arthur, très agrandie, de pleine face, le long visage mince de mon petit frère en train de chanter, les narines frémissantes d'un étalon, les grandes dents légèrement brillantes, la lèvre supérieure courte, la lèvre inférieure large, le menton à fossettes, les yeux énormes levés vers le ciel — *ma foi se tourne vers Toi* —, j'ai toujours vu la sueur perler, rouler à la racine des cheveux et en faire une merveille, je vois encore, derrière l'incontestable beauté, l'incontestable fatigue. Arthur détestait ses photos et insistait constamment, parce qu'il se refusait à être malhonnête — c'est ce qu'il disait —, pour que ses affiches le montrent tel qu'il était *maintenant* et non tel qu'il avait été *autrefois*, et je me conformais toujours à ses vœux, du moins dans le domaine public : mais la photo, quoique Arthur ne semblât jamais s'en rendre compte, demeura toujours d'une certaine manière la même.

Le temps attaqua le visage de mon frère, comme le temps attaque tous les visages, mais je fus aussi émerveillé que surpris de me trouver forcé de reconnaître (puisque la publicité était de mon ressort) que l'ennemi, le temps, pouvait aussi être un allié, un ami, un témoin. Arthur fut photographié à l'infini pendant plus de dix ans mais ce qui faisait son visage se maintint sans défaillir, bougeant en permanence sans pourtant changer ; et dans la mesure où, finalement, il fut bien obligé d'en prendre vaguement conscience, Arthur s'en sentit terriblement gêné. Le temps ne pouvait pas attaquer le chant, le temps était allié au chant, lié par un pacte avec le chant, remplissant Arthur au-delà du concevable tandis qu'il chantait, le transportant lui et des milliers d'autres. Le temps est fier d'Arthur, osai-je me chuchoter, au plus profond et au plus noir des heures sombres ; un prodige s'accomplissait avec le temps par le truchement de mon frère qui, alors, n'était plus mon frère, cessait de m'appartenir et qui demeurait pourtant, et plus que jamais, toujours mon frère, mon frère encore.

Oui : car il fallait que je m'assure qu'Arthur quitte ses vêtements trempés, prenne un bain ou une douche et un bon verre, scotch ou vodka selon la soirée et la ville, trouve quelque chose à manger et atterrisse quelque part pour la nuit. Jusqu'à l'arrivée de Jimmy — ou plutôt, devrais-je dire, jusqu'à son retour dans notre vie — ceci m'avait présenté un énorme problème car Arthur était capable de ramasser n'importe qui et moi, après tout, je ne pouvais pas dormir dans la même chambre. Bien des fois, je ne dormis pas du tout et bien des fois ce fut très rude parce que, si Arthur devait se lever à temps pour la représentation, moi, je devais être debout le matin même.

Pourtant, en dépit de toutes les emmerdes, nous ne cessâmes de nous aimer. Je fus toujours capable de me faire écouter d'Arthur parce qu'Arthur eut toujours confiance en moi. Il me manque, me manque, me manque, me manque, me manque, il me manque pire que ne vous manque un mal de dents, pire que ne vous manque une dent arrachée, pire que ne vous manque une jambe amputée, pire encore que ne vous manque un enfant mort-né. Sa voix est partout, mais pas même sa voix ne peut remplir l'espace dans lequel Arthur bougeait, marchait, gémissait, parlait, rotait, pétait et pissait et chiait et pleurait, pleurait et pleurait et criait parfois et riait parfois et parfois — pour me faire savoir qu'il m'aimait — posait sa grande paluche sur ma tête et mêlait ses doigts à mes cheveux et disait : *Merde, coco, c'est pas si souvent qu'on traîne ensemble, prends-en un autre ! C'est ma tournée. Allez, vas-y,* ne cessant d'arpenter à grandes enjambées, dans ses godasses trop larges, tout mon paradis en entier.

LES PRODUCTIONS HALL MONTANA
ont la fierté de vous présenter

L'empereur du Soul

ARTHUR MONTANA

Mesdames, Messieurs, c'est un grand plaisir et un immense privilège que vous présenter l'empereur du soul, Mr Arthur Montana !

Et, quel qu'en fût l'arrangement, l'air qui accompagnait l'entrée d'Arthur était toujours le même.

Que l'Église dise
Amen
Que les frères disent
Amen
Que les sœurs disent
Amen
Et, tous ensemble, maintenant!
Amen
Amen
Amen!

Et, où qu'elle se trouvât, quoi qu'elle fût, un terrain de football à Montgomery, Alabama, un stade à Tokyo, un music-hall à Paris, l'Albert Hall à Londres, ou aussi loin que Sydney, oui, l'église tremblait sur ses bases.

Il était près de quatre heures quand je me mis finalement au volant et pris le chemin de chez Julia. Peut-être suis-je parti à ce moment-là simplement parce que Ruth ne m'avait pas appelé — ou parce que j'avais peur de rester à la maison. J'avais soudain envie de voir Ruth et mes enfants.

De chez moi à chez Julia, il faut à peu près une demi-heure de voiture à travers un paysage serein et terrifiant. Il est terrifiant parce qu'il n'est pas réel. Il est là mais il n'y est pas; il est ici mais il est ailleurs. Certaines gens, certains visages vous donnent ce sentiment, par exemple une femme qui se sait belle. Si elle sait cela, alors vous vous demandez ce qu'elle sait d'autre ou bien si elle ne sait rien de plus; car il n'est pas facile de savoir que vous êtes belle. Et elle peut être belle, en vérité, quand elle vous sourit le soir, ou quand elle gémit sous vous, la nuit, ou quand elle est nue, au matin, sans maquillage: elle peut vous faire bander, elle peut vous faire baver. Et pourtant, malgré tout, au fin fond des candides yeux clairs, quelque chose existe qui fait mentir la beauté de la surface et qui, lorsque vous devez en fait l'affronter, trouble la beauté des profondeurs. Vous commencez à percevoir, obscurément mais avec force, un manque de cohérence — un sourire mal réglé, une cigarette rallumée sans grâce, une boucle d'oreille qui ne devrait pas se trouver sur *cette* oreille-ci, un ongle rongé — et un seul — et vous vous demandez ce que cette incohérence cache avant de commencer à vous inquiéter de ce qu'elle peut révéler. Finalement, vous en venez peu à peu à reconnaître que vous ne pouvez absolument rien faire de cette incohérence absolument sincère : il s'agit là d'une sincérité désespérée. La sincérité est une vertu de si peu de valeur, galvaudée qu'elle est chaque jour sur chaque place publique, proclamée sur les murs, les pissotières, les drapeaux — une vertu si dévaluée qu'elle en cesse surtout d'être une vertu pour n'être plus qu'un réflexe abject — que, au bout du compte, on examine soigneusement la personne qui a acheté cet objet de consommation à un prix si extravagant. La réalité de cette beauté prend alors un caractère irréel, un caractère de profondément voulu. Toute chose créée par un acte de volonté aussi puissant n'est rien d'autre qu'un masque, un déguisement, un mensonge, qui cache quelque chose — à lui-même : ce soupçon fout la pagaille dans l'esprit et y sème la terreur. Ou bien, par exemple, je me rappelle un jeune Blanc qu'Arthur connut autrefois — brièvement, Dieu merci —, un garçon nommé Faulkner, aussi bien et limpide qu'une épopée de Vikings et aussi impitoyable que la steppe russe. Il ne pouvait pas s'en empêcher. Il était menteur, voleur et allumeur : il était à la recherche de la prison dans laquelle il pourrait être violé en permanence par une armée d'étalons noirs. Le viol ne vient pas naturellement et ce gamin était l'enfer déchaîné. Les seules fois où je ne l'ai pas vu sourire aux lèvres furent quand il sanglotait son innocence en suppliant qu'on ne le batte pas à mort. Du moins j'ai cru que c'était ce pour quoi il sanglotait. Je dus, un jour, lui flanquer une terrible raclée : je le retournai comme une crêpe pour faire tomber de ses poches l'argent d'Arthur ; mais, aujourd'hui, je pense qu'il me suppliait peut-être de le tuer. La vie dans la mort, ou la mort dans la vie : mais il faut que ça change.

Les rues que je prends pour aller chez Julia ressemblent un peu à cela. C'est dans ce sens qu'elles me font peur, parce que rien de ce que j'en vois n'est vrai. Ces maisons, ces pelouses constipées, ces rues anguleuses : pour commencer, il n'a jamais été prévu que nous habitions ici, *nous*. Le fait n'est toujours pas oublié. Les arbres, les maisons et l'herbe s'en souviennent : les feux rouges, la caserne des pompiers, les églises et le tribunal aussi. Les gens paraissent ne pas se le rappeler — d'ailleurs, ils ne sont pas nombreux dehors — mais ils ont eu, il est vrai, si peu à se rappeler pendant si longtemps qu'on se contente d'attendre, maintenant, sans bouger, leur prochaine convulsion — et, en effet, les sourires des quelques promeneurs ou automobilistes révèlent des dents serrées et des maxillaires frémissants. Leurs regards placides reflètent leur environnement placide (le clocher de l'église vacillant au fond d'un œil serein) et pour l'heure, en tout cas en ce qui me concerne, sont incapables de refléter rien de plus.

Il fut un temps où je trouvais cela triste. Peut-être est-ce encore le cas mais la pitié est une voie sans issue, une denrée inutile : répudiée, la sympathie se tourne en bile : tant pis. Certains Blancs qui se baladent en pleine santé aujourd'hui seront bientôt — demain par exemple — des cadavres découpés en rondelles mais il serait totalement absurde d'en avoir pitié. Le cantique interroge, « Pécheur, où vas-tu te réfugier ? », conseille d'éviter le rocher brûlant ou la mer en feu et se demande à distance : « Qui sera capable de résister ? »

Sur la vitre arrière de la voiture qui me précède, un collant proclame : AMÉRIQUE : TU L'AIMES OU TU LA QUITTES, et je veux m'éloigner au plus vite de cette voiture (le corps de Peanut n'a jamais été retrouvé, après ce voyage en

Georgie). Je veux voir ma femme et mes enfants. Chaque feu rouge dure des éternités, je n'arrive pas à me débarrasser de la voiture au collant, elle roule dans la même direction que moi. J'ai absurdement conscience des flics du dimanche, éparpillés le long de la route. Je ne les regarde pas. Mais je sais qu'ils me voient. Je sais qu'ils ne s'y attendaient pas, qu'ils n'y pensaient pas et qu'ils brûlent du désir de se venger de cette violation. *Va te faire foutre, mec, et j'espère qu'on te l'enfoncera bien.* Mais ce genre de sentiment ne m'est pas habituel.

Je gare la voiture devant chez Julia et j'escalade en trébuchant son perron — des marches de brique rouge que je déteste et que Julia, néanmoins, aime beaucoup. Je sonne mais le tourne-disque est en marche — Esther Pillips, « D'un chuchotement à un cri » — et je redégringole les marches pour passer par l'arrière de la maison.

C'est le début du printemps, un peu après cinq heures de l'après-midi, il commence à faire frisquet mais pas vraiment froid encore.

Julia est seule dans la cour, près du barbecue : elle retourne les côtes de bœuf. L'odeur âcre, chaude, de la viande est merveilleuse et Julia, debout de profil, la tête inclinée, en train d'étudier sa grillade et d'ajouter judicieusement épices et sauce, son verre — un gin — posé sur le bord du barbecue, une cigarette qui se consume dans un cendrier près du verre, Julia, vêtue d'une ample robe vaguement africaine, ses cheveux ramassés dans un bout de tissu criard, une sorte de talisman de bronze pendu à une oreille, les yeux plissés par la fumée de la cigarette et du feu, Julia à l'ombre des arbres menacés de son jardin, chaussée de sandales à talons compensés, Julia ramassant sa cigarette, en tirant une bouffée avant de la reposer dans le cendrier, prenant son verre pour en boire une gorgée, puis retournant trois ou quatre côtelettes, Julia est merveilleuse aussi et je dis : « Je crois que j'arrive juste à temps. »

Elle me fit face avec ce sourire, un sourire de petite fille, qui avait fait d'elle une si émouvante évangéliste enfant et, plus tard, quelqu'un de si émouvant tout court. « Ruth vient de te téléphoner, dit-elle. Elle a pensé que tu étais en route. Comment va ? » Et elle rit : « Tu as *l'air* d'aller très bien.

— Toi aussi », dis-je. Je m'approchai d'elle et l'embrassai.

Julia et moi nous avons eu une grande histoire, une histoire brève, une grande histoire, il y a longtemps, longtemps, bien après qu'elle eût quitté l'église et que nous eûmes traîné tous deux nos bottes un peu partout, il y a très longtemps. Nous en avons acquis quelque chose que nous ne perdrons jamais, une liberté véritable à l'égard l'un de l'autre, un amour sincère né du feu et du chagrin de notre passé. *À bientôt, bébé. Fais attention à toi, je t'en prie.*

J'étais alors beaucoup plus vieux qu'elle : aujourd'hui je ne le suis plus. Si Arthur vivait, il aurait quarante et un ans. Julia en a trente-neuf.

Elle ne les fait pas. Si elle faisait son âge véritable, quel qu'il soit, elle tomberait en poussière.

« Rentrons à l'intérieur, dit-elle, ça va bientôt être prêt. » Elle retourna deux autres morceaux de viande, ramassa son verre, écrasa sa cigarette puis elle prit mon bras.

Billy Preston a enfin, grâce au ciel et sans que j'aie jamais insisté, détrôné James Brown dans l'âme — ou l'échelle des valeurs — de Tony, car c'est sûrement Tony qui a mis le disque de Billy Preston qui nous accueille Julia et moi à notre entrée. Tony se déhanche avec sa mère au rythme du « Rien pour rien » de Billy.

« Salut, Pop », dit Tony sans rater une mesure, et « Salut Pop », répète dans un sourire Ruth qui, sans rater un pas, cogne de ses fesses le derrière décharné de Tony. Odessa se précipite pour se jeter dans mes bras. « Viens danser avec moi, Papa », crie-t-elle et « Pourquoi pas ? » dis-je, et nous rejoignons Ruth et Tony qui tapent des mains et jouent de la fesse pendant que Julia, sur le seuil, allume une autre cigarette et nous regarde. Quelle étrange merveille — ce doit être une des rares raisons de rester vivant, de désirer le rester — que de danser avec votre fille, votre fils et votre femme ; de se frôler, heureux, de se soumettre, libres, au rythme de la musique. Odessa est une danseuse très agressive, en tout cas avec son père qu'elle utilise pour répéter un événement dont elle ne sait encore rien. Ruth est très tendre avec son fils qui se montre à la fois très tendre et très moqueur avec elle — lui aussi, il est impliqué dans une répétition. Hier, Ruth, Julia et moi, nous étions les enfants : aujourd'hui nous sommes les vieux, et c'est ce qui arrivera à Tony et Odessa, Dieu le veuille. Ah ! La vie peut bien être un champ de maïs et un épi ressembler totalement à un autre, mais je préfère de beaucoup la labourer à plein corps plutôt que de m'y coucher dessus comme un croulant.

Le morceau prend fin : Julia applaudit. Tony remercie sa mère et je remercie Odessa. Je m'assieds sur l'un des coussins de Julia. Coussins, couvertures de couleurs vives, tables basses et sculptures africaines — authentiques — dominent chez Julia. Je déclare avoir besoin d'un verre et Ruth m'apporte un scotch sur glaçons.

« Ruth, suggère Julia, je pense qu'il vaut mieux dîner à l'intérieur, tu ne crois pas ? » et elles disparaissent toutes deux, immédiatement suivies, la minute d'après, par Odessa, ce qui nous laisse seuls, Tony et moi.

Et dans le quart de seconde qui précède le « Je voudrais te parler, Papa », je me rends compte que c'est une occasion que Tony recherche depuis longtemps. Et que j'ai évitée.

Je bois une gorgée de mon whisky, je regarde Tony dans les yeux et je dis : O.K.

Tony contemple ses énormes mains, puis en entoure ses énormes pieds, et j'éprouve un élan d'impuissante tendresse pour mon petit garçon qui grandit.

Mais des bruits se font alors entendre dans la cuisine et, tout comme un homme, Tony se lève, me regarde et propose : « Allons faire un tour. »

Nous gagnons la sortie, je crie à la cantonade : « Tony et moi on va se promener dans le jardin », et nous partons. L'air nous apporte les gémissements de la grillade, l'odeur des épices et, plus vague et plus lointain, le parfum de la terre après la pluie.

Nous contournons la maison pour nous retrouver devant la façade principale. Nous n'avons pas parlé. Nous dépassons les marches de brique, nous nous arrêtons près de la voiture et nous nous regardons.

« Comment était mon oncle, mon oncle Arthur ?

— Tiens, pourquoi cette question ? Tu l'as connu, toi.

— Allons donc. J'étais un bébé. Qu'est-ce que je savais ?

— Eh bien, que veux-tu savoir ?

— Y a un tas de mômes, à l'école — ils parlent de lui. »

Je regrette de ne pas avoir pris mon verre avec moi.

« Que disent-ils ?

— Ils disent... ils disent que c'était une pédale. »

Et Tony me regarde. Je crois que j'entends un chien aboyer quelque part. Une femme crie après son enfant. Une motocyclette pétarade monstrueusement dans la rue, à l'infini.

« Eh bien, tu entendras pas mal de choses sur ton oncle.

— Ouais. C'est pour ça que je te demande.

— Ton oncle... un tas de gens...

— Non. C'est toi que j'interroge.

— O.K. Ton oncle était mon frère, pas vrai ? Et je l'aimais. D'accord ? C'était un homme seul — très seul. Il a eu une... une vie très étrange. Je crois que... c'était un très grand chanteur. »

Le regard de Tony ne me quitte pas. Je parle à ses yeux.

« Oui. Je connais un tas d'hommes qui aimaient mon frère — ton oncle — ou qui croyaient l'aimer. Je connais deux hommes que ton oncle — Arthur a aimés.

— Est-ce que Jimmy était l'un d'eux ? »

Seigneur. « Tu veux dire... le frère de Julia ?

— Oui. »

Bon Dieu. « Oui. »

Tony hoche la tête.

« Je sais que — avant Jimmy — Arthur a couché avec plein de gens — des hommes surtout, mais pas toujours. Il était jeune, Tony. Avant ta mère, moi j'ai couché avec des tas de femmes » — je n'arrive pas à croire que je suis capable de dire ça, ses yeux sont fixés sur mon visage — « surtout des femmes, mais dans l'armée — j'étais jeune aussi — pas toujours. Tu veux la vérité, j'essaie de te dire la vérité — en tout cas, laisse-moi te dire, mon petit, que je suis fier de mon frère, ton oncle, et je serai fier de lui jusqu'à ma mort. Tu devrais l'être aussi. Bon Dieu, quoi ou qui que ton oncle ait pu être, et il a été des masses de choses, il n'a jamais été la pédale de personne. »

Tony s'appuie contre la voiture et m'observe.

« Tony, est-ce que ta mère et moi on ne t'a pas élevé comme il faut ? Est-ce que je, nous... ne t'avons pas expliqué depuis longtemps de ne pas croire aux étiquettes ? »

Il détourne son regard. Puis il dit : « Oui, c'est vrai.

— Puis-je, moi, te poser une question ?

— Sûr.

— Que pensais-tu, toi, de ton oncle ? »

Il baisse les yeux et sourit, sans le vouloir.

« Je trouvais que c'était un type super, sensas. » Il me regarde. « Je l'adorais — c'est pour ça que... » Les larmes lui coulent du nez. Il rejette la tête en arrière. « Je voulais seulement que tu me dises », renifle-t-il.

Je n'ose pas le toucher, par peur de pleurer aussi. « Rentrez, vous deux — le dîner refroidit », appelle Odessa. La porte claque. Nous restons plantés, sans bouger. Tony est presque aussi grand que moi.

« Eh bien, dis-je, merci de m'avoir interrogé », et nous repartons vers l'arrière de la maison.

Nous rentrons dans la pièce qui est à présent très différente. La hi-fi est silencieuse. Sur la table basse, Julia a placé deux longues bougies blanches mais elle ne les a pas encore allumées. Le plateau de la table, en bois verni foncé et brillant, porte des napperons de couleur sombre — des graines de quelque chose, séchées, polies et tissées étroitement ensemble —, des gobelets de cuivre, de lourdes salières en bois, deux grands bols en bois également avec cuillères et fourchettes assorties, un grand plat ovale. Il y a une salade d'épinards, de laitues, de tomates et de radis dans un des bols, une salade de pommes de terre ardemment pâle dans l'autre. Les côtes de bœuf couleur d'acajou sont sur le plateau d'acajou. Il y a un bol de piments africains très forts, d'un rouge et d'un vert incandescents, un panier rempli de petits pains chauds beurrés, du Coca-Cola, du vin rouge et de la bière.

La table, au centre de la pièce, est entourée de coussins de couleurs vives. Une bibliothèque couvre tout un mur dont le vis-à-vis consiste essentiellement en une fenêtre panoramique donnant sur l'étroit espace de buissons et de graviers qui sépare la maison de Julia de celle de ses voisins. Une divinité africaine en bois occupe un coin près de la porte, encadrée de deux fenestrons — autrefois trop hauts pour les enfants — qui ouvrent sur la cour. La pièce mène, deux marches plus bas, à un long couloir qui conduit à deux chambres et à la salle de bain, la cuisine, le bureau, l'entrée, la véranda (avec ses marches de brique rouge) et le sous-sol. Les chambres qu'occupaient Arthur et Jimmy sont à l'étage.

Julia est assise à l'autre bout de la table, le dos à la porte et au piano droit qui occupe le coin opposé à la divinité africaine. Sur ce piano, il y a des photos d'Arthur, Julia et moi, et de plus petits instantanés de Ruth, Tony et Odessa — à sept et cinq ans —, et une photo de Jimmy.

J'ai pris la tête de la table, avec Ruth à ma gauche, les enfants à ma droite. Le coussin à la droite de Julia est vide.

« Récitons le bénédicité, suggère Julia, chacun à notre manière », et nous baissons la tête. « Amen, dit-elle après un moment, et maintenant, en avant, les enfants ! » et nous éclatons tous de rire.

L'atmosphère est devenue différente à présent que Tony et moi nous nous sommes parlé, et le poids qui m'a accablé si longtemps et si fort commence, très imperceptiblement, à s'alléger. C'est à peine si je sais ce que je sens. Pour un peu je chanterais, et les salades, la viande, les poivrons, le pain et le vin sont délicieux. La lumière qui tombe des fenêtres prend des allures de nacre embrasée. À part les bruits de mastication et celui du bois contre le bois — un son un peu étouffé —, la pièce est silencieuse.

Tony me dévisage un moment et sourit ; un sourire différent de ses sourires passés.

« Devine qui j'ai rencontré l'autre jour », lance Julia. Puis : « Non, tu ne devineras jamais — ce vieux Red ! Tu te souviens de Red !

— Tu parles ! »

Red faisait partie du quartette, il y a des années : Red, Peanut, Crunch et Arthur.

« Oui. Je sortais de chez Bloomingdale où j'avais dû aller chercher quelque chose pour un de mes neveux. J'attendais le feu vert au coin de la rue et voilà que s'amène ce type, avec le même vieux feutre minable — je jure que c'était le même — qui s'arrête devant moi. J'avais l'esprit ailleurs, je savais bien qu'il y avait quelqu'un devant moi mais je ne l'ai même pas remarqué jusqu'à ce qu'il m'appelle par mon nom. À voix si basse qu'on aurait cru qu'il se parlait à lui-même — "Sœur Julia?" Mais enfin qui dit *sœur* de nos jours, sinon les gauchistes? Et il n'en avait pas l'allure. Je ne sais pas ce que j'ai commencé à dire mais je l'ai regardé dans les yeux et, soudain, voilà qu'il était là — le vieux Red! »

Arthur avait eu quinze, seize ans, Red dix-sept ou dix-huit, au moment où ils chantaient ensemble. Leur quatuor — Les Trompettes de Sion — n'alla pas très loin avant de se faire démolir par le rouleau compresseur de la Corée, mais ce fut un bon groupe très en vogue dans les églises et les concours de chants, composé de garçons vraiment très gentils, malgré leur dinguerie.

Red était bâti au ras des marguerites — tout d'un bloc — avec des cheveux qui devenaient beiges l'été et des taches de rousseur comme des têtes d'épingle semées sur sa peau cuivrée. Il avait de grandes dents carrées et un joli sourire et, si je me souviens bien, malgré moi — puisque je frôle maintenant la collision de plein fouet entre ne pas oser se rappeler et espérer se souvenir —, il avait une voix de basse. Et c'était là sa grande qualité: une voix de basse, pas basse mais profonde.

Le quatuor se défit, les garçons se dispersèrent. Arthur devint un soliste, *Arthur devint une star!* Crunch finit à l'asile, Peanut fut assassiné et Red sombra dans la drogue.

« Qui est Red? s'enquiert Odessa.

— Ton oncle Arthur chantait avec lui, dit Julia. Ils faisaient partie d'un quartette, il y a très longtemps, avant que tu n'arrives, ma puce.

— Avant que je ne rencontre ton père », ajoute Ruth.

Mais Odessa n'éprouve que très peu d'intérêt pour ce qui est censé s'être passé avant le déluge. Armée de ses connaissances biologiques, elle accepte le *avant que je ne rencontre ton père* de Ruth sans sourciller. Évidemment, pense-t-elle, si j'en juge par un mouvement impétueux du ruban jaune, son père et sa mère ont bien dû se rencontrer quelque part, ou alors ni elle ni, naturellement, son frère — qu'elle fixe d'un regard plutôt dédaigneux — ne seraient là.

« Comment va Red ? je demande.

— Oh ! » L'unique pendant d'oreille remue brièvement comme une larme chassée du coin de l'œil. « Il *rame*, mon chou, il *rame*. Il m'a accompagnée jusqu'au snack voisin. Je n'avais pas vraiment le temps à ceci près qu'il vaut mieux parfois avoir le temps, et il m'a obligée à m'asseoir. Nous avons pris un café. »

Elle mâche sa côtelette, ses yeux sombres fixés sur quelque chose. « Il sort tout juste de prison — attaque à main armée, et pas la première — et maintenant il suit ce traitement à la méthadone et il essaye de travailler avec les enfants de la rue. Mais, quoi qu'on fasse, ils restent dans la rue. Et puis la méthadone vous tue aussi, vous êtes toujours un drogué — un peu plus lobotomisé, peut-être, un *bon* drogué, et on peut foutrement faire tout ce qu'on veut de vous —, je veux dire, Red sait que c'est de la connerie. Mais, comme il me l'a dit, que faire d'autre ? Il *essaye*, il rame. » Elle se tait de nouveau et boit un peu de vin. « Sa femme, Lorna, elle s'est tirée en emmenant les deux garçons. Il dit qu'il *sait* qu'elle a eu raison — mais on voit bien à quel point il en souffre. Il dit qu'il n'a vraiment aucune raison de vivre, qu'il continue simplement parce qu'il a peur de mourir. Ou aussi parce qu'il y a des tas de gens qu'il aimerait tuer — lentement pour qu'ils aient le temps de souffrir et de *comprendre* pourquoi on les tue — en les regardant droit dans les yeux pendant que la mort s'approche et qu'ils découvrent pourquoi. Oui. Il dit que maintenant il comprend les cantiques qu'il chantait autrefois — mais il ne peut plus chanter et, de toute manière, il n'en a plus envie. » Elle regarde Tony et Odessa.

« C'était vraiment un très bon copain de votre oncle », dit-elle d'un ton de voix différent, un ton qui soudain rend tout cela réel pour eux, « quand nous étions tous enfants, quand je prêchais. » Elle me sourit, de ce sourire de petite fille. « Ne croyez pas non plus que je comprenais mes sermons ; je commence peut-être à les comprendre aujourd'hui. Seigneur. Ayez pitié.

— À quel âge tu prêchais ? demande Odessa.

— Tu savais bien qu'elle prêchait, dit Tony avec impatience.

— Oui, réplique Odessa sans regarder Tony, mais quel âge avais-tu ?

— Eh bien, dit Julia d'un ton très ironique, j'ai été *appelée* quand j'avais sept ans et j'ai continué à prêcher pratiquement jusqu'à quatorze.

— Pour quelle raison as-tu abandonné ? interroge Tony.

— Le passage du temps, répond Julia qui se met à rire. Le simple passage du temps. » Puis : « Non. J'ai découvert quelque chose à propos de l'amour. Aussi bien j'aurais pu devenir une camée. » Elle regarde Ruth, puis moi. « Mais une des raisons qui m'en ont empêchée — peut-être bien la seule — c'est que je craignais que Jimmy ne le devienne. Il en avait assez bavé dans son rôle de petit frère d'une évangéliste prodige. » Elle sourit à Tony et Odessa : « Ah ! mes chéris, à l'apogée de ma gloire, Billy Graham n'aurait pas osé s'approcher de la ville où j'allais prêcher. On a eu la situation bien en main un bon moment, pas vrai ? Et on en a aussi été prisonniers.

— Je ne dirais pas ça.

— Oh ! Allons donc, Hall, tu souris exactement comme tu le faisais à l'époque. » Elle se tourne de nouveau vers Tony et Odessa. Tony est ravi. « Seulement à l'époque on ne l'appelait pas Hall. Nous ne le disions pas tout haut parce que nous n'osions pas — je ne sais pas pourquoi —, mais on l'avait surnommé Ha ! On disait : “T'as vu Mr. Ha là-bas avec ses Ha. Attends un peu que le bon Dieu lui mette le Ha ! dessus" — parce que c'était la manière dont il nous regardait toujours, comme s'il ne pouvait tout bonnement rien comprendre à ces sottises.

— J'étais beaucoup plus vieux que vous, dis-je.

— Ha ! » fait Julia, et les enfants et Ruth rient. « J'ai des photos de ce quatuor. Je les sortirai après le dîner. »

Le bureau de Julia est sa place secrète, au sens biblique du terme. Et personne n'y pénètre sans en être prié. J'y suis entré quelquefois. Arthur plus souvent. C'est un lieu de méditation, dit Julia, et ce n'est pas de la foutaise. Une passion concentrée imprègne cette pièce qui, d'autre part, contient deux magnétophones, quantité de livres — toutes sortes de livres, depuis les *Martyrs* de Foxe jusqu'à *La Vallée des poupées* — ils ont un rapport, affirme Julia —, plusieurs bibles, des recueils de cantiques, un tambourin sur le mur au-dessus d'un piano demi-queue, un bureau, une machine à écrire, une chaise et un lit de camp.

Mais ce soir nous n'allons pas dans le bureau, peut-être par considération pour les enfants. Après la dégustation d'une tarte aux pommes chaude garnie de crème glacée et, pour Ruth et moi, d'un café, et tandis que Tony et Odessa jouent distraitement à un jeu de cartes qu'ils semblent inventer à mesure, Julia va seule dans le bureau et revient avec deux gros albums. J'ai déjà vu bon nombre de ces photos mais il y a longtemps. Peut-être avais-je espéré — tout en sachant cet espoir vain — ne jamais plus les revoir.

Nous nous installons confortablement sur les coussins par terre. Julia, une cigarette à la main, s'assied, un genou redressé. Elle est à la fois présente et très ailleurs, d'une beauté que je n'ai rencontrée que chez ceux qui ont été contraints de souffrir jusqu'à la stupéfaction et au-delà. Une beauté terrifiante parce qu'elle est impossible à nier et impossible à posséder ; tout en étant totalement à la merci de l'être humain, elle échappe à tout secours humain.

Julia ouvre un album. « Certaines ne sont que de moi, dit-elle, mais votre papa en reconnaîtra quelques autres. Il y en a dont je ne me souviens qu'à peine — les gens qui prennent les photos se les rappellent parfois mieux que vous. Mais, Les Trompettes et moi, on démarchait des tas d'églises ensemble. » Elle lève la tête et sourit : « C'est parce que nous étions tous si jeunes. Si on avait eu un imprésario convenable, on aurait peut-être décroché un contrat avec la Metro Goldwyn Mayer. » Elle rit. « Je suis néanmoins bien contente que ça ne soit pas arrivé.

— Oui, mais Red ne serait peut-être pas devenu un drogué », dit Tony qui ajoute, après un moment et un bref regard vers moi, comme s'il s'obligeait à tout tenter, et à attendre la réponse à ce qui, effectivement, est une question : « Et mon oncle ne serait peut-être pas mort. »

Julia le regarde et n'essaie pas d'esquiver l'accusation tacite. « Il existe des tas de manières de se droguer. Au moins Red, lui, *sait* qu'il est un drogué. Et puisqu'il le *sait*, il pourra *peut-être* s'en sortir. »

Tony et Julia s'observent très soigneusement et Odessa les observe tous deux. Appuyée contre le mur, Ruth, un vague sourire aux lèvres, regarde Julia.

« C'est comme on disait à l'église, et cela reste vrai : le pécheur ne peut être sauvé que s'il *sait* qu'il est un pécheur. Et tu es entouré de drogués, mon petit. Nous vivons dans une nation de somnambules qui sont *incapables* de se réveiller. » Elle tend la main pour effleurer tendrement le visage de Tony. « Et puis la mort vient, mon bébé, c'est tout. Il vaut mieux, quand elle arrive, que la mort te prenne dans ses bras et t'emporte. Elle pourrait frapper et te laisser planté souriant là où tu te trouves — comme un squelette habillé. Ça arrive tous les jours autour de nous. Regarde autour de toi en sortant demain matin. »

Tony et Odessa demeurent immobiles, hypnotisés moins par ce qu'elle dit que par la passion qui habite sa voix rauque de tabac. « Votre oncle et la Mort sont partis ensemble bras dessus, bras dessous. La mort n'a pas méprisé votre oncle parce que votre oncle n'avait jamais méprisé la mort. N'ayez pas de chagrin. » Elle tapote une page : « Regardez. »

Nous contemplons la petite Julia dans sa longue robe et son bonnet de crochet blanc — comme je m'en souviens bien ! — debout en chaire, devant une énorme bible ouverte. Derrière elle, une fenêtre sur laquelle est peint un crucifix. De chaque côté, un vase contenant des lis. Les yeux de l'enfant sont levés vers le ciel, ses petites mains à plat sur les Écritures.

« C'était à Pâques, dans l'église du révérend Kelsey, à Brooklyn. Je me rappelle encore mon texte — "la plus belle entre dix mille" —, et sais-tu que ce type est toujours là, à maquereauter plus que jamais ? Mais tu ne venais jamais aussi loin avec nous.

— Attends une seconde », intervient Tony. Il a la main sur la page et nous oblige à regarder une très jolie femme — et, oui, je me souviens, la mère de Julia ressemblait à ça — qui porte un bibi perché sur un œil, dans le style des années quarante, un boléro sur un chemisier blanc et une jupe étroite. Elle tient par la main une Julia fière et souriante, tête nue, les cheveux frisés retenus par un ruban, vêtue d'une blouse blanche et d'une jupe plissée noire et de ces chaussures vernies plates qui se boutonnent sur le côté. Elle a l'air heureuse à en exploser et sa joie est si intense qu'elle nous inonde encore — moi surtout —, trente ans après, fait murmurer à Tony « Ouahou ! » et incite Odessa à jeter, sans mot dire, un rapide coup d'œil de la photo à Julia. Le père et la mère de Julia sont debout, main dans la main, et je me rappelle ce très beau mec, son large sourire, sa petite moustache, son costume genre zazou et sa chemise sombre à col ouvert. Il tient par la main un Jimmy d'à peu près trois ans, aux petites jambes solides dans ses culottes courtes. Jimmy se penche en avant, comme pour s'échapper du cadre. Il a des yeux immenses et il sourit.

« Jimmy et son père ne se sont jamais très bien entendus, dit Julia en tournant la page. Pas plus que moi et ma mère. » Et elle regarde Ruth. Les deux femmes se sourient.

Julia continue à tourner les pages de l'album avec détermination mais aussi une certaine tendresse, compulsant, par-delà des images de sa famille, de ses parents, les pages de hiéroglyphes qui racontent les racines et le commencement de sa souffrance. Nous arrivons à une photo de Red, Peanut, Crunch et Arthur en train de chanter quelque part, incroyablement jeunes, exaltés, Crunch souriant avec sa guitare. Ils ont des cheveux brillants, bouclés, des fronts, des nez, des dents resplendissantes. *Les plus beaux entre dix mille.* « Regardez-les, murmure Julia. Je crois toujours les entendre chanter "Douce heure de prière". »

Je n'ai aucune idée de ce qu'ils chantent, partis comme ils le sont pour la gloire, rien ne les a encore frappés assez fort pour leur aplatir le nez, leur fermer l'œil, leur transformer les lèvres en du hamburger au Ketchup. Crunch avait encore toutes ses dents à l'époque, mais pendant des années, avant qu'on ne l'enferme, les deux incisives du devant lui manquèrent. Un flic les lui avait démolies, un flic noir ; et, parce que c'était un flic noir qui avait essayé de lui casser la gueule, Crunch n'avait jamais fait remplacer ses dents. Il aurait pu se le permettre, il participait à tous les coups fourrés, il était malin et sans scrupules. Mais pas question. Il voulait que les Noirs voient ce que les Noirs faisaient aux Noirs : *l'homme blanc ne pourrait pas nous* toucher *si nous apprenions simplement à nous aimer les uns les autres !*

Mais cela ne l'aida pas dans ses amours avec les femmes ni sa femme.

Un beau matin, alors qu'il baisait, il s'aperçut que le démon s'était introduit dans son épouse et le tirait par la queue, et il essaya d'en débarrasser la malheureuse en la battant comme plâtre. Il n'atteignit pas le démon, les voisins enfoncèrent la porte, l'arrachèrent à sa femme et l'emportèrent. Il fallut l'emmener elle aussi, la pauvre fille, personne ne l'a jamais revue, et en tout cas jamais reconnue. Crunch vit toujours, quelque part dans un asile.

À présent, nous arrivons à deux photos en vis-à-vis d'Arthur et de Julia, ensemble. La première remonte à très longtemps. Julia porte sa robe blanche et son bonnet blanc. Arthur est vêtu d'un costume noir avec chemise blanche et cravate noire, et ses cheveux sont bouclés et brillantinés.

La deuxième date de beaucoup plus tard : Arthur et Julia lors d'une réception quelconque. La chevelure d'Arthur a repris son naturel, il porte un étroit costume bleu à col Mao, une lourde chaîne d'or autour du cou, une grosse bague en or au majeur droit. Je sais que Jimmy possède désormais la bague et quiconque la veut devra d'abord lui arracher le doigt. J'ignore ce qu'est devenue la chaîne. Cette photo a été prise au temps de la pleine gloire d'Arthur. Je me souviens du costume, je reconnais les bijoux et, bien mieux, le sourire fier et insouciant d'Arthur, sa tête haute. Il tient Julia par la taille, Julia avec ses cheveux remontés en chignon, des choses en argent aux oreilles et au cou, une robe du soir décolletée à godets, une cigarette dans une main et une coupe de champagne dans l'autre, Julia rieuse et très très belle.

« J'ai mis ces deux photos côte à côte, dit Julia, parce que, chacune de ces fois-là, j'ai demandé à Arthur de me rendre un service. Et il l'a fait dans les deux cas. » Elle tapote la première photo. « Cette fois-là, je lui ai demandé une sorte de » — elle rit — « service professionnel. Il chantait à l'époque avec le quartette mais je l'ai prié de venir chanter en soliste, pour moi, aux funérailles d'une vieille dame qui venait de mourir. Elle m'avait demandé, peu de temps avant sa mort, de faire le sermon à son enterrement. Et je le lui avais promis. » Elle lève les yeux vers moi : « C'était à l'église du révérend Parker, tu sais, en haut de Madison Avenue. Elle a disparu, aujourd'hui.

— Je crois que je me souviens », dis-je. Mais en tout cas, ce n'est que vaguement et parce que Arthur m'a raconté l'histoire, bien plus tard. Ou peut-être me l'a-t-il racontée à l'époque. Je ne suis pas très sûr. J'avais vingt-trois ans quand Arthur en avait seize. J'évitais les funérailles et, sauf pour y conduire le quatuor — et Julia, parfois —, je n'allais pas dans les églises.

Pourtant Julia et la photo me ramènent d'obscurs souvenirs à la mémoire. Tout en l'écoutant, j'essaye de replacer plus précisément la seconde photo.

« J'avais besoin d'Arthur, dit Julia, parce que cette vieille dame aveugle — Mère Bessie, elle s'appelait Bessie Green — avait eu des problèmes avec le révérend Parker. Je n'avais alors que quatorze ans, pas tout à fait, mais je ne pouvais pas le sentir, il me faisait l'effet d'une grosse punaise grasse à moustache. Et plus tard — peut-être même déjà en ce temps-là, parce que je le trouvais si *repoussant* — je me suis demandé comment une femme pourrait jamais supporter de le voir nu sans vomir. Je vous jure. Faire l'amour avec lui, ça devait ressembler à remuer de la pâte au chocolat pendant deux semaines. Sa femme était toujours malade, elle disait que le Seigneur lui tourmentait le corps. Ça, c'était drôlement vrai ! »

Ruth rit, Tony se tord silencieusement et martèle des pieds le plancher. Odessa regarde Julia et pose sa tête sur l'épaule de Ruth. Julia allume une cigarette.

« De toute manière, j'ai fini par me mêler de l'histoire entre le révérend Parker et Mère Bessie. Le révérend n'avait pas plus de bon sens que de virilité — c'est d'ailleurs juste après les funérailles que j'ai cessé de prêcher — et, pour la bonne raison qu'il n'était rien, il ne cessait de pondre des décrets, de faire des bulles comme le foutu pape. Au cœur du problème entre Mère Bessie et lui, se trouvait le fait que le Seigneur venait précisément d'informer le révérend

Parker que c'était un péché pour les femmes que de porter des boucles d'oreilles. Eh bien ça, c'était le genre de conneries — tu te souviens, Hall — qui me troublait le plus. Enfin pourquoi diable le grand Dieu Tout-Puissant remarquerait-il que vous portez des boucles d'oreilles? Surtout si vous aviez quatre-vingts ans passés et que vous soyez aveugle — cette femme avait dû naître au temps de l'esclavage —, et que vous ne puissiez même pas voir les foutues boucles que vous n'aviez pas non plus achetées vous-même dans une boutique, mais que quelqu'un vous avait mises aux oreilles quand vous étiez tout bébé. Dieu sait qu'elle ne pouvait pas les voir, ses boucles, Mère Bessie, elle n'y *voyait* pas. Passons. Je n'étais qu'une évangéliste itinérante, je ne faisais pas partie de cette paroisse, mais après que le révérend Parker eut débité ces âneries, j'avais pris l'habitude d'aller chercher Mère Bessie pour l'amener à l'église. Un défi terrible puisque deux des paroissiens du révérend Parker, qui jusqu'ici s'étaient chargés d'accompagner Mère Bessie, se l'étaient vu interdire par le révérend. Mais moi, j'étais l'évangéliste enfant, l'inspirée du Saint-Esprit, petite sœur Julia — il ne pouvait pas m'empêcher, *moi*. Alors, dimanche après dimanche, je grimpais l'escalier jusqu'à la chambre de Mère Bessie, je l'aidais à s'habiller et je l'amenais à l'église, elle et ses boucles d'oreilles.

« Le révérend Parker s'en prit à mes parents, mais ce n'était pas le révérend Parker qui leur gagnait leur pain : c'était *moi*. Et j'ai simplement déclaré que j'agissais sous la conduite du Seigneur — et je crois qu'en fait ce n'était pas loin de la vérité. Je ne pouvais pas renoncer. Je ne pensais pas qu'il fût juste d'abandonner cette pauvre vieille femme noire qui sentait comme les vieux sentent parfois, vous savez, et qui était aussi exaspérante que des vieux peuvent l'être, je ne pensais donc pas juste de l'abandonner à ses rats et à ses cafards et de la laisser mourir ainsi. Je ne *croyais pas* avoir été destinée à l'Église pour être complice de cela.

« Et j'éprouvais peut-être aussi un certain plaisir à m'offrir la tête du révérend Parker chaque dimanche. Il ne pouvait pas me jeter — nous jeter — dehors. Après tout, il tenait à ce que je continue à prêcher dans son église, au moins de temps en temps — je lui gagnais son pain, à lui aussi.

« Bref. Un après-midi, Mère Bessie fit une déclaration solennelle — elle prophétisa, sur la tête du révérend Parker en fait, ce qui lui arriverait — et elle annonça qu'elle mourrait bientôt et qu'elle voulait que je prêche à ses funérailles. Et je le lui promis.

« Mais Arthur me fit alors remarquer que, pour tenir ma promesse et faire mon sermon, il faudrait qu'il y *eût* des funérailles : et qui allait les payer ? *Comment* enterrerait-on cette pauvre femme ? Elle avait bien réglé sa prime d'assurance sur la vie, dix *cents* par semaine, depuis la proclamation de l'émancipation — mais laissons ce sujet de côté, si je commence à parler des compagnies d'assurances, je risque de perdre le peu de calme qui me reste. Passons. Entre ton frère, le quartette, mes parents et quelques sermons supplémentaires que je fis, plus un neveu dont Arthur s'était débrouillé pour retrouver la trace, grâce à beaucoup d'efforts et un rien de chantage, nous avions, au moment de la mort de Mère Bessie, réuni quelques sous. Le neveu avait même réussi à obtenir un peu d'argent de ces escrocs d'assureurs. Mère Bessie se mourait depuis longtemps, et je le savais, mais elle s'éteignit tout d'un coup. Je ne crois pas qu'elle souffrît. Elle mourut dans son sommeil. Étrange. Je m'étais sentie plus proche d'elle que de ma propre mère ou de mon père et pourtant, en fait, je ne la connaissais pas. Et c'est alors que j'ai pensé — pour la première fois — que c'était peut-être pour cela que j'étais entrée en religion. Parce que j'étais si loin de Dieu dans ma propre maison, si loin de quiconque qui m'aimât. L'amour de Dieu fut le premier amour que je connus. Je dirai : il m'a ramenée de très loin. »

La pièce est silencieuse, immobile : la nuit est tombée depuis longtemps. Tony entoure ses genoux et ses bras. Il observe Julia avec un émerveillement d'une intensité que je ne lui ai jamais vue. Ses yeux ressemblent encore davantage à ceux d'Arthur. Odessa s'appuie contre sa mère, dans une attitude trop tendue pour être qualifiée de recroquevillée, trop passionnée pour être qualifiée de peureuse. Ruth regarde Julia, je m'adosse au mur. Je vois le visage de Ruth sans avoir besoin de le regarder : elle et moi sommes reliés par les autres présences.

« J'ai donc demandé à Arthur de venir chanter pour moi aux funérailles et il l'a fait. Il a chanté deux cantiques — un juste avant mon sermon et l'autre à la fin. » Elle me regarde une fois de plus avec un air de petite fille. « Je ne te l'ai jamais raconté ?

— Tu ne m'as jamais raconté tout *ça* — ce que tu viens juste de raconter.

— Eh bien, je crois qu'il faut du temps — plus de temps que quiconque n'aime à l'imaginer — pour démêler les choses en soi, puis essayer de les mettre en ordre et enfin tenter — pas tant de leur donner un sens que de les *voir*. Voilà pourquoi peut-être ce qui semble le passé devient plus clair que ce qui semble le présent. » Julia sourit et le silence retombe : pas pour très longtemps car Odessa s'enquiert : « Quel était le sujet de ton sermon ?

— Pourquoi me demandes-tu cela ?

— Je ne sais pas. Je viens d'avoir... une intuition. »

Tony intervient : « Odessa s'imagine que, puisque toi et oncle Arthur vous étiez ensemble dans cette histoire, tout ce que tu faisais a dû l'influencer — tu comprends, Julia, vous étiez comme qui dirait deux trapézistes dans un numéro, son minutage et ton minutage avaient besoin d'être impeccables.

— Comme tu résumes ça bien », murmure Julia. Puis :

« J'ai pris mon texte dans Esaïe : *Mets ta maison en ordre car tu vas mourir et non pas vivre.* Mais il n'avait pas entendu mon sermon quand il a chanté son premier cantique.

— Non, mais il en connaissait le thème.

— Oui, je le lui avais donné.

— Et il savait que tu en tirerais un maximum. »

Tony sourit et étreint ses genoux. « Je pige parfaitement. »

Julia lui sourit et nous regarde, Ruth et moi : « Je n'ai pas vraiment prêché pour Mère Bessie. Elle était désormais bien au-delà de tout ça. J'ai prêché pour le révérend Parker — et, ajoute-t-elle après un instant avec un coup d'œil à Tony et Odessa, pour moi.

— Quels sont les deux cantiques qu'a chantés Arthur ? » dis-je.

Julia sourit : « Je n'oublierai jamais. Cet après-midi a joué un grand rôle dans ma vie. Je n'oublierai jamais cet après-midi-là. J'ai senti — je crois que j'ai compris — que j'étais arrivée à la fin de mon ministère, de cette partie de mon ministère en tout cas et que c'était ma maison qu'il fallait que je mette en ordre. Si je devais vivre. Je prêchais aux funérailles de Mère Bessie mais la mort ne vous emporte pas toujours au cimetière. Révérend Parker en était la preuve. Mère Bessie sentait le vieux — les vieux vêtements, la vieille nourriture, le vieil estomac — et ça je pouvais m'en accommoder, je pouvais même accepter l'idée de sentir ainsi un jour, comme je sais que je mourrai un jour. Mais le révérend Parker et presque tous les autres ministres du culte, ils puaient, eux, la corruption. Elle s'exhalait de leurs mains, de cette lubricité de pharisien — tellement visible quand ils mangent leur poulet du dimanche. Bon Dieu, je la voyais bien quand ils me regardaient comme si j'avais été le blanc, l'aile et la farce : le Seigneur ne se formaliserait pas si deux de ses serviteurs fidèles et un peu las se procuraient mutuellement un rien de réconfort et de consolation pendant un moment sous l'escalier. Et de *ça*, je ne pouvais pas m'accommoder. » Elle se tait puis rit. « Il y a des gens qui parlent encore de ce sermon. Une chose est certaine : je n'ai jamais fait mieux, pas dans cette chaire. Comme dirait notre chère Dinah Shore, *ce fut la fin de cette affaire-là.* »

Elle se lève, remet ses sandales à semelles compensées.

« Je vais essayer de vous le jouer, je ne peux pas le décrire. Cette église était bondée. Tous ceux qui étaient présents s'en souviennent même s'ils ne savent pas qu'ils s'en souviennent. » Elle s'approche du piano. « N'oubliez pas combien il était jeune. Et que personne de ceux qu'il aimait n'était encore mort. Et il n'était pas, vous comprenez, sauvé, comme moi. » Elle rit et s'assied au piano. « Arthur manquait d'application quant à son salut. » Elle effleure les touches d'un doigt. « Je suis incapable de chanter, je ne sais pas pourquoi je fais ça — mais, Hall, tu vas avoir une idée de la scène, je suis sûre. »

Elle joue les premières mesures — l'ouverture — à la fois solennelles et drôles, trop calmement décidées pour les dire agressives, absolument sans réplique : vous écoutez ou vous fuyez. La congrégation, assise, attend et laisse échapper enfin, avec le chanteur, un gémissement lointain, une sorte de rugissement souterrain, étouffé, comme le premier signe avant-coureur d'un tremblement de terre.

Je songe à des amis que j'ai connus

Pas déjà, il ne pouvait pas penser à des amis qu'il avait connus ; mais il évoquait peut-être l'heure, si proche, qui emporterait ceux devant lesquels il chantait à présent, ou bien le fait que lui, simplement à cause de la fragilité sacrée de sa jeunesse, puisse être forcé de continuer le voyage sans eux.

Qui en ce monde ont souffert et vécu

Oui, approuvent l'océan des chapeaux féminins, les

rochers des épaules masculines : un vent léger fait frissonner la mer, caresse les rochers, tombe, puis se relève,

Ils sont montés au ciel

et certains lèvent leur visage vers le vent, et d'autres le couvrent de leurs amis,

Et je voudrais savoir

Tout est immobile. Seule la voix s'élève comme un oiseau solitaire face à la tempête qui approche.

Que font-ils à présent ?

Ah ! tonne le piano, et *Oui*, souffle le vent,

Que

et la voix, l'oiseau solitaire, monte,

font-ils au paradis
Aujourd'hui ?
Là où péché et chagrin s'effacent
Lavés par la rivière qui passe
La rivière de la paix, ah oui,
Que font-ils là-haut aujourd'hui ?

Je regarde les doigts de sœur Julia déchiffrer le texte sur le clavier. C'est un étrange vent qui se lève, de si loin, et la voix solitaire monte au-dessus du vent.

Il y en avait
Oui
Dont les cœurs
Oui
Étaient lourds de soucis
Ils vécurent sans répit
Oui
Dans le chagrin et la douleur

La mer tangue, les rochers roulent, la voix solitaire ne cesse de monter vers un âpre triomphe.

Ils s'accrochèrent !

Le piano porte témoignage, le vent tombe peu à peu

À la croix !
Oui
Peureux et tremblant,
Ah !
Que font-ils maintenant ?

Julia s'arrête et la pièce paraît s'immobiliser, transformée par la passion de cet après-midi lointain.

« Et ensuite, dit Ruth, tu as fait ton sermon.

— Oui. Et puis nous avons conduit Mère Bessie au cimetière. »

À en juger par son visage, Tony se prépare à poser une question. La sonnette de la porte d'entrée retentit.

« À cette heure-ci ? s'étonne Julia car il est dix heures et demie passées.

— Parfait, dis-je, je mourais d'envie de rencontrer ton amoureux secret. »

Julia abandonne le tabouret du piano, tandis que la sonnette retentit de nouveau, et traverse la pièce : « Viens avec moi, Hall, si ce n'est pas mon jules, ça pourrait bien être un autre genre de cinglé. »

Elle me précède dans l'entrée et pose son œil sur le trou qui permet de voir qui est de l'autre côté de la porte. Un cri de joie : « Oh ! Mince ! » Elle se tourne vers moi en riant : « Tiens, toi qui voulais rencontrer mon amant clandestin, le voilà ! » Et elle ouvre la porte : « Entre donc, Jimmy ! »

Et le voici, très chic. Je ne l'ai pas vu depuis près de deux ans et il n'était pas aussi élégant la dernière fois que je l'ai rencontré. Moi non plus. J'aime beaucoup Jimmy — en fait, je crois vraiment que je l'adore. C'est un genre de mec costaud, couleur de pain d'épice, très très calme, avec de grands et gros yeux bruns dans un visage carré bien ciselé. Il a le sourire d'un lampion et une voix de samedi soir. Je ne sais pas pourquoi, je l'imagine toujours quand il sera vieux, entouré d'un tas de mômes et leur racontant les plus incroyables histoires qu'ils entendront jamais au milieu de rires qui crépitent comme un feu de bois.

Il m'a beaucoup surpris, Jimmy, surtout durant ces derniers mois avec Arthur. Peu de gens restent là quand tout va mal — si vous ne me croyez pas, je vous fais un pari : ayez des ennuis — et Jimmy est resté. De bien des manières, de manières dont il ne pouvait pas parler, même pas à moi, son problème a dû être encore pire que le mien : cela se voyait aux funérailles, où il était apparu gris, sec comme une trique, rongé intérieurement par un acide. Puis il avait disparu, là-haut à l'étage, dans cette maison où Arthur et lui avaient parfois vécu. J'avais continué mes voyages mais, même dans le cas contraire, j'aurais été la dernière personne au monde capable de l'aider.

Julia avait voulu l'aider, elle avait voulu que son frère habite chez elle, mais il n'habitait pas vraiment *dans* la maison, il pleurait sur la tombe de son amant. Elle réussit enfin à le faire partir et je le vis juste avant qu'il ne prît un bateau pour aller, dit-il, « quelque part ». Il avait l'air très jeune ce jour-là.

Il semble désormais avoir bien récupéré : bottes noires, pantalon bleu, imperméable marron foncé. Il pose ses valises sur le porche et saisit Julia dans ses bras. Julia s'arrache enfin et le tient par les épaules.

« Pourquoi ne m'as-tu pas avertie de ton arrivée ? Et d'où viens-tu ?

— Je débarque à l'instant de Rome, ma chérie. »

L'élocution de Jimmy a toujours été un peu haletante : on dirait qu'il improvise, à deux doigts d'un désastre. Avant de poursuivre son improvisation, il lève les yeux, me voit et nous tombons dans les bras l'un de l'autre. « Salut, frangin ! » lance Jimmy et nous restons un moment enlacés. C'est drôlement rassurant de le tenir un peu dans mes bras, de me sentir moi-même serré dans les siens. Nous avons tous deux les larmes aux yeux et nous nous embrassons. Nous nous sourions. Je ramasse ses valises sur le porche et je referme la porte. « J'espérais que tu serais ici, dit Jimmy.

— Comment savais-tu que je serais ici, moi ? » demande Julia.

Jimmy rit et l'embrasse encore : « Ton téléphone sonnait occupé, ma jolie », dit-il. Il se tourne vers moi : « Elle oublie qu'elle m'a donné une clef.

— J'aurais pu avoir changé la serrure, rétorque Julia.

— Et sans le dire à personne, naturellement, juste histoire de laisser ton petit frère se geler le cul dehors. » Il rit de nouveau, très heureux. C'est incroyable. « Dites donc, vous êtes en train de faire la fête ? Je peux avoir un verre ? Vous avez de quoi bouffer ? Ou voulez-vous que je me pointe fissa chez le Chinois le plus proche ? » Son pardessus à moitié enlevé, il se tait, avec ce sourire, cette lumière, sur le visage.

« Donne-moi ce manteau, dit Julia qui s'en empare en flanquant une tape sur le derrière musclé de son frère, et entrons. Emmène-le à l'intérieur, Hall. Jimmy, tu vas dîner à la fortune du pot. Comment es-tu arrivé jusqu'ici ?

— J'ai loué une voiture et j'ai roulé, sœurette. » Lui et moi traversons le hall. Ruth est debout à l'entrée du living-room, avec Tony et Odessa derrière elle. « Hé-ho ! crie Jimmy. Nous avons toute la famille ce soir ! Viens ici, Maman ! » et Ruth et lui se jettent l'un sur l'autre, en riant et pleurant presque. Ruth l'attire dans le salon, je ne comprends qu'à peine ce qu'ils se racontent mais ils sont superbes à voir. Jimmy fléchit un genou devant Odessa en prenant ses deux mains dans les siennes, tandis que Tony les surplombe. Julia entre et s'immobilise à côté de moi, un pied sur chaque marche, et Jimmy se relève et attrape Tony par le cou. Tony est tout à la fois gêné et ravi, je peux le voir sur sa figure, mais le plaisir et une affection naturelle l'emportent, il sourit et dit à Jimmy : « Je pensais à toi. Je savais que tu viendrais ce soir, je te jure que je le savais ! C'est le cantique qui t'a amené — c'est le cantique ! »

D'un geste vif, machinal, Jimmy touche l'anneau d'or à son doigt et fixe Tony du regard.

« Quel cantique ? » Son demi-sourire s'accompagne d'un léger haussement de sourcils.

Julia pénètre dans la pièce.

« Un des cantiques qu'Arthur a chantés, il y a très longtemps, quand je prêchais. »

Jimmy sourit franchement à Tony. Quelque chose semble se détendre entre eux. « Ma foi, je veux bien te croire, vieux. Je veux bien croire que le cantique m'ait fait venir ici. » Il s'approche de la table : « On dirait que vous avez eu un *festin.* »

Mais déjà, Ruth, Julia et Odessa emportent les assiettes. « Donne-lui un verre, Hall, dit Julia pendant qu'on réchauffe la nourriture », et : « Excuse-moi », dit gentiment Ruth qui emporte la viande et : « On revient tout de suite », ajoute Odessa, chargée de la salade de pommes de terre et des petits pains. Tony débarrasse le reste.

Je nous sers un verre, à Jimmy et moi. Jimmy s'assied et ôte ses bottes, pose sa tête sur un coussin et ses pieds sur un autre, prend son verre de mes mains et se redresse. Je m'assieds près de lui et il lève son whisky.

« Je suis rudement content de te voir, vieux frère.

— Moi aussi. »

Nous trinquons.

« Eh bien, que faisais-tu à Rome ?

— Mon vieux, que faisais-je n'importe où ? Je ne sais vraiment pas. Enfin si, je sais. » Il trouve ses cigarettes, et j'allume la sienne et la mienne.

Peut-être ce que j'entends en disant que Jimmy est calme, c'est qu'il peut vous échapper en une seconde et continuer d'être là, aussi immobile et réservé qu'un chat. Il sourit : « J'ai fait une sorte de pèlerinage. Je suis allé à Istanbul. Je suis allé à Londres, Berlin, Genève. Je suis allé à Venise. Je suis allé à Paris — des endroits où nous avions vécu ensemble, Arthur et moi, ou bien simplement des lieux dont je savais qu'il les avait visités. Je suis allé à Barcelone — nous avions été très heureux à Barcelone. » Il continue de sourire et boit une gorgée de son verre. « Les stations du chemin de croix. » Puis : « Ne te méprends pas. J'ai découvert combien je l'aimais — combien je l'aime encore. Et alors j'ai commencé à pouvoir avaler sans souffrir. Ça a commencé... à s'arranger. Merde, peut-être que rien ne s'arrange complètement, mais enfin tu vois ce que je veux dire. J'ai cessé de haïr Dieu — ou ce qui en tient lieu. Ce qui nous a tellement fait de mal. Ce qui l'a démoli. » Il se renverse contre un coussin. « Tu comprends. Je te raconterai tout bientôt. »

Tony revient : « Ça ne vous fait rien, les gars, si je reste ici. Je veux dire, vous comprenez, je dérange à la cuisine, mais je peux toujours monter là-haut lire un bouquin. » Il sourit, un peu inquiet tout de même.

Jimmy tapote un coussin : « Assieds-toi, Tony. Je ne suis pas assez bête pour croire que je pourrais avoir des secrets pour toi. Merde, je n'ai pas de secrets, point final. » Nous rions tous les trois et Tony s'assied. Ou, plutôt, il réarrange ses membres anguleux en ce qu'on pourrait appeler, en gros, une position assise : il n'est pas debout.

« Que faisais-tu à Rome ? s'enquiert à son tour Tony.

— Des connards avaient eu la folle idée de faire un film sur la vie de ton oncle. Je leur ai dit » — il se tourne vers moi — « que tu étais l'homme à qui il fallait parler mais, après une séance avec eux, je ne leur aurais même pas donné ton adresse. Je te raconterai. *Sanglante Pentecôte* à la sauce noire ou *Porgy et Sexe*. » Il imite une nausée. « La lie, coco. À part ça, dit-il à Tony, j'ai joué du piano. J'ai joué partout où je suis passé. C'est comme ça que j'ai survécu. Une drôle de java. » Il boit une gorgée. « Je ne crois pas que je recommencerai. Ce n'était pas pareil, ça n'avait pas le même sens pour moi. J'ai commencé à comprendre mieux que je ne l'avais fait... » Jimmy s'interrompt, finit son verre et le tend à Tony : « Tu ne voudrais pas rendre service au croulant ? Rajoute un peu de scotch là-dedans avec deux ou trois glaçons.

— D'accord », dit Tony qui me regarde mais je lui fais signe que non. J'ai trop peur de boire quand je conduis et, d'autre part, en rentrant ce soir, Tony et moi serons seuls dans la voiture et Tony aura un paquet de questions.

« Qu'as-tu commencé à comprendre ? je demande.

— Ce qu'Arthur a dû sentir après un temps. Ce n'était plus lui qui chantait. » Jimmy soupire : « C'est ce qu'il a senti, je le sais. Toi aussi, tu le sais. Mais il ne pouvait pas non plus revenir en arrière. » Il se redresse, éteint sa cigarette et en allume immédiatement une autre. « Je pense que j'ai commencé mon livre », dit-il.

Tony apporte son verre à Jimmy et se rassoit.

« Oui, répète Jimmy, je crois que j'ai commencé mon livre. »

Les femmes reviennent avec la nourriture et le vin.

Je n'ai pas connu Jimmy toute ma vie mais je l'ai connu toute la sienne — une curieuse différence à mesure que le temps passe. Je ne l'avais qu'à peine remarqué, avant ma liaison avec Julia. Jusque-là, il n'avait été que le petit frère morveux et bruyant de Julia, un parfait emmerdeur et, de temps à autre, je m'étais trouvé dans l'obligation de le bousculer poliment, soit de l'écarter poliment, soit de lui suggérer poliment d'aller se faire foutre ailleurs. Je n'avais rien contre lui. Je n'en avais tout bonnement rien à cirer.

Julia et moi vécûmes ensemble en 1957, l'année où Arthur devint soliste. Pour des raisons que j'aurai à expliquer plus tard, le couple Julia et moi ne dura pas très longtemps, mais le soliste Arthur, oui. C'est ainsi qu'aux environs de 1960, Arthur devait donner un récital au bénéfice des Droits civils dans une église au fin fond de la Floride ; et son pianiste habituel se trouvait en prison en Alabama. J'avais accompagné Arthur dans ce voyage parce que je commençais à avoir un peu peur pour lui — peut-être aussi parce que, sans l'admettre tout à fait, je commençais à m'engager davantage. J'étais plein de réserve à l'égard de la non-violence, de la prière pour vos ennemis, des chants de la liberté et le reste. C'est que ces cinglés de Blancs étaient loin d'être non violents. On entendait les coups, les cris et les prières du Mississippi jusqu'à Harlem. On les voyait sur sa télé en rentrant chez soi. Il n'y avait pas moyen — pour certaines gens — de faire comme si on ne voyait pas. Je dis « certaines gens » et je le dis avec une grande amertume et même de la haine dans mon cœur car, Dieu sait, « certaines gens » n'étaient pas la majorité des gens. La majorité des Américains se foutaient éperdument de ces garçons et filles noirs, de ces hommes et de ces femmes noirs — et de quelques garçons et filles, hommes et femmes blancs qui se faisaient tabasser et assassiner en leur nom. La majorité des Américains se révéla d'une parfaite lâcheté, c'est la parfaite vérité et l'histoire m'en est témoin. Mais j'anticipe. Quelques-uns des gosses nous conduisirent à l'église parce que Arthur était résolu à s'y rendre et nous y rencontrâmes Jimmy. Jimmy travaillait dans le Sud depuis deux ans.

Or Julia m'avait dit, et je savais aussi, que Jimmy jouait du piano : mais je l'avais oublié jusqu'au moment où Arthur et moi entrâmes dans l'église pour découvrir Jimmy installé là. Il était dans la cuisine, au sous-sol. Ce sous-sol avait reçu déjà par deux fois des bombes. Des sacs de sable s'entassaient dans un coin et bouchaient aussi le trou qui avait été autrefois une fenêtre.

Assis sur la table de la cuisine, Jimmy, vêtu d'un chandail vert troué, d'un jean et de baskets, déchiquetait un sandwich au bacon. Il était très maigre. Je ne le reconnus pas sur-le-champ, au contraire d'Arthur.

Jimmy sourit et lança : « Bienvenue au jeu de massacre, les enfants. Et ne sortez surtout pas sans votre peigne, votre gant de toilette et votre brosse à dents — certaines de ces prisons ont même l'eau courante. » Puis, s'adressant à Arthur : « J'apprends que ton chef d'orchestre est retenu dans le berceau de la Confédération. Si tu veux, je t'accompagne.

— Formidable, dit Arthur. Veux-tu qu'on répète ensemble un ou deux trucs, en vitesse ? Juste pour voir comment on s'entend.

— À vot' service », annonça Jimmy en se levant après avoir terminé son sandwich. Nous montâmes à l'église. Jimmy se mit au piano. Deux ou trois gosses se rassemblèrent autour de nous. À l'entrée, deux Noirs surveillaient la rue. Le service religieux — qui était en fait un rallye de protestation — devait commencer deux heures après. Le nom d'Arthur s'étalait sur des banderoles devant l'église. L'air était imprégné d'une tension que je devais finir par identifier aussi vite que mon propre nom.

Jimmy commença à jouer. Arthur attendit un peu, puis se mit à chanter : Jimmy et lui échangèrent un bref sourire tandis que l'un et l'autre épousaient le rythme. D'autres mômes s'approchèrent de l'autel. Dans l'allée centrale, deux femmes s'immobilisèrent les bras croisés. Le téléphone sonna au presbytère, quelqu'un décrocha immédiatement et ferma la porte de communication. La musique s'anima, je me joignis aux hommes à l'entrée et demeurai avec eux à contempler fixement les bucoliques ruelles de l'Apocalypse.

Plus d'une année après, un soir humide à Harlem, nous laissant porter par la pluie d'un bar à l'autre, seuls dans les rues noires et argent, cernés par l'averse, les cheveux, les cils, le bout du nez et le dos dégoulinant d'eau, nous marchions et parlions : Arthur venait d'arriver de Londres.

Personne ne sait jamais grand-chose de la vie de quelqu'un d'autre. Une ignorance qui devient frappante lorsque vous aimez cet autre. L'amour enflamme l'imagination et, finalement, la transforme en un matériau plus dur : l'imagination ne peut pas égaler l'amour, elle ne peut pas plonger aussi profond ni balayer aussi large.

Ruth était encore à la maternité avec Tony, et Arthur et moi avions dîné seuls. Il pleuvait à la sortie du restaurant, près du théâtre de la Renaissance, sur la Septième Avenue. Mon appartement se trouvait derrière nous, un peu plus à l'est, dans un de ces désastreux foutus lotissements.

Arthur s'était montré très silencieux durant le dîner. J'observais son visage. Un visage que je connaissais et ne connaissais pas. Quelque chose le tracassait.

Nous sortîmes en silence pour retrouver la pluie mais nous ne prîmes pas le chemin de chez moi. Nous descendîmes la longue et bruyante avenue, longue de silence, bruyante de pluie. Fièrement amphibies, les voitures tanguaient et vomissaient des masses d'eau. Les gens attendaient dans les vestibules, sous des cercles de lumière, ou rasaient les murs en pataugeant furieusement dans les flaques. Nous marchions très lentement. Je portais un chapeau mais Arthur, tête nue, se protégeait le crâne d'un journal plié. Il fit halte devant chez Dickie Wells. Nous échangeâmes un coup d'œil et entrâmes. Nous nous assîmes au bar. Il était encore tôt, c'est-à-dire moins de minuit, et l'endroit était tranquille.

Le barman nous servit, Arthur consulta le fond de son verre puis leva les yeux vers moi et dit : « Ainsi donc, nous allons travailler ensemble. »

Nous avions décidé cela juste avant son départ pour Londres. C'est Arthur qui avait insisté. Je travaillais dans les services de publicité d'un magazine noir — qui, du moins, se prétendait noir. Le job n'était pas mauvais mais Arthur affirmait qu'il me faisait tourner au schizo et je pensais qu'il n'avait peut-être pas tort.

Arthur avait à peu près vingt-six ans — ce qui veut dire que nous avions entamé les années soixante. Sans avoir encore, comme on dit, « réussi », Arthur représentait un fantastique atout, tout à fait particulier. Il avait atteint ce curieux point par lequel les grandes carrières semblent passer : le moment où il vous faut soit grimper encore jusqu'au sommet soit descendre et disparaître.

Nous étions à la veille de signer le contrat pour son premier album de disques et cela aussi le préoccupait beaucoup.

« Quand on chante, dit-il soudain, on ne peut pas chanter *à l'extérieur* de la chanson. Il faut *être* la chanson que tu chantes. Il faut qu'elle soit une confession. »

Il fit tourner son verre entre ses doigts et dit sur un autre ton : « Chaque fois que je passe au coin de la rue, je me rappelle ce type qui s'est trouvé là un jour sur mon passage et qui m'a demandé d'aller faire une course pour lui. J'avais treize ans. Il en avait trente ou quarante, un mec grand, mince, avec une gueule assez rude. Il portait un chapeau. Il m'a expliqué qu'il fallait qu'on aille d'abord chez lui chercher de l'argent. »

Arthur me regarda du coin de l'œil, avec un petit sourire et un haussement d'épaules. « Il avait l'air de vouloir me donner dix ou vingt-cinq *cents*. »

Je regardai Arthur et retins ma respiration.

« La maison où il disait habiter était proche du carrefour. Nous avons pénétré dans le hall et on a commencé à monter l'escalier. C'est drôle, je ne l'oublierai jamais, mais, à l'instant où nous avons commencé à grimper ces marches, j'ai su que ce type n'habitait pas là. Je l'ai compris. J'ai été saisi de trouille comme jamais ; je n'ai pas fait demi-tour pour m'enfuir, j'étais hypnotisé. Je l'ai suivi dans cet escalier jusqu'au troisième étage. »

J'essaie de considérer la scène sous l'angle de la mésaventure mineure, parfaitement banale, d'un adolescent. Mais ce n'est pas ce qu'exprime le regard d'Arthur. Ni sa voix.

« Il m'a dit que j'étais mignon — quelque chose de ce genre — et il m'a caressé le visage : et je suis resté planté là à le fixer des yeux. Et pendant que je le fixais, son regard s'est assombri, comme le ciel, tu sais ? Il avait l'air de ne pas me voir, exactement comme le ciel. Et quel silence dans cet escalier : on aurait cru l'entendre grandir, ce silence, comme s'il allait exploser ! »

Arthur me jeta un coup d'œil, puis détourna la tête et avala une autre gorgée de sa boisson.

« Il a sorti *son* zob et j'ai regardé fixement cette chose pointée vers moi, et, mon vieux, tu sais comment nous avons été élevés, je n'ai pas su *qui* appeler au secours, et puis il a posé sa main sur *mon* zizi et mon zizi s'est dressé et je n'ai plus bougé du tout. J'ai attendu, paralysé, et il a ouvert ma braguette et il a sorti ma queue qui est devenue grosse, je ne l'avais jamais vue comme ça, c'était la première fois et ça voulait dire que je devais être exactement comme ce type-là, et puis il s'est agenouillé et il l'a prise dans sa bouche. J'ai cru qu'il allait la mordre. Mais elle continuait à grossir et je me suis mis à pleurer.

« Une porte a claqué quelque part au-dessus de nos têtes et le type s'est relevé, il m'a fourré de l'argent dans la main et il s'est rué dans l'escalier. J'ai refermé mon pantalon de mon mieux et je suis rentré en courant à la maison. J'ai couru tout du long. Je me suis enfermé dans la salle de bain et j'ai regardé les sous dans ma main. Il y avait une pièce de vingt-cinq *cents* et deux de dix. Je les ai jetées par la fenêtre. »

Il termina son verre : « Je venais juste de commencer à chanter. »

Une timidité que je n'aurais peut-être pas éprouvée face à un ami ou à un étranger, refusa de me délier la langue.

Après tout, il ne s'était rien passé de si terrible : il aurait pu se passer bien pire. Cette pensée me fit honte : qu'en savais-je ? Il ne s'agissait pas de *mon* initiation. J'eus honte de moi pour une autre raison : qu'Arthur n'ait jamais songé à raconter ce viol à son grand frère. Il n'aurait pu le raconter à personne d'autre.

Mais j'avais vingt ans quand Arthur en avait treize et j'étais au-dessus des soucis de mon petit frère. Il ne lui serait probablement jamais venu à l'idée de venir me chercher pour me parler. Il aurait eu bien trop peur et bien trop honte.

« Je n'ai jamais oublié cet homme, dit Arthur lentement, pas tant à cause de la chose physique — mais... »

Arthur s'interrompit, me regarda, et j'eus l'impression de n'avoir jamais vu ses yeux en face, de n'avoir jamais vu combien ils étaient immenses et profonds.

« ... mais de la manière dont il m'a fait me considérer moi-même. Ce type m'a rendu impossible tout contact physique avec quiconque, homme ou femme, pendant très longtemps, et pourtant il m'avait rempli de curiosité. Et tout le temps que je chantais, vieux, je chantais contre une tempête. » Puis il éclata de rire : « Il faut que je vive la vie que je chante », dit-il.

Il posa de l'argent sur le comptoir et ramassa son journal mouillé. « Viens, dit-il, allons faire la tournée des bistros. Ça m'est égal de me mouiller » et, souriant, il me poussa vers la porte.

Nous reprîmes notre marche sous la pluie et la descente de l'avenue. Nous avancions, tête baissée, seuls dans la rue. Et nous aurions offert un spectacle étrange à quiconque nous aurait vus.

Arthur remit son journal sur la tête où il acheva de se désagréger. « Si tu me connaissais mieux, je suis sûr que tu me traiterais d'idiot, et si je n'étais pas ton frère, tu te moquerais peut-être de moi — mais j'ai eu très peu d'expérience et j'ai toujours eu peur. Et je n'ai pas cessé de travailler. Et, si tu remarques, je me suis gardé à l'écart de toi. Parce que je t'ai toujours admiré et que je t'aime et que je ne pourrais pas vivre, mon vieux, si je pensais que tu as honte de moi. »

Je produisis un son qui se voulait un rire, un petit bruit absurde contre le torrent : « Pourquoi aurais-je honte de toi ?

— Écoute. Nous allons de plus en plus vivre ensemble. » Nous commencions à être trempés, nous accélérâmes le pas, en rasant le plus possible les murs. Arthur jeta son journal en bouillie et nous prîmes la direction du bistro le plus proche. « Tu vas observer ma vie de près. Je ne veux rien te cacher, frérot.

— Pourquoi me cacherais-tu quoi que ce soit ? » Mais ma voix sonna creux et — oui — j'eus peur.

Nous entrâmes dans le bar. Un bar que nous ne connaissions pas très bien, un bistro de pauvres. On peut dire que tous les bars de Harlem sont des bistros de pauvres, mais il existe des degrés, des degrés de visibilité. Et ce bar était minable.

Nous étions très visibles, nous aussi, en traversant la salle pour aller nous asseoir dans une salle au fond. Le juke-box faisait beaucoup de raffut, et les gens également.

Arthur se rendit aux toilettes essuyer sa figure et ses cheveux dégoulinants. La barmaid, une femme âgée au visage plaisant, s'approcha de moi :

« C'est pas celui qui chante ?

— Oui », à quoi j'ajoutai : « C'est mon frère.

— Comment s'appelle-t-il ?

— Arthur Montana.

— Je le savais. C'est lui. Ma sœur n'arrête pas de me parler de lui. Il a une voix magnifique. Vous êtes *vraiment* son frère ?

— Pourquoi le dirais-je si je ne l'étais pas ?

— Je ne sais pas pourquoi les gens racontent des tas de

choses. Dites-lui qu'il a une belle voix. Je l'ai entendu chez le révérend Larrabee, avec ma sœur. »

Elle prit la commande et s'en fut. Peu après, j'entendis « ... un chanteur de gospel ? Y va pas sauver des âmes par *ici* ! » Rires. « Il est mouillé comme tout le monde », dit quelqu'un. « Et il est aussi assoiffé », lança un autre. « Eh ! Mec, y a personne qu'a dit qu'il était *prédicateur.* » « Faisons-lui chanter "N'a-t-il pas plu ?" »

« Bande de vauriens de pécheurs, dit la barmaid calmement, vous ne savez pas qu'Il est partout. » Redoublement des rires.

Arthur revint, guère plus sec — nos cheveux retiennent l'eau —, ôta sa veste et s'assit. La barmaid posa son plateau sur la table. « Donnez-moi ces machins mouillés », dit-elle. Elle s'empara de mon chapeau, de mon manteau et de la veste d'Arthur et les étala sur une table voisine.

« Merci, dit Arthur.

— Ne laissez pas le whisky détruire cette jolie voix », lança-t-elle.

Arthur la regarda s'éloigner puis se tourna vers moi : « Vous avez parlé de moi ?

— Petit, elle t'a entendu chanter chez le révérend Larrabee et elle l'a déjà raconté à tout un chacun ici. Elle me l'a raconté à *moi.* »

Arthur parut stupéfait puis, malgré lui, ravi, et enfin pensif. Il alluma une cigarette.

« Ne laisse pas les cigarettes détruire cette jolie voix », dis-je.

Il rit, l'air soudain d'avoir dix ans : « Écoute, dit-il, ne me traite pas comme ça, frangin. » Je me souvins de lui avoir enseigné à lacer ses chaussures — ses baskets — il y a des années, des baskets blanc et marron, et je ne sais absolument pas pourquoi cela me revint en mémoire.

« Ce n'est pas ma faute, dis-je, c'est la célébrité.

— Tu crois que je vais devenir célèbre ?

— Oui, j'en suis persuadé ! » répliquai-je et, pour la

première fois, je sentis, un instant, une sorte de vent glacial souffler entre Arthur et moi : à sa suite s'engouffrèrent les bruits du juke-box et des voix au bar.

Et Arthur leva la tête et regarda au loin par-dessus le comptoir, comme s'il voyait quelque chose qu'il n'avait jamais vu, comme s'il entendait un son neuf. Le dos tourné au bar, je faisais face à Arthur et je ne pouvais pas voir ce qu'il voyait. Enfin : il y avait l'homme aux cheveux gris, aux dents jaunes et au sourire idiot, accoudé au bout du bar à notre arrivée, les deux mains autour de son verre, la tête rentrée dans son imperméable noir-vert déchiré. Perchée sur le tabouret près de lui, une grosse bonne femme noire avec de longs cheveux rouge vif frisés et un rouge à lèvres mauve foncé qui faisait de sa bouche une meurtrissure. Elle semblait fort bien connaître l'homme aux cheveux gris et espérer lui échapper, mais sa patience à lui était probablement aussi impitoyable que son sourire. Voisin de ce mécontentement, un mec jaune clair en complet marron, le nez dans son verre, ignorait tout à la fois (et dans un même effort) la dame aux lèvres blessées et le grand type debout à côté de lui qui arborait une veste moutarde, d'un tissu genre tweed, une pipe éteinte, des lunettes plus éclatantes que la colère de Dieu, un long menton, et de lourdes bagues étincelantes sur des doigts agités : il rythmait aussi des pieds une musique imaginaire. Deux filles et deux garçons aussi excités que fatigués jouaient avec le juke-box en attendant que le temps change. Un gros homme sirotait sa bière en solitaire. Une fille silencieuse, vêtue d'une blouse jaune et d'une longue jupe bleue, était assise à côté de lui. Deux types du genre instituteur, adossés au mur, bavardaient et riaient, très conscients de la présence du grand jeune homme au pantalon de velours côtelé, seul au bar, et qui paraissait être un ami du barman — le barman était petit, rond et jovial, avec une moustache, et dès qu'il avait un instant de libre il revenait bavarder avec le grand garçon. Un homme et une femme étaient assis ensemble près de la fenêtre, devant la pluie qui ne cessait de tomber. La barmaid parlait à tous, voyait tout et se déplaçait sereinement derrière le comptoir, lavait les verres, vérifiait ses stocks et expédiait parfois le barman chercher ceci ou cela à la cave. La musique se déversait sans fin comme la pluie. Les voix montaient et descendaient comme une rivière, une rivière en crue à l'assaut du barrage. Les bouteilles brillaient de malice contre le miroir surchargé. De temps à autre, le tiroir-caisse retentissait telle une sonnerie annonçant à des prisonniers leur sentence ou leur libération. La porte ne cessait de s'ouvrir et de se fermer, les gens entraient et sortaient — mais en majorité entraient. La pendule, au mur, déclarait deux heures un quart. Au-dessus d'elle se trouvait un portrait au crayon de Malcolm X.

Arthur reporta son regard sur moi.

« Eh bien, dit-il, quoi qu'il en soit, tu m'accompagneras jusqu'au bout, non ? Je n'ai personne d'autre que toi.

— Oh ! Allons donc ! »

Il sourit. Je sentis que ce sourire lui faisait mal et il me fit mal. « C'est vrai. Toi, tu as Ruth et maintenant tu as Tony, là-bas, avec ses langes et son bracelet d'identité, mais moi je n'ai que toi. » Il sourit de nouveau, un sourire plus vif cette fois : « Ne t'en fais pas. Mes exigences sont très modestes.

— Dis donc, petit, tu sais que tu déconnes à plein tube ?

— Ce n'est vraiment pas une façon de parler à un chanteur de gospel. »

Nous éclatâmes tous deux de rire : « Paie-moi un autre verre, affreux connard ! Avec toi, mec, j'ai intérêt à prendre une cuite.

— D'accord. Et tu... nous avons à fêter une vie nouvelle. »

Il regarda en direction du bar et, comme à l'affût de cette

lumière en provenance du phare, la barmaid apparut sur-le-champ.

« Je vous ai pourtant prévenu de faire attention à cette voix.

— Tout va bien, je suis avec mon frère. »

Elle ne se dérida pas exactement, mais elle me dévisagea une fois encore avant de se retourner vers Arthur : « C'est votre unique frère ?

— Juste. »

Elle me regarda : « Alors, ne vous en faites pas. »

Nous allâmes finalement de ce bar minable — la pluie continuait à tomber — dans un bistro ouvert très tard, quelque part à l'ouest, sur la 118e Rue, où tout le monde connaissait Arthur. Ce fut du moins mon impression. Ce fut aussi une des dernières fois où je devais ne pas savoir qui connaissait Arthur et qui ne le connaissait pas. Ce fut une des dernières fois où je me permis d'être soûl au cours d'une virée avec Arthur. Ce fut la première fois où je vis mon frère dans un monde qui était le sien et pas le mien. Je pris une cuite cette nuit-là et je compris qu'Arthur essayait de me montrer quelque chose, quelque chose que j'eusse été peut-être incapable de voir si je n'avais pas bu.

Ou si Tony n'était pas né deux nuits auparavant. Cette joie et cet émerveillement, cette terreur et cet orgueil surgirent et dansèrent en moi cette nuit-là, rendant ma vie nouvelle, rendant mon frère nouveau. Il me parut incroyable que, la première fois où je l'avais vu, Arthur ait été aussi faible, aussi petit, aussi furieux que Tony aujourd'hui, avec ses yeux aussi clos, ses poings et ses jambes aussi futiles résistant avec chaque fibre de son être à sa violente rencontre avec l'air.

LIVRE II

DOUZE PORTES POUR LA VILLE

« Viens dans la maison du Seigneur
Il va pleuvoir. »

(Traditionnel.)

« Mon texte, ce matin, dit Julia, est tiré des Psaumes de David. Reportez-vous avec moi à la page du trente et unième psaume et nous allons lire ensemble le vingt et unième verset. »

Toute de blanc vêtue, elle était debout sur une estrade dissimulée par le pupitre. Une estrade spéciale, démontable, construite par son père qu'elle regardait maintenant tandis qu'il se levait pour lire. L'estrade avait l'aspect d'une caisse munie d'une poignée de corde. Quand le père de Julia la dépliait, avec des chichis puérils, la caisse devenait une estrade munie d'une marche et la poignée se transformait en une main courante, parfois peinte en doré. Cet objet — comme son père — suivait Julia dans tous ses déplacements et rendait son apparition presque mystique, comme si elle était soulevée.

Son père et sa mère se trouvaient devant elle, au premier rang, avec, entre eux, Jimmy qui ne tenait pas en place. Ils étaient arrivés depuis peu de La Nouvelle-Orléans, où mon père et ma mère avaient connu la grand-mère de Julia. Nous étions assis juste derrière eux, nos parents, Arthur et moi, un dimanche matin. Il me semblait bizarre d'avoir été traîné jusqu'à cette église pour écouter une gamine de neuf ans prêcher l'Évangile. Quelqu'un se payait la tête du public et je compris que ce devait être son père et sa mère qui ne me paraissaient certainement pas très orthodoxes.

Malgré ses bibis provocants et ses jupes trop moulantes, la mère de Julia faisait la meilleure impression des deux. Elle avait un arrière-train superbe, des seins hauts, fermes, exigeants, de longues jambes et elle portait constamment des talons aiguilles — pour être bien sûre qu'on remarquât ces jambes. Quand elle était heureuse, elle se caressait les seins et, lorsqu'elle se mettait à crier, je contemplais ces cuisses, ces jambes, ce cul, et mes dix-huit printemps bandaient, dans ces lieux saints, de manière si désespérément païenne qu'on pouvait certainement m'entendre, pauvre pécheur, en gémir.

Le père ne la ramenait pas trop : il n'en avait nul besoin puisqu'il était son père. Il était le roi des étalons en costume zazou — zazou raisonnable — qui rendait les femmes folles à se demander ce qu'il pouvait bien donner, une fois déchaîné. Il avait les jolies dents cruelles, la petite moustache courte chatouilleuse et le sourire du pécheur prêt pour le baiser qui lui apportera le salut, de vrais beaux cheveux épais et bouclés, des yeux de Mexicain, et il paraissait nonchalant en toutes choses, l'air d'attendre que l'on vînt à lui.

Je n'étais pas le seul qui devait voir tout cela changer mais, à cette époque-là, frère Miller avait mis le monde en une carafe dont il tenait le bouchon dans sa fine main brune.

L'église était comble : une évangéliste enfant participait du théâtre des monstres sacrés et représentait quelque chose de plus aussi : une évocation de promesses et de prophéties accomplies. Et cette enfant venait du Sud profond que nous, les gosses, n'avions jamais vu, mais dont les parents se souvenaient avec nostalgie, crainte et douleur.

C'était une petite fille, plus foncée de peau que son père, avec des cheveux moins fins que recouvrait presque totalement le symbolique bonnet crocheté. Les yeux de son père étaient clairs, les siens sombres, étincelants, incroyablement vieux dans ce visage intact. Arthur affirmait qu'elle était une sorcière jeteuse de sorts ou encore une naine d'environ cent ans d'âge que frère et sœur Miller avaient volée en Égypte.

Elle n'avait rien d'une enfant tandis qu'elle lisait et que nous lisions après elle — et je me rappelle avoir éprouvé une sensation étrange, celle de faire, simplement par le son de ma voix, un vœu implacable, mystérieusement dangereux.

« Que le Seigneur soit béni, nous lûmes, car Il m'a montré Sa merveilleuse bonté dans une puissante cité. »

Son père se rassit — il se levait toujours pour lire, la congrégation restait assise — et elle fixa son regard loin derrière et au-dessus de nous, un peu comme une grande prêtresse venue, c'est vrai d'ailleurs et d'un autre âge.

« Amen ! dit Julia. Voilà, c'est David qui parlait. Vous savez tous qui était David ? C'est David qui a écrit ces psaumes et je crois qu'ils furent mis en musique dans les temps anciens. Les gens les chantaient et louaient gaiement le Seigneur avec ces psaumes. C'est David qui parle et savez-vous qui était David ? Eh bien, c'est David qui partit un jour à la recherche de ce méchant géant, à la recherche de cet *énorme* affreux *méchant* géant qui terrifiait à mort tout le voisinage, ce géant qu'on appelait Goliath, et c'est le petit David qui partit un jour avec sa fronde et qui *tua* ce méchant géant ! Vous ne savez toujours pas qui était David ? David était un petit berger, il nourrissait les moutons affamés ! J'entends certains d'entre vous dire : qui était ce David ? Parle-nous encore de ce David ! Eh bien, David était un *roi*, on l'appelait le *roi David* et les foules se prosternaient très bas, oh oui ! J'entends quelqu'un demander : qui était ce David ? Eh bien, laissez-moi vous dire, David eut un fils et ce fils tourna mal et il s'enfuit dans la forêt pour essayer d'échapper à la colère de Dieu et ce fils possédait une longue et merveilleuse chevelure. Or je crois qu'il était rudement fier de ses cheveux, alors le Seigneur fit en sorte que cette magnifique chevelure s'accroche aux lianes, aux buissons et aux épines des arbres et le fils de David mourut là, en essayant d'échapper à la colère de Dieu et nous entendons David pleurer très fort à genoux, pleurer comme un enfant, je l'entends pleurer, fidèles, l'entendez-vous aussi pleurer maintenant, fidèles ? Le roi David se jeta à genoux, pleurant, criant : "Oh ! Mon Dieu, je souhaite que vous m'ayez laissé mourir à la place de mon fils !" et entendez bien le roi David crier : "Mon fils ! Mon fils !" Et maintenant voulez-vous en savoir davantage sur le roi David ? Je crois que je vais vous parler encore un peu du roi David, ce matin ! Le Seigneur a béni David — de la maison de David est venu le Christ Notre Sauveur, le Christ Notre Seigneur ! »

Quoi qu'elle fît, elle ne feignait rien et l'assistance paraissait prête à décoller pour aller rencontrer Jésus en plein ciel. Elle ne pouvait pas bouger et arpenter la chaire comme un prédicateur adulte parce que, une fois descendue de son estrade, elle n'aurait plus été visible. Et pourtant elle jouait, comme j'ai vu peu de gens savoir le faire, de ces mains, ces yeux, ces épaules, ce cou palpitant et cette voix qui ne pouvait absolument pas provenir d'une minuscule petite fille de neuf ans. Pour moi, cette voix avait quelque chose de terrifiant comme le fait d'entendre des pierres parler ou d'être présent à la résurrection des morts. Car, si les morts pouvaient être ressuscités, ils le seraient par la voix de cette petite fille — mais qui souhaite assister à la résurrection des morts ?

Et, tant qu'elle parla, les fidèles crièrent *Amen* et *Que votre nom soit béni !* et *Saint ! Saint !* et *Parle, Seigneur Jésus !* — mais, quand elle se tut, ils se turent et un vibrant silence s'installa, une fabuleuse musique se rassembla dans le silence, prête à éclater comme une tempête.

Son père et sa mère étaient immobiles, le petit Jimmy aussi. Arthur se redressa, la bouche ouverte, les yeux agrandis.

« *Maintenant* vous commencez tous à avoir une idée de qui était David ? David est celui qui a dit : "Béni soit le *Seigneur*, car Il m'a montré Sa merveilleuse bonté dans une *puissante* cité !" Ah ! Une *puissante* cité ! David est celui qui a dit : "Le Seigneur est mon berger, je ne manquerai de rien !" David était un berger et je suis convaincue qu'il fût un *bon* berger, il ne laissa jamais ses moutons mourir de *faim*, et c'est ainsi qu'il put dire : "Je ne manquerai de *rien* — même pas dans cette puissante cité." O fidèles, je crois qu'il a dû parfois manger le pain du malheur. Je crois que je peux l'entendre dire ce matin : "Je lèverai mes yeux vers les collines d'où viendra mon secours." Je crois que je peux l'entendre dire ce matin : "Ne vous inquiétez pas des fauteurs de mal" — l'entendez-vous, fidèles, ce matin, dans cette *puissante* cité, oh ! oui, je crois que je l'entends dire : "Celui qui habite au plus secret du plus *Haut* demeurera dans l'ombre du *Tout-Puissant*" oh oui ! ici en plein milieu de cette puissante *cité !* Je crois que je peux le voir, cherchant *Jésus*, amen, à l'horizon et criant : "Mon Dieu, mon Dieu, pourquoi m'as-tu abandonné ?" dans cette *puissante* cité ? Je crois que je peux le voir marchant dans les rues, prenant le métro, frottant les *parquets*, amen ! dans cette *puissante* cité, vidant les poubelles et disant : "Oui, ma'âme" et "Non, ma'âme" dans cette *puissante* cité, je crois que j'entends ses bébés pleurer de faim dans cette *puissante* cité, je crois que j'entends les méchants rire dans cette *puissante* cité, exactement comme Goliath a peut-être ri en voyant ce petit garçon armé seulement d'une fronde, oh oui ! comme il a peut-être ri juste avant de repartir devant son Créateur, oh oui ! fidèles, il vaut mieux ne pas rire des élus de Dieu, car vous ne rirez pas devant le tribunal du Jugement dernier. Un jour... »

Mon cœur tonna et les fidèles grondèrent en silence.

« ... *un jour,* nous nous réveillerons dans cette *puissante* cité pour être délivrés par le Seigneur ! Nos enfants n'auront plus faim, plus jamais ! Plus jamais ! Nous ne verrons plus les vieilles gens tordues par les rhumatismes, la sueur leur ruisselant du front — plus jamais ! Béni soit le Seigneur !

pour sa merveilleuse bonté dans cette *puissante* cité. Cette puissante cité. Ah ! Mais j'entends une autre voix, ce matin, qui dit : "Le veilleur veille en vain si le *Seigneur* ne veille pas sur la ville !" N'entendez-vous pas cette voix, ce matin, fidèles ? J'entends David dire : "Frappez dans vos *mains*, vous tous bonnes gens ! Frappez dans vos *mains*." J'entends David dire : "Faites un joyeux tumulte en l'honneur du Seigneur !" Et maintenant, je crois que je peux entendre un des cousins de David, le bon frère Joshua, marcher autour des murs d'une *puissante* cité, souffler de la trompette sous les murs d'une puissante cité et j'entends quelqu'un me raconter comment les murs de cette cité sont en train de s'écrouler. Cette *puissante* cité. J'entends David dire encore : "Levez vos têtes, oh ! vous les portes, et soulevez-vous, oh ! vous les portes éternelles, et le Roi Glorieux entrera !" J'entends quelqu'un chanter : *"J'ai crié !"* »

Ma voix répondit et les fidèles répondirent :

« Et il m'a délivré. »

J'ai crié !

« Et il m'a délivré. »

J'ai crié !

« Et il m'a délivré — *moi*. Il a délivré ma pauvre âme. »

Le sol trembla sous mes pieds, même les murs parurent vaciller, la tempête éclata dans un fracas de pieds et de mains, dans la rage du piano, dans la course — tels des chevaux —, des tambourins, et les gens se mirent à hurler.

Telle une grande prêtresse, Julia demeura immobile au-dessus du tumulte. Elle qui avait provoqué cette tempête, elle par qui la tempête était venue, ne chantait pas, ne criait pas et son regard aurait pu aussi bien être fixé sur l'Égypte. Son père monta en chaire, s'approcha d'elle et lui essuya le front — et, oui, on put voir alors l'adoration qu'il lui portait —, puis il la fit descendre pour la conduire là-haut, hors de notre vue, à son siège royal.

L'éclairage de l'église me parut fort étrange et, pour la première fois, ces gens qui criaient m'effrayèrent. J'en oubliais même de contempler le popotin de sœur Miller. Assis tout seul dans son coin, le petit Jimmy paraissait éprouver le même désir que moi : se tirer. Mais je savais que Julia et ses parents devaient venir chez nous après le service et il n'eût pas été gracieux de ma part de m'enfuir. Je restai près de mes parents, à côté d'Arthur, juste derrière Jimmy, et regardai les élus se réjouir de leur rédemption.

Frère et sœur Miller arrivèrent chez nous avec leur fils et leur fille : un jeune couple, tout simplement, elle très amoureuse de lui, lui très amoureux de sa fille. Ils se taquinaient l'un l'autre et se montraient aux petits soins pour Julia, qui était une très belle enfant. Elle adorait rire, surtout sur les genoux de son papa, et son papa adorait la faire rire. Nos parents — Paul et Florence — étaient aux petits soins d'Amy, de Julia, de Joel et, à un degré moindre, de Jimmy qui boudait : on le laissa de côté. Arthur, trop vieux pour lui, le snoba, et je ne pouvais guère être utile. Chaque fois que sa mère lui adressait la parole, Jimmy la gratifiait d'un regard meurtrier et paraissait vouloir prendre la fuite. Julia semblait n'avoir jamais été mise au courant de l'existence de son frère : elle n'en avait pas reçu la révélation.

Si quelqu'un souhaite s'instruire — non que quiconque le veuille — sur le rôle de traître que joue la mémoire au cours d'une vie humaine, qu'il réfléchisse à la manière dont le flot des souvenirs refuse de se briser et empêche ce voyage dans l'espace du temps. Le temps : derrière ce mot, la mort chuchote. Avec ce poids s'alourdissant sans recours sur notre tête, la vision se brouille, rien n'est plus ce qu'il paraît être. Le mot *événement* n'a plus de signification, sauf dans un sens rituel : c'est-à-dire dans le sens d'un vœu, d'une profonde génuflexion entre la terre de l'avenir et le ciel du passé. Impossible de rien voir en se retournant : il fait trop sombre derrière moi. Et le cantique se contente de dire avec une stupéfiante banalité : « Il y a une lumière devant moi. Je suis sur ma route. »

Julia était une fillette de neuf ans, j'en avais dix-huit. Je ne savais pas qu'elle cesserait de prêcher, qu'elle deviendrait une putain puis la maîtresse d'un chef africain, à Abidjan. Je ne savais pas que nous serions amants ni qu'elle deviendrait un pilier de ma vie. Je ne savais rien d'Arthur qui avait onze ans et moins encore de Jimmy qui en avait alors sept et qui deviendrait le dernier et le plus dévoué des amants d'Arthur. Qui aurait pu savoir ? Derrière le visage de quiconque nous avons aimé pour de bon — qui nous avons aimé, nous aimerons toujours, l'amour n'est pas à la merci du temps et il ne connaît pas la mort, ils sont étrangers l'un à l'autre —, derrière le visage de l'aimé, si vieux, ruiné et marqué soit-il, se trouve le visage du bébé que fut autrefois votre amour et qu'il restera toujours pour vous. L'amour aide alors, si la mémoire ne le fait pas, et la *passion*, excepté dans son intense relation avec l'*agonie*, travaille à l'ombre de la mort. La passion est terrifiante, elle peut vous faire vaciller, vous transformer, vous faire courber la tête comme un vent qui se lève du fond de la mer alors que vous êtes seul au large sur le bateau de votre mortalité.

Mais je vais devoir tenter de me souvenir. Le service se termina assez tôt, pour cette paroisse en tout cas, et nous rentrâmes à la maison vers trois heures.

Cette église peut avoir été celle où Arthur fit ses débuts, pas très longtemps après, à côté du chemin de fer de Park Avenue. Mais, peut-être, je ne m'en souviens ainsi que parce que c'est là que j'entendis Arthur chanter pour la première fois en public.

Je suis à peu près sûr d'un certain nombre de choses. J'avais dix-huit ans, il y a trente ans. Le pays était entre deux guerres et personne n'avait encore les idées très claires sur cette chienlit de tueries, bien que le monde s'y acheminât tout droit. La pause fut utile. Paul jouait du piano dans un bar du haut de la ville, dans ce qui avait été Sugar Hill, le quartier des bordels noirs. Maman travaillait dans le Bronx pour une famille qui l'adorait. J'avais un boulot dans le secteur de la confection, mais je ne poussais pas un chariot, merci bien, j'étais employé aux expéditions. (C'est tout juste si je peux ficeler un paquet aujourd'hui, même pas les cadeaux de Noël, mes doigts ont fini par se révolter.) Je fréquentais l'école du soir, nous espérions envoyer Arthur au collège.

Si j'allais à l'école du soir alors, c'est que nous vivions sur la 135e Rue entre la Cinquième et Lenox Avenue. Je me souviens du trajet en métro. Nous nous faisions du souci parce qu'on nous avait dit qu'on allait démolir notre maison pour la remplacer par un complexe immobilier.

Je me rappelle que nous rentrâmes de l'église à pied, parce que Jimmy piqua une crise : il voulait faire pipi. Sa mère parut terriblement gênée, mais son père rit et resta à côté de Jimmy tandis que celui-ci pissait entre deux voitures garées.

« Alors, tu te sens comme un homme, maintenant ? » s'enquit son père ; et Jimmy lui tourna le dos pour se reboutonner. Un instant, j'eus l'impression qu'il allait traverser la rue en courant et se faire écraser. Mais il prit la main de son père et demeura près de lui.

Amy et Florence parlaient de gens de La Nouvelle-Orléans. Julia marchait entre elles, redevenue soudain très vieille. Cette fillette me fit peur. Peut-être quelque chose dans sa volonté m'effrayera-t-il toujours.

Et mon père et moi cheminions avec Arthur entre nous — le long de ce dimanche après-midi.

Nous arrivâmes à la maison et grimpâmes les trois étages. Arthur courut pour aller ouvrir. Arthur était déjà dans l'appartement et j'avais la charge des Miller. Mes parents montaient derrière moi. L'humeur des enfants avait changé.

« Toi, tu es une menteuse ! » chuchota furieusement Jimmy à sa sœur. Leurs parents allaient entamer la troisième volée de marches et j'eus l'impression que, comme les miens, ils soufflaient un instant.

« Je suis entre les mains du Seigneur, répliqua Julia calmement.

— T'as de la veine que ce soit pas les miennes ! » lança Jimmy avec une animosité qui faillit me faire trébucher, moi.

Et il jeta à sa sœur un regard haineux, comme s'il souhaitait lui faire dégringoler les escaliers ou la jeter par-dessus la rampe.

Arthur avait ouvert la mauvaise porte, c'est-à-dire celle qui donnait sur la petite entrée menant à la cuisine et à la salle de bain, au lieu de celle qui ouvrait sur la salle de séjour : et un silence un peu oppressant accompagna notre traversée des chambres sombres. « Maintenant, Jimmy, tu vas te tenir, tu m'entends ? » entendis-je, tandis que sa mère allongeait à l'enfant une retentissante paire de gifles. Jimmy ne pipa mot. Il précéda en courant mes parents et moi dans le living et alla se mettre à la fenêtre.

« Eh bien, installez-vous », lança Paul en souriant, le regard fixé sur le dos de Jimmy.

Amy s'assit sur le canapé à côté de son mari. Elle ne me semblait plus du tout sexy désormais, pas même jolie. Elle avait l'air d'une petite chose maigrichonne, apeurée, pas très maligne, et pas gentille du tout. Et le freluquet à ses côtés n'était soudain plus que cela, un pauvre mec à l'air effrayé, recroquevillé sur lui-même, comme s'il s'était trouvé aux mains des flics dans le sous-sol du commissariat, et sur le point de donner sa mère.

J'eus l'impression d'une scène pétrifiée. Florence sortit de la pièce. Julia courut poser sa tête sur les genoux de son père. Timide, Arthur s'approcha lentement de Jimmy et Paul dit : « Hall, emmène-les chez le marchand de glaces. Le dîner ne sera pas prêt avant quelques minutes. »

Ce fut donc moi qui attrapai Jimmy par le cou. Arthur nous suivit. Nous sortîmes de l'appartement et Jimmy se mit à pleurer. Je m'assis sur les marches, pris le gosse dans mes bras et Arthur attendit. Je sais que beaucoup de ce qui arriva plus tard n'aurait pas pu se produire sans cette journée-là : et pourtant Jimmy ne s'en souvient qu'à peine. Il se rappelle, mais pas du tout de la même manière que moi, que son père le laissa faire pipi entre deux voitures à l'arrêt. Seigneur ! Qui parlait d'œuvre terrible et merveilleuse à propos de vos créatures ?

Jouant les grands frères, je trimbalai mes deux mômes autour du pâté de maisons et, tout en sachant que ça risquait de leur gâcher l'appétit, je leur payai des glaces et m'assis au comptoir pour fumer une cigarette et faire du baratin à la serveuse. Arthur fut peiné de voir que ce gamin morveux qu'il avait snobé avait de la peine et il fit ce qu'il put pour réparer les choses — en ayant la délicatesse de ne pas paraître vouloir réparer les choses, ni d'avoir remarqué quoi que ce soit d'anormal. Il réussit à faire rire Jimmy. Plus tard, cela devait me revenir en mémoire. Quand j'estimai qu'ils avaient assez rigolé à propos de secrets qu'ils n'auraient jamais confiés à un vieux de mon âge, je les fis se lever, payai l'addition et les ramenai à la maison. Je grimpai l'escalier avec Jimmy sur mon dos et Arthur se rua devant nous en éclaireur.

« Ma foi, disait Amy au moment où nous entrâmes dans le living-room, lorsque Julia a été appelée...

— Quel âge avait-elle ? s'enquit Florence.

— Sept ans », dit Julia. Elle était assise sur les genoux de son père, immobile comme le sphinx qui règne sur la plaine d'Égypte.

Devant, sur la table basse, se trouvaient une bouteille de Coca-Cola et une autre de ginger ale, une assiette de gâteaux secs, des verres et une bouteille de sherry. Amy avait bu du ginger ale, sa fille du Coca, Paul et Joel sirotaient du sherry — Paul, assis sur le tabouret du piano, le dos à l'instrument, tenait compagnie à Joel.

Ma mère avait alors quarante ans bien sonnés, Amy à

peine trente — et pourtant, face à ma mère, elle paraissait desséchée, vieille, apeurée, ce que je n'avais jamais remarqué.

À notre entrée, le regard de ma mère se porta sur Jimmy, Arthur et moi. Je lui fis un signe de tête et elle se tourna de nouveau vers Amy.

Arthur et Jimmy s'en allèrent dans la cuisine au bout du couloir. Je restais debout près de la porte.

« Prends un siège, fiston », dit Paul. Il semblait à la fois amusé et triste. Sa voix contenait un ordre. Je m'assis.

« Elle est entrée et elle avait l'air — ah ! je ne peux pas vous dire —, l'air si propre, si lavée mais lavée *de l'intérieur* — elle paraissait avoir eu une vision — et moi, je me suis effrayée, j'ai pensé... j'ai pensé... mon enfant va mourir.

« J'étais dans la cuisine. Il était tôt le matin, avant qu'elle n'ait dû se préparer pour l'école. Joel était déjà parti au travail. Elle s'est approchée de moi, elle a tendu les bras, je me suis penchée, elle m'a embrassée et elle m'a dit : "Je ne peux pas aller à l'école aujourd'hui, Mama." J'ai eu peur de lui demander pourquoi mais j'ai compris qu'il le fallait et elle m'a lancé le plus beau regard que j'aie jamais vu de ma vie, ce n'était pas un sourire, c'était seulement un *regard*, et elle m'a dit : "Mama, le Seigneur m'a appelée à prêcher." »

Paul et Joel prirent en même temps une gorgée de leur sherry et je me sentis mal à l'aise, pas à ma place dans cette pièce.

« Eh bien, Seigneur » — elle tendit le bras vers sa fille mais ne la toucha pas, un peu comme un geste de bénédiction ou celui d'une main qui recule devant la flamme —, « vous parlez d'une *âme* troublée. Je n'arrivais pas à *croire* à ce qui *arrivait*, non je ne pouvais pas, mais pourtant c'était bien arrivé. Quelque chose en moi m'a dit que c'était un péché que de ne pas croire et nous sommes tombées, Julia et moi, à genoux sur le sol de la cuisine.

« Je ne sais pas combien de temps nous sommes restées

ainsi. Je sais que j'ai prié pour un signe. Parce que j'aime ma fille et que le diable a bien des manières de s'introduire chez les gens. Mais quelque chose me disait qu'il était mal de prier pour un signe. Quelque chose ne cessait de me dire : "Crois. Crois, c'est tout."

« Je me suis donc relevée et j'ai dit : "Julia, maintenant je vais te préparer ton petit déjeuner", et c'est ce que j'ai fait. Elle ne paraissait pas différente et pourtant si.

— Et moi, quand je suis revenu du travail, intervient Joel avec son sourire nonchalant, j'ai passé la porte et on aurait dit que ma maison avait *changé*. J'ai regardé autour, je n'étais plus sûr d'être chez moi.

« Et puis je les ai entendus dans la cuisine, Amy, Julia et le petit Jimmy, et j'ai gueulé, je suis là ! Et je ne sais pas pourquoi, je me suis mis à rire tellement je me sentais bien.

— Oui, renchérit Amy, la joie s'étalait sur son visage et je ne l'avais jamais vu ainsi et j'ai compris que c'était là le signe.

— J'ai gueulé : "Mais qui est donc venu ici en mon absence ?" et Julia m'a regardé et puis elle a dit : "Le Saint-Esprit" et j'ai frissonné.

— Julia a prêché le dimanche suivant, dans notre paroisse, dit Amy. Joel a dû emprunter de l'argent à son patron pour que je puisse faire la robe. »

Je surpris le regard de ma mère sur Julia. Je sais que je n'ai pas bougé, et pourtant je me redressai sur ma chaise.

« Je ne devrais probablement pas te demander cela maintenant, dit ma mère, mais tout de même j'aimerais bien savoir pourquoi tu as giflé si fort le petit Jimmy. Il n'avait rien fait, à mon avis, sinon se conduire en petit garçon. J'en ai deux, je sais ce que c'est. » Elle jeta un coup d'œil à Julia : « Nous avons perdu notre petite fille. »

Entre ma naissance et celle d'Arthur, une petite sœur était venue au monde, ma petite sœur Sylvia. Elle était née avec une maladie des reins et ne vécut que trois ans — juste assez longtemps pour que tout le monde mais, égoïstement, surtout moi, car elle était *ma* petite sœur, tombe amoureux d'elle.

« Jimmy peut se montrer très turbulent », dit Joel posément, mais Amy l'interrompit en criant : « Jaloux ! Voilà ce qu'il est ! Jaloux des élus des dieux ! C'est un péché, vous savez bien que c'est un péché et ça me fait peur. Enfin quoi » — et elle prit à témoin du regard Joel, Julia et de nouveau Florence —, « c'est comme si *moi* j'étais jalouse !

— Mais ce n'est qu'un petit garçon », dit Paul, les yeux baissés sur le clavier qu'il effleurait des doigts, « il ne comprend pas encore tout ça.

— Et lui taper dessus ne va pas l'aider à comprendre, renchérit Florence.

— Elle aussi, elle est votre enfant, dit Paul se retournant pour regarder Joel, et je me mêle peut-être de ce qui ne me regarde pas mais j'ai tout de même ma petite idée quant aux élus du Seigneur.

— C'est peut-être la raison pour laquelle vous n'en faites pas partie », lança Julia.

Amy retint sa respiration et murmura : « *Parle, Seigneur Jésus !* » Florence rejeta la tête en arrière et éclata de rire. Elle se leva : « Bon, eh bien, je vais apporter le dîner sur la table.

— Mon père, dit Julia en quittant les genoux de Joel pour se poster au centre de la pièce, mon père », de cette voix vraiment terrifiante dont il était impossible d'imaginer d'où elle venait, « je dois prêcher le Verbe ce soir et nous ne devons pas rompre le pain dans cette maison. » Les larmes ruisselaient sur son visage : « Vous vous êtes moqués des élus du Seigneur, dit-elle, et je... je vais m'occuper des affaires de mon Père », et elle quitta la pièce.

Personne ne bougea. J'aurais voulu rire, j'étais terrifié. Paul tapota les touches et esquissa « Viens par ici, Seigneur, viens par ici ».

Amy se leva tremblante et se jeta dans les bras de son

mari. Celui-ci l'étreignit en fixant du regard la porte. Ses yeux rencontrèrent les miens et, très lentement, je me levai. Amy alla mettre son chapeau. Elle regarda Florence qui la dévisagea à son tour. Paul abandonna son piano, se mit debout, et le silence régna.

« Si vous voulez rester, vous êtes les bienvenus, dit Florence. Je peux la coucher. Cette enfant est fatiguée.

— Elle doit aller où le Seigneur la guide », dit Amy. Elle passa son bras sous celui de son mari : ils firent mouvement vers la porte. Joel se retourna une seconde pour faire un signe de tête à mon père. Je n'avais jamais encore vu une telle expression d'impuissance sur le visage d'un homme et ils sortirent du living-room. Nous les entendîmes appeler Jimmy. Nous entendîmes Arthur ouvrir la porte qui se referma derrière eux. Arthur revint en courant nous rejoindre et, sans raison aucune, je l'attrapai au passage et le serrai contre moi, puis Maman dit : « Bon, venez, les enfants, je sais que vous devez avoir faim. »

Maman avait fait un jambon et des biscuits. Nous eûmes aussi des feuilles de collard, des ignames et du riz, de la sauce — et puis une tarte aux patates douces, plus qu'en abondance puisque les invités étaient partis. Arthur s'empiffra comme un cochon, et même un affreux cochon, mais il était sincère quand il affirma être désolé du départ forcé de Jimmy.

J'aurais aimé poser certaines questions mais pas en présence d'Arthur. Cependant, lui aussi, il voulait poser des questions — et ma présence ne le gênait nullement.

« Est-ce qu'elle est obligée d'aller à l'école ? Je veux dire, puisqu'elle est prédicateur ?

— Je ne sais pas, dit Paul avec un sourire, mais la plupart des prédicateurs que j'ai connus devaient certainement aller au *travail*. Évidemment, ajouta-t-il au bout d'un moment, ils avaient des bouches à nourrir. »

Florence grommela, regarda Arthur et se tut.

« Qu'est-ce que ça veut dire, papa, être appelé par le Seigneur ?

— Ton papa n'en sait rien, intervint Florence. Le Seigneur ne l'a pas appelé. Dieu merci », ajouta-t-elle *mezzo voce* et Arthur regarda tour à tour son père, sa mère, puis moi, d'un air dubitatif.

« Beaucoup sont appelés, dis-je, peu sont élus. » Et je lui fis un clin d'œil — mais personne autour de la table ne parut trouver mon commentaire très drôle. Arthur se tourna de nouveau vers son père :

« Je pourrais être appelé, moi ?

— Tu l'es tout juste, lança Florence. Tu es appelé à finir ton dîner et à aller au lit. »

Arthur reporta son attention du spirituel au temporel, avec l'espoir d'obtenir la permission d'aller jouer dehors, dès qu'il aurait dîné.

« Je suis bien contente que la mère de cette petite ne puisse pas la voir », dit Florence à Paul.

Arthur décida de ne plus se mêler à la conversation et garda son nez dans son assiette. « Je n'ai jamais pensé qu'elle était exactement une lumière, mais je croyais qu'elle avait du bon sens. »

Arthur toussa et se leva comme le petit garçon qu'il cesserait d'être dès qu'il aurait dévalé les escaliers.

« Maman ? Je peux sortir un peu ?

— Vas-y. N'oublie pas à quelle heure tu dois être de retour. »

Mais elle ne fit rien pour empêcher Paul de lancer une pièce de monnaie à Arthur qui dit : « Merci. À tout à l'heure » et mit les bouts.

Et il s'en fut dans les rues où il rencontrerait bientôt, à moins que ce ne fût déjà fait, Peanut, Crunch et Red.

Peanut n'avait pas été baptisé Peanut, bien qu'il eût été effectivement baptisé — par sa grand-mère dont la fille était morte en mettant Peanut au monde. Le père de Peanut avait disparu. Peanut ne devait jamais le connaître. Le vrai nom de Peanut était Alexander Theophilus Brown (je n'avais jamais su son nom en entier jusqu'à ce qu'on commence à rechercher son corps) et il était né à Albany, New York, où sa grand-mère était coiffeuse.

Il avait un an de plus qu'Arthur — un an ou quinze mois, disons. Et comme je le connaissais surtout par Arthur, je ne peux pas vraiment dire que je le connaissais. Mon œil suivait celui d'Arthur, ce qui est courant quand vous tenez à quelqu'un. Mais je ne suis pas Arthur, mes yeux ne sont pas les siens. Et je ne pouvais pas, par exemple, imaginer comment Peanut avait récolté son surnom. Quoi que Peanut eût fait pour mériter son sobriquet, ce devait être superbe et hilarant pour que ses copains prononcent ce mot avec autant d'amour et de gaieté. Moi, par exemple, je n'ai pas de surnom, ce qui en dit long sur mon compte, mais, si j'en avais un, seuls les gens qui me l'auraient donné sauraient ce que j'ai fait pour le mériter.

Peanut ne ressemblait nullement à une cacahuète. Il était grand, mince, avec des cheveux clairs et crépus. Je l'aurais plutôt baptisé Strawberry — la Fraise. Il avait cette espèce de roseur sous sa peau couleur de banane. Son visage était long et fin, ses pommettes hautes, ses longs yeux étroits d'un ton d'ambre. Au repos, ou dans cette sorte de colère qui donne au silence une présence redoutable, le visage se fermait comme un masque préhistorique.

Orphelin de fait, il vivait avec sa grand-mère, une vieille dame noire implacablement respectable qui détestait les nègres en bloc et les blâmait tous, en particulier son petit-fils et encore plus ardemment sa fille, pour le mauvais sort qui l'avait fait choir des hauteurs d'Albany dans la fournaise de la ville. Ce mauvais sort, très réel, n'avait rien de mystérieux puisqu'il était simplement dû aux tractations immobilières des propriétaires du terrain sur lequel elle habitait. Ces magouilles l'avaient forcée à vendre son fond de commerce à perte. Il n'était pas prévu qu'elle puisse se sortir du labyrinthe des avocats, des banques et des primes d'assurances et trouver un autre endroit où s'installer. Les Noirs, qui ont beaucoup de défauts (et encore bien d'autres à découvrir), n'étaient pas responsables de ce désastre particulier. Mais la vieille dame, la grand-mère de Peanut, nous en rendait tous fautifs. Le fait que Peanut fût aussi clair que le matin et elle aussi noire que du cirage n'arrangeait guère les choses. Et Peanut avait été informé qu'il ressemblait à sa mère (ou était-ce son père?). Tout cela devait avoir profondément troublé l'esprit de Peanut, mais il essayait de ne pas trop s'en faire ; de plus, il adorait sa grand-mère qui, à sa manière sombre, triste et implacable, l'adorait aussi. Et Peanut ne parlait jamais du malheur qui les avait amenés dans la ville — ce ne pouvait pas avoir été totalement un malheur pour lui : Albany le rendait asthmatique d'ennui — mais cela avait certainement un rapport avec ses deux visages.

Quoi qu'il en soit, disons qu'un an, environ, après cette histoire, j'eus une altercation au boulot avec un petit morveux blanc et rouquin qui trouvait spirituel de m'appeler *Bamboula*. Je l'avais averti une première fois. Puis une seconde. À la troisième reprise — tout en continuant à être gentil —, je le prévins des affres d'une mort par constipation car, lui expliquai-je, il n'aurait plus de trou du cul quand j'en aurais terminé avec lui. Et si je dis que j'étais gentil, c'est que je voyais bien que ce clown sans cervelle de républicain démocrate n'avait pas la moindre idée des dangers de son jeu de con, ni qu'il risquait de lui coûter la vie. Il n'avait même pas l'intention de blesser, simplement il se marrait comme on lui avait appris à se marrer. Pauvre schnock, la fois suivante où il m'appela *Bamboula* — « Grouille-toi, Bamboula, grouille-toi ! » —, je ne l'avertis plus. Je me trouvais en haut d'une échelle, en train de dégager un de ces rouleaux d'étoffe qui doivent bien peser dans les deux tonnes. Il faut les manier prudemment. L'homme qui est sur l'échelle doit faire glisser ce rouleau très doucement vers le type qui attend en bas. Le rouleau reste à l'horizontale pendant qu'on le dégage, puis on le descend verticalement dans les bras du receveur. L'astuce consiste à faire pivoter le rouleau en position verticale tout en le tirant et, comme vous tournez le dos au type qui est en bas, il faut que celui-ci soit prêt au moment où vous commencez à faire glisser le rouleau le long de l'échelle.

Ce coup-là, quand le morveux me cria « Bamboula ! », je venais juste de dégager le rouleau de tissu mais il ne le savait pas. Je soulevai le tissu, le laissai choir et me retournai juste à temps pour voir la gueule du gars au moment où le rouleau le ratait d'un cheveu. S'il l'avait touché, il lui aurait brisé le cou. Je n'oublierai jamais son regard — il ne comprenait pas ce qu'il avait fait pour que j'essaie de le tuer. Et, parce qu'il ne le comprenait pas, je descendis de l'échelle, et... et j'essayai de le tuer pour de bon.

C'est un horrible endroit où se trouver. Autour de vous, éclate un tonnerre rouge sang, des éclairs aveuglants se succèdent, des voix rugissent et se taisent, une inconnaissable souffrance s'empare de vous, elle est dans vos épaules, vos bras, vos mains, votre respiration, un intolérable labeur — et non, ce n'est pas du tout comme l'approche d'un orgasme, un orgasme implique le soulagement et même, parfois, désespérément, l'espoir de l'amour. L'amour et la mort ont des liens mais pas dans l'endroit où je me trouvais ce jour-là.

Quelqu'un m'arracha à lui. Le garçon n'était plus qu'une bouillie sanguinolente et stupéfaite. J'éprouvai un chagrin et une honte intolérables. Le pauvre môme ne comprenait pas. Il ne comprenait pas. Deux vies avaient failli s'achever et de ces deux vies combien d'autres dépendaient ?

Miraculeusement, je ne perdis pas mon job. J'étais un meilleur employé et moins coûteux que le petit Blanc. Je fis mes excuses au môme. J'étais même prêt à l'aider à se laver mais on me donna congé pour le reste de la journée.

Je travaillais dans la 39ᵉ Rue. Je remontai la Septième Avenue avec l'intention d'aller au cinéma dans la 42ᵉ Rue mais, quand j'y arrivai, je n'eus pas le cœur de voir un film et je continuai donc à marcher. Pas pour la première fois, mais là encore, peut-être pour la première fois *véritablement*, je m'interrogeai, je m'interrogeai sur ce que j'allais faire. De ma vie.

Je traversai la ville. Je fus incapable de prendre un autobus ou un métro. Je rentrai à la maison à pied.

Il était près de six heures du soir quand j'arrivai à Harlem. Je me rendis compte alors qu'il avait fait une belle journée de printemps. Nous étions en avril.

Comme j'atteignais notre étage, j'entendis le son du piano et je me réjouis que Paul fût à la maison. J'entrai par la porte de la cuisine. Il n'y avait personne dans cette partie de l'appartement. Je passai par les deux chambres pour arriver dans la salle de séjour où se trouvaient Paul, Peanut et Arthur. Peanut était au piano.

Debout à côté de Peanut, Arthur chantait. Derrière eux, Paul battait la mesure du pied : et Peanut essayait de jouer en mesure.

Le train de l'Évangile arrive,
Il est tout prêt, je l'entends
Et j'entends sa locomotive
Trembler de ses rugissements,

chanta Arthur, et « Maintenant », grommela Paul, mais Peanut s'emmêla les doigts sur les touches.

Paul se pencha vers lui et joua une note. « Si tu fais ça, alors tu peux arriver ici » — il frappa une autre note — « sans problème. Et alors, vas-y, Arthur. »

Montez
À bord, petits enfants

Montez! grommela Paul.
À bord, petits enfants
Montez!
À bord, petits
En-f-ants!
Il y a de la place
Allons venez!
Pour vous en masse!

Ils se mirent tous à rire et Paul dit: « Tu y étais presque cette fois, fiston. Mais ne te presse pas quand tu joues. Si tu ne prends pas le temps qu'il faut, alors tu n'auras plus le temps, tu vois ce que je veux dire? »

Le front couvert de sueur et plissé de concentration, Peanut hocha la tête. Assis, les mains entre les genoux, il contemplait fixement le piano. J'aurais pu aussi bien avoir été là tout l'après-midi ou depuis des jours : personne n'avait encore remarqué ma présence.

« Tu t'inquiètes trop du rythme. Mais le rythme naît du *temps* — de l'espace entre une note et la suivante. Et il faut que tu fasses confiance au temps que tu entends, toi, c'est comme ça que tu joues ton air. »

Peanut se tourna sur le tabouret et les deux garçons baignés par la lumière du couchant venue de la fenêtre levèrent les yeux vers Paul. Paul, dont la silhouette lourde et sombre se détachait de profil devant moi. Les deux gamins le contemplaient avec une expression de foi et d'admiration totales. Le front de Peanut était toujours aussi tourmenté.

« Me donneriez-vous des leçons, Paul? » demanda-t-il.

Arthur regarda Peanut puis Paul, avec sur son visage un fascinant télescopage d'orgueil et de jalousie.

« Je ne suis pas un professeur », dit Paul.

Peanut rougit et baissa les yeux. Ses mains se réfugièrent de nouveau entre ses genoux. « Je sais, dit-il, mais...

— Si tu veux passer un de ces soirs — tôt, tu vois, à peu près à cette heure-ci —, je te montrerai les accords.

— Ça me fera rudement plaisir, monsieur », dit Peanut. Il aurait voulu en dire davantage mais il ne savait pas comment et Paul se retourna et me vit. Je le regardai droit dans les yeux et nous nous sourîmes. J'étais si heureux de le voir, mon père, mon vieux paternel, je repensai au garçon qui m'avait appelé « Bamboula » mais mon père savait déjà tout de lui, il le connaissait depuis des siècles.

« Tu rentres de bonne heure », dit mon père.

Arthur et Peanut me dévisagèrent.

« La journée a été dure, dis-je, là-bas dans les oubliettes. Mais tout ira bien si tu te mets au piano et que tu nous joues un petit quelque chose. »

Paul me jeta un coup d'œil, Peanut libéra le tabouret pour aller se mettre avec Arthur près de la fenêtre et je m'assis dans le fauteuil à côté de la porte. Paul joua le *Across the Track Blues* du Duke. Les garçons à la fenêtre, moi dans mon fauteuil, Paul et ses cheveux plaqués par la gomina, le jour qui commençait à mourir et Duke, où qu'il se trouvât, souriant de tout son visage.

Je ne voudrais pas donner l'impression qu'à cette époque j'étais déjà un adulte parce que ce n'était pas le cas, et je ne suis d'ailleurs pas certain d'être un adulte aujourd'hui. Mais je fais partie de ces gens qui ont toujours été obligés d'avoir *l'air* adulte : cet aspect de son mari a probablement contribué au sens de l'humour de Ruth. Comme Peanut, j'essayais de ne pas trop m'en faire. J'étais plus chanceux que Peanut parce que j'avais mon père et ma mère et que j'avais Arthur : mais Arthur (je l'ignorais alors) constituait une arme à double tranchant.

Votre petit frère commence sa vie (pensez-vous) à l'intérieur des solides portes de votre imagination. Il est ce que vous croyez qu'il est ; il est tout ce que vous n'êtes pas ;

et il est, bien que vous ne le lui disiez jamais, bien meilleur, bien plus beau et bien plus précieux que vous. Cela parce que vous êtes déjà là et que, lui, il vient d'arriver. Vous êtes déjà usé et il vient de naître. Vous êtes sale et il est propre. Vous voulez la lune pour votre frère ; vous oubliez que vous l'aviez voulue autrefois pour vous-même. Votre vie peut désormais être réécrite à neuf sur son ardoise vierge à lui : quel fardeau pour votre petit frère !

Ah ! Je me voyais en Arthur. J'oubliais que nous étions frères et qu'il pouvait aussi se voir lui-même en moi. Je me serais peut-être ratatiné comme un vieux si j'avais pu voir ce qu'il voyait. Bon. Ceci est de l'amour, pareil, quelle que soit la manière dont nous le tricotons ou le tissons. L'amour, finalement, contraint à cette humilité : vous ne pouvez pas aimer si vous ne pouvez pas *être* aimé, vous ne pouvez pas voir si vous ne pouvez pas *être* vu.

Que voyait Arthur ? J'étais un gamin de vingt ans, maigrichon mais pas mal. Grâce à un peu de fauche ici et là, je me fournissais en beaux vêtements — passablement beaux. Je ne faisais pas de folies : je ne versais pas d'arrhes sur une voiture pour ensuite dormir dedans. J'aimais mon père et ma mère — ça aide. Je ne voulais pas être un mauvais exemple pour Arthur. Les drogues inondaient le ghetto et ça me foutait la trouille, à cause d'Arthur, et il y avait un tas de choses que je ne faisais pas et un tas de gens que j'envoyais faire foutre.

Mais j'avais peur. Mon avenir s'enfonçait comme un marécage. Je m'accrochais à l'école du soir, je conservais mon boulot. Je m'envoyais une fille après l'autre. Mais si vous n'avez aucun avenir, si baiser ne devient pas quelque chose de plus que baiser, alors il vous faut laisser tomber. Et vous vous retrouvez plus mal barré qu'avant.

La jeunesse doit être la pire période dans la vie de quiconque. Tout arrive pour la première fois, ce qui signifie que le chagrin, alors, est éternel. Plus tard vous serez capable de voir qu'il y avait quelque chose de très beau dans ce chagrin. C'est parce que vous n'avez plus à le vivre.

Pourtant, le climat de certains jours, l'odeur d'un moment, l'instant où vous tournez, disons, au coin d'une rue dont vous ne vous souvenez pas et que, néanmoins, vous n'oublierez jamais, ou bien la vue d'une silhouette sautant de l'autobus en marche, ou celle d'un garçon et une fille main dans la main ou, parfois, d'un petit enfant qui sourit, le visage levé vers les nuages, ou bien encore d'un arbre, ou du ciel, ou d'un caillou, ces choses peuvent vous faire souffrir comme si aucun temps ne s'était écoulé depuis la première fois où vous avez vu l'amour, la première fois où l'amour vous vit. *La lumière de tes yeux / me rappelle les cieux / qui brillent chaque jour / au-dessus de nous deux.* Le premier amour disparaît mais ne s'en va jamais. Cette souffrance se fait réconciliation.

Oui, mais, par exemple, je buvais. En réalité, les jeunes ne boivent pas : ils avalent et pissent instantanément. Ce n'est que plus tard que le liquide que vous versez dans la gorge refoule.

Ah ! Alors, alors vous marchez, vous pleurez, vous vomissez — vous puez. Votre bite se dresse et vous la branlez *(si ta main t'offense !)*, les démons vous emportent dans le sommeil, vous vous réveillez en tremblant. Vous chiez, vous prenez votre douche et vous vous rasez. Vous vous interrogez. Vous rassemblez les morceaux et vous vous pointez. Vous expliquez au petit frère que tout va au poil. Il dit : C'est vrai ? Et il vous observe.

Voici Crunch. Il était grand, le plus grand parmi les garçons de ce qui devait devenir le quartette des Trompettes de Sion. Si le tonnerre pouvait se voir, alors je crois qu'il ressemblerait à Crunch, et aussi l'innocence. Il possédait une forêt de cheveux noirs emmêlés et très épais, un large nez qui semblait à la fois agressif et malmené, des lèvres épaisses, un magnifique sourire, des masses de dents blanches parfaitement alignées. Il était maigre mais fort, jouait au basket et il était celui qui avait le plus de succès avec les « dames », selon son expression.

Une expression qui traduisait son trouble. Certains hommes et certaines femmes paraissent avoir été créés pour enflammer le désir : il semble que ce soit là leur fonction. Il semble évident que leur intention soit de répondre au désir — à votre désir — et que leur sourire ou leur regard soient censés faire part de cette intention.

Or ce n'est pas leur intention du tout. Ils ne vous ont, très probablement, qu'à peine remarqué et sont bien trop innocents pour imaginer ce que vous imaginez.

Ces gens sont traités avec une incroyable brutalité, une brutalité d'autant plus abominable qu'elle se déguise en amour. Et, en tout cas d'après mon expérience, ces gens qui sont l'objet d'un désir à la fois abstrait et dévorant, savent rarement comment se défendre. Ils ne savent pas, jusqu'à ce qu'il soit trop tard, qu'ils ont des raisons de le faire. Cela grâce à leur invincible innocence : d'ailleurs, moins innocents, ils seraient moins séduisants — éveiller l'innocence à une passion frénétique et totalement brutale est un rêve enraciné dans l'imagination de chacun. Il fait tourner la tête, peut-être fait-il tourner la terre. Ce qui manque dans ce rêve, c'est cette sueur de l'amour qui s'appelle le *respect*. « *Je suis fatigué,* devait me dire, bien plus tard, Crunch, *d'être traité comme quelque chose suspendu de l'autre côté d'une bite.* » Car il était King Kong dans un soutien-couilles, pauvre garçon, tandis qu'il dribblait sur le terrain de basket, tapotait la tête des mômes, aidait les vieilles dames et les aveugles à traverser la rue. Un merveilleux individu, malmené, démoli.

Il était l'aîné de cinq enfants, trois filles et deux garçons. Leurs pères étaient venus et repartis. Leur mère était, pour l'essentiel, une barmaid. Il s'appelait Jason Hogan et il avait vu le jour à New York.

Red était son meilleur ami, son cousin en fait, et ils

avaient grandi ensemble. Crunch appelait Red son « cœur » et il ne plaisantait pas.

Un samedi après-midi : Crunch est à la guitare, Paul au piano, Peanut, Red et Arthur derrière lui. Crunch est de biais.

C'est le commencement de décembre. Les rues sont vides, l'air glacé par la menace de Noël.

Ils doivent faire leurs débuts le jour de Noël, dans *notre* paroisse, sur Edgecombe Avenue. Une des raisons pour lesquelles nous fréquentons cette église est la clientèle de Paul, dans Sugar Hill. Mais Paul ne joue pas dans cette église — qui n'approuverait pas — sauf quand Arthur y chante. Il n'accompagne pas toujours Arthur et ne l'accompagne pratiquement jamais dans aucune autre église. Il avait adopté une attitude très distante à l'égard du talent d'Arthur, comme s'il s'agissait d'une maladie de jeunesse dont son fils devrait guérir. Il était plus disponible pour Peanut, Crunch et Red qu'il ne l'était pour Arthur. Ce qui rendait Arthur jaloux et la jalousie le faisait travailler — il restait collé au piano à tout écouter. Si donc l'intention de Paul avait été de décourager Arthur, sa méthode eut un effet de boomerang.

Plus tard, je compris Paul. Je crois même l'avoir déjà compris obscurément à l'époque. Paul ne savait pas si Arthur, lui, savait pourquoi il chantait. C'était une chose à laquelle Arthur était venu tout seul à l'âge de treize ans. Il n'avait pas prétendu être appelé. Il n'avait pas été baptisé (il avait bien reçu un nom à sa naissance mais cela ne constitue pas le baptême). Et pourtant, il chantait — il chantait vraiment et il y avait quelque chose d'effrayant dans cette passion si profonde et si indéchiffrable chez quelqu'un d'aussi jeune. La clef se trouvait dans le phrasé d'Arthur — un phrasé incontestable : son interprétation du cantique vous faisait comprendre qu'il savait de quoi il s'agissait.

Votre réaction à cette passion peut détruire le chanteur. Paul le savait et Arthur pas. Autour de son fils menacé, Paul rassembla les autres chanteurs car il savait pourquoi ils chantaient, eux. (Les garçons croyaient le savoir aussi.) Il savait qu'ils ne chanteraient pas longtemps — quelque chose les en empêcherait. Mais si quelque chose en empêchait Arthur, Paul perdrait un fils.

Il travailla donc, mon vieux paternel aux cheveux gominés, chaque week-end, vendredi, samedi et dimanche soir. Ce fut par jalousie et curiosité qu'Arthur se joignit à eux et c'est ainsi que le quartette naquit. Arthur n'était pas vraiment très désireux d'abandonner son statut de soliste, il aimait beaucoup se retrouver tout seul sur l'estrade. Mais, d'autre part, être là-haut avec les autres était plus stimulant et plus marrant. Et il s'instruisait davantage de cette manière. Paul l'avait coincé en refusant de travailler avec lui sans les autres : en instruisant les autres, il instruisait et guidait son fils.

« Par quoi voulez-vous commencer, les gars ? » demande Paul.

Crunch racle sa guitare et suggère : « "Quand Jésus est-il né" ?

— On n'a pas tellement besoin de travailler ça, intervient Arthur. On devrait se concentrer sur "O, venez tous, vous gens de foi" — on n'est pas du tout au point pour *ça*.

— C'est vrai, approuve, l'air sombre, Peanut qui fait la première voix dans ce morceau.

— Je suis d'accord, se hâte de dire Crunch. J'ai simplement pensé qu'on pourrait s'en servir pour se dégourdir un peu, tu vois, se réchauffer — il fait *froid* et "Venez tous" est un cantique froid.

— Pourquoi dis-tu ça, vieux ? proteste Red. C'est lent mais c'est pas nécessairement *froid*.

— Oh ! On va insuffler un peu de chaleur là-dedans, les nègres peuvent mettre de la chaleur dans n'importe quoi — mais le cantique est froid. "Joyeux et triomphant", j'ai toujours un peu de mal avec ce passage-là », et Crunch se déride.

« Tu ne te sens pas joyeux et triomphant, fils ? » s'enquiert gentiment Paul qui sourit et frappe le premier accord. « En tout cas, si c'est difficile, commençons par ça. Comment va-t-on le jouer ? »

Ils ont des difficultés avec la longue et solennelle ouverture. Ils cherchent le moyen de la rendre moins solennelle et plus sacrée. Arthur, finalement, substitue un « Allons donc, vous tous » à un « O venez, vous tous », ce qui fait se tordre tout le monde et les oblige à recommencer. Mais l'invention d'Arthur a été utile.

Je ne peux pas les décrire. Je n'étais pas là et j'ai trop de respect pour les gens qui font la musique. Quand j'arrivai à la maison, ce samedi après-midi, ils en étaient à leur numéro final : « Sauveur, ne m'oubliez pas ». Arthur était cette fois premier chanteur et, en grimpant l'escalier, j'entendis sa voix par-dessus celles des autres.

Trempé jusqu'aux os, Paul avait l'air épuisé. Ses cheveux rebiquaient. Il accompagnait, en les suivant à présent, les enfants dont les voix remplissaient la pièce :

Sauveur !

Et de nouveau encore : *Sauveur !*

Un silence, puis la guitare et le piano, puis le soliste : *Sauveur, ne m'oubliez pas !*

Toutes les voix, en chœur, dans un grondement, un murtémoin des lamentations : *Sauveur. Sauveur.*

Arthur, seul, les yeux clos, avec une conviction de chaque instant, commençant haut, comme un cri, puis baissant la voix pour une prière chuchotée, une prière chuchotée dans le cachot d'une prison : *Ne m'oubliez pas !*

Quoi que je sache ou non, je n'oublierai jamais les visages que je vis cet après-midi-là, en entrant dans la pièce sans être remarqué. Ces garçons étaient des enfants des rues, des garçons difficiles et vilains — dans les rues, en tout cas. Ils volaient, ils mentaient, ils se battaient, ils trichaient. Quand ils volaient, ils s'enfuyaient ; quand ils étaient pris, ils mentaient ; quand ils prenaient une raclée, ils juraient, pleuraient et pissaient dans leur pantalon. Oui. J'y étais. Je sais. Ils jouaient au handball, au foot, au basket, faisaient de la boxe et rêvaient de devenir des champions. Ils avaient commencé à fumer. Certains fumaient de la marijuana. D'autres avaient été plus loin. Ils croyaient détester les Blancs. Ils étaient encore loin d'avoir compris qu'ils ne pouvaient simplement pas supporter d'être méprisés, loin d'avoir appris que presque tout un chacun l'est, incapables de concevoir que le monde, ou du moins le monde que nous connaissons, puisse être aussi massivement peuplé de gens qui se méprisent les uns les autres parce que chacun se méprise lui-même. Non. Ils rêvaient de sécurité — j'en rêvais aussi. Ils ne pouvaient pas savoir qu'ils couraient une sorte de danger éternel et universel, étant, comme tous les hommes, le Verbe fait chair. Ils imaginaient donc qu'ils haïssaient les Blancs parce qu'ils n'étaient pas noirs, et ils ne pouvaient pas concevoir qu'ils terrifiaient les Blancs parce que les Blancs ne sont pas des Noirs. Leurs voix et leurs visages contenaient la promesse de la Terre promise ; mais nous ne voyons jamais notre visage, le chanteur entend rarement sa chanson. Ils avaient commencé à baiser : sur le périmètre embrasé de l'amour.

Paul se lève en disant : « Bon, eh bien, c'est tout pour maintenant » et il tire un mouchoir de sa poche revolver pour s'éponger le visage.

« Et les cantiques pour si on nous bisse, alors ? » s'enquiert Arthur, ce qui fait rire Paul et les autres.

« Il va y avoir trois quatuors là-bas, dit Paul, et vous êtes les plus jeunes et les plus nouveaux, vous commencez et vous finissez les premiers. Croyez-moi, vous descendrez vite de l'estrade, surtout avec petite sœur Julia qui attend de faire son sermon, pas vrai ? On ne vous laissera pas beaucoup de temps pour des "encore".

— Et en plus, renchérit Crunch, les Rossignols d'argent y-z-ont un sorcier qui travaille pour eux. Si on essaye de bisser, on risque de se retrouver avec les amygdales accrochées à l'autel.

— On devrait quand même être parés, au cas », insiste Arthur.

Il regarde fixement les garçons qui le regardent aussi, avant de se tourner tous en chœur, l'air de ne savoir quoi faire, vers Paul.

« Ne me regardez pas, *moi,* leur lance Paul. Allez tenir votre conférence au sommet et, quand vous aurez pris une décision, faites-la-moi savoir. » Il s'approche de moi et me fait un clin d'œil. « Viens, mon pote, je t'offre un verre. »

Car j'étais assez vieux, à présent, et nous sortions parfois un peu ensemble le samedi après-midi. Maman travaillait souvent assez tard ce jour-là parce que la dame de la famille qui l'aimait tant organisait chez elle, le samedi, au bénéfice d'œuvres de charité, des parties de bridge ou de bingo ou Dieu sait quoi — des orgies, aussi bien, qu'est-ce qu'on en a à foutre — et Maman devait rester pour nettoyer après.

Paul attrapa son manteau et nous prîmes les escaliers, tandis que les garçons restaient à s'engueuler entre eux.

Paul laissa échapper un soupir et je m'apprêtais à compatir à sa fatigue quand il dit : « Ils ne sont pas mal, ces petits salauds. Peut-être qu'il en sortira quelque chose, après tout. Un fait : ils *travaillent*. Je dois leur concéder ça. »

Et il souriait quand nous abordâmes la rue terriblement froide et déserte. Nous prîmes l'avenue en direction du bar préféré de Paul, qui existe toujours, le Seigneur en soit remercié, un des rares témoins survivants de ma jeunesse.

Mais je n'ai presque jamais bu dans ce bar avec Arthur : peut-être parce que le frère cadet ne peut jamais être le témoin de la jeunesse de son aîné. Ces après-midi étaient *mes* après-midi avec *mon* père.

Le cancer de la télévision n'avait pas encore atteint chaque organe du corps social et le bar était donc tranquille, avec des bruits de conversations étouffés, un rire çà et là et peut-être un juke-box qui jouait en sourdine. Quelques copains de Paul s'y retrouvaient et, ces après-midi-là, Paul disait toujours : « Et voici mon fils, Hall », comme s'il ne s'agissait de rien du tout. Mais je voyais bien dans les yeux de ses copains qu'ils comprenaient parfaitement qu'il ne s'agissait pas de rien du tout. Ils le regardaient avec un élan d'affection et un peu de jalousie. Puis ils me regardaient et je pouvais voir dans leurs yeux que mon père était fier de moi, je ne savais pas pourquoi il était fier de moi, je ne savais pas ce que j'avais fait pour le rendre fier. Mais il l'était, je le voyais bien dans les yeux de ses amis, et j'en étais rempli d'un bonheur que j'éprouve encore aujourd'hui. Je me jurai de ne rien faire qui pourrait lui faire honte. Et je crois avoir tenu parole. Je crois avoir tenu parole — Dieu merci, je peux dire ça.

Et, au moment où je le dis, je pense à Arthur, et je sais, si je suis honnête, qu'Arthur ne pensait pas pouvoir le dire, lui. Je sais bien qu'il avait tort, mais c'est naturel : je connaissais mon père mieux que lui. C'est parce que ma vie d'homme avait commencé : ma souffrance avait commencé. J'avais mon père vers qui me tourner mais Arthur n'avait que moi et je n'étais pas suffisant.

Nous nous assîmes à une table près de la fenêtre. Paul ôta son chapeau. Ses cheveux étaient en désordre ; en dépit de l'air froid qui venait de le fouetter, son visage était un peu humide.

« Qu'allons-nous faire de ton frère ? Je pense qu'il peut devenir un vrai musicien, je veux dire un vrai de vrai, ajouta-t-il, pas comme moi. »

Je ne voulus pas relever son *pas comme moi*. Je me sentis envahi par un froid aussi cruel que dans les rues dehors, parce que je savais qu'il savait que je comprenais ce qu'il voulait dire. Paul gagnait sa vie comme pianiste quand il le pouvait ; quand il ne le pouvait pas, il faisait autre chose ; mais ce n'est pas de gagne-pain dont il parlait à présent.

En même temps, j'étais beaucoup plus sceptique que Paul à propos d'Arthur musicien. Je savais que Paul s'y connaissait bien mieux en musique qu'Arthur ou que quiconque sur des lieues à la ronde. Ce que je ne voyais pas, c'est que cette autorité même nourrissait son jugement — Paul savait, lui. J'étais persuadé que tout cela faisait partie de l'adolescence d'Arthur, qu'il dépasserait tout cela et deviendrait une créature un peu plus prévisible, mais Paul faisait seulement semblant de le croire, ce qui est probablement pourquoi il avait le visage en sueur et les cheveux dressés sur la tête.

Paul passa commande et nous attendîmes nos consommations en silence, un silence lourd mais paisible. Notre commande arriva et Paul dit : « J'ai vécu toute ma vie très proche de la musique, toute ma vie, je l'ai adorée. Mais, je le jure, je n'ai jamais espéré voir aucun de mes fils devenir un musicien. » Il rit, leva son verre vers moi et but une gorgée de bourbon. « Je crois que tu penses que je devrais être content de parler de mon fils et pas de ma fille. » Il cessa de rire et baissa la tête. Il avala une autre gorgée de bourbon. Il poussa un soupir qu'on aurait pu prendre pour le dernier : « Ah ! »

« Tu te fais du souci. Pourquoi ? S'il veut être un musicien, un chanteur, quoi de mal à ça ?

— Rien, répondit Paul, sauf que ça va le consumer, consumer chaque heure de sa vie, brûler sa chair jusqu'aux os, mon fils, et laisser à quelqu'un d'autre le soin de ramasser les cendres et de les enterrer, et » — il termina son bourbon et me regarda — « ce quelqu'un sera très vraisemblablement toi. »

Je voulus rire mais ne le fis point. J'observai le visage de mon père qui regardait la rue.

« La musique ne commence pas comme une chanson, dit-il. Oublie toutes les conneries que tu entends. La musique peut devenir une chanson mais elle commence par un cri. C'est tout. Ça peut être le cri d'un nouveau-né, ou le bruit d'un cochon qu'on tue, ou celui d'un homme à qui on coupe les couilles. Et ce son est partout. Les gens passent des vies entières à essayer d'étouffer ce son. »

Paul m'emmenait, comme diraient les gosses d'aujourd'hui, dans un supertrip que je n'étais pas certain de vouloir entreprendre. Mais le rire referma lourdement ses portes à ma figure. J'entendis pratiquement le « boum ! ».

« Ah ! » dit Paul, l'œil toujours sur la rue — mais peut-être contemplait-il une rivière — « il y a d'autres sons — le son de l'eau, mais il peut vous rendre fou. On l'a utilisé pour rendre des gens fous. Je te parie que, si tu y réfléchis, tu ne pourras pas penser à un seul son avec lequel tu pourrais vivre. C'est pour cela que nous vivons avec tant de bruits : l'un chasse l'autre. » Il contempla le fond de son verre. « Je parie que tu crois que ton vieux paternel est cinglé. »

Je me contentai de dire : « Non, je ne pense pas que tu es fou.

— Si jamais on devait y réfléchir — comment on passe du son à la musique —, Seigneur, je ne sais pas, il me semble que cela prouve que l'amour est présent dans le monde. Sans elle, la musique je veux dire, on tournerait tous en rond avec nos crocs pleins de sang. » Il éclata de rire. Il le pouvait, lui. « Je suis peut-être cinglé. Mais c'est pour ça que la musique militaire, c'est tout juste de la branlette réfrigérée. Les nègres de La Nouvelle-Orléans ont compris ça, mon petit, et qu'est-ce qu'ils se sont payé ! »

Soudain il m'effrayait et il s'en rendit compte. Il commanda une autre tournée, recommença à regarder par la fenêtre et je pris conscience, pour la première fois, de l'immensité de son trouble.

« Et Arthur, alors ? » demandai-je gauchement et, sans savoir pourquoi, redoutant la réponse.

On nous apporta nos verres mais, les coudes sur la table, il continua à regarder par la fenêtre.

« J'ai travaillé avec un certain nombre de filles et de garçons dans ma jeunesse, dit-il enfin, et permets-moi de te le dire, ils étaient formidables. Je ne te raconterai pas ce qui est arrivé à certains — plusieurs sont encore dans les parages. Ils étaient formidables, comme je t'ai dit. L'ennui, c'est que, quand ils ne jouaient pas ou ne chantaient pas, personne ne savait quoi en faire. Et eux, ils ne savaient pas non plus. Et ceux qui ont trouvé *quelque chose* en dehors de chanter ou jouer, eh bien, ça leur a pris du temps et ils en ont pas mal bavé. Dieu sait qu'ils aimaient et Dieu sait qu'ils souffraient mais on aurait dit qu'ils ne pouvaient le faire qu'en public. » Il sourit, tout à coup, un étrange et triste sourire qui le fit paraître très jeune, presque aussi jeune qu'Arthur, et il y eut comme un bref reflet d'Arthur sur son visage. Il était le père d'Arthur, nous étions le produit des reins de cet homme. Maintenant c'était moi qui sentais mon visage se couvrir de sueur.

« On en a bavé mais pas tellement, si tu vois ce que je veux dire — ou plutôt il a suffi d'en baver. Mais d'autres ne savaient pas, *ignoraient,* d'une note à l'autre, s'ils survivraient. Ils avaient toujours la tête d'un enfant qui a reçu ce qu'il voulait pour Noël, quand ils descendaient de la scène ou de l'estrade en laissant derrière eux les dernières notes suspendues dans l'air. Dieu, qu'ils étaient magnifiques ! Mais ils n'étaient certainement pas capables de compter jusqu'à dix ni de tenir leur maison. Ils aimaient leurs mômes, mais leurs mômes ne le savaient pas toujours, ils ne se rappelaient pas toujours le nom du môme, ils ne se rappelaient pas toujours le nom de la femme, du mari ou de la petite amie. Et ça ne voulait pas dire qu'ils ne les aimaient pas. Mais qui pouvait l'imaginer ? Comment peux-tu croire que quelqu'un t'aime quand il est toujours ailleurs à faire des conneries pas possibles et qu'il te regarde comme si t'étais un grain de sable dans le désert, à deux mille kilomètres de là ? Comment peux-tu imaginer que, si tu quittes cette personne, elle va pleurer à fendre l'âme et peut-être tenter de se suicider ? Non, tu les vois au club le samedi d'après en train de chanter comme des dingues et ils t'emballent et ils t'émeuvent très fort et peut-être même qu'ils te font pleurer, mais... mais va savoir. »

Il baissa les yeux, but un peu de son bourbon et regarda de nouveau par la fenêtre. Puis il me regarda, moi, droit dans les yeux.

« Tu me comprends, fiston ?

— Je crois que oui, dis-je, je crois que oui.

— Moi, je le crois », dit-il. Puis : « J'ai eu une fille comme ça, il y a des siècles, quand j'avais ton âge, avant de rencontrer ta maman. C'est ainsi que j'ai commencé à jouer. Je jouais pour elle.

— Qu'est-elle devenue ? demandai-je.

— Je ne sais pas, dit Paul. On s'est disputés, elle est partie. J'ai essayé de la retrouver, mais je n'ai plus entendu parler d'elle depuis.

— C'est pour ça que tu parles d'Arthur ?

— Oui. Non. » Puis : « Écoute. Je t'ai dit quelque chose que je *devais* te dire parce que l'heure est ce qu'elle est, vieux, et je sais que tu aimes ton frère. Ça, je le *sais* — bien mieux que tu ne le sais. Mais je ne veux pas que tu croies que j'ai épousé ta mère parce qu'une folle donzelle m'a plaqué. C'est pas le cas. Seigneur, si la vie était aussi simple, on n'aurait pas besoin ni de musique ni de prière. J'aimais la fille, c'est vrai, à la manière dont un adolescent aime. Mais ne crois pas que je n'aime pas ta mère. Ne crois pas que je ne t'aime pas.

— Je ne serais peut-être pas né, dis-je en souriant, si elle ne t'avait pas plaqué.

— Je t'ai déjà demandé si tu me comprenais ?

— Oui, dis-je, et j'ai répondu oui.

— Et... c'est vrai ?

— Oui », dis-je, et je le regardai. « Oui, c'est vrai.

— Je raconte tout ça, dit-il, après un moment, je te raconte tout ça parce que, oui, je suis en train de parler d'Arthur. Seigneur, c'est un mystère. » Il baissa la tête, regarda dehors puis se tourna vers moi. « Permets-moi de te dire quelque chose. Ne fuis jamais rien. Je te le jure : tout ce que tu fuis reviendra un jour au galop armé jusqu'aux dents mon vieux, reviendra sous une forme à laquelle tu ne sauras pas comment échapper, sous une forme que tu *ne pourras pas* refuser. » Il avala son bourbon. « Je regarde Arthur et je pense à cette fille — cette fille que je n'ai pas revue depuis mes vingt ans. Et je suis obligé de constater que ce qui m'a conduit vers elle est exactement ce qui a conduit Arthur ici. Et je l'emmènerai aussi loin que je peux, mais je sais que bientôt je devrai t'en laisser la charge — je n'ai plus beaucoup de temps. »

Il m'effraya si fort que je ne sus plus ce que je disais : « Qu'est-ce que c'est, ces conneries, que tu n'as plus beaucoup de temps ?

— Je sais foutrement bien de quoi je parle. Si long soit-il, le temps d'un père n'est jamais assez long. C'est pourquoi » — il leva son verre en souriant — « je prends la liberté de t'emprunter un peu du tien. »

Grâce à son sourire, je pus enfin rire. Je me sentis à la fois terrifié et soulagé. Nous trinquâmes et bûmes, et juste à cet instant la rue sembla envahir notre refuge et se mettre à résonner dans ma tête. Je regardai à travers les vitres : debout au coin de la rue, nous tournant le dos, Peanut, Arthur, Crunch et Red, toujours en pleine discussion — pour nous, en pleine pantomime — attendaient le feu vert. Paul leva les yeux et les vit. Il sourit et hocha la tête d'un air qui venait d'inimaginablement loin, avec, dans les yeux, une lueur que je n'avais jamais encore vue chez quiconque. Quelque chose fit rire les garçons. Arthur se jeta sur Crunch. Crunch attrapa d'une main Arthur par le cou et, tenant de l'autre sa guitare très au-dessus de la tête, entraîna Arthur dans un tour de valse. Le feu changea, les garçons se précipitèrent pour traverser. Crunch, le petit Arthur à bout de bras, paraissait vibrer comme une flèche. Les encadrant de part et d'autre, Red et Peanut savaient quelque chose que nous ne savions pas.

L'avant-veille de Noël, j'avais plein de fric dans ma poche grâce aux trucs que j'avais volés et revendus ; et je partis me balader en ville.

Je devais acheter des cadeaux pour Paul et Florence, Arthur et ma petite amie, Martha, une jeune Noire infirmière diplômée. Martha qui n'avait pas de sœur nommée Marie mais qui, néanmoins, aurait vraiment dû suivre le conseil de l'Évangile : « Dis à Marthe de ne plus s'affliger. » Cette petite avait tendance à s'affliger et je ne pouvais pas lui en vouloir : je ne passais pas autant d'heures qu'elle dans, par exemple, les couloirs de l'hôpital de Harlem ; je n'étais pas assiégé comme elle par la puanteur du sang, les râles de la vie qui expire, la sirène brutale, froide, aiguë, de notre indifférence : *Le samedi soir, ils ramassent un torse ici, des jambes là, plus loin une tête, un œil et puis un autre, des boyaux autour d'une poubelle, et puis ils fourrent tout ce qu'ils trouvent dans un sac à ordures et ils l'apportent à l'hôpital en nous disant : recousez-le ! Et tu sais quoi ? C'est dur à croire mais, des fois, on le fait. Et au matin, ils s'en vont sans dire merci.* Oui, la petite avait tendance à s'attrister et je ne pouvais pas lui en vouloir. J'aurais voulu qu'elle quitte son travail mais elle n'en aurait pas retrouvé un très vite, et je savais que je ne l'épouserais pas. Je ne tenais pas à finir dans un sac à ordures et la contraindre à me recoudre.

Puisque nous allions tous ensemble à l'église le jour de Noël, il me fallait aussi trouver quelque chose pour Julia, Jimmy et leurs parents. Une corvée car je n'aimais vraiment pas du tout les Miller. Je devais enfin dégoter un présent pour les garçons des Trompettes de Sion. Je ne pouvais pas faire un cadeau à Arthur et les oublier.

Mains dans les poches, je me baladais donc dans la ville. Il faisait froid, je le sentais, et pourtant je n'avais pas froid. Mais il n'y avait rien dans les vitrines que j'eusse envie d'acheter pour quiconque j'aimais — et ce que je vis qui aurait pu convenir aux Miller leur aurait dit quelque chose que je n'avais pas le droit de dire.

Je savais ce que je voulais pour Paul. Je l'avais vu à un étalage. J'espérais pouvoir le retrouver. Il s'agissait d'une grosse écharpe grise, parce que Paul transpirait au piano et ne se rappelait pas toujours de se couvrir quand il sortait dans la rue. Pour Florence, j'achèterais un bracelet, un gros bracelet d'argent, juste un anneau parfaitement simple.

Amy et Joel : depuis le fameux après-midi chez nous, je n'avais plus repensé aux fesses, aux seins ou aux jambes d'Amy. Je pensai au moment où elle avait giflé son petit garçon et à la manière dont j'avais serré celui-ci dans mes bras tandis qu'il pleurait sur le palier, au visage tendre et soucieux d'Arthur, derrière lui, au marchand de glaces, plus tard, et à la terrifiante sœur de Jimmy. Ces deux-là, ne l'oubliez pas, n'existaient pas pour Arthur ni pour moi en tant que Jimmy ou Julia. Ils étaient les étranges enfants de frère et sœur Miller. D'ailleurs, nous pouvions aisément nous rendre compte — sans que ni l'un ni l'autre de nos parents l'ait explicitement déclaré ou nous en ait fait la confidence — que Paul ne pouvait pas supporter Joel et que Florence méprisait Amy. On pouvait sentir que les doigts de ma mère lui démangeaient de flanquer une fessée à Julia et de la refaire pleurer pour son salut une bonne fois pour toutes. *Appelée ?* je l'entendis dire un jour à Paul, tous deux assis dans la cuisine en train d'équeuter des haricots verts, *Attends un peu que je l'appelle, moi. Elle comprendra ce que ça veut dire !* Et elle avait brisé net un haricot vert comme s'il s'était agi du cou d'Amy ou de Julia.

Florence regardait ses fils en se demandant si elle avait déjà échoué dans son rôle de mère et regardait parfois Paul en se demandant s'ils étaient complices d'un crime encore non découvert. Il était possible que l'un ou l'autre de nous s'entichât pour la vie d'une fille aussi jolie et mollassonne qu'Amy et — après tout — aussi émouvante. Personne n'aurait pu prévoir Julia, d'accord. Mais, à partir de là, faire face à une autre vérité — à savoir que, sans la notoriété et le potentiel financier de Julia, frère Joel Miller aurait déjà mis les voiles — était chose beaucoup plus dure et redoutable. Ce n'était pas tant sa femme que Joel aimait mais sa fille parce qu'elle gagnait le pain de la famille. Pas une énorme quantité de pain mais un peu signifie parfois beaucoup et suffit à faire toute la différence : c'est pourquoi je volais. Florence se retrouvait complice d'une conspiration destinée à préserver le bien-être et la puérilité de Joel, conspiration ourdie par une petite fille — la fille de Joel. Et elle ne savait pas comment se sortir de ce cercle infernal. En d'autres temps et d'autres lieux, elle aurait pu faire exécuter l'enfant comme possédée du démon : mais plus maintenant et ici, car Julia s'exprimait dans la langue de feu qui portait témoignage du Saint-Esprit.

Je descendais l'avenue, dans ce froid glacial qui ne m'atteignait pas, le nez sur les vitrines. Je ne me rendais pas compte alors du peu de choix que les gens responsables de toutes ces merdes nous offrent. Je savais qu'il y avait très peu de chose dans ces énormes étalages que je désirais ramener à quiconque. J'étais dans le centre de la ville où les merdes valent moins cher mais les merdes voyagent bien. Et tout le monde semblait en réclamer : comme la mer, on me poussait par-derrière, on me bousculait par-devant, on m'envoyait promener d'un côté sur l'autre, mais sans la gentillesse que possède la mer quand on sait qu'on ne va pas se noyer. Je naviguais, en quelque sorte. J'aperçus l'écharpe de Paul et j'entrai dans la boutique.

Il peut y avoir pas mal d'avantages à être noir ; par exemple, à cette époque en tout cas, quand vous entriez dans un magasin de ce genre en ville, chacun laissait tomber ce qu'il faisait et se précipitait pour vous servir illico. Si vous aviez le moindre bon sens, vous ne leur faisiez pas une conférence pour leur expliquer que vous saviez qu'ils se ruaient vers vous parce qu'ils savaient que vous étiez un voleur sans le sou. Non, vous décochiez un sourire, puis un autre au détective maison en train de se polir languissamment les ongles à côté de la sonnette d'alarme, et vous laissiez à l'assistance le soin de deviner où se trouvait votre portefeuille, si vous en aviez un. Vous preniez votre temps, l'air intelligent et blasé, et avec l'humilité d'un aristocrate vous signaliez que vous aimeriez *voir*... ? Avec, aux lèvres, une trace de ce qui n'était plus un sourire, vous observiez le vendeur, ou la vendeuse, qui avait été sur le point de vous avertir du prix, s'étrangler avec sa langue. Avec la grâce héritée de vos ancêtres, vous prétendiez ne pas remarquer à quel point le vendeur ou la vendeuse avait frôlé le désastre : comme si, comprenant que la panique peut faire péter quelqu'un, vous indiquiez que vous savez que l'odeur ne s'attarderait pas. « Eh bien », dit-il ou dit-elle, souriant(e), raide comme la justice, priant Dieu que l'odeur de ce pet s'évapore, « nous *avons*... » et il ou elle produit à l'aveuglette une cascade d'écharpes. Vous savez exactement ce que vous voulez, mais vous tâtez avec soin les écharpes, en faisant de votre mieux pour dissimuler ce qui est soit du mépris, soit du désespoir : vous savez que cette personne qui, à présent, vous détaille le pedigree de la marchandise, n'est qu'une employée ici — d'un haussement d'épaules résigné, vous suggérez que vous aussi vous savez combien la vie peut être dure. Puis, finalement, incapable de supporter un instant de plus le supplice de l'autre, vous dites, bon garçon : « Je prendrai celle-ci. » Comme le soleil déchirant les nuages, le soulagement inonde le visage devant vous, suivi d'un rapide coup d'œil à l'homme qui a cessé de se polir les ongles et qui, maintenant, examine un présentoir de cravates. Il ou elle fait le paquet. « Ça fera ? » dites-vous en touchant votre cœur. « Par ici ! » dit-il ou dit-elle en vous conduisant au caissier qui ne vous regarde pas, vous, mais seulement la fiche de vente. (Le présentoir de cravates a perdu tout intérêt pour l'homme qui se concentre désormais sur des chapeaux.) Le (la) vendeur (se) s'attarde, sur le périmètre du champ des opérations : vous sortez avec soin votre portefeuille et comptez l'argent. Vous prenez votre reçu et votre paquet-cadeau. « Joyeux Noël ! » crie le (la) vendeur (se) et « *Joyeux* Noël à vous ! » répliquez-vous et, tous deux, titubants, vous quittez l'arène en prenant des directions différentes. Moi, dans une rue perpendiculaire à Herald Square, où j'achetai le bracelet de Florence et la pince de cravate pour Joel — une pince de cravate en forme de tête de cheval, Joel jouait aux courses. Je trouvai un flacon de parfum pour Amy et je finis par choisir une bouteille plus grande et plus chère d'un parfum français pour Martha. (C'est étrange, dans un sens, comme l'achat d'un cadeau peut vous révéler vos véritables sentiments à l'égard de la personne à qui vous le destinez. La révélation peut être exaltante : elle peut aussi vous refroidir et je me sentis un peu refroidi par mon achat pour Martha. Elle ne signifiait en fait rien pour moi — ce qui veut dire que je ne la connaissais pas — et, comme je couchais avec elle cinq ou six fois par semaine, c'était refroidissant.)

Et maintenant, il me restait les mômes : Arthur, Julia, Jimmy, Peanut, Crunch et Red. Arthur avait quinze ans, Julia treize, Jimmy onze, Peanut, Crunch et Red, tous un peu plus âgés, entre seize et dix-huit.

Je n'étais encore pas trop chargé. L'écharpe de Paul et le parfum de Martha se trouvaient dans un sac que je tenais d'une main gantée ; le parfum d'Amy, la pince de Joel et le bracelet de Florence étaient dans mes poches (avec les reçus). Les sapins invendus gisaient ligotés sur les trottoirs et les caniveaux. Informes dans leurs capuchons, chapeaux, gants, bottes et vestes de surplus, les types qui les proposaient aux passants sautillaient sur place en battant des mains. Un immense arbre de Noël décoré embrasait Herald Square. Des sapins plus petits scintillaient un peu partout. Arthur, Paul, Florence et moi commencerions notre arbre ce soir. Je me demandai ce qu'Arthur était en train de faire. Et ce que j'allai lui acheter. Je me demandai — mon Dieu quand j'y pense — si je pourrais lui acheter quelque chose dont il avait besoin.

Je poussai jusqu'au Village, en ce soir glacial où je me sentais pourtant au chaud. Il n'était pas tard encore, même pas dix heures, et tous les commerçants restaient ouverts ce jour-là pour honorer la naissance du Prince de la Paix. Ce qu'ils faisaient, je suppose si on veut aller au fond des choses, avec le même émerveillement aveugle, égoïste, qui les avaient obligés à Le crucifier. Enfin. Je ne tiens pas vraiment à me laisser déprimer à ce point par ça : *ils* sont toujours nous, nous sommes toujours *eux*. Avec ça et un ticket de métro, vous pouvez partir pour la gloire. Une longue route, pèlerin, avec arrêts à fatalité, désespoir, trouble et confusion, et changement de trains à Gaza ; à l'usine, avec les esclaves.

J'avais un peu de temps et je pensais que je méritais un verre. Je fis donc halte dans un bar que je connaissais : à l'usine, avec les esclaves. Et je me glissai sur un tabouret vide tout au bout du comptoir. Je me rendis compte alors, pour la première fois, que mon corps avait froid, en réalité, et que j'étais fatigué. De fait, j'avais traversé la ville à pied. Le barman, un réfugié allemand nommé Ludwig me servit un double scotch sur glaçons — « C'est la maison qui arrose ! » cria-t-il. « Joyeux Noël ! » et, avec un sourire de père Noël épanoui, se fondit dans la masse mouvante des chairs enfumées.

J'allumai une cigarette et me sentis loin et perdu. Je découvris soudain ce que je pourrais acheter pour Arthur : une chevalière en argent pour son petit doigt. Je l'avais vue en achetant le bracelet de Florence mais, alors, je n'avais pas été très convaincu. Maintenant je l'étais, mais sans certitude de pouvoir acheter l'objet ce soir. O.K. Un de moins. Julia. Julia avait treize ans et qu'achetait-on à une grande prêtresse adolescente ? Une vipère, pensai-je instantanément, et puis : Ne sois pas comme ça, me dis-je. Je me mis à rire intérieurement et bus mon verre. Je n'avais qu'à peine vu Julia depuis cet après-midi chez nous et je ne l'aimais pas. Je n'avais pas revu Jimmy du tout et je n'aurais pas été étonné d'apprendre qu'on l'avait expédié quelque part — peut-être chez sa grand-mère, parce que je savais que Florence s'inquiétait à ce sujet.

Bon. Julia. La petite ne portait pas d'ornements, je ne pouvais donc pas lui offrir des boucles d'oreilles ni aucune sorte de bijou. Je songeai à lui acheter un porte-monnaie, mais je savais que je n'oserais pas — son père m'aurait tapé dessus avec. Puis je pensai à une de ces minuscules montres que les filles adorent : je savais où pouvoir en trouver une. Ça ne pouvait vexer personne et sinon, ma foi, merde, j'essayais seulement d'être gentil. Je n'arrivais pas à penser à quelque chose pour Peanut, Crunch ou Red et, de toute manière, le reste de mon shopping devrait attendre demain. J'étais donc libre à présent : j'avais accompli mon devoir pour la journée.

Je m'efforçais de me convaincre que j'étais libre mais je savais que ce n'était pas vrai. J'avais encore pas mal d'argent liquide sur moi, sans compter ces cadeaux : je ne pouvais pas me soûler ni m'envoyer en l'air. Je m'étais fait plusieurs fois mettre le grappin dessus par des pépés blanches dans ce bar, mais peut-être vieillissais-je trop vite : j'étais encore fasciné bien que nullement atteint, plongé dans l'eau profonde mais pas désaltéré. Je dois avouer que j'étais d'une ignorance absolue et me laissais guider par l'insatiable voracité de ma bite : laquelle était un objet de la plus irrésistible curiosité pour ces jeunes demoiselles blanches tout autant que pour leurs petits amis qui ne savaient pas quoi en penser. C'était plus une question de couleur que de taille, ou peut-être sa couleur lui servait-elle de taille. Ayant vécu avec toute ma vie, je savais qu'elle était, en gros, de la même couleur que mes fesses et mon visage : et elle me paraissait, tout comme moi, assez grande pour ce qu'elle avait à faire. Mais ces demoiselles la regardaient comme si Napoléon venait de la ramener d'Égypte spécialement pour elles et, quoiqu'elles fussent capables de la rendre aussi dure que de la pierre, elles la laissaient tout aussi froide.

J'achevai donc mon verre et mis les voiles pour regagner la maison en métro.

Nous passâmes la veille de Noël dans la cuisine à manger des muffins et boire du thé, puis à disposer nos cadeaux sous l'arbre dans le living où nous bûmes du ginger ale et de la bière — juste Paul, Florence, Arthur et moi, très tranquillement. J'avais deux présents pour Arthur, la bague en argent pour son petit doigt et une cravate rayée noir et gris, car j'avais acheté la même à tous les membres du quartette. La minuscule montre de Julia venait de chez un receleur et l'idée qu'elle porterait de la marchandise volée me faisait drôlement plaisir. Jimmy me présentait un problème car j'avais appris qu'il manifestait une indépendance féroce et refusait d'être associé à aucun des siens ; je lui achetai donc un chandail rouge à col roulé. Je pensais qu'il lui plairait bien : il n'y en avait pas des masses de ce genre dans le coin, à l'époque. J'ignorais sa taille et je le pris très grand en pariant qu'il lui serait trop petit avant qu'il ne l'use — un pari que je perdis.

Ce fut une veille de Noël calme. Paul se mit au piano et nous chantâmes quelques vieux airs. J'observai le visage d'Arthur et commençai à y voir un peu de ce que Paul y voyait, mais je remarquai surtout à quel point ils se ressemblaient, à quel point ils faisaient père et fils. Je ne sais pas pourquoi cela me réconforta mais c'est ainsi. Nous nous couchâmes tôt parce que la perspective de la journée de Noël avec les Miller rendait Florence nerveuse et qu'Arthur avait le trac à l'idée de chanter.

Ses yeux avaient changé : ce fut la première chose que je remarquai chez Julia, ce matin de Noël. Et elle avait poussé — elle serait grande. Son père ne trimbalait plus cette estrade pliable compliquée et, désormais, Julia avançait d'un pas ferme en chaire au lieu d'avoir l'air d'y être soulevée. Elle était mince au point d'en paraître translucide comme une lampe : on pouvait voir la flamme remuer avec le vent et on en retenait son souffle. Elle était à l'apogée de sa carrière, au sommet de son monde — mais le point de mire de son regard avait changé, quelque chose s'était passé derrière ces yeux.

Amy était habillée pour Noël — j'allais dire, en arbre de Noël — et elle portait beaucoup de couleurs vives, parmi lesquelles je me rappelle surtout un bleu argent qui paraissait capable de vous électrocuter. Ses longues jambes minces chaussées de talons hauts offraient un sacré spectacle mais sa jupe était ample et sa blouse au-dessus de tout reproche. Joel faisait toujours autant roi des étalons, style zazou. La fatigue commençait peut-être à attaquer les mâchoires, une surprise amère à habiter le regard, mais le costume était bleu marine comme la cravate de tricot, la chemise blanche, les boutons de manchettes d'or étincelant. Ça a dû coûter bonbon, telle fut la pensée qui me vint, comme un messager porteur de mauvaises nouvelles auquel je m'empressai de tourner le dos, bien qu'il eût reçu, ainsi que je devais le découvrir, l'ordre d'attendre une réponse.

Ce messager ne me quitta pas d'une semelle au long de cette interminable journée de Noël.

Une belle journée de Noël, argentée, piquante, le ciel et les trottoirs presque de la même couleur : on ne pouvait pas toucher le ciel ni tomber dessus mais il paraissait aussi dur que le trottoir. Arthur (à l'encontre de ce qui devait se passer à l'avenir) s'était levé plus tôt que moi. Il avait pris un bain, ou peut-être deux, s'était lavé les dents certainement plus d'une fois, s'était rasé et inondé de toute *mon* eau de Cologne avant que j'eusse ouvert les yeux. Arthur n'avait vraiment rien à raser mais détestait que je le lui dise. J'avais tenté de lui expliquer que, une fois qu'il aurait de la barbe, il l'aurait pour le restant de ses jours et que tout ce qu'il faisait à présent, c'était transformer un duvet de pêche en vilains petits boutons. Il aimait d'autant moins ça que c'était vrai. Ses cheveux formaient une cascade figée de crans noirs à reflets d'argent et, devant le miroir, il apportait une dernière et soigneuse retouche à cette catastrophe lorsque je pénétrai dans la salle de bain.

Nous nous regardâmes l'un l'autre dans le miroir, incertains, à cette époque, de l'étendue de notre entente. Je fis un geste de violent balayage en direction de sa chevelure mais sans la toucher. Il se baissa, furieux, et j'éclatai de rire.

« Joyeux Noël », dis-je en regardant ce visage qui n'était plus celui d'un enfant et pas encore celui d'un homme.

« Joyeux Noël toi-même », répliqua-t-il. Il sourit, me montrant un instant, comme s'il avait su que je voulais le voir, le visage du petit garçon.

« Tu t'es coupé en te rasant, dis-je.

— C'est rien », affirma-t-il, mais, fort inquiet, il se retourna pour se regarder de nouveau dans le miroir.

Il était presque nu, c'est-à-dire en caleçon. À le regarder debout ainsi, le dos tourné, consultant le miroir, il me paraissait étrange de penser que je l'avais porté sur mes épaules et l'avais connu quand il ne savait pas marcher. Son visage était toujours un peu boudeur en ma présence, comme pour m'avertir de ne pas me mêler de ses affaires.

Je n'avais naturellement aucun moyen de savoir la mine qu'il faisait quand je n'étais pas là.

« Il faut que je me fasse beau, moi aussi, dis-je.

— Eh bien alors, je pense qu'il vaut mieux que je te laisse t'y mettre, acquiesça-t-il, souriant. Prends bien ton temps, vieux.

— Ça ne me prendra pas une minute, dis-je.

— Bien sûr que non, répondit-il aimablement. Pas de danger que tu puisses arranger ce désastre en *une* minute. T'en fais pas, mec. On attendra. » Il tapota mon épaule : « Bonne chance ! » Et il referma la porte derrière lui.

Je rigolai tout seul et faillis courir le rattraper mais j'eus peur d'abîmer sa coiffure.

Il y a là de quoi vraiment s'émerveiller : voici votre père, voici votre mère, voici votre frère et vous voici vous, assis sous l'arbre, en train d'ouvrir vos présents. La lumière est étrange, ou bien vous la trouvez étrange : c'est une lumière de cérémonie. Elle recèle une crainte inavouée, tandis que vous déballez votre cadeau. Ce cadeau vous dira si quelqu'un vous aime, si quelqu'un vous *voit* — spécialement votre père, votre mère, votre frère — et, si vous savez le déchiffrer, le cadeau vous dira ce qu'ils voient.

Mon père m'avait acheté une veste de daim doublée de peau de mouton, chocolat clair, avec des poches profondes et un grand col. Elle était si coûteuse que je savais qu'il avait dû économiser pour me la payer et qu'il l'avait choisie depuis pas mal de temps. Il était donc au courant de mes activités et il me faisait confiance. Je sais que les larmes me vinrent aux yeux mais je souris ; il me prit dans ses bras, m'étreignit et, un instant, je fus de nouveau son petit garçon, son premier-né, de retour à la case départ. Puis il me repoussa et drapa l'écharpe que je lui avais donnée autour de son cou. Elle était superbe, cette écharpe, sur lui, vraiment elle mettait en valeur le beau gris de sa chevelure. Maman m'avait acheté un gros chandail noir à col roulé et Arthur me passa au cou une chaîne au bout de laquelle pendait un gland d'argent. « J'y ai enfermé un charme, dit-il, pour te protéger » et, redevenu mon petit frère, il se pendit à mon cou un moment. Il aima beaucoup la cravate parce qu'elle allait bien avec le costume gris foncé que son père lui avait offert et la chemise marron à monogramme de sa mère et la bague d'argent à son petit doigt. Maman passa le bracelet à son poignet et m'embrassa. Puis, une main dans la mienne, agenouillée sous l'arbre, elle ouvrit une boîte et en retira un lourd peigne à cheveux de nacre en forme de croissant.

« Il te ressemblait », expliqua Arthur timidement et, sans dire un mot, Maman le plaça avec soin dans son épaisse chevelure noire. Puis elle remit sa main dans la mienne et tendit l'autre pour attirer son bébé et elle nous tint ainsi tous deux serrés contre elle, le regard levé vers Paul.

« Eh bien ! Mon vieux mari, dit-elle en riant, des larmes dans ses yeux, qu'est-ce que tu en dis ? — Flûte, grommela Paul, je suppose que tu ne veux même pas voir la vieille peau de lapin que je t'ai dégotée », et Maman dit : « Ne me demande surtout pas où tu as laissé tes gants de cuir fourrés ! »

Il lui avait en effet trouvé un manteau de fourrure, grâce un peu, sans doute, à la débrouillardise de ses amis de Sugar Hill, et elle lui avait acheté, avec certainement l'aide de sa famille du Bronx, une magnifique paire de gants fourrés. Maman sortit le manteau de son carton et Papa l'aida à le mettre. Il portait ses gants et son écharpe et avait, dans sa poche, le briquet qu'Arthur lui avait donné. Je portais ma breloque — ah ! quand on songe à ce qui se passerait plus tard ! —, Maman, nu-tête, arborait son peigne ; Arthur portait tout ce que Noël lui avait prodigué et nous sortîmes pour aller à l'église.

Tout le monde était là, les enfants — qui n'en étaient plus vraiment — au premier rang. Peanut, Crunch et Red n'étaient pas des enfants, mais des singularités souffrantes, angoissées, aux formes bizarres, qui mouraient d'envie d'être lâchées dans l'arène. Arthur les rejoignit avec les trois boîtes qui contenaient les cravates. Puis tous les quatre demeurèrent assis en affichant un air de tranquille arrogance — cela pour la gouverne des autres quatuors alignés en un mur solide au fond de l'église. Julia était déjà sur son trône, à la tribune, mais désormais son mince visage et son regard brûlant pouvaient se voir de partout dans l'église. Une légère palpitation de son cou me fit soudain prendre conscience des petits seins qui commençaient à pointer sous la longue robe blanche : cette enfant était maintenant capable de mettre un autre enfant au monde. Jimmy était au premier rang, mais de l'autre côté de l'allée, son épaule pressée contre le mur comme s'il espérait y creuser un trou. Il se trouvait devant son père et sa mère, et Paul, Florence et moi nous joignîmes à Joel et Amy. Je donnai à Jimmy une tape sur la tête, j'étreignis son épaule et fus récompensé par un sourire qui me fit comprendre combien il était rare que quiconque le caressât.

Nous étions arrivés tout au début du service et la chorale, en robes pourpres, chantait « Marie est en chemin ». J'écoutai les choristes. De temps à autre, je jetais un coup d'œil sur la nuque de ma mère et le peigne blanc laiteux qui brillait dans ses cheveux : Amy et elle se parlaient en chuchotant. Puis les choristes se turent et s'assirent, le pasteur se leva pour venir en chaire et le silence se fit : et ma mère porta en apparence son regard vers la chaire mais pour contempler en réalité tout autre chose. Je vis son visage de profil et j'eus peur. Elle avait compris quelque chose, quelque chose de si terrible qu'elle ne pouvait pas y croire et il me sembla l'entendre retenir sa respiration tandis que nous nous levions et baissions la tête pour recevoir la bénédiction du pasteur.

La première offrande fut apportée. Le pasteur — tous ces pasteurs, avec leur même éblouissant sourire réclame pour dentifrice céleste, sont aujourd'hui pour moi sans visage — énuméra les invités venus passer avec nous le matin de Noël. Jusqu'alors je m'étais demandé pourquoi Julia avait consenti à venir prêcher dans *cette* paroisse considérée par les dévots comme mondaine. Maintenant, en voyant les premières offrandes remonter l'allée dans les paniers d'osier pour être bénies par le pasteur avant de disparaître derrière la tribune, je ne m'en étonnais plus. Il y aurait aussi dépôt d'offrandes (volontaires) pour chaque quatuor, dans les paniers disposés sur la table, juste au-dessous du pupitre, recouverte d'une étoffe violette sur laquelle étaient posés deux livres de cantiques, une bible et un vase d'œillets rouges et blancs. La congrégation était encore plus colorée et opulente : ses Buick et Cadillac se garaient sur deux files dans l'avenue et les rues adjacentes qui grimpaient en pente raide jusqu'à cette éminence pour en dégringoler aussi rudement.

Les quatuors venaient, dit le pasteur (comme s'ils étaient sortis le matin même de sa cuisse), de Philadelphie, Newark et Brooklyn et — avec un sourire particulièrement éblouissant à l'adresse des garçons au premier rang — « de la rue tout à côté ». L'assistance émit des rumeurs d'approbation et le tout fut considéré par Philadelphie, Newark et Brooklyn comme de la triche, un coup bas envers leur honneur et leur génie. Un sourire rageur aux lèvres, ils se redressèrent en bombant le torse d'un air dédaigneux. Les Trompettes de Sion ouvraient le programme et Philadelphie, Newark et Brooklyn en profiteraient ensuite pour leur river leur clou dans le cul. Il va de soi que Les Trompettes de Sion avaient des intentions aussi paralysantes et, s'ils parvenaient à leurs fins, leurs rivaux se retrouveraient hurlant en vain pour se faire entendre des tréfonds de l'abîme qui aurait remplacé la scène.

Il faut pourtant dire — et ceci est très difficile à expliquer — que cette rivalité passionnée ne recélait que fort peu d'hostilité. Dans le fond, Philadelphie, Newark et Brooklyn étaient remplis d'une extrême curiosité à l'égard de leurs ignorants morveux de petits frères et pas du tout mécontents de leur présence. Bien au contraire, et n'importe quoi pourrait se passer qui les dériderait tous ; ils avaient tous beaucoup à apprendre et un peu de cela — le plus gros en vérité — ils ne pouvaient l'apprendre que les uns des autres. C'est qu'il était drôlement froid et solitaire, le chemin qu'ils voulaient prendre. Nos garçons furent annoncés avec Paul Montana — « le célèbre pianiste qui est un fidèle de cette paroisse et le père d'un des chanteurs du quartette que vous allez entendre ». Philadelphie, Newark et Brooklyn considérèrent d'un œil noir cette nouvelle traîtrise, bien qu'ils eussent l'air de penser que Paul était leur père à eux aussi : ils le connaissaient tous de nom et certains l'avaient entendu jouer. O.K., semblaient dire leurs épaules bien raides, allez-y maintenant.

Paul se leva, me fit un clin d'œil et se faufila vers le piano. Après l'avoir attendu avec une indescriptible déférence, les garçons le suivirent. Paul leur avait dit que c'était la dernière fois qu'il jouerait pour eux. « Peanut est votre pianiste, désormais. Et il est bien — croyez-vous que j'aie perdu mon temps avec Peanut ? » Mais Peanut était terrifié à l'idée de ne pas être à la hauteur. Il était beaucoup plus terrifié que les autres à l'idée de paraître en public, et Paul comprenait Peanut et respectait son sentiment.

Il leva donc la tête vers les garçons, leur sourit et s'assit au piano. Les enfants prirent leur place, saluèrent, Crunch un peu à l'écart avec sa guitare — comme ils avaient l'air jeune là-bas —, se regardèrent et commencèrent.

O venez, vous tous gens de foi,

La terreur de Peanut était si grande qu'il en devint impeccable : sa voix traduisit l'émerveillement qui dut être présent la première fois où cet hymne vit le jour, cet émerveillement qui, après tout, en est l'auteur anonyme. Ils en vinrent à bout. Ils sourirent et saluèrent, l'assistance gémit et cria, les cheveux de Paul se mirent à rebiquer. Crunch et Paul entamèrent : « Quand Jésus est-il né ? » et la voix d'Arthur s'éleva pour conduire le chant et lui donner son tempo. Désormais emballés, Philadelphie, Newark et Brooklyn, souriants, tapaient des mains, et nos garçons, après un bref échange piano-guitare entre Paul et Crunch, adoptèrent un registre plus bas pour « Pas de place à l'auberge ». Crunch, de sa voix folklorique de paysan, mena le cantique.

Les nègres peuvent chanter le gospel comme nul autre parce qu'ils ne chantent pas le gospel, si vous voyez ce que je veux dire. Quand un nègre cite l'Évangile, il ne cite pas : il vous raconte ce qui lui est arrivé le jour même et ce qui va certainement lui arriver demain : il est possible que cela vous soit déjà arrivé et que vous, pauvre âme, ne le sachiez pas. Auquel cas, *Seigneur, ayez pitié !* notre souffrance est notre passerelle de l'un à l'autre. Chacun doit la traverser ou bien mourir alors qu'il continue de survivre — mais cela n'est pas une conception politique et encore moins populaire. *Ah ! Il n'y avait pas de place,* chantait Crunch, *pas de place ! à l'auberge !* Il ne chantait pas un voyage en Égypte il y a deux mille ans, mais sa mère, son père et lui-même, et ces rues juste là dehors, mon frère, ces rues devant chaque porte, ces rues que nous arpentons, toi et moi, et que nous continuerons d'arpenter jusqu'à ce que nous rencontrions.

Or Jésus
qui passait par là
Entendit une femme pleurer.

La voix d'Arthur, solitaire, suivie peu après de ses témoins :

Cette femme disait :
Seigneur, ne m'abandonnez pas !

Je regardai ma mère, qui regardait son fils mais voyait autre chose. Sur ses lèvres, il y avait un sourire et dans ses yeux une lueur sombre. Elle tenait la main d'Amy étroitement serrée dans la sienne.

Si simplement
je pouvais toucher
l'ourlet
de Son vêtement,
J'irais
prophétiser.

Joel était immobile. Les deux femmes hochèrent la tête ; j'entendis Amy souffler « Amen », et « Amen » souffla ma mère, et le cantique prit lentement son envol.

Sauveur !
Ne me laissez
Pas !

Les garçons s'inclinèrent, Paul s'inclina avec eux et ils descendirent de l'estrade. Philadelphie, Newark et Brooklyn jubilaient, brûlants du désir de les surpasser — et de se surpasser l'un l'autre, et prêts à s'engager dans les batailles de cantiques à travers tout le pays et le monde entier jusqu'à l'année prochaine.

Pourtant, dans ma mémoire, ce fut un étrange Noël, avec quelque chose de dur à l'intérieur, quelque chose d'aussi dur que la terre et le ciel de cette immense journée. Le service religieux fut long, témoignages, offrandes — les témoignages brefs, les offrandes longues —, les autres quatuors produits par intervalles, Paul soupirant à mes côtés et la chaleur montant et submergeant un peu le sermon de Julia qui, peut-être pour cette raison, fut court. Des hommes ne cessaient de filer, le dos courbé, pour aller pisser aux toilettes, dans le fond de l'église, ou bien sortir se dégourdir les jambes. Et puis Julia, dans ma mémoire, étrange et tendue ce jour-là, embrasée de fatigue. Pourquoi pensai-je à la fatigue ? Je l'entendis dans sa voix, je l'entendis parce que je savais qu'elle n'avait que treize ans.

Ses parents avaient déménagé dans un appartement pas très loin de l'église, au bas d'une colline, Edgecombe Avenue peut-être, et nous nous y rendîmes à pied. Julia, raide et droite comme une magicienne, vêtue d'un lourd manteau de fourrure noire mais avec son bonnet blanc encore sur la tête, marchait entre son père et sa mère. Derrière nous, Arthur et les garçons échangeaient avec Philadelphie, Newark et Brooklyn des recettes tactiques ; parfois, pour illustrer un argument, l'un ou l'autre fredonnait une mesure ou deux. Je me rappelle combien leurs voix flottaient, claires, au-dessus de nous, pendant que nous descendions cette rue en pente. Paul et Florence cheminaient ensemble et le peigne de nacre, dans les cheveux de ma mère, paraissait adoucir et dominer la dure lumière métallique. Petit Jimmy m'accompagnait ou, pour dire la vérité, semblait consentir à ce que *je* l'accompagne.

Ils habitaient une de ces vieilles maisons de pierre dont il ne reste pas grand nombre de nos jours, et Julia et sa mère nous précédèrent sur les marches du perron. Julia était plus grande que sa mère à présent, surtout dans ce long vêtement noir, et Amy, dont le manteau ceinturé était d'un élégant vert foncé, donnait l'impression de s'appuyer légèrement sur sa fille. Joel les dépassa pour aller ouvrir la porte du vestibule, une porte de bois et de verre aux vitres curieusement peintes, garnies d'un rideau.

Je restai en bas sur le trottoir en attendant qu'Arthur et les autres nous rejoignent. Les trois autres quatuors les avaient quittés. Red, Peanut, Crunch et Arthur surgirent au bas de la rue.

Red, Peanut et Crunch feraient simplement acte de politesse et tiendraient compagnie à Arthur quelques minutes avant de partir faire leur repas de Noël ailleurs. Arthur et moi étions coincés car les Miller avaient invité les Montana à dîner et Florence n'avait pas pu refuser. J'irais chercher Martha chez sa tante, plus tard, et Arthur et ses copains pourraient faire leur jonction après dîner. Le tout était de terminer le repas sans avoir d'histoires avec la sainte petite garce de la fête.

Car aucun de nous n'aimait Julia : nous ne pouvions pas la souffrir. Nous rendions son dû à la gamine : elle était certainement capable de remuer une église mais Arthur le pouvait aussi et dans notre monde, un monde qui incluait le théâtre de l'Apollo, ce n'était pas aussi extraordinaire que sœur Julia semblait vouloir le faire croire. On avait assisté à trop de manifestations du Saint-Esprit pour en redouter aucune — le Saint-Esprit est une affaire d'intimité nocturne — et, en bref, nous n'avions pas besoin d'elle, nous connaissions des tas d'autres prédicateurs qui étaient beaucoup plus marrants. Red, Peanut et Crunch n'auraient jamais accepté une invitation à des « rafraîchissements » chez elle si cela n'avait pas été pour Arthur.

Et puis Florence avait déclaré : « Julia est la fille de cette amie. Et j'ai des fils. J'ignore où ils pourraient se trouver par un jour froid de Noël. »

Nous entrâmes donc dans l'appartement des Miller qui se trouvait au premier étage et, pour autant que je m'en souvienne, l'occupait en entier ; et il se peut que ce fût sur deux niveaux car je me rappelle Julia disparaissant dès notre entrée et ce, me semble-t-il, à l'étage au-dessus. Elle disparut en tout cas pour un bon bout de temps.

Amy et ma mère s'éclipsèrent également dans une chambre dont elles refermèrent la porte derrière elles — mais, contrairement à Julia, elles s'en excusèrent d'abord —, laissant à Joel le soin de faire les honneurs de la maison.

Et c'est ainsi qu'en ce jour de Noël je contemplai frère Miller. Étant donné que je le rencontrais chez lui pour la première fois et que j'étais encore, après tout, très jeune, c'était comme si je le voyais pour la première fois. J'eus peut-être cette impression parce qu'il paraissait — d'une certaine manière — très mal à l'aise dans sa propre maison. Il ressemblait davantage à un guide. Peut-être aussi l'appartement bourré d'une incroyable camelote nécessitait-il un guide. Tableaux de gens se noyant dans des soleils couchants en jouant de la harpe ; une chose bleue, sur une table, qui ressemblait à un poulpe congelé en plein orgasme ou en plein accouchement — en plein accouchement, à la réflexion, puisqu'il donnait naissance à des bonbons, des bonbons qui jaillissaient au bout des tentacules en folie. De la dentelle par ici, du velours par là, des vitrines contenant je ne sais quoi ; des lampes en forme de statues, des ampoules en forme de fleurs, des livres saints, des recueils de cantiques, une bible, un arbre généalogique de la famille, impitoyablement illustré de sourires édentés en grimaces édentées, un arbre de Noël qui expliquait pourquoi le petit

Jimmy avait tourné si vite le dos à Santa Claus ; des photos de Julia partout et des affiches annonçant ses apparitions. Un piano. Un pupitre couvert de lamé, peut-être le même pupitre que frère Miller avait trimbalé si longtemps. Je ne pense pas que tout ceci ait pu se trouver dans une seule pièce car il y avait aussi d'autres objets tels que des chaises et des guéridons, une grande table de salle à manger et des miroirs. Sur les rebords des fenêtres, des plantes fleurissaient dans des jardinières : c'était moins une maison encombrée qu'une demeure enfouie, secrète. Les vêtements mêmes de frère Joel Miller contribuaient à cette atmosphère de serre car ils... ils l'enrobaient : on ne tenait pas à spéculer sur sa nudité ou se trouver dans l'obligation d'en être le témoin de quelque manière que ce fût.

« Ma foi, dit-il, installons-nous confortablement jusqu'au retour de ces dames. »

Il nous emmena, à travers la salle à manger où le couvert était déjà mis, dans le grand salon qui donnait sur la cour. Cette pièce était peu encombrée, comme si quelqu'un avait tout bonnement perdu patience et décidé de s'asseoir. Ce que firent immédiatement les garçons, côte à côte sur le canapé. Jimmy se posa dans un coin près de la fenêtre.

Sur une table, au centre, attendaient un bol à punch, des verres et d'abominables petits fours.

Frère Miller entreprit de servir le punch à la louche et les garçons tendirent leur verre poliment, à la queue leu leu. Ils arboraient leurs plus beaux habits et leurs meilleures manières. Cette politesse excessive dissimulait un jugement moqueur, mais on ne pouvait pas s'attendre que frère Miller s'en aperçût.

Crunch, tout en sirotant son punch, s'enquit : « Sœur Julia ne se joindra pas à nous ? »

Je doute que frère Miller ait compris quoi que ce fût aux relations de Julia avec ses pairs, mais il parut supris : « Oh oui ! dit-il. Elle sera ici dans une minute — bientôt. Elle aime bien méditer après le service religieux. » Puis, comme s'il venait de se rappeler quelque chose, il se tourna vers Jimmy : « Hé ! Petit, tu ne veux pas un peu de ce punch ? »

Jimmy se détourna de la fenêtre et je pus presque le voir décider quelle serait la réaction la moins pénible — refuser (ce qu'il voulait faire) et risquer une humiliation publique, ou bien accepter et se retrouver piégé dans un groupe où il n'avait pas sa place. Mais Crunch résolut le problème en s'emparant du verre des mains de frère Miller pour l'apporter à Jimmy.

« Joyeux Noël, mon petit gars », dit Crunch et « Joyeux Noël à toi », répliqua Jimmy avant d'ajouter, à ma surprise : « Joyeux Noël à tous. »

Je me demandai alors si Arthur avait pensé à lui acheter un cadeau ou s'il s'était associé à celui de Paul et Florence. J'avais disposé nos paquets sous l'arbre en arrivant mais nous ne les ouvririons pas avant le retour des dames.

« Ce punch est pour les jeunots », dit alors frère Miller — sans remarquer l'air pincé avec lequel Les Trompettes de Sion approuvèrent ni leur réticence à se laisser qualifier de « jeunots » — « mais si vous, messieurs, voulez bien me suivre... »

Ce que nous fîmes, naturellement, faute d'avoir le choix, dans la cuisine qui se trouvait juste après ce salon, sur la gauche.

Nous entendions les voix des garçons, conspiratrices et rauques de rigolade. Ils ne prêtaient pas la moindre attention à Jimmy, toujours près de la fenêtre, son verre de punch à la main.

Frère Miller ouvrit le réfrigérateur — les réfrigérateurs étaient encore chose rare à Harlem, à l'époque — prit une bouteille et entreprit de la déboucher. « On va rester ici une minute, annonça-t-il, parce que la petite Julia n'a jamais approuvé qu'on boive du vin. » Il rit, ôta le bouchon et nous servit. « Je lui explique que la Bible dit : "Prenez un peu de vin pour guérir l'estomac" mais elle me rétorque : "Ton estomac va très bien." » Il rit de nouveau et nous nous souhaitâmes tous trois réciproquement un joyeux Noël. Paul et Joel s'assirent à la table de la cuisine et je m'appuyai contre le frigo, avec l'impression d'être aussi peu à ma place que Jimmy. La pièce sentait, bien entendu, la cuisine, mais pas comme la nôtre qui fleurait l'épice et la transpiration. Ici les effluves vous arrivaient en vagues, lourds et sucrés, et je pris conscience de l'odeur à la fois âcre, écœurante et forte de frère Miller.

J'entendais les voix des garçons, à côté :

« ... c'est sa sœur qui me l'a dit, mon vieux !...

— ... comment ça se fait que t'es aussi intime avec sa sœur ?...

— ... arrête ton char, mec, je les connais ces frangines...

— ... dans un sous-sol, sur la 116e Rue !

— Sans blague ? »

Rires. Chuchotements. Grandes espérances.

« Une des raisons pour laquelle Julia s'isole, c'est qu'elle se fait beaucoup de souci pour sa mère. Amy ne se sent pas très bien, depuis quelque temps, et Julia jeûne et prie — elle intercède auprès du Seigneur pour qu'il guérisse sa mère. »

Il s'exprimait avec une conviction qui devait lui coûter car elle n'était pas du tout dans sa nature. Je ne sais pas pourquoi, j'eus brusquement pitié de cet homme que je n'aimais pas.

« Florence m'en a touché un mot, dit Paul prudemment. Qu'est-ce qui ne va pas ? »

Je compris seulement alors pourquoi Florence avait senti qu'elle ne pouvait pas refuser l'invitation des Miller et pourquoi Paul n'avait pas protesté. Il observait Joel avec une inquiétude sincère et aussi comme s'il en évaluait la force — se demandant comment cet homme supporterait ce qui pouvait arriver.

« Nous sommes allés voir un ou deux docteurs, mais Julia ne croit pas aux médecins et il semble que ce soit une maladie de femme, vieux, un docteur a dit qu'il faudrait peut-être une opération. » Il regarda Paul d'un air impuissant. « Tu comprends, toi. » Il me jeta un coup d'œil en coin. Mais j'étais un homme, à présent. Un vieux réflexe lui fit quand même baisser la voix. « Nous n'en avons pas parlé, tu vois, mais Amy a perdu un bébé, il y a un peu plus d'un an. Elle désirait tellement ce bébé. Et elle n'a jamais été la même depuis. »

Paul but une gorgée de son vin et Joel du sien. Je continuais à prêter l'oreille aux garçons dans l'autre pièce. Leurs commentaires et la raucité lascive de la voix de Crunch me firent supposer que celui-ci était en train de leur faire un cours d'éducation sexuelle. Le visage de Jimmy aussi. Il n'avait pas bougé de la fenêtre et je le voyais d'où j'étais : il écoutait.

« Si c'est aussi sérieux, mon vieux », dit Paul — il toussota —, « je ne me fierais pas trop aux prières et au jeûne de Julia. Le Seigneur n'a pas inventé les médecins pour les chiens.

— Oh ! Je suis d'accord là-dessus, mon vieux, répliqua Joel, très vite, et Amy et moi, on a pris un rendez-vous en douce pour aller voir un autre docteur dès que les vacances seront finies.

— Pourquoi attendre aussi longtemps ? » demanda Paul, mais nous entendîmes alors Amy et Florence dire bonjour aux garçons dans le salon. Paul et Joel se regardèrent et se turent.

Je vis Amy s'approcher de Jimmy. Elle lui frictionna les cheveux d'une main, se pencha, l'embrassa et lui prit une gorgée de son punch. Il ne dit rien et ne bougea pas, mais il leva vers sa mère un regard lumineux et elle l'embrassa de nouveau. Puis elle resta près de lui à regarder par la fenêtre.

Florence entra dans la cuisine et lança à voix basse : « Joel, tu vas m'emmener Amy voir un spécialiste, tu m'entends ? Tu ne vas pas attendre une seconde de plus et vous me laissez tomber les conneries de Julia sur l'imposition des mains. »

Joel prit un air horrifié : peut-être n'avait-il jamais encore vu une femme en colère.

« Oui, insista Florence, j'ai dit conneries en parlant de *ta* fille, dans *votre* cuisine, le jour de Noël. » Elle parlait toujours bas, non sans effort, et sa voix tremblait : « Tu emmènes ta femme chez un spécialiste ou bien c'est *moi* qui le ferai. Et je vais lui en apprendre, moi, à votre fille sur l'imposition des *mains* ! » Elle dévisagea Joel : « Toi et ta femme, vous auriez dû le faire depuis longtemps », dit-elle avec chagrin. Puis, son nez à toucher celui de Joel, elle chuchota : « Espèce de foutu bon à rien d'idiot, ta femme est *malade* ! » Elle le regarda avec une expression que je ne lui avais jamais vue et qui me terrifia. Je ne peux pas imaginer l'effet qu'elle eut sur Joel. Son visage et sa voix indiquaient qu'elle ne voulait pas le dire mais elle le dit quand même : « Et je ne suis pas sûre que ta fille *tienne* tellement à ce que sa mère guérisse ! » Puis elle vit la tête de frère Miller et son ton s'adoucit : « Joel, parfois les gens qui croient posséder le royaume du ciel pensent qu'ils possèdent tout — et tout le monde par-dessus le marché ! »

Amy avait abandonné Jimmy et s'avançait vers la cuisine, sans que je puisse bouger ni ouvrir la bouche. Mais Florence se redressa au moment où Amy entrait et lança d'une voix enjouée : « Les hommes, si vous espérez avoir un dîner de Noël, vous avez meilleur temps d'évacuer la cuisine. » Elle prit la bouteille de vin et la fourra dans les mains de Joel : « Vous m'entendez ? Et maintenant, magnez-vous le train ! »

Mais Joel n'était pas en état de se magner quoi que ce fût. Le visage moite, il n'arrivait pas à se lever. Sa nauséabonde odeur de sueur décupla. Amy le regarda, s'approcha de lui et, la main sur sa joue, chuchota : « Que se passe-t-il, mon doudou ? »

Il parut sur le point de parler, sur le point de pleurer, sur le point, affirma Paul plus tard, de tout dégueuler. « On va faire un petit tour, ça va le remettre », intervint alors Paul gaiement avec un clin d'œil à Amy, tandis que j'aidais Joel à se lever.

Nous revînmes dans la pièce où se trouvaient les garçons. Peanut, Crunch et Red s'apprêtèrent à sortir avec nous mais je dis à Arthur : « Attendez ici mon retour », et j'évitai le regard interrogateur de Jimmy. Paul posa la bouteille de vin sur la table et je les suivis dehors, lui et Joel. Nous ne prîmes même pas nos manteaux et nous précipitâmes, sans mot dire, dans un bar au coin de la rue.

Paul et Joel s'assirent l'un à côté de l'autre. Aucun n'ouvrit la bouche parce que ni l'un ni l'autre ne le pouvaient : ils demeurèrent côte à côte, dans un tourbillon de silence, ce silence que l'on ne peut ni supporter ni supporter de rompre.

Et le bar, en ce jour de Noël, était, à l'exception du barman, vide et muet, comme en attente.

J'eus envie de fuir. Tandis que le barman se penchait vers Paul et Joel, j'expliquai : « Écoutez, j'ai dit aux garçons d'attendre mon retour. Je vais rentrer à la maison pour les laisser aller à leur dîner. Voulez-vous que je revienne vous chercher ?

— Oui, dit Paul, nous ne voulons pas faire attendre ta mère et les autres. »

Je ressortis donc, remontai la rue, regrimpai les marches et sonnai.

Amy m'ouvrit la porte.

« Eh bien ? Où est Joel ? demanda-t-elle d'un ton affolé, sur le point de piquer une crise de nerfs.

— Il est avec mon père, dis-je. Ils parlent. Ils seront là dans une minute. » Je refermai la porte derrière moi et pénétrai dans la cuisine. Amy me suivit à pas lents. Excepté les bruits des préparatifs, la cuisine était silencieuse aussi. Florence découpait de la pâte à biscuits. Assise à la table, les bras croisés, Julia, vêtue d'une longue robe bleu pâle, arborait un air tout à la fois de grande prêtresse et de gamine boudeuse.

« Où est mon père ? me demanda-t-elle.

— Avec le *mien* », lui dis-je et j'entrai dans le salon.

« Ça ne me dit pas où il est ! » cria Julia derrière moi.

Je revins sur mes pas : « Ton père et le mien sont au bar du coin. Si t'as tellement envie de le voir, tu te magnes ton auguste cul jusqu'au coin de la rue, tu m'entends, la môme ?

— Hall ! » marmonna Florence ; mais elle ne releva pas la tête et continua à découper ses biscuits.

« Sais-tu, lança Amy, les yeux soudain énormes dans un visage brusquement tendu, à *qui* tu parles ?

— Je sais que ma mère est en train de faire tout le boulot aujourd'hui dans votre cuisine, dis-je, et peu m'importe à *qui* je parle, je ne trouve pas ça correct.

— Ma mère est malade, dit Julia.

— Et toi ? m'enquis-je. De quoi tu souffres ?

— Je t'avais bien dit que ça arriverait, grommela Florence à l'adresse d'Amy. Je te l'avais dit. » Elle disposait ses biscuits sur une plaque à four tapissée de papier beurré.

« Moi... » commença Julia. Puis elle se tut. J'étais en face d'elle et la toisai de haut en bas. Je la gratifiai du regard le plus profane dont je fus capable. Je tenais à lui faire comprendre que ses foutaises à l'eau bénite me laissaient parfaitement froid, que son papa n'était rien d'autre que son pantin. Le plus étrange, c'est qu'Amy, debout derrière sa fille, l'œil brûlant dans un visage en feu, parut entendre ce message avec un deuxième que je ne pus saisir. « Seigneur, aidez-nous », dit Amy avant de se tourner. Et je me souvins que Julia n'avait, après tout, que treize ans. Je lui touchai le haut du bras, elle tressaillit et quelque chose s'altéra dans son regard : j'eus soudain peur et honte.

« Je vais te chercher ton père », lui dis-je, et je retournai dans le salon.

Peanut, Crunch et Red me regardèrent. Assis sur le canapé, ils présentaient l'image de la plus totale innocence.

Jimmy et Arthur étaient près de la fenêtre. Jimmy admirait la bague d'Arthur.

« O.K., dis-je aux garçons, vous êtes libres maintenant, en avant. » Ils sourirent et se levèrent. Chefs-d'œuvre de dissimulation, Arthur et Jimmy se tournèrent vers nous. Ils avaient tout entendu, naturellement. Tout. Mais ce qu'ils en avaient conclu ne devait pas m'être révélé ce jour-là.

Il y avait néanmoins dans le regard de Jimmy, lorsqu'il me fit face, quelque chose de confiant et de possessif et, dans celui d'Arthur, une fierté mal déguisée.

« À tout à l'heure, Arthur », lancèrent Peanut, Crunch et Red, et : « Joyeux Noël, Jimmy ! » Crunch se précipita sur Jimmy, le souleva et l'embrassa sur le front : « Ne t'inquiète de rien, dit Crunch, et passe une bonne année, tu m'entends ?

— Oui, dit Jimmy avec ce plaisir incroyablement timide et confiant qu'on ne lit que sur un visage d'enfant, toi aussi. »

Julia, les bras croisés sur sa poitrine, apparut sur le seuil de la cuisine : « Mon frère a l'air drôlement populaire, dit-elle.

— Mais vous l'êtes aussi, sœur Julia », s'empressa de répondre Crunch. Il la regarda et, après un temps d'arrêt bref et tendu, ajouta : « Nous n'osons pas nous exprimer avec *vous* comme nous le faisons avec *lui.* » Il marqua une autre pause. « Je suis certain que vous comprenez, sœur Julia. »

Elle serra encore plus étroitement ses bras croisés et se caressa les épaules. Un léger sourire plissa les commissures de ses lèvres, ses yeux étincelèrent puis s'assombrirent.

« Naturellement », répliqua-t-elle. Elle nous sourit de nouveau à tous mais surtout à Crunch. « Joyeux Noël et bonne année à vous tous. Le Seigneur soit loué.

— Le Seigneur soit loué », répétèrent les garçons avant de s'engouffrer dans la cuisine pour aller dire au revoir à Amy et Florence.

« Je reviens tout de suite », dis-je à Arthur. Je gagnai la porte, suivi de Peanut, Crunch et Red. J'enfilai le cadeau de mon père, pris son manteau, son écharpe et le pardessus de Joel, et nous dégringolâmes les marches.

« À bientôt, dis-je. Joyeux Noël ! Bonne année !

— Toi aussi ! » crièrent-ils. Je les regardai remonter en courant la rue glaciale. Puis je fis demi-tour pour filer dans l'autre direction.

Paul et Joel n'avaient pas bougé et, un instant, je me demandai même s'ils s'étaient parlé. Chacun avait un verre de whisky devant lui.

Je leur donnai leurs manteaux. Je ne savais pas quoi faire ni si je devais partir ou rester.

« Prends un verre, suggéra Paul. On en a pour une minute. »

Je pris un verre et m'éloignai à l'autre bout du bar, l'œil sur le juke-box. J'entamai la conversation avec le barman et lui offris un verre.

J'entendis Paul : « ... C'est pas le Saint-Esprit qui change les couches de l'enfant ni qui lui apprend à traverser les rues !... »

Je commençais à bien aimer Sidney, le barman. Il était beaucoup plus vieux que moi, près de trente ans, à mon avis ; soudain il me faisait penser que je n'avais pas d'amis de mon âge. Je n'y avais jamais songé mais aujourd'hui je me demandais pourquoi.

« Remettons ça, dis-je. Merde, c'est Noël !

— Dis donc, fit-il avec un sourire, tu ne voudrais pas arriver blindé à ton dîner de Noël !

— Franchement, je m'en fous », répliquai-je, et tous deux nous éclatâmes de rire.

J'entendis Joel : « J'ai toujours été un homme gouverné par les femmes, tu le sais bien...

— J'en sais foutrement rien ! Je sais seulement que tu as un problème *chez* toi. »

Le barman emplit mon verre et le sien, puis regarda du

côté de Paul et Joel : « C'est la maison qui régale. Autant faire participer les vieux aux festivités, non ? Qu'est-ce que t'en penses ? »

Il cligna de l'œil, alla à l'autre bout du bar et dit à Paul : « Votre fils et moi, monsieur, on est en train de faire connaissance, et on a pensé que vous aimeriez peut-être vous joindre à nous pour le verre de Noël. Aux frais de la maison, si vous voulez bien, monsieur. »

Et il remplit leurs verres.

Paul regarda tour à tour le barman et moi, puis il sourit. « Merci beaucoup, fils », dit-il. Il trinqua avec le barman et Joel, et je levai mon verre dans leur direction. « Un très joyeux Noël et, si je ne vous revois pas avant, une très heureuse année.

— Pareil ici, renchérit Joel qui se tourna pour lever son verre vers moi. Et aussi pour toi, Hall. »

J'esquissai une courbette et but. Sidney revint prendre sa place derrière le bar.

La voix de Paul : « Et depuis quand — dis-moi la vérité, maintenant —, depuis quand crois-tu, *toi,* au Saint-Esprit ? »

« Ça commence à barder, là-bas, dit Sidney.

— Oui, dis-je. Quand Jésus est-il né ?

— Aujourd'hui, espèce de cinglé ! » dit Sidney, et nous rîmes.

Voix de Joel : « ... oui, je comprends que j'ai une femme et une fille...

— Et tu as aussi un fils », interrompit Paul.

« Peut-être qu'on devrait mettre le juke-box en marche, dit Sidney qui m'observait.

— Tout de suite. » J'allai au juke-box et peut-être me sentais-je pompette ou méchant, mais le premier disque que je mis fut le « White Christmas », de Nat King Cole. Sidney se marra si fort que sa grosse lèvre supérieure se retroussa jusqu'à ses narines : « T'es une vraie catastrophe, s'écria-t-il, et je parie que tu racontes plein de coups, aussi. »

À cet instant, penché sur le comptoir, éclairé par la lumière de New York, sévère dehors mais adoucie ici par les voilages de la vitrine, son visage mobile comme un jet d'eau, ses yeux d'une insondable profondeur étincelants de gaieté, ses dents blanches dans ce visage chocolat foncé cachant et révélant tour à tour la langue rose, il était incroyablement beau et un grand élan me porta vers lui tandis que, près du juke-box, je le contemplai en me marrant. Un instant dont je devais me souvenir plus tard, un instant qui devait m'être d'un grand secours : quand viendrait ce qui nous attendait.

Puis je jouai d'autres choses, « Silent Night », par exemple. Dans ma mémoire, c'est la voix de Mahalia, bien que je ne sois pas certain, quand j'y repense, que Mahalia eût déjà commencé à enregistrer à l'époque. Je revins au comptoir et, mon nouvel ami et moi, nous prîmes un autre verre — le coup de l'étrier, car je savais qu'il fallait partir.

« Tu travailles ce soir ? » demandai-je.

D'un même mouvement, nous consultâmes la pendule derrière le bar. Il était quatre heures et demie. « Ma foi, je fais une pause entre six et neuf et puis, ouais, je reviens boulonner jusqu'à la fermeture.

— Bon, eh bien, je me repointe plus tard, dis-je. O.K. ? J'amènerai ma petite amie.

— Au poil. Dis donc, t'es un vrai m'as-tu-vu, non ? T'as ton papa, ta maman, un petit frère et une copine par-dessus le marché.

— Ma foi, c'est que je suis gourmand, dis-je. J'aimerais avoir un ami aussi. »

Il prit ma main dans la sienne et la serra très fort. « C'est fait, petit », dit-il. Il sourit : « À quelle heure tu reviens ?

— Oh ! Vers minuit. O.K. ?

— Parfait, Mr. Petit-Parfait. Tout à fait parfait ! » Nous nous serrâmes de nouveau la main et je rejoignis Paul et Joel à la porte.

« Bonsoir, fils, cria Paul à Sidney. Passe un bon Noël,

compris ? Que Dieu te bénisse. » Joel fit un signe de la main et j'en fis un autre.

« Dieu vous bénisse, vous, dit Sidney en venant au bout du bar. Vous m'avez vraiment transformé ma journée, vous savez. » Et à moi : « À tout à l'heure, petit, je t'attends ici. Salut.

— Salut ! » Et on mit les bouts.

Nous remontâmes la rue en silence jusqu'à ce que Paul demande : « Alors, c'est pour quand ce rendez-vous d'Amy chez le médecin ?

— Eh bien, comme j'essayais de te le dire à l'instant — on n'a pas vraiment pris de rendez-vous. On était sur le point, mais Amy n'a pas eu l'air de pouvoir se décider.

— Elle n'a pas à se décider. Tout ce qu'elle a à faire, c'est de prendre un taxi avec toi et de se laisser conduire chez le médecin. C'est tout. » Il regarda Joel : « Tu ne peux pas faire ça ?

— Oh ! Pour sûr. Mais elle dit qu'elle se sent mieux. Et elle a l'air mieux. Peut-être... »

Paul soupira : « Ma parole, je le jure, j'ai jamais rien vu de pareil. Vous avez tous les deux la trouille de cette gosse. Et vous avez permis qu'il arrive à cette enfant quelque chose qui n'est pas supposé arriver à une enfant.

— Paul, le Seigneur peut accomplir des *miracles* à travers cette enfant !

— Je connais des gens qui croient aux miracles. Et j'en connais qui n'y croient pas. Tu es dans la deuxième catégorie — je *sais*, moi, à quoi tu crois et c'est vraiment pas miraculeux. » Nous étions arrivés à la maison et commencions à grimper les marches. « Et le Seigneur ne va pas accomplir *ce* miracle-là... »

Paul s'arrêta en grommelant devant la porte.

« ... Ça, je peux te le garantir. »

Joel, qui avait oublié ses clefs, sonna. Alors, comme pour apporter un démenti à toutes les sombres prédictions de Paul, Julia ouvrit la porte, aussi radieuse qu'un archange dans son bleu lyrique. Et il sautait aux yeux, pour la première fois en ce qui me concerne, qu'elle serait très belle.

« J'ai cru que vous ne reviendriez jamais », s'écria-t-elle en se jetant au cou de son père qu'elle étreignit très fort.

Comme le témoin d'un miracle, Amy, debout dans le couloir, souriait, aussi radieuse que sa fille. Je ne l'avais pas remarqué jusqu'alors mais, à présent, en les voyant ensemble, je m'aperçus qu'elles étaient toutes deux vêtues de bleu, celui d'Amy plus dur, plus foncé, électrique.

Je n'avais aucune envie d'être là, je faillis demander la permission de partir mais je ne le fis point. Sans très bien comprendre pourquoi, je sentais plus ou moins que mon père, ma mère et mon petit frère — et puis, oui, Jimmy aussi — avaient besoin que je reste.

« Nous avons communié avec le Seigneur, dit Amy à Joel, et c'était si beau, si beau — Il a béni mon âme. Je sens que je pourrais marcher cent cinquante kilomètres sans me fatiguer. »

Julia libéra Joel qui s'approcha d'Amy. « Il a dit "Crois", chuchota Amy, les yeux brûlants, superbes, dans la pénombre du couloir, "Crois", c'est tout. » Elle rejeta la tête en arrière et rit comme une petite fille. Julia, les bras croisés, observait son père et sa mère en souriant. « Oh ! » Amy prit la main de Joel. « Viens dans la maison, mon chéri. Rompons le pain ensemble et disons : "Béni soit le nom du Seigneur !" »

Nous traversâmes donc la pièce où était dressée la table — « C'est *moi* qui ai mis le couvert ce matin », me lança Julia — pour pénétrer dans celle où Florence, détendue, souriante, pas encore résignée, son peigne de nacre dans les cheveux, était assise sur le canapé, la tête d'Arthur sur l'épaule, celle de Jimmy sur les genoux.

À notre entrée, elle leva les yeux, ma mère, et elle nous fit le plus beau sourire que j'aie jamais vu. « Ah ! Enfin tout le monde est là, dit-elle. Peu importe le nombre de tours de bistro que vous fassiez, je vous interdis d'oublier que je vous aime, vous m'entendez? Je parle sérieusement. Je suis bénie. »

Elle souleva délicatement la tête de Jimmy. Arthur se déplaça et Florence se leva : « Asseyons-nous à la table de nos hôtes. Hall, je vais te demander de réciter le bénédicité. »

Paul avait raison : le Seigneur n'accomplit pas le miracle et ce jour-là fut le dernier où je vis Amy Miller debout. Ce jour qui marqua le commencement du terrifiant épilogue du ministère de Julia, le commencement de la chute de Joel et presque la fin de Petit Jimmy : ce jour de Noël, argenté et mordant.

Je ne le savais pas alors mais ma vie était, en vérité, contrôlée par un sens profond encore qu'inexprimé du rôle que j'allais jouer dans la vie d'Arthur. Je ne peux pas l'expliquer et je ne m'y aventurerai point ; mais je sais que c'est vrai. C'était une des raisons — je l'ai compris en y réfléchissant après coup — pour lesquelles je n'avais pas d'amis de mon âge : je n'étais pas libre.

Quand je quittai la maison des Miller ce soir-là, les grandes lignes d'un terrible avenir étaient déjà tracées. Personne ne le savait alors, pas même Paul ni Florence. Paul et Florence en savaient juste assez pour en être réduits à espérer contre tout espoir que l'un des Miller trouverait la force de s'attaquer de front à leur multitude de problèmes. Mais, si les voies du Seigneur sont mystérieuses, rien n'est plus mystérieux que les voies que trouvent Ses créatures pour apporter leurs problèmes au Seigneur. Et les Lui abandonner.

Durant tout ce repas de Noël, il fut beaucoup question — *ad nauseam* et à en devenir abruti — de la foi qui soulève des montagnes et de la gloire du Saint-Esprit. Par réaction, je m'empiffrai comme un cochon et m'en mis jusqu'aux oreilles dans l'espoir de ne plus entendre. Joel et Amy étaient radieux, Julia sereine, Paul et Florence muets. Je surprenais, de temps à autre, le regard de Florence posé sur Jimmy — elle n'était pas résignée, ma mère, elle continuait à calculer comment, lorsque le désastre aurait frappé les autres, Jimmy pourrait être sauvé.

Mais elle était maintenant, en tout cas, résignée à alerter la mère d'Amy.

Et que pensais-je, que sentais-je, moi qui m'efforce de rassembler les morceaux de ce récit, moi qui tente de bégayer cette histoire ? Terrifié malgré moi, espérant être capable d'affronter ce que je sais n'oser qu'à peine affronter, moi-même dans tout cela, moi-même et le moi prisonnier dans ce frère que j'adorais avec tant de vertu. L'adoration est-elle un blasphème ou la clef de la vie, de la vie éternelle, notre poids dans la balance de la grâce de Dieu ? *(Jésus doit-il porter sa croix seul ?)*

Je ne sais pas. La famille Miller était fort éloignée du centre de mes préoccupations. Arthur était mon âme, la prunelle de mes yeux. Je me faisais du souci à propos des flics, des matraques, des revendeurs de drogue, des prisons, des toits, des sous-sols, de la rivière et de la morgue : je savais que je ne pourrais pas vivre sans mon frère.

Et donc Joel, Amy, Julia et même Petit Jimmy n'avaient aucune importance pour moi, ne troublaient nullement, comme aurait dit Martha, mon « moindre » esprit. Je n'étais pas horrifié, cela vint beaucoup plus tard quand Julia elle-même me raconta ce qu'elle avait fait et le prix qu'elle avait payé ensuite pour son crime. Mais, alors, à l'horreur se mêlèrent l'amour et la pitié, ce qui me fit comprendre les affreux revers de l'adoration.

Non. Je ne pensais ni ne ressentais grand-chose à leur sujet. Joel et Amy me faisaient crever d'ennui, Julia était un sacré monstre et une royale emmerdeuse, et petit Jimmy son morveux de gentil petit frère. C'était le seul dont je me foutais pas, mais en partie parce qu'il était encore un mouflet et que je savais qu'Arthur l'aimait bien.

Vers la fin du dîner, Amy perdit de son éclat et Julia et

Florence l'emmenèrent se coucher. Je sentis venir la confrontation et je partis chercher ma petite amie.

Martha habitait au coin de la 139e Rue et de la Septième Avenue, non loin de l'hôpital de Harlem. De son appartement d'en face, de l'autre côté de la rue, sa tante, une belle et très forte femme des îles, « gardait un œil » sur elle. Et j'allai chercher Martha chez cette dame.

Tout en grimpant l'escalier, j'entendis le rythme des ballades caraïbes et celui des pieds des danseurs. J'avais trop mangé et j'aurais souhaité m'allonger quelque part avec les couvertures sur ma tête pour dormir jusqu'à ce que la nécessité m'obligeât à me lever. Mais Martha voudrait danser.

Vêtue d'un chemisier blanc moulant et d'une jupe évasée rouge foncé, de gros anneaux d'argent aux oreilles, elle m'ouvrit. Elle avait relevé ses cheveux en un chignon piqué d'un œillet blanc. Elle paraissait en pleine forme et sa peau couleur de cuivre évoquait le soleil.

Elle me plaisait beaucoup, vraiment, mais j'avais peur aussi. Une crevasse têtue — ma peur ? — me séparait de la communion et de l'engagement qui sont l'amour.

Elle s'élança en dansant dans mes bras, m'étreignit et m'embrassa.

« Contente que tu sois enfin arrivé, mon chou, dit-elle. Des copains avaient le culot de commencer à faire des paris ! »

Elle sourit triomphalement, referma la porte et m'emmena dans la petite pièce où les manteaux s'empilaient sur un lit.

« Hé ! s'écria une nénette derrière nous. Il est encore plus chouette que Harry Belafonte !

— Tout à fait vrai, ma chérie ! hurla Martha en retour. Et Harry vient de téléphoner pour te dire de patienter. »

Elle prit ma veste et la tint un instant contre son visage : « Superbe, dit-elle. Vraiment chic.

— Mon papa », dis-je. Je l'embrassai. Je touchai mon chandail : « Ma maman. » Je lui montrai la breloque d'argent : « Mon petit frère.

— J'ai quelque chose pour toi de l'autre côté de la rue, annonça-t-elle.

— Et j'ai quelque chose pour *toi*, dis-je, dans la poche de ma veste. »

Elle me jeta un regard rieur éloquent et nous sortîmes de la petite chambre, main dans la main, pour entrer dans la plus grande pièce qui tremblait, retentissait, débordait de couleurs, de musique, d'odeurs d'épices, de parfums et de chair.

Je connaissais quelques-uns des invités, j'ignorais qui étaient les autres — la majorité — mais il n'était pas question d'essayer de faire des présentations. Nous nous frayâmes un chemin jusqu'à la cuisine où nous trouvâmes tante Joséphine entourée de nourriture et ressemblant elle-même à un plat : aussi abondante, prometteuse et colorée. Elle avait la couleur du charbon et portait une robe de satin bleu lavande. Je ne savais pas son âge. Elle exhiba le sourire à fossettes d'une petite fille. Ses cheveux n'étaient plus complètement noirs et pourtant pas encore gris.

« Ah ! Le voici ! Voilà Prince ! » s'écria-t-elle. « Prince » était le surnom qu'elle m'avait donné, je ne devais jamais découvrir pourquoi. « Juste une minute », dit-elle en se dégageant des instruments de cuisine multiples qu'elle était en train d'utiliser. « Joyeux Noël. » Elle mit ses mains dans les miennes et m'embrassa sur le front. Je déposai un baiser sur la fossette de sa joue gauche. « Oh ! s'exclama-t-elle, retourne voir Martha ! Martha, tu ferais mieux de te dépêcher de nourrir et d'abreuver cet enfant, tu m'entends, avant qu'on ne puisse plus le maîtriser du tout !

— Je ne suis pas sûr de pouvoir boire, dis-je, et je suis certain de ne pas pouvoir manger.

— Débarrassez-moi de cet idiot », s'indigna tante Joséphine en me versant un énorme punch des îles. Elle me fourra le verre dans les mains, prit le sien et trinqua avec moi : « Et une heureuse année aussi, dit-elle. Et maintenant, Martha, ôte-moi ce petit de dessous les yeux avant que je ne puisse plus me contrôler, moi ! »

Elle n'arrêtait pas de faire ce genre de plaisanteries mais elle était, en réalité, une dame très respectable, native de Kingston, qui avait enterré trois ou quatre époux. « Chacun d'eux, racontait-elle quand son rhum lui montait un peu à la tête, est mort dans mes bras et *pauvre* ! » Elle rejetait alors la gorge en arrière et riait — d'un rire dénué de toute amertume, du moins dans la mesure où je pouvais en juger.

Martha m'irritait en me laissant — ou en affectant de me laisser — décider de tout : elle savait parfaitement que je n'aurais pas pu supporter le contraire. Mais, à l'époque, je prétendais croire à une sorte d'égalité sexuelle inévitable, comme si l'homme et la femme avaient la même vision, portaient le même fardeau. Cette prétention révélait à Martha combien j'étais peu préparé à assumer mes responsabilités — celles d'un homme — combien peu j'étais préparé à l'aider à devenir une femme.

Nous dansâmes les danses des îles, celle qui était loin et celle sur laquelle nous luttions.

J'ai du soleil
Un jour de nuages

Je ne peux pas jurer que cette chanson ait été écrite alors et que ce soit à cette époque que je l'aie entendue. Pourtant, chaque fois que je l'entends, je repense à Martha, bougeant si tendrement, si merveilleusement contre moi et avec moi, au cours de cette longue nuit de Noël,

Et quand au réveil
Le froid fait rage,

et je me souviens, je sens encore ses seins noirs fermes moulés dans l'étroit chemisier blanc, je sens encore mes mains à la taille de la jupe évasée,

Chez moi j'ai
Le mois de mai.

Je me rappelle son haleine, ces lèvres et ces yeux, ces yeux qui recélaient un abîme — ou des abîmes de désespoir, de nostalgie : une beauté terrifiée, sans issue, à laquelle j'étais aveugle.

Qu'est-ce qui me fait cet effet ?
C'est ma poupée !
C'est de parler
De ma poupée !

Ainsi donc, moi, le grand Hall — qui savais tout : qui il était et certainement qui *vous* étiez et comment m'en débrouiller — ah ! moi, Hall, finalement, inexorablement, je me retrouvai — et retrouver est le mot juste, il a un lien avec le mot trouvaille — dans ce territoire inconnu où Huck Finn se perdit.

Mais je ne savais rien alors. Elle bougeait contre moi et avec moi : elle me fit bander.

« Partons, dis-je.

— O.K., amour », répondit-elle, et elle se remit à bouger contre moi et avec moi pour une dernière de ces danses des îles. Mon sexe avait commencé à prier et Martha l'entendit, en bougeant contre moi et avec moi — tout à moi : et la musique des îles tambourina un message plus fort, plus fort que tous les tambours du monde.

Il était minuit.

« Viens, dis-je, je t'offre un verre et je te ramène. »

Car je ne voulais pas manquer à ma promesse à Sidney et je savais que je passerais la nuit chez Martha.

Je pensai que Martha aimerait peut-être cette excursion,

nous deux tout seuls dans un pittoresque petit bar noir, en ce jour de Noël pas du tout blanc. Il ne faisait pas si froid. À condition de marcher sans traîner, ce n'était pas trop loin.

Dans la vitrine du bar, il y avait maintenant un petit arbre de Noël avec scintillants et lumières clignotantes que je n'avais pas remarqué l'après-midi, et ces lumières avec la musique en provenance du bar débordaient sur le trottoir. Nous pénétrâmes dans un endroit bruyant, vulgaire, sonore, où la gaieté coulait à flots comme une rivière, personne n'étant désireux ce soir d'être méchant avec son voisin. L'ensemble de la foule était plus âgé que nous. Nous fûmes accueillis, Martha et moi, avec une affection paternelle, des souhaits de joyeux Noël et, parfois, une embrassade. À l'autre bout du bar, Sidney montrait toutes ses dents. Il avait changé de vêtements, abandonné son torchon et il paraissait bien plus jeune, bien plus adolescent, tandis que, d'un air fanfaron, il allait faire sonner le tiroir-caisse.

Je criai : « Hé ! Sidney ! » et il se retourna. Son sourire s'élargit pour devenir plus vrai et moins commercial et il nous indiqua le bout du bar. Je poussai Martha devant moi, Sidney se pencha par-dessus le comptoir et me saisit la main.

« Encore joyeux Noël, vieux pote, dit-il. Je suis sacrément content que tu sois venu. » Puis il abaissa son regard sur Martha : « Alors, c'est ta poupée, hein ? Espèce de veinard de machinchose et Cie ! » Il prit la main de Martha dans les siennes. Martha leva la tête pour lui sourire. Je sentis qu'il lui plut instantanément, qu'elle me voyait, grâce à Sidney, sous un nouveau jour et j'en fus absurdement fier et content.

« Je suis heureuse de vous connaître, dit-elle. J'ignorais que Hall eût des amis.

— Ma foi, il en a pas beaucoup, répliqua Sidney, il ne sait pas comment les traiter. Mais à présent que je vous vois » — et il sourit — « je crois qu'il y a peut-être de l'espoir pour ce pauvre Hall, après tout ! » Il se tourna vers moi : « Je t'ai réservé une table dans le fond. » Il hurla en direction de quelqu'un : « George ! Veux-tu conduire mes amis à leur table, vieux ? » Puis, s'adressant à nous : « Allez-y, j'arrive dans une minute. » Et à moi, l'air coquin : « Ça ne te fait rien que je donne un amical et fraternel baiser à Martha, Papa ? » Et il embrassa sur le front Martha qui, se haussant sur la pointe des pieds, se pencha mais ne put atteindre que le bout du nez de Sidney. Nous éclatâmes de rire et George, le serveur, le copain de Sidney, notre guide — la peau acajou pâle, les cheveux blancs, la cinquantaine et les pieds plats —, tout en riant aussi, me donna un coup de coude et nous le suivîmes derrière le juke-box, dans l'espace où se trouvaient les tables dont une, comme un signe le proclamait à tous, était réservée pour *Hall*.

Martha en fut visiblement émue et moi ravi. C'était comme si mon nouvel ami Sidney venait de nous offrir un cadeau de Noël, comme ça, pour rien, par amour.

« Qu'allons-nous boire ?

— C'est que, dit Martha, faiblement, j'ai bu du punch toute la soirée.

— Oh ! Mais je peux vous faire un très bon punch, ma'am ! » s'écria George. Il me regarda et nous rîmes en chœur.

« Je veux bien parier, dis-je. O.K. Pour deux.

— Avec plaisir, dit George avant de regagner le bar de son pas lourd.

— Tiens, lança Martha, c'est la première fois qu'on sort ensemble quelque part depuis... depuis je ne sais plus combien de temps. »

Je pris ses mains dans les miennes : « Tu sais pourquoi ? C'est parce que nous sommes tous les deux trop foutrement sérieux. Tu t'inquiètes trop. *Je* m'inquiète trop.

— Pourquoi ? De quoi t'inquiètes-tu, Hall ? »

Je me sentis reculer, battre en retraite, à la manière d'un escargot se retirant dans sa coquille.

« Je ne manque pas de sujets d'inquiétude, Martha, mais

le problème c'est qu'il y a plus dans la vie que... l'inquiétude. »

Elle avait rencontré mes parents et vu Arthur une ou deux fois. Elle savait que Paul était musicien et c'est à peu près tout ce qu'elle savait de moi.

Je frottai ses mains entre les miennes. Je ne voulais pas qu'elle batte en retraite, qu'elle se retire, qu'elle se retire de *moi*, même si j'ignorais totalement comment ménager sa vulnérabilité. Pourtant : « De quoi t'inquiètes-tu, Martha ? »

C'était en tout cas une vraie question dont je n'avais pas su que j'allais la poser.

Elle me regarda et eut un petit rire. « Oh ! Ma tante. L'hôpital. Mon poids. » Elle rit encore et je ris avec elle. « Ma vie. Mon avenir. » Elle baissa de nouveau les yeux. « Ma couleur. Mon sexe. » Elle leva la tête : « Toi et moi. »

Je voulus lâcher sa main mais je ne le fis pas. Ce fut mon tour de baisser les yeux. « Et voilà, dis-je. Regarde-nous en train de nous inquiéter de la manière dont nous nous inquiétons. »

Elle recommença à rire, retira une de ses mains et me caressa le visage. « Arrête, dit-elle. Je crois que je comprends. »

Puis le silence entre nous sillonné des éclairs de lumière autour.

« Je peux être mobilisé bientôt, dis-je.

— Oh non ! répliqua-t-elle. Ma tante m'a offert un revolver pour Noël et je te tirerai dans le pied. »

George s'avançait vers notre table comme un volatile au gros cul.

Martha jeta un regard sur la salle et dit d'une voix basse, sèche, distante : « Alors, tu songes à passer le prochain Noël en Corée ? »

George arriva avec son plateau et j'abandonnai les mains de Martha. « Quelque chose de ce genre », dis-je.

George posa deux immenses verres à l'aspect des plus

exotiques qui attirèrent l'attention des gens assis à la table voisine, après avoir dû faire sensation à travers le bar.

« Sidney les a préparés spécialement pour vous, annonça George. C'est plein de vitamines, qu'il dit. M'est avis qu'il s'y connaît et que vous allez vous en rendre compte », et il nous gratifia d'un ricanement salace avant de s'éloigner pesamment.

Nous soulevâmes des deux mains les verres très lourds et doucement, gravement, nous trinquâmes, en nous regardant les yeux dans les yeux, un peu comme des enfants — pourquoi pensai-je cela ? — découvrant l'affection, sinon l'amour, pour la toute première fois. Nous goûtâmes au punch, nous nous sourîmes, mais Martha dit : « Je crois tout de même que je te tirerai une balle dans le pied. Tu n'as pas vraiment *besoin* de dix orteils, tu sais, tu peux te débrouiller avec neuf. Merde, cette ville est remplie de gens qui n'en ont qu'un ou deux, j'en ai recousu quelques-uns moi-même. » Nous rîmes tous deux mais ce n'était pas vraiment drôle. Je n'avais aucune envie d'avoir neuf orteils, je voulais les dix et je n'avais bougrement rien à foutre de la Corée. Je ne voyais pas de quel droit je me retrouverais là-bas, ni de quel droit quiconque pouvait y expédier mon cul de nègre. Je ne crois pas qu'on puisse vraiment haïr son pays, je ne le crois pas possible, mais il est certainement possible de mépriser le chemin que prend ledit pays et les gens qui sont élus pour le mener le long de ce chemin. Si j'avais été un Blanc, j'aurais eu franchement honte d'envoyer un Noir se battre pour moi où que ce fût. Mais la honte est un sentiment individuel, non collectif et, collectivement parlant, les Blancs sont sans vergogne. Ils ont la mémoire la plus courte de tous les peuples du monde — ce qui explique, sans doute, pourquoi ils n'ont aucune honte.

« Peut-être trouverai-je un moyen, dis-je, de ne pas passer le prochain Noël en Corée tout en conservant mes dix doigts de pieds. »

Nous rîmes de nouveau et bûmes une autre gorgée de nos

exotiques boissons. C'est ainsi que l'on doit se sentir lorsque l'on est heureux, pensai-je.

L'année suivante, nous serions peut-être tous les deux emportés par le vent. Je serais presque certainement en Corée. Et ce qui m'inquiétait le plus à ce propos, ce n'était pas ce qui pourrait alors arriver à Martha, mais bien ce qui risquait d'arriver à mon frère.

Je regrette de ne pas l'avoir dit à Martha à ce moment-là parce que je vois, aujourd'hui, qu'elle l'aurait compris et que nous aurions pu faire l'économie d'une partie de notre angoisse. Je pense, pour être franc, qu'elle comprit tout alors, au contraire de moi, et que, n'étant pas femme à enfreindre l'interdiction de marcher sur le gazon, elle se tint à l'écart de la pelouse.

Sidney et sa masse de cheveux frisés rejoignirent notre table. Il s'assit en poussant un soupir exagéré : « Une foutue chance que Noël n'arrive qu'une fois l'an. Je vais me payer des varices avant le 31 décembre. » À son ton, on aurait pu s'imaginer qu'il attendait avec délectation cette nouvelle affliction. Il nous jeta un coup d'œil : « Comment ça boume ? » Il regarda nos verres : « Vous buvez pas beaucoup, dites-moi ? »

Impulsivement, Martha l'embrassa sur le nez. « Toi non plus, tu ne bois pas ? s'enquit-elle.

— Sûr que je vais trinquer avec vous, vous le savez bien, vous êtes mes *amis*. » Son regard alla de Martha à moi, son visage aussi radieux que celui d'un enfant. « Youpi ! C'est-y pas quelque chose ce cadeau de Noël, alors que j'étais si seul ! »

Il embrassa cérémonieusement Martha sur le front puis m'embrassa, moi.

Debout devant nous, George nous souriait : « T'es pas encore de repos, tu sais, dit-il à Sidney.

— J' sais que j' suis pas de repos, mais j'ai une pause de dix minutes. J' peux avoir mes dix minutes ?

— Et qu'est-ce que tu veux avec tes dix minutes ?

— Donne-moi mon bourbon...

— Et moi une bière », ajoutai-je.

Car si nous allions veiller, comme cela semblait être le cas, il valait mieux changer de vitesse et abandonner le punch.

George s'essaya, sans grand succès, à un grognement réprobateur et s'éloigna pesamment dans ce qui restait de Noël.

Mais, ô surprise, ô merveille, il restait encore un grand bout de Noël — sur le visage de Sidney, sur celui de Martha : c'était la première fois que je me vivais en cadeau de Noël. Ceci parce que Sidney et Martha étaient eux-mêmes des cadeaux de Noël pour moi — le vieil amour de Martha, si neuf, le nouvel amour de Sidney, si vieux, ces deux amours réunis anesthésiaient ma peur de l'amour. Je rejetai la tête en arrière et éclatai de rire. Sidney secoua les vagues de son étincelante chevelure et Martha nous attrapa chacun par une main. Ses boucles d'oreilles se marièrent aux éclairs de lumière, et ce fut un moment inexprimable, le moment fragile qui dure pour l'éternité.

Mais les dix minutes de Sidney s'achevèrent — oh ! disons, au bout d'un quart d'heure ; Martha et moi décidâmes de pousser quelques immeubles plus loin, dans la boîte où mon père jouait du piano.

Paul savait que j'étais, comme il l'aurait prudemment formulé, « avec une fille » et s'attendait à me revoir à un moment quelconque. Mais il ne s'attendait pas à me voir ce soir-là et je ne m'attendais pas à trouver ma mère assise dans un recoin sombre en face du bar, le peigne de nacre toujours superbe dans ses cheveux noirs. Je l'aperçus dès notre entrée et, instinctivement, je cherchai Arthur des yeux, car jamais Florence ne l'aurait laissé seul un soir pareil. Arthur, mineur, n'avait pas le droit de se trouver dans un bar, mais il était le fils de Paul Montana et puis c'était encore Noël.

Il était donc assis à une table avec sa mère, conscient d'être trop vieux pour être assis à une table avec sa mère et conscient aussi de ne pas l'être assez.

Paul jouait, à notre arrivée. Martha et moi nous frayâmes, peu à peu, un chemin dans la foule pour atteindre le bout du bar d'où Arthur et Florence pourraient nous voir.

Florence nous repéra tout de suite mais pas Arthur dont le regard ne cessait d'aller de son père à chacun et chaque chosc dans la salle. Il me verrait bientôt. En attendant, tel un espion et comme si je sentais qu'un tel moment ne reviendrait pas de sitôt, je m'efforçais de me faire tout petit, invisible, afin d'observer ce visage, le visage de mon frère, son visage quand il ignorait que j'étais là.

Ses yeux avaient l'intensité de ceux d'un écolier, d'un tout jeune écolier au premier jour de la rentrée. Mais il aurait fallu un bien remarquable aîné pour prétendre protéger cet écolier. Son regard se déplaçait avec la merveilleuse et implacable précision d'un oiseau, d'un insecte aux ailes diaphanes, se posant sur ceci, sur cela, une brindille, un caillou, une branche, sur vous — repartant survoler, faire un tour, revenant, repartant encore, faisant de l'air, de la lumière, de l'espace et du danger, une province, un royaume — et vous, enraciné au sol, vous le suiviez sans pouvoir bouger. Je ne pouvais pas voir ce qu'il voyait. Les gens sur ma gauche, par exemple, que je ne distinguais pas du tout dans la pénombre et qu'il considérait de temps à autre avec une sorte de pitié impénétrable. De sa place, il ne voyait pas le bar — ou seulement l'extrémité. Il faisait face au piano de Paul et pouvait voir, vaguement, les gens attablés derrière Paul. Il semblait les observer avec l'intention de définir et de conquérir le terrain, à la manière d'un auteur qui évalue les limites et les possibilités de l'espace dans lequel il doit jouer son rôle, ou peut-être simplement à la manière dont la petite Julia utilisait sa chaire. Son regard, rempli d'étonnement mais sans naïveté, à la fois jeune et plein de trouble, enregistrait tout, se promenait partout — mais son père en était le centre, sa mère l'ancre. Puis il avisa Martha qu'il reconnut immédiatement, ce qui l'inquiéta car il ne m'avait pas vu, moi. Enfin il m'aperçut.

Quel joli regard d'identification ! Je m'en souviendrai toujours. En voyant Martha, il avait craint qu'elle ne me trompe, que j'aie été trahi — que « quelque chose » me soit arrivé. Fouillant l'espace où j'aurais dû me trouver, ses yeux en alerte devinrent d'un noir électrique. Tout cela se passa en une seconde ou deux, peut-être moins car quelque chose dans l'expression de Martha le rassura, et puis Florence m'avait aperçu, et enfin il me vit, et son visage d'enfant sans masque s'ouvrit et me le fit comprendre.

Tandis que nous arrivions jusqu'à la table et réussissions à dénicher deux chaises, Paul continua à pianoter paresseusement.

Martha et Florence s'embrassèrent, je serrai la tête d'Arthur contre moi — tout en faisant quand même sacrément attention à sa coiffure — et demandai à Maman dans un chuchotement théâtral comment il se faisait que Polisson fût de sortie ce soir et de quoi elle l'abreuvait.

« Ma foi, ce n'est pas du vin de messe, je te le garantis ! » répliqua Maman qui rit en chœur avec Arthur mais sans gaieté. « On te racontera plus tard », dit Florence et elle se toucha les cheveux.

« Quelque chose d'affreux va se passer dans cette maison, mon vieux, chuchota Arthur. Quelque chose d'affreux. Ça se sent.

— Nous venons de quitter la maison d'un prédicateur, expliqua Florence à Martha, et Arthur est très surpris par le changement qu'on peut observer chez un prédicateur entre le moment où il est en chaire et celui où il est chez *lui !* »

Décidée à le conquérir, Martha fit un grand sourire à Arthur : « J'ai des prédicateurs dans ma famille à moi. Alors je sais de quoi vous parlez. »

Je trouvais qu'elle n'avait pas besoin pour continuer à m'aimer du secours de mon frère : mais je n'avais jamais eu besoin d'appeler au secours.

« J'espère que les prédicateurs de ta famille ne sont pas des enfants », lança Florence.

Elle baissa les yeux en disant cela, avec sur son visage une expression amère ; sans s'en rendre compte, elle posa sa main sur celle d'Arthur.

« Chronologiquement parlant, non, dit Martha. Et même certains votent.

— Ne nous dis pas où », conseillai-je avant d'ajouter : « Ils arrivent de chez frère et sœur Miller, tu sais, là où j'étais, chez petite sœur Julia...

— Ah oui, acquiesça Martha, l'enfant prodige. Je l'ai vue prêcher à des coins de rue — je l'y reverrai peut-être un jour. » Elle parlait à Arthur et à moi, naturellement, parce que nous étions là, mais c'est avec Florence qu'elle communiquait. Elles se regardaient, les yeux dans les yeux, et Florence opina du chef tandis que Martha disait, comme si elle parlait d'une totale inconnue : « L'avenir de cette enfant est difficile, vous savez, parce qu'elle a déjà un passé — et *quel* passé — et il va falloir d'abord qu'elle s'occupe de nettoyer ce passé avant d'avoir le moindre avenir. Quel âge a-t-elle, à présent ?

— Treize ans », répliqua promptement Arthur. Puis : « Martha, est-ce que tu ne travailles pas dans un hôpital ?

— Bien sûr, dit Martha. À l'hôpital de Harlem. »

Arthur regarda Florence : « Tu vois ? Écoute, Maman, ce n'est pas loin. Pourquoi Martha et toi vous n'emmèneriez pas la mère de Julia faire un petit tour ? Demain après-midi, par exemple ? Et Martha travaille à l'hôpital, elle peut trouver une excuse pour s'y arrêter une minute, et puis vous entrez et vous faites examiner la mère de Julia... »

Je l'interrompis : « Cela s'appelle un kidnapping et il y a une loi contre.

— De quoi souffre sa mère ? » s'enquit Martha. Elle me lança un bref coup d'œil — je ne lui avais parlé de rien —, puis se tourna vers Florence.

Arthur les observait toutes deux.

« Elle n'est plus très jeune, dit Florence, elle n'est pas heureuse et elle a perdu un bébé il y a peu de temps. »

Silence entre les deux femmes. Arthur et moi mis totalement hors du coup.

« Pourquoi ne veut-elle pas voir un médecin ?

— Sa fille croit à l'imposition des mains, au pouvoir du Saint-Esprit.

— Sa fille !

— ... est remplie du pouvoir de l'Esprit-Saint », dit Florence.

Martha regarda Arthur, puis moi, puis de nouveau Arthur : « Je ne suis pas un médecin. Je ne suis qu'une infirmière diplômée d'État.

— Mais tu pourrais peut-être la faire s'arrêter à l'hôpital ?

— Arthur, on ne peut pas la ligoter et l'examiner si elle ne veut pas être examinée ! »

(Ah ! Les beaux jours ! Car à présent, dans certaines régions du pays, une fille noire trop féconde et sans mari n'a pas à donner son consentement pour être stérilisée.)

« Et que fait Mr. Miller ? demanda Martha à Florence.

— Eh bien, répliqua Florence, disons pour résumer qu'il s'en remet pratiquement pour tout au Seigneur et qu'il va là où Dieu le mène. »

Les deux femmes se dévisagèrent. Je ne sais pas pourquoi, je sentis très brusquement que quelque chose dans ce qu'avait dit ma mère avait rempli Martha d'amertume et endurci son cœur à mon égard : que Joel Miller et moi avions soudain été mis dans le même panier.

« Ah ! dit Martha. Je vois. »

Un silence tomba le long duquel vint errer le son du piano de Paul : « I cover the waterfront ». Pas un air très Noël, peut-être, mais quoi, il n'y en a pas un nombre suffisant pour tenir vingt-quatre heures.

« J'ai promis d'y passer demain, dit Florence avec circonspection, et ça ne serait vraiment pas plus mal si tu venais avec moi. Qui ne risque rien n'a rien », ajouta-t-elle, ironique, avant d'avaler une gorgée de ce qu'elle consommait.

Arthur buvait du ginger sale — en tout cas, en présence de sa mère : mais il avait eu un intervalle de deux heures pendant lequel, Paul parti travailler et Florence encore chez les Miller, il avait été rejoindre Peanut, Crunch et Red. Et, j'en étais sûr, il avait fumé deux ou trois joints avec ses copains. Il me semblait en reconnaître en lui l'effet combiné d'aisance et de tension, de chaleur et de distance, l'odeur de la mystification — une partie de son inquiétude à l'égard des Miller avait un côté mystificateur. Mais il était aussi sincèrement sérieux. Son sérieux pouvait passer pour une facétie car, après tout, dans cette affaire comme dans beaucoup d'autres, il n'avait aucun pouvoir. Ou bien — puisque la facétie intime se répète intérieurement à l'infini comme une série de poupées russes — il *semblait* qu'il n'y eût rien qu'il pût faire. Mais entre-temps il ouvrait des poupées — il s'apprêtait à chanter aux funérailles de Mère Bessie, par exemple. Et la mystification d'Arthur m'incluait, moi. Il se demandait si je savais — entre autres choses, qu'il fumait de la marijuana —, ce que je dirais. Si je le savais. Eh bien, j'avais résolu de ne rien lui dire. Je ne pouvais guère, en tout cas pas encore, allumer un joint et le fumer avec lui. (Et pourquoi pas ? me demandais-je parfois rageusement. Espèce d'hypocrite — car j'avais fait les mêmes conneries à son âge. Et je continuais à fumer à l'occasion, avec les copains que je pouvais me dégoter — il n'y en avait pas des masses. Mais non, en tout cas, non : Arthur était encore un môme, je ne trouvais pas ça bien.)

Et je m'inquiétais non pas qu'il fumât, mais de ce à quoi fumer pouvait le mener. La première coucherie d'Arthur pourrait le mener à vingt-sept enfants ou au fin fond de l'asile de Bellevue avec une syphilis carabinée. Ce qui veut dire que je m'inquiétais du fait qu'il chantait : où cela le mènerait-il ? Je ne pouvais plus me supporter, bon Dieu — je m'inquiétais de sa taille, de son poids, de ses selles et de sa numération globulaire, de son zob et de ses couilles et de ses poils au cul et de sa transpiration et de tous les coups d'œil hostiles ou (surtout) aimables dont il était l'objet, et de chaque rue qu'il traversait et de chaque mouvement qu'il accomplissait — n'avais-je rien de mieux à faire ? Si la vie de quelqu'un d'autre vous absorbe à ce point, cela veut dire que vous avez peur de la vôtre — comme les missionnaires et les anthropologues, fripouilles au grand cœur et aux fesses serrées — et, pourtant, il est vrai aussi — poupées russes ! — que nous sommes tous, pour toujours et chaque jour, partie intégrante les uns des autres.

Après quoi, nous gardâmes le silence, un silence curieux, tendu, intérieur, tandis que Paul jouait. Il jouait pour nous ; et, comme mandé par la musique, Sidney entra, se faufila jusqu'à notre table, trouva une chaise et s'assit. Je mimai *ma mère, mon frère* et Sidney mima son plaisir, et puis le premier jour de Noël s'éteignit doucement.

Martha et moi nous réveillâmes tard le lendemain et rien n'alla bien entre nous, rien. Pour commencer, elle dut se lever immédiatement parce qu'elle avait promis à ma mère de la retrouver chez Amy Miller, alors que nous passions toujours nos jours de congé ensemble au lit. Nous avions baisé ferme, fort et âprement mais nous n'avions pas fait l'amour, quelque chose manquait. Elle jouissait, je jouissais — je la faisais jouir, elle me faisait jouir — mais c'était comme si, à l'instant dernier, noués l'un à l'autre, dans notre corps à corps, nous tendions les bras pour nous atteindre, nous appelant à travers d'indescriptibles précipices, nous résignant à l'angoisse à chaque élan et chaque spasme, chacun regardant l'autre disparaître dans une atmosphère à la fois plus molle et plus traître que la brume, plus impitoyable que l'éclat du soleil contre l'acier. Martelants, martelés, nos corps chantaient de souffrance *rien à faire, rien à faire, rien, rien, rien à faire !*

Je retombai enfin de côté, puis je la pris dans mes bras. Elle se tourna vers la fenêtre. Les formes de son corps sombre, à contre-jour sur les stores du matin, se brouillèrent. Et, abandonnant ma carcasse pour un temps, je me réfugiai dans le sommeil.

« Tu seras ici à mon retour ? Je veux te parler.

— Ben, naturellement. Sauf que tu sais pas à quelle heure tu reviendras.

— Mrs. Miller paraît en effet avoir des réactions un peu imprévisibles...

— C'est que, ma jolie, il y a aussi *Mr.* Miller, et *Miss* Miller, *et* le petit frère...

— Ça, c'est le secteur de ta mère. Tout ce que j'ai à faire, moi, c'est d'être charmante et efficace...

— ... tandis que les hommes roupillent. Je sais. Râle pas, va. En tout cas, bébé, crois-moi, la dernière chose dont tu aies besoin, dans cette galère, c'est l'odeur — et même ne serait-ce que le *souvenir* — des couilles d'un mec. »

Elle m'embrassa. Je l'embrassai. Bon Dieu, cette fille me branche vraiment, qu'est-ce qui *cloche ?*

Je ne veux pas partir et je ne sais pas comment rester.

« Je t'aime, Hall.

— Moi aussi, bébé, je t'aime. Moi aussi je t'aime. »

Elle sortit et je me rendormis dans son lit un moment.

Un moment, un court moment. Il était tard, le lendemain de Noël, le deuxième jour des fêtes, et le téléphone se mit à sonner.

Tous les gens que nous connaissions étaient au courant pour Martha et moi, et elle ne vivait pas — oserai-je le dire ? — aux crochets de l'État. Elle ne pouvait pas être pénalisée pour avoir un homme dans son lit ou son appartement et, par conséquent, lorsque le téléphone sonnait, je répondais toujours.

Le premier appel vint de tante Joséphine.

« Comment va ma petite ?

— Votre petite est sortie, tante Joséphine — Hall à l'appareil...

— Oh ! Prince ! Que fait-elle déjà dehors et toi encore là ? Et je parie que tu es encore au lit !

— Exact, tante Joséphine... mais...

— En train d'attendre qu'elle te rapporte les croissants ! »

Je ris. Je savais que tante Joséphine n'avait pas l'intention d'être blessante et qu'elle me taquinait mais mon rire sonna creux, exaspéré. « Pourquoi êtes-vous si dure avec moi, tante Jo ? Elle avait rendez-vous avec ma mère aujourd'hui, elle va lui rendre un service...

— À ta *mère ?*

— Ouais. J'ai une mère.

— Ne monte pas sur tes grands chevaux, maintenant !

— Mais non. Simplement elle allait... elle avait promis à ma mère de lui rendre un service pour quelqu'un d'autre et... je pense qu'en ce moment, elles doivent être à l'hôpital. »

À l'instant où je prononçai le mot « hôpital », j'ouvris grands les yeux, parfaitement réveillé.

« À l' *hôpital ?*

— C'est que... elle vous expliquera, tante Jo. »

Un silence. Puis : « Vous feriez aussi bien de vous marier, vous deux, tu sais ça, non ? Ça faciliterait la vie de tout le monde...

— Qu'est-ce qui vous fait croire qu'elle veut m'épouser ?

— Oh ! La ferme, négro ! lança-t-elle, et dis à ma petite que je l'ai appelée — j'aimerais drôlement parler à ta maman, moi ! » Et tante Joséphine éclata de rire puis raccrocha.

Je reposai l'appareil, le contemplai puis regardai autour de moi. Je m'adossai aux oreillers, allumai une cigarette et examinai, à travers la fumée, la chambre que je n'essayerai pas de décrire : la chambre à coucher incroyablement, héroïquement même, surencombrée d'un appartement de trois pièces au sixième étage d'une tour. Les ascenseurs étaient pratiques pour se shooter, se faire faire un pompier, commettre des vols, des viols ou des meurtres ; le toit offrait un site idéal pour les viols collectifs ; et les terrasses créaient un espace pittoresque entre les rats, les poubelles et vous.

Ah ! Je me levai, mon mégot brûlant aux lèvres — des lèvres sèches, gercées, meurtries — et allai pisser. Pendant que je pissai, le téléphone sonna. Je me dépêchai pour me reprécipiter dans la chambre, dans la posture du bossu de Notre-Dame.

Cette fois c'était Arthur.

« Hé ! Hall ?

— Ouais. Comment va, frérot ?

— Bien. Dis donc, Martha m'a dit de t'appeler au cas où elle serait en retard — ils m'ont laissé ici, à la maison, pour répondre au téléphone mais personne n'a encore appelé et il commence à se faire tard...

— Qu'est-ce qui s'est passé ?

— J'en sais rien, frangin. Maman et Papa sont partis avec ta petite amie, Martha — dis donc, elle est drôlement chouette, elle me botte — et je crois que Papa devait s'occuper de frère Miller pendant que Martha et Maman emmenaient sœur Miller à l'hôpital.

— Et Julia, alors ? Et Jimmy ?

— Je ne sais pas. Je pense qu'ils doivent être chez eux. Écoute. Il faut que je sorte. J'ai un rencart — je veux dire, une répétition...

— O.K. Écoute. Si quelqu'un appelle avant que tu partes, dis que si je ne suis pas ici, je serai au bar au coin de chez Julia — Papa, Joel Miller et moi, on y était hier —, dis simplement Jordan's Cat, c'est le nom du bar où travaille Sidney, le type que tu as rencontré hier, t'as compris ça ?

— Ouais. Tu rentres à la maison ?

— Ouais. Je te verrai plus tard.

— O.K. Hou ! là ! là ! Quelle galère ! » Et il raccrocha.

Je me rasai, me douchai et m'habillai. En attendant que le téléphone sonne, je me versai un verre.

Je regardai dans les rues, si loin au-dessous de moi,

presque désertes à présent : une neige tardive s'était mise à tomber avec une telle fureur qu'elle en devenait noire avant d'arriver au sol.

Je composai le numéro du bar de Sidney.

« Allô ? fit la voix de Sidney. Jordan's Cat...

— Dis donc, coco, c'est Hall. Tu es là encore un moment ?

— Dis donc, t'as la voix tellement... *articulée,* si *tôt* ? Ouais. Je suis ici. Tu veux passer ?

— Ouais. J'ai besoin d'un ami.

— Dépêche-toi alors, coco, je suis là. »

Les rues, quand je les abordai, étaient mornes de promesses. Mornes : pas tant de promesses brisées, la promesse brisée ayant créé notre style et notre vitalité. Mornes de la promesse à tenir. Cette promesse ne cessa de résonner à travers les rues que je parcourus en ce second jour de Noël.

J'arrivai au Jordan's Cat et Sidney surgit, sans son torchon.

Le bar paraissait aussi vide que la première fois où je m'y étais jeté ; je n'arrivais pas à le croire — hier ? Mais oui : Noël c'était hier.

Mon désarroi devait se voir. Je fus soudain content de m'être rasé et douché, d'avoir fait ces choses — mais il devait se voir quand même car Sidney dit : « T'as pas l'air dans ton assiette, mon vieux pote, qu'est-ce que tu veux boire ? »

Je le regardai et mis ma tête entre mes mains. Tout à coup, quelque chose me frappa, me frappa si fort que, toujours la tête entre les mains, je me mis à pleurer.

La mémoire est un étrange véhicule. Ou peut-être sommes-nous, nous, le véhicule qui transporte ce passager toujours plus encombrant et capricieux nommé mémoire.

Julia se rappelle Arthur chantant aux funérailles de Mère Bessie : « Que font-ils au paradis aujourd'hui ? » mais Arthur se rappelait avoir chanté : « Nous sommes les enfants de notre Père céleste. » Je ne sais pas. Je sais seulement que, quand devant mon frère Sidney je pris ma tête entre mes mains et pleurai, quelque part dans ma tête, résonna un cantique :

Nous avons le bonheur
de cette certitude :
notre Père céleste répond
quand nous le prions,
et Il sait
Il sait
avec exactitude
ce que nous pouvons
supporter.

« Viens par ici, chuchota Sidney. Viens par ici. » Avec une superbe discrétion il rappliqua au bout du bar, allongea le bras, m'attrapa et me traîna jusqu'à l'espace derrière le juke-box et, si ma mémoire est juste, sans piper mot tout au long de cette électrifiante traversée.

Je me penchai sur la table, de l'eau me coula entre les doigts. Je ne pouvais pas m'arrêter et pourtant je ne savais pas pourquoi je pleurais.

« Ôte ton manteau, conseilla Sidney, il fait chaud ici dedans », et il m'aida à enlever mon manteau et me fourra un mouchoir dans la main. « Je reviens », dit-il, et il me laissa seul.

Je m'essuyai le visage, séchai mes yeux, me mouchai puis examinai l'arrière-salle. Je ne sais pas à quoi je pensai. Je ne pouvais pas me rappeler avoir été aussi secoué dans ma vie.

J'entendis des gens entrer dans le bar, j'entendis la grosse voix enjouée de Sidney au travail. Je commençai à sentir que j'aurais dû repartir chez Martha.

Sidney réapparut, un verre de jus de tomate très foncé à la main.

« Voilà un double Bloody Mary Molotov », annonça-t-il avec un sourire, tout en me dévisageant avec soin. « Et c'est pas une rosière, la Mary, elle en a vu du pays, c'est comme ça qu'elle a rencontré Mr. Molotov. Bois lentement mais bois. Je reviens. »

Un couple entra et prit la table à l'angle opposé. Il avait l'air d'un joueur de basket-ball, avec cette sorte de jovialité tartignole, et elle ressemblait à une majorette qui aurait été aussi la vedette de son cours de gestion d'affaires. Le visage brillant de froid, ils riaient, heureux d'être ensemble et ils me firent me sentir vieux.

Je restai là un moment. La clientèle de sept heures s'accumulait et Sidney était tout seul au bar. Son double Bloody Mary Molotov avait certainement de quoi vous faire pleurer si vous étiez en veine de pleurer, et il aurait pu probablement désintégrer des calculs rénaux, mais il vous ravigotait aussi. Je m'interrogeai sur l'effet qu'en produiraient deux. Pour le moment, un seul suffisait et Sidney avait été épatant.

Je savais qu'il aurait voulu que j'attende qu'il puisse revenir. Je savais qu'il comprendrait si je n'attendais pas. Martha rentrerait bientôt. Je me demandais ce qu'elle aurait à raconter.

La famille Miller, après tout, jusqu'à ce que je sois le témoin forcé des événements de ce Noël, ne s'était distinguée des autres que par le fait que Julia était une évangéliste enfant. Et cela ne constituait pas en vérité une très grande distinction, elle n'enfreignait, ni même ne remettait en question, aucune des réalités ou des principes de notre vie. Si nous ne croyions pas précisément au pouvoir du Saint-Esprit, au don des langues, à la possession extatique, à l'imposition des mains, nous n'en doutions pas non plus et nous ne connaissions personne qui en doutât. S'il nous arrivait de trouver certaines gens ridicules, nous ne nous moquions de la foi de personne. Nous pouvions considérer qu'ils représentaient une parodie de leur foi, mais la foi elle-même était tout autre chose. Chacun priait comme il pouvait. Nous tenions simplement pour acquis que tout le monde priait — peu importait où et comment.

Je n'avais pas le sentiment, par exemple, que Joel Miller fût vraiment un homme, et je savais que Paul était de cet avis, peut-être étions-nous tous de cet avis. Mais ce n'était pas à cause de sa foi. Ce n'était même pas vraiment à cause de sa fille ; excepté dans la mesure où le père n'avait pas été capable de corriger sa fille : faute de quoi, elle n'était pas, comme elle le supposait, en sécurité dans les bras de Jésus. (Jésus, après tout, avait d'autres chats à fouetter et on ne pouvait s'attendre qu'il gaspillât son temps à s'occuper de gamines mal élevées.) Non : c'était parce que Joel ne semblait pas en réalité croire à quoi que ce fût — même pas assez longtemps pour feindre. Ce qui signifiait pour nous qu'il était un homme dépourvu de prières, sans ressources intérieures — il ne surmonterait jamais la tourmente. C'est par amour pour Florence que Paul essayait de s'occuper de Joel, mais Florence n'éprouvait pas le moindre intérêt pour le salut de Joel, pas plus qu'elle n'avait la moindre envie de contester le pouvoir du Saint-Esprit. Lequel avait aussi un rapport avec l'aura de sainteté douloureuse et particulière entourant sœur Miller à qui le Seigneur avait montré Sa faveur en lui donnant une évangéliste pour fille.

C'est ainsi que, au cours de mon bref passage au purgatoire ce jour-là, je pensai à Julia de manière nouvelle et je me mis à avoir peur pour elle.

Joel ouvrit à Florence et Martha, et, raconta celle-ci plus tard, resta planté sur le seuil, l'air surpris. Il était en manches de chemise, pas rasé et il parut à Martha très frêle.

« Bonsoir, frère Miller, dit Florence. Nous ne te dérangerons pas longtemps. Nous venons chercher Amy. Est-elle prête ou se repose-t-elle encore ? »

Il répondit, sans un mot, par une petite courbette et un

sourire. Elles entrèrent dans l'appartement et il referma puis verrouilla la porte. Martha et Florence échangèrent un rapide regard.

« Entrez donc, dit Joel. Mettez-vous à l'aise. » Et il les conduisit dans le living.

L'air était lourd de contrainte et la maison silencieuse.

« Cette jeune personne appartient à l'hôpital, dit Florence. Miss Jackson... »

Martha et Joel se firent un signe de tête et un sourire réciproques, et Joel proposa : « Puis-je vous offrir un rafraîchissement, mesdames ? »

Florence parut exaspérée puis inquiète : « Ma foi, non, frère Miller, répliqua-t-elle, prévenez simplement Amy que nous sommes ici et que nous repartons. » Elle regarda autour d'elle, toujours soucieuse mais sans savoir pourquoi. « Où est Jimmy ? Et Julia ?

— Eh bien, dit Joel avec circonspection, je crois que Petit Jimmy est parti au cinéma, il y a quelques minutes, et Julia... » Il se tut et se mordit nerveusement la lèvre supérieure.

Le silence de la maison et celui de Joel commencèrent à se faire éloquents pour Florence. « Où est Amy ? demanda-t-elle.

— Eh bien, Julia, expliqua Joel, Julia a emmené sa mère à une réunion de prières — une nouvelle église quelque part dans le voisinage mais j'ignore l'adresse exacte.

— Mais elle avait rendez-vous pour aller à l'hôpital avec *moi* et Miss Jackson cet après-midi ! cria Florence.

— Ma foi, vous connaissez Amy, dit Joel. Il semble d'ailleurs que tout le monde la connaisse mieux que moi. Elle change constamment d'idées — elle me donne le tournis. »

Raide sur sa chaise, Martha ne savait où porter son regard. Florence avait le sien fixé sur Joel.

« Comment va mon ami Paul ? s'enquit Joel. Je croyais que c'était *lui* qui devait venir cet après-midi. »

Quelque chose d'étonnamment émouvant se glissa dans sa voix, comme s'il avait vraiment besoin de Paul. Martha eut envie de se lever et de fuir.

Mais Florence, qui observait Joel et le connaissait mieux, perçut autre chose — une rage tiède chez cet homme, tiède comme de l'eau dans une casserole posée sur un fourneau mal éteint. Et elle se rendit brusquement compte que cette rage avait toujours été présente dans le sourire et l'attitude de Joel.

« Paul est allé travailler, dit Florence. Il ne pensait pas qu'on aurait besoin de lui. Je crois qu'il a eu raison. » Elle se leva, imitée par Martha. « Joel, c'est dans cette pièce même, hier soir, que tu as fait promettre à Amy d'aller voir un médecin avec moi aujourd'hui !

— Elle a changé d'avis ! Que voulez-vous que je vous dise ? »

Florence le regarda.

« Combien de temps vas-tu laisser les choses courir ainsi, Joel ? »

Il continua de regarder avec entêtement droit devant lui — il se posait la question, lui ausi.

« Tu n'as aucune idée de l'endroit où se trouve cette... *nouvelle* église ?

— Non. » Joel s'assit sur le canapé. « Julia a dit que le Seigneur l'avait fondée dans une intention spéciale — alors Amy, elle est devenue tout excitée. Julia n'a pas voulu me dire où se trouvait l'église. Elle... elle a dit qu'elle ne me faisait pas confiance pour garder un secret. » Il leva les yeux vers Florence et sourit, un sourire que Florence ne lui avait jamais vu : « C'est pas toujours de la tarte de vivre avec les élus du Seigneur. »

Il se leva et alla à la fenêtre. « Elles seront peut-être de retour bientôt. Attendez-les, si vous voulez.

— Non, dit lentement Florence. Elles ne reviendront pas tant que nous serons ici.

— Quand tout ça a commencé, dit brusquement Joel,

quand Amy a perdu son bébé, nous avons vu des docteurs. Les docteurs ont dit seulement à Amy d'être prudente et elle était supposée y retourner régulièrement pour des examens. Alors j'ai cru qu'elle le faisait. Julia ne savait pas pour le bébé — ça l'a surprise. Elle s'est vraiment bien occupée de sa mère et elles sont tellement proches que j'ai plus pensé à rien. Mais pour sûr que je suis inquiet maintenant.

— Tu ne pourrais pas envoyer Amy chez sa mère ? » suggéra Florence. Elle aurait voulu ajouter : Et Julia à l'asile, à Bellevue ? mais elle se retint.

« Amy et sa mère s'entendent mieux de loin, répliqua Joel.

— Amy. Amy. Chaque fois que je te pose une question, tu me réponds par *Amy*. Mais c'est *toi* le chef de famille, Joel.

— Ça fait un bon bout de temps que cette maison est passée sous la coupe du Saint-Esprit », dit Joel.

Florence ne trouva rien à répondre et Martha lui lança un regard désespéré.

Mais finalement, tandis qu'elles se levaient et se dirigeaient vers l'entrée et la porte, Florence dit : « Joel, si j'étais toi, j'y repenserais — au Saint-Esprit, je veux dire. Ce n'est pas un de ces Roméos de gouttière qui n'ont rien d'autre à faire que de tourner la tête des femmes et de briser leur foyer. »

Joel les suivit dans l'entrée : « Que veux-tu dire ? »

Florence, arrivée à la porte, se retourna et lui fit face : « Je pense que tu le sais. »

Lentement, Joel tira le verrou et l'air froid de l'hiver qui guettait derrière la porte s'engouffra à l'intérieur.

« C'est aussi simple que ça, dit Florence. Aussi simplement que tu viens d'ouvrir cette porte, tu soustrais ta femme aux mains de ta fille. Je te le dis. Ce n'est pas le Saint-Esprit qui a versé des arrhes pour ces meubles et ce n'est pas le Saint-Esprit qui te paye tes costumes. »

Elle sortit. Joel lui lança un regard noir.

« Au revoir, monsieur Miller », dit Martha. Debout sur les marches de pierre, elle grelottait.

Les deux femmes descendirent les marches dangereusement glacées. Martha n'entendit pas la porte se refermer mais ni elle ni Florence ne tournèrent la tête pour regarder en arrière.

Elles marchèrent jusqu'au carrefour en silence et firent halte au feu rouge.

« Martha, je suis désolée de t'avoir fait venir cet après-midi pour rien. Vraiment désolée.

— Ce n'est pas votre faute. Mais je suis désolée moi aussi que ça n'ait servi à rien. »

Elles se trouvaient devant le Jordan's Cat et s'en éloignèrent sans savoir que j'étais à l'intérieur.

Les mains profondément enfouies dans les poches de son manteau, la tête baissée, Martha frissonna. Florence lui jeta un regard pénétrant et s'arrêta :

« Allons, mon petit, il fait froid, je ne veux pas te retenir davantage. Tu es près de chez toi... et est-ce que Hall t'attend ?

— Oui. Ça va bien. Je vais vous faire un bout de conduite. » Martha regarda Florence, lui sourit et prit son bras. « Venez. Je n'ai pas froid. Je... réfléchissais. Que va-t-il arriver à cette pauvre femme ? Et lui ? Qu'est-ce qu'il a ?

— Il est paresseux », dit Florence. Elle sourit. « Ça peut paraître bizarre, mais c'est vrai. »

Les bons vœux de l'Oncle Sam arrivèrent plus tôt que prévu et je ne permis pas à Martha de me tirer une balle dans le pied. Nos derniers jours ensemble à New York furent étranges, étrangement paisibles. Je me sentais un peu lâche parce que quelque chose d'extérieur à moi, d'extérieur à nous, avait forcé une décision dont je n'étais pas responsable. Bref, Martha évita de me demander de l'épouser et je ne lui demandai pas de m'épouser. Nous... euh, je... avions la guerre de Corée pour prétexte. Nous savions tous deux — ou plutôt Martha savait — que ce n'était pas la véritable raison mais, bizarrement, cette certitude nous réconcilia avec nos derniers jours passés ensemble. Le printemps vint et nous nous promenâmes autour de New York dans le luxe d'un bonheur doux-amer.

Quelque chose, en tout cas, avait été décidé, ce qui apporte toujours une certaine paix.

Arthur dit au revoir à Julia sur les marches de l'église le jour des funérailles de Mère Bessie et disparut de sa vie pour un temps. Au moment de l'enterrement d'Amy, il se trouvait à Nashville avec Les Trompettes de Sion, et moi en Corée.

Jimmy partit dans le Sud avec sa grand-mère. Julia et Joel restèrent chez eux. Julia cessa de prêcher. Quelqu'un affirma l'avoir vue sortir d'un cinéma. Arthur savait qu'elle voyait Crunch. Mais il ne la rencontra jamais. En fait, personne ne la voyait jamais, bien qu'elle fréquentât un lycée du Bronx et qu'elle travaillât, après la classe, à frotter des parquets dans le même quartier. Crunch et Red débarquèrent en Corée mais Peanut avait une vue défectueuse et il partit pour Washington et l'université d'Howard.

J'aurai à revenir en arrière, tout à l'heure, et à revoir tout cela en détail. Pour l'instant, j'essaye de me remettre en tête la séquence des événements qui, pour la plus grande partie, se déroulèrent en mon absence. Arthur était mon informateur principal (et peu fiable). Il me tenait, plus ou moins, au courant de ce qui lui arrivait et tentait de m'amuser avec des petites vignettes de la vie de l'ancien secteur de mes exploits. En réalité, son activité principale, à l'époque, était le chant : Les Trompettes et lui semblaient travailler constamment ; pendant l'été et les vacances, ils partaient en tournée. ATLANTA : « Me suis baladé dans la rue du Pêcher aujourd'hui, frérot, et tout ce que j'ai à dire c'est qu'ils peuvent se garder les pêches. Et les arbres aussi. » BIRMINGHAM : « J'avais pas de banjo mais j'ai réussi à m'en sortir avec mon genou — pas SUR les genoux. » CHARLOTTE : « Peanut a des cousins ici mais ils sont plus clairs que Peanut et on ne leur a pas du tout plu, surtout Crunch. Je crois qu'ils ont trouvé qu'il faisait trop nègre. » DURHAM : « Red affirme que, si c'est ici qu'on fait pousser le tabac, il va falloir qu'il s'arrête de fumer. » BOSTON : « Ici, quand ils chient sur toi, ils te refilent une serviette — pour que tu puisses leur torcher le cul, je suppose. » NEW YORK : « Sûr que tu me manques, mon frère, sûr que je regrette que tu ne sois pas là. J'ai plus personne à qui parler. » Et aussi : « Maman va bien, tu lui manques, tu nous manques à tous, mon frère, quand toutes ces conneries finiront-elles ? » Et encore : « Papa joue du piano *funky*, tu vois ce que je veux dire ? Je veux dire, il est rusé, je commence à peine à remarquer comment en réalité il fait ça en douce », et aussi « Je suis amoureux de Dizzy Gillespie ! » et « Je ne sais pas si je serai jamais vraiment un chanteur, vieux, qu'est-ce que tu en penses ? » Et encore « On dirait que Julia a fermé boutique, tu te rappelles Julia, eh bien, elle ne prêche plus depuis que sa maman est morte. Tu sais, Hall, je me demande si elle se sent *coupable* », et puis « Frère Miller se tape les bistrots (et les nanas) comme un *alcolo*, vieux, ou un maquereau (ah-ah !) », et aussi « Red est parti aujourd'hui, peut-être que tu vas le voir là-bas, j'espère que non », et « Je ne vois plus beaucoup Crunch, il passe pas mal de temps (je crois) avec Julia. Je sais qu'il a pitié d'elle, Crunch a pitié de tout le monde. Il ne peut pas s'en empêcher », et « Vu Crunch aujourd'hui parce qu'il s'en va la semaine prochaine et il a cru devoir amener Julia. Je suppose que Julia est pas mal mais elle est si foutrement *maigre* qu'elle ressemble à un putain de rasoir et elle se met des tonnes de *rouge à lèvres*. Où est passé le Saint-Esprit ? Je pense qu'à présent elle prend Crunch pour le Saint-Esprit (ah-ah !) », et « On raconte que Julia est enceinte et que son père veut lui foutre une raclée », et « Crunch est parti aujourd'hui, il te rencontrera peut-être là-bas », et « Au train où vont les choses, je te rejoindrai peut-être là-bas », et « Hall, je sais que je suis jeune et que je pose peut-être des tas de questions idiotes mais j'espère que ça ne te fait rien mais il faut bien que je les pose et tu es mon frère et je t'aime », et

« Frère Miller a vraiment flanqué une effroyable raclée à Julia et on dit qu'elle a perdu son bébé et que la grand-mère est venue et l'a emmenée et frère Miller va peut-être faire de la taule. Je ne peux pas le croire. Je ne peux pas croire que la vie soit comme ça », et « Bon anniversaire, Hall ! J'espère bien que tu seras ici pour le prochain. Ou pour le mien. Je te préviens que c'est bientôt et que je veux quelque chose venant de *l'Orient* exotique, élégant mystérieux et chouette, que *toi* seul es capable de choisir, ton frère qui t'aime, Arthur. »

Quand Julia monta en chaire, le jour des funérailles de Mère Bessie, elle sentit tout à la fois quelque chose entrer en elle et quelque chose en partir pour toujours. Et elle sut que ce serait pour toujours. Son front se couvrit d'une sueur inconnue et son ventre fut saisi d'une agonie nouvelle — tandis qu'elle gravissait les marches familières vers un lieu totalement neuf.

Elle plaça sa bible sur l'énorme bible ouverte sur le pupitre, leva la tête et regarda au loin — dans un grand silence.

L'église était étrangement comble et l'atmosphère tendue — on se demandait d'où les gens venaient car les parents et amis de Mère Bessie étaient soit morts, soit rares et dispersés. Quelques cousins accompagnaient le neveu. Le reste de l'assistance tenait du miracle, surtout pour un mercredi ou jeudi après-midi. Arthur était assis au fond, seul. La mère de Julia se reposait chez elle ; son père était au premier rang.

« Mes chers bien-aimés, annonça Julia, nous prendrons pour texte aujourd'hui le premier verset du trente-huitième chapitre d'Ésaïe. »

Elle chercha des yeux son père qui se leva, sa bible à la main.

« Mon père, dit-elle sans pouvoir retenir un sourire, mon

père bien-aimé, frère Joel Miller, va vous lire le premier verset. »

Et Joel lut, de cette voix qui toujours la surprenait — toujours, depuis le début de son ministère, car cette voix ne paraissait pas être la sienne. Pourtant elle la lui avait parfois entendue, cette voix, quand il était content de sa mère : content, à présent, de sa fille, Joel lut :

En ce temps-là, Ézechias était atteint d'une maladie mortelle. Et le prophète Ésaïe, fils d'Amos, vint le trouver et lui dit : « Ainsi parle le Seigneur : Mets ta maison en ordre, car tu vas mourir et non pas vivre. »

Frère Miller leva les yeux vers sa fille, referma sa bible et se rassit.

« Amen, dit Julia. Mon thème sera le suivant : "Mets ta maison en ordre." »

Puis elle se tut, effrayée, comme pour la première fois consciente de la présence du cercueil au pied de l'autel, et aussi du pasteur et du diacre assis derrière elle, ces hommes qui avaient refusé de prendre la responsabilité des funérailles de Mère Bessie.

« Nous sommes réunis ici, reprit Julia, parce que ce message est venu pour l'une de nous exactement comme il viendra pour nous tous, chacun d'entre nous, un jour. Elle avait peut-être son visage tourné contre le mur mais elle a dû alors se redresser, regarder autour d'elle et écouter le message, et nous croyons, amen !, qu'elle appela le Saint-Esprit à l'aide et qu'avec l'aide du Saint-Esprit elle entreprit de mettre sa maison en ordre. Elle n'eut pas le temps de trembler, non, ses jours de frayeur étaient révolus, et, ô fidèles, avez-vous jamais eu à mettre une maison en ordre ? Vous vous levez mais vous ne faites pas encore votre lit, vous savez que c'est la chose qu'il vous faudra faire en dernier. Peut-être entrez-vous dans la cuisine, béni soit Dieu, et vous regardez autour de vous. Vous voyez le fourneau et il a besoin d'être nettoyé. Vous vous mettez à quatre pattes, amen, et vous vous munissez de la bonne vieille huile de coude. Oh oui ! Et puis vous faites couler l'eau — et vous prenez la grande brosse de la *foi* et cette petite brosse de l'*amour* parce que la grande brosse décape le fourneau, mes enfants, et que cette petite brosse va dans tous les recoins — et vous rincez à grande eau, l'eau du salut ! Très vite, vous voyez les cafards sortir de leurs trous et vous brossez les murs. Et puis vous avisez les poêles à frire et les casseroles et vous les faites tremper. Et vous les nettoyez et vous lavez aussi les assiettes et vous les essuyez et vous remettez chaque chose à sa place, amen, et vous rincez la table et vous frottez le parquet et on dirait que les fenêtres ont besoin d'un coup aussi et vous nettoyez les carreaux pour que la lumière entre à flots !

« Oh oui ! Et pendant que vous faites le tour de la maison, la pendule continue à faire tic tac et le *temps* s'écoule. Seigneur, vous l'entendez dans chacun des battements de votre cœur et, chaque fois que vous courez d'un endroit à l'autre, vous entendez le temps *s'enfuir* ! Vous entendez vos voisins danser et faire de la musique — ils ne mettent pas leur maison en ordre ! Vous entendez dans la rue quelqu'un jurer — insulter Dieu ! — il ne met pas sa maison en ordre ! Vous entendez la fille de joie, en bas, avec ses fornicateurs ! — elle ne met pas sa maison en ordre ! Vous entendez le riche et le pauvre piétiner, piétiner, piétiner et vous voudriez courir dans les rues en criant : “Mettez votre maison en ordre !” Vous voudriez empoigner le policier en criant : “Mets ta maison en ordre !” Vous voudriez empoigner votre mère, votre frère, votre sœur, votre père, en criant : “Mets ta maison en ordre ! Mets ta maison en ordre ! *Mets ta maison en ordre, car tu vas mourir et non pas vivre !*”

« Oh ! Et la pendule, elle, continue à avancer. Et vous n'êtes pas encore revenu faire le lit — votre lit de mort. Peut-être y a-t-il un miroir sur le mur, un miroir dans lequel vous ne vous êtes pas regardé depuis des années. Et peut-être vous dites-vous : “Je ferais bien de nettoyer ce miroir.” Et vous vous approchez donc de ce miroir tandis que le temps passe et vous regardez dans ce miroir et vous y voyez votre visage. Mais vous ne le voyez pas bien, il semble étrange, lointain. Et donc vous vous mettez à essuyer ce miroir et vous commencez à distinguer votre visage et, pendant que vous astiquez, vous vous demandez comment vous allez faire face à votre Créateur. “Seigneur, Seigneur, ai-je blessé quelqu'un?” Et le miroir ne répond pas et l'heure continue d'avancer. “Seigneur, je vais ôter mon maquillage” — et l'heure continue d'avancer. “Seigneur, je vais supprimer la teinture de mes cheveux” — et l'heure continue d'avancer. Peut-être avez-vous des boucles à vos oreilles et vous ne les aviez plus vues depuis que vous étiez bébé et que quelqu'un les a accrochées à vos oreilles et vous dites: “Seigneur, si elles vous offensent, je les ôterai, mais aidez mes mains tremblantes et mon regard aveugle, je n'y vois plus.”

« Et le Seigneur dit: “Je vois ce que tu as fait dans ta cuisine. Je vois ce que tu as fait pour ton fourneau. Je vois la manière dont tu as frotté ton plancher. Je ne vois plus de cafards nulle part. Je vois comment tu as fait briller les carreaux de ta fenêtre. Je vois comment tu as frotté ce miroir parce que tu ne voulais pas que J'ai honte de toi et pour que nous puissions nous voir face à face. Tu peux entrer dans Mon royaume *avec* tes boucles d'oreilles! Je t'avais dit de mettre ta maison en ordre et je vois que ta maison est en ordre!

« “Et maintenant, mets ta main dans la Mienne, mon enfant, et accompagne-Moi dans l'autre pièce et laisse-Moi préparer ton lit de mort.” »

Puis Julia s'interrompit et contempla le cercueil de Mère Bessie:

« Elle se promène et parle avec le Seigneur, reprit-elle. Notre Père qui es au ciel, qui lis tous les secrets de notre cœur, qui connais tous Ses enfants et qui as promis de ne jamais nous abandonner. Elle était née au temps de l'esclavage: et elle a fait chaque pas de son chemin en compagnie du Seigneur. Souvenons-nous de notre texte:

“Mets ta maison en ordre.” Et disons tous en chœur: “Amen.” »

Elle inclina la tête et l’assistance répéta: « Amen. » Julia retourna à sa place, à la tribune. Le pasteur se leva. Les fidèles chantèrent. Arthur se demanda où était Jimmy — à l’école ou bien au cinéma, ses principales occupations.

Le cercueil de Mère Bessie fut emporté, Arthur sortit, dit au revoir à Julia sur les marches et disparut de sa vie pour un certain temps.

Il regarda Julia et son père s’éloigner lentement le long de la rue — car Julia ne se rendit pas au cimetière. Son travail était terminé.

Cela se passait au printemps. En été, un jour, ou deux après les funérailles d’Amy, Julia et Joel se retrouvèrent seuls chez eux.

Jimmy était parti dans le Sud avec sa grand-mère. Paul et Florence avaient pour premier souci leurs deux fils absents. Martha se faisait consoler par Sidney, mais je ne le savais pas encore.

Depuis l’enterrement de Mère Bessie, Julia n’avait plus prêché. Elle n’avait pas commencé à « rechuter », comme on dit: bien au contraire, elle était encore plus ardente et plus révérée que jamais et cela à cause de son dévouement passionné pour sa mère. Elle en était venue à entreprendre un jeûne qui avait failli lui ruiner la santé — on n’avait jamais vu personne parmi nous peiner aussi dur pour l’âme de quiconque! Depuis le printemps, Amy avait gardé la chambre: c’est-à-dire qu’elle ne pouvait plus quitter son lit et Julia passait chaque heure de veille au chevet de sa mère. Au début de l’été, Amy fut transportée à l’hôpital — à l’hôpital de Harlem — mais, dit Martha, c’était déjà trop tard. La mort s’empare d’un visage, s’y installe, sur le front, les pommettes, les lèvres, et inonde, comme du sang ou de l’eau, l’intérieur du regard. L’œil paraît s’embrumer mais il continue de regarder tout droit, un feu brûle au centre de la brume. Julia n'était plus qu'un squelette, mais la mort refusa de la préférer à sa mère : la vie, inexorablement, s'était installée sur le visage de Julia dont les yeux exprimaient le furieux repentir des vivants.

Elle passait toutes ses journées, et parfois ses nuits, à l'hôpital. Elle lavait le corps de sa mère ; elle l'aurait léché si elle avait pu. Personne, par conséquent, ne considérait encore qu'elle eût déserté son ministère. Elle était loin de nos préoccupations, elle se battait en terre sainte.

Et c'était vrai — Florence, les larmes aux yeux, l'avait reconnu : « Elle fréquente les anges maintenant. Trop tard. Ce qui est fait ne peut être défait. » Et « Je n'aurais jamais cru que je pleurerais pour cette pauvre enfant. » Paul se montra plus laconique mais Julia était une enfant — ou plutôt découvrait ce qu'être une enfant voulait dire.

Jimmy, néanmoins, haïssait carrément sa sœur et refusait de parler à son père. Il passait son temps dans la rue, au cinéma, dans les jardins publics ; il s'était mis à voler, à fumer, à se laisser tripoter et se faire branler dans les pissotières du métro. Et chaque soir, assis sur un banc de l'hôpital, il attendait que sa sœur lui permît de voir sa mère.

Il ne prononçait jamais un mot. Martha s'institua son intermédiaire. Quand il arrivait pour entamer son incroyable veillée, à quelques mètres de la porte derrière laquelle sa mère gisait, Martha se rendait au chevet d'Amy — Amy était derrière un paravent — et chuchotait : « Votre fils est ici. »

Julia se levait alors sans mot dire — tout comme Joel, s'il était présent. Julia sortait, en marchant droit devant elle, l'air de ne pas voir Jimmy qui refusait de la regarder. Parfois Joel attendait, mais il n'avait plus aucune autorité sur son fils — bien que Jimmy n'eût guère plus de douze ans — et il n'aimait pas rencontrer l'œil de Jimmy.

Jimmy restait simplement assis sur son banc jusqu'à ce que sa sœur et son père soient passés.

Son père disait parfois : « J'espère te voir tout à l'heure à la maison » et Jimmy réagissait ou non — mais en tout cas uniquement du regard — et puis il courait voir sa mère. Même alors il ne disait pas grand-chose — sauf, une fois encore, avec ses yeux qui semblaient enregistrer chacune des ombres qui traversaient le visage de sa mère — mais il répondait à toutes ses questions à elle, ou faisait semblant : ses braves tentatives de sincérité l'obligeaient parfois à révéler des faits alarmants. Amy devinait tout cela et le taquinait, mais parfois s'assombrissait, comme si elle luttait pour trouver le moyen de lui dire quelque chose. Elle savait qu'il comprendrait. Elle savait que sa mère l'emmènerait, le soustrairait aux mains de sa fille et de son mari : mais elle avait quelque chose à dire à sa fille.

Elle s'y essaya, un après-midi — un dimanche — alors qu'elle était seule avec Julia.

« Comment va ton père ces jours-ci ? »

Assise sur le bord du lit de sa mère, Julia contemplait le sol. Elle leva la tête.

« Mon père ? » Elle sourit, mais son sourire donna l'impression de figer son visage. Elle essaya de détendre ses traits et de se débarrasser de son sourire. Elle dit : « Il se fait du souci pour toi, Maman, mais à part ça il va bien.

— Oh ! La barbe ! dit Amy. Inutile de se faire du souci pour moi. »

Elle baissa les yeux et tripota ses minces couvertures. Elle regarda le paravent et dit à voix basse :

« Vas-tu continuer à travailler pour le Seigneur ? Vas-tu continuer à prêcher ?

— Eh bien... » fit Julia. Elle regarda sa mère. Sa gorge se serra, sa bouche se sécha — soudain, elle ne trouva plus rien à dire.

Mais Amy hocha la tête comme si Julia avait répondu à sa question.

« Je veux que tu saches une chose, dit Amy. Si je ne le savais pas avant et que je ne sois plus capable de te le dire plus tard, j'ai découvert quelque chose à propos de la volonté de Dieu. » Elle sourit. Son visage se tendit comme du parchemin, ses dents se projetèrent en avant. Elle entoura le poignet de Julia d'une main frêle et puissante : « Fais confiance à la volonté de Dieu. Quand elle s'abattra sur toi, ne blâme pas le Seigneur. Va où Il te conduira. » Elle retomba au milieu de ses misérables draps. « Prends soin de ton frère — il est mon âme. J'ai cru autrefois qu'il était jaloux de toi. Je me suis trompée du tout au tout. » Elle avait lâché le poignet de Julia à qui manqua soudain le contact de sa mère. Amy leva les yeux : « La vérité, c'est que c'était exactement le contraire. » Elle regarda alors sa fille Julia avec quelque chose qui ressemblait à de la haine et Julia se mit à pleurer.

De son étrange, invincible et, dans un sens, triomphante distance, Amy se contenta de l'observer — sans faire le moindre geste vers elle. Mais elle dit, alors que Julia se levait, tremblante, et s'éloignait en titubant vers la fenêtre : « Le Seigneur m'enlèvera à vous bientôt et je crois que je suis prête à partir. » Elle contempla le dos de Julia : « Viens ici, dit-elle. Approche-toi. »

Encore en larmes, Julia revint au chevet de sa mère. Aveuglée, terrifiée et totalement seule, elle n'était plus tenue debout que par un vent glacial — et ce vent lui apportait la voix de sa mère.

« Économise tes larmes, ma fille. Tu vas en avoir besoin. Arrête de jeûner et de prier pour *moi* — tu le fais sans conviction et le Seigneur le sait. Il n'a jamais accepté un sacrifice qui n'était pas réel. Tu crois que le Seigneur ne voit pas ton cœur ? Alors que moi je le vois ? *Arrête* ces larmes et assieds-toi. »

Julia s'assit sur le lit. La main d'Amy saisit de nouveau son poignet, une main brûlante qui rendit le vent plus froid encore. À travers une tourmente glaciale au noyau de feu, Julia contempla le visage de sa mère.

« Tu vas commencer à jeûner et à prier — *aujourd'hui* — pour ton père, et pour *toi.* Le Seigneur n'est pas content de vous deux. Et Il va vous le faire savoir. Comment se fait-il que vous pensiez pouvoir tromper le Seigneur ? Vous avez pu me tromper, *moi.* Mais je *voulais* être trompée ! Comment se fait-il que tu penses que le Seigneur ne voit rien ? Alors que, moi, je vois ! »

Elle repoussa violemment la main de sa fille loin d'elle, en une sorte de malédiction. Elle se rejeta en arrière et remonta ses couvertures.

« Rentre à la maison, ma fille, dit-elle. *Cours.* Tire les rideaux et tombe à genoux. Et n'oublie pas que tu as un frère. C'est ainsi que tu obtiendras le pardon du Seigneur. »

Puis elle cacha son visage au regard de sa fille, elle se couvrit la face — comme Ézechias, elle tourna son visage contre le mur.

Julia fit un demi-tour, franchit le paravent, traversa la salle glaciale, le hall glacial, descendit les marches de glace et pénétra dans la fournaise des rues dominicales.

Dites à la fille mauvaise et au fils prodigue qu'ils pourront rentrer chez eux s'ils se hâtent !

Jamais elle n'avait évité son père ni redouté un tête-à-tête en sa compagnie mais, un jour ou deux après les funérailles d'Amy, seule dans la maison avec lui, elle sentit la terreur s'installer dans ses viscères et lui remonter en vagues à la gorge.

« Eh bien, dit-il, nous voilà plus que nous deux, à présent. »

Il venait de regarder une photo d'Amy et la plaçait avec d'autres souvenirs dans une boîte en carton — ils finissaient de ranger des affaires.

Elle portait un peignoir de bain, ses cheveux enveloppés d'un vieux chiffon noir, des pantoufles grises éculées aux pieds et se sentait fatiguée à s'en évanouir. Il était vêtu d'un vieux pantalon bleu et sale et d'un tricot de corps. Elle se laissa tomber sur le divan et il se tourna vers elle.

« Je sais comment tu te sens, ma fille. Pense à comment je me sens, moi. Mais nous avons à discuter de problèmes pratiques », dit-il gentiment.

Elle se prit la tête entre les mains et s'écria : « Oh ! Papa, pas aujourd'hui !

— Je crois, poursuivit-il, comme si elle n'avait rien dit, qu'il vaut mieux que tu retournes en chaire tout de suite. Ça fait un bon bout de temps que tu ne prêches plus. Les gens n'arrêtent pas de me demander de tes nouvelles, fifille, on a des églises alignées pour plus d'un an ! Et ça t'aidera à te distraire l'esprit de tout ce chagrin. Tu verras. C'est la prière que faisait ta mère en nous quittant — c'est les derniers mots qu'elle m'a dits. Elle a toujours été si fière de toi. »

Il alla dans la cuisine se verser un petit verre de vin et revint se poster à la fenêtre.

« Alors je commence à fixer des dates demain — ou cet après-midi, peut-être, pourquoi pas ? On pourrait débuter dimanche prochain, c'est pas trop tôt, on pourrait commencer par l'église de Mgr Pritchard, à Philadelphie, tu te souviens, c'est une grosse cathédrale, qu'est-ce que t'en dis ? »

Bien que Julia affirme avoir su que le sermon des funérailles de Mère Bessie serait le dernier qu'elle prêcherait jamais, je me demande aujourd'hui si elle avait consciemment pris une décision quant à son avenir d'évangéliste. Je ne doute pas que dans d'insondables profondeurs sa décision ait été prise : mais je crois que c'est seulement à cet instant que cette décision se révéla aussi impitoyable, irréversible, hors d'atteinte des exigences de sa volonté ou des aises de son père. Ce ne fut qu'à cet instant, et pour la première fois, que Julia pensa aux *aises* de son père : à cause de sa manière de se tenir, devant la fenêtre, son petit verre de vin à la main. La forme de son crâne, les boucles de ses cheveux se découpaient sur la vitre où frappait le jour gris; et les épaules larges, solides, les poils et les os à la base de la nuque, le mince et sale tricot de corps, la toison des aisselles, la grosse ceinture noire qui enserrait sa taille, les fesses étroites, les longues cuisses et les jambes nerveuses, tout témoignait d'un mystère auquel elle n'avait jamais réfléchi et qui l'effraya. Elle se retrouvait soudain seule dans une pièce avec un inconnu : elle sentit que sa mère l'observait, elle qui avait connu le corps de l'inconnu.

Joel se retourna et la regarda — avec son petit sourire, un sourire qu'elle voyait pour la première fois. Julia se leva.

« Non, dit-elle.

— Non? Non *quoi*? Non? »

La gorge nouée, elle fut incapable de répondre.

« Non », répéta-t-elle, et elle enfouit ses mains dans les poches de son peignoir. Elle mourait d'envie de courir vers son père; elle mourait d'envie de s'enfuir.

Elle sut qu'elle ne s'enfuirait nulle part : il était trop tard pour fuir.

« Je ne te comprends pas, fifille. Que veux-tu dire?

— Je ne prêcherai plus jamais, dit-elle. Jamais, jamais, jamais plus. »

Mais sa voix manquait totalement de conviction et, pour ne rien arranger, elle se mit à pleurer.

Il s'approcha d'elle et, afin d'éviter son contact, elle se recroquevilla sur le divan et lui tourna le dos, tout en continuant à sangloter. Il lui caressa le dos et la nuque. Elle sentit l'odeur de ses aisselles et aussi d'un relent de vin.

« Petite, dit-il, on a beaucoup à faire en peu de temps. Tu vas monter te reposer et tu me laisses m'occuper du business. »

Elle se leva et s'éloigna de lui, vers la fenêtre.

Elle contempla la façade arrière des autres maisons et y lut un désir et une crainte intolérables. J'ai juste quatorze ans. Je ne peux plus jamais prêcher, jamais. Pourquoi? Elle ne le savait pas.

« Papa, dit-elle, je ne prêcherai plus. Le Saint-Esprit m'a abandonnée. »

Il la regarda fixement et elle sentit monter en lui une impatience rageuse. De nouveau elle voulut s'enfuir de la pièce.

« Tu m'as toujours raconté à *moi*, lança-t-il, que le Saint-Esprit n'abandonnait jamais aucun de Ses enfants.

— Oui, mais on peut pécher contre le Saint-Esprit, répliqua-t-elle. On peut commettre un péché qui ne peut pas être pardonné. »

Il s'approcha d'elle, l'attrapa brutalement par les épaules et la força à lui faire face.

« Quel péché ? Qu'est-ce que tu as fait ?

— Ce n'est pas, dit-elle terrifiée, un péché de chair.

— Tu t'es laissé tripoter ? Un des garçons qui viennent ici ?

— Non.

— *Quel* péché ?

— L'orgueil. »

Il éclata de rire. « Monte là-haut. Dors un peu. Ça ira mieux. T'as perdu ta mama, pupuce, mais t'as encore ton petit papa. »

Elle se remit à pleurer avec un désespoir si tranquille que son père fut forcé de commencer à l'écouter — à sa manière.

« C'est un garçon, pupuce, qui t'a tourné la tête ? Ça devait bien arriver un jour — mais je croyais que c'était *moi* ton amoureux », et il rit, d'un rire bas et léger, tout en continuant à la tenir par les épaules.

« Non. C'est simplement... » Et à cet instant elle s'étonna, elle s'étonna de ce qu'elle disait, sentit un vent glacé balayer son visage en même temps que cette odeur de vin. « C'est simplement que je n'y crois plus — j'ai perdu la foi, je ne crois plus... » Et elle regarda son père droit dans les yeux.

Elle le regardait droit dans les yeux, comme pour la

première fois. Elle se mit à trembler, il lui serra plus fort ses épaules, elle eut l'impression de se noyer dans son haleine.

« Si tu les laisses tomber, ces églises, fillette, comment est-ce qu'on va manger ? Dis-moi un peu. Tu sais ce que je gagne, moi — c'est toi qui faisais marcher la maison. Tu vas transformer ton père en mendiant, maintenant ? Tu as toujours aimé me voir tout beau, tout chic — je sais bien que ça te plaisait. Qu'est-ce que ça veut dire que tu crois plus ? Tu crois plus en moi ?

— Je l'ai fait pour toi, dit-elle sans s'entendre, sans savoir ce qu'elle disait.

— Alors continue à le faire pour moi. On n'est plus que tous les deux maintenant. »

Son étreinte se resserra autour des épaules de Julia. Elle aurait voulu se pendre à son cou, le serrer contre elle comme elle l'avait toujours fait — comme elle le faisait du vivant de sa mère. Quand elle était en sécurité.

Mais il était son père — il était encore son père. Elle s'obligea à lui faire confiance et elle passa ses bras autour de lui. Il referma les siens sur elle et son visage mal rasé vint gratter la joue de Julia.

« Continue à le faire juste pour moi, dit-il. Continue à croire en *moi*, on sera très heureux, on vivra comme des coqs en pâte. » Il pressa la figure de sa fille contre son épaule et caressa le chiffon qui lui recouvrait les cheveux : « Personne n'aura besoin de savoir, ma poupée, tu serais étonnée si tu savais : ça arrive tout le temps. L'amour est une chose magnifique, chérie, et je crois qu'en chaque homme quelque chose lui donne envie de faire de sa fille une femme. » Elle sentit son sexe se raidir contre elle et elle réussit à se dégager, terriblement consciente sans savoir pourquoi de la fenêtre grise et des maisons mélancoliques. *Nulle part où fuir. Nulle part où se cacher.* Elle renversa le verre de vin et cette odeur, outre le cri qu'elle ne pouvait pas pousser, lui fit presque exploser le cerveau. Elle tomba sur le divan et Joel tomba de tout son long sur elle. Pourtant elle ne pouvait toujours pas crier. Elle comprit que quelque chose en elle avait toujours voulu cela, mais pas ceci, pas ceci, pas ainsi, elle voulut dire : Je t'en prie. Je t'en prie, attends, mais il lança dans un chuchotement rauque et moqueur : « Y a un *moment* que toi et le Saint-Esprit vous me collez au cul ; vous me vouliez, vous m'avez ! »

Elle fit un dernier effort pour se relever mais il la repoussa d'une gifle ; elle entendit la lourde ceinture tomber par terre. Elle savait une chose clairement — jamais elle n'avait voulu cette rage, cette haine. Elle avait toujours voulu son amour. Elle avait elle-même provoqué cet instant — oui, vrai, mais pas *cet* instant-là. Il la maintint allongée d'une main tandis qu'il dégageait une jambe de son pantalon bleu sale. Elle sombra dans un silence bien plus palpable que celui de la tombe. Il la couvrit entièrement ; elle entendit au loin son râle : de ses deux mains, il lui souleva les hanches et poussa violemment. Et elle fut incapable d'émettre un son, même lorsque la longue arme lourde de sang qui lui avait donné la vie vint marteler ses entrailles. Chaque poussée du pénis de son père parut retirer la vie qu'il lui avait donnée et enfoncer l'angoisse plus profond en elle, dans un endroit trop profond pour être atteint par le sexe d'aucun homme, dans un endroit qu'elle passerait des années à chercher, un endroit plus profond que le miracle des entrailles, plus profond, presque, que l'amour qui est le salut.

LIVRE III

LE CHANTEUR DE GOSPEL

« Travaille, car la nuit va venir. »

(Traditionnel.)

Dans une petite ville du Tennessee, Peanut, Red et Crunch terminent leur dernier morceau : « Chut, chut, quelqu'un appelle mon nom. » Crunch en est le premier solo, Arthur le second. *Ah !* chante Crunch, *tu peux appeler ta mère, mais,* chante Arthur, *ta mère ne te servira à rien !* Peanut est au piano, Red gémit : *Oh ! Mon Dieu. Oh ! Mon Dieu. Que vais-je faire ?*

Ce qui décrit exactement leur état d'esprit.

La dernière offrande a été acceptée et emportée Dieu sait où. Ils sont anxieux d'être payés — car ils ne le sont pas toujours —, mais ils dissimulent cette peur-là derrière des sourires juvéniles : des sourires plus juvéniles qu'ils ne peuvent l'imaginer, ce qui est la raison pour laquelle ils ne sont pas toujours payés. Ils ne sont jamais venus dans le Sud. Ils n'aiment pas Nashville mais au moins ça ressemble à une ville. Pour le moment, ils se trouvent dans une bourgade à trente kilomètres de Nashville — pas loin, sauf si vous êtes à pied.

Ils sont entre les mains d'un Mr. Clarence Webster, leur imprésario, un professeur de musique noir, d'environ quarante-sept ans d'âge, qui pratique à Harlem. Ils se rendent compte pêle-mêle qu'il n'a jamais été imprésario de sa vie et qu'il a encore plus la trouille qu'eux par ici. Ce qui n'est pas rassurant parce que Mr. Webster est né dans le Sud et le connaît mieux qu'eux. Pourtant, n'importe quel Blanc peut lui tirer un sourire qui pourrait faire croire qu'il a le gosier plein de porridge froid — ou plutôt de gruau froid, chose qu'aucun d'eux ne mangera plus jamais s'ils réussissent à repartir d'ici. Ah ! Comme il sourit ! Et comme il est fier de ses petits — par lui seul tirés des rues et propulsés à leur présente position ! Ils ne peuvent pas souffrir d'être appelés des petits. Bref, ils ne peuvent pas souffrir Mr. Webster. Pourtant, dans le Nord, ils l'aimaient bien et, en fait, ce n'est pas du tout un mauvais professeur. Son attitude à l'égard des Noirs d'ici est encore plus effrayante car il semble les mépriser pour n'avoir jamais osé affronter le Nord. Quant à eux, d'une part ils répliquent qu'ils ont des parents et des amis dans le Nord, d'autre part ils semblent le mépriser, lui, pour ne pas avoir eu le courage de rester dans le Sud.

Les garçons, qui se sentent vaguement au centre de cette tempête, n'arrivent pas à comprendre ces échanges acrimonieux.

Le pasteur a donné sa bénédiction et les garçons, le chœur et les fidèles ont chanté ensemble : « Que Dieu vous accompagne jusqu'à notre prochaine rencontre. »

Les vieilles dames, avec leurs chapeaux, broches et autres bijoux, et leurs sourires aussi irrésistibles que le soleil, félicitent à leur manière les garçons pour leur talent ; ce que font aussi les jeunes femmes, de manière très différente. Le pasteur, les diacres, le prédicateur du jour, les évangélistes en visite, tous vêtus des mêmes costumes mélancoliques avec cravate assortie et chemise blanche, se montrent joviaux, enjoués et incomparablement plus distants — offrant aux garçons le choix de se faire soit complices, soit parias.

À Harlem, ils savaient où ils en étaient et se flattaient de vieillir — ils discutaient entre eux chacune de leur découverte. Ici, ils sont confrontés à la dévastatrice réalité de leur jeunesse. Ici, ils commencent à soupçonner, pour la première fois, que le monde est sans pitié et qu'ils sont sans armes. Ils n'ont que l'un l'autre et pourraient même, bientôt, ne plus avoir cela.

Maintenant, ils descendent tous ensemble les marches qui mènent au sous-sol de l'église où les jeunes filles de la congrégation ont organisé un repas. À cette époque de sa vie, Arthur a toujours faim et il sent son estomac gargouiller, mais il continue à sourire. S'il cessait de sourire, il gémirait. Une jeune fidèle, sœur Dorothy Green, descend l'escalier à ses côtés. Elle est habillée à la manière dont elle croit que les filles du Nord s'habillent. Elle n'a pas entièrement tort : les filles du Nord s'habillaient en effet ainsi, il y a un bout de temps.

Sans le savoir, Arthur commence à se sentir historique.

« Comment trouvez-vous notre ville ? » s'enquiert sœur Dorothy Green.

Crunch est derrière Arthur, avec une autre sœur, plus jolie que sœur Dorothy Green, et il ne semble pas avoir le moindre problème. Ils ont atteint le bas des marches, se trouvent dans le sous-sol large et profond de l'église — et *splendide* est le mot qui vient à l'esprit d'Arthur, car le jour qui passe par les soupiraux vient, tel l'incommensurable amour de Jésus, bénir les tables drapées de blanc et couvertes de nourriture pour les affamés. Et ces multiples et chaleureuses odeurs constituent une preuve de sécurité. Il regarde derrière lui. Peanut et Red sont en haut des marches, entourés de sœurs plus âgées.

Il cherche Clarence Webster, mais Webster est déjà attablé, au milieu de sœurs et de diacres, et se concentre sur les petits pains briochés, les poulets, le riz, la sauce, les ignames, le jambon, les ananas et la compote de pommes.

Il n'a pas répondu à la question de sœur Dorothy Green.

« Ma foi, je ne la connais pas », dit-il bêtement ; évidemment, il ne la connaît pas. « Je... nous ne sommes arrivés que ce matin. Mais c'est une jolie ville. »

Webster mange et Arthur le hait. Il est entouré de

membres de la congrégation. Peanut et Red aussi. Quant à Crunch, il a probablement déjà mis les bouts avec *sa* sœur et il est en train de se la faire dans un quelconque autre sous-sol.

« Je ne connais réellement pas d'autres villes du Nord, explique-t-il à sœur Dorothy. Je suis né à Harlem.

— Eh bien, c'est plus joli que Harlem, n'est-ce pas ?

— Enfin, oui », répond un moment après Arthur, d'un ton résigné.

Il commence à en vouloir à sœur Dorothy et il la dévisage pour la première fois.

Ce n'est pas une jolie fille mais elle n'est pas moche non plus, et elle n'est guère plus vieille que lui — entre dix-huit et dix-neuf ans peut-être. Elle a la couleur d'un biscuit au gingembre, des cheveux beiges, frisés : en la détaillant, Arthur se rend compte qu'elle a des yeux verts — comme Scarlett O' Hara dans *Autant en emporte le vent*. D'une certaine manière, et il n'y peut rien, ses yeux, ou plutôt la couleur de ses yeux, le dégoûte profondément et, si affamé soit-il, il sent son appétit diminuer à mesure que la table se rapproche. Absurdement, il se met à détester Crunch qui a eu, à l'origine, l'idée de venir ici.

Dorothy l'installe à une table.

« Asseyez-vous, dit-elle. Je vais vous servir. Que voulez-vous ?

— Tout », réplique Arthur qui lève les yeux vers elle et lui sourit.

Ce sourire démolit en quelque sorte les distances entre eux. Elle sourit aussi, d'un sourire espiègle plein de promesses. Dépouillée soudain de ses cheveux beiges crépus défrisés, de sa toque beige, de son costume beige, de ses yeux verts, elle devient brusquement pour Arthur une réalité. Elle pose son sac sur la table.

« Veillez dessus, dit-elle. Je reviens tout de suite.

— Je viens de Harlem, lance-t-il. Vous vous souvenez ? Je pourrais le voler.

— Chiche, dit-elle. Et, d'ailleurs, croyez-moi, vous ne volerez pas grand-chose. »

Il entend son accent pour la première fois, en fait pour la première fois sans peur, et commence à la trouver sympathique tandis qu'elle disparaît dans un nuage de témoins.

Il regarde autour de lui. Arthur ne sait rien de ce vaste sous-sol, bas de plafond. Il ne sait pas ce qu'il a coûté — le sang qui l'a acheté, la souffrance, la sueur et le danger qui l'ont construit, la passion qui l'entretient. Il ne sait pas le génie qu'il faut pour bouillir, rôtir, frire et griller, récurer — combien il est difficile de se faire propre tous les matins, combien il est difficile de trouver et préparer la nourriture. Il se sent simplement, mystérieusement au chaud et en sécurité. Les voix autour de lui, malgré leur accent si étrange, le rassurent. Il regarde autour de lui. Il n'a jamais vu ces gens auparavant et pourtant si, il les a connus toute sa vie. Il pense à son père et à sa mère et il pense à moi. Il se demande — aujourd'hui pour la première fois, en fait — comment il pourrait vivre, ou avoir vécu, sans nous : et l'interrogation se retourne brutalement car c'est la raison pour laquelle nous l'avons battu et baigné et engueulé et que parfois nous l'avons fait nous haïr et parfois se sentir coupable — nous l'aimons. Nous l'aimons. Nous nous demandons aussi comment nous pourrions vivre sans *lui*. Il examine de nouveau le sous-sol de l'église et y découvre quelque chose. Avec ses sœurs laïques et cette bruyante gaieté, une chaleur, aussi dangereuse que la foudre et aussi réconfortante qu'un fourneau, remplit l'espace. Le rire résonne, les bavardages abondent : ils oblitèrent pour l'instant la souffrance et le danger permanents. Il voit, mais sans les voir, les chevilles gonflées, les pieds plats, les doigts agiles et noueux qui servent les diacres, répudiant l'impuissance, refusant d'un rire le désespoir. Il observe les visages des hommes — plus amers, lorsqu'ils ne se surveillent pas, que ceux des femmes et, à ces moments-là justement, plus innocents, plus confiants. Il s'interroge, et Dorothy revient avec...

« De tout, s'écrie-t-elle triomphalement en plaçant l'assiette devant lui.

— Vous ne mangez pas ? lui demande-t-il.

— Il faut que je surveille ma ligne, moi », dit-elle. Son regard la fait rire. « Je grignoterai un peu dans votre assiette — je ne veux qu'une aile de poulet. Que voulez-vous boire ? »

C'est son tour à lui de rire de son regard à elle.

« Pepsi-Cola ?

— Juste une seconde, monsieur », dit-elle et s'envole à nouveau.

Il continue à inspecter la salle. Red et Peanut sont attablés plus loin avec des sœurs plus âgées. Crunch n'est nulle part. Il se rend compte — encore que le mot ne soit pas en lui — qu'il a fait une conquête — *cette poulette a le béguin pour toi, vieux* — et qu'il aura à faire son rapport ce soir, comme les autres le font. Mais il n'a jamais cru à ce qu'ils racontaient : il s'en rend compte pour la première fois. Et, pour la première fois aussi, il comprend vaguement qu'il n'a pas envie d'emmener sœur Dorothy Green dans un coin sombre pour lui passer les mains sous sa robe et puis aller le raconter plus tard — il n'a pas *envie* de faire ça. Il a déjà bandé et il a commencé à se masturber, sans penser à rien de précis, l'esprit vide. Il a un complexe de sainteté — peut-être est-ce la meilleure manière de le décrire. Il est plein d'étonnement. Il ne sait rien des autres : il sait qu'il ne sait rien. L'amour ne représente encore aucune image — pas d'image du tout. L'homme qui a essayé de le sucer ce jour lointain est tombé au fond d'un puits, plus profond que cela : ce viol — cette terreur, cette humiliation — est aussi éloigné d'une idée de l'amour que le Kansas l'est de l'Alaska. Pourtant un besoin grandit en lui, un besoin qui le tourmente et qui n'a ni nom ni objet. Il commence à être seul — nous qui l'aimons ne lui suffisons plus.

Pour le moment le chant suffit — presque: tout, ou presque tout, est investi dans le chant.

Pourtant, il sent sa queue se raidir quand Dorothy revient portant son Pepsi-Cola comme une offrande: et il en éprouve une vanité de jeune mâle.

Il pose l'aile de poulet, avec une grâce élaborée, dans la serviette de Dorothy qu'il aime de plus en plus et désire de moins en moins. Pour la toute première fois, il se demande, dans une sorte de terreur passagère, ce qui diable cloche en lui.

Il commence à manger. Il épie les seins de Dorothy sous le tissu beige. Sa queue se raidit un peu, tressaute mais dans un vide mental. Elle bouge ses cuisses et il imagine le triangle de son pubis. Il aimerait peut-être aller y voir de plus près. Obscurément et dans une terreur croissante, quelque chose lui dit qu'il n'est pas fait pour elle.

Il s'attaque férocement à sa nourriture. Il avale une longue gorgée de son Pepsi-Cola.

« Je savais que vous deviez avoir faim, à chanter comme vous le faites.

— Vous aimez ma manière de chanter ? »

Il se demande où est Crunch et ce qu'il fait, et il sent sa queue se crisper de nouveau et de nouveau un peu de sueur lui perle au front.

« Vous chantez magnifiquement. Vraiment, vous êtes le meilleur de tous. »

Il lui sourit, la bouche pleine de pain : « Qu'est-ce que vous faites ?

— Moi ? » Elle dépose les os de son aile de poulet dans sa serviette qu'elle replie : « L'année prochaine, quand j'aurai terminé mes études, je deviendrai institutrice. À l'école primaire.

— Vous allez enseigner par ici ?

— Ma foi, je ne pense pas qu'on me laisse enseigner là d'où vous venez.

— Pourquoi pas ? »

Elle éclate de rire, puis s'interrompt et le regarde : « Avez-vous vu des écoles noires, là-haut, dans le Nord d'où vous venez ?

— Quel rapport ? »

Dorothy se remet à rire : « Réfléchissez. Vos professeurs étaient-ils blancs ou noirs ? »

Il n'y a jamais réellement pensé jusqu'à maintenant. « Eh bien... les deux. Je veux dire... » Il réfléchit. « J'ai eu... j'ai eu *quelques* professeurs de couleur...

— Combien ?

— Euh, pas beaucoup...

— La plupart étaient blancs ?

— Ben, oui...

— Alors, vous avez répondu vous-même à votre question.

— Vous voulez dire... vous allez enseigner par ici parce que... » Il la regarde et elle le regarde en retour avec un petit sourire crispé, sans rien dire. Il se force à rire, tout en se sentant, sans savoir pourquoi, bizarrement et violemment honteux. « Vous devez avoir rudement envie d'enseigner !

— N'avez-vous pas rudement envie de chanter ? »

Cette fois, il ne réussit pas à rire. Il examine ce visage fier. C'est la première fois qu'il se rend compte que ce visage est fier.

« Et donc, reprend-elle, sérieuse, vous êtes sur votre route, maintenant. Et vous le savez comme je le sais — si vous êtes blanc, très bien, si vous êtes brun, vous pouvez rester. Mais si vous êtes *noir — arrière, arrière, arrière !* Chanter ou enseigner, Nord ou Sud, ça ne fait aucune différence. »

Son visage et sa voix sont devenus très amers et Arthur se dit que c'est une étrange conversation à avoir avec une étrange fille, peut-être pas tout à fait noire, dans le sous-sol d'une église d'une petite bourgade, aux environs de Nashville.

« Il ne faut pas que cela nous arrête, dit-il.

— Cela en a arrêté plus d'un. Mais je ne crois pas que cela m'arrêtera, moi. »

Un silence, puis : « Quand repartez-vous, tous ? s'enquiert-elle.

— On repart vers Nashville tout de suite après le déjeuner. Puis on va à Birmingham.

— Vous y êtes déjà allé ? »

Il secoue la tête.

« Chaque fois que j'y vais, dit-elle, je pense à cette histoire dans la Bible, je ne sais plus qui exactement doit se rendre dans cette ville de débauche. Dieu veut détruire cette ville mais le prophète Lui demande — demande à Dieu — d'épargner la ville s'il arrive à trouver cinquante justes. Et le Seigneur dit oui, il épargnera la ville si le prophète peut y trouver cinquante justes. Mais le prophète sait parfaitement qu'il ne pourra pas trouver cinquante justes et il demande alors à Dieu s'Il épargnera la ville s'il y trouve *un seul*, simple et unique juste. Dieu dit oui, il épargnera la ville si le prophète peut y trouver *un seul* juste. Mais il sait qu'il n'y trouvera pas un seul homme juste. » Elle rit : « Je repense toujours à cette histoire quand je vais à Birmingham. Je me dis qu'il doit bien y avoir *un* juste à Birmingham, quoique je ne l'aie jamais rencontré. Et Dieu n'a pas détruit la ville. » Puis elle ajoute : « Soyez prudent. N'ouvrez pas la bouche. N'en dites pas plus que nécessaire — simplement : oui monsieur, non monsieur. Ces gens sont comme le troupeau de porcs de la Bible excepté qu'il n'y a pas de mer où les précipiter. » Elle soupire, rit, puis redevient sérieuse. « Si je n'avais pas confiance en Dieu, dit-elle, je ne sais pas ce que je ferais. » Elle attrape Arthur par le poignet. « Soyez prudent, vous m'entendez ? Vous êtes un très charmant *jeune* homme de couleur. Ils n'aiment pas ça. Ils *tuent* des garçons comme vous, juste pour se marrer, chaque samedi soir. »

Elle lui fout une trouille terrible — c'est quelque chose dans ces yeux verts.

Appelle. Appelle ta mère. Mais ta mère ne te servira à rien.

De nouveau, par-dessus tous les autres bruits, il entend, dans l'air immobile de l'été, quelqu'un scier du bois. Il imagine, follement, que ça pourrait être Crunch, quelque part dehors dans les champs, en train de se détendre et de se faire les muscles.

« On ne pourrait pas sortir un peu ? propose-t-il. Juste quelques minutes ? »

Sœur Dorothy Green ramasse son sac, prend Arthur par le bras et le guide vers l'escalier.

Arthur fait un clin d'œil à Red et Peanut : « Je reviens tout de suite », lance-t-il, mort de peur.

Ils remontent les marches, traversent l'église vide, franchissent la porte et abordent les rues silencieuses de ce bourg de campagne. Il regarde la station-wagon qui les emmènera à Birmingham. Peut-être Crunch est-il à l'intérieur.

Il a l'impression de perdre la tête. Les rues à angle droit, claires et désertes, conduisent à un avenir affreux. Les maisons basses conspirent, les arbres abondent — il n'a jamais vu autant d'arbres. Il est pendu à chacun d'eux, tournant de temps à autre sur lui-même dans l'air lent, lourd et lugubre. Il sent la corde lui scier la pomme d'Adam. Ses pieds tirent de tout leur poids sur son cou brisé. Le vent soulève sa chevelure, un vent venu des sommets glacés ; une brume tremblante, la chaleur palpable de l'été, fait frissonner le paysage qui s'égoutte comme de l'eau. Il voudrait s'enfuir — où ? On n'entend plus personne scier du bois.

Il avise les latrines sur un des côtés de l'église. Sous l'effet de tant de besoins, dont le physique est le moins pressant, il s'arrête et dit à Dorothy avec un sourire — tout en se demandant comment il réussit à sourire : « Voulez-vous m'excuser un petit instant, ma sœur ? » Et il fait un signe de tête en direction des toilettes.

Peut-être que Crunch est dans les cabinets !

« Mais certainement, mon frère », dit-elle, et elle sourit en détournant son regard pour le porter au bout de ces longues rues.

Il se hâte vers les cabinets peints à la chaux, ouvre la porte et s'enferme. Les lieux ont été récurés, le papier hygiénique pend à une ficelle. Arthur pisse en contemplant le trou tapissé de chaux — dont un sac gît par terre. En fait, si les circonstances étaient différentes, il aimerait bien déféquer mais il sait qu'il ne peut pas se le permettre maintenant, avec sœur Dorothy Green qui l'attend. Et, en plus, où se laverait-il les mains ? Alors il se contente de pisser en regardant sa queue comme si elle ne lui appartenait pas et il se demande où est passé Crunch. Il se reboutonne. Il est seul. Il voudrait rester seul pour toujours mais l'odeur commence à l'incommoder. Il ouvre la porte, sort dans le soleil en souriant et se demande absurdement : Est-ce que c'est ça la vie ? Est-ce cela ? Est-ce cela ma vie à moi ?

Appuyée contre un arbre, sœur Dorothy Green arbore un sourire de vedette de cinéma tandis qu'il revient vers elle.

« On se sent mieux, grand garçon ? » s'enquiert-elle. Et maintenant il n'est plus sûr de l'aimer du tout.

« Bien mieux » réplique-t-il et soudain, contre cet arbre, au vu et au su du monde entier, il se retrouve dans les bras de Dorothy et elle dans les siens.

Sa langue dans sa bouche bloque son hurlement intérieur terrifié et ses seins contre sa poitrine font éclater le tonnerre dans sa tête. Pourtant il éprouve une sorte d'affolant plaisir. Les mains de Dorothy sont partout sur lui. Je ne savais pas qu'on pouvait avoir tant de mains, pense-t-il comme un fou, et ce bout de chair molle dont il vient de se servir pour pisser devient brusquement rigide et énorme, et il se frotte contre Dorothy. Il éjacule presque sur place, au grand jour, et ils s'arrachent l'un à l'autre, tremblants.

Mais elle paraît très calme. D'une main longue et fine, elle caresse la joue d'Arthur.

« C'était simplement pour te faire savoir que j'espérais bien que tu reviendrais par ici un jour. » Elle sourit, le plus solitaire et le plus avide des sourires : « Je serai certainement là. » Elle rajuste sa jupe et son chapeau. Elle lui prend la main : « Il vaut mieux que nous retournions. »

Et, juste ainsi, ils retraversent l'église, redescendent les marches et regagnent le sous-sol.

« Crunch, que t'est-il arrivé cet après-midi ? Où étais-tu passé ?

— Une jeune demoiselle m'a promené dans l'automobile de son papa. »

En fait, ils avaient été obligés de partir sans Crunch que la jeune demoiselle avait obligeamment reconduit jusqu'à Nashville, où ils se trouvent à présent dans une pension de famille. Ils sont deux par chambre, Peanut avec Red, Crunch avec Arthur. Les garçons ont été tellement sidérés par l'exploit de Crunch qu'ils ne l'ont même pas taquiné. Ils ont fait la connaissance de la jeune, très chic et très à la page demoiselle qui a pris une tasse de café avec eux avant de rentrer chez elle. Elle a le béguin pour Crunch : elle ne s'est pas gênée pour le montrer.

Arthur non plus n'a pas envie de taquiner Crunch ; il est tout simplement content qu'il soit revenu. Ici, c'est ainsi que tous réagissent à leurs absences respectives. Ils ne l'ont jamais exprimé. Mais chaque absence est une menace. Ils n'ont jamais eu ce sentiment à New York — où ils se promenaient partout. Ici, chacun redoute que l'un des autres ait de terribles problèmes avant qu'on ne le revoie ou qu'on ne puisse lui venir en aide. Est-ce la mentalité des gens, ces yeux qui ne cessent de les surveiller, ces regards qui ne rencontrent jamais les leurs ? Une sorte de convoitise, une sorte de haine semblent planer au-dessus des chemins de campagne, se déplaçant comme des nappes de brume ou de vapeur mais toujours présentes, collant aux rues des villes comme du brouillard, rendant chaque recoin dangereux. Ils se dépensent chaque jour plus qu'ils ne peuvent se le permettre, ils vivent au-dessus de leurs moyens, ils tombent chaque soir dans leur lit pour sombrer dans un sommeil épuisant. Et personne ne peut les aider. Le secret de la vie ici ne peut s'apprendre que par l'observation, l'imitation des modèles, par des tâtonnements dangereux et des erreurs potentiellement mortelles.

Arthur regarde Crunch qui, les mains derrière la nuque, bâille, allongé sur l'autre lit.

La fenêtre, à côté du lit de Crunch, donne sur la route — à travers les volets et les rideaux fermés, Arthur devine les arbres. Le lit d'Arthur est contre le mur avec vue sur l'entrée, la salle de bain et la cuisine.

Le silence est total. Un silence lourd, tendu. Le silence du Sud. Un silence qui devrait être paisible mais ne l'est pas : on guette le cri qui va briser le silence, on redoute le jour qui vient.

« À quelle heure s'en va-t-on d'ici demain, Crunch ?

— Je crois que le vieux veut qu'on soit prêt à se faire la malle vers six heures.

— T'es content qu'on soit venus ici ? Enfin, c'était un peu ton idée, je veux dire ? »

Crunch se tourne sur le côté et, souriant, fait face à Arthur

« T'as quelque chose à me reprocher ?

— Oh ! Écoute, vieux, sois pas comme ça. Je te posais une question, voilà tout.

— Bon, eh bien, considère les choses sous cet angle, Arthur : on travaille, on gagne un peu notre croûte — *très* peu, je te l'accorde, mais on ferait pas mieux ailleurs — et on s'instruit, en tout cas *moi*, je crois qu'on s'instruit et on ne crève pas de faim et on est au grand air, petit, n'oublie pas, c'est très important, et y en a des parmi nous qui peuvent se dégoter des jolies demoiselles qui les baladent en ville dans l'auto de leurs papas ! »

Arthur lui flanque un oreiller à la tête et Crunch rigole et le lui renvoie : « Par conséquent, je suis content d'être venu, ouais ! » Il contemple Arthur avec une grimace tendre teintée de remords : « On s'est seulement promenés, c'est tout — elle a fait le guide. Elle a été vraiment très gentille. Je me suis un peu instruit aujourd'hui sur la région. »

Il se redresse, allume une cigarette, puis lance le paquet et les allumettes à Arthur. « Vois-tu, je comprends ta vraie question. Je ne peux pas y répondre. Cet endroit est un mystère pour moi aussi.

— Il te fait peur ?

— *Tous* les mystères me font peur. Le seul moyen de ne pas avoir peur, c'est d'être trop con pour avoir peur. »

Arthur réfléchit au propos en tirant sur sa cigarette. Ils n'ont qu'une veilleuse allumée dans la chambre, et leurs cigarettes teintent la pénombre de lueurs orangées. Ils parlent à voix basse.

Sur la route dehors, une voiture passe, rapide, en faisant un bruit sifflant, crépitant comme le ronflement d'une flamme.

Et puis le silence. Crunch, assis, les coudes sur ses genoux, la cigarette entre ses doigts, regarde droit devant lui.

« Mais, reprend-il, quelque chose en moi a son origine *ici*, même si je n'y suis jamais venu. C'est un mystère, ça aussi, mais... » Il se tourne vers Arthur. « Tu ne te sens pas pareil ? Comme si quelque chose t'avait attendu ici depuis toujours ?

— Oui », dit Arthur — mais il ne sait en dire davantage. Quelque chose tourne en lui, comme le moulin de la chanson.

« J'étais aussi avec une fille, cet après-midi, dit-il, mais elle n'avait absolument pas d'automobile ! » Et il rit.

« Qu'est-ce qu'elle avait, alors ? »

Il sait à présent qu'il ne peut pas vraiment en parler. Il ne peut pas, obscurément il sent qu'il n'en a pas le droit.

« Je ne sais pas. »

Arthur se rend compte pour la première fois que Crunch l'écoute, lui répond, le prend au sérieux — le prend au sérieux même s'il se moque de lui. C'est peut-être là un mystère aussi grand que cette région, que les gens de cette région. La surface est trompeuse, se veut peut-être trompeuse ou bien ne peut s'empêcher de l'être — la vérité est ailleurs, bien au-dessous de la surface : comme, à cet instant, la tendresse au fond des yeux de Crunch, tandis qu'il observe Arthur.

« Je ne sais pas, répète-t-il. De la souffrance, dit-il absurdement. J'ai senti son affreuse souffrance. » Il regarde Crunch : « Tu comprends ce que je veux dire ?

— Je crois que oui, dit Crunch gravement. Oui, je crois.

— Et c'est comme ça ? Je veux dire, pour tout le monde ?

— Quelquefois, dit Crunch. Quelquefois. Pour tout le monde.

— Pour toi aussi ?

— Petit gars. Tu es sacrément sérieux, ce soir. » Puis : « Oui. Pour moi aussi. »

Il éteint sa cigarette.

« Chaque fois que je vois ma maman », dit-il paisiblement, si paisiblement que le cœur d'Arthur bondit presque de peur. Crunch se rallonge sur le lit et se tourne vers Arthur. « Ma mère est une pute en réalité. Je l'adore mais... c'est ce qu'elle est. » Il émet un son qui tient du sanglot et du grognement. « C'est drôle, je ne crois pas que ça me ferait quelque chose, si ça ne lui faisait rien. Je ne crois pas que ça ferait quelque chose aux autres mômes — c'est notre *maman*. Elle a pas à avoir honte — je suis pas un idiot, je sais ce qui s'est passé, et les hommes sont venus et partis mais elle est restée, elle nous a élevés. Elle a fait tout ce qu'elle a pu pour nous, c'est pas sa faute si le monde est comme il est. »

Arthur retient sa respiration et entend les grosses larmes au fond de la voix de Crunch.

« Mais elle a tellement honte, elle croit que nous avons

honte, nous. Elle croit que, moi, j'ai honte, nom de Dieu, et j'arrive pas à lui faire comprendre, et pourtant je l'adore. »

Crunch pleure, maintenant, un son étranglé, et Arthur est paralysé.

« C'est pourquoi je veux faire quelque chose, la rendre heureuse, lui acheter de beaux habits, gagner de l'argent et le lui donner, la traiter comme une belle femme. C'est une belle femme ! »

À présent, Arthur ose le regarder et il voit des larmes couler du coin de l'œil de Crunch jusque dans son oreille. Le lit tremble, Crunch essaye de se contenir, mais cela ne fait qu'empirer les choses, on dirait qu'il saigne à l'intérieur.

« Crunch, Crunch, chuchote Arthur. Crunch ! »

Crunch ne répond pas, ne semble pas l'entendre. Arthur se lève, franchit l'espace entre les deux lits, se penche sur celui de Crunch et passe ses bras autour de son ami.

Il caresse les joues humides, il embrasse les larmes. « Je t'en prie, Crunch. Tu vas me faire pleurer, vieux. »

Il ne veut pas pleurer. Il veut consoler Crunch, rendre ce noir visage à lui-même, serrer ce corps tremblant jusqu'à ce qu'il cesse de trembler.

Il enlève la veste de son pyjama et en essuie la figure de Crunch. Il fourre le tissu sous le nez de Crunch.

« Mouche-toi, dit-il. Allez, vas-y. »

Crunch se mouche faiblement, puis prend la veste des mains d'Arthur et se remouche.

Il ouvre les yeux pour les plonger dans ceux d'Arthur.

« Merci, petit gars », dit-il.

Ils ne peuvent dénouer leurs regards. Ils viennent de faire une découverte. Ils viennent de découvrir combien chacun tenait à l'autre. Quelque chose bondit dans Arthur, quelque chose qui ressemble à de la terreur bondit dans Arthur, quelque chose chante dans Arthur. Il sourit. Il chuchote : « Tu vas bien ?

— Ça va, maintenant, oui. Merci. » Et Crunch sourit.

« T'as pas à me remercier de quoi que ce soit », dit Arthur qui, sa veste de pyjama dans la main, se sent soudain tout timide.

Crunch ne cesse de le dévisager très très gravement comme s'il ne l'avait jamais vu auparavant et Arthur regarde fixement Crunch, aveuglé par sa beauté, par la révélation de sa beauté. Un tremblement neuf monte de profond — de très profond en lui. Il ne sait pas si c'est le bonheur, aucun mot ne lui vient à l'esprit, mais il n'a jamais été aussi euphorique, aussi léger de sa vie.

Crunch l'embrasse gravement sur le front puis se penche et prend Arthur dans ses bras. Arthur met les siens autour de Crunch. Ils se serrent l'un contre l'autre, une merveille de joie monte en eux comme une inondation, une merveille de lumière éclate dans leurs yeux, un grand espace tout neuf s'ouvre devant eux. Ils n'ont besoin de rien de plus pour le moment, rien, tout viendra et ils le savent, tout ; ils sont dans les bras l'un de l'autre. Ils ouvrent les yeux en même temps, se regardent et éclatent de rire.

Crunch embrasse Arthur sur les lèvres, légèrement.

« On sera bientôt seuls, O.K. ?

— O.K. »

Il n'a jamais encore vu des yeux comme les yeux de Crunch.

« Je t'aime, tu sais ? dit Crunch gravement.

— Je t'aime, dit Arthur. Je t'aime de tout mon cœur.

— C'est toi et moi, alors ?

— Toi et moi. »

Crunch prend Arthur par les épaules, puis lui donne un léger coup de poing au menton.

« Va dormir un peu.

— Toi aussi.

— Bonne nuit.

— Bonne nuit. »

Et Arthur part se remettre dans son lit, sa veste de pyjama

entre les bras. Crunch éteint la veilleuse et ils s'endorment.

Ils ont, d'une manière ou d'une autre, passé déjà pas mal de temps seuls ensemble : le lendemain matin, ils sont seuls l'un avec l'autre pour la première fois. Il leur faut cacher ce secret à tous les autres — c'est étrange, nouveau et fait même un peu mal car, en vérité, ils voudraient se lever en criant : « Hé, les mecs, vous savez ce qui est arrivé ? » Ils ne peuvent pas chanter alleluia ! n'osent pas crier hosannah ! — pourtant une joie immense et douloureuse leur monte du ventre et des reins.

Allongés chacun sur son lit, ils n'osaient pas se regarder — et mystérieusement n'éprouvaient encore nul besoin de le faire, tandis que la lumière du matin s'attaquait aux volets et se faufilait le long du plafond, que les voitures grondaient dehors, qu'ils entendaient Peanut, Red leurs hôtes et Webster dans les toilettes, la cuisine, le hall.

Crunch regarda du côté d'Arthur.

« La salle de bain est libre. Qui y va le premier ?

— Toi », dit Arthur, et Crunch se leva, drapa une serviette autour de ses épaules et plia sa longue silhouette pour franchir la porte.

Étendu immobile, Arthur souhaita que Crunch l'ait touché au passage, n'eût-ce été qu'une seconde. C'était vraiment comme s'il n'avait jamais encore vu Crunch. Il attendit, impuissant, que Crunch repasse en se courbant sous la porte ; il n'avait jamais éprouvé encore cette peur de le perdre — il n'avait jamais connu encore la peur de perdre quiconque, excepté son père, sa mère et moi. Mais nos absences n'avaient, à aucun moment, ressemblé en rien à la brève absence de Crunch ce matin-là, avec Arthur attendant dans ce lieu étrange, ce lit étrange. Il avait su que Crunch était grand — maintenant il venait de découvrir brusquement, au moment où Crunch s'était courbé sur le seuil, à quel point il était *long*. Il avait toujours aimé le visage de Crunch. Maintenant il avait en quelque sorte imprimé dans sa mémoire les pommettes hautes comme celles d'un Indien, et la manière qu'avait un sourcil de se soulever toujours un peu — c'est peut-être ce qui donnait à Crunch cet air d'être constamment sur le point de se moquer de vous. Le nez était long et recourbé — comme chez un Indien ? comme chez un Juif ? — et deux petites protubérances osseuses luisaient faiblement de part et d'autre du front, à la racine des cheveux. Les lèvres étaient lourdes et pleines, toujours prêtes à sourire, semblait-il, ou à s'ouvrir pour montrer les longues dents blanches bien alignées. Le cou, les bras et les épaules étaient puissants. Arthur se retourna vers la fenêtre. Les volets étaient encore fermés, les rideaux tirés. Crunch était plus vieux qu'Arthur mais, soudain, Arthur découvrait aussi que Crunch était très très jeune. Il aurait voulu le prendre dans ses bras pour le protéger — de l'aube et de la route, des voitures et des arbres, dehors.

Cernés par le bruit, maîtres de leur silence, ils mangèrent leur gruau, leurs œufs et leur bacon. Arthur regarda Crunch rire, plaisanter et faire du bruit, il se regarda rire, plaisanter et faire du bruit. Pour la première fois, il se demanda quel âge avait l'imprésario. Il savait l'âge de Red et de Peanut, mais il ne les avait encore jamais vus non plus. Le teint de Peanut avait l'éclat du miel et du beurre de cacahuète et le visage de Red, carré, brun et plein de taches de rousseur, révélait soudain à Arthur ses yeux de chocolat au lait. Tout lui faisait mal : les serviettes et la nappe lui firent mal ; le café noir, tandis que l'hôtelière le versait, lui fit mal ; son sourire quand il leva la tête pour dire « Merci, ma'am », lui fit mal ; la lumière du soleil se levant implacablement pour les mettre en route, envahissant la salle à manger, s'écrasant dans la cuisine au milieu de la vaisselle, tonitruant dans les voix, venues de loin et pourtant de trop près, du cuisinier, des domestiques — domestiques ? — et du type qui récurait les casseroles, fit mal à mon frère, l'agressa, se mit à le ravager ;

et le téléphone sonna quelque part et quelqu'un dit : « Excuse-moi une minute », et quelqu'un d'autre dit : « J'espère bien, petits, que vous profitez de votre séjour par ici » et Webster dit « Il faut que nous partions » et Red se leva le premier et le cœur d'Arthur trembla, et Peanut s'essuya les lèvres avec la serviette blanche, sourit, et cela lui fit mal ; et quelqu'un d'autre dit : « Bam-bam, à Birmingham ! » et le rire envahit la pièce exactement comme le soleil et cela lui fit mal. Et pendant tout ce temps, Crunch était assis deux chaises plus loin, en train de rire, de plaisanter et de faire du bruit, sans le regarder et pourtant, Arthur le savait, entièrement concentré sur lui, et cela lui fit mal. Il aurait voulu s'enfuir, s'enfuir, il aurait voulu être avec Crunch, quelque part pour toujours, il aurait voulu que Crunch le prenne dans ses bras ; il ne savait pas ce qu'il voulait, le creux de ses reins était trempé de terreur. Est-ce ceci ma vie ? Ma vie à moi ? Et, pour ajouter à cette terreur, son imagination, comme un tableau noir qu'on vient d'effacer, ne contenait plus rien du tout, plus aucune trace. Il avait dans les narines l'odeur de Crunch, dans les yeux l'image confondante du poil de ses aisselles, les cuisses et les chevilles du joueur de basket, profondes comme une rivière, pensa-t-il, de manière démente ; puis soudain le silence l'enveloppa comme un épais nuage, il releva la tête, tout le monde se levait. Crunch était debout, riant, plaisantant et faisant du bruit et, brusquement, voilà qu'arrivait la jeune demoiselle qui avait refait tout le chemin ce matin dans l'automobile de son papa pour venir dire au revoir à Crunch, et Crunch la tenait légèrement dans ses bras et cela fit mal ; Arthur s'essuya les lèvres avec la serviette blanche, rugueuse, brûlante, puis il se leva et, pour la première fois de sa vie, l'acte de se mettre debout le fit frémir d'angoisse, et il serra la main de tout le monde et il sourit et il sourit et il entendit les voix lui pleuvoir aux oreilles, des voix venues de cinquante millions de kilomètres au-dessus de sa tête ; ses pieds malgré tout paraissaient posés sur le sol — quoique, tout à coup, ses chaussures fussent trop étroites, ses chevilles douloureuses et que les ongles de ses orteils parussent s'enfoncer dans ses pieds comme les pinces d'un crabe ; la sueur coulait à l'intérieur de ses vêtements, dans sa nuque, tous ses recoins intimes et aussi entre ses cuisses, et Crunch, comme s'il n'avait cessé de savoir tout cela, leva brusquement la tête et le regarda droit dans les yeux et dit, avec un sourire que personne ne pouvait voir — et Arthur le comprit, cela l'aida à bouger, il avait été en vérité paralysé : « Alors on y va, petit gars, bam-bam, sur Birmingham ! » Il avait un bras autour de la taille de la jeune demoiselle. De l'autre il attrapa Arthur, l'attira vers lui, le présenta, Arthur sourit et dit Dieu seul sait quoi et cela lui fit mal, mal, mal.

Ils retournèrent en hâte dans leur chambre pour faire leurs bagages — ils n'avaient pas grand-chose. Trempé de sueur, Arthur tremblait. Crunch verrouilla la porte derrière eux et s'adossa contre elle.

Il regarda Arthur planté au milieu de la pièce.

« Qu'as-tu ?

— Rien. »

Arthur ramassa sa valise et tenta de commencer à la faire. Mais il était jeune, mon frère, et il se mit à pleurer.

Crunch continua de l'observer un instant.

« Pourquoi pleures-tu ?

— Pour rien ! »

Mais il leva vers Crunch un visage ruisselant de larmes : puis il s'écroula sur son lit.

Crunch tomba sur le lit, par-dessus Arthur qu'il obligea à tourner son visage avant de le prendre dans ses bras. Crunch s'enroula bras et jambes autour d'Arthur, l'étreignit comme il ne l'avait jamais été et l'embrassa, d'abord comme un frère puis comme un amant.

Il s'écarta et Arthur ouvrit les yeux.

« Pourquoi pleures-tu ? »

Arthur se contenta de regarder fixement Crunch. Il aurait

voulu que Crunch ne le quitte jamais, n'ôte jamais ses bras.

« Allons, petit garçon. Nous n'avons qu'une minute. Ils vont frapper à la porte d'ici peu. »

Terrifié et pourtant brusquement apaisé, Arthur, accroché à Crunch, dit : « Je suis amoureux.

— C'est pour ça que tu pleurais ? » s'enquit gravement Crunch au bout d'un moment.

Arthur fit signe que oui.

« Je ne comprends pas. De qui es-tu amoureux ? De la jeune fille ? Avec l'automobile ? »

Arthur découvrit qu'il était capable de rire.

« Non. »

Crunch rit aussi et son ventre gronda contre celui d'Arthur — en silence : comme si leurs ventres n'en faisaient qu'un.

« De qui, alors ? »

Arthur retint son souffle. Il épia le regard de Crunch.

« De toi. Je suis amoureux de toi. »

Et, de nouveau, il retint son souffle et regarda Crunch. Des portes commencèrent à s'ouvrir dans le hall.

« Eh bien, que t'ai-je dit hier soir ? »

Crunch sourit ; alors, Arthur sourit.

Crunch le secoua un peu.

« Allons, qu'est-ce que j'ai dit ?

— Tu as dit : toi et moi.

— Quoi d'autre ?

— Tu as dit que tu m'aimais.

— Et tu ne me crois pas ?

— Je te crois. Je... j'ai seulement eu peur.

— Pourquoi ?

— Je n'ai jamais été encore amoureux », dit Arthur avec un tel accent d'impuissance que Crunch l'embrassa, rit, l'embrassa encore, rit de nouveau et se leva.

« Fourre tes nippes dans ta valoche, petit gars, avant qu'on ne vienne frapper à la porte. Allons-y, vite. »

Arthur se releva et retourna à sa valise.

« Je n'avais jamais pensé, dit-il, qu'un homme pouvait être amoureux d'un homme. »

Crunch rit, déverrouilla la porte et l'ouvrit.

« Je n'y avais jamais pensé non plus, amour. Mais sûr que j'y pense à présent. » Il cligna de l'œil et tout son visage se transforma, prit une expression de désir moqueur, amical, sans complexe : « Je vais te dire une chose, t'as certainement pas de raisons de pleurer. — On est prêt, mon vieux, lança-t-il à Webster brusquement surgi sur le seuil, deux secondes, pas plus. » Webster disparut.

Ils fermèrent leurs valises et Crunch annonça, de cette voix d'évangéliste campagnard, une voix dont Arthur commençait à se dire qu'elle avait été créée pour ses oreilles à lui seul, tant elle lui donnait de plaisir : « On va vivre ensemble. » Il examina le hall qui était désert. Tout le monde les attendait sur le porche. Crunch eut un rire de gorge et chuchota : « Tu crois que, simplement parce que je suis plus grand que toi, je ne peux pas être amoureux ? »

Birmingham *est* une cité biblique, en ce sens qu'elle attend le son des trompettes de Gabriel — kilomètre après kilomètre, plate, étalée, lascive, la ville est incapable de susciter aucun autre espoir : et le signe du Jugement dernier plane, nuit et jour, sur la ville et les collines en feu.

Ils eurent le temps de se laver et de s'habiller, mais pas de manger — c'était aussi bien, expliqua Webster, car cette fois leur pension était contiguë à un Bar-Be-Q qui restait ouvert toute la nuit. Ils avaient su que Paul leur manquerait ; ils ne s'étaient pas doutés qu'ils se mettraient à haïr Webster. À New York, Webster avait paru en connaître un bout et ils lui avaient fait confiance. Mais, une fois ici, ils s'étaient rendu compte qu'il n'en savait pas tant que ça et ils en avaient pris conscience grâce à la musique qu'ils entendaient. Ils voulaient s'approcher très près de cette musique, de ce son rugueux et exquis pas encore baptisé *funky* et *apprendre* : comme le disait Crunch, quelque chose n'avait pas cessé de les attendre ici depuis toujours. En dépit de leur terreur, ils étaient fantastiquement excités et leur terreur, après tout, n'avait aucun rapport avec les Noirs. Vrai, ils n'avaient jamais connu de Noirs qui eussent villa et pelouse, plus d'une voiture ou plus d'une maison et des *domestiques* ; ils n'avaient jamais été invités à *prendre le thé* par une matrone noire, vêtue d'une robe bleue froufroutante, avec une chevelure à la Rita Hayworth ; ils n'avaient jamais rencontré leurs filles arrogantes aux seins hauts, avec des ongles qui n'avaient jamais fouillé dans les poubelles ; jamais rencontré une politesse aussi hautaine, aussi irréprochable, une telle condescendance, une telle bienveillance, une distance aussi incontestablement aristocratique ; jamais serré la main de leur fils, blazer bleu, chemise blanche col ouvert, pantalon foncé, éblouissantes chaussures noires, grosse bague au petit doigt, *mon fils fait son droit* ; jamais encore vu de buffets aussi vernis contenant autant d'inimaginables boissons ; jamais encore serré la main d'un homme avec une épingle de cravate et une pipe, *le président de notre banque* ; jamais encore été gratifiés du sourire dédaigneux du *président de notre collège*. Peanut, Red, Crunch et Arthur savaient qu'ils puaient le ghetto, qu'ils n'avaient jamais vraiment été à l'école et ils savaient que bon nombre des Noirs qu'ils rencontraient les méprisaient et que bon nombre de leurs fils et filles se moquaient d'eux et que les cousins de Peanut avaient vexé Peanut — s'étaient montrés très très moches avec les garçons : mais ils sentaient qu'ils pouvaient se débrouiller. Ils ne le comprenaient pas et pourtant, si, ils le comprenaient et ce qu'ils ne comprenaient pas, ils voulaient le découvrir, *apprendre*.

Mais, alors, voilà qu'arrivait Webster — parfois, à leur fureur impuissante, maltraitant la guitare de Crunch. « Il se pointait, m'expliqua Arthur plus tard, comme s'il était Cab Calloway et qu'on fût ses "Cabettes". » Il racontait à tout un chacun quelles vedettes ils étaient dans le Nord, comment il les avait découverts et fait travailler, se coucher tôt, prendre leur huile de foie de morue, racontait à qui voulait entendre — présidents d'universités, présidents de banques, avocats, matrones, fils, filles, domestiques ; racontait au chèvrefeuille, à la wistéria, au magnolia ; racontait aux longues et hautes vérandas, aux porches somnolents, aux longues rues plates et immobiles du village, racontait aux lucioles leur programme harassant, leurs engagements à venir — à Chicago, Detroit, Denver, Washington et surtout New York — et, ah ! comme il était difficile de choisir, trois téléphones qui sonnaient constamment, dire oui ici, dire non là, ses secrétaires s'arrachaient les cheveux et bientôt il lui faudrait prendre une décision à propos de l'Angleterre — tandis que les garçons, fascinés, terrifiés, humiliés, le haïssant, restaient plantés à côté de lui, désarmés. Ils observaient le verre dans sa main et la manière dont il souriait à ses hôtes — comme s'il pouvait les acheter et les vendre, sur un coup de téléphone à Pittsburgh.

C'était une ville blanche remplie de Noirs — ils n'avaient jamais pensé à New York de cette manière — et *uniquement de justes*, se dit Arthur tandis qu'ils prenaient place sous la chaire, dans l'église de Birmingham. Ils étaient disposés de façon qu'on pût voir Peanut au piano. Peanut plaqua un accord, Arthur entama le cantique. Il avait Red à sa droite, Crunch à sa gauche, tous deux un peu en arrière.

La guitare de Crunch accompagna la voix d'Arthur dès qu'il commença,

Emmène-moi vers l'eau

Crunch gémit.

Oui ! emmène-moi *vers l'eau !*

Arthur entendit le falsetto de Red portant témoignage mais c'est à l'écho de Crunch qu'il répondit,

emmène-moi vers l'eau
pour être
baptisé.

Il se tut et ferma les yeux. La sueur s'accumulait dans ses cheveux. Il écouta Crunch puis reprit,

Emmène-moi vers l'eau
Yeah !
Emmène-moi vers l'eau
tout de suite !
emmène-moi vers l'eau
ô Seigneur !
pour être
pour être ?
pour être
Dis-moi
tout de suite !
pour être
pour être baptisé !

Il se tut, rejeta la tête en arrière pour chasser la sueur de ses yeux, faisant confiance à chaque seconde de cette obscurité sans précédent, sachant que Crunch et lui avançaient ensemble, ici, maintenant, dans le cantique, vers un endroit nouveau ; jamais encore ils n'avaient chanté ainsi tous deux, sa voix dans le son de Crunch, le son de Crunch remplissant sa voix,

Ainsi,
Je sais
seuls

Ne me dis pas, je sais, je sais, je sais ! comme si Crunch riait et pleurait à la fois

les justes
si vrai !
seuls
ne m'abandonne plus jamais maintenant !
les justes
et je déteste voir ce soleil se coucher
seuls
étonnante grâce !
les justes
ouais, petit gars, vas-y !
verront Dieu.

Crunch et lui terminant ensemble comme sur un seul tambour. Il ouvrit les yeux, inclina la tête, recula. Red et Peanut avaient l'air d'avoir été traînés en se débattant à travers un miracle mais ils souriaient, l'assistance était en transe. Crunch et Arthur s'essuyèrent soigneusement le front avant d'oser se regarder. Peanut donna le *la. Oh. Oh. Oh. Oh.* Et Crunch s'avança avec sa guitare en chantant *Quelqu'un m'a touché et*, reprirent-ils en chœur, *ce devait être la main du Seigneur !*

C'était un samedi après-midi lourd et lent, à Atlanta, et ils étaient libres jusqu'au dimanche matin. Webster avait disparu de bonne heure, après avoir prodigué quantités de mises en garde, et ils étaient contents d'être seuls ; mais les mises en garde demeuraient et la chaleur était aussi pesante que la mélasse locale. Ils auraient bien aimé découvrir la ville et ils s'y promenèrent un peu mais sans oser aller très loin. S'ils se perdaient, il leur faudrait demander leur chemin à quelqu'un et par conséquent ils paniquaient dès qu'ils voyaient plus de visages blancs que de noirs. On leur avait fait comprendre qu'ils étaient du Nord, que leur accent les trahissait et pourrait les faire atterrir au bagne.

La ville ressemblait à un échiquier. Ils traversaient tout un quartier noir puis brusquement, au détour d'un carrefour, se retrouvaient cernés uniquement par des visages blancs. Ils auraient voulu s'enfuir en courant mais, naturellement, s'enfuir impliquait que la foule blanche courrait après eux et qu'ils seraient ensuite lynchés. Donc, ils souriaient à tout hasard, regardaient une vitrine s'il y en avait une, ou bien admiraient avec application le paysage en réduisant leur allure à un piétinement. Puis, comme si la même idée leur était venue au même instant — ce qui était le cas —, ils faisaient lentement demi-tour et repartaient en sens inverse. Parfois, ils explosaient presque de ce rire terrifié qu'ils n'avaient pas osé laisser échapper jusqu'à ce qu'ils soient de nouveau entourés de visages noirs ou de retour à la pension.

Ainsi, ce samedi après-midi, ils revinrent au café voisin de la pension. Webster y avait réglé d'avance leurs repas pour la journée. Ils avaient un peu de monnaie dans leurs poches — pas beaucoup parce qu'ils n'avaient pas encore été payés : Webster détenait tout leur argent. Ils étaient forcés de faire confiance à Webster. Sans le dire, ils comptaient sur Crunch qui était le seul, parmi eux, à pouvoir peut-être intimider Webster.

Ils s'assirent dans le café pratiquement désert — ils ne s'étaient pas encore aperçus que les gens du Sud, à cause de ces impondérables auxquels ils réagissaient sans les comprendre, bougent aussi peu que possible par les chauds après-midi d'été — et Peanut et Crunch allèrent chercher au bar quatre Coca-Cola.

« J' vous l' dis, fit Red, ce voyage commence à me foutre les nerfs en marmelade. Vivement qu'on soit de retour sur la Septième Avenue.

— Quand tu y étais, dit Arthur en souriant, t'avais hâte d'en partir. » Il alluma une cigarette et posa le paquet sur la table : « Mais je sais comment tu te sens.

— C'est qu'on n'est pas encore habitués, dit Peanut. Et puis on connaît personne. La prochaine fois, ce sera pas pareil.

— Comment ça ? demanda Red. Comment qu'on va

connaître quelqu'un la *prochaine* fois ? Tu vas écrire une lettre au gouverneur ? »

Crunch rit, prit le paquet de cigarettes et en alluma une.

« Ma foi, dit Peanut, si on continue à revenir, on sera bien *forcés* de connaître — *quelqu'un...* »

Ils éclatèrent tous de rire et, au bout d'une minute, Peanut se joignit à eux.

« C'est que tu connais quelqu'un, toi, lança Crunch, du moins tu *connaissais* quelqu'un — tes fameux cousins, à Charlotte... »

Peanut soupira et baissa la tête.

« Ouais, je m'excuse pour ça. »

Crunch se pencha par-dessus la table pour tapoter l'épaule de Peanut.

« De quoi t'excuses-tu ? C'est pas ta faute si tes cousins sont des imbéciles. »

Peanut était le plus clair de peau d'entre nous et Crunch le plus foncé, et les cousins de Peanut avaient *démontré* qu'ils n'aimaient pas la viande noire. Ils avaient mortifié Crunch et rappelé à Peanut son ahurissante grand-mère.

« Oh ! Petit à petit, on apprendra à se déplacer, affirma Red avec entrain. Je me trouverai une nana à la coule dans une de ces surboums paroissiales pour nous servir de guide.

— Ces poulettes, elles cherchent toutes à se marier, mec, dit Crunch. Et c'est pas nous qu'elles veulent épouser. Qu'est-ce qu'une fille de président de banque aurait à faire d'un *troubadour* errant ?

— De toute manière, reprit Crunch, au bout d'un moment, le petit Arthur est le seul susceptible de revenir ici la prochaine fois. »

Ils regardèrent tous Crunch.

« Pourquoi ? » s'enquit Arthur.

Crunch se tourna vers Arthur : « Où est ton frère ?

— Mon frère ? » répéta Arthur, les yeux fixés sur Crunch. Son cœur s'emballa comme un train express puis fit halte.

« Oncle Sam est en train de sauver des gens là-bas au loin, dit Crunch. Il refait son nid à la démocratie dans le monde et il a besoin de quelques nègres pour les corvées de chiottes. »

Un silence total se fit autour de la table.

Arthur ne prononça pas un mot. Il n'osait pas lever la tête. Il contempla la table de marbre blanc et les cercles bruns laissés par les bouteilles de Coca-Cola. Puis il examina avec grand soin le papier tue-mouches pendu au plafond et les mouches se collant ou déjà collées sur le papier jaune.

« Eh bien, restons pas assis comme ça, lança Peanut d'une voix mal assurée. Faisons quelque chose. »

Oui, mais quoi ? Un film aurait été idéal mais se posait la question de savoir si les Noirs devaient s'asseoir au balcon ou entrer par la porte de secours. Aucun d'eux ne savait comment ça marchait ici.

« Merde, dit Red brusquement, y a une salle de billard pour Noirs au coin de la rue, allons y faire une petite partie.

— O.K. », dit Crunch et tout le monde se leva sauf Arthur sur qui les regards se fixèrent.

« Tu viens pas ?

— Écoutez, dit Arthur calmement avec un sourire, partez devant. Je viendrai peut-être vous chercher plus tard. J'ai un peu mal au crâne. »

Crunch haussa un sourcil : « Tu es sûr ?

— Ouais. Ça va. Allez-y, les mecs, je vous retrouve plus tard. »

Les trois garçons s'éloignèrent gaiement dans le soleil et s'arrêtèrent un instant, en riant, devant la grande vitre du café. Arthur attendit qu'ils aient disparu. Puis il se leva lentement en s'appuyant un peu sur la table et sortit. Il reçut le soleil comme un coup. Il regarda dans la direction que les garçons avaient prise, les aperçut près du carrefour désert en train de traverser la rue.

Il prit alors la direction opposée. La pension se trouvait à côté, plus un hôtel qu'une pension de famille, un petit immeuble étroit sur deux étages. Peanut, Red et Webster étaient au rez-de-chaussée. Crunch et lui au dernier étage. Il pénétra dans le long couloir sombre et totalement silencieux, et monta l'escalier lentement. Il grelottait toujours.

Quand il arriva en haut, il était couvert de sueur et ses mains tremblaient si fort qu'il réussit à peine à mettre la clef dans la serrure, mais finalement la porte s'ouvrit. Le soleil martelait la chambre qu'Arthur traversa pour aller baisser le store. Il fit couler de l'eau dans le lavabo, y plongea la tête, trouva la serviette à tâtons et s'essuya. Il ôta ses chaussures, son pantalon et sa chemise, et s'étendit sur le lit de Crunch. *La Corée.*

Il demeura ainsi un bon moment, transi, assommé, aussi vide que le silence aux aguets. Il était étendu sur le dos. Il ne bougeait pas. L'air ne bougeait pas. Le soleil ne bougerait pas, la terre, les étoiles, la lune, les planètes, ce qui les tenait ensemble, la grande roue et la petite roue, et le roc de chagrin qui s'était abattu sur lui et le clouait sur ce lit, rien ne bougerait jusqu'à ce qu'il vît Crunch. *La Corée.* Il s'endormit.

Crunch le secoua doucement. La chambre était plongée dans une demi-pénombre. Crunch s'assit sur le bord du lit et, haussant ce fameux sourcil, l'air mi-figue, mi-raisin, dévisagea attentivement Arthur.

« Tu te sens mieux ? »

Arthur le regarda sans rien dire, puis sourit :

« Tu es revenu.

— Bien sûr que je suis revenu. Tu te sens mieux ? »

Arthur se souleva pour poser sa tête sur les genoux de Crunch, sans le quitter des yeux.

L'obscurité envahissait la chambre. Ils étaient seuls. Crunch se pencha et embrassa Arthur. Arthur s'accrocha à Crunch de toutes ses forces, de toutes ses larmes, des larmes qu'il n'avait pas encore commencé à verser. Crunch se leva.

« Laisse-moi mettre le verrou », chuchota-t-il.

Arthur regarda Crunch fermer la porte. Ce que Crunch fit avec beaucoup de soin avant de se retourner, un doigt sur ses lèvres souriantes.

« On est tout seuls à présent, petit gars. Y a personne à cet étage que nous. Et de toute manière, c'est samedi soir, *tout le monde* est sorti. »

Il sourit, puis son visage changea et il resta adossé à la porte, les yeux fixés sur Arthur.

« Où sont Peanut et Red ? »

Arthur chuchotait et Crunch chuchota en retour : « Je les ai laissés au billard. Ils ont trouvé des amis.

— Ils reviennent ?

— Je leur ai raconté que je t'emmenais quelque part. »

Il se rassit sur le lit et entreprit d'ôter ses chaussures. Il se retourna vers Arthur : « J'ai bien fait ?

— Pour sûr.

— Mets-toi sous les couvertures. »

Arthur regarda Crunch se déshabiller — Crunch sifflotait, un sifflement au timbre grave : et il vint à l'esprit d'Arthur, à son grand étonnement, que Crunch sifflait parce qu'il était heureux, heureux d'être là avec Arthur. Arthur regarda Crunch déboutonner sa chemise, regarda les longs doigts noirs jouer sur les boutons et le tissu, regarda la chemise voltiger à travers la pièce pour atterrir sur l'autre lit, regarda Crunch défaire sa ceinture, laisser tomber son pantalon, lever un genou puis l'autre, se rasseoir sur le lit pour faire passer le pantalon par-dessus ses grands pieds, plier le pantalon et se lever pour aller le poser sur l'autre lit, enlever son tricot de corps, se débarrasser de son caleçon, mouvoir son long corps lisse et noir jusqu'au petit lavabo et se jeter un bref coup d'œil dans le miroir, puis faire couler de l'eau, se gargariser, la peau sombre luisant dans la chambre obscure, son corps un miracle de colonne vertébrale, de la nuque aux fesses, épaules et omoplates, coudes, poignets, cuisses, chevilles, un miracle d'os, de sang, de muscles, de chair et de musique. Arthur portait encore son tricot de corps et son caleçon, il détestait être nu devant quiconque, même moi — moi surtout, peut-être. Je lui avais parfois donné son bain, mais dans des circonstances dont il n'avait pas été responsable et qu'il n'était pas obligé de se rappeler. Sa nudité n'avait pas été alors un vœu ou un aveu. Arthur fut effrayé, puis cessa de l'être ; mais il se découvrit paralysé. Il ne pouvait pas ôter son tricot de corps. Il ne pouvait pas ôter son caleçon. Crunch se retourna et Arthur, dans une sorte de terreur paisible, regarda s'approcher le visage, et les yeux dans ce visage, et le cou et la poitrine, et les mamelons sur cette poitrine, et le thorax et le long ventre plat et le nombril et la jungle de poils surgissant sous le sexe long, lourd, noir, oscillant, et puis Crunch se mit sous les couvertures et prit Arthur dans ses bras.

Crunch poussa un soupir, un soupir las, confiant, glissa ses mains sous le tricot d'Arthur et le fit passer par-dessus sa tête, et, soudain, tous deux se mirent à rire, un long rire ajouté. Crunch jeta le tricot de corps par terre.

« C'est ce qu'on appelle un progrès, murmura Crunch, et maintenant voyons ce que nous pouvons faire plus bas. »

Il mit ses mains autour de la taille d'Arthur, tira sur le caleçon et le fit passer par un pied — la verge d'Arthur se souleva.

Crunch la caressa et sourit : « Assez de progrès pour l'instant », dit-il, mais il posa son sexe raidi contre celui d'Arthur et ils demeurèrent simplement ainsi, serrés l'un contre l'autre, incapables de faire un autre mouvement. Ils ne savaient vraiment pas où un autre geste pourrait les conduire. Arthur avait peur à sa manière et Crunch à la sienne. C'était aussi comme s'ils avaient dépensé tant d'énergie pour en arriver à cet instant qu'il leur fallut s'arrêter et reprendre haleine, cet instant était presque suffisant. Mais ce n'était qu'un instant : ils étaient à bord du train, les machines tournaient. Ils se serrèrent l'un contre l'autre. Ceci pouvait être le commencement ; ce pouvait être aussi le commencement de la fin. Ils étaient à bord du train, la locomotive était lancée, les portières claquaient et se refermaient derrière eux, le train s'ébranlerait bientôt, un voyage avait commencé. Ils se perdraient peut-être l'un l'autre au cours de ce voyage où rien ne pourrait être caché. Peut-être, à des kilomètres d'ici, quand le train s'arrêterait en quelque endroit inimaginable, se regarderaient-ils et souhaiteraient-ils ne plus jamais se revoir. Peut-être auraient-ils honte — peut-être seraient-ils avilis : peut-être seraient-ils perdus pour toujours.

Arthur avait moins peur que Crunch. Il se serra simplement contre Crunch, le caressa et l'embrassa car, dans sa tête, il y avait Crunch en uniforme, Crunch absent, Crunch disparu à jamais, et, maintenant qu'il l'avait trouvé, à l'idée de le perdre, son esprit redevenait aussi vide et paralysé que le ciel d'hiver. Il retenait ce néant aussi profondément en lui qu'il retenait ses larmes — car quelque chose lui disait que Crunch ne pourrait pas supporter ses larmes, ne pourrait supporter les larmes de personne. Les larmes étaient une arme dont on pouvait user contre Crunch.

Et Crunch — ah ! Crunch. Il serrait mon frère, il était en train de tomber amoureux — de tomber amoureux du petit gars. Crunch était plus vieux qu'Arthur, plus seul qu'Arthur, se connaissait mieux qu'Arthur. Vrai, il n'avait jamais encore pris ce train : mais il avait été déposé dans pas mal d'endroits désolés. Il serra Arthur plus fort, son sexe se tendit, son désir grandit et son espoir aussi ; le train se mit en marche, Arthur serra Crunch plus fort et Crunch se serra plus fort, plus nu, priant pour qu'Arthur accepte sa nudité.

Il couvrit Arthur de son long corps, sa langue vint lécher les mamelons d'Arthur, ses aisselles, son nombril. Il n'osa pas aller plus loin, pas encore : tremblant, il se hissa jusqu'aux lèvres d'Arthur. Il prit le sexe d'Arthur dans son poing.

« Fais-moi pareil, chuchota-t-il. Petit gars, vas-y, ce n'est que le commencement », et Arthur, avec une sorte de miraculeuse compréhension, embrassa les tétons de Crunch, glissa pour descendre embrasser son sexe, remonta à ses lèvres. Il fit vibrer Crunch comme Crunch le faisait vibrer, caressa la veine qui palpitait sous sa verge comme Crunch caressait la sienne, respirant à peine. Crunch gémit « Petit gars », gémit de nouveau, un instant ils se crurent suspendus dans un espace fragmenté, aveuglant, puis le sperme de Crunch gicla contre le ventre d'Arthur, celui d'Arthur contre le sien, comme s'ils jouissaient par le sexe l'un de l'autre.

Ils demeurèrent étendus, enlacés.

Crunch plongea son regard dans celui d'Arthur :

« Salut.

— Salut, toi. »

Leurs respirations s'apaisèrent. Aucun d'eux ne voulait bouger.

« Tu crois que nous faisons des progrès ?

— Je suis ton exemple. »

Ils éclatèrent de rire, serrés l'un contre l'autre, inondés l'un de l'autre.

« Tu m'aimes toujours ? demanda Crunch timidement.

— Peut-être qu'on pourrait faire encore des progrès ? »

Crunch fut secoué d'un rire silencieux et Arthur trembla de bonheur en le regardant : « Tout de suite ?

— Dès que tu seras prêt.

— Oh ! Allons ! dit Crunch.

— C'est que je te dis !

— Espèce... espèce de...

— Je t'aime. Je ferais n'importe quoi pour toi », dit Arthur.

Crunch le dévisagea : « Juré ?

— Juré. »

Crunch le serra plus fort.

« Je veux faire l'amour avec toi — de toutes les manières possibles —, je me fous de ce qui arrivera, du moment que je peux te tenir contre moi. » Il épia le regard d'Arthur, mais il commençait à se sentir en paix.

« Tu veux faire des progrès, je ferai, moi, des progrès. Nous progresserons ensemble.

— C'est toi et moi, alors ?

— Toi et moi. »

La chambre était obscure. Ils entendaient la nuit, dehors. Ils se refusaient à quitter les bras l'un de l'autre.

« Tu as faim ? s'enquit Crunch

— Non — pas maintenant.

— Tu veux te laver ?

— Non. Pas encore.

— Qu'est-ce que tu veux faire, alors ?

— Dormir un peu, peut-être — à côté de toi.

— O.K. »

Ils se recroquevillèrent l'un dans l'autre, en chien de fusil, Arthur dans les bras de Crunch.

Ils ne dormirent pas longtemps. Arthur se réveilla, alla pisser dans le lavabo et fit couler l'eau aussi silencieusement que possible. Il souleva le store et regarda par la fenêtre. Il faisait nuit, il devait être neuf ou dix heures ; il n'y avait pas autant de monde dans les rues qu'un samedi soir à Harlem. Il laissa retomber le store.

Crunch gisait comme il l'avait laissé, un bras le long du corps, l'autre étendu là où s'était trouvé Arthur. Malgré sa respiration lente et profonde, Arthur sentit que Crunch n'était pas totalement noyé dans le sommeil. Arthur se reglissa dans le lit et Crunch, toujours endormi, l'attira dans ses bras.

Et pourtant Crunch gisait comme abandonné. Arthur fut encouragé par cet abandon, l'abandon consentant du corps dans ses bras. Il embrassa Crunch qui gémit mais ne bougea pas. Il promena ses mains sur le long corps. Il lui sembla découvrir le mystère de la géographie, de l'espace et du temps, l'éclair de tension entre — un instant ? — une respiration et la suivante. Aspirer — expirer. Le miracle de l'air qui entrait, et la poitrine qui se soulevait : le miracle de l'air devenu le miracle du souffle qui se projetait sur votre visage, mêlé de Pepsi-Cola, hamburgers, moutarde, tout ce que le ventre recelait : et la poitrine retombait. Terrifié et ravi, il s'étendit un moment sur cette urgence.

Il serra Crunch plus fort et fit courir ses doigts de bas en haut du système télégraphique complexe à peine tactile de l'épine dorsale. Ses mains osèrent découvrir les superbes fesses de Crunch, son cul, son derrière. Il caressa entre les jambes le don qui contenait le présent et l'avenir. Leurs sexes se raidirent. Crunch gémit, se retourna sur le dos, tenant toujours Arthur.

Ventre contre ventre, Arthur bougea avec Crunch. Pepsi-Cola, moutarde, oignons, hamburgers et la verge de Crunch en érection. Crunch gémit. Arthur sut quelque chose qu'il ne savait pas savoir — il ne savait pas qu'il savait que Crunch attendait les lèvres d'Arthur sur son cou, la langue d'Arthur sur les boutons de sa poitrine. Pepsi-Cola, moutarde, hamburgers, crème glacée le cédèrent à des odeurs inconnues, plus musquées. Crunch gémit de nouveau, cédant, cédant, cédant, tandis que la langue d'Arthur descendait le long du corps noir jusqu'au pénis en fureur. Il le lécha par-dessous, le sentit bondir, puis lécha les testicules. Il libérait Crunch — il donnait à Crunch ce qu'il savait, d'une certaine manière, que Crunch désirait et craignait de lui donner. Il prit la verge dans sa bouche, la sentit glisser comme du satin entre ses lèvres et dans sa gorge. Un instant il fut pris de panique : et maintenant ? La verge était dure, grosse et vibrante. Les mains de Crunch vinrent se poser très légèrement sur la tête d'Arthur et il poussa son sexe très doucement dans la bouche d'Arthur.

Arthur comprit la terreur de Crunch — la terreur d'un nageur emporté loin du rivage — et cette terreur, qui était la sienne propre, l'amena bientôt à perdre haleine, à vouloir s'écarter en même temps qu'il continuait. Sa conscience de la terreur de Crunch l'aida à surmonter la sienne. Il n'avait jamais fait cela avant. De la même façon qu'il savait combien Crunch redoutait d'être méprisé — par lui —, il savait aussi que lui, à présent, redoutait d'être méprisé par Crunch. *Suceur de bite.*

Eh bien, c'était la bite de Crunch et donc il la suça ; avec tout l'amour qu'il avait en lui, et vint le moment où il sentit que cet amour était accepté et retourné. Vint le moment où il sentit Crunch passer de l'étonnement terrifié au bonheur pur. Un mouvement joyeux, amical s'établit. *Si haut que vous ne pouvez pas passer au-dessus.*

De la sueur coula du front d'Arthur sur le ventre de Crunch.

Si bas — et Crunch haleta lorsque la bouche d'Arthur abandonna sa verge à l'air froid, très froid, lorsque la langue d'Arthur vint lécher ses testicules — *que vous ne pouvez pas passer dessous.* Arthur se hissa de nouveau jusqu'aux lèvres de Crunch. *Si large que vous ne pouvez pas en faire le tour.* Ce fut comme si, par ce baiser, ils se liaient l'un à l'autre pour toujours. Crunch gémit, dans la plus totale agonie, et Arthur se reglissa vers le bas de son corps.

« Petit mec. Bébé. Amour. »

Il reprit la verge dans sa bouche, pressentant, attendant l'éruption. Lui, et lui seul, l'avait fait surgir des profondeurs de son amant.

« Oh ! Petit mec. »

Puis dans des secousses de tremblements de terre : « Oh ! Mon amour. Oh ! Amour. »

Atlanta était immobile. Le monde était immobile. Rien ne bougeait dans les cieux.

« Oh ! Amour. »

Curieux ce goût qui arriva, jaillissant à la surface : de la verge de Crunch, de la langue d'Arthur dans sa bouche et sa gorge. Arthur fut effrayé et triomphant. Il aurait voulu chanter. Un goût volcanique. Ce goût, cet après-goût, cette angoisse et cette joie avaient changé tous les goûts pour toujours. Le fond de sa gorge lui faisait mal, ses lèvres étaient fourbues. Chaque fois qu'il avalerait, désormais, il penserait à Crunch et cette idée le fit sourire tandis que, doucement, à présent, et dans un singulier mélange de bonheur et de crainte, il laissait Crunch le remonter vers lui, dans ses bras.

Il osa plonger dans le regard de Crunch. Le regard de Crunch était humide et profond, *profond comme une rivière,* et Arthur lui trouva un sourire *paisible comme une rivière.*

« Ça va ? Tu vas bien ? » demanda Arthur à Crunch.

Crunch posa la tête d'Arthur contre sa poitrine et caressa Arthur de sa longue main.

« Tu es la chose la plus merveilleuse qui me soit jamais arrivée, petit. Voilà comment je vais. » Puis : « Merci, Arthur.

— De quoi ? » s'enquit Arthur — moqueur, ahuri, triomphant et en sécurité dans les bras de Crunch.

« De m'aimer », dit Crunch.

Un moment après, il remonta les couvertures. Ils s'endormirent, en chien de fusil, Crunch dans les bras d'Arthur.

Rien ne peut être caché ; les secrets n'existent pas. Ils avaient encore dix jours de tournée. On les appela les « tourtereaux », on les appela « Roméo et Juliette ». Ils riaient, en se tenant parfois par la taille, trop heureux pour avoir peur. D'ailleurs, ils étaient bien trop jeunes pour avoir peur. Pour autant qu'ils sachent et qu'ils s'en soucient, ce qui se passait entre eux n'était jamais arrivé dans l'histoire de l'univers. Les autres gens avaient pour ces choses des mots trop méchants, trop tristes — ils ne se trouvaient pas dans ce dictionnaire-là. Ils marchaient dans la lumière réciproque de leurs regards, oublieux des Blancs ou des Noirs, se réveillaient, parfois, dans les bras l'un de l'autre, ignorant le nom de la ville où ils se trouvaient et s'en moquant : on les appelait « tourtereaux » et « Roméo et

Juliette» parce qu'ils étaient seuls, loin des autres, en danger.

Peanut et Red étaient heureux simplement parce que Crunch et Arthur l'étaient. Ils réagissaient aux signes extérieurs: Arthur riait, parlait et mangeait davantage. Crunch semblait devenir sous leurs yeux le seigneur d'un vaste et magnifique territoire. Arthur était sa principauté ou plutôt, à cause d'Arthur, il s'était mis à marcher à pas de conquérant — Crunch était amoureux. Oui. C'est la seule expression qui convienne. Et Arthur, mon frère, Arthur — il était certainement amoureux, aussi irrépressible qu'un jeune chien: si Crunch se déplaçait à grandes enjambées royales, Arthur semblait se mouvoir par bonds et sauts imprévisibles; mais il était moins vulnérable. Il l'ignorait alors, il adorait Crunch mais le temps devait lui révéler, au prix d'une angoisse indicible, les équations de sa vie. Quand, plusieurs années plus tard, Crunch hurlant, avec cet horrible vide à la place de ses dents de devant, fut emmené de force loin de nous, les sables mouvants en Arthur commencèrent à l'engloutir dans ce désespoir qui devait le tuer. Arthur était plus fort que Crunch: c'est aussi simple, aussi terrible et mystérieux que cela. Arthur pouvait supporter la solitude, elle lui était naturelle et ne pourrait jamais le surprendre, si tourmenté qu'il fût. Crunch redoutait la solitude, il était facilement perdu, il ne pouvait pas vivre sans amour. Arthur pouvait vivre de pierres — il recherchait l'amour mais il pouvait vivre de pierres. Il pouvait se nourrir du silence des pierres. S'il pouvait se rendre si facilement à Crunch, se donner aussi entièrement, c'est parce qu'il ne s'appartenait pas entièrement. Il y avait, en lui, un endroit secret qui ne pouvait être que difficilement pénétré — *une putain de chambre de résonance!* devait-il me crier plus tard — qu'Arthur arpentait seul.

Il ignorait cela alors. Il commença à l'admettre vers la fin de sa vie, avec son dernier amant, Jimmy, qui fut le seul être dans l'existence d'Arthur de la même force que lui et qui l'aima plus qu'Arthur ne le sut jamais : Jimmy qui croyait au jardin secret d'Arthur, qui comprit qu'il ne pourrait pas vivre s'il était violé, qui calcula dans les villes, les avions, les lits, parfois même dans les bras d'Arthur, comment garder son amant en vie, comment survivre si son amant disparaissait.

Mais, à l'époque, Arthur ne savait rien de la mort, Peanut et Red ne savaient rien de l'amour ni de la passion. Crunch et Arthur étaient marrants et répandaient une sorte de rayonnement autour d'eux — peut-être, à leur façon à eux, Peanut et Red y reniflaient une certaine liberté, comme un cheval sent l'odeur de l'eau. Ils ne considéraient pas Crunch et Arthur comme des amants, un état qu'ils n'étaient pas capables d'imaginer, mais comme deux mecs liés par une affection réciproque très profonde : comme Red était le « cœur » de Peanut. C'était tout ce qu'il y avait à savoir. Le reste était une affaire privée et il ne leur serait jamais venu à l'idée de violer cette intimité.

Mais Webster représentait une autre paire de manches.

« Que se passe-t-il entre vous deux ? » exigea-t-il de savoir de Crunch. C'était un dimanche après-midi, sur les marches d'une église dans un trou de Virginie — de là ils devaient aller à Washington puis rentrer à New York.

« Que dites-vous, monsieur ?

— Tu es sourd ?

— Des fois. Quand les gens parlent trop bas. Ou bien... qu'ils crient. »

Il leur fallait continuer à descendre les marches.

« Les garçons, dit Webster, je les entends vous appeler les tourtereaux. Et toi et le jeune Arthur vous êtes toujours en cavale ensemble. » Il se tourna vers Crunch qui marchait, l'œil au sol.

« Je ne me préoccuperais pas de ce que disent les garçons, répliqua Crunch. Ils font simplement les idiots. On ne refait pas la jeunesse, ajouta-t-il en regardant Webster droit dans les yeux.

— Je t'en reparlerai », dit Webster. Ils avaient atteint le bas des marches et se trouvaient contraints d'avancer, à cause des gens derrière eux et aussi parce qu'ils ne pouvaient pas se permettre d'avoir l'air de se disputer.

Ils continuèrent à marcher quelques instants. Crunch ne se retourna pas car il savait qu'Arthur le voyait, lui : il ralentit néanmoins le pas.

« Quelle était au juste votre question ? »

Webster regarda Crunch et Crunch regarda Webster.

« Je suis un type très compréhensif, dit Webster, lentement. Tu ne me connais pas. »

Crunch ne répondit pas.

« Dois-je te reposer la question ?

— Oui, peut-être, il vaudrait mieux.

— Vous deux » — ils firent halte et se dévisagèrent — « qu'est-ce que vous faites ? »

Crunch regarda derrière lui. Il fit un signe à Arthur qui fit un signe en retour et s'apprêta à venir le rejoindre.

Les mains dans les poches, Crunch se retourna, regarda Webster et sourit :

« Que voulez-vous dire ? Que *croyez-vous* que nous fassions ? »

Ils se remirent en route dans l'air glacial. Crunch laissait sa guitare tressauter dans son dos.

« Je viens de te le dire — je suis un type très compréhensif.

— Vous êtes si compréhensif que vous voudriez savoir ce que nous faisons. Pourquoi ?

— Je pourrais vouloir le faire aussi. »

Crunch regarda fixement Webster puis dit, la voix tremblante :

« Vous ne savez pas ce que nous faisons, mais vous pourriez vouloir le faire aussi ?

— Pourquoi pas ? Ou bien... je peux toujours vous faire changer de chambre. »

Crunch s'arrêta. Webster et lui se regardèrent. Crunch

rejeta la tête en arrière et éclata de rire. Il arrangea la lanière de sa guitare.

« Tu changeras rien du tout, espèce d'enculé gluant, lança-t-il gaiement. Je te mettrai le crâne en bouillie si t'essaies. Et je dirai à tout le monde ce que tu fais, toi — tu ne *sais* pas ce que, moi, je fais. D'ailleurs on rentre à New York, pédé, et on n'a plus besoin de toi. » Il parlait à voix basse, d'un ton enjoué, un léger sourire aux lèvres pour la galerie. « J'ajoute quelque chose — tu parles ou tu essaies de toucher à Arthur et t'as plus de langue, plus de mains ni de trou de balle — tu te retrouves dans un sacrément drôle d'état. On va terminer ici gentiment et puis on rentre et on n'a plus besoin de toi. Tu vas nous payer et on rentre. Et je sais — tu sais — que tu vas nous payer. »

Arthur arriva en bondissant, Crunch rit et passa un bras autour de ses épaules. La guitare tinta tendrement dans l'air glacé.

« De toute manière, tu ne *peux* pas faire ce que nous faisons, mon coco. Tu ne peux pas chanter. »

Webster n'aurait pas pu imaginer ce qu'Arthur et Crunch faisaient, une heure ou à peu près avant d'avoir à sauter sous la douche, s'habiller et se précipiter pour affronter les gens — luttant autour de la chambre, riant, sachant que le temps passait mais si heureux qu'ils savaient que, n'importe comment, ils seraient prêts à l'heure pour aller faire leur numéro — de façon à pouvoir revenir se quereller et faire encore l'amour. Ils commençaient à se connaître. La phrase biblique s'ouvrit et les emprisonna dans un bonheur aussi aigu que la terreur. Crunch s'allongea sur le ventre et attira Arthur dans lui et Arthur s'allongea sur le ventre pour Crunch, et Crunch pénétra Arthur — comment croire que la douleur pût être à la fois aussi immense et aussi négligeable, comment croire qu'une angoisse aussi profonde, s'enfonçant aussi dur et aussi loin, accomplît une telle transformation. *J'ai regardé mes mains et elles m'ont paru neuves, j'ai regardé mes pieds et ils l'étaient aussi.* Mais c'est vraiment ainsi qu'ils chantèrent de bonheur quelque quinze minutes plus tard, le bonheur de la reddition et de la délivrance, le bonheur de savoir secrètement que chacun contenait l'autre.

À Washington, Webster paya les garçons, avec une méticulosité ironique et une hostilité aussi mal dissimulée qu'Adam et Ève par leurs malheureuses feuilles de vigne quand Dieu fit irruption dans le paradis terrestre. Il ne possédait rien qui ressemblât à une épée de feu et le regrettait ; de plus, contrairement à Dieu, il n'avait aucun moyen de savoir ce que les garçons avaient pu chuchoter entre eux à propos de lui dans son rôle du serpent. Non seulement il lui manquait l'épée mais, pire, il n'avait pas de pomme.

Peanut et Red furent déconcertés. Ils crurent que l'attitude de Webster avait peut-être pour origine le fait — la nouvelle — que Crunch et Arthur ne les accompagneraient pas à New York. Crunch avait « à faire » à Washington. Arthur et lui y resteraient un jour ou deux et rentreraient par le train.

Webster protesta qu'il devait en parler aux parents du petit. Mais Crunch affirma qu'Arthur et lui avaient déjà obtenu leur permission, ce qui était vrai. L'idée venait de Crunch et lui faisait courir un grand risque — car il n'avait après tout que trois ans de plus qu'Arthur et il ne pouvait pas savoir, en fait, ce que Webster, une fois de retour à New York, raconterait. Mais il savait que Paul et Florence lui faisaient confiance — il paria sur son amour. Il sentait que quiconque aimait Arthur ne pourrait douter combien Crunch l'aimait. Et il avait raison, je suis bien placé pour le savoir.

La perspective de leur séparation si proche, la perspective de l'armée, de la Corée, pesaient davantage sur Arthur et Crunch chaque jour. Ils auraient pris n'importe quel risque pour être seuls l'un avec l'autre quelques heures de plus.

À New York, ils ne seraient plus seuls, pas de la même façon. Arthur habiterait chez son père et sa mère. Crunch louait une chambre meublée, en ville, à l'angle de la 14e Rue et de la Troisième Avenue, mais il vivrait en réalité avec sa famille à lui et il avait, en outre, un autre problème : il avait besoin d'argent pour sa mère.

Mais il avait besoin aussi d'être avec Arthur et Arthur n'avait pas besoin d'argent pour sa mère. Arthur était censé gagner de l'argent pour *lui*. Cela, au fond, revenait au même, mais la marge de manœuvre d'Arthur était plus large, son problème n'était pas d'une urgence immédiate.

La mobilisation menaçait aussi Peanut et Red, mais, dans un sens, ils comptaient plutôt dessus. Peanut ne serait pas mécontent de quitter sa grand-mère et Red ne serait pas mécontent de quitter les rues. Crunch aussi aurait pu s'en réjouir si tant de choses ne l'avaient pas retenu — sa mère, ses frères, ses sœurs. Il aurait pu d'ailleurs, malgré cela, s'en accommoder rapidement puisque sa mère recevrait des allocations, mais il y avait Arthur. Il était amoureux pour la première fois consciemment et comme peut-être seuls les très jeunes gens peuvent l'être. Il l'était davantage d'heure en heure, il aimait Arthur davantage chaque jour. S'il avait été saisi d'une certaine panique, et de stupéfaction, en s'apercevant qu'il était tombé amoureux d'un mâle, cette panique n'était rien comparée à sa crainte d'être plus amoureux d'Arthur qu'Arthur de lui. Arthur était plus jeune, tout feu tout flamme, aussi imprévisible qu'un chaton. Au retour de Crunch, ce serait un adulte — ce qu'ils auraient voulu endurer ensemble, chacun aurait eu à l'endurer seul. Ils auraient changé. Red et Peanut redoutaient et anticipaient la fin de leur jeunesse loin de chez eux, mais la jeunesse de Crunch se terminait ici et maintenant.

Le rez-de-chaussée de l'hôtel était un drugstore qui, jamais désert ni calme, semblait fonctionner vingt-quatre heures sur vingt-quatre et servir de quartier général à la communauté noire. Plus tard, Arthur devait le retrouver encore ouvert à cinq heures du matin, avec une dame noire chapeautée et solitaire, assise au comptoir, cuvant son vin en rotant le nez dans son café, ou bien un jeune Noir attablé ivre mort dans un coin.

Après avoir payé les garçons, Webster décida de vérifier leurs dires et se dirigea vers une cabine téléphonique. Arthur ouvrit la porte de la cabine et s'y adossa pour la durée de la communication. Il ne demanda pas à parler à ses parents. Webster prit congé et raccrocha.

« N'ont-ils pas dit qu'ils étaient d'accord ?

— Oui, confirma Webster avec irritation. Ils ont dit que c'était d'accord. Mais je devais vérifier, c'est tout.

— Je comprends, monsieur, dit Arthur, moi-même, je vérifiais, c'est tout. »

Webster lui jeta un regard vif mais Arthur ne détourna pas le sien vers lui et, après avoir traversé le drugstore, ils sortirent sur le trottoir où Peanut, Crunch et Red les attendaient en bavardant près du break.

« Tout va bien, alors, monsieur ? » demanda gaiement Crunch à Webster — mais la question s'adressait à Arthur.

Arthur et Webster le comprirent tous deux ; seul Webster fut obligé de répondre.

« Tout va bien », dit-il en montant dans la voiture. Il se pencha à la portière : « Allons, venez, on s'en va. »

Les garçons se serrèrent la main et s'étreignirent brièvement les épaules. Ils étaient tous les quatre terrifiés à présent. Crunch fut le premier à faire mouvement — il se pencha vers la vitre et lança à Webster : « Conduisez prudemment, mon vieux, vous avez un précieux chargement, compris ? »

Red et Peanut grimpèrent dans le break, Red devant, Peanut derrière.

« À dans deux jours ! » cria Arthur.

La voiture s'éloigna dans le flot de la circulation et les garçons agitèrent les mains par la portière. Peanut se retourna, son visage contre la vitre arrière, son bras continuant à faire signe.

Crunch et Arthur demeurèrent debout sur le trottoir jusqu'à l'arrêt de la voiture au croisement. Le feu passa au vert et la voiture disparut.

Mains dans les poches, Crunch se tourna vers Arthur :

« Salut, petit gars.

— Salut, toi. »

Ils avaient une chambre au dernier étage, juste sous les combles de cet hôtel inconnu et quelque peu effrayant. C'était la fin de l'été.

« Montons nous changer, dit Crunch, et peut-être qu'on pourrait essayer de visiter cette ville. »

Mains dans les poches, le sourcil levé, il se penchait vers l'enfant comme se penche une tour.

« O.K. »

Ils rentrèrent dans le drugstore. Au fond se trouvaient des portes qui s'ouvraient sur le hall de l'hôtel et les ascenseurs. Un juke-box fonctionnait. Au comptoir, on vendait des glaces, des sandwiches, du thé, du lait et des hot dogs — il y avait trop de monde et Crunch et Arthur marchaient trop vite pour qu'Arthur puisse tout noter.

« Hé ! dit-il à Crunch. On peut manger ici ! »

Crunch se dirigeait à grands pas vers les portes du fond. Il ralentit.

« T'as faim ?

— Non. Pas encore. Je me demandais simplement jusqu'à quand ça resterait ouvert. »

Ils pénétrèrent dans le hall de l'hôtel. Crunch avait gardé la clef de la chambre sur lui et ils allèrent droit aux ascenseurs. Crunch avait habité un hôtel tout seul une ou deux fois mais Arthur, jamais. Il était fasciné tout autant qu'affolé — fasciné par ce qu'il prenait pour de l'espace et de la splendeur, affolé par le vacarme. Ils ne croisèrent que des visages noirs. La musique était noire. Vaguement, au loin, un visage blanc passait sous la lumière puis redisparaissait. On le voyait luire dans un lointain corridor, ouvrant ou fermant une porte, ou on le discernait derrière le grillage d'une caisse. Autrement, les faces étaient noires.

Le garçon d'ascenseur, qui prit son temps pour arriver, était noir.

« Comment va, petits ? » demanda-t-il avec une belle et amicale indifférence, et : « Très bien, monsieur », répliqua Crunch avant de lui indiquer leur numéro d'étage.

« Ah ! dit le vieux Noir, vous allez au *penthouse*. Je *vois* comment marchent vos affaires. »

L'ascenseur ronchonna jusqu'au dernier étage et le liftier ouvrit les portes. « Faites gaffe, dit le vieux. Bonne nuit.

— Merci, monsieur, dit Crunch en poussant Arthur devant lui. Pouvez-vous me dire jusqu'à quelle heure le drugstore en bas reste ouvert ?

— Il ne ferme pratiquement jamais. Mais, si vous voulez manger, allez-y avant deux heures du matin. Après ça, c'est risqué — et pas seulement côté nourriture...

— Merci, monsieur, répondit Crunch au bout d'un instant. Bonne nuit.

— Bonne nuit, fit le vieux, et faites pas attention au raffut, ici. » Il referma les portes et l'ascenseur redescendit en grommelant.

On était au début de l'après-midi et il n'y avait pas le moindre bruit. Ils gagnèrent leur chambre en silence et Crunch ouvrit la porte. Ils pénétrèrent dans la pièce, l'étouffante mansarde, juste sous les toits, avec deux lits courts et étroits, une fenêtre, un petit lavabo éclairé d'une ampoule à nu, le seul éclairage des lieux.

Crunch referma la porte derrière eux et s'y adossa. Il examina la pièce.

« Je crois qu'on va dormir sur le plancher. »

Puis il regarda Arthur. Et il éclata de rire — il appuya sa tête contre la porte, ouvrit les bras et éclata de rire. Puis il s'arrêta, prit Arthur dans ses bras, lui caressa le visage et l'embrassa, les yeux plongés dans les siens.

« Ne dis rien. Je sais. Je sais que je suis fou. Je suis fou de toi, je suis là où je voulais — O.K. ?

— Tu poses vraiment de drôles de questions, coco, murmura Arthur. Ça m'est égal de dormir par terre. »

Mon frère, à l'aube de ses seize ans, était seul, en proie au tourment et à l'amour. Il chantait, il lui fallait chanter comme si la musique avait eu la possibilité d'accomplir le miracle de faire s'écrouler les murailles. Il chantait. Tandis que Julia abandonnait son ministère, Arthur découvrit le sien. Mais le chant qui transforma les autres ne réussit pas à le transformer, lui.

Sa principale impression de Washington fut que c'était en soi le plus arrogant et le plus hideux des monuments, dessiné — ainsi qu'on s'en vantait généralement — par un Français. Quiconque l'avait dessiné n'avait eu aucune vision de l'avenir.

Bien plus tard, Arthur retourna à Washington, avec moi, au cours d'une manifestation de droits civils. Après notre départ du Lincoln Memorial, Arthur nous fit traverser la ville en voiture et nous nous arrêtâmes un instant devant l'hôtel abandonné dans lequel Crunch et lui avaient vécu, sous les toits — où, dégoulinants de sueur, ils avaient mis leurs matelas par terre, devant la fenêtre ouverte, et où dans l'air immobile, humide et vicié, ils avaient fait l'amour.

Crunch et Arthur étaient rentrés à New York depuis cinq ou six jours quand Crunch rencontra par hasard Julia. C'était un samedi, au crépuscule, sur la 125e Rue. Il venait de traverser la Septième Avenue et se dirigeait vers Lenox et le métro. Comme toujours le samedi, la rue était pleine de gens et d'une agitation bon enfant. Qui du moins avait un son bon enfant sauf si on avait une raison quelconque de tendre une oreille attentive. Il y avait des magasins de tous les côtés, et des bars, et la musique venait de partout. Des enfants semblaient occuper la rue à toute heure — courant, on l'espérait, vers une fessée, ou la fuyant. Des matrones s'y propulsaient avec une impassible autorité, examinant rarement les étalages, fonçant droit sur l'objet de leur achat ; leur attitude indiquait qu'elles n'achèteraient rien ici si elles l'avaient pu. Des couples de garçons et filles déambulaient plus lentement, s'arrêtant pour regarder les vitrines — se poussant du coude, montrant du doigt, riant, continuant leur promenade — comme les petites filles, plus bruyantes, allant par groupes de deux ou trois. Il faisait chaud et les vêtements des gens les faisaient paraître pittoresques et amicaux.

Une très élégante fille, très noire, avec un chandail jaune et un pantalon rouge, sortit d'un magasin avec un paquet. Crunch ralentit un peu pour tourner la tête et lui jeter un regard admiratif. Ce qui le fit se cogner contre quelqu'un, une autre fille — dont il ne vit que les deux yeux immenses dans un visage aux joues creuses. « Pardon », dit-il tout en reprenant sa marche — puis il fit halte et se retourna. La fille s'était arrêtée aussi et le regardait fixement.

C'était Julia. Pourtant ça ne ressemblait guère à Julia. Dans le crépuscule illuminé par les réverbères et les éclairages des vitrines, au milieu des gens qui ne cessaient d'aller et venir, Crunch eut l'impression d'être dans un rêve. Droite, immobile, Julia arborait le sourire dont il se souvenait. Tout en ne ressemblant plus à Julia.

Il avança et posa ses mains sur ses épaules.

« Sœur Julia ! Comment vas-tu, petite fille ?

— Je ne peux pas me plaindre. Crunch. Je suis toujours vivante. »

Mais, encore peu de temps auparavant, elle aurait dit : *Dieu soit loué qui me protège* et il ne serait pas venu à l'idée de Crunch de poser ses mains sur ses épaules.

Il se sentit désorienté. Il ôta ses mains et les fourra dans ses poches.

« J'ai été rudement désolé d'apprendre pour ta mère, dit-il.

— Oui, répliqua Julia. Elle est partie et elle me manque. »

Mais ce n'était plus Julia ! Julia aurait dit : *Oui, le Seigneur l'a rappelée à Lui pour lui faire partager Sa gloire. Béni soit le nom du Seigneur.* Sans savoir pourquoi, Crunch se sentit de plus en plus effrayé.

« Et comment va Petit Jimmy ? Et... et ton père ? »

Elle était tout en noir et cependant elle semblait vêtue autrement qu'à l'accoutumée. Elle portait des talons hauts. Il se demanda si elle était vraiment maquillée — il n'en croyait pas ses yeux. Ses épais cheveux noirs étaient arrangés différemment — il n'aurait pas pu dire comment mais cela faisait ressortir son front — et ils exhalaient une étrange odeur sèche, acide, une odeur qu'il associait avec la vieillesse et la mort.

Mais brusquement, elle n'eut plus d'âge. Quelque chose traversa son regard, quelque chose d'indéchiffrable et elle dit : « Oh ! Petit Jimmy est hors de danger, il est à La Nouvelle-Orléans chez sa grand-mère. Et mon père » — elle sourit brièvement, haussa les épaules —, « il est exactement le même.

— Vous habitez toujours au même endroit ?

— Oui, lui et moi. » Elle regarda Crunch, les yeux plus grands et plus sombres que jamais. « Ce serait gentil de passer nous voir — toi, Arthur, Red et Peanut. Comment vont-ils ? »

Crunch avait rendez-vous avec Arthur dans la 14e Rue. « Ils vont tous bien, dit-il.

— Et comment s'est passé l'été ?

— Bien — très bien, je dirais. Mais maintenant... » Il se tut. Il détestait vraiment en parler.

« Maintenant quoi ? »

Ils s'étaient postés sur le bord du trottoir pour éviter la foule. Plus ils demeuraient là et plus Crunch remarquait de choses. Elle était terriblement maigre. Oui, elle était légèrement maquillée. Lorsqu'elle parlait, ses lèvres tremblaient un peu et sa voix aussi tandis qu'une veine ne cessait de palpiter sur son cou. Elle était malheureuse. Son malheur avait la réalité d'une odeur.

« Eh bien, dit-il, Oncle Sam nous invite tous à une surboum en Corée et je pense que nous partirons bientôt. Tous — sauf Arthur. Il est trop jeune, Dieu merci. »

Elle perçut l'intensité de son « Dieu merci » et elle le regarda avec une sympathie ravivée. Il lui en fut reconnaissant : il se sentit plus à l'aise.

Mais elle ne fit elle-même aucune allusion à Dieu. « J'aimerais beaucoup voir Arthur. Il a été si gentil de chanter aux funérailles de Mère Bessie. » Puis, gauchement, comme retenant son souffle et sa panique : « Si tu as un peu de temps — je suis sûre que tu dois être très occupé, mais... » — elle rit — « tu sais que mon père est toujours ravi d'offrir un verre de vin aux gens ! »

Au moment où elle rit, quelque chose d'étrange se passa comme si *elle* lui avait fait un aveu.

Crunch sourit et se sentit bizarrement ému. « Eh bien, j'essaierai de venir te voir, sœur Julia. Et fais mes amitiés à ton père.

— Merci, Crunch. À bientôt. »

Il s'était attendu à un *Dieu soit loué !*, mais elle sourit, salua de la main et fit demi-tour. Il observa son pas curieusement hésitant à travers la foule. Des gens se retournèrent pour la regarder — cette grande fille, maigre, ardente, vêtue de noir, sortie droit d'un asile ou sur le point d'y entrer.

Crunch faillit la rappeler. La rappeler pour quoi faire ? Il fit demi-tour, gagna le coin de la rue et dévala les marches du métro.

Il hésitait à la revoir — revoir qui ? Car la fille qu'il venait de quitter lui était étrangère et il n'avait aucune raison de vouloir faire sa connaissance : d'ailleurs il n'avait jamais eu envie de la connaître. Il lui était visiblement arrivé quelque chose mais Crunch ne désirait pas savoir quoi — cela ne le concernait pas. Il était heureux comme il était. Il savait qu'un jour il coucherait de nouveau avec une fille mais ce ne serait pas avec cette fille-là. Pour l'instant, Arthur et lui étaient heureux ainsi et, quand le moment viendrait pour Crunch d'avoir de nouveau une fille, eh bien, on aviserait.

Il raconta à Arthur qu'il avait vu Julia et qu'elle lui avait paru bizarre. Arthur répliqua que c'était probablement parce qu'elle avait cessé de prêcher — il le tenait de sa mère — et que personne ne savait ce qu'elle fabriquait.

Florence soupçonna la vérité mais ce ne fut qu'un soupçon — conçu d'ailleurs très à contrecœur — et elle n'en fit part à personne, même pas à Paul.

Elle expliqua néanmoins à Arthur que la petite avait besoin de voir des jeunes de son âge et que, même s'il était louable qu'elle se consacrât à son père veuf (c'est ainsi que Florence s'exprima), ce n'était pas très juste. Elle espérait donc que Crunch et Arthur « garderaient un œil » sur elle et iraient la voir.

Arthur réagit avec une certaine réticence à l'attribution de ce rôle.

« Est-ce que Papa pourrait pas y aller ?

— Ton père n'a pas réussi à coincer Joel tout seul dans un coin depuis les funérailles. Il ne le voit plus jamais que soûl et Joel refuse de regarder alors quiconque en face. »

C'est ainsi que tard, un dimanche après midi, Crunch et Arthur grimpèrent les marches de pierre et sonnèrent à la porte des Miller.

Crunch n'avait que difficilement reconnu Julia, quinze jours avant, parce qu'elle avait changé. Mais frère Joel lui procura un choc bien plus grand parce qu'il n'avait *pas* changé. Il était le même, comme si rien ne s'était passé, comme si aucun temps ne s'était écoulé. Ses cheveux, coiffés de frais, brillaient. Il sentait l'after-shave. Il avait été interrompu au moment de rentrer sa chemise blanche dans son pantalon bleu marine. Ses chaussures noires reluisaient. Il n'avait pas encore mis ses boutons de manchettes, les manches de sa chemise étaient roulées juste au-dessous du coude. Les ongles n'avaient pas encore été polis à la perfection.

Il les dévisagea, sans les identifier, avec une franche hostilité.

« Bonsoir, frère Miller, dit Arthur. Est-ce que Julia est ici ? »

Il reconnut la voix d'Arthur avant de reconnaître Arthur. Et, quand il eut reconnu Arthur, il reconnut Crunch. Mais il demeura sur le seuil comme quelqu'un coincé le dos au mur.

Puis il se déplaça pour leur permettre d'entrer et plaqua un sourire sur son visage.

« Bonsoir, jeunes gens, lança-t-il. Oui, je crois qu'elle est là. Entrez donc. »

Ils traversèrent le sombre corridor et suivirent frère Miller dans le living-room.

« Elle dort peut-être, avertit frère Miller. Je vais aller la réveiller. Excusez-moi. » Ils l'entendirent monter l'escalier.

« Zut ! fit Crunch. Il ne nous a pas offert de vin ! »

Arthur trouva étrange que Julia soit chez elle en train de dormir alors que, dehors, toutes ces âmes attendaient d'être sauvées. Il se rappela leur dernière rencontre. Il se demanda ce qui avait pu la faire changer ainsi. Il se demanda ce qu'il verrait quand elle entrerait dans la pièce. Il se rendit compte qu'il n'avait nulle envie de la voir.

Ils entendirent, au-dessus de leur tête, des voix et des bruits de pas. Ils demeurèrent assis immobiles, mal à l'aise et contents que les voix fussent trop basses pour qu'ils puissent comprendre quoi que ce soit. Les propos échangés sur un ton d'une inquiétante intensité n'étaient pas censés être compris par d'autres.

« On ne va pas rester longtemps, dit Arthur. C'est simplement que j'ai promis à ma mère.

— Mais moi aussi, j'ai promis, petit, répliqua Crunch.

— T'es pas furax après moi ?

— Furax ? Et de quoi ?

— De te gâcher ton dimanche. »

Crunch sourit : « Mais mon dimanche n'est pas gâché. Pas encore. »

Les voix se turent, ils entendirent frère Miller descendre l'escalier et entrer dans la pièce.

« Elle vous rejoint dans quelques minutes », dit-il. Et il le dit comme il l'avait toujours dit : tel un individu privilégié accordant une faveur.

Il ajouta néanmoins : « Julia a mal supporté la mort de sa mère. Elle voudrait recommencer à remplir ses obligations mais je suis forcé de la retenir et de l'obliger à se reposer. J'ai perdu une épouse, je ne veux pas perdre une fille — elle est tout ce qui me reste à présent. » Il se dirigea vers la cuisine. « En attendant, aimeriez-vous un rafraîchissement, jeunes gens ? Je n'ai qu'un peu de vin. » Il sourit à Arthur : « Est-ce que ta maman t'autorise à boire du vin ?

— Un peu, quelquefois », répliqua Arthur, ce qui était la vérité la plus stricte.

« À mon avis, tu es assez grand », déclara Joel avant de disparaître dans la cuisine. On entendit de l'eau couler puis Joel réapparut avec trois verres et une demi-bouteille de vin blanc. Il les servit, puis posa la bouteille sur la table devant le canapé. « À votre santé », dit-il, et ils goûtèrent au vin épais et doux. « Julia n'est pas la maîtresse de maison qu'était sa mère, expliqua Joel. Bien sûr elle n'est guère qu'une petite fille, nous avons tous tendance à l'oublier, elle s'est toujours montrée si adulte. » Il s'installa dans le fauteuil en face du canapé. « Julia me dit que vous étiez en tournée cet été dans le Sud. Comment ça a marché ?

— Pas mal », répliqua Crunch. Il regarda Arthur. « Très bien même, je dirais.

— Ouais, dit Arthur. On s'est bien débrouillés.
— Quelles villes ont été les meilleures ?
— Nashville, Atlanta..., répondit Crunch.
— Et La Nouvelle-Orléans ?
— La Nouvelle-Orléans, bien, fit Crunch.
— Si je vous demande — c'est que Petit Jimmy est là-bas chez sa grand-mère et Julia meurt d'envie d'aller le voir. Ce serait peut-être ce qu'il faudrait pour la remettre en route — faire une série d'églises du Sud, en commençant par La Nouvelle-Orléans. » Il sirota son vin avec une moue. « On pourrait faire ça ensemble — vous, les garçons, vous chanteriez et Julia prêcherait — qu'est-ce que vous en pensez ? Je crois qu'on pourrait se faire un joli paquet.
— C'est une bonne idée, soupira Crunch, mais on ne pourra pas la réaliser.
— Pourquoi pas ?
— Je suis sur le point d'être mobilisé — j'attends la date exacte — et de vous dire adieu à tous. »
Joel se suça les dents : « Ouais. Les autres aussi... bien entendu ?
— Tout le monde, sauf Arthur. »
Joel se tourna vers Arthur. « Juste. Eh bien, si toi et Julia... » mais Julia fit alors son entrée.
Elle avait la tête couverte d'un foulard vert et portait une robe étroite de couleur chocolat, un petit sac vert et des escarpins beiges. Pour Crunch et Arthur — mais à des titres différents —, c'était une inconnue qui venait d'apparaître. Julia était si maigre que la robe moulante ne pouvait souligner qu'un certain courage pervers et un rien fou : mais l'ensemble ne manquait ni d'allure ni de séduction. Pour un peu, elle aurait ressemblé à une petite fille affublée des vêtements de sa sœur aînée mais s'en tirait grâce à son absence de maquillage : son visage était impitoyablement lessivé, comme un défi, et elle le tourna d'abord vers son père.
« Mes habits du dimanche », dit-elle d'un ton moqueur

avant de porter son immense regard sur Crunch puis Arthur. Elle alla vers ce dernier et l'embrassa : il se raidit sans le vouloir. « Je suis tellement contente de te revoir », lui dit-elle mais il sentit qu'elle s'adressait à Crunch.

« Comment vas-tu ? s'enquit Arthur, réussissant à sourire. Je suis content de te voir.

— Je vais bien, dit-elle. J'essaie. » Elle se posa sur le rebord du canapé. « Mais je n'ai pas encore le droit de boire. »

Crunch et Arthur s'assirent aussi, Arthur un peu plus brusquement que Crunch, et Joel dit sur un ton qui le fit presque aimer d'Arthur tant il contenait de chagrin véritable : « La petite est comme ça, parfois, ne faites pas attention. Elle essaie seulement de rendre son papa cinglé.

— Pas du tout, dit Julia en riant. J'essaie seulement de ne pas devenir cinglée *moi-même.* » Elle regarda de nouveau Arthur : « Qu'est-ce que tu fais ? Raconte-moi... » Et il sentit qu'elle s'adressait encore à Crunch.

Elle lui rappela soudain sœur Dorothy Green, et il eut du mal à reprendre son souffle pour lui répondre. *Sœur,* commença-t-il, mais le mot resta accroché au bout de sa langue comme un morceau de plomb, *sœur Julia.* « Raconte-moi, toi, lança-t-il d'un ton léger. Je n'ai rien à dire, Crunch t'a déjà raconté — on a travaillé tout l'été. Ça nous a fait du bien. » Il était conscient du regard de frère Miller. « Mais maintenant, tout le monde va s'éparpiller — alors... » Il baissa la tête. Une douleur l'atteignit de plein fouet. Il osa effleurer du poing le genou de Crunch et le contact lui donna le vertige. « Je vais me retrouver tout seul, dit-il.

— Mais toi et Julia, intervint Joel, vous feriez une bonne équipe. Tu devrais y penser. »

Julia et Arthur se regardèrent pour la première fois. Aucun ne savait quoi que ce fût de l'autre. Ils se posaient des questions. Arthur comprit que si Julia avait changé, il en allait de même pour lui. Il se demanda si ce changement était visible. Et il se demanda alors ce qui avait changé Julia. Lui, il était amoureux, amoureux de l'homme assis à ses côtés. Il savait que cela ne pouvait pas être dit, mais c'est ce qui l'avait changé. Qu'est-ce qui avait changé Julia ? La mort de sa mère ? Mais il savait que ce ne pouvait pas être simplement la mort de sa mère : il s'agissait de quelque chose de plus lourd. Il sentit, près de lui, Crunch renifler le long de la même piste.

C'est alors que la frayeur le submergea comme un nuage, comme le tonnerre, comme un déluge et il retint son souffle, paralysé, l'œil fixé sur la fille — l'œil fixé, dans un sens, sur son propre miroir.

Julia se tourna vers son père et dit : « Si Arthur veut bien essayer de chanter avec moi, on peut le faire. » Elle sourit en regardant Arthur : « Si ton père nous permet d'utiliser son piano. » Puis, s'adressant successivement à Crunch, Arthur et son père : « Je ne prêcherai plus jamais. »

Le silence s'abattit sur la pièce, un silence aussi noir que le regard du père de Julia.

« Pourquoi ? » interrogea Crunch. Il s'était penché en avant, les mains tendues vers Julia.

« Parce que, répliqua-t-elle, je suis ignorante. J'ignore comment sauver l'âme de quiconque. J'ignore comment sauver mon âme à moi !

— Mais c'est ce que dit le prédicateur, fit Crunch.

— Le prédicateur le sait peut-être, répondit Julia, mais il ne le dit pas. Pas en chaire — non, il ne le *peut* pas ! Comment peut-on expliquer cela à toutes ces âmes qui se tournent vers vous pour trouver le salut ?

— Elle se remettra, dit Joel. Elle est très bouleversée pour le moment — mais elle se remettra. »

Julia effleura son foulard vert. Dans le tremblement mal maîtrisé de cette main enfantine, Arthur lut, sans le vouloir, l'intransigeance terrifiée qui est la clef de la beauté. Elle faisait de Julia une étrangère. Elle donna à Arthur l'envie d'être l'ami de Julia. Son angoisse la rendait réelle. Elle dévoilait sa jeunesse. Elle révélait son âge.

Elle laissa retomber sa main, sourit à Crunch et à Arthur. « Papa a raison. Il a toujours raison — en ce qui concerne sa fille. Et j'aime mon papa. Je l'aimerai toujours. Mais j'ai raison, moi aussi — en ce qui concerne sa fille. » Puis elle regarda son père et se leva : « Ces messieurs vont m'emmener faire le tour du pâté de maisons et me payer un cornet de glace. Ne te mets pas en retard. » Elle déposa un baiser sur le front en sueur.

Crunch et Arthur se levèrent en même temps que Julia, et Crunch jeta à Arthur un regard inquiet — son dimanche risquait finalement d'être gâché.

« Nous ne la garderons pas longtemps, s'empressa de préciser Arthur. Crunch et moi avons à faire en ville — mais nous reviendrons vous voir bientôt !

— Avant mon départ », ajouta Crunch. Julia était déjà dans le couloir et Crunch et Arthur la rejoignirent. Joel se leva et leur emboîta le pas.

Elle ouvrit la porte et commença à descendre les marches en compagnie de Crunch. Arthur qui s'était retourné pour fermer derrière eux aperçut frère Miller, ses manches de chemise relevées, son verre de vin à la main.

Arthur s'apprêta à dévaler les marches. Crunch et Julia l'attendaient sur le trottoir, la tête levée vers lui et — me raconta Arthur plus tard — cela marqua un très étrange moment dans sa vie, moins d'une demi-seconde peut-être, mais à tout jamais inoubliable, un moment hors du temps.

Il eut brusquement conscience de se trouver sur une hauteur et, me dit-il : « Ils me regardaient comme si j'avais vu quelque chose. Je n'avais pas encore commencé à descendre les marches. Elle était plus maigre que jamais, la tête levée vers moi, et Crunch me regardait aussi. Crunch était mince mais pas maigre — tu comprends, vieux, je l'avais tenu dans mes bras et je savais. Et comme je l'aimais ! Peut-être est-ce ce qui s'est passé pendant que je commençais à descendre ces marches. Ses yeux à lui et ses yeux à elle. Ah ! Je savais pour moi et Crunch — je pensais que je savais.

Je ne savais pas. Je sais que je ne savais pas pourquoi ils me regardaient de cette manière, quand je suis arrivé en trombe sur ces marches. Ils me regardaient comme si j'étais une sorte de messager — le messager du salut. »

Sa voix s'éteint puis se ranime — et, moi aussi, je les vois ces enfants. Crunch et Julia, debout sur le trottoir, la tête levée vers le petit — dans les rues grouillantes de la fin de l'été.

Et je suis persuadé qu'il ressemblait à « une sorte de messager — le messager du salut ». C'était ce qu'il était pour Crunch. Les yeux de Julia suivirent les yeux de Crunch et son besoin était si grand qu'elle vit ce que voyait Crunch — sans savoir qu'elle le voyait et sans que rien se fût passé entre elle et Crunch. Ses yeux suivirent ceux de Crunch parce que, autrement, ses yeux étaient fixés sur la folie, le désespoir, la mort. Elle voulait vivre. Elle ignorait comment ou si elle le pourrait. Il lui semblait qu'elle avait promis à sa mère de s'occuper de son frère : c'était l'unique raison qu'elle avait de vivre. Mais ce n'était pas suffisant. Elle ne voyait pas comment arriver à son frère, par-delà son père — elle avait besoin d'une main pour l'aider à franchir l'abîme. Et Crunch était là, la main tendue, bien qu'il ne le sût point. Et Arthur aussi était là qui tendait la main, bien qu'il ne le sût point, à cause de son amour pour Crunch.

À cette époque de sa vie, Arthur ressemblait à ces portraits de jeunes aristocrates, princes grecs, turcs ou éthiopiens, à certains visages de Van Dyck, avec cet amoncellement soigné de cheveux bouclés, ce front, ces yeux, ces narines, ces lèvres fermes et gourmandes, cette grande bouche pleine d'humour. À cet instant, descendant les marches, ses yeux dans ceux de Crunch, son amour, son bonheur et sa peine, tissés, façonnés en un splendide manteau de cour qui flottait autour de lui, il mobilisait sur sa personne toute la lumière de la rue. Et ce qu'il entrevit à cet instant dans leurs regards, ce fut une ascension future plus grande et une très longue et lente descente.

Puis il se retrouva sur le trottoir à côté d'eux. Il avait du mal à regarder Julia parce qu'il avait du mal à la reconnaître. Elle lui sourit et il lui rendit son sourire. Elle prit Crunch d'un bras et Arthur de l'autre et ils se mirent en route.

« Vous n'êtes vraiment pas obligés de me payer un cornet, dit Julia. Je voulais simplement m'échapper de la maison une minute.

— Mais nous sommes prêts, ravis et, je crois, *capables* de le faire, lança Crunch en souriant à Arthur par-dessus l'épaule de Julia.

— À votre disposition », dit Arthur — se sentant très fier. Ils atteignirent le carrefour et l'avenue en face du Jordan's Cat. Sidney n'était pas là. Il était chez tante Joséphine, avec Martha.

« Vous avez tous deux à faire en ville, dit Julia. Je vous accompagne jusqu'au métro et je rentre.

— Qu'est-ce que tu fabriques ces temps-ci? s'enquit Crunch.

— Disons que je m'occupe de mon père », dit Julia. Elle rit puis se mit à tousser. « Il a très mal pris la mort de ma mère.

— C'est naturel, dit Arthur avant de regretter sans savoir pourquoi d'avoir ouvert la bouche.

— Ouais, dit Crunch. Mais tu ne peux pas passer ta vie à t'occuper de ton père.

— On fait ce qu'on doit, dit Julia.

— Mais, et ta vie à toi, alors? » lança Crunch. Il semblait à la fois furieux et déconcerté. Arthur mourait d'envie de tendre la main pour le caresser.

« C'est ça, ma vie, répliqua Julia. Pour l'instant. »

Ils continuèrent à descendre en silence la vaste avenue, surprenante et familière.

La main de Julia frémissait sur l'épaule d'Arthur, mais c'était une main ferme et Julia ne trébucha pas. Elle paraissait connaître leur destination mieux que Crunch et lui : elle réglait l'allure.

Elle se tourna vers Crunch :

« Ainsi donc tu nous quittes ! Tu es content ?

— Je suis pas du tout un soldat », dit Crunch — et puis, au bout d'un moment, retenant son souffle : « Non, Julia, je ne peux vraiment pas dire que je suis content. »

Les talons de Julia semblèrent crépiter comme la foudre sur le trottoir, et les semelles de crêpe de Crunch aussi : Arthur sentit un rugissement ravager son crâne. Le clic-clac des talons aiguilles et le chuintement des semelles de crêpe firent trembler le macadam. Les lumières de la rue vacillèrent, les silhouettes se brouillèrent et Arthur se tint très droit contre la main de Julia posée sur son coude.

« Je serais contente, dit Julia, de m'en aller d'ici.

— Loin, fit Crunch, regardant droit devant lui, de tout ce que tu aimes ?

— Il n'y a rien que j'aime ici depuis que maman est morte. Je te le jure, si j'étais assez vieille, j'irais chercher mon petit frère et je le ramènerais ici pour l'élever — je ne sais pas — je ne veux pas qu'il reste dans le Sud, tout seul.

— Mais il n'est pas tout seul, dit Arthur. Il est avec sa grand-mère. »

Au même moment, il se rappela qu'il venait, lui, de rentrer du Sud. Il comprit que lui non plus n'aurait pas voulu laisser dans le Sud aucun des êtres qu'il aimait. Il n'aurait plus pu en dormir.

Comme s'il lui avait communiqué sa frayeur, la main de Julia se resserra sur son coude.

« Tu comprends, dit-elle, mon père se fiche que je l'aime ou pas, je ne peux pas faire grand-chose. Mais, Petit Jimmy, c'est tout autre chose. »

Arthur eut l'impression qu'elle retenait ses larmes et il n'osa pas la regarder. Elle leva la tête et lança : « Eh bien, nous voilà au métro ! » avec un geste en direction de la station comme si elle l'avait inventée.

Ils firent halte tous trois, dans un silence tendu. Trop avait été dit, trop peu révélé — ou : trop avait été révélé dans le peu qui avait été dit. Ils étaient à la station de métro, debout dans la lumière qui les éclairaient par-dessous. Julia les accompagna jusqu'en haut de l'escalier.

« Eh bien, messieurs, je suis drôlement contente de vous avoir vus ? Quand nous reverrons-nous ?

— Avant mon départ, dit Crunch. Je te le promets. »

Bizarrement, Arthur se sentit sacrément soulagé que Crunch et lui aient réussi à manœuvrer à travers ce dimanche jusqu'à *leur* dimanche — le dimanche de Crunch n'avait pas été gâché, après tout. Le dernier dimanche qu'ils auraient peut-être jamais. Il sentit Julia lutter, lutter contre leur départ, leur descente des marches du métro. Il savait qu'elle serait venue n'importe où avec eux. S'il ne s'était agi de leur dernier jour ensemble, s'ils avaient eu du temps à perdre, Crunch et lui auraient peut-être échangé un petit signe secret et invité la petite au cinéma. Mais ils n'avaient pas le temps : trop avait été dit, trop peu révélé. Ou bien ce qui avait été révélé, trop ou peu, impliquait une suite, le commencement d'un voyage qui ne pouvait pas être entrepris à présent. Pourtant, quelque chose avait commencé, quelque chose avait profondément changé et Arthur le lut dans les yeux troublés de Crunch, le regard fiévreux de Julia.

« C'est une promesse qu'il tiendra, dit Arthur. Je te le garantis.

— Tu le peux ? Vous êtes si liés tous les deux ?

— À la vie ! » lancèrent Crunch et Arthur en chœur. Ils se regardèrent avec étonnement puis éclatèrent de rire — les mains sur les hanches. Julia se joignit à eux. « Filez, vous deux, dit-elle. Dégringolez-moi ces marches. Savez-vous à qui vous me faites penser ? À mon frère ! » Elle reprit son sérieux mais sans s'assombrir. Elle avait l'air heureuse, amusée, et Arthur se réjouit que Crunch et lui lui aient rendu visite. À cet instant, en la voyant ainsi, en haut de l'escalier du métro, il lut dans son attitude le début d'un périple qui inclurait Julia à tout jamais. Ils n'étaient plus des enfants : ils montaient dans le train.

Le train qu'ils entendirent arriver en rugissant. Crunch et Arthur levèrent la main, Julia aussi, et Crunch et Arthur dévalèrent l'escalier.

Julia les suivit un instant du regard puis repartit en direction de chez elle. Elle marchait à pas lents car elle redoutait d'arriver. Elle marchait à pas lents, freinée par l'attention des hommes et des jeunes gens dans l'avenue. Elle marchait à longues et lentes enjambées, en balançant légèrement son sac : elle était à la fois provocation et mystère. Elle marchait comme si elle ne voyait pas les gens qu'elle dépassait — et elle ne les voyait pas : elle brûlait, brûlait et c'est pourquoi les hommes et les jeunes gens étaient obligés de la regarder passer. Impossible de savoir si elle était une enfant déguisée ou une femme ardente et consumée. Elle avait des seins — petits, pointus, étroits : elle avait des fesses à peine visibles et aguichantes. La clef, le secret se trouvait dans cette démarche lente, ces longues jambes. Julia pressentait en elle un pouvoir qui cependant — et avant même qu'elle ait commencé à vivre ! — avait peut-être commencé à la détruire. Elle cherchait, cherchait — on peut dire qu'elle était perdue et seulement comme ceux qui ont été sauvés peuvent être perdus. Elle avait quatorze ans, seule dans la vallée d'Ézéchiel : *ah ! Seigneur, ces ossements peuvent-ils revivre ?* C'est ainsi qu'elle marchait, bien qu'elle ne le sût point et c'est pourquoi elle provoquait les regards. Son ardeur engendrait l'ardeur, et c'est pourquoi elle marchait si lentement. C'était la seule attention humaine qu'elle eût jamais connue.

Ainsi donc — elle descendit la vaste avenue, surprenante et familière, et arriva chez elle.

Joel, en manches de chemise, était assis sur le canapé.

« J' t'ai dit que j'allais t'attendre, fifille. » Puis : « On dirait que c'est tout ce que je fais, ces temps-ci. »

Elle lança son sac sur le divan près de lui, et se croisa les bras sur la poitrine comme elle avait vu parfois sa mère le faire. Elle se mit à marcher de long en large comme elle avait vu parfois sa mère le faire — regardant droit devant elle, sans rien voir, exactement comme sa mère.

J'ai juste quatorze ans, songea-t-elle. Il y a des filles africaines qui sont mariées à quatorze ans. Elle regarda son père.

« Je ne t'ai pas demandé de m'attendre. Je ne *veux* pas que tu m'attendes. Pourquoi m'attends-tu ?

— Tu es tout ce que j'ai. »

C'était dimanche soir. Il sortirait — elle espérait qu'il sortirait, qu'il ramasserait une bonne femme et qu'il ne reviendrait jamais. Mais il reviendrait. Soûl. Il s'affalerait dans son lit à elle, la suffoquant de son haleine, lui brûlant le visage de ses larmes. Elle subirait les caresses qu'elle redoutait et auxquelles elle avait fini par s'abandonner avec le sentiment d'être une chose qui se débattait au fond de la mer. Ses jours et ses nuits étaient drogués. De tout son cœur elle souhaitait s'enfuir — elle ne pouvait pas bouger.

« Si je suis tout ce que tu possèdes, dit-elle, tu es dans de drôles de draps.

— Mais tu peux gagner de l'argent. Et tu le sais. Est-ce que tu vas rester plantée là et nous laisser sombrer ? »

Elle travaillait après ses heures de classe : elle frottait des parquets et donnait à son père tout l'argent qu'elle gagnait, ce qui n'était pas grand-chose. Il avait dû mettre en gage ses boutons de manchettes préférés. Elle demeurait assise, immobile, regardant tout s'écrouler et disparaître : et pourtant elle savait qu'il lui fallait bouger.

« Non », dit-elle.

Il avait détesté se séparer de ses boutons de manchettes, un cadeau qu'elle lui avait fait, et elle en avait été désolée pour lui. Elle ne lui en voulait en rien, rien du tout, soit parce qu'elle ne pensait pas qu'il pût être différent de ce qu'il était, soit parce qu'elle était trop vaincue. Bien qu'elle ne lui en voulût en rien, elle attendait parfois une revanche.

Parfois elle espérait que ses caresses anéantiraient l'horreur de ses caresses.

« Alors, que vas-tu faire ?

— Donne-moi du temps, Papa. »

Elle voulait aller à La Nouvelle-Orléans, mais pas en mendiante. Il lui faudrait arriver avec quelque chose, quelque chose pour Jimmy, tout de suite, quelque chose pour lui donner confiance en elle.

Mais elle ne voulait pas laisser son père sans rien.

Il avait séché ses larmes, l'avait caressée, avait essuyé le sang — elle avait hurlé en voyant le sang. Elle avait voulu s'enfuir en courant de la maison mais elle frissonnait, tremblait, criait, la blessure entre ses jambes l'empêchait de bouger, ses jambes refusaient de la porter. Elle s'était forcée à cesser de hurler parce que sinon on serait venu chercher son père pour le mettre en prison : ils étaient devenus complices.

« Ça fait un bout de temps que j'attends, dit-il. Ne me fais pas perdre patience.

— Que feras-tu si tu perds patience ? » demanda-t-elle et elle souhaita n'avoir rien dit car l'ambiance avait changé : il se leva et elle eut très peur.

« Ne me la fais pas perdre, c'est tout, dit-il. Tu n'aimerais pas, je te garantis. »

Ils se dévisagèrent, yeux dans les yeux.

« Pourquoi me parles-tu ainsi ?

— Parce que j'en ai marre de te voir traîner dans cette maison avec des airs de martyre et me regarder comme si j'étais une espèce de reptile ! »

Elle s'assit et il vint se pencher derrière elle en s'appuyant sur les bras du siège.

« Ce qui se passe entre toi et moi, ça arrive tout le temps. Je suis pas un hypocrite, c'est tout. Et t'as pas appelé les flics contre ton papa, pas vrai ? Et t'as pas l'intention de le faire.

Toutes les petites filles ont envie de leur papa, tout le monde sait ça. Je n'ai fait que te donner ce que tu voulais. C'est pour ça que t'es encore ici — j'entends bien comment tu m'appelles : *Papa !* »

Elle avait plus peur que jamais et elle ne disait rien. Elle murmurait *Papa* tandis qu'il la labourait et faisait gicler sa semence en elle : elle était heureuse de lui donner du plaisir. Un plaisir débordant, terrifiant, qu'elle ne pouvait qu'à peine endurer, un plaisir qui l'abandonnait seule dans un endroit affreux, et pourtant quelque chose en elle la rendait heureuse de lui donner du plaisir. Elle souhaitait fuir — elle ne pouvait pas bouger. Elle ne pouvait pas bouger et pourtant elle savait qu'elle le devait. Bientôt ce serait trop tard, elle commencerait à mourir.

Elle le regarda fixement.

« Ne me regarde pas comme ça ! *Je dis la vérité ou pas ?*

— Je pense que oui.

— Tu penses que oui. Moi, je *sais !* »

Il se releva, se dirigea vers l'entrée, et son visage changea d'expression.

« Arrête, Julia, veux-tu ? Tu ne peux pas faire ça pour moi ? On pourrait être bons amis, on pourrait avoir du bon temps ensemble. »

Il revint au fauteuil et se pencha de nouveau sur elle.

« On s'aime, eh bien, on s'aime. Est-ce qu'on fait du mal à quelqu'un ? »

Non, tu es en train de me tuer, moi, c'est tout, mais elle dit : « Non, Papa.

— Je t'aime, dit-il. Tu es tout ce que je possède. » Il l'embrassa sur le front — elle fut paralysée par le tremblement qu'elle voulait lui cacher.

Il se releva enfin et s'éloigna. « Pense à ce que je t'ai dit. À tout à l'heure. »

Elle l'écouta monter l'escalier, écouta les pas au-dessus de sa tête.

Crunch, fidèle à sa parole, vint la voir trois ou quatre jours plus tard, vers la fin de l'après-midi.

La journée était à la fois belle et maussade, le ciel gris masquait un soleil éclatant — comme Julia devait s'en souvenir des années plus tard, comme elle s'en souvient aujourd'hui.

Joel se trouvait à son « minable petit boulot », ainsi qu'il le disait, et Julia venait de rentrer de son travail dans le Bronx. Elle n'était pas là depuis cinq minutes, il s'en fallut d'un rien qu'elle ne manque ce qui ressembla alors au salut.

Le jour parlait de l'automne, de l'hiver qui allait venir, et Crunch portait un chandail à col roulé gris et un pantalon de velours côtelé vert.

Le cœur de Julia bondit quand elle ouvrit la porte et le vit debout sur les marches. Elle rit.

« Tiens ! Bonjour, toi ! Tu es tout seul ?

— Absolument, sœur Julia. Comment va ?

— Bien. Entre donc. Ça fait un choc de te voir sans ton ombre. On n'arrive pas à s'habituer. »

Ils refermèrent la porte et pénétrèrent dans le living-room.

« Il va falloir vous habituer. Arthur et moi aussi, d'ailleurs. Il avait une répétition quelque part et je devais faire une course pour ma maman, juste à côté, et alors — me voilà.

— Et je suis bien contente de te voir. Puis-je t'offrir quelque chose ? Veux-tu un verre de vin ? » Ils rirent en chœur. « Ou préfères-tu de la bière ?

— De la bière, s'il te plaît », dit Crunch qui s'assit tandis que Julia se rendait dans la cuisine.

Elle revint avec la bière, la versa avec soin dans un verre qu'elle lui tendit.

Dès qu'elle se fut assise, un courant électrique, violent, inattendu, s'établit entre eux. Crunch croisa les jambes et but une gorgée de bière.

« Alors, et toi, qu'est-ce que tu fais ? » s'enquit-il, désorienté, mal à l'aise et soudain excité, sans bien regarder Julia en face.

« Rien. Je reste ici avec mon père et je deviens dingue. »

Elle le fixait avec de plus en plus d'insistance — elle ne pouvait pas s'en empêcher — et de plus en plus franchement, avançant, maintenant qu'elle bougeait, très vite, tout en mourant de peur. Son cœur battait, sa poitrine haletait. Elle se rendit compte qu'il ne quittait pas ses seins des yeux. Elle portait un chemisier blanc et une jupe noire.

« Où est ton père ?

— Au travail. Il ne reviendra pas avant la nuit — et peut-être, alors, même pas du tout », et elle rit d'un rire qui s'éteignit. Ni l'un ni l'autre, pendant un moment, ne sut quoi dire. Elle fixa droit dans les yeux Crunch qui lui rendit son regard.

« Que fait ton père ?

— Il a un boulot dans une sorte de fabrique en ville, près de la 14e Rue.

— Ah ? Je me suis loué une petite chambre meublée entre la 14e Rue et la Troisième Avenue.

— C'est vrai ? Oh ! Crunch, qu'est-ce que j'aimerais que tu m'y emmènes un jour ! »

Il lui sourit gauchement.

« Tu voudrais voir ma chambre ?

— Oui, oui — je voudrais.

— Y a rien à voir. C'est juste une chambre.

— Mais c'est *ta* chambre. J'aimerais tant avoir une chambre. Il faut que je me trouve une chambre quelque part. Mon père va me rendre dingue si je ne fous pas le camp d'ici.

— Sœur Julia !

— C'est vrai, c'est vrai ! Je ne sais plus quoi faire ! » Elle frissonna et se mit à pleurer. Crunch, très malheureux, posa sa bière sur la table et joignit les mains sans oser la regarder.

« Je ne peux pas te dire, marmonna Julia, je ne peux pas

te dire, oh ! mais il faut que je raconte à quelqu'un. » Elle frappa ses cuisses et se leva : « J'ai besoin de quelqu'un pour m'aider.

— Julia, si je peux faire quoi que ce soit...

— Prends-moi. Prends-moi. Emmène-moi dans ta chambre avant qu'il ne soit trop tard. »

Il ne savait pas comment la réconforter, il ne savait pas quoi dire. Il ignorait de quoi elle parlait, mais un immense et affreux soupçon commença silencieusement à naître en lui.

« Ça ne peut pas, dit-il stupidement, ça ne peut pas aller aussi mal que ça. » Il se leva et s'approcha d'elle. Il ne voulait pas la toucher, il n'osait pas. Il avait terriblement pitié d'elle et, en même temps, il aurait voulu fuir. « Allons, dit-il, assieds-toi là », et il l'effleura à peine pour l'obliger à se tourner vers le canapé. Elle se calma mais ses larmes continuèrent à couler. Elle s'assit. Tremblant, Crunch resta debout.

Elle leva la tête vers lui. « Je suis si contente que tu sois venu. Tu ne sais pas à quel point j'ai besoin d'un ami.

— Eh bien, alors, répliqua-t-il en souriant, tu as un ami.

— Couchée près de papa, en l'écoutant ronfler, je pensais à toi. Oh ! Comme j'aurais voulu que ce soit toi ! »

Ses larmes recommencèrent à couler. Il la regardait ahuri.

« Ne me regarde pas comme ça, dit-elle. Ce n'est pas ma faute. Je jure que ce n'est pas ma faute, je t'en prie, sois mon ami.

— Ton père... ?

— Ne le répète pas, tu entends ? Ce n'est pas sa faute non plus, il n'y peut rien !

— Ton père... ? » Il se sentit sur le point de vomir.

« Oui, mon père. Il dit que ça arrive tout le temps. » Elle leva la tête : « C'est vrai ?

— Je ne sais pas », dit-il, saisi d'un froid glacial.

Elle scruta son visage comme si elle ne devait plus jamais le revoir, puis se leva et alla à la fenêtre. Il chercha un moyen de s'en aller, de quitter cette maison. Il contempla les épaules fragiles, le cou délicat.

« Eh bien, je pense que tout est fini pour moi, alors », dit-elle.

Et le cœur de Crunch chavira. Il s'approcha d'elle, la prit par les épaules et l'obligea à se tourner vers lui.

« Ne crois pas ça, dit-il, ne crois pas ça. Rien n'est fini. C'est juste le commencement. Ta vie ne fait que commencer. » Il la sentit trembler à ses mots, à son contact et se sentit lui-même trembler de pitié, de désir et aussi de peur.

Elle se rapprocha de lui et enfouit son visage dans sa poitrine. Il passa ses bras autour d'elle, elle se rapprocha plus encore et le serra très fort.

« Oh ! Crunch, chuchota-t-elle, je t'en prie, guéris-moi. Je t'en prie, caresse-moi, prends-moi, guéris-moi. »

Il essaya de se dégager avec un petit sourire : « Tu n'es qu'une petite fille, Julia. »

Elle leva la tête : « Non, ce n'est pas vrai, dit-elle, oh non !, ce n'est pas vrai. »

Elle effleura ses lèvres des siennes. Lentement, très lentement, il l'enlaça plus étroitement, lui abandonna sa bouche, sa langue — avec réticence, à titre d'essai pour ainsi dire. Mais la pitié et le désir le balayèrent et il ne put plus reculer.

« Tu es sûre ?

— Oh oui ! Je suis sûre, je t'en prie, je suis sûre. »

Elle plaça une des mains de Crunch sur ses seins et ses doigts à elle, comme ceux d'un aveugle, caressèrent le visage du garçon, partirent à la découverte de son dos, de ses fesses, coururent le long de ses cuisses. Elle défit sa jupe et l'enjamba, passa ses mains sous le chandail de Crunch, sous son tee-shirt, caressa sa peau.

« Ton père, chuchota-t-il, ton père...

— Il ne rentrera pas. Il ne rentre jamais avant la nuit. »

Il ôta son chandail, inquiet mais *trop tard pour s'inquiéter maintenant*, elle se déshabilla et revint, désespérément confiante, se blottir dans ses bras. Il se sentit à la fois terriblement faible et fort : il ne pouvait pas la rejeter. Elle lui défit sa ceinture et il laissa choir son pantalon par terre. De nouveau, comme une aveugle à la découverte, elle colla son corps contre celui de Crunch. Il la laissa faire, excité et terrifié. Il se demanda si elle savait ce qu'elle voulait, il avait peur de lui faire mal : mais elle posa sa main sur lui et le regarda avec des yeux qui ne contenaient ni peur ni crainte de la douleur. Elle l'attira contre elle sur le sol et, très très lentement, il la pénétra — elle, serrée contre lui, transpirant, s'efforçant de le recevoir tout entier alors qu'il devenait de plus en plus grand et, bien que souhaitant rester tendre, s'enfonçait de plus en plus violemment. Souriante et répétant son nom, elle vint à sa rencontre avec une force étonnante. Il sentit le soleil maussade jouer sur son dos et, dans le corps sous le sien, un mouvement de vagues qui enflent et se brisent. Elle semblait chanter son nom. Il voulut lui murmurer un avertissement au sujet d'un bébé et songea à se retirer mais elle le retint de toutes ses forces et il parut soudain avoir plongé plus profond en elle et bientôt il serait trop tard, trop tard, il essaya de chuchoter quelque chose mais aucun mot ne vint sauf *Julia, Oh ! Julia*. Elle murmura encore son nom avec une incroyable exaltation, il se souleva, s'enfonça encore plus fort et plus fort, plus profond, plus profond, tandis qu'elle riait et pleurait et criait son nom et l'attirait toujours plus loin en elle — un peu comme si les ruées de son corps à lui allaient atteindre, ouvrir, inonder et guérir son âme à elle. Et Crunch, en quelque sorte, priait avec elle, anxieux de lui donner tout ce dont elle avait besoin et pourtant se retenant, l'incroyable délice et l'indicible agonie embrasant finalement la pointe de son sexe, y bouillant pour une éternité, bouillant, bouillant, il gronda, enfouit son visage dans le cou de Julia et, finalement, ce qui sembla une seule et unique goutte jaillit, il se retrouva sans force dans ses bras, et puis la vague explosa, l'entraînant au plus profond d'elle, et elle murmura son nom comme un chant.

Il ouvrit les yeux. Il commença lentement à s'adoucir en elle. Il plongea son regard dans ses yeux humides, remplis d'émerveillement et devenus plus paisibles qu'il ne les avait jamais vus.

« Comment te sens-tu ? lui demanda-t-il.

— Sauvée. » Et elle sourit. « Comment te sens-tu, toi ?

— Magnifique », dit-il et il sourit, mais il venait juste de penser à Arthur. Il se souleva et se retira d'elle. « Habillons-nous et sortons. J'ai encore peur que ton père arrive. »

Elle l'embrassa, se leva et ramassa ses vêtements. « Je reviens dans une minute », dit-elle. Elle alla vers l'escalier. « Il y a une salle de bain ici même, Crunch », indiqua-t-elle d'un signe.

Elle grimpa les marches en courant.

Crunch renfila son pantalon, cueillit son chandail et gagna la salle de bain. Il respirait comme à la fin d'une course à pied. Les genoux tremblants, il se regarda dans le miroir comme pour lire dans le reflet de son visage une explication. Du point de vue physique, ce qui venait de se passer lui était plus familier que son histoire avec Arthur — mais de ce point de vue là seulement. Et il n'éprouvait pas aujourd'hui, comme si souvent, l'humiliation et le dégoût d'avoir été utilisé. Il se sentait épuisé et déconcerté — il faudrait qu'il ait une explication avec Julia. Puis il songea à Joel et fut saisi d'une immense pitié pour Julia, une pitié d'autant plus intense qu'il savait qu'elle n'était pas de l'amour. Puis il se demanda s'il devrait tout raconter à Arthur. Il baissa la tête et se lava la figure.

Nue dans la salle de bain d'au-dessus, Julia ne cessait de contempler son corps, de le contempler et de le contempler encore et de le caresser avec étonnement et, pour la première fois, sans peur ni honte. Ce que son père lui avait volé, Crunch venait de lui redonner. Elle avait quatorze ans : soudain elle n'avait que quatorze ans.

Quand elle redescendit, Crunch s'était servi une autre bière. Assis sur le divan, ses longues jambes étendues devant lui, les bras repliés, la bière dans sa main droite, la tête un peu penchée, le regard fixé devant lui. Il ne parut pas l'entendre, tout d'abord, puis il se tourna, la contempla, sourit et poussa un long sifflement bas.

Elle portait un tee-shirt bain de soleil, au dos nu et sans manches, assorti à son pantalon vert, des mocassins, et elle avait ramassé ses cheveux en une queue de cheval nouée d'un foulard vert.

« J'ai l'air convenable ?

— Je vois bien que t'es pas une évangéliste. »

Ils rirent tous deux. Il se leva.

« Finis ton verre », dit-elle.

Il termina sa bière d'un seul coup. Elle ramassa le verre sur la table, l'emporta à la cuisine, le lava, le sécha et le remit dans le placard. Sur le seuil de la porte, Crunch, le sourcil haussé, l'observait avec son petit sourire.

« Prête ?

— Oui. Où va-t-on ? Tu m'emmènes visiter ta chambre ?

— Pas aujourd'hui, Julia. Il faut que je passe chez Arthur. Tu veux venir avec moi ?

— Oh ! Arthur. Bien sûr. » Puis : « Je peux venir, tu crois ?

— Bien sûr. Sa mère sera là, son père aussi, je pense. On bavardera. Allons-y.

— Crunch ! » Elle courut vers lui et l'embrassa. « Je suis si heureuse. »

Il posa les mains sur ses épaules, l'embrassa sur le front et recula. « Allons-y. Filons. »

Ils prirent le couloir. « Tu as les clefs ?

— Oui, dans ma poche. »

Elle lui sourit, il ouvrit la porte en regardant son visage transformé. Ils sortirent dans le jour contradictoire et commencèrent à descendre les marches. Elle passa son bras sous le sien, aussi confiante qu'un bébé. Il comprit que jamais dans sa vie elle n'avait marché ainsi dans les rues avec quiconque. Il était le premier. Et elle était heureuse. Et il était troublé. Il était troublé sur plusieurs plans inexprimables, inaccessibles : et, pour commencer, il se demandait quelle sorte de monstre il était, lui, quelle sorte de monstre pour se retrouver impliqué avec deux enfants, un garçon et une fille ? Car Arthur n'était pas encore un homme et Julia certes pas une femme. Et lui, qu'était-il ? Il secoua la tête, obligeant la rue à reprendre ses contours. Il jeta un regard en coin à Julia qui avait noué ses deux bras autour du sien et qui regardait les rues et les gens de la rue comme si elle n'avait jamais rien vu de pareil auparavant.

Ils attendirent un changement de feux. Crunch n'était conscient que d'une seule chose : que la maison d'Arthur se rapprochait à chaque instant.

« Tu sais, Julia, dit-il, je ne serai pas ici très longtemps. Sais-tu ce que cela signifie ? »

Elle le regarda avec autant de gravité que lorsqu'elle prêchait.

« Je sais que je suis heureuse — pour la première fois de ma vie...

— Julia ! Il me faudra peut-être partir d'ici demain matin !

— Oui, mais j'aurai aujourd'hui pour toujours ! » s'écria-t-elle en levant la tête vers le ciel couvert. Puis elle redescendit de ses sommets et se remit à marcher à côté de lui, en ajustant son pas sur le sien ; ou plutôt, en gratitude de son soudain retour sur terre, il régla son allure sur la sienne.

« Je sais, reprit-elle. Je sais. Nous avons — nous n'avons pas le temps. J'ai tant à te raconter — en partie à propos de mon père, mais sur ma mère et Jimmy — et tant de choses. Sur moi, quand je prêchais et comment je t'ai remarqué — ah ! » Et elle se mit à rire. « Le frère aîné d'Arthur, comment s'appelle-t-il ? Hall — Mr. *Ha!* je l'avais surnommé.

— Et si je dois partir demain matin ?

— Je t'écrirai, répliqua-t-elle. Mais de toute manière — combien de temps resterons-nous chez Arthur ? Tu ne peux pas m'emmener dans ta chambre ?

— Julia... » Il se mit à transpirer. « Non. Pas ce soir. »

De sa fenêtre — car Crunch était en retard — Arthur les vit arriver mais il n'identifia pas la fille vêtue de vert, avec le nombril à l'air et du rouge à lèvres, qui marchait à côté de Crunch — il ne reconnut pas du tout Julia.

« Voilà Crunch, dit-il à Florence, et il a une fille avec lui. »

Florence vint à la fenêtre et se pencha.

« Dis donc, ça ne va pas, mon garçon ? Ce n'est personne d'autre que Julia ! » Elle les appela de la voix et du geste : « Hé ! Vous deux en vert là-bas ! Z'aviez donc l'intention de passer en douce devant chez moi ?

— Rien de la sorte, sourit Crunch, le nez en l'air. Rien de la sorte, ma'am. On demandait justement notre chemin.

— On dirait qu'on vous a indiqué le bon. Julia, comment vas-tu, petite ? Viens ici que je tape un peu sur ces fesses maigrichonnes ! Je le dis tout haut, c'est honteux la manière dont tu m'as traitée — monte un peu voir !

— Comment s'est passée ta répétition, mec ? hurla Crunch.

— Pas mal, mec. Monte à la maison, je te raconterai.

— Eh bien, dit Florence en quittant la fenêtre, le voilà, ton ami de cœur. Et Julia aussi. C'est merveilleux. »

J'ai l'impression que les jeunes ne peuvent tromper personne sauf ceux qui le souhaitent. Les jeunes vous disent ce que vous voulez entendre et c'est ainsi qu'ils apprennent à vous mépriser et à se mépriser et que leur jeunesse devient sans valeur pour eux : en tout cas, de toute sa vie, Arthur ne réussit jamais à tromper personne. Aujourd'hui, devant ce visage éclatant d'un double soulagement — que Crunch soit arrivé et que la fille ne soit, après tout, que Julia, il aurait fallu que ma mère fût idiote pour ne pas comprendre ce que Crunch et Arthur signifiaient l'un pour l'autre. En fait, elle l'avait su probablement avant eux. Elle s'en inquiétait, oui. Elle s'en inquiétait comme une mère s'inquiète du comportement, de la personnalité, du destin, de l'avenir de son enfant. Si, par exemple, j'avais décidé d'épouser une fille blanche, ma mère en aurait été inquiète mais elle ne s'y serait pas opposée. Elle ne se chagrina pas pour Arthur jusqu'à ce que tout le monde soit au courant de ses histoires de fesses et que des tas de gens essaient de le violer en chœur d'indescriptibles manières et qu'il commence à sombrer sous le double poids du jugement extérieur et du jugement intérieur. Et pourtant Arthur avait raison quand il répétait : *Je dois vivre la vie que je chante*. Il voulait dire qu'il ne pouvait pas se permettre de mentir.

Ah ! Mais alors vous vous exposez inévitablement à de gros risques, et c'était la nature de la détresse de Paul qui voyait venir le jour — mais il mourut avant — où Arthur crierait avec des larmes amères : *Regardez ce qu'ils ont fait à ma chanson !*

Pour le reste, un fils, un frère demeure un fils, un frère — et vous l'aimez, qu'il soit dans la merde ou pas, et vous le nettoyez s'il le faut, et vous savez qu'il doit aller là où son sang l'appelle parce que c'est aussi *votre* sang qui coule dans ces veines-là.

Peu après, Crunch et Julia, haletant comme après l'escalade d'une falaise et l'air de revenir d'un pique-nique à Central Park, arrivèrent devant la porte sur le seuil de laquelle Arthur attendait.

« Ma vieille, dit Arthur en souriant, je ne t'ai pas reconnue du tout. Toi, je crois vraiment que tu t'es arrêtée de prêcher ! »

Ils s'embrassèrent et Julia dit : « Tais-toi. Je suis peut-être en train d'étudier un nouveau texte.

— Ça te va rudement bien, ma fille », commenta Arthur. Ils éclatèrent de rire et Florence, les mains sur les hanches, surgit derrière Arthur.

« Petite ! Veux-tu que je te donne ta fessée sur le palier ou préfères-tu te faire battre à l'intérieur ?

— Maman Montana, ne me tapez pas trop dessus, je viens

de passer de dures épreuves... » Mais Florence bouscula Arthur et prit Julia dans ses bras.

Arthur et Crunch restèrent seuls une minute sur le palier. Crunch ferma soudain la porte derrière Arthur, le prit dans ses bras et l'embrassa. Ils demeurèrent enlacés un instant puis se séparèrent.

« Je t'aime, murmura-t-il. On ira faire un tour plus tard. J'ai quelque chose à te dire.

— Sûr. » Vaguement troublé, il dévisagea Crunch : « Tout va bien ? »

Crunch posa une main sur l'épaule d'Arthur : « Non, dit-il avec solennité.

— Qu'y a-t-il ?

— Il y a que, quand je t'ai dit que je t'aimais, je ne t'ai pas entendu répondre. »

Arthur rit : « Tu es dingue, coco ! » Puis il prit le visage de Crunch entre ses mains et l'embrassa : « Oui, je t'aime. De toute mon âme. »

Ils entrèrent dans l'appartement. Crunch s'assit sur une chaise près de la fenêtre et Arthur s'installa sur le tabouret du piano.

Florence jeta un bref coup d'œil à tous deux puis se tourna vers Julia.

« Alors ? Que devient donc ton père ?

— Oh ! Il va à son travail et il rentre à la maison. Il ne parle pas beaucoup. » Elle tripota le foulard autour de sa queue de cheval, regarda Crunch puis Florence : « C'est plutôt dur de vivre avec quelqu'un qui ne dit pas grand-chose.

— Et toi, qu'est-ce que tu fais ?

— J'essaie de prendre soin de mon père. » Crunch et Florence dévisagèrent Julia, Arthur regarda Crunch. Julia baissa les yeux : « Je vais à l'école. Et j'ai un job sur la Grande Esplanade comme femme de ménage, si on peut dire. » Elle éclata de rire et leva la tête. « Ce que je voudrais réellement faire, c'est aller à La Nouvelle-Orléans chercher Jimmy et le ramener ici avec moi — mais...

— Jimmy est mieux là où il est, coupa Florence. Je regrette de le dire, mais tu sais comme moi que Jimmy et son père ne s'entendront jamais.

— Je sais, dit Julia. Et je n'avais pas l'intention de le ramener *là-bas*, à la maison. Je veux trouver un autre endroit et l'élever moi-même.

— Mais, Julia, dit Florence, tu n'as que quatorze ans, tu ne peux même pas gagner ta vie, comment veux-tu t'occuper de Jimmy ?

— J'ai promis à ma mère, répliqua Julia, j'ai promis à ma mère que je le ferais. Elle ne voulait pas qu'il aille dans le Sud et elle ne voulait pas non plus qu'il reste avec son père. » Au bord des larmes, elle leva les yeux vers Florence, et Florence, perdue dans ses pensées, hocha affirmativement la tête : « Je ne sais pas comment je vais faire, mais je vais le faire, je l'ai promis à ma mère !

— Eh bien, dit Florence, on va en parler. » Elle posa sa main sur celle de Julia. « Je crois que je me mets à ta place. Pourquoi ne restes-tu pas ici cette nuit ? Ça te fera un bon changement et ça nous donnera le temps de réfléchir ensemble.

— Je... je ne peux pas. » Elle regarda Florence puis Crunch, très vite. Crunch approuva gravement, très gravement, d'un signe de tête. Julia se retourna vers Florence. « Mon père... mon père...

— Y va rien arriver à ton père.

— Il ne saura pas où je suis.

— Il le saura dès que j'aurai pris le téléphone pour le lui dire.

— Il va se demander de quoi nous avons parlé...

— Ça fait des siècles, ma chérie, que les hommes se demandent de quoi parlent les femmes — en tout cas, nous avons parlé de toi et du Petit Jimmy. »

Mais elle lut le tourment et la peur sur le visage de Julia, une peur et un tourment rendus éclatants par ses efforts pour les dissimuler.

« Eh bien, alors, c'est réglé, insista-t-elle.

— Non, dit Julia. Il va se tourmenter. » Elle regarda Crunch, puis elle baissa les yeux mais ajouta : « Il rentre tard, trop tard pour que vous puissiez lui téléphoner, vous serez déjà endormie.

— C'est maintenant ou jamais, dit Crunch. Maman Montana a raison et tu le sais.

— Et il ne se tourmentera pas, dit Florence. Du moins il ne se tourmentera pas plus que d'habitude parce que, si je ne peux pas l'avoir au bout du fil, je ferai porter un petit mot chez toi par Arthur.

— Maman Montana est une rudement bonne infirmière, dit Crunch avec un clin d'œil et un petit sourire cryptique. Et je viendrai te voir en vitesse après le travail. Peut-être que nous pourrons aller faire une balade dans le parc ou quelque chose. Peut-être même que je te payerai un hot dog.

— Mais je ne *peux pas* coucher ici, dit Julia.

— Toi, la petite fille de ma meilleure amie ! s'écria Florence.

— Tu ne peux pas rester là-bas non plus, déclara Crunch tout net, tu me l'as dit toi-même cet après-midi. » Il leva son sourcil, l'œil sur elle : « Tu as déjà oublié ? »

Le silence s'abattit soudain sur la pièce, un silence d'éternité traversé des bruits de la rue. Julia se leva et s'approcha de la fenêtre, les mains dans les poches. Le vent gonfla le foulard vert dans ses cheveux puis le laissa retomber sur sa nuque.

Elle se tourna vers Crunch : « Non, dit-elle. Je n'ai pas oublié. Je n'oublierai jamais.

— Je vais aller coucher chez Crunch, déclara Arthur.

— C'est d'accord, dit Crunch. Si vous êtes d'accord, Maman Montana.

— Bon — tu vas courir me porter un mot chez frère Miller.

— O.K. Tu veux que j'écrive le mot ?

— Non. Je vais le faire. Et ne restez pas debout toute la nuit, vous deux. »

« Cher Joel, disait la missive, ta fille Julia passe la nuit chez moi, ne t'inquiète donc pas à son sujet. Nous t'appellerons dans la matinée. Où te caches-tu donc ? Paul et moi serions CONTENTS DE TE VOIR. Que Dieu te bénisse et te garde. Florence Montana. »

La sonnette des Miller demeura sans réponse. Arthur laissa le mot dans la boîte aux lettres, avec un bout dépassant bien en vue, et dévala les marches pour rejoindre Crunch. Ils prirent en silence la direction de l'avenue et du métro. Le jour commençait à se faner. Les rues étaient débordantes de couleurs et de gens, d'enfants, de bruits — ils avaient l'impression de marcher dans un élément qui les maintenait debout, les supportait, les protégeait.

Crunch avançait tête baissée, les mains dans les poches, sans rien dire. Ce silence n'était pas exactement inconfortable — il était *nouveau*. Arthur ne savait ni quoi en conclure ni comment le briser.

Finalement, il se tourna vers Crunch : « Tu as dit que tu avais quelque chose à me raconter.

— Oui.

— Au sujet de Julia ? »

Il regarda Arthur et sourit. Ce sourire aussi était inédit. Il venait d'un endroit nouveau, d'une distance nouvelle, et il contenait un chagrin neuf.

« Quand vas-tu me raconter ?

— Dans une minute. Laisse-moi réfléchir.

— Oh ! dit Arthur déconcerté, vexé. Je n'essaie pas de te harceler, mon vieux. »

Et il s'appliqua à contempler les fissures du trottoir. Ils descendirent les escaliers du métro, poussèrent les tourniquets, attendirent la rame.

Arthur se sentit très enfant. Il aurait voulu demander :

Veux-tu rester seul, Crunch ? Tu veux que je rentre chez moi ? Mais il avait peur de la réponse. Il sentait, comme parfois avec son père ou moi, qu'il n'était qu'un gamin casse-pieds et que la meilleure des choses pour lui était de se taire.

Et par conséquent il se tut, tandis que Crunch et lui montaient dans le train bondé. Crunch s'adossa contre la porte. À côté de lui, Arthur continua à se demander s'il devait partir. Crunch paraissait ne pas le voir ni se rendre compte de sa présence. Mais il savait que, s'il essayait de s'en aller, Crunch le rappellerait. Crunch serait blessé — c'était un jeu qu'il ne pouvait pas jouer, un risque qu'il ne pouvait pas prendre. Il se regarda dans la vitre du compartiment tandis que le train dévorait le tunnel. Les gens étaient silencieux comme dans un rêve, se soumettant sans réagir au bruit et au mouvement, chaque individu absolument, obstinément seul. Il serait seul bientôt, la semaine prochaine, le mois prochain, demain, après-demain — même le silence de Crunch serait parti. Il comprit alors qu'il ne pourrait pas quitter Crunch maintenant, à moins que Crunch ne le chasse en le battant. Mais à la 42e Rue, quand ils prirent la navette pour l'East Side, Crunch passa un bras autour d'Arthur — comme pour lui dire qu'il savait qu'il était là et qu'il était content qu'il fût là. Ils sortirent du métro à la 14e Rue et prirent à l'est en direction de la chambre de Crunch.

Le « El », le métro aérien, était encore debout à l'époque, et je les vois donc, attendant le feu vert au carrefour sous ce dais monstrueux. À l'ombre de cette masse de métal, sous l'inexorable hostilité des trains — Arthur imagine qu'un homme pourrait grimper les escaliers menant aux quais et se jeter sous une rame pour se libérer de ce grondement perpétuel, pour pouvoir enfin dormir un peu — la porte de Crunch, et toutes les portes sur cette avenue, paraissent furtives, maudites, sordides, paiement étouffé de péchés étouffés. S'il n'était pas avec Crunch, il serait terrifié par les gens de cette rue. Il se demande comment ils en sont venus là — eux qui ont dû autrefois avoir un père et une mère, un frère et une sœur, des oncles, des tantes, des cousins, des amis, des épouses — des enfants, même —, eux qui, un jour, ont dû être aussi jeunes et propres que lui et Crunch le sont aujourd'hui. Mais désormais ils sont entrés dans l'éternité : la damnation éternelle doit ressembler à cela.

Il se demande si lui et Crunch sont damnés. Peut-être l'amour est-il un péché. Mais d'un mouvement de tête il rejette l'idée, et le feu change. Ils traversent la rue.

Au coin de la rue, il y a un bistrot, jamais silencieux, jamais vide. Les hommes dans le bar ont l'air de soldats qui viennent d'échapper de justesse, il y a quelques heures, au massacre ; qui ont vu leurs potes découpés en rondelles, qui les ont vus se faire arracher les yeux, les tripes, les couilles ; ils ont l'air d'hommes qui transportent de sanglants souvenirs dans leurs poches : une oreille, un œil, le nez, le pénis, l'astragale d'un copain. Leurs cris semblent être la seule et unique preuve de leur survivance. Ce miracle anime leurs yeux fiévreux et pourtant sans lumière. Ils sont sans âge. Ils ont la couleur des canons de fusil et leur sueur leur en donne les reflets de métal. Ce sont tous — autant qu'en puisse juger Arthur — des Blancs. Arthur est assez jeune pour se demander comment pareille chose peut arriver à des hommes blancs : il ne connaît encore aucun Blanc. Il ne ressent à leur égard ni vindicte ni triomphe ; il n'éprouve qu'une sorte de vague étonnement. Au matin, ils seront étendus sur le trottoir, baignant dans leur pisse.

À côté du bar, il y a une boutique encore ouverte — bonbons, chewing-gums, journaux, cigarettes — et le gros propriétaire, coiffé en permanence d'une casquette de base-ball grise et chaussé de lunettes, est assis derrière son comptoir, cure-dents au bec.

Près de la boutique, sous trois signes qui chacun annoncent CHAMBRES, se trouvent trois portes étroites qui semblent vouloir s'effacer en s'enfonçant dans les murs hideux.

Franchissant la dernière, Crunch et Arthur se retrouvèrent dans un hall étroit, en face d'une abrupte volée d'escalier. Ils entamèrent leur montée et, sur le palier du haut, une porte s'ouvrit immédiatement : une fille noire, en peignoir de bain, en sortit et attendit.

Ses cheveux — crépus — n'étaient pas coiffés ; son peignoir entrouvert révélait une chemise de nuit sale et la naissance de ses seins, des seins étonnamment lourds pour une fille aussi maigre. Et elle paraissait très jeune, à peine sortie de l'enfance.

« Ah ! C'est vous, Mr. Hogan », dit-elle.

Mais elle ne connaissait pas Arthur et elle le regarda fixement — avec surprise et hostilité — avant de se tourner vers Crunch.

« Il est avec moi », dit Crunch.

Une autre silhouette apparut derrière elle, un homme blanc de forte carrure, avec des cheveux gris frisés, un nez long et lourd et des lèvres brutalement sensuelles. Il passa la main sous le peignoir de la fille, la fit se retourner et la poussa vers la porte ouverte derrière eux.

« Ça va bien, dit-il. C'est son petit frère. 'Soir, Mr. Hogan », et ils rentrèrent dans la pièce dont ils verrouillèrent la porte.

En silence, Arthur et Crunch montèrent dans la chambre de Crunch, au troisième étage.

L'espace de la demi-seconde durant laquelle la fille et l'homme l'avaient regardé, Arthur s'était senti violé, mis à nu, souillé. Ce n'était pas dans ce qui avait été dit. C'était dans le mépris et la complicité des regards. Il n'avait jamais rien éprouvé de pareil auparavant bien qu'il eût déjà rencontré l'homme. Mais cette fois, lorsque la fille noire l'avait dévisagé, il s'était demandé ce qu'elle faisait là : et il lui apparut sur-le-champ qu'elle ne se demandait pas, *elle,* ce qu'il faisait là, *lui*. Et ce que l'homme blanc avait dit en réalité, dans un ricanement lubrique, c'était : il *dit* que c'est son petit frère. Et, naturellement, ils sauraient ce qui se passait, d'après les bruits, les draps — encore que ces derniers ne fussent pas changés très souvent. Mais, si Crunch et

Arthur pouvaient entendre les autres, et c'était le cas, chaque nuit qu'ils passaient ici, les autres pouvaient aussi les entendre. Alors, il aurait voulu fuir, non Crunch mais cette éternité. Quand Crunch reviendrait, ils trouveraient une autre chambre, un lieu privé.

Mais penser au retour de Crunch revenait à penser au départ de Crunch, et il passa ses deux bras autour de la taille de Crunch et frotta son front contre le dos de Crunch tandis que Crunch ouvrait leur porte.

La pièce était encore plus laide que la chambre de Washington, et plus petite, avec un vieux lit de cuivre bruyant, une table, une chaise, un plafonnier, un lavabo et un miroir sombre au-dessus du lavabo. Elle donnait sur la rue ou, plus exactement, faisait face aux rails. La violence des trains accompagnait leur extase et les visages tirés et furieux des gens filant dans l'éternité peuplaient leurs rêves.

Il n'avait jamais vraiment détesté la chambre jusqu'à aujourd'hui. Certaines nuits, lui et Crunch étaient restés étendus éveillés, fumant, avec pour seul éclairage la lueur de leurs cigarettes, et regardant les trains passer, heureux d'être ensemble et ne se souciant de rien d'autre. À présent le bonheur s'en allait, c'était tout ce qu'il savait : le bonheur se réenroulait comme un parchemin.

Crunch referma la porte, s'assit sur le lit et, soudain, ce fut au tour d'Arthur de demeurer silencieux.

Crunch alluma une cigarette et regarda Arthur rester debout contre la porte.

« Tu m'en veux ? »

Arthur sourit et secoua la tête pour dire non.

Crunch l'observait.

« Tu entres ou tu sors ?

— Ça dépend de toi, vieux. »

Mais Arthur abandonna la porte pour aller regarder par la fenêtre. À présent, tout était tranquille, mis à part le grondement d'un train qui approchait.

« Tu vois quelque chose là-bas qui te plaît mieux que moi ? »

Arthur quitta la fenêtre et vint s'asseoir sur le plancher, aux genoux de Crunch.

« Qu'est-ce qu'il y a, Crunch ? J'ai fait quelque chose ? »

Crunch soupira : « Non, bébé », dit-il. Il s'allongea, bâilla et tira une bouffée de sa cigarette. Le train en direction de la ville, sur la voie la plus éloignée, arriva en gare en grinçant.

« Non, bébé. C'est moi qui ai fait quelque chose. »

Arthur écouta les portes du train s'ouvrir, le brouhaha des allées et venues. Il y eut une pause comme si le silence avait fait un trou dans le bruit. Les portes du train se refermèrent avec fracas.

Arthur appuya sa tête contre le genou de Crunch. Dans un grincement de métal contre métal, le train s'arracha à la station. La rame inverse s'annonça, sur la voie de leur côté de la rue.

Arthur savait obscurément, maintenant, qu'il ne tenait pas vraiment à savoir tout en comprenant qu'il n'avait pas le choix — il posa la question : « Qu'est-ce que tu as fait ?

— Je veux d'abord te demander quelque chose, Arthur. » Crunch se rassit pour s'adresser à la nuque d'Arthur. « Que feras-tu quand je serai parti d'ici ?

— Je ne sais pas, Crunch. Je ne veux pas y penser. »

Crunch tendit les mains pour ramener le visage d'Arthur vers le sien et ses doigts furent soudain trempés des larmes d'Arthur. Celui-ci n'avait pas émis un son et son corps ne tremblait pas. Il détourna la tête pour la reposer contre le genou de Crunch.

« Je ne sais pas, Crunch. Je continuerai à aller en classe et je continuerai à travailler ma musique et... et j'attendrai que tu reviennes. »

Et suppose que je ne revienne pas ? aurait voulu demander Crunch. Au lieu de quoi, il dit : « Mais, Arthur... » Le train en direction de la banlieue entra en gare, parut, en fait, entrer dans la chambre.

« Arthur, est-ce que tu as déjà eu une fille ? Non. Je pense que non.

— De quoi parles-tu ?

— Ce serait une bonne chose pour toi — d'avoir une fille.

— Eh bien... je suis sûr que ça viendra, Crunch... un de ces jours. »

Il s'essuya le visage du revers de la main et se tourna pour regarder Crunch.

« Pourquoi parles-tu de ça maintenant ? »

Crunch avait l'air gêné. Le train traversa leur fenêtre en faisant trembler tout l'immeuble.

« Peut-être que simplement j'espère que tu feras l'amour avec une fille pendant mon absence plutôt que...

— Un homme ? Un autre homme ? » Arthur fixa son regard sur le sol. « Je n'y ai pas pensé, Crunch. Je n'y ai pas pensé du tout. Je t'aime, c'est tout.

— Enfin, tu ne peux pas m'aimer éternellement, vieux, faut que tu grandisses, bon Dieu ! » Et Crunch se leva et s'approcha à grands pas de la fenêtre. Arthur contempla son dos.

« Pourquoi est-ce que je ne peux pas t'aimer éternellement ? C'est ce que je ferai, de toute manière.

— Arthur, tu n'es qu'un bébé et parfois, je te jure !...

— Tu regrettes ? Tu regrettes nous ?

— Non. Non. Arthur, ne le prends pas comme ça. Je veux seulement... je veux seulement ton bien. Je veux que tu sois heureux. Je ne veux pas... » Sa voix s'altéra, la rue sembla étrangement silencieuse. « ... Je ne veux pas que, toi, tu regrettes.

— Regretter nous ? Je ne regretterai jamais notre histoire, je le jure, quoi qu'il arrive.

— J'ai fait l'amour avec Julia cet après-midi. »

Crunch s'assit brusquement sur le lit, comme si quelqu'un l'avait poussé, et regarda Arthur. La peur et la souffrance imprégnaient son visage.

Arthur reprit sa contemplation du sol. « Et tu allais l'amener ici ce soir ? demanda-t-il. C'est pour ça que tu étais tellement silencieux ?

— Non. Je ne voulais pas l'amener ici ce soir.

— Tu peux aller la chercher, tu sais. Je ne veux pas que tu fasses ce que tu n'as pas envie de faire, pas à cause de *moi* — tu veux que je me trouve une fille maintenant parce que toi, tu en as trouvé une !

— Arthur, Julia n'est qu'une enfant...

— Alors, comment ça se fait que tu lui aies fait l'amour ? Bien sûr, je suppose que tu estimes que je ne suis qu'un enfant !

— Arthur ? Veux-tu m'écouter ? S'il te plaît ? *S'il te plaît ?* »

Arthur se leva et retourna à la fenêtre, les mains dans les poches. Crunch ne pouvait pas voir son visage.

« Arthur ?

— J'écoute.

— Viens ici. »

Arthur ne bougea pas.

« *Viens ici !* »

Arthur s'approcha : Crunch l'attrapa et l'attira sur le lit. La tête d'Arthur contre sa poitrine, Crunch s'appuya contre le dossier du lit.

« Arthur, je t'en prie, essaie d'écouter, ne te mets pas en colère contre moi, ne fais pas le méchant et le fier. Je sais que je peux amener une fille ici si j'en ai envie, et tu le peux toi aussi si *tu* en as envie, et je ne disais pas qu'il fallait que tu aies une fille parce que, moi, j'en avais une. Je n'ai *pas* de fille. » Il se tut et ravala sa salive. « Je n'ai que toi. »

Impossible de deviner, derrière le silence d'Arthur, ce qui se passait dans son esprit. Et Crunch avait peur de lui faire tourner son visage pour le scruter.

« Tu es un gosse superbe, Arthur, tu ne le sais pas, et un tas de salopards merdiques, dont certains pourront avoir exactement ma dégaine, vont essayer de t'enfiler et tu ne peux pas m'en vouloir si ça m'inquiète.

— Qu'est-ce que ça a à faire avec Julia — et cet après-midi ? »

Au moins, se dit Crunch, il écoute. Et il serra Arthur un peu plus étroitement. Cependant, il ne savait pas quoi dire — ou il ne savait pas comment le dire. Il se remémorait le visage de Julia, son corps, son désir. « Quelquefois, dit-il, une personne a besoin qu'on la prenne dans ses bras, et alors tout peut arriver — une chose en amène une autre — tu me comprends ?

— Je crois que oui.

— Sais-tu que pour rien au monde je ne te ferai du mal ? »

Arthur demeura silencieux.

« Écoute, je ne peux pas tout te raconter. Ce n'est pas à moi de te dire. Mais Julia a des problèmes. Il faut qu'elle s'éloigne de son père. » Il se tut puis reprit : « C'est pour ça que j'étais content que ta mère l'invite à rester chez vous.

— Crunch... est-ce que tu avais l'intention de l'amener ici... si ?...

— Non. En tout cas pas ce soir. Il fallait que je te parle d'abord à toi. » Il alluma une cigarette. « Arthur ?

— Oui ?

— Tu écoutes ?

— Sûr.

— Je veux que tu fasses quelque chose pour moi — que tu me rendes un service. O.K. ?

— O.K.

— Je veux que tu veilles sur Julia. Sois son ami. Oublie cet après-midi. C'est simplement un accident. C'est la vie. Tu le comprendras... mieux... bientôt. » Et Crunch sourit.

« Que veux-tu que je fasse ?

— Sois simplement son ami. Il faut l'éloigner de son père. »

Arthur tourna son visage vers celui de Crunch.

« C'est aussi grave que ça ?
— C'est pire que ça.
— Qu'est-ce que Julia veut faire ?
— Elle te l'a dit ce soir. Elle veut élever son petit frère.
— Mais elle ne *peut pas*... elle n'est pas assez vieille ! »

Crunch éteignit sa cigarette. Il baissa les yeux et dit, le visage morne : « Qui sait ? Elle en a assez vu pour la rendre plus vieille qu'il ne faut. »

Arthur demeura silencieux. Puis : « Crunch, dit-il très timidement, est-ce que tu aimes Julia ? Si tu l'aimes, c'est bien. Je ne serai pas jaloux... »

Crunch sourit : « Tu parles. Comment ça se fait, alors, que tu faisais cette tête il y a quelques minutes ?

— Oh ! J'étais surpris, voilà tout...

— Si c'est comme ça que tu réagis quand tu es surpris, eh ben, je t'organiserai sûrement pas des surprises-parties pour ton anniversaire !

— Oh ! Écoute, Crunch...

— J'y ai réfléchi toute la journée — et voilà : elle a quatorze ans. Tu en as seize. J'en ai presque vingt. J'ai l'impression d'être un vieux. Un vieux salaud. Mais je ne sais pas ce que j'aurais pu faire d'autre sauf disparaître ou mourir. La petite pleurait, Arthur. Elle *pleurait*. » Il frissonna au souvenir du jour maussade. « Elle n'a pas pour moi l'importance que tu as, toi, et j'espère que tu t'es bien mis ça dans la tête, mais elle a des problèmes et je ne veux pas qu'il lui arrive quelque chose. Sois son ami. Si elle sait pouvoir compter sur toi et ta famille — ça peut tout changer. »

Il regarda Arthur et se rendit compte que la paix était rétablie entre eux. Et il avait dit la vérité sans trahir Julia. Il se renversa en arrière sur le lit en attirant Arthur contre lui.

« Mais je ne crois pas que je veuille en faire ma petite amie », dit Arthur.

Crunch éclata de rire : « Une chose à la fois, fiston. Une chose à la fois. »

Une semaine après, Crunch était parti — juste comme ça un grand gouffre s'ouvrit et il disparut dedans, hors de vue.

L'été s'acheva. Jour après jour, et en prenant son temps, l'été s'acheva. Les bruits de la rue commencèrent à diminuer, les voix se firent moins nombreuses, la musique plus rare. Bandes après bandes, les enfants s'escamotèrent. Les adultes battirent en retraite dans les maisons. Les adolescents passèrent des trottoirs aux porches, des porches aux entrées d'immeubles et aux cages d'escaliers, abandonnant les toits déserts. Les arbres, dans la mesure où il en existait, permirent à leurs feuilles de tomber — elle tombèrent sans qu'on le remarque — semblant promettre, non sans amertume, d'endurer encore une année. Le soir, de loin, les parcs et les terrains de jeux semblaient habités par des lucioles et la nuit vint plus tôt, s'approcha plus près, tomba avec plus de force. Le son du réveille-matin l'emporta sur celui des tambourins, les maisons prirent leur tête d'hiver. Les maisons fixèrent de leur regard un âpre paysage, semblant avoir résolu, non sans amertume, d'endurer une autre année.

Mais avant ce moment une année encore! Crunch pourrait être mort, Crunch pourrait être de retour : et ainsi le cantique ne cessait de résonner dans la tête d'Arthur pendant qu'il faisait ce qu'il avait à faire, et il ne savait jamais très bien ce qu'il faisait tout en le faisant, d'une manière ou d'une autre. Il parcourait des rues tumultueuses et bruyantes, des rues incroyablement silencieuses et vides — écoutant le bruit des pas de Crunch à côté de lui, apercevant Crunch au loin et se dépêchant pour le rattraper bien qu'il sût que ce n'était pas Crunch, voyant Crunch venir à sa rencontre — allant à l'école, répétant, pendant un temps, avec des gens qu'il n'aimait pas (il ne devait plus jamais, en fait, chanter dans un quatuor), travaillant à mi-temps comme télégraphiste, chantant dans les églises au week-end.

Je conserve la foi
Et je vais sans me plaindre
Mais avant ce moment, une année encore.
La vie peut m'abandonner
Et la mort m'emporter,
Si je suis avec Toi
Je n'ai rien à craindre.

Il sentit que Paul et Florence s'inquiétaient à son sujet. Pour la première fois de sa vie, il avait quelque chose à cacher et il dut y faire face — il rêvait de Crunch passant en cour martiale et étant torturé parce que lui, Arthur, avait « parlé » : il maintenait donc une apparence innocente, demeurait dans sa chambre uniquement pour étudier ou écrire — avec la porte ouverte — autrement, il restait bien visible au piano, son refuge le plus intime. Son second refuge était le cinéma mais il fut incapable de se rappeler un seul des films qu'il vit tandis que l'été finissait et que l'automne puis l'hiver lui succédaient.

Rends mon chemin plus clair
Et mon fardeau plus léger
Aide-moi à bien faire
Chaque fois que je le pourrai.
Laisse Ta présence me réjouir
Ton Esprit saint me remplir
Et garde-moi bien
Au creux
De Ta main.

« Tu as vraiment l'air de beaucoup tenir à ce cantique », remarqua Paul avec douceur, un samedi soir. Arthur ne s'était pas rendu compte que son père était dans la pièce.

« Oh... salut, Papa. » Ses doigts abandonnèrent le clavier. « Je dois le chanter demain, à Brooklyn.

— Tu t'accompagnes toi-même quand tu chantes ?

— Quelquefois. Pas toujours. La plupart du temps je m'adapte au pianiste de l'église. Je le suis.

— Est-ce qu'ils arrivent à te suivre, toi ? » dit Paul en riant. Arthur se mit à rire aussi.

Ils étaient seuls dans la maison. Florence était partie faire des courses ou prendre un verre avec Martha.

« Tu as des nouvelles de la bande ? »

Arthur avait une lettre de Crunch dans la poche mais il lui fallut un moment avant de répondre : « Ah ! Ouais, j'ai reçu une lettre de Crunch.

— C'est un garçon bien », dit Paul. Il alluma sa pipe et s'approcha de la fenêtre. « Je pense qu'il doit sûrement te manquer, non ?

— Ouais », fit Arthur dans sa barbe, d'un ton maussade. Puis : « Je veux dire, oui. Papa. Il me manque, pour sûr. On... on a eu pas mal de bons moments ensemble.

— Ouais, dit Paul, tu étais accroché à lui comme s'il avait été Hall — comme s'il avait été, lui, ton grand frère. »

Arthur se sentit déloyal. «Ah non, Papa, dit-il. Pas exactement. » Paul le regarda et Arthur rougit. « Hall est mon *frère*, expliqua Arthur gauchement, Crunch... Crunch... il est mon *ami.*

— Tout de même, il est plus vieux que toi et tu as toujours été le frère cadet et tu avais donc besoin d'un autre frère aîné. Quelqu'un en qui tu pouvais avoir confiance. » Et Paul regarda de nouveau Arthur. « Y a rien de mal à ça — le plus jeune a toujours besoin du plus vieux. Jusqu'à ce que », ajouta-t-il, après une pause dévastatrice durant laquelle il ralluma sa pipe, « jusqu'à ce que le plus jeune vieillisse assez pour se rendre compte qu'il est adulte et qu'il ne peut pas continuer à s'accrocher à son frère aîné. » Il se tut puis reprit, en regardant Arthur : « Surtout s'il ne s'agit pas vraiment du frère aîné mais simplement de l'*ami* aîné.

— Mais, risqua Arthur, est-ce qu'un ami ne peut pas être aussi important qu'un frère ?

— Il peut être *plus* important. Je veux simplement dire qu'ils ne sont pas la même chose. »

Paul s'assit dans le fauteuil près de la fenêtre.

« Quand par exemple tu te marieras » — ici, il procéda à un autre examen de sa pipe —, « *si* tu te maries, et je l'espère, cette femme que tu épouseras, elle devra être plus importante que ta maman ou ton papa. Ce n'est pas avec *nous* que tu vivras. Tu vivras avec elle et tu élèveras tes enfants avec *elle*. Nous, nous ne pouvons pas te retenir — nous sommes sur le départ. Nous avons fait ce que nous pouvions. Et tu ne peux pas t'accrocher à nous — personne ne peut revenir en arrière, pas longtemps en tout cas. Ça tourne mal. » Il sourit mais quelque chose dans son sourire effraya Arthur. « Et je ne veux pas qu'il t'arrive malheur. »

Arthur perçut un avertissement qu'il ne voulait pas entendre. L'entendre équivaudrait à une confession. Quelque chose en lui mourait d'envie de briser son silence, de demander *Qu'est-ce qu'il m'arrive ?* Il mourait d'envie de déposer son fardeau et d'en finir avec son tourment. Mais il ne pouvait pas menacer son « cœur » : il demeura silencieux, les yeux sur le clavier.

« À quoi penses-tu, fils ?

— Je pensais à ce que tu viens de dire. Mais » — il releva la tête — « je ne sais pas quoi répondre.

— Eh bien, continue à y penser, alors. Y a pas de mal. »

Cache-moi dans Ton sein
Jusqu'à ce que la tempête de la vie
Soit finie.
Berce-moi de Ton amour !
Nourris-moi, Jésus,
Jusqu'à ce que je n'aie plus faim
Et emmène-moi dans Ta demeure bénie
À mon tour !

Il chantait pour Crunch — pour protéger Crunch et le faire

revenir, et il chantait pour moi, pour me protéger et me faire revenir : il chantait pour sauvegarder l'univers. Et dans sa voix pénétra alors une douceur solitaire d'une telle puissance d'émotion que les gens en demeuraient pétrifiés, métamorphosés : il chantait leur amour et leur inquiétude, il chantait leur espoir. Avec son chant, il se confessait en public au pied du trône de la miséricorde et, tandis que sa voix s'élevait, il se savait racheté, aux mains d'un pouvoir plus grand qu'aucun sur la terre. Son amour fut sa confession, son témoignage son cantique.

Les dents serrées, il endura l'ingratitude des jours et des nuits, la férocité de ses rêves, la douleur de son corps tourmenté, le chagrin qui tapissait le fond de son âme. Il n'avait plus d'amis et se retrouvait incapable de s'imaginer avec des amis. Les gens qu'il voyait, il les voyait de très loin, par le mauvais bout d'un télescope. Leurs paroles — leurs sons — tourbillonnaient dans l'air, dépourvus de sens. Leurs mots ne lui parvenaient jamais. Il aimait son boulot de télégraphiste parce qu'il le laissait seul dans la rue pendant des heures et n'exigeait de lui que de l'énergie physique.

Après son travail, il allait au cinéma et s'asseyait dans le noir, laissant les images et les sons passer par-dessus sa tête. Il revivait, sans cesse et sans cesse, chacun de ses instants avec Crunch — chaque cantique, chaque geste, chaque étreinte — jusqu'à ce qu'il se sente devenir fou, prenne vraiment peur de se mettre soudain à hurler et d'être emmené à Bellevue. Parfois il souhaitait presque qu'il en fût ainsi. Mais, non — ni Crunch ni moi ne désirions le retrouver à Bellevue. Nous souffrions aussi, après tout, et nous étions en droit de nous attendre à ce qu'il gardât la foi. À de tels moments, il sentait que, s'il faillissait à son amant ou à son frère, il aurait alors, en quelque sorte, coupé le cordon qui nous reliait à la vie : s'il flanchait, quelqu'un, quelque part, de l'autre côté de la terre, à cet instant même, saurait que l'amour avait failli et en tirerait le pouvoir de nous abattre. Alors il tremblait — ce n'est pas facile de porter un fardeau d'une telle dimension cosmique — et recommençait à regarder le film ou bien se levait et partait marcher dans les rues, ou bien rentrait à la maison se mettre au piano.

Mais, parfois, il restait au cinéma et laissait les larmes couler sur ses joues sans rien voir.

Bien qu'il n'aimât point l'admettre, il lui était difficile de vivre à la maison et il désirait la quitter en sachant que, pour le moment, ce n'était ni possible ni juste. C'était comme si, chez lui, il se retrouvait prisonnier d'une pièce, dans un rôle qu'il avait joué trop longtemps.

Paul et Florence se faisaient du souci à son sujet, cela va sans dire. Ils ne pouvaient pas s'en empêcher et ils n'arrivaient pas à le dissimuler: les stratagèmes dont ils usaient pour s'en cacher mettaient les nerfs d'Arthur à vif. Leur inquiétude n'était pas aussi spécifique qu'Arthur l'imaginait — ce n'était pas des alarmistes. Ils n'étaient pas préoccupés par son attachement à Crunch qu'ils considéraient comme inévitable. Seul le temps dirait dans quel mesure il était « normal », mais normal est un mot qui ne sert pas à grand-chose dans une crise. Dans la mesure où ils pouvaient en juger, Arthur n'avait pas d'autre ami — Peanut était parti, Red allait suivre — mais ils n'avaient rien de très utile à dire ou à faire à ce propos, d'autant plus qu'un certain quant-à-soi caractérisait la famille. Pourtant, ils s'inquiétaient de la nature, de la signification de son isolement. Ils ne voulaient pas violer son intimité mais en même temps ils désiraient qu'il sache qu'ils lui appartenaient tout comme la vie, l'amour, le monde. Ils ne pouvaient pas l'atteindre. Il ne pouvait pas s'ouvrir. Ils se rendaient compte, au contraire d'Arthur, que celui-ci, en grandissant et en dépassant les gens et les choses, dépasserait sa relation avec *moi*: il nous faudrait chercher une autre manière de nous retrouver.

Les heures des repas devinrent des exercices en équilibre de grâce et de tension, réussis à l'aide d'une certaine bonne humeur qui avait en vérité pour source l'amour. Mais Arthur, nerveux et solitaire, avait besoin de quelque chose que ses parents ne pouvaient pas lui donner, que personne, en fait, ne pourrait lui donner désormais, pas même Crunch — bien qu'Arthur ne le sût point non plus. Arthur cachait un secret et il détestait cacher quoique ce fût.

Il déversait cela dans son chant, et Paul l'observait et l'écoutait en s'efforçant de se résigner.

Julia était la seule personne qu'Arthur fréquentait, grâce en partie à sa promesse à Crunch. Elle était ce qu'il y avait de plus proche de Crunch et aussi la seule personne au monde désormais à parler son langage. Ils connaissaient les mêmes choses. Sa jalousie s'était évaporée.

Il lui avait donné la clef de la chambre de Crunch et il la rencontrait parfois là-bas. Alors, chaque fois qu'il pénétrait dans la pièce, il avait plus que jamais un secret. Mais il s'agissait d'un secret qu'il pouvait serrer sur son cœur avec joie et douleur. Julia ne savait pas, personne au monde ne savait. Seuls, Crunch et lui savaient quelles merveilles avaient eu pour théâtre cette chambre, cette chambre délabrée, sale, miraculeuse ! Parfois, tandis que Julia parlait, il tournait en rond dans la pièce et se souvenait : se penchait par la fenêtre, regardait dans la glace, caressait le lit et se souvenait, se souvenait, fier et presque heureux. L'odeur de Crunch imprégnait encore le lit, la chaise — l'air, et tout ce qu'Arthur touchait que Crunch avait touché, ses empreintes étaient partout, Crunch était présent dans cette chambre ! Il avait presque peur, quelquefois, de sentir cette présence avec tant de force mais il était incroyablement heureux aussi et plein de gratitude pour Julia. Sans les difficultés de celle-ci et la promesse faite par Crunch, il n'aurait jamais été capable de revenir dans cette chambre. Peut-être pouvait-il fréquenter Julia, et personne d'autre, parce que, sans le savoir, elle partageait son secret. Sans le savoir.

Un samedi soir, vers la fin de l'été, il grimpa l'escalier familier et frappa à l'étrange porte.

« Arthur ?

— Oui.

— Entre. C'est ouvert. »

Julia, les cheveux relevés, portait un tablier sans formes, et la poubelle était pleine. Elle avait nettoyé la chambre.

« Tu ne devrais pas laisser la porte déverrouillée quand tu es toute seule.

— Tu rigoles ? Ces verrous ne peuvent empêcher personne d'entrer — ces *portes* ne peuvent rien contre personne. Et je ne sais pas pourquoi j'essaie de nettoyer cette pièce. C'est impossible, je dois être folle. » Elle fit couler de l'eau dans le lavabo, se lava les mains et lui sourit. « Comment vas-tu ?

— Bien. Et toi ?

— O.K. Tout bien considéré. Comment s'est passé ta journée ?

— Merdique. »

Elle rit. « Si les gens savaient. On va au cinoche ?

— Si tu veux.

— Que veux-tu voir ?

— Je ne sais pas. J'ai apporté un journal, j'ai pensé que tu déciderais. »

Il ne le dit pas, mais la vérité est qu'il a déjà tout vu ce qui se donne.

« Je vois. Tu me laisses le travail. »

Elle s'essuya les mains avec des serviettes en papier qu'elle devait avoir apportées et les jeta dans la poubelle. Il s'assit sur le lit, le caressa et parcourut du regard la pièce. Julia avait également apporté une plante pour l'installer sur le rebord de la fenêtre, elle avait lavé les vitres et couvert la chaise d'un chiffon rouge vif. Il y avait deux verres à eau sur le lavabo et elle avait camouflé l'affreuse table de nuit branlante avec un autre tissu de couleur vive. C'était à peu près la limite de ce qu'on pouvait faire avec cette chambre — dont le seul espoir demeurait le feu — mais cela faisait une différence dont Arthur était reconnaissant à Julia.

« Ces gens te font des ennuis ?

— Oh ! Cette négresse, je crois que c'est un cas mental. »

— Arthur rit — « Ne rigole pas. J'en suis sûre ! Elle a essayé de m'emmerder et je lui ai répété, tout comme tu le lui avais dit et Crunch aussi, que c'était la chambre de notre frère et que j'en étais responsable et que je l'entretiendrais et tout jusqu'à ce que mon frère — *notre* frère — revienne. Elle voulait savoir si j'allais *utiliser* la chambre. J'ai dit, sûr, que j'utiliserais la chambre tant que je paierais le loyer. » Elle se tut et contempla la poubelle. « Maintenant, qu'est-ce que je vais faire de ça ? Elle ne la videra jamais.

— Je m'en occuperai, dit Arthur. Laisse.

— Pourquoi ne vas-tu pas la vider maintenant, alors ? Et puis j'enlève ce tablier et on s'en va.

— O.K. » Il ramassa la poubelle et sortit. Il lui fallut trouver une boîte à ordures pas encore débordante mais il réussit finalement à vider la poubelle. Les rues étaient pleines de gens qui marchaient ou titubaient — personne ne lui prêta attention. Il remonta en sifflotant.

Julia, qui se recoiffait, portait son pantalon vert et un vieux chandail gris.

« Merci, Arthur. » Arthur reposa la poubelle. « Allons manger un hot dog au coin de la rue, O.K. ? J'ai faim. »

Elle referma la porte derrière eux et mit la clef dans sa poche. Alors qu'ils s'apprêtaient à descendre, ils entendirent quelqu'un monter. « Oh ! mon Dieu, je te parie que c'est Blanche », dit Julia.

Ils la rencontrèrent sur le palier du deuxième étage. Elle était, relativement parlant, habillée d'une jupe informe fermée par une épingle de nourrice, et d'une blouse gonflée par ses gros seins. Ses yeux sombres, étroits, les inspecta avec cette hostilité gratuite et sans réplique dont elle semblait gratifier chacun et toute chose.

« Bonsoir, Blanche, lança Julia.

— Tu reviens, ce soir ?

— Peut-être. Je ne sais pas. »

Blanche regarda Arthur. D'un regard différent cette fois — sans réplique mais pas gratuit : méprisant, triomphant. Elle savait qu'Arthur la détestait, la détestait de tout son cœur, la détestait et la redoutait parce qu'elle savait ce que Crunch et lui étaient l'un pour l'autre. Elle avait deviné que Julia l'ignorait et qu'il ne voulait pas qu'elle le sût. Elle savait qu'il n'était pas le frère de Crunch et que Julia n'était pas sa sœur.

« Tu reviens, toi ?

— Qu'est-ce que ça peut faire ? Le loyer est payé. »

Blanche les toisa de son intimidante hauteur. « Oui, dit-elle, le loyer est payé. »

Elle les dépassa et continua à monter.

« Un de ces quatre, quelqu'un pourrait bien venir voir un peu comment justement le loyer est payé. Vous êtes drôlement jeunes, il me semble, pour faire ce que vous faites.

— Je ne sais pas ce que tu crois que je fais, dit Julia, mais tu me parais à moi aussi drôlement jeune. »

Blanche poursuivit son chemin et ils continuèrent le leur. Ils sortirent dans la rue.

« Je pourrais faire n'importe quoi, dit Julia. Ils s'inquiètent des flics. Tu parles. La police s'en fiche. Ils devraient le savoir. Il se passe n'importe quoi ici. »

Oui, songea Arthur, mais nous ne connaissons pas les règles du jeu, petite. Pourtant il se tut. Il s'inquiétait de trop de choses. Il s'inquiétait de ce que Blanche pourrait raconter à Julia car il savait que Crunch, en dépit de ses intentions, ne lui avait finalement rien dit — Crunch en aurait peut-être eu le courage mais il n'en avait certainement pas eu le temps. Arthur savait qu'il n'en avait pas, lui, le courage, du moins pas encore. Et il s'inquiétait de Julia restant seule ici le soir. Crunch s'en était inquiété aussi : la chambre, après tout, était à son nom et Julia était mineure. « Mais, avait-il soupiré, nous n'avons pas tellement le choix, vieux. Il faut qu'elle s'éloigne de son père. » Arthur avait l'impression que Joel Miller buvait beaucoup, devenait incontrôlable quand il était soûl et que Julia utilisait alors la chambre en guise de refuge. L'explication ne lui avait pas entièrement donné satisfaction mais ce n'était que maintenant qu'il commençait à y prêter attention.

« Tu restes ici la nuit, la plupart du temps ?

— Non. » Juste avant son départ, elle avait passé une nuit dans la chambre avec Crunch, et un après-midi. Arthur ne le savait pas. Elle était terrifiée ici, toute seule : mais son père aussi la terrifiait. Elle utilisait cette chambre comme un refuge, s'y cachant jusqu'à ce que son père soit plongé dans son sommeil d'ivrogne.

Elle n'avait cependant jamais réussi à dormir seule dans cette chambre, bien qu'elle se fût forcée à le faire, à la manière d'un athlète s'entraînant pour un match redoutable. Elle était restée toute la nuit, lumières éteintes, blottie à la tête ou au pied du lit, écoutant les trains passer en rugissant, regardant les lumières balayer régulièrement la pièce, écoutant la rue, les pas dans l'escalier, le mouvement et les craquements des sommiers, les murmures, les soupirs étouffés, les jurons, les prières, les ordres, les bruits d'eau. Chaque fois qu'elle entendait des pas dans l'escalier, elle mettait sa tête entre ses genoux et priait : faites qu'ils n'ouvrent pas cette porte ! Elle mourait d'envie alors de rentrer en courant chez son père — au moins ses attouchements étaient familiers et, quand ce serait fini, elle pourrait dormir. Mais il lui semblait qu'elle n'avait pas dormi depuis la mort de sa mère et qu'elle ne dormirait pas avant d'avoir retrouvé son frère.

Une nuit, elle avait dû se rendre aux toilettes et elle était sortie furtivement en refermant la porte derrière elle. Les toilettes étaient incroyablement dégoûtantes mais elle avait été contrainte d'ajouter sa saleté au reste — et de la laisser là parce que la chasse d'eau ne marchait pas. À l'aube, elle avait pris le métro pour rentrer et retrouver Joel endormi tout habillé sur le canapé.

Elle avait voulu déménager. Elle avait déménagé, oui — dans un secteur inconnu de l'enfer. Elle se souvint de quelqu'un lui disant un jour : « Maintenant l'enfer, petite, rappelle-toi — l'enfer n'a pas de frontières. » Puis ajoutant : « Mais il faut que tu y ailles d'abord pour le découvrir. »

Arthur et elle traversèrent une rue et longèrent la moitié d'un bloc d'immeubles pour atteindre le kiosque des hot dogs et en acheter deux.

« Quel film va-t-on voir ?

— Ça m'est égal.

— Eh bien, tu remontes dans notre quartier après ou tu restes ici ?

— Je pense que je rentrerai à la maison. Je n'aime pas la manière dont Blanche m'a regardée.

— Bon, alors on peut aller voir un film par chez nous », dit Arthur et ils prirent la direction du métro.

Pourtant, elle avait progressé : elle avait survécu à ces nuits. Quelque chose s'était passé, son père le savait et il avait peur. Sa peur n'était pas plus solide que tout le reste en lui, elle ne pouvait pas compter dessus ; mais elle avait constaté qu'il avait peur quand elle était rentrée le matin, après avoir passé la nuit chez nous.

Il était sur le point de partir — elle avait calculé qu'il en serait ainsi — et lui écrivait un mot. Il regarda, avec une désapprobation marquée, son haut bain de soleil et son pantalon.

« Alors, tu t'es fait kidnapper ? » Avec son petit sourire.

« Pourquoi dis-tu ça ? J'ai pensé que ça te serait égal. Ce sont tes vieux amis.

— Ce sont en réalité de vieux amis de ta mère, dit-il. Tu t'es bien amusée ! Qui était là ? »

En l'entendant dire « des amis de ta mère », elle se tendit comme s'il l'avait frappée au ventre ou prise en flagrant délit de mensonges. Florence lui avait parlé de sa mère. Elle avait senti que Florence en savait plus qu'elle n'en voulait dire ; elle avait eu terriblement envie de craquer, de raconter la vérité à Florence et de la supplier de l'aider.

Mais elle sentait aussi que c'était elle, Julia, qui s'était, en quelque sorte, mise dans cette situation, et elle seule pouvait s'en sortir.

« Rien que nous. On a dîné et bavardé. Mr. Montana est rentré plus tard. » Elle hésita. « Crunch et Arthur étaient là » — elle surveilla sa réaction mais elle vit qu'il ne se sentait pas menacé par ces garçons — « mais ils devaient aller quelque part alors nous sommes surtout restées seules, Maman Montana et moi. On a passé un bien bon moment, elle est très gentille. » Elle se tut pour le regarder : « Ils se demandent pourquoi tu ne viens jamais les voir.

— Je ne les ai jamais beaucoup fréquentés, fifille. C'était surtout ta mère. »

Elle se rendit compte qu'il avait peur de tous les « amis de sa mère » qu'elle pouvait rencontrer à l'extérieur et qui pourraient la retourner contre lui, comme il aurait dit.

« Ça ne les empêche pas de se poser des questions, Papa. »

Elle le voyait calculer, calculer le danger.

« Ma foi — on pourra aller leur rendre visite un soir. Je ferais n'importe quoi pour te faire plaisir, ma fille. »

Il prononça sa phrase avec le galant sourire, insouciant et moqueur qu'elle avait toujours trouvé si émouvant et qu'elle trouvait maintenant, brusquement, très déplaisant.

« Il vaut mieux que tu partes à ton travail, dit-elle. Ne te mets pas en retard.

— Fais-nous un baiser. » Ceci était un rite matinal.

Elle se rendit compte qu'il se trouvait à l'endroit où Crunch et elle s'étaient allongés la veille. Elle se sentit soudain très désolée pour son père. Elle se demanda ce qui lui était arrivé. Elle se demanda ce qu'il voulait.

Il s'approcha d'elle, les lèvres entrouvertes, et lui caressa les seins. « Tu m'as manqué hier soir », chuchota-t-il.

Elle écarta ses mains, l'embrassa légèrement sur le front.

« Vas-y, dit-elle. Tu vas être en retard.

— Bon — tu devras te rattraper pour tout ça à mon retour. » Il continuait sur son ton désinvolte mais il ne savait plus sur quel pied danser. Il se dirigea vers la porte. « Vous n'avez pas trop parlé de moi, hier soir, non ?

— J'ai dit que tu avais été très bouleversé.

— Ça, c'est vrai, que tu m'as chambardé. J' sais plus ce que je fabrique la moitié du temps. » Il ouvrit la porte. « Tu seras ici aujourd'hui, quand je rentrerai ? »

Il était debout sur le seuil, son crâne, ses cheveux noirs se découpant à contre-jour. Son visage était dans l'ombre mais elle voyait les yeux pétillants, les dents, le sourire anxieux et enfantin.

Bientôt, malgré tout, elle serait libre.

« Vas-y, dit-elle. Je pense que je serai là. »

Il hésita, puis referma la porte derrière lui.

Et si je ne suis pas là, pensa-t-elle, je te laisserai un mot.

Après le cinéma, ils allèrent boire un café et écouter de la musique de juke-box dans un bistro au coin de la 135e Rue et de la Septième Avenue. Ils avaient vu William Holden et Gloria Swanson dans *Boulevard du crépuscule*.

« Pourquoi est-ce qu'elle l'a tué ? demanda Julia. S'il voulait partir, pourquoi est-ce qu'elle ne l'a pas laissé faire ? Ça me paraît absurde.

— Ma foi, fit Arthur, je pense qu'elle était folle du mec — je pense que le mec l'avait rendue folle.

— Pour être folle, elle l'était. Je ne crois pas à cette sorte d'amour. Les gens ont droit à leur propre vie.

— Ça doit être merveilleux, quand même, murmura Arthur, d'aimer à ce point.

— C'est toi maintenant qui es dingue. Avoir quelqu'un qui t'aime au point que tu peux pas aller faire pipi sans qu'il pique une crise ? »

Elle but son café et regarda du côté du joke-box où se trouvaient quelques jeunes. D'autres dansaient dans la rue. Elle se retourna vers Arthur et sourit. « Tu crois que ce serait merveilleux ? D'accord, ce serait merveilleux — tu serais, toi, merveilleux — et en moins d'une semaine ce serait si merveilleux qu'on serait obligé de te mettre une camisole de force. » Elle se mit à rire. « Les Noirs ne sont pas faits pour ce genre d'absurdité.

— Les Noirs vivent ça tout le temps, ma fille, dans cette rue même. Chaque samedi soir, y a une nana qui devient dingue, sort son rasoir et commence à découper son jules en rondelles. » Il sourit : « Tu prêchais, tu n'as pas connu la rue. Mais... attends un peu de voir par ici.

— C'est bizarre par ici, je te l'accorde, dit-elle après un moment.

— C'est dangereux par ici, bébé.

— Oh ! Dis donc ! Pourquoi essayes-tu de jouer au vieux avec moi ? Depuis combien de temps traînes-tu dans le secteur ?

— T'en fais pas, petite. Depuis plus longtemps que toi.

— Enfin, j'ai sûrement pas envie que quelqu'un m'aime au point de me courser avec des revolvers et des rasoirs. »

Arthur sourit : « Je ne sais pas, fillette. Ton salut est dans le lac, t'as quitté ta chaire et t'as une allure rudement chouette dans la rue. Je ferais gaffe, si j'étais toi.

— Tais-toi. De toute manière, on en est encore loin. J'ai plein de choses à faire avant tout ça. » Elle remua son café, l'air à la fois jeune et vieux. « Il faut que je gagne de l'argent et que je m'en aille d'ici. » Elle regarda de nouveau pensivement les garçons et les filles devant le juke-box : « Je n'ai jamais été jeune comme ça, dit-elle.

— Tu veux dire... à cause de la prédication ? »

Elle haussa les épaules. « Je pense. En partie. Mais... je n'ai jamais été simplement... *jeune*.

— Ma foi, tu ne te sens pas plus jeune, à présent ? »

Elle le regarda et Arthur ajouta très vite : « Non, je suppose que non. » La réalité de son problème lui revint à l'esprit : il se rendit compte qu'il n'avait pas envie de le comprendre.

Et il sentit soudain nettement qu'elle non plus ne voulait pas qu'il le comprît. Son attitude, sa vivacité gamine et tout ce qu'elle disait étaient des stratagèmes destinés à maintenir une certaine distance entre eux.

Pourtant elle s'était confiée à Crunch. Et elle n'était plus vierge : Crunch l'avait tenue dans ses bras. Ils n'en parlaient jamais, il n'y pensait que rarement — son imagination se refusait à l'accepter — et cependant, l'amour inexprimé, et le poids du problème inconnu les unissaient et formaient la source de leur amitié.

« Je crois qu'il vaut mieux que je rentre », dit-elle et quelque chose dans sa manière de le dire réveilla brusquement l'attention d'Arthur. Il était dix heures et demie.

« Ton père sera là.

— J'espère que non. Peut-être. »

À présent, elle avait l'air vieux ; elle regarda les gosses qui dansaient dans la rue.

« Tu peux rester dormir chez moi, dit-il.

— Merci, Arthur », et elle sourit. « Mais je ne peux pas *rester* chez toi.

— Tu peux, si tu veux, tu sais ça, pourquoi pas ?

— Mon papa me tuerait », dit-elle. Et elle rit.

« Est-ce qu'il boit beaucoup — ton père ?

— Oui, dit-elle. Depuis que ma mère est morte. Il a toujours bu — un peu — mais maintenant il boit beaucoup.

— C'est pour ça que tu ne veux pas rentrer chez toi ?

— Enfin... c'est difficile de savoir quoi faire quand quelqu'un boit beaucoup... Mais je ne peux pas continuer à *rester* ailleurs. Il faut que je *parte* ailleurs.

— Tu ne veux pas aller downtown ? Je t'accompagnerai en métro.

— Je commence à avoir peur de Blanche. Cette fille est mauvaise. Elle est capable de foutre le feu si elle sait que je suis là-bas. »

Arthur soupira. « Je ne vois toujours pas pourquoi tu ne viendrais pas chez nous. Tu y resterais jusqu'à ce que tu décides comment faire ce que tu veux faire — tu veux aller à La Nouvelle-Orléans, eh bien, Maman pourrait t'aider.

— Arthur, je ne peux pas aller à La Nouvelle-Orléans comme ça... Ma grand-mère n'a pas besoin d'une autre bouche à nourrir. Je ne veux pas que Jimmy me voie ainsi.

— Pourquoi pas ? Qu'est-ce qui cloche avec toi telle que tu es ? »

Elle baissa les yeux. « Je dois trouver un moyen », dit-elle avec entêtement.

Il ne répondit pas — il ne trouva aucune réplique à son farouche isolement. Quelque chose en elle avançait très loin devant lui. Mais elle avait toujours été très loin devant lui, même lorsqu'elle était une minuscule évangéliste avec ces yeux aussi vieux que l'Égypte et cette voix qui n'avait rien de commun avec le temps qu'elle avait passé sur terre. Il était étrange de sentir, assis en face d'elle, qu'en dépit de tout — son attitude, sa voix, son problème — Julia n'avait pas changé. C'était rudement troublant, un mystère déplaisant et, tandis que son esprit n'arrivait pas à se détourner de ce mystère, il ne parvenait pas davantage à le saisir. Mais il avait entendu quand elle avait dit, *Je dois trouver un moyen,* cette même inexorable acceptation de l'innommable qu'il avait entendue dans sa voix en chaire.

« Merde, dit-il, étrangement irrité, tu n'as pas besoin de trouver un moyen *ce soir.*

— Qu'est-ce que tu en sais ? Une nuit vient qui n'aura pas de lendemain.

— Oh ! Bon Dieu, fit-il, déguisant sa nervosité sous un rire, tu parles comme si tu étais encore en chaire. »

Elle se tut un long moment et il écouta les sons du juke-box. Il observa les garçons et les filles d'à peu près leur âge ou plus vieux, qui riaient, parlaient, semblaient se quereller, bougeaient ensemble et l'un contre l'autre, comme unis tous par d'invisibles liens, des liens qu'à la fois ils mettaient à l'épreuve et mouraient d'envie de briser. Ils s'accrochaient l'un à l'autre et au joke-box comme si c'étaient là des choses que le temps ne pourrait leur arracher ; ou comme s'ils avaient déjà vu ce que le temps pouvait emporter, et qu'ils bougent et dansent à présent dans une sorte de défi rebelle et fatal.

Il regarda Julia qui contemplait cette scène de loin, ou qui peut-être ne la contemplait pas du tout. Ses yeux, à cet instant, n'exprimaient rien pour Arthur.

Elle se leva et il se leva en même temps qu'elle. Il paya l'homme derrière la caisse et, passant devant le juke-box et les mômes, ils sortirent dans la rue.

« De quel côté veux-tu qu'on aille ?

— Je crois qu'il vaut mieux que je rentre chez moi, dit-elle. Je viendrai peut-être dormir chez vous demain. »

Ils marchèrent un moment en silence. Puis Julia dit : « Parfois, maintenant que je ne prêche plus, je me sens plus évangéliste que lorsque je prêchais. »

Les rues étaient sombres et très calmes, les gens occupaient des flaques de lumière aux coins des rues et sous les porches.

« Je ne sais pas, dit-elle. Peut-être je vois les gens mieux que je ne le faisais. Peut-être que je me vois moi-même. Quand je prêchais, je ne crois pas que je savais ce que je disais. Je ne savais pas ce que cela signifiait. »

Ils poursuivirent leur chemin sans rien dire. Puis elle reprit : « Maintenant, cela me revient. Je m'entends de nouveau — mais en réalité pour la première fois. » Elle marchait, les mains dans les poches. « Je ne savais pas que c'était vrai. Quand je prêchais je ne savais pas que le Seigneur peut faire trembler votre âme, dit-elle, je ne savais pas que c'était vrai.

— Julia, comment ?... » Il ne savait pas comment formuler sa question. Il avait failli demander : *qu'est-ce qui t'a fait changer ?*, mais il ne croyait plus, comme il l'avait fait peu de temps auparavant, qu'elle eût changé. Ce phénomène lui paralysa la langue. Il l'effraya. *Que t'est-il arrivé ?* Il n'était pas sûr de pouvoir supporter la réponse même si elle pouvait la faire.

La question resta suspendue entre eux dans le tendre silence de la nuit.

« Peut-être ce sont les funérailles auxquelles tu as chanté pour moi, dit-elle. Ce que nous avons dû subir pour arriver à faire entrer cette pauvre femme au cimetière — ou dans le royaume de Dieu, je ne sais pas. Il m'a semblé qu'elle était *vraie*, même si nous tous étions des menteurs. Je ne sais pas. »

Elle se tut un long moment. Ils traversèrent une rue, arrivèrent près de sa maison. Elle sortit les clefs de sa poche, au bout de sa main.

« Et puis, dit-elle, ma mère... » Et elle se tut. Il ne dit rien. La maison se rapprocha encore. « Maman Montana — ta maman — dit que ma mère était une petite jeune femme vraiment gentille, jolie, gaie... Je ne l'ai jamais connue ainsi. Elle était simplement... ma mère. »

Ils firent halte au pied des marches.

« Je t'ai retenu si longtemps dehors, dit-elle. Veux-tu venir prendre un petit rafraîchissement avant de repartir pour ta longue balade de retour? Je ne voudrais pas que tu t'évanouisses sur le bord de la route. »

Il n'avait pas envie d'entrer, et il se rendait compte qu'elle non plus n'était pas très certaine de l'effet qu'il produirait sur son père. Mais il se rappela sa promesse à Crunch ; peut-être sa présence l'aiderait-elle, ne serait-ce que momentanément.

« Juste une minute », dit-il.

Ils grimpèrent les marches, elle ouvrit la porte et ils longèrent le sombre corridor qui menait à l'appartement des Miller.

Elle fit jouer la clef très doucement, alluma la lumière et ils entrèrent.

La voix de son père leur parvint du living-room. « Hé ! Julia ? Où étais-tu ? »

Ils retinrent leur respiration et, avant que Julia n'ait pu répondre et atteindre le salon, Joel surgit. Il portait un pyjama abominablement débraillé, il était soûl et se jeta sur Julia.

« Je suis rentré tôt exprès pour toi. Je ne te vois plus jamais, *où étais-tu ?*

— Simplement au cinéma, Papa, dit Julia. Avec Arthur. Arthur m'a raccompagnée. »

Il n'avait vu que Julia. Il n'avait pas vu Arthur. Les mots de Julia le freinèrent. Il s'arrêta et regarda Arthur. Arthur aurait voulu aller aux toilettes. Le regard de Joel glaça son envie d'uriner et le glaça tout court. Il n'aurait pas pu faire pipi, il n'aurait pas pu bouger même si sa vie en avait dépendu. Le visage moite, les cheveux en bataille, un muscle de la joue agité d'un tic, la bouche ouverte, Joel fixait Arthur et ses yeux semblaient remplis de la surprise, de la douleur et de la haine d'une vie entière, une haine si puissante qu'elle le faisait trembler. Ses mains frémissaient du désir d'étrangler Arthur.

« Qui es-tu ? Que fais-tu ici avec ma fille ? » Il se tourna vers Julia. « Tu les ramasses dans la rue, à présent ?

— Papa, répliqua Julia, c'est Arthur. Tu le connais, tu l'as connu quand il était petit.

— Tu parles ! Il est pas qu'un peu grand *aujourd'hui* ! Qu'est-ce que tu fous ici à cette heure de la nuit avec ma fille ? Je ne veux pas qu'elle déconne avec des vauriens noirs de ton espèce ! Elle a son papa pour s'occuper d'elle !

— Vous me connaissez, frère Miller, intervint Arthur. Vous connaissez toute ma famille — mon père, ma mère et mon frère Hall. Je suis le fils de Paul Montana. »

Ces références semblèrent lentement pénétrer dans le cerveau de Joel, debout, penché en avant dans le couloir. « Paul Montana ? fit-il. Le pianiste ?

— C'est cela. Je suis son plus jeune fils. Julia et moi sommes simplement allés au cinéma et je l'ai raccompagnée. C'est tout. »

La bouche de Joel se referma lentement. Son regard changea, s'éclaircit, se concentra — et découvrit Arthur. En reconnaissant Arthur, Joel se rendit compte aussi de son propre débraillé. Il se redressa et tenta de boutonner son pyjama. « Tu aurais dû m'expliquer, petite, dit-il à Julia.

— Tu ne m'en as pas laissé le temps, Papa. »

Elle l'observait avec pitié — et de très loin.

Joel porta de nouveau son regard sur Arthur et ce qu'Arthur y lut lui parut plus difficile à supporter que la haine. Quelques instants plus tôt, les yeux avaient été animés d'une haine si noire ; à présent, ils étaient sans vie, morts de peur. Quelques secondes avant, sa voix avait fait trembler les murs et menacé le sommeil des voisins : à présent, elle n'était plus qu'un chuchotement rauque, fêlé.

« Comment va ton père ? réussit à dire Joel. Je l'ai pas vu depuis un bout de temps — je pense que c'est pour ça que je ne t'ai pas reconnu. » Il tenta un sourire. « Faut que tu me pardonnes, fiston. La vie a été dure depuis la mort de ma femme. Je n'en suis pas encore remis. » Il regarda Julia. Bizarrement, son regard s'anima de nouveau et, durant ce bref instant, Arthur se sentit incroyablement ému par l'homme. Joel se tourna vers Arthur : « Je deviens presque fou de souci pour ma fille maintenant qu'elle n'a plus de mère. » Il esquissa un sourire, tenta de minimiser l'affaire. « On ne peut pas en vouloir à un homme d'essayer de protéger sa fille. Elle est tout ce que je possède. » Il s'adressa à Julia : « Emmène Arthur dans le salon, fifille, donne-lui quelque chose à boire. J'étais prêt à aller me coucher. » Il sourit à Arthur. « Inutile d'essayer pour moi de vous tenir compagnie. » Étonnamment sobre, soudain, il tendit la main à Arthur : « Pardonne-moi, fiston. Sans rancune ? »

Arthur serra la main. « Non. Sans rancune. »

Joel se dirigea vers l'escalier. « Bonne nuit, fifille. À demain matin. Bonne nuit, Arthur.

— Bonne nuit, Papa. Dors bien.

— Bonne nuit, frère Miller. »

Joel disparut dans l'escalier. Ils demeurèrent cloués sur place, comme deux enfants effrayés — Arthur retenant à grand-peine une terrifiante envie de pouffer.

« Je peux aller faire pipi maintenant ? » demanda-t-il à Julia.

Ils se regardèrent une seconde et Julia éclata de rire. Ils rirent en chœur, d'un rire bas, étonné, craintif, comme celui de gamins qui ne veulent pas qu'on les entende. « Tu ferais mieux, dit Julia, avant de causer un vrai scandale ! » Et ils se remirent à rire jusqu'à ce qu'Arthur craigne de faire pipi pour de bon dans sa culotte. « Grouille-toi, dit Julia. Vas-y. Je vais voir ce qu'on a à boire. »

Quand il revint, Julia lui avait servi une bière et il n'avait plus envie de rire.

« Jeune fille, dit-il en s'asseyant sur le divan près d'elle, sa bière à la main, que vas-tu faire ? »

Elle répliqua sans le regarder : « Je ne sais pas. Je veux dire, je ne sais *vraiment* pas. » Puis, les bras croisés, elle ajouta, toujours sans le regarder : « Ne parle à personne de mon père, ni de ce que tu as vu et entendu ce soir — je sais que tu ne diras rien — je vais essayer de trouver un moyen de faire ce que je dois faire. » Puis elle tourna vers lui un regard si candide qu'il se demanda ce qu'elle savait. « Tu vas avoir à faire la même chose, d'une manière ou d'une autre — tu comprends ? Nous en sommes tous là. Parfois je pense, peut-être que mon papa, lui, il n'a jamais découvert ça — mais une chose que je peux te dire », elle se pencha en avant, les mains sur les genoux, et il constata à nouveau la grande différence — la distance — entre ses yeux à elle et ceux de son père, « Julia n'est pas morte. Julia est loin d'être morte. »

LIVRE IV

ORPHELIN

« Conduis-moi vers le rocher
Qui est plus grand que moi. »

(Cantique.)

Je revins à l'automne de l'année des dix-huit ans d'Arthur. Je crois que je revins un dimanche. Arthur m'attendait sur le quai. Je me rappelle ce long, long hangar, ces milliers de gens qui criaient, pleuraient, riaient autour de moi — et, sur la jetée, les vilains visages blancs pincés des fonctionnaires qui ne paraissaient pas du tout contents de voir revenir autant de jeunes Noirs en uniforme — et puis une sorte de brèche s'ouvrit et, de très loin, je vis Arthur avancer de sa démarche bondissante dans ma direction. Je voyais bien qu'il ne m'avait pas encore aperçu, pas encore distingué dans ce tohu-bohu kaki. Il avait grandi et il me parut donc plus maigre. Le soleil derrière lui plongeant son visage dans l'ombre ne me permettait pas de voir l'expression de ses traits mais je pouvais sentir son appréhension et son impatience. Je l'observais tout en manœuvrant vers lui. Quelque chose que je fis, un geste caractéristique, sans doute, accrocha le coin de son œil, lui fit tourner la tête et regarder directement de mon côté. Tout son visage s'épanouit, il eut soudain l'air d'avoir deux ans, et il se mit à courir vers moi. Je laissai tomber mes bagages, le saisis dans mes bras et le soulevai au-dessus de ma tête.

« Salut, jeune lion ! Comment ça boume ? »

Je le redéposai par terre et nous nous embrassâmes. Je

m'écartai en le tenant par les épaules pour l'examiner. On aurait cru qu'il ne pouvait plus s'arrêter de sourire — et moi pareil, je pense.

« Hall ! Bon Dieu, ça fait plaisir de te voir !

— Ça fait plaisir de te voir aussi, petit. Ça va ? Tu parais un peu maigrichon.

— Oh ! Allons donc, tu ne te rappelles plus à quoi je ressemble. C'est toi qui fais vraiment squelettique. T'as perdu du poids, vieux.

— Un peu. Je le reprendrai.

— Ça, tu n'y couperas pas, dès que Maman t'aura vu.

— Comment va Maman ? Et Papa ?

— Bien. Maman est à ses fourneaux depuis vingt-quatre heures et elle n'est toujours pas satisfaite. »

Nous rîmes, ramassâmes mes bagages et prîmes la direction de la rue.

« Comment était-ce là-bas ?

— Juste une petite opération de police, fiston. Fallait remettre ces niaqués à leur place. Y sont pire que les nègres, y croient qu'y-z-ont droit à tout un pays. Enfin quoi, même les plus affreux bamboulas ici ne réclament qu'un petit bout de territoire. Mais on leur a un peu montré. On te les a remis à leur place — à six pieds sous terre. »

Il n'avait pas cessé de m'observer. « Ça a été aussi moche que ça ?

— Oh ! Ouais, mec, dégueulasse. J'ai cru devenir dingue, je ne sais pas si j'arriverai jamais à oublier. »

Nous sortîmes au soleil, dans la rue. Je n'avais plus vu ces rues depuis si longtemps — et j'avais vu tant d'autres choses — qu'elles me frappèrent comme un marteau. Les gens s'adaptent à l'échelle de ce qui les entoure — les maisons, les rivières, les ponts, les puits, les petites routes étroites en lacets — et à présent je me retrouvais dans un énorme endroit où tout était hors de proportions. Un instant je me demandai comment j'avais jamais pu vivre ici, comment quiconque pouvait y vivre. Je n'avais pas entendu depuis si longtemps ce bruit — incessant, vide de sens, réduisant tout un chacun à un réflexe, exactement comme les immenses parois des gratte-ciel forçaient chacun à regarder les crottes de chiens par terre à ses pieds. Personne ne levait jamais la tête, ça, pas de doute, sauf pour regarder une folle créature sauter par la fenêtre ou pour calculer son propre plongeon — pourtant des gens vivaient ici, comme j'y avais vécu et comme j'allais y vivre : quel prodige ! Quelle merveille !

J'étais dégoûté mais fasciné ; plein d'amertume mais chez moi.

Je contemplai la cohue des voitures et des flics alentour. « Comment va-t-on sortir d'ici ?

— J'ai une bagnole, vieux, ne t'en fais pas. Reste là, c'est tout. Attends-moi. »

Et il disparut.

Rester là n'était pas exactement la chose la plus facile au monde. Les gens n'arrêtaient pas de me bousculer comme si je n'existais pas et les flics continuaient à gueuler : « Circulez, s'il vous plaît, circulez !» Je me mis un peu en retrait sur le trottoir mais il m'était vraiment impossible de reculer beaucoup sans me refaire balayer à l'intérieur du hangar. Des femmes, jeunes et moins jeunes, me dépassaient, rayonnantes aux côtés de leurs bien-aimés revenus sains et saufs de la guerre ; d'autres attendaient avec des petits enfants et même des bébés au bras. Oui, papas et mamans et fistons étaient là, et les sœurs et les frères et les oncles, les tantes et les cousins, tous en train de célébrer le miracle du Retour. *Hors des mâchoires de la mort* — et, pour l'instant, peu importait qu'on eût échappé à un danger seulement pour en affronter un autre. *Circulez. Circulez* — je regardai le flic qui me regarda à son tour ; quelque chose dans mes yeux lui fit détourner les siens. Les voitures et les taxis s'empilaient et se garaient sur trois files pour embarquer les héros chéris avant de reprendre, dans une agonisante lenteur, le chemin de la cité en rage. Arthur réapparut soudain et s'empara de mes bagages.

« Allons-y. » Je ramassai mon fourre-tout et suivis Arthur dans la mêlée des voitures et des gens. Arthur ouvrit le coffre d'une vieille Pontiac bleue, y déposa les deux sacs, prit mon fourre-tout, l'y jeta et referma le coffre.

« Monte devant, tu pourras voir la ville — je suis sûr que tu as envie de revoir notre belle cité. Regarde qui je t'ai dégoté comme chauffeur. »

Il grimpa derrière et je me glissai sur le siège avant. Je ne reconnus pas immédiatement mon chauffeur — qui me dévisageait avec un grand sourire.

« Nom de Dieu, dis-je finalement. Peanut !

— Exact, vieux. J'ai tellement changé ? »

Nous éclatâmes de rire et nous embrassâmes du mieux que nous pûmes, avec le volant entre nous.

« Oui — non, je ne peux pas dire, vieux. Si, tu as changé un peu. Tu as grossi.

— Un peu. Mais toi, pas. On dirait que tu as maigri.

— Ouais, je suppose. Je me rattraperai. »

Nous nous mîmes en marche. « Seigneur, dit Peanut, tirons-nous de ce merdier et rentrons chez toi pour que tu puisses commencer à engraisser un peu » — il me fit une grimace — « et te débarrasser de cet uniforme à la con et qu'Arthur nous serve une gouttiche et qu'on puisse s'attaquer à la bouffe.

— Comment ça va, Peanut ? Qu'est-ce que t'as fabriqué ? Je suis drôlement content de te revoir.

— Je me casse les roubignolles à Washington, *dee-cee,* la capitale de notre grand pays, avec des nègres à moitié blancs, snobinards et baratineurs, en essayant de ne pas me foutre en rogne et en venant passer le week-end ici chaque fois que je peux. Je suis tombé hier sur Arthur par hasard et, mon vieux » — il sourit —, « il m'a réquisitionné. » Nous tournions à l'est, loin de la mer et des bateaux et de la guerre derrière moi, mais nous étions toujours dans un embouteillage. « Patience », dit Peanut, l'œil sur le trafic, en commençant à se frayer lentement un chemin à travers l'avenue. Quelqu'un klaxonna derrière nous. « Continue à péter, connard. Tu finiras bien par chier !

— Tu n'aimes pas Washington ?

— Ma foi, j'ai de la veine, faut bien reconnaître, que l'armée ait décidé que j'étais à moitié aveugle et qu'on ne m'ait pas envoyé là où on t'a envoyé, toi. Alleluia, béni soit le Seigneur », dit-il en riant. Il coupa l'avenue et nous avançâmes au pas dans une rue latérale. « Mais non, je n'aime pas Washington. J'aime bien certains des gens que j'ai rencontrés là-bas, mais c'est vraiment une vilaine petite ville raciste, vieux. Tu sais ça, lança-t-il à Arthur. Crunch et toi vous vous en êtes aperçus.

— Ouais, dit Arthur. On s'en est parfaitement aperçus.

— Je me souviens, dis-je. Arthur me l'a écrit quand vous étiez tous là-bas.

— Crunch avait des gens à voir, et Arthur et lui sont donc restés deux jours de plus. Nous, on n'en pouvait plus d'envie de se tirer. » Nous nous arrêtâmes, avec l'espoir de passer au feu suivant. « Mais ça vient d'être déségrégué. Y disent que désormais un nègre peut aller partout, partout où tu veux. C'est-y pas quelque chose ? Z'êtes-y pas content ? Maintenant, tu peux bouffer dans la même salle que ces petites connasses blanches à la noix et leurs mecs sans couilles. Je peux pas attendre, moi — mais, en même temps, je crois pas que je m'y risquerai tout seul. Je viendrai chercher ici quelques gros durs de Harlem pour tenter avec moi l'expérience. » Il rigola de nouveau et nous passâmes au feu suivant.

« Tu as changé, lui dis-je.

— Bien sûr. Toi aussi. Tu étais là-bas au loin, moi j'étais à Washington. Ce que tu vois, ce que tu en baves, ce que tu vois les autres en baver — ça te change, rien à faire. Hé ! Arthur, tu veux m'allumer une cigarette, s'il te plaît ? »

Bon, je sais que ça a l'air dingue mais ceci — la requête de Peanut pour qu'Arthur lui allume une cigarette — me fit l'effet d'un choc : un petit choc, mais un vrai. Cela me fit prendre conscience de la longueur de mon absence, de tout ce qui s'était passé pendant que j'étais ailleurs. Je me tournai pour regarder Arthur allumer la cigarette et la tendre à Peanut.

« Veux-tu m'en allumer une aussi, s'il te plaît ? »

Arthur me fit un clin d'œil pétri de gaieté, alluma la cigarette et me la tendit.

« Tu ne fumes pas ?

— Quelquefois. » Il remit le paquet dans sa poche. « Je ne fume pas beaucoup. Ce n'est pas très bon pour la voix. »

Nous nous dégageâmes finalement des bouchons et prîmes la direction de la maison.

C'était une journée pleine de soleil, de circulation, de gens, qui semblaient tous se mouvoir avec résolution. Chacun paraissait, à mon œil étonné qui commençait lentement à se réajuster, excessivement bien habillé. Personne ne levait la tête, c'est vrai, mais c'est que personne ne s'attendait que des bombes pleuvent du ciel. On m'avait expédié au loin pour aider à garantir et perpétuer cette indifférence. Personne, ici, ne savait ce qui se passait ailleurs. Peut-être personne ne le sait-il jamais, nulle part : quel que soit l'endroit où *ici* se trouve, il est indispensable que cela se passe *ici* avant que cela puisse être perçu comme étant arrivé. Et pas réellement perçu, simplement subi. De cette tolérance proviennent, pour la plupart hélas, monuments, légendes et mensonges. Les gens s'y accrochent pour nier que ce qui s'est passé continue de se passer ; nier que ce qui s'est passé n'est pas un événement embroché et immobilisé par le temps, mais un éternel et constant reflet de nous-mêmes. Ce qui est arrivé dans ce pays, par exemple, n'a pas cessé à Shiloh, encore moins à Harper's Ferry : cela arrive tous les jours dans la vie de nos enfants. Je cite les monuments de la guerre civile non pas parce que je suis chauvin mais dans mon rôle de Sambo, le petit Noir.

Ce devait être un dimanche — Columbus Circle avec des oriflammes, des ballons et des calèches, des femmes noires poussant des voitures d'enfants, des jeunes gens agglutinés autour du socle d'une statue à l'entrée du parc, et le parc qui paraissait plein de monde, bien que l'air fût vif — et les gens tristes sur les bancs : des femmes blanches, droites silencieuses, parfois avec un livre ; des hommes aussi immobiles que des chats ; et des petits garçons aussi souples. Nous traversâmes la place puis nous accélérâmes. Les maisons commencèrent à changer.

Nous atteignîmes notre quartier. Arthur se pencha pour passer ses bras autour de mon cou. Je posa ma main sur son coude et le serrai très fort. Les rues étaient remplies de gens que je ne reconnus pas. Mais je verrais bientôt des visages familiers, plus tard ce soir, demain. Je me demandais ce que j'allais découvrir.

Peanut arrêta la voiture devant chez nous. « Arthur, dit-il, tu montes avec Hall et les bagages, je vais garer cette bagnole quelque part et je reviens tout de suite.

— O.K. » Nous descendîmes et sortîmes les sacs. Nous refermâmes le coffre et Peanut repartit. Quelques-uns des gosses dans la rue me regardèrent avec curiosité ou plutôt regardèrent mon uniforme avec curiosité. Une femme noire que je ne connaissais pas dit doucement, en passant à côté de moi : « Bienvenue chez toi. » Nous prîmes l'escalier. Paul et Florence attendaient devant la porte ouverte et je redevins leur petit garçon, jeune, plus jeune qu'Arthur, ce jour-là, parce que j'avais été épargné par la mort.

Je ne voulus pas manger ou faire quoi que ce soit avant d'avoir ôté mon uniforme, pris un bain et lavé la puanteur des batailles et des casernes, la puanteur de millions d'hommes. Arthur vint me frotter le dos et me rincer les cheveux.

« Que vas-tu faire ce soir ? s'enquit-il.

— Je ne sais pas. Il est possible que je ne fasse rien du tout. Je t'offrirais bien un verre, si tu étais assez vieux, mais tu ne l'es pas.

— Ça dépend, répliqua Arthur en versant soigneusement de l'eau sur ma tête.

— Ça dépend de quoi ?

— Ça dépend de l'endroit où tu veux m'offrir un verre.

— T'as donc déjà enfreint la loi ?

— Juste un peu. Rien d'extravagant.

— Eh bien — je vais peut-être aller faire un tour au Jordan's Cat. »

Arthur parut renifler ironiquement, comme pour dire : *Tu sais foutrement bien que tu vas aller faire un tour au Jordan's Cat.*

« Moi, je suis drôlement content que tu sois de retour. Tu m'as manqué, frérot.

— Tu m'as manqué aussi, vieux. Tu me passes une serviette ? »

Il me tendit une serviette, je m'essuyai le visage et les cheveux et je me mis debout.

« À tout de suite, vieux », dit Arthur.

Martha m'avait écrit pour me dire qu'elle avait à me parler de quelque chose mais ne voulait pas le faire par lettre. Je croyais deviner ce dont il s'agissait et je me demandais à quel point je m'en souciais. Quoi que ce fût, je ne m'en étais pas soucié suffisamment en tout cas pour l'empêcher : nous étions tacitement convenus de n'avoir aucun droit l'un sur l'autre. Ceci avait été parfait avant que je m'en aille : beaucoup moins bien une fois que je m'étais retrouvé au loin et que mon imagination avait commencé à faire pousser de grandes fleurs tropicales dans le jardin de ce qui aurait pu être. De près, on voit les rides des gens, leurs verrues et leurs boutons ; loin de vous, ces mêmes imperfections deviennent indispensables, un témoignage, somme toute, de votre attachement réciproque. De près, les défauts de l'autre importent, de loin, vous voyez surtout les vôtres. De : *Comment l'ai-je supportée, elle ?* la question devient : *Comment m'a-t-elle supporté, moi ?*

Passons. Je drapai ma serviette autour de moi et pénétrai dans le luxe incroyable de ma propre chambre. Si elle me parut plus petite qu'avant, elle me parut aussi plus *mienne* qu'autrefois. Elle avait été nettoyée, un peu transformée, pour être prête aujourd'hui. Toutes mes affaires étaient en l'état où je les avais laissées. J'eus l'impression que personne, pas même Arthur, n'avait été autorisé à dormir dans cette pièce durant mon absence.

Et pourtant, tandis que je commençais à revêtir mes propres habits, mes propres tricots de corps, mes propres chaussettes, je compris que le temps était venu pour moi de quitter cette chambre, cette maison, le temps était venu pour moi de quitter la maison de mon père. Je me rendis compte que, sans l'interruption de la guerre, je serais peut-être déjà parti. J'étais un certain genre de mec. J'avais besoin de mon lieu à moi, de *ma* tanière, de *ma* femelle, de *mes* petits : j'avais assez baguenaudé pour commencer à le savoir. Rien ne garantissait que je l'obtiendrais, mais c'était ce qu'il me fallait. Je n'étais pas comme Arthur : je n'avais jamais regardé aussi carrément cette réalité en face. Je ne savais pas ce qu'il fallait à Arthur mais je savais qu'il avait besoin de *moi*. Et sans le temps suspendu de la guerre et ma terrible et involontaire absence, j'aurais pu aujourd'hui être parvenu à une autre manière de « garder l'œil sur lui » : il aurait peut-être eu, à l'heure actuelle, deux maisons au lieu d'une, des neveux au lieu d'un frère unique.

Des rires et de la musique fusaient dans le living-room. Peanut et Arthur écoutaient des enregistrements d'autres quatuors. Paul commentait et, de temps à autre, j'entendais le rire de ma mère, le rire qui avait dû le sien quand elle était petite fille.

J'avais rapporté des cadeaux pour chacun — pour chacun, c'est-à-dire excepté Peanut — et maintenant, pas encore habillé, je farfouillais dans mes bagages à la recherche de quelque chose qui pourrait lui plaire. J'avais rapporté des boucles d'oreilles en jade pour ma mère, une pipe monstrueusement sculptée pour Paul et une robe de chambre trois quarts, noir et or, pour Arthur, des souvenirs pour Martha, Sidney et tante Joséphine, mais tout ce que je pus trouver pour Peanut fut un grand poster représentant une bataille orientale que j'avais aimé à cause de la violence des couleurs et la délicatesse du dessin.

Je sortis tous ces objets et les déposai sur mon lit. Je mis ma chemise, enfilai mes chaussures et me regardai dans la glace.

On n'aime pas toujours ce que l'on voit dans un miroir mais ce jour-là ce fut le contraire puisque j'étais de retour et que l'avenir, de nouveau, m'appartenait. Ce qui prouve, j'imagine, que le miroir ne reflète que votre propre état d'esprit. Je sentis que moi, Hall, je m'en sortirais, je ne ferais honte à personne. J'avais un peu peur de quitter la chambre, d'aller dans le living-room et dans les rues reprendre le cours de ma vie. Derrière le miroir et mon visage, il y avait de la musique, la musique du salon. C'était un quatuor. J'entendis :

Nicodème
alla trouver le Seigneur,
il alla Le trouver
la nuit.
Il dit, Rabbi,
ce qui signifie Maître,
ne me conduiras-Tu pas
vers la Lumière ?

Il dit, Nicodème,
laisse-moi te dire
en ami,
tu dois être
converti,
et je n'ai jamais entendu
un homme
parler comme cet homme !

Cet air, cet air entraînant, m'évoque toujours un homme noir, le visage brillant de sueur sous le soleil qui inonde son visage, montant en dansant une longue et haute colline. Quand il trébuche, il ne se penche pas en avant ; il s'arc-boute en arrière et utilise son faux pas pour reprendre le rythme. Il est entouré de gens qui l'encouragent à grimper, ils sont tout autour et derrière lui mais on ne les voit pas. On sait simplement, comme lui, qu'ils sont présents. Si cet air me fait toujours penser à un homme noir, c'est qu'il s'agit d'une musique noire. Cette musique est noire parce que les gens qui se sont trahis en étant blancs n'osent pas croire qu'un son aussi grossier et horrible, aussi majestueux et universel, puisse être sorti d'eux-mêmes — bien qu'il en soit sorti et qu'il en sorte encore ; c'est ainsi qu'ils le reconnaissent et c'est pourquoi ils le fuient : et ils le réentendront en eux-mêmes, quand la présente hallucination aura été anéantie sur la terre.

Sous cette musique : le rire étouffé de Paul, le rire clair de Florence, les facéties imperturbables de Peanut et Arthur, mon visage — je ramassai mes cadeaux et j'entrai dans le living-room.

« Tiens, tiens, tiens, fit Peanut, mine de rien, on dirait que tu ne vas pas avoir de difficultés de réadaptation à la vie civile.

— Peanut, qu'est-ce qui te rend si jaloux ? s'enquit Florence. Surtout quand tu *sais* que le bon Dieu n'aime pas ça. Mes enfants — et spécialement mon aîné *aujourd'hui* —

ils sont naturellement chic, il vaut mieux que tu te mettes bien ça dans la tête et que tu l'acceptes.

— Je l'accepte, Maman Montana, j'étais simplement un peu ébloui... »

Elle était un peu pompette, pas tant de vin que de bonheur — de soulagement : comme si elle avait retenu son souffle tout le temps de mon absence et n'avait pu recommencer à respirer qu'à présent.

Avec Paul, c'était autre chose. Il ne respirerait probablement jamais plus à fond mais, aujourd'hui, il était heureux.

J'étais excité comme un môme. Je me concentrai sur les paquets. « Tiens, dis-je à ma mère, ça, c'est pour toi », et je lui donnai son cadeau, ou plutôt je lui tendis son cadeau et m'approchai pour l'embrasser du canapé sur lequel elle était assise, et : « Voilà, dis-je à Paul, ceci c'est pour toi », et je lui déposai un rapide baiser sur le front. « Et tiens, Polisson, c'est pour toi », et je laissai tomber le gros paquet sur les genoux d'Arthur. « Peanut, annonçai-je, j'ignorais que je te reverrais aujourd'hui mais j'espère que ceci te plaira. Tout ce que je peux dire, c'est que, moi, ça m'a plu et que c'est la raison pour laquelle je l'ai acheté », et je lui donnai le poster en rouleau.

La table devant le canapé était couverte de bouteilles et de plateaux — cacahuètes, biscuits, jambon, fromage — que je n'avais pas même remarqués.

« On dirait qu'on fait la fête, dis-je.

— T'as raison, répliqua Paul. Et comment qu'on fait la fête ! On est si contents de te voir de retour, fils, qu'on ne sait plus comment réagir. Que dirais-tu d'une goutte de Jack Daniels ? Ou de Cutty Sark ? Je l'ai tout mis de côté pour toi. Comme tu vois, ta maman ne boit pas » — Florence rit — « et je ne bois qu'à peine et on met les bouteilles sous clef quand ton frère est à la maison.

— Je prendrai un doigt de Cutty, dis-je. Avec de la glace. »

Mon père me servit et me tendit mon verre. Nous nous regardâmes une seconde droit dans les yeux — mais une très longue seconde : notre passé, notre présent et notre futur défilèrent dans ce clin d'œil — et nous levâmes tous notre verre à nos santés réciproques.

Je ne sais pas pourquoi je sentis si vivement que cette première soirée de retour était aussi mon premier adieu.

Un silence tomba. Les bruits de la rue s'y engouffrèrent. Le gramophone s'était arrêté. Paul ôta sa pipe, l'examina un moment avec un grand respect, la remit entre ses dents et me fit un signe de la main. Arthur déballa sa robe de chambre orientale et l'enfila avant de parcourir la pièce de long en large, à la Yul Brynner, tout en se regardant dans la glace. Peanut déroula son affiche guerrière.

« Laissez-moi mettre la nourriture sur la table », dit Maman en caressant ses boucles d'oreilles. Elle me sourit et se dirigea lentement vers la cuisine.

« C'est très vrai », dit Paul — il s'adressait à Peanut —, « en ce qui concerne la déségrégation, moi je peux passer le restant de ma vie sans jamais m'asseoir à une table avec des Blancs — mais ce n'est pas vraiment la question.

— Je me rappelle, intervint Florence, quand il t'a fallu changer de train à Washington et que tu as dû aller dans le wagon réservé aux Noirs — quand tu n'as pas pu aller au wagon-restaurant avant que tous les Blancs aient terminé. Bon, bien sûr, tu ne veux pas manger avec des abrutis pareils — mais ça change tout. Je ne veux pas dire que j'ai envie de manger avec des Blancs. Ça rend simplement la vie un peu plus facile — ça rendra peut-être la vie de mes enfants un peu plus facile. Peut-être que c'est tout ce que je veux.

— J'arrive pas à trouver ça facile à avaler, dit Peanut. Ces gens ont le culot de se vanter de nous donner quelque chose qu'ils n'ont jamais eu de toute manière le droit de nous retirer. »

Il but une gorgée de son verre — nous étions à table —

et ajouta : « Ça ne va pas me les faire tenir en meilleure estime, je peux vous le dire tout de suite.

— Ce n'est pas la question, fils, répliqua Paul. Ça ne vaut pas la peine d'en parler. On ne peut pas aimer des gens qu'on ne peut pas respecter. »

Je repensai à plusieurs de ces visages orientaux que j'avais vus et à l'amer et froid mépris dans leurs yeux. Certains appartenaient à des putains, d'autres à des grand-mères ou des grands-pères, et d'autres à des enfants. Dans le cas des vieux, le mépris se mélangeait à la pitié ; chez les enfants il se dissimulait sous l'étonnement et la souffrance : mais le mépris était là, permanent et insondable. Pas un seul de mes camarades blancs ne l'avait vu mais après tout ils ne m'avaient pas vu *moi* non plus.

« Eh bien, en tout cas, dit Arthur, ça devrait améliorer les choses dans les écoles. »

Peanut émit un grognement. « Écoutez, dit Paul, nous n'avons pas attendu que les Blancs changent d'idées, de lois ou de n'importe quoi, pour nous sentir responsables les uns des autres, aimer nos femmes ou élever nos enfants. Ils changent leurs lois quand leurs lois les dérangent, *eux,* ou bien quand ils croient y voir un avantage pour *eux*.

— Si on avait jamais dépendu des Blancs pour quoi que ce soit, dit Florence, il n'y aurait plus un seul Noir en vie ici aujourd'hui.

— Maman, demanda Arthur, tu crois qu'ils ne peuvent pas changer ? »

Elle baissa la tête, puis regarda Arthur : « Je dis que tu ne peux pas en dépendre. Il faut que tu dépendes de toi-même. » Elle caressa une de ses boucles d'oreilles. « De toute manière je ne parle pas vraiment des Blancs. J'ai connu des Blancs qui étaient formidables et certains Noirs qui étaient des salauds. » Elle s'interrompit et s'adressa de nouveau à Arthur : « Regarde. Quand a-t-on jamais parlé des Blancs autour de cette table ? La seule raison pour laquelle nous en parlons aujourd'hui c'est qu'ils ont décidé de déségréguer ceci et de déségréguer cela. J'espère qu'ils le font. Ça pourra rendre la vie un peu plus facile pour vous et un peu meilleure pour eux. Mais nous ne parlons pas vraiment d'*eux* : nous sommes en train de parler de nous. Quoi qu'ils fassent, mon chéri, tu as encore ta vie à construire. Je suis contente que tu ne sois pas forcé de voyager dans un wagon réservé aux nègres comme ton papa et moi avons dû le faire. »

Avec ses boucles d'oreilles qui accrochaient la lumière, elle paraissait très jeune et très heureuse. « Passe-moi l'assiette de ton frère, Arthur. Je ne vais pas l'engraisser pour l'abattoir, mais je veux bien être pendue si je ne lui donne pas des forces pour la bataille. »

Après le dîner nous retournâmes dans la salle de séjour. Il était encore tôt, le soleil venait de se coucher. Les lampadaires, qui s'allumaient à peine, peignaient les rues d'une sorte de gris pourpre, et on pouvait les voir jusqu'au centre de la ville, au-delà du parc, s'insinuer dans la banlieue. Tout était très calme, comme si chaque habitant avait décidé de reprendre haleine en même temps et de faire ce que nous faisions : simplement rester chez soi.

Je m'assis à une fenêtre, près de mon père, et ma mère s'installa à l'autre. Peanut se mit au piano. Arthur se posa sur un coussin, la tête appuyée contre le canapé. Peanut fredonnait un cantique : « Là où Il me conduit, je Le suivrai. » Florence chantonnait avec lui.

« On ne t'a pas raconté ce qui était arrivé à Julia », dit Arthur. Il le dit d'un ton étrange, lointain, le regard au plafond : il le dit comme si cela lui faisait mal.

Florence cessa de fredonner.

« J'ai appris qu'elle s'était arrêtée de prêcher, dit Peanut, et puis qu'elle avait disparu de la circulation.

— En effet, elle a disparu de la circulation, répliqua Florence. On l'a *écartée* de la circulation.

— Tu m'as écrit ça, dis-je à Arthur, il y a quelque temps.

— Oui, il y a quelque temps. Je ne t'ai pas tout raconté. Tout n'était pas encore arrivé — ou j'en ignorais une partie. » Il alluma une cigarette.

« Je l'avais rencontrée deux jours avant, sur la 14e Rue. » Il marqua un silence. « Elle s'était mise à passer pas mal de temps là-bas. » Il se redressa. « Excuse-moi, Maman. Je n'avais pas l'intention de t'interrompre.

— Pas d'importance », dit Florence. Puis : « Voilà que tôt un matin, Hall, j'ai eu ce coup de téléphone, et je n'ai pas reconnu la voix, elle avait un ton si étrange, si effrayé. Elle ne cessait de pleurer, de crier : "Maman Montana ! Maman Montana !" et je ne la reconnaissais toujours pas. "Venez vite ici, je vous en prie, venez ici, s'il vous plaît, s'il vous plaît, je crois que je suis en train de mourir." Qui est-ce, j'ai dit, qui est-ce ? Et, au moment même où je posais la question, je compris qui c'était, je ne sais pas *comment*. Elle dit : "C'est Julia, *Julia,* je vous en prie venez, je vous en prie venez", et elle se mit à pleurer comme j'espère que tu n'entendras jamais personne pleurer. Je me suis habillée et je me suis précipitée là-bas. J'ai pris un taxi.

« Le temps que j'arrive, des voisins avaient déjà pénétré dans l'appartement parce qu'elle criait si fort et la porte était ouverte. Et, Hall, je n'ai jamais rien vu de pareil, jamais de toute ma vie. Tu te rappelles comme Julia était maigre ? Eh bien, la pauvre petite maigrichonne avait été battue pratiquement à mort. Son visage, ce n'était plus un visage mais une bouillie de sang et de chairs gonflées. Elle n'avait plus de lèvres, plus d'yeux — juste des petites fentes noires là où les yeux auraient dû être. "Qui a fait ça ?" j'ai demandé. Je croyais que quelqu'un était venu essayer de les cambrioler. Et elle ne me répondait pas, elle continuait seulement à répéter. "J'ai perdu mon bébé, j'ai perdu mon bébé." Et j'étais tellement bouleversée, Hall, que je n'arrivais pas à comprendre ce qu'elle disait. Quelqu'un voulut appeler la police mais je dis : "Non, laissez-moi faire venir une ambulance, il faut qu'on transporte cette enfant à l'hôpital." J'ai donc appelé l'hôpital et, juste par chance, j'ai eu Martha au bout du fil. J'ai enveloppé la petite du mieux que j'ai pu dans des couvertures — et le sang s'est mis à traverser ces couvertures, j'ai compris qu'elle allait saigner à mort — et alors ce qu'elle disait à propos de la perte d'un bébé est soudain devenu clair, elle saignait comme un bœuf entre ses jambes. J'ai répété : "Qui a fait ça ?" et quelqu'un a dit : "Son père. Son père l'a battue et il lui a fait ce bébé, aussi."

« Ma foi, je n'ai pas eu le temps de réfléchir — je n'ai pas pu réfléchir à tout ça à ce moment-là. L'ambulance est arrivée, on l'y a installée et je suis montée avec elle pour l'accompagner à l'hôpital. Et, Dieu merci, Martha était là-bas, autrement on serait encore dans ce bureau des admissions en train de répondre à des questions idiotes. Martha a viré tout le monde et a fait admettre Julia. Je me suis assise sur un banc. Tout était arrivé si vite que rien n'était très clair dans ma tête.

« Martha revint et dit que Julia avait été méchamment battue mais que ce n'était pas le pire — la raclée avait provoqué une fausse couche alors que Julia était dans son troisième mois. On faisait tout ce qu'on pouvait pour elle. Elle s'en sortirait peut-être, ou peut-être pas : elle était terriblement frêle et elle avait perdu beaucoup de sang.

« Puis elle me demanda de trouver le père de Julia parce qu'il était le parent le plus proche.

« Elle me regarda droit dans les yeux en me disant cela, comme si elle avait su ce que je pensais — elle se rappelait, et moi aussi, le jour où nous étions allées là-bas ensemble, avant la mort d'Amy — et, quand elle m'a dit ça, mon sang s'est glacé. Je l'ai regardée mais sans pouvoir lui répondre : je ne pouvais pas prononcer le nom du père, je ne pouvais pas, je le jure. Dans un sens, quand Martha m'a demandé ça, j'ai compris — tout à coup, j'ai *su !* — que tout ce que j'avais été terrifiée de penser était vrai — cette femme avait dit la vérité quand elle avait déclaré : "Son père l'a battue et il lui a fait ce bébé, aussi." »

À présent, il faisait nuit, je ne pouvais distinguer qu'à peine le visage de ma mère ou celui des autres. Les lampadaires étaient allumés dans les rues d'où montait un vague et doux bourdonnement de musique et de voix.

Paul se tourna vers moi. « Ta maman voulait que je trouve Joel, dit-il, et je suis donc parti à sa recherche. Ça m'a pris toute la journée. Ça m'a pris une partie de la nuit. Il n'était pas à son travail. Je ne pensais pas qu'il serait chez lui, le connaissant, mais j'y suis quand même allé et j'ai failli me faire arrêter. Les flics étaient encore là et ils m'ont pris pour lui. Passons. L'endroit était dans un drôle d'état, un véritable abattoir, en partie à cause de ce qui s'était passé ce matin-là et en partie à cause des flics — ils avaient mis la baraque sens dessus dessous en cherchant n'importe quoi mais surtout de la came. Il y avait encore du sang sur l'une des fenêtres, Hall, du sang dans l'évier, du sang sur le divan. Et je voyais bien que personne ne voulait croire qu'un homme puisse faire ça à *son* enfant. Ça ressemblait davantage à l'œuvre d'un type devenu fou qui, en rentrant chez lui, aurait pris tout ce qui lui tombait sous la main pour le flanquer à la tête de sa *femme*. Un des flics, un Noir, dit : "Si cette nénette est encore en vie, elle a du pot — c'est qu'ils ne devaient pas avoir de place là-haut pour elle."

« Mais tous les voisins jurèrent que c'était lui — que ça ne pouvait être personne d'autre que lui. Ils avaient entendu tout le barouf avant qu'il ne parte et ils l'avaient entendu partir. Et puis ils avaient entendu Julia crier et pleurer — ils étaient là quand ta mère était arrivée — ils jurèrent que c'était lui.

« Je ne voulais pas le croire. Peut-être que je n'ai jamais pensé grand bien de Joel mais je l'estimais tout de même mieux que *ça* — on estime n'*importe quel* homme mieux que *ça*. Mais je savais que Florence y croyait et elle n'est pas très crédule de nature. C'est drôle » — il s'interrompit, me regarda, détourna les yeux, baissa la tête —, « je n'y croyais pas et pourtant je voulais trouver ce chien pour le battre comme il avait battu Julia et puis jeter ce qu'il en resterait dans le commissariat le plus proche.

— Tu n'y croyais pas, dit Florence, mais tu le *savais*. Tout comme moi.

— Enfin, j'ai passé au peignoir tout Broadway. Il allait souvent dans certaines de ces boîtes de musiciens là-bas. Zéro. Je suis allé au Village. Pas de Joel. Je suis revenu ici, allant d'un endroit à l'autre, faisant du rabattage. Je suis allé au Jordan's Cat, bien que convaincu qu'il n'y serait pas. Je suis retourné chez lui.

« Je me suis assis sur la plus haute marche du perron. Je crois que j'avais le cerveau en capilotade. J'ai attendu. Je me suis dit qu'il faudrait qu'il revienne tôt ou tard. J'ai même sonné. Il n'y avait plus de flics dans le coin ni de voiture de police, mais j'ai pensé qu'un des voisins avait convenu d'appeler le commissariat dès qu'il se montrerait. Et je ne sais pas pourquoi, je me suis dit que Joel serait trop bête pour s'en rendre compte comme il était trop bête pour comprendre ce que les gens pensaient vraiment de lui pendant qu'il promenait sœur Julia en lui servant d'esclave. Quoi qu'il en soit, j'ai attendu, assis là. J'étais fatigué.

« Mais j'allais être en retard à mon travail et je suis donc reparti vers le bar où je jouais alors, à quelques rues du Jordan's Cat, un endroit nommé The Window Shades et, le croiras-tu, voilà qu'il était là, installé au bar.

« Il était vraiment dans un état lamentable, lui aussi, mais ça ne se voyait pas à moins d'y regarder de près. Il avait des égratignures et des bleus, la lèvre supérieure enflée — mais si on ne savait pas, il avait simplement l'air en fait de quelqu'un qui avait forcé sur la bouteille.

« Il me regarda et j'allai vers lui. “Paul, dit-il, je suis si content que tu sois là. J'ai quelque chose à te raconter.” Je me contentai de le regarder. “Ce matin, des types se sont introduits dans la maison pour nous cambrioler et je crois qu'ils ont blessé Julia." Je continuai à simplement le regarder. "Paul, j'ai horreur de te dire ça mais ma fille — Julia" — et il se mit à pleurer —, "je crois qu'elle fait une dépression depuis la mort de sa maman, elle n'est plus la même." Puis il dit : "Paul, j'ai horreur de te raconter ça au sujet de ma fille unique mais elle se prostitue, elle fait le *trottoir*, mon vieux, et un de ses mecs a forcé la porte ce matin et l'a battue. Ma fille unique, mon vieux. Tu peux croire ça ? Et ils veulent que je témoigne contre elle. Enfin, tu sais bien que je ne peux pas faire ça. Tu peux pas témoigner contre ta chair et ton sang, la Bible nous dit que c'est un péché contre le Saint-Esprit, on ne peut pas être pardonné pour *ça*." Et il pleurait réellement de vraies larmes qui coulaient entre ses doigts, et ses épaules étaient toutes secouées.

« Ma foi, je ne sais pas si Joel le savait, mais moi je savais que des clients du bar habitaient son immeuble — les flics se le paieraient bientôt. Je le laissai là et gagnai mon piano. Les flics le ramassèrent ce soir-là ou peu après — ils ne le ramassèrent pas dans le bar — mais ils ne purent pas l'inculper. » Il regarda Florence. « Pas de témoins. Julia ne pouvait pas parler et quand elle a *pu* parler, elle était déjà à La Nouvelle-Orléans — sa grand-mère l'avait emmenée. »

Personne ne souffla mot pendant un long moment.

« Bref, dit finalement Florence, elle n'a jamais voulu rien dire contre son père — peut-être parce qu'il n'était pas *que* son père. Quoi qu'il en soit, ajouta-t-elle, elle ne l'a jamais fait. Et je crois qu'il nous faut respecter cela.

— C'était l'enfant de Crunch, dit Arthur. Quand Julia a pu parler et que je suis allé la voir à l'hôpital, c'est ce qu'elle m'a dit. »

Je demandai : « La grand-mère, elle n'avait pas amené le Petit Jimmy avec elle ?

— Bien sûr que non, répondit Florence. Pour quoi faire? Elle l'avait laissé avec des cousins là-bas.

— Une chose est certaine, dis-je. Elle doit avoir drôlement *voulu* que ce soit l'enfant de Crunch. »

Arthur me fit un signe affirmatif très emphatique. Ses yeux étaient immenses, brillants, plus vieux que je ne les avais jamais vus.

« Tu veux dire que frère Joel Miller couchait avec sa fille? dit Peanut. Je n'ai jamais entendu raconter ça!

— Qu'est-ce que tu as entendu, toi, là-bas à Washington?

— Le monde est petit. » Peanut jeta un coup d'œil vers Florence, puis vers Paul. « J'ai entendu dire... qu'elle faisait des passes — comme le disait frère Miller, quoi — avec des Blancs, sur la Bowery et dans le Village, et que frère Miller l'avait découvert et qu'il l'avait tabassée... que c'était la raison pour laquelle il l'avait battue.

— Eh bien, dit Paul, il semble que c'est son histoire à lui qui s'est vendue. De toute manière, il est toujours dans le coin. Si tu sors ce soir, tu le rencontreras peut-être. Les dames l'aiment encore bien.

— Que sait Crunch de cette affaire? demandai-je à Arthur.

— Ma foi... je pense qu'il sait que Julia allait avoir un enfant de lui et qu'elle l'a perdu. » Il hésita. « Il m'avait raconté leur... leur histoire... avant de partir. » Il alluma une nouvelle cigarette à un mégot qu'il écrasa dans le cendrier sur la table basse. Il leva les yeux vers moi: « Crunch ne dit pas grand-chose dans ses lettres — je suis le seul à lui écrire en fait et je ne sais pas ce que Julia lui a raconté. Je n'ai pas pensé que c'était à *moi* de le lui dire.

— Tu as raison », dis-je. Avant d'ajouter: « Il devrait bientôt être de retour. »

Paul chercha Arthur du regard. « Viens nous jouer quelque chose. Ton frère n'a pas entendu ta voix depuis longtemps — et, je le sais, une fois parti se balader, il ne rentrera pas de sitôt — pousse tes fesses, Peanut. Je ne crois pas que Hall ait déjà entendu son frère chanter et jouer du piano en même temps. »

Peanut se poussa et Arthur se leva. Il s'assit au piano : « Pour toi, frère. »

Assis, les bras croisés, le dos tourné à la fenêtre et à l'espace derrière moi, je le contemplais. Il baissa les yeux sur le clavier, tapota les touches. Un visage différent. Un son différent. Il se retourna un instant vers moi puis reporta son attention sur le piano. Son visage changea une fois de plus

Brille,

nous regardant encore, moi et l'espace derrière moi, puis le clavier,

sur moi.

J'observai ses doigts sur les touches. Ses yeux étaient fermés.

Brille
sur moi.

J'observai son visage et ses mains, comme si je ne les avais jamais vus, et je le sentis commencer à tirer de moi son cantique.

Laisse la lumière
du phare
briller sur moi.

Plus qu'étrange était la manière dont les deux voix se mêlaient, l'une née de ses doigts et l'autre de sa gorge, toutes deux issues du même centre ; et il était le centre simplement parce que, hors de sa propre géographie, immense et inconnue, il chantait pour nous notre cantique.

J'observai son visage et je me demandai vraiment comment quiconque pouvait supporter cela.

Laisse-la
briller
sur moi !
Ah !
Laisse-la briller
sur moi.
Je veux,

le piano coulant comme une rivière,

que la lumière du phare,

la voix s'élevant de notre tourbillon, le tourbillon transformant le visage d'Arthur.

brille sur moi.

Il ouvrit les yeux un instant, comme pour vérifier la distance d'un endroit à l'autre, baissa la tête, recommença.

J'ai entendu la voix de Jésus dire,

et surgissant du vide derrière moi, j'entendis la voix enjouée d'une femme noire, un peu ivre, en appelant une autre et j'entendis leurs rires,

viens à Moi
et repose-toi.

J'observai le visage noir de Paul observant le visage noir de son fils. Je n'osai pas regarder ma mère, je ne sais pas pourquoi. J'eus l'impression que, dans la rue, des gens s'étaient arrêtés pour écouter mais je n'osai pas regarder derrière moi, je n'osai pas regarder en bas.

Étends-toi,
toi qui es fatigué,

étends-toi
et viens poser
ta tête sur Moi

Les bruits de la circulation montaient de la rue. Je pouvais voir les feux au carrefour passer du rouge au vert, et les voitures aux allures de scarabées ou de dinosaures attendre, massées en groupe, ou bien, brusquement libérées, se précipiter dans le futur et ses incertitudes.

Brille sur moi,
brille sur moi,
ah !

seule voix à présent, le piano tonne, court, appelle, puis

laisse la lumière,

le piano ralentit, se calme, la voix d'Arthur s'élève,

du phare
briller
sur moi,

et il s'arrêta, en regardant dans ma direction, après un moment, avec un sourire.

Il me fallut secouer la tête pour pouvoir le remettre nettement dans ma ligne de vision : je n'avais pas compris que mes yeux étaient mouillés. Je savais qu'il aurait voulu que je dise quelque chose mais je n'avais rien à dire. Dans un effort pour vaincre les distances, je quittai la fenêtre et de là où je me trouvais, je chuchotai : « Je crois que je vais t'emmener prendre un verre. Je me fiche d'enfreindre les lois pour un honnête et véritable délinquant. »

Je regardai Paul et Paul me répondit avec un sourire qui me transmit beaucoup de choses en l'espace d'une seconde : « Oui. Je pense qu'on pourrait bien t'attendre au bout de la rue.

— Qui est au courant de mon retour ? »

Arthur se leva, lui et Peanut se regardèrent et se tapèrent réciproquement dans les paumes, et Paul rit avec eux. « Oh ! s'écrièrent-ils plus ou moins en chœur, juste une ou deux personnes, ne t'en fais pas, elles te reconnaîtront, *toi,* et on est convaincus qu'elles savent que tu es de retour ! »

Je regardai ma mère.

« Oh oui, mon fils, dit Florence. Je crois que la nouvelle s'est répandue. »

Avec Peanut au volant, nous nous retrouvâmes bientôt sur le chemin du Jordan's Cat.

Et je découvris alors que j'avais peur — je me fis l'effet d'un lâche. Je n'avais pas écrit à Martha, elle ne savait pas que j'étais rentré (mais naturellement qu'elle le savait !) et, bien qu'ayant pu le faire, je ne lui avais pas téléphoné. Ce dont je m'étais justifié en me disant que je n'en avais ni le besoin ni le droit. Cet argument cousu de fil blanc n'expliquait pas pourquoi je n'avais pas écrit ou téléphoné à Sidney. Peut-être ma véritable intention était-elle de les surprendre sur le fait (quel fait ?) et de me tirer d'affaire par la même occasion. (Mais j'avais indiqué avant mon départ que je ne m'étais nullement engagé dans aucune affaire.) J'arrivais difficilement à croire que je pouvais être aussi moche — comprendre autant de choses et faire face à si peu. Pourtant j'étais là, dans la vieille Pontiac bleue, en route vers le Jordan's Cat, prêt à confronter mon ami et ma maîtresse avec l'irréfutable évidence de leur trahison de mon — après tout — indispensable personne. J'espérais être capable de trouver un style égal, au moins, à ma paranoïa : que l'un puisse annuler l'autre.

Un autre coin de mon cerveau était horrifié par ce qui était arrivé à Julia et — quoique ceci, une fois de plus, paraisse insensé — moins horrifié par ce qui était arrivé à Julia que par ce qui pouvait arriver à Arthur. En conséquence, j'entends. De toute manière, Arthur fut extrêmement laconique avec moi durant son existence. Je vis un certain nombre de choses — plus tard ; quand je me mis à travailler avec lui, j'en vis beaucoup. Pourtant, lorsque j'aurai à témoigner, au jour du Jugement dernier, je ne sais pas ce que je pourrai dire que je *sais* au sujet de la vie de quiconque, y compris celle d'Arthur : j'ignore ce que je *sais* de la mienne. J'ai rassemblé une certaine image — avec le temps — à partir des fragments qu'Arthur me laissa apercevoir, ou ne put me cacher, et de ce que j'ai deviné. Si je peux dire : je crois que je le connaissais, c'est seulement parce que je sais que je l'aimais. Mais je n'étais pas dans sa peau, ni dans ses lits, ou dans sa voix. Je vis Crunch, par exemple, à travers ses yeux, beaucoup plus tard, trop tard : je doute avoir jamais vu le Crunch qu'il vit, mais je crois avoir compris ce que Crunch signifiait pour lui. (Je compris ce qu'Arthur signifiait pour Crunch : Arthur, pas.) Et si je vis Jimmy plus clairement c'est qu'en fait je devenais enfin adulte et, plus important encore, Julia et moi avions été amants longtemps avant que Jimmy et Arthur ne le deviennent.

Passons. Nous voici, pour l'instant, au Jordan's Cat.

J'avais apporté le cadeau de Sidney — une lourde bague de cuivre en forme de serpent, avec un œil écarlate — mais pas celui de Martha, en me disant qu'il était trop volumineux à transporter, ce qu'il n'était pas. (Il s'agissait d'un kimono d'épaisse soie verte rebrodée : je l'avais laissé étalé sur mon lit.) Mais je voulais être seul avec elle quand je le lui donnerais. Il ne me paraissait pas convenable de le lui donner en public.

En descendant de voiture, je me rendis compte que j'avais terriblement peur. Je ne savais pas ce qui allait m'arriver.

Arthur portait une veste de daim bleu marine avec une ceinture. Elle lui allait fort bien et le faisait paraître plus grand, plus adulte. Il ouvrit la porte et nous entrâmes.

Je pense que chacun imagine que, lorsqu'il s'en va, le décor qu'il laisse derrière lui change, que son départ laisse un vide dans son environnement habituel. Le départ peut laisser un trou dans la vie de certaines gens, une blessure invisible ; mais l'environnement fait aussi peu de cas du départ d'un individu que la mer de ses noyés. Le spectacle se poursuit, la musique ne cesse pas, personne ne manque une seule mesure. Les enfants continuent impitoyablement à être conçus et à naître ; et, quand vous revenez, ils sont là et vous regardent avec leurs yeux qui voient tout — vous n'êtes pas de retour bien qu'ils viennent de naître, c'est *vous* les nouveaux arrivants.

Paradoxalement, cela signifie donc que chaque décor est nouveau. C'est la seule attitude à prendre, bien qu'il me semblât que chacun et toute chose au Jordan's Cat soient demeurés pareils à ce qu'ils étaient avant mon départ. Le juke-box n'avait pas changé de place, les tables du fond non plus, ce n'était pas la même serveuse mais elle lui ressemblait. George avait disparu mais c'était probablement son soir de congé. Les photos sur le mur derrière le bar étaient là, en même nombre, et la pendule avançait toujours de dix minutes. Le juke-box ne jouait pas le même air, mais le rythme en était semblable. Le bar était rempli de monde, de voix et de rires électrifiants — peut-être ce qui avait paru autrefois élégant faisait-il aujourd'hui un peu râpé.

Arthur se fraya un chemin jusqu'au bar, à coups de coude et de plaisanteries — une très impressionnante démonstration de charme et d'autorité — et hurla à Sidney : « Regarde qui on t'amène en visite ! »

Sidney ne répondit pas immédiatement — il était à la caisse. Il enregistra une addition, se retourna pour la placer sur le comptoir devant le client et me regarda droit dans les yeux.

Je compris qu'il m'avait vu dès que j'étais entré.

Il sourit et tapota la joue d'Arthur — « Je t'ai vu te faufiler en douce ici ! » —, se pencha vers moi et réussit à poser une main sur ma nuque. Il me tint ainsi un moment, ses yeux dans les miens, souriant.

« Bienvenue au pays, mon frère, dit-il. Tu viens d'arriver ?

— Ouais. Aujourd'hui tout juste.

— Comment va la famille ? Je ne parle pas de la petite classe ici — ce jeune crétin de zigoto excité — comment vont Papa et Maman Montana ?

— Ils vont bien. Comment vas-tu, *toi* ? »

Il me tenait toujours par la nuque. « Je sais qu'ils sont rudement contents de te voir, *toi.* » Puis il me relâcha : « Je vais bien. Ça va. Je suis rudement content de te voir aussi, vieux. »

Je compris que quelque chose était arrivé à Sidney — quelque chose de merveilleux : quelque chose de calme dans ses yeux, quelque chose d'aimant dans son sourire. Ses cheveux étaient encore aplatis mais — je ne sais pas pourquoi — j'eus l'impression qu'il les coiffait ainsi sans conviction et que ça ne durerait plus guère.

« Je t'ai apporté quelque chose, dis-je.

— Attends. Attends que je t'offre un verre là-bas derrière. Qu'est-ce que tu prends ? » Il regarda Arthur. « Tu as de la veine avec ton frère, fils. »

Arthur rit. « Voici un copain à moi, Peanut. Peanut, je te présente Sidney. »

Peanut et Sidney se serrèrent la main et, de nouveau, je perçus en Sidney une sorte de paix que je n'avais jamais sentie chez lui autrefois. « J'espère, dit-il, que tu sais qui tu fréquentes. » Il entreprit de nous servir. « Tu as ici les affreux frères Montana, ceux à qui pas une femme n'a résisté de l'est à l'ouest du pays. » Il fit une grimace à Arthur et lui versa un verre de vin blanc. « Ça, c'est pour célébrer le retour de ton frère. Maintenant, va te mettre dans un coin avec ton nez contre le mur. » Il se retourna vers moi, avec sa mimique grimaçante. « Je te rejoins aussi vite que possible. Dis donc, as-tu appelé Martha ?

— Non, répondis-je en me sentant idiot. Pas encore... » Il m'observait en souriant. Je ne trouvai rien à dire de plus.

« On t'aime, dit-il. Je t'en prie, appelle-la, elle attend ton coup de téléphone — t'as besoin d'une pièce ? Tiens », fit-il, avant que j'aie pu commencer à fouiller dans mes poches. « Va l'appeler. Je te revois dans une minute. Toi, lança-t-il à Arthur, emporte le verre de ton frère à votre table. »

Je quittai le bar et gagnai les cabines du téléphone qui se trouvaient dans le fond, près des toilettes et de la cuisine.

J'avais le souffle coupé. Je me sentis puéril, minable même — le mot *vanité* résonnait dans ma tête. J'introduisis la pièce dans la fente et fis le numéro en regardant Arthur et Peanut, guidés par la serveuse, s'installer à une table près du juke-box. Peanut, Arthur et la serveuse semblaient s'entendre comme larrons en foire, et tous les trois se marraient.

Le téléphone sonna deux, trois fois... puis : « Allô ? »

J'avais oublié l'anxieuse petite fille au bout de cette voix, la voix d'une petite fille qui avait un peu trop fumé, un peu trop bu — et un peu trop pleuré, aussi — et qui croyait encore, au fond de sa voix, que quelque chose de merveilleux pouvait arriver chaque fois qu'elle répondait au téléphone.

« Allô toi-même. Ici, Johnny-je-vous-connais-à-peine. »

Elle rit : « Hall ! Où es-tu ? Tu es de retour ?

— Cet après-midi.

— À New York... ? Où es-tu donc ?

— À New York. » Je m'éclaircis la gorge. « Je suis au Jordan's Cat.

— Oh ! Alors tu es avec Sidney...

— Et mon frère, Arthur, et un vieil ami à nous...

— Pourquoi ne m'as-tu pas appelée avant ?

— Je ne sais pas. » Puis, Dieu merci, je lui lâchai la vérité : « J'avais peur.

— Peur ? Pourquoi ? » Puis : « Voilà une question stupide. Mais n'aie pas peur. J'aimerais beaucoup te voir. Puis-je venir te rejoindre ?

— Oui, dis-je. Je voudrais bien. J'ai très envie de te voir. » J'ajoutai : « Je t'ai apporté un cadeau mais je l'ai laissé à la maison...

— Ne t'en fais pas. J'arrive tout de suite.

— O.K... Martha ?

— Oui ?

— Pardonne-moi d'être aussi bête. » Puis je ne sus plus quoi dire — je me retins pour ne pas pleurer.

« Tu n'es pas bête. Tu es *toi*... Hall ?

— Oui ?

— J'arrive tout de suite. Commande-moi... oh, un double daïquiri ou quelque chose. » Elle rit : « Ah ! Et, Hall ?

— Oui ?

— L'amour passe par des tas de transformations mais l'amour ne meurt jamais. Tu verras.

— Je te crois, Mama, dis-je. Dieu te bénisse. À tout de suite, alors », et je raccrochai.

Je raccrochai et m'apprêtai à décrocher. L'amour, dont je ne savais rien encore, avait opéré certaines transformations en moi et commençait à me rendre libre. Quel prodige, quelle merveille, oui : mais il était étrange de me sentir libre et de me demander ce que je devais faire de ma liberté.

Je passai devant Arthur et Peanut, repris mon verre et regagnai le comptoir. J'appelai Sidney.

« Que puis-je faire pour vous, monsieur ? dit-il souriant.

— Elle veut un double daïquiri ou un truc de ce genre — avec de la glace peut-être. Je ne me rappelle plus. »

Sidney rit : « J'ai compris », fit-il et il s'éloigna en me tournant le dos.

Il me vint pour la première fois à l'esprit que le monde

ne regorge pas de gens à qui vous pouvez, en riant et avec la plus grande confiance, tourner le dos.

Je ne voulais pas rejoindre Arthur et Peanut immédiatement. Je voulais, comme on dit, réfléchir, ce qui correspond au besoin de procéder à une sorte d'évaluation personnelle. Je n'en avais guère le loisir, avec Peanut et Arthur à la table, Sidney au bar et Martha en chemin. Non : mais pour y voir dedans, il est parfois nécessaire de regarder dehors, et je gagnai du temps, en allant me balader du côté du juke-box. Je n'avais pas l'air d'éviter qui que ce fût. Mon verre dans une main, ma monnaie dans l'autre, je me plaçai légèrement de biais à l'appareil. Je contemplais les numéros sur la machine tout en surveillant la foule. Je savais que si je me décidais je pouvais mettre en marche quelque chose. Mais quoi ?

Car je n'étais plus le même individu qui était venu ici autrefois.

Je regardais, par exemple, la serveuse : une jolie fille à la peau claire, couleur de bananes mûres — avec des yeux brun profond et des cheveux roussâtres, des cheveux teints, crêpés et martyrisés jusqu'en une sorte de barbe à papa, coupés court ou bien relevés en hauteur : très difficile de savoir ce qu'il adviendrait de cette friandise sous la pluie. Elle avait un derrière accroché bas, pas gros mais présent, de solides jambes arquées, et c'était une bonne serveuse. Elle avait la maîtrise d'elle-même, de son plateau, du plancher et de la clientèle. Elle avait dû en baver pour arriver à cette ombre sévèrement limitée d'autorité. Elle était la fille de quelqu'un, peut-être la sœur de quelqu'un, peut-être la femme, la victime ou l'espoir ou le modèle de quelqu'un, peut-être la mère de quelqu'un. Elle n'était probablement pas née à New York. Avait-elle fait le chemin jusqu'ici à pied ? Pourquoi ?

Pourtant, dans l'état dans lequel je savais que je me trouverais bientôt, elle ne serait rien qu'une occasion, un moyen de me rassurer ou même pas cela — un moyen de soulagement physique, une manière de disposer de mon sperme. Cela fait, ma curiosité, mon intérêt à son égard diminueraient aussi inexorablement que ma bite détumescente. Comment supportait-elle d'être ainsi utilisée? Car en fait je pensais à Martha. Et la vérité était la suivante : je ne m'étais pas permis, par vanité, d'*espérer* coucher avec elle ce soir, mais je l'avais souhaité. Et non parce qu'il s'agissait de Martha. Je commençais à comprendre que je n'avais jamais été préoccupé de savoir *qui* était Martha ; je m'étais au contraire interdit toute intrusion de ce genre — j'eusse été alors contraint de confesser qui j'étais *moi*. Non : je souhaitais être avec elle ce soir parce que cela aurait été facile, qu'il aurait été agréable de se sentir encore désiré après une si longue absence, parce que j'aurais été en terrain connu et que je n'aurais pas eu à me battre pour conquérir, parce que, parfois, nous avions si bien fait l'amour ensemble. Ce souvenir me remonta le long de l'épine dorsale tandis que, debout près du juke-box, je contemplais la foule.

La foule. Il me vint à l'esprit que je pourrais passer ma vie à faire ce que j'étais en train de faire maintenant. Le monde était rempli de foules, de serveuses, de lits, de filles, de femmes, de garçons, d'hommes — peut-être, même plein de Marthas. Comment pourrais-je le savoir aussi longtemps que je serais résolu à l'ignorer? Je jetai un tas de pièces de monnaie dans le juke-box et pressai des boutons à tout hasard, en essayant d'avoir l'air de choisir. Mais je ne voyais rien : je me camouflais, c'est tout. Allais-je passer ma vie dans une attitude aussi lâche, mon visage de biais à la musique, de biais à la foule?

Là-bas, au-delà des mers, j'avais baisé tout ce sur quoi j'avais pu mettre la main, y compris deux de mes copains de beuverie. J'en avais été révolté — mais après, pas avant, l'acte. Avant, quand j'avais compris, à leur regard, ce qui se passait, j'avais adoré jouer le rôle du mâle adulé et j'en avais remis, tous muscles et zob bandants, me disant, eh merde, c'est drôlement meilleur qu'une branlette. Et j'y avais pris plaisir — l'adulation, la bouche tiède, le cul étroit, le fait que rien n'était exigé de moi excepté que j'éjacule, ce que j'étais tout à fait ravi de faire. Et je m'étais révolté, une fois la chose terminée, pas seulement parce que ce n'était pas vraiment mon trip, mais parce que je m'étais servi de quelqu'un simplement comme d'un réceptacle et que je m'étais laissé utiliser carrément comme un objet. J'étais révolté que mes besoins m'aient conduit à ce que je considérais si bas : néanmoins mes besoins m'y avaient conduit et pourraient m'y ramener encore. Et que ressentait une femme ? Je ne m'étais jamais posé la question. *Les femmes aiment ça autant que les hommes,* O.K., et *queue qui bande n'a pas de conscience,* O.K. encore, mais ceci justifie une sinistre insensibilité. Je pouvais passer ma vie dans cette posture et me retrouver, quand la trompette de Gabriel sonnerait, debout près du juke-box, de biais à la musique et de biais à ma vie.

Pour la première fois, je m'interrogeai sur l'amour et je me demandai si je trouverais en moi la force de donner l'amour et de le recevoir : d'accepter ma nudité comme sacrée et de tenir pour sacrée la nudité d'un autre. Car, sans amour, le plaisir se fane vite, se fait amer dans la bouche et a tôt fait d'épuiser ses inventions. Il faut qu'une âme existe à l'intérieur du corps que vous serrez, une âme que vous vous efforcez d'atteindre, une âme qui s'efforce d'atteindre la vôtre.

Je pressentis alors pourquoi la mort était si terrible et l'amour si redouté — j'entrevis un abîme, fermai les yeux et frissonnai : mais je l'avais vu.

Puis, ayant épuisé toute ma monnaie *(il allait falloir que je me trouve du travail !)*, je retournai à notre table, appelai la belle et mystérieuse serveuse et commandai une autre tournée.

Quand elle revint, je lui demandai : « D'où êtes-vous, mon enfant ? »

Elle mit ses mains sur les hanches et me sourit. L'écartement entre ses deux dents de devant rendait son visage drôle au lieu de simplement joli et devenait un avantage.

« Waycross, Georgie, dit-elle. C'est-y pas quelque chose, hein ? »

Nous rigolâmes tous. « Comment en es-tu sortie ? s'enquit Peanut.

— Vous, les gens du Nord, répliqua-t-elle, vous vous demandez toujours comment on est *sortis*. Vous vous souciez donc jamais de comment on va *entrer* ? J'en ai *marre* d'être *dehors*.

— Amen à *ceci*, dit Arthur. Et laissons la Congrégation dire amen !

— Mais je me demande parfois, fis-je taquin, comment on va *arriver*.

— Oh ! On est *arrivés*, dit-elle. On y est déjà. Vous remarquez pas comme les Blancs ne se servent jamais de ce mot comme le faisons. Ils ont peur d'être arrivés. Ils ont raison. C'est comme ça que je sais qu'on est arrivés, nous. » Elle se remit à rire de tout son visage de négrillonne sous cette masse de barbe à papa. « Mais j'aimerais quand même bientôt *entrer*.

— Dans le Royaume ? demanda Arthur avec un sourire.

— Celui de là-haut ? Pas du tout. Je ne peux pas souffrir le lait et le miel, et, mon petit, tu *sais* que ces gens sont incapables de chanter. » Elle, Arthur et Peanut rirent en chœur. « Et ils ne pourraient pas préparer une côte de bœuf ou une côtelette de porc convenablement même si leurs *âmes* en dépendaient » — nous recommençâmes tous à rire — « et ils ne connaissent rien à la manière d'accommoder les tripes.

— Tu es dingue, dis-je.

— Comment ça, non, je ne le suis pas », rétorqua-t-elle et elle porta droit sur moi son regard, un magnifique regard franc, pénétrant. « Je ne vois aucune *raison* de monter là-haut avec ces gens qui m'ont déjà rendue *à moitié* folle ici-bas. Et qui se sont rendus *complètement* fous eux-mêmes. » Elle ramassa son plateau et s'apprêta à s'en aller. Quelqu'un l'avait appelée : son nom, compris-je, était Thomasina. « Je ne suis donc pas très intéressée par ce royaume ici non plus — je viens ! cria-t-elle. Mais ma grand-mère, là-bas à Waycross, elle m'a dit qu'on avait un royaume. Nous devons simplement nous y installer — à tout à l'heure, mes amis », dit-elle en partant vers une autre table.

« Eh bien, elle n'a aucune envie d'être déségréguée, dit Peanut. Qu'est-ce qu'elle a ?

— Je vois, dit Sidney, surgissant au-dessus de la table avant de s'y asseoir, que vous essayez de faire du gringue à ma serveuse. Mais je peux vous dire qu'elle n'en pince pour aucun de vous.

— Bas les pattes, dit Peanut. C'est ça ? »

Sidney sourit et me jeta un bref regard avant de se tourner vers Peanut : « Oh non ! dit-il. Elle n'est pas à *moi*. Il se trouve simplement que je sais qu'elle est en main. De toute manière, ajouta-t-il en regardant Arthur avec pitié, elle affirme qu'elle ne veut plus d'*enfants*. Tu as compris, junior ? »

Arthur le contempla avec un sourire entêté. « Attends un peu, Sidney. Je vais *te* chauffer les fesses.

— Tu maltraites drôlement Arthur, pour sûr, fit Peanut.

— Je n'ai rien fait du tout, répliqua Sidney. Sauf d'essayer de l'empêcher de faire des conneries pendant que son frère n'était pas là. » Et il éclata soudain de rire, se saisit d'Arthur et l'embrassa sur le front. « C'est pas vrai, ça ? Vas-y, dis la vérité et fais rougir le diable. »

Arthur sourit mais en résistant à l'emprise de Sidney : « Mon frère ne me parle jamais comme ça.

— Ah ! fit Sidney. C'est le problème avec toi. Il est poli,

lui. Mais moi je te traite de connard et *je te botte le cul.* » Il relâcha Arthur et se tourna vers moi : « C'est seulement parce que je vous aime tous les deux.

— Je pense qu'il s'est passé un tas de choses depuis mon départ, lançai-je.

— Oui, dit Sidney, et puis d'un autre côté, non. Ça dépend.

— Ça dépend ?

— Ma foi, oui. Ça dépend en partie de ce que tu veux qu'il arrive, partie de ce que tu redoutes qu'il puisse arriver — et principalement de ce que tu ne prévois pas. »

Je le regardai, sortis de ma poche la boîte qui contenait sa bague et la posai sur la table. « C'est pour toi, vieux. J'espère que ça te plaira. »

Arthur et Peanut observèrent d'un air amusé Sidney prendre la boîte et la garder un moment entre ses deux grandes mains.

« Si ça ne me plaît pas, je peux l'échanger ?

— Vas-y, vieux, dit Arthur. Ouvre. »

Tout en obtempérant, Sidney me gratifia d'un sourire indéchiffrable. Il sortit la bague et la tint un instant au creux de sa paume — « C'est *superbe !* » cria Arthur — et puis il la passa à son annulaire, l'œil écarlate ressortant sur sa peau noire.

Il allongea le bras pour admirer sa main et me regarda : « C'est superbe, dit-il. Merci, frère. » Quelque chose sembla crépiter entre nous un instant, quelque chose d'à la fois troublant et paisible, et nous sourîmes. « Je vais vous envoyer Thomasina avec des verres pour vous, les copains, dit-il. Je ne bois plus pendant le travail. »

J'eus l'impression, à cause d'une certaine intensité dans son regard, qu'il voulait en dire davantage, mais il se tut et se leva. « Je retourne au boulot. Écoute. Toi et Martha, vous restez ici avec la petite classe ou bien vous vous trouvez un endroit tranquille ?

— Je pense, dis-je, qu'on va se trouver un endroit tranquille.

— Bien. On y réfléchira quand elle arrivera. » Il me caressa la joue de la main qui portait la bague et retourna au bar.

Arthur me surveillait sans en avoir l'air et son souci de cacher son inquiétude lui donnait une expression comique. J'aurais voulu le rassurer mais je ne pouvais pas — c'eût été mettre la charrue avant les bœufs. Je me demandais ce qu'il pensait, ce qu'il avait vu, ce qu'il savait. Je me rendis compte que personne ne m'avait parlé de Martha et que personne n'avait mentionné Sidney. Ils ne le pouvaient pas : et, s'ils ne le pouvaient pas, ils savaient que je comprendrais bientôt pourquoi. Je sentais que j'allais peut-être passer un mauvais quart d'heure. Je savais que j'ignorais comment j'allais m'en sortir mais je ne pensais pas que ce serait pire ou plus long que ça. Puis l'atmosphère parut se tendre, quelque chose se passa dans les yeux d'Arthur, et je sus que Martha était arrivée.

Sans me retourner, je pouvais la voir, comme le soir de Noël où nous étions venus ici pour la première fois, se pencher sur le bar, sur la pointe des pieds, pour embrasser Sidney sur le nez. Il me sembla entendre leur rire, le même mais pas exactement, et distinguer leurs visages. Celui de Martha, rosi par le vent glacial et celui de Sidney, un peu marqué par la fatigue et pourtant chargé d'espoir. Alors je compris enfin que le temps avait passé et que, oui, quelque chose avait été perdu.

Ou peut-être, si j'avais perdu quelque chose, autre chose avait été gagné. Arthur me lança un regard qu'il n'aurait jamais pu avoir avant — un regard d'avertissement, appréhensif, amusé et résigné — et dit : « Martha est là, frérot. » Comme s'il n'avait pas voulu que je sois surpris. Le reste dépendait de moi. Et ce regard ne disait pas seulement qu'il comprenait ma situation présente mais aussi qu'il avait commencé à s'instruire de bien des choses durant mon absence.

Je virai donc sur ma chaise et m'apprêtai, sans encore oser le faire, à me lever — pas très sûr d'avoir le *droit* de me lever, de donner une telle importance à son arrivée : quand j'en avais eu le droit, je n'en avais pas usé et je tournai un visage souriant en direction du bar, tandis qu'elle, le dos au comptoir, s'avançait vers moi. Elle souriait, le sourire le plus heureux que je lui aie jamais vu, elle portait une robe bleu marine et un imperméable beige, elle avait le teint éclatant et les cheveux emmêlés par le vent. Elle avait un petit peu vieilli, elle était extrêmement belle et j'étais très content de la voir. Je me levai, elle mit ses bras autour de moi et je la pris dans les miens. Ce n'était pas pareil mais c'était bien, c'était mieux que bien.

« Mon Dieu, dit-elle, enfin te voilà ! Tu nous as manqué et on a beaucoup parlé de toi. Je me suis même mise à la prière ! » Elle s'écarta, ses mains sur mes épaules, pour me contempler. « Eh bien, mon enfant, tu as sûrement manqué de la cuisine de ta mère — et de la mienne et de celle de tante Joséphine — mais autrement !...

— Pas de cicatrices visibles, dis-je.

— Ah oui ! Mais les invisibles ! On y viendra plus tard. » Elle se tourna vers Arthur et Peanut. « Je ne suis pas certaine, dit-elle à Arthur, de vouloir te parler encore, mais je vais te faire un bisou en souvenir du bon vieux temps. Simplement parce que je sais qu'il ne serait pas convenable de te taper dessus devant ton frère le jour de son retour. » Arthur et elle s'embrassèrent en riant. « Je ne sais pas si tu connais mon ami Peanut, dit Arthur. Nous chantions ensemble autrefois...

— Oh ! » — avec un coup d'œil vers moi — « c'est que j'ai entendu parler de Peanut, crois-moi. » Ils se serrèrent la main.

Je l'aidai à ôter son manteau et à s'asseoir, puis nous

nous regardâmes l'un l'autre pendant un moment. Peanut me prit le manteau des mains et l'accrocha. Thomasina surgit avec son plateau et disposa nos consommations sur la table. Sidney m'avait envoyé un double scotch et je notai que le daïquiri de Martha s'était transformé en un *old fashioned.* Arthur avait été rétrogradé au ginger ale et Peanut buvait une bière.

« On va boire en vitesse, dit Arthur, et vous laisser en paix tous les deux. Ou bien on peut aller au bar tout de suite. »

Martha fit les gros yeux : « Arthur, arrête ton baratin et dis que tu veux te balader. Tu ne t'es jamais soucié de nous laisser seuls autrefois ! » Elle leva son verre, d'abord à Peanut, puis à Arthur et enfin à moi : « À celui qui est de retour. »

Son visage devint alors un visage que je ne connaissais pas encore mais que j'allais connaître — rencontrer — dans les années à venir : le visage d'une femme qui avait pris une décision, mettant résolument sa jeunesse derrière elle. C'était la première fois que je voyais le visage de la fille-femme noire que nous rencontrerions tout au long de ces chemins poussiéreux de bagnards, dans les années à venir, pendant des années et des années. Un visage aussi intransigeant que vulnérable, la définition même de la noblesse — prenez tout ce que vous avez et donnez-le aux pauvres mais ne vous approchez pas de *moi* avec.

J'ai été perdu un jour, mais aujourd'hui je suis retrouvé.

Je levai mon verre : « À mon retour auprès de ceux que j'aime. »

Nous bûmes et Martha et moi échangeâmes un regard — durant ce que je crus être un bref instant mais assez long pour qu'Arthur et Peanut finissent leurs verres et se lèvent, nous laissant là, Martha et moi, tout seuls.

« Alors, dis-je. Par où commence-t-on ?

— Eh bien, dit Martha, au bout d'un moment, tout d'abord, oublions complètement Alice au pays des Merveilles — la fin n'est pas en vue et le commencement remonte à très longtemps. »

Nous rîmes mais je ne souhaitais pas prolonger sa vaillante agonie. J'observai son visage. Elle avait vieilli, oui, mais ce n'était pas le temps qui avait affecté ses traits — il n'en avait pas tellement eu le loisir, après tout. Ce qui s'était passé évoquait une décision solitaire et mélancolique. Le prix en était inscrit dans la mâchoire et les pommettes, dans la franchise et la tranquillité pas tout à fait feintes du regard. Pas tout à fait feintes parce que trop difficilement gagnées : la bataille était plus visible que la victoire.

Soudain tout s'était fait très calme autour de nous comme si d'invisibles multitudes attendaient l'issue de notre combat dans l'arène.

« Cette lettre que tu ne m'as pas écrite, c'était au sujet de toi et de Sidney ?

— Oui. Pas exactement. C'était au sujet de bien plus que cela — mais, oui, je voulais te dire au sujet de... moi et Sidney. »

Le regard de Martha était si beau à cet instant, si éclatant de douleur que je pus difficilement en croire mes yeux. Je n'avais jamais encore vu une telle nudité dans le regard de quiconque j'aimais ou de quiconque tout court. Je fus pris d'un sentiment de bonheur à l'idée que l'on pût avoir ce regard-là, que l'on pût aimer à ce point, et en même temps j'eus peur.

« Eh bien, Martha — pourquoi n'as-tu pas pu m'écrire ? Je veux dire, à propos de toi et de Sidney ? Je n'ai aucun droit sur toi. On s'est mis d'accord là-dessus quand je suis parti.

— Oui. Tu l'as dit et j'ai approuvé. Seulement — tu ne l'as pas vraiment dit, pas avec ces mots-là et je ne l'ai donc pas vraiment accepté. »

Je la regardai tout en réfléchissant à ce qu'elle venait de dire.

« Après tout... j'ai été forcée de croire... que l'une de tes raisons pour nous refuser tout droit l'un sur l'autre... était que tu pensais que tu pourrais ne pas revenir. Ou que tu reviendrais unijambiste ou aveugle — qui sait ce que tu pensais ? Mais c'est ce que j'ai pensé, *moi*. Et je n'ai même pas su que c'était ce que je pensais... jusqu'à ce que... » Et elle s'interrompit.

« Je crois qu'il faudrait que nous allions ailleurs qu'ici, dis-je. Je te ramènerai ou bien nous pouvons dire à Sidney où venir nous rejoindre.

— Bonne idée », dit-elle et nous nous levâmes pour partir. Faute d'avoir déjà décidé où aller, nous dîmes à Sidney que nous l'appellerions.

Nous gagnâmes un petit bar très tranquille sur la Septième Avenue, près de la 125ᵉ Rue, et nous nous assîmes seuls dans une stalle à l'arrière, loin des autres.

La serveuse vint prendre notre commande. Nous gardâmes un silence lourd mais amical tout en écoutant Ella Fitzgerald au juke-box.

« Vous avez l'intention de vous marier tous les deux ? m'enquis-je.

— Je pense que oui. Je l'espère. » Elle sourit : « Nous sommes beaucoup plus vieux jeu que toi. »

J'émis un grognement : « Tu paries ? Je suis un retardataire, c'est tout.

— En tout cas, après ton départ, je n'ai presque pas vu Sidney. Peut-être instinctivement, nous nous évitions. Je n'allais jamais au Jordan's Cat et nous ne nous rencontrions même jamais bien que nous habitions le même quartier. »

J'eus envie de la taquiner un peu : « Que veux-tu dire, par "vous vous évitiez instinctivement" ?

— Oh ! Allons, tu sais parfaitement bien ce que je veux dire. » Nous rîmes. La serveuse arriva avec notre commande, des cacahuètes et des chips. La voix de Pearl Bailey succéda à celle d'Ella Fitzgerald.

« Ce n'était pas très drôle, cette période-là, dit-elle lentement. Je ne savais pas où nous en étions après ton départ... mais... mais je ne m'aimais pas beaucoup. »

Je ne répondis pas. Je n'avais rien à répondre.

« Je ne voulais pas te blâmer — et je ne voulais pas me mettre à blâmer les *hommes* — alors, je travaillais dur et je passais mes soirées chez moi. » Elle rit : « Et tante Joséphine était *très* inquiète. »

J'éprouvai un bizarre et solitaire élan de regret devant son refus d'attribuer le blâme tout en me sentant contraint de le respecter. Je sentis illogiquement que son refus de me blâmer était aussi une manière de démolir ma virilité. Un homme porte un regard attentif sur une femme qui refuse de le blâmer !

« Je n'ai pas vraiment revu Sidney jusqu'à ce que Julia soit battue par son père et perde son bébé » — elle prit son verre, l'examina puis leva les yeux vers moi : « On t'a raconté tout cela ?

— Oh oui ! On m'a raconté.

— À la fin de cette première journée — parce que cette galère a duré des jours et des jours, nous ne savions pas si Julia vivrait ou non, et son père a été une *révélation*, mon vieux, je n'ai jamais rien vu de pareil — mais je te raconterai ça une autre fois —, ta maman et moi nous sommes descendues jusqu'au Jordan's Cat et nous nous sommes assises. Ni l'une ni l'autre n'avions prononcé un mot, aucune n'avait dit : "Allons prendre un verre." Nous sommes simplement entrées dans le bar le plus proche et nous nous sommes assises.

« Et, tu sais, je ne pensais guère à Sidney. Je pensais à cette petite et à son père. Ta mère et moi, nous en étions toutes deux malades. Et nous savions déjà qu'il s'en tirerait. On ne pourrait pas le garder en prison, on serait forcé de le relâcher. »

Je vis quelque chose se glisser sur le visage de Martha qui me rendit silencieux. Ma mère, sa mère, Julia — trois femmes au moins envahirent le visage de Martha, atterrées par la sanglante initiation de Julia à l'état de femme. Elles avaient leurs yeux fixés sur quelque chose que, peut-être, aucun homme ne pouvait voir. Par exemple, comme Martha l'avait dit, Joel fut vraiment une révélation — je n'aurais jamais utilisé ce mot : je ne savais pas lequel des sept sceaux avait été brisé pour elle. Joel choquait l'homme en moi, il me rendait malade de honte ; mais j'avais placé une si grande distance entre son état d'homme et le mien qu'il ne pouvait pas me menacer, il n'avait aucun pouvoir sur moi ; mais il n'en allait pas de même pour aucune femme. Je pouvais me dissocier de Joel. Elles ne pouvaient pas se dissocier de Julia. Il ne m'était pas difficile de me protéger contre le possible Joel en moi, d'effacer sa présence complètement. Mais, comme je le voyais maintenant, il n'était pas si facile pour Martha de supprimer de ses jours et de ses nuits le cordon qui la reliait à la vierge violée.

Nous gardâmes donc le silence pendant un moment. Il se faisait tard, une heure du matin passée. De loin, nous entendions la voix de Frank Sinatra. Je fis signe à la serveuse de nous renouveler la commande. Martha alluma une cigarette.

« Je ne crois pas que Maman Montana et moi ayons échangé plus de deux mots. Nous avions demandé à boire et nous demeurions là, pareilles à des zombis. Puis Sidney entra et » — Martha rit — « ce fut comme s'il nous réveillait. Nous nous sommes rendu compte pour la première fois où nous étions, et nous nous sommes regardées comme pour nous dire : "Comment sommes-nous arrivées ici ?" Comme dans les contes de fées, tu sais ? Lorsque le prince arrive et brandit sa baguette magique et hop là ! tu es transformé !

« Sidney s'est montré très gentil et ta maman l'aimait beaucoup. Et c'est important » — elle se pencha, en faisant un geste avec la cigarette — « parce que je fais confiance à ta maman. »

Je ne pus m'empêcher de répliquer : « Sûr. Elle traitait Sidney comme un fils. » Puis : « Je suis désolé. Continue.

— Tu peux l'être, dit-elle, refusant de se laisser impressionner. Après tout, tu le traites en frère. » Elle se tut un instant, les yeux plissés, à la fois moqueurs et malins. « N'est-ce pas ? »

Elle me rappelait mes engagements.

« Oui, dis-je. C'est vrai. »

Elle demeura silencieuse, cherchant quelque chose dans mon regard. Puis elle reprit : « Nous avons commencé à sortir ici et là — un film, un concert, parfois je venais prendre un verre avec lui en bout de bar. D'une certaine façon, m'asseoir au bout de ce comptoir le soir me rendait heureuse parce que je savais qu'il était heureux de me voir, assise là, même s'il était très occupé et que nous ne puissions pas beaucoup parler.

— C'est en t'asseyant au bout du bar que c'est arrivé. » Je comprenais très bien.

« Oui », dit-elle. Elle baissa les yeux. « Il avait besoin de moi. Je changeais sa vie. » Elle leva la tête : « Et ça changeait la mienne. Et... nous nous n'étions même pas encore touchés, Hall. »

Elle regarda autour du bar, de nouveau quelque chose que je ne pouvais pas voir.

« Et il m'a donné le courage de commencer à réfléchir — à toi, à toi et à moi. J'ai compris que j'avais rêvé. Ce n'était pas à cause de la Corée que tu n'avais pas voulu m'épouser...

— Je n'ai jamais dit ça, Martha. Sois juste. »

Elle sourit : « Non. Mais c'était à l'arrière-plan, c'était resté... tacite. De toute manière, je ne te blâme pas. Pour quoi que ce soit. »

C'était vrai. Ce n'était pas vrai. Je vis son regard. Je me tus.

Elle consulta sa montre et but une gorgée de son verre.

« J'ai commencé à comprendre que tu ne voudrais jamais m'épouser, qu'il y aurait toujours un obstacle. Bref, j'ai commencé à comprendre que j'avais rêvé — rêvé que quand tu reviendrais, la guerre finie et le danger passé, tu sentirais que tu avait le *droit* de me demander de t'épouser. » Elle rejeta la tête en arrière et rit. « C'était un joli rêve. Il m'a aidé à traverser certains jours difficiles, je peux te le garantir. Mais...

— Le rêveur s'est réveillé, dis-je.

— Oui, répliqua-t-elle calmement, au bout d'un moment, le rêveur s'est réveillé. »

Je ne sais pas ce que j'éprouvais et je décidai de ne pas essayer de le découvrir. J'avais le sentiment que quelque chose, quelque chose de clair, m'avait encore échappé.

« Est-ce que Sidney continuera à travailler au bar, demandai-je, après votre mariage ?

— Non. » Son visage changea encore sous l'effet d'un petit sourire chaleureux, pensif, intime. Elle toucha son verre. « Je ne boirai peut-être plus jamais un autre verre d'alcool. » Elle posa sa cigarette dans le cendrier. « Je ne fumerai peut-être jamais plus une autre cigarette et » — elle fit des yeux le tour du bar — « je ne m'assiérai peut-être plus jamais dans un endroit de ce genre. »

J'éclatai de rire bien que sachant que je n'aurai pas dû. Je ris parce que j'avais peur. « Tu vas devenir une adventiste du Septième Jour ou autre, ou » — je cessai de rire — « ou bien quoi donc ? »

Mon rire ne l'affecta nullement. Elle était radieuse. « Sidney est en train d'étudier pour que nous changions notre vie — pour changer la vie de tous les Noirs dans ce pays. Surtout des *hommes* noirs, c'est là la clef. » Elle m'adressa un sourire affectueux : « Il te changera peut-être, toi aussi. »

Calme et attentif, à présent, je la regardais.

« Je sais que Sidney ne te l'a jamais dit mais je sais que je peux t'en parler maintenant — il ne s'en cache plus. » Elle fit une pause puis reprit : « Sidney a un jeune frère en prison — tu le savais ?

— Non, dis-je. *Mon* frère Sidney ne m'avait jamais dit qu'il avait un autre frère.

— Eh bien, c'est ainsi. Et depuis un an à peu près, chaque fois que son frère écrit ou que Sidney va voir son frère, tout ce dont il parle, c'est du Messager d'Allah, de l'islam, et comment cette *vérité*, après tous ces siècles de mensonges, l'a aidé à purifier sa vie. Et Sidney dit que c'est vrai — *son* frère, qui est en prison pour *meurtre*, est un homme transformé. Mais Sidney te racontera, il meurt d'envie de t'en parler. Et j'ai lu quelques-unes des lettres de son frère et elles ont commencé à me faire réfléchir dans une direction nouvelle. » Elle vit ma figure, éclata de rire puis reprit son sérieux. « Je laisse à Sidney le soin de t'expliquer — il étudie, il passe tous ses loisirs avec ses frères musulmans, et cela a fait de lui un autre homme. » Elle se tut puis ajouta avec fierté : « Et si je dois devenir sa femme, sa compagne — eh bien alors, je dois commencer à étudier aussi. »

Je me contentai de la regarder. « Ceci est nouveau pour moi. Je n'en ai jamais entendu parler.

— Ce n'est pas nouveau. Seulement on nous l'a caché. » Sans doute continuais-je à avoir l'air idiot. « Écoute, la vérité sur le peuple noir nous a toujours été cachée, c'est comme ça qu'on s'est retrouvés dans le pétrin. Mais le Messager d'Allah connaît la vérité.

— Et c'est un homme — un homme qui est en vie ?

— Un homme, un *Noir*, vivant — ici même, aux États-Unis.

— Je crois qu'il vaut mieux que je prenne un autre verre, dis-je. Et toi aussi. J'ai l'impression que tes jours d'alcoolisme sont comptés. »

Elle rit : « Pourquoi as-tu si peur ! Tu as l'air absolument terrifié !

— Je *suis* terrifié. La *vérité* est *censée* terrifier. »

Je demandai à la serveuse de nous resservir un verre, un double en ce qui me concernait. Martha me contemplait des hauteurs de son amour inébranlable. Puis elle consulta de nouveau sa montre.

« Il vaut mieux que j'appelle Sidney. Que fait-on ?

— Je vais te ramener au bar, et Sidney et moi prendrons rendez-vous pour discuter de ces salades islamiques plus en détail.

— Très bien », dit-elle. Elle prit une pièce dans son sac et partit téléphoner à Sidney.

Je la raccompagnai jusqu'au Jordan's Cat en silence. Je ne savais pas quoi dire : et je ne voulais pas qu'elle parle. Je ne cessai de penser à ce qu'elle avait dit, et à la manière dont elle l'avait dit ; ça n'arrêtait pas de tourner et de retourner dans ma tête à la manière d'un gros objet tourbillonnant dans l'eau. Refusant de sombrer, refusant de s'immobiliser.

Dès notre arrivée au bar, je lançai donc à Sidney : « Alors, mon frère, j'apprends que tu as quelque chose à m'expliquer ? »

Sidney me gratifia du plus magnifique des sourires et dit : « Je crois que oui.

— Tu veux qu'on bavarde plus tard ?

— Va dormir un peu. Je viendrai te chercher vers six heures, O.K. ?

— O.K. »

Je les quittai pour rentrer chez moi. Je ne rentrai pas tout de suite, je me soûlai mais je ne fis pas l'amour — je n'aurais pas pu, je regardai tout et chacun de trop loin, je ne cessais d'entendre la voix de Martha et de voir son visage — et ainsi s'acheva le premier jour de mon retour au pays.

Sidney me téléphona pour me donner rendez-vous dans un bistro au coin de Lennox Avenue et de la 110ᵉ Rue, près de la station de métro.

J'étais seul. Florence, Paul et Arthur étaient sortis. J'avais l'impression qu'ils tenaient à me laisser en paix jusqu'à ce que j'aie repris pied.

C'était un beau jour d'automne, la sorte de journée où, comme parfois en hiver, New York se montre à son mieux, et je décidai donc de marcher — de parcourir à pied ces rues familières qui pourtant ne l'étaient plus.

Je ne voulais pas repenser à la soirée de la veille ni à Martha parce que je savais que je comprenais pas encore : et je ne savais plus ce que j'éprouvais à l'égard de Sidney.

Sidney m'attendait à la station de métro. Il portait un vieux chandail rouge, un pantalon noir et un bonnet : et ses cheveux n'étaient plus aplatis.

Nous nous sourîmes avec circonspection. Nous savions, après tout, où nous en avions été. Nous ne savions pas où nous en étions.

Il affecta un accent des îles : « Mouen payer touen une tasse de café, mon pôte ? »

Je ris : « Je préférerais une bière.

— Tu montres des signes, très définitifs, d'être incorrigible... mais comme c'est toi... allons-y. »

Nous tournâmes le dos au métro et au parc et gagnâmes à pied, quelques immeubles plus loin, un bar à néon, bruyant, où je n'étais pratiquement jamais venu. C'était essentiellement un bar pour les putes et leurs maquereaux, ce qui ne me gênait pas tellement — tout en signifiant que je n'avais rien à y faire — mais je n'aimais pas les flics ni les autres Blancs qui le fréquentaient.

Tard dans l'après-midi, il était à moitié vide — une demi-douzaine de jeunes gens, à peine plus que des adolescents, assis ou debout au bar. Autour d'une table, deux ou trois hommes plus âgés discutaient courses de chevaux et pronostics.

Sidney et moi nous installâmes au comptoir. Le barman, qui était blanc, accueillit Sidney comme s'il le connaissait. Il était jeune, probablement le fils du propriétaire, un de ces petits Blancs à la coule qui savent qu'ils connaissent les nègres, les connaissent si bien qu'ils peuvent imiter le parler des nègres, et que cela leur donne le droit de traiter les nègres comme de la merde.

Il servit un Coca-Cola à Sidney et à moi une bière.

J'allumai une cigarette et en offris une à Sidney, peut-être par curiosité. Sidney refusa.

« Tu ne fumes plus ?

— Pas pour le moment. On verra plus tard. »

Je bus une gorgée de ma bière et me lançai : « Félicitations pour toi et Martha », dis-je et je lui tendis la main.

Il la serra en souriant et je me sentis mieux. « Je... nous t'en sommes redevables, dit-il.

— Je n'y suis pour rien. Après tout » — je ris en espérant ne pas dire ce qu'il ne fallait pas — « je n'étais pas là.

— Comment c'était là-bas ?

— Mon vieux, tu le sais bien. Le foutoir en long, en large et en travers. » Je bus ma bière. « Et des giclées de sang, de tripes et de cervelle, et des putes qu'on traitait comme de la merde, et la vérole, et la dysenterie et la came. » Je ris. « Amérique la Superbe.

— Ma foi, regarde autour de toi, maintenant que tu es de retour, et dis-moi si c'est différent ici. »

Je me tus. Je regardai autour de moi. Au-delà du profil du garçon à l'autre bout du bar, je voyais la rue, par la porte ouverte. Le soleil s'en allait vers l'ouest, c'est-à-dire que la terre tournait ; il frappait le sommet des immeubles d'un dernier rayon qui semblait faire trembler les fenêtres les plus hautes. De là où je me trouvais, je pouvais voir l'escalier de secours métallique, qui grimpait le long d'un côté de l'immeuble, et l'entrée du même immeuble, en retrait de la rue. Des enfants jouaient, sur le trottoir et dans la venelle, à un jeu qui impliquait à la fois l'escalier de secours et un ballon. Un bus rempli de Noirs me boucha un instant la vue : je ne vis plus que les silhouettes sombres derrière les vitres de l'autobus — juste au-delà du profil du jeune homme qui, à l'autre bout du bar, n'avait pas bougé, apparemment frappé de paralysie et de mutisme. Le bus disparut. Un très chic marlou, coiffé d'un chic chapeau blanc, attendait au carrefour en compagnie de deux autres marlous moins chic. Trois écolières passèrent et les hommes les détaillèrent du regard. Une femme noire avec un sac à provisions s'avança à pas lents et une voiture de police s'arrêta. Le type au chapeau blanc s'approcha de la voiture et tendit l'oreille. Puis la voiture de police redémarra. Le garçon, à l'autre bout du bar, n'avait pas bougé. Son front s'enfuyait sous une masse de cheveux noirs qui n'avaient pas été peignés depuis des jours, son nez était long et aquilin, ses lèvres entrouvertes, ses yeux noirs d'interrogation. Ses longues mains demeuraient immobiles sur le comptoir.

Je reportai mon regard sur Sidney.

« Ils nous piègent ici comme des rats, dit Sidney, parce que la terre leur appartient. Tout leur appartient. » Il fit un geste en direction du barman et dit, à voix basse, du coin de la bouche — quelque chose que je ne lui avais jamais vu faire avant : « Ce bougre et son papa, ils possèdent je ne sais pas combien d'immeubles, combien de propriétés par ici, et entre eux et les flics, mon vieux, que tu sois une pute ou un crétin qui veuille ouvrir un commerce, t'as peau de zébi, tu m'entends, si tu te mets pas en quatre et que tu passes pas à la casserole. Et t'as meilleur temps de faire risette et de brailler merci à tue-tête. » Il termina son Coca-Cola. « Ils nous tiennent les couilles dans un étau, mec, et tout ce qu'on peut faire, c'est *brailler*. »

Je ne pouvais rien dire. J'écoutais sa voix et je contemplais son visage. Je commençai à entendre ou voir — percevoir — d'une autre manière nouvelle, très troublante. C'était comme si un de mes sens ou une de mes capacités — la vue, par exemple, ou le mouvement —

m'eût été retiré, eût été effacé en moi, obligeant le reste à faire double ou triple travail.

« Tu veux un autre Coke ? suggérai-je.

— Non, commande-moi une bière. C'est tout le même poison.

— Rien n'est plus vrai », dit l'amical barman, le connard de Blanc à la coule, un de ces garçons à l'oreille qui traîne en permanence. Vous espérez que quelqu'un l'étranglera un jour et que ce ne sera pas vous.

J'observais la voix de Sidney parce qu'un torrent roulait en elle, un torrent énorme, longtemps contenu, sur le point d'emporter tout ce qui se trouvait sur son chemin, y compris le barman qui posait nos verres devant nous, avec un coup d'œil complice et fraternel. J'entendis le regard de Sidney, venu de très loin, tout foudroyer sur son passage le long du comptoir derrière le type.

Puis Sidney rit, Dieu merci, et mes sens normaux me revinrent, pas tout à fait pareils cependant à ce qu'ils avaient été.

« Martha t'a raconté au sujet de mon frère ? » dit alors Sidney.

Je fis signe que oui.

« Il a tué un homme. Je ne le blâme pas. J'en aurais fait autant. »

Il sirota sa bière. Je me tus aussi.

« Je me suis longtemps demandé comment ce qui était arrivé à mon frère avait pu arriver. »

Il regarda, au-delà de moi, dans la rue.

« Je pensais alors qu'il était *lui* en prison et qu'il fallait que je l'en sorte. Maintenant je sais que nous sommes *tous* en prison et qu'il faut que nous en sortions, *nous.* »

Je le regardai et j'écoutai.

« Ils nous ont dit que Dieu était blanc, ils nous ont coupé les couilles, ils ont violé nos femmes, massacré nos enfants et ils nous ont enfermés ici, comme des porcs. Et ils nous disent que c'est la volonté de Dieu. C'est la volonté de Dieu — *leur* Dieu. »

Il avala une longue gorgée de bière.

« C'est la volonté de Dieu parce qu'ils possèdent tout — et ils ont volé tout ce qu'ils possèdent. Leur histoire entière est un mensonge — il n'y a pas un seul mec blanc qui soit capable de dire la vérité, pas un. Ils ont même volé Dieu. »

Tant mieux, ils peuvent se Le garder ! me dis-je in petto. Quelque chose se passait, au tréfonds de moi, quelque chose bougeait — trop profond, trop lent, trop rapide pour que je puisse le saisir. Quelque chose me tourmentait, comme le commencement d'une musique, comme le vide dans lequel on tombe quand on cherche un mot.

Sidney essayait de me donner quelque chose ou de partager quelque chose. Quoi que cela fût, je ne pouvais pas le donner à Arthur. Cela peut paraître étrange — et même aujourd'hui ceci continue de me paraître étrange — mais c'était ce que je pensais, dans la mesure où je pensais. Les dieux qu'on pouvait voler et revoler ne m'intéressaient pas. Je n'avais pas été élevé pour trafiquer des marchandises volées. Il s'agissait, de bas en haut, d'un mensonge ; et, comme nous l'avions bâti ce mensonge, nous seuls pouvions le défier. L'énergie qu'on appelle divine est en réalité la traduction du besoin humain, et si ce Dieu que nous avons créé a besoin de patience avec nous, de combien de plus de patience avons-nous besoin avec Dieu !

Sidney et moi marchâmes dans nos rues jusqu'à son travail. Je le quittai à la porte du Jordan's Cat. Et je sus que je ne poserais plus sur lui le même regard.

Le seul être dans ma vie restait mon frère Arthur — j'acceptai cela sans me plaindre, sans même m'étonner. Le temps filait et il me fallait commencer à travailler à l'édifice. Je ne voulais pas trouver un jour Arthur assis de profil à l'autre bout du bar.

Oui. Je commençai à travailler à la construction de l'édifice. Arthur partit en tournée et le temps commença, lui, à jouer son rôle.

Je me réveillai un matin à San Francisco et je sus que le jour avait quelque chose d'étrange mais je ne pus pas mettre le doigt dessus.

Puis je me dis, avec un émerveillement réticent : J'ai trente ans, j'ai trente ans aujourd'hui.

J'étais seul dans ma chambre d'hôtel. J'avais passé deux mois sur la côte Ouest à travailler pour la succursale californienne de l'agence de publicité qui m'employait à New York. Il s'agissait d'une agence blanche, est-il besoin de le dire, mais, dans les années soixante, ainsi que mes compatriotes étaient fiers de le souligner, nous, les Noirs, accomplissions de grands progrès dans des domaines qui nous avaient été jusqu'alors interdits.

Trente ans. Bon. Il me restait à me lever et à toiletter cette carcasse vieillissante. Qui ne se sentait pas trop décrépite, malgré son âge. En fait, je me sentais pas mal et j'étais même assez content de me retrouver seul ce jour-là. Aucun besoin de faire le bilan de ma vie ou ce genre de connerie. Non. J'étais content et un peu surpris de me retrouver parmi les vivants, d'avoir duré aussi longtemps.

Et c'était une belle journée, et j'aime San Francisco. Je me demandais si je pourrais trouver quelqu'un pour déjeuner avec moi. Un samedi, il n'y aurait personne au bureau, mais j'avais deux ou trois numéros de téléphone dans mon agenda.

Je pris ma douche, m'habillai et commandai mon café. Je regardai par la fenêtre et vis surtout les étages supérieurs de grands immeubles, mais je savais que, derrière et dessous, se cachaient mes rues bien-aimées et leurs pentes vertigineuses.

La femme de chambre apporta le café et, à cet instant même, le téléphone sonna.

La fille, une Orientale, s'éclipsa. L'appel s'avéra provenir de Faulkner.

Faulkner était apparenté à mon patron, à quel degré légal exact, je ne l'ai jamais su : le parent d'un pirate, un blond sournois et fouineur. Je le haïssais mais je dois avouer qu'il me faisait peur, aussi — il n'avait que vingt ans et le sens moral d'un crocodile.

« Hall ? » Cette voix sèche et rapide, réminiscente de films hollywoodiens style anglais et d'écoles privées diverses.

« Oui ? C'est moi.

— Il y a du nouveau. On a besoin de vous ici.

— Pourquoi est-ce *vous* qui m'appelez ?

— Comment ça, pourquoi est-ce *moi* qui vous appelle ? Écoutez, je suis Faulkner Grey, je fais partie de cette société...

— Je sais qui vous êtes et je sais que vous faites partie de cette société mais vous n'êtes pas mon patron. Je ne prends pas mes ordres chez vous.

— Écoutez, je vous téléphone gentiment pour vous dire qu'on va avoir besoin de vous sur le pont ici, pourquoi m'engueulez-vous ?

— Parce que vous êtes peut-être bourré. Parce que vous et moi n'avons rien à faire l'un avec l'autre au bureau. Parce que c'est un samedi après-midi...

— Et parce que vous ne pouvez pas me blairer, c'est ça ?

— Je ne pense à vous ni dans un sens ni dans un autre, Faulkner. Simplement, je ne prends pas d'ordre de vous. »

Mais je regrettais, malgré tout, le ton que j'avais adopté. Ce n'était pas malin.

« Vous croyez que je vous appelle parce que j'adore vos grands yeux bruns ? Vous croyez que je me languis de vous, nom de Dieu ? »

Ça se pourrait, me dis-je, ça se pourrait. La pensée m'en avait traversé l'esprit à plusieurs reprises. Le môme me collait drôlement au train.

Et tout en sachant que ce n'était pas malin, je ne pus pas m'en empêcher : « Moi, je me languis certainement de vous, chéri. Que se passe-t-il ?

— Vous savez, pour un Noir intelligent et tout, vous pouvez vous montrer drôlement répugnant.

— Chut, mon enfant. Les crises de jalousie ne vous mèneront nulle part. Ma présence est-elle instamment requise ?

— Si vous étiez malin, vous attraperiez un avion *aujourd'hui* même, de manière à être frais et dispos lundi matin tôt.

— C'est vrai ? Vous êtes pas en train de me bourrer le mou ?

— Non, je ne suis pas en train de vous bourrer le mou, espèce de salaud », dit-il, et il raccrocha.

Junior. Tu es un divin chef-d'œuvre, l'inimitable salope d'entre les salopes et je ne saurai jamais ce que j'ai bien pu faire, dans aucune de mes vies passées, pour te mériter.

Pourtant, il n'était pas fou à lier. Si j'avais un peu peur de lui, il avait, lui aussi, un peu peur de moi et ceci voulait dire que ma présence était requise à New York. Me faire téléphoner par Faulkner n'était qu'une des multiples manières qu'on avait de me faire savoir que je pouvais peut-être être un Noir intelligent et tout, et que mes congénères pouvaient avancer à grands pas dans le Royaume, mais que je n'en demeurais pas moins un nègre.

Et merde ! *Oui, j'en suis un* et je n'allais pas permettre à ces gens de gâter mon anniversaire, ni de me blesser ni de me gêner. Les Blancs peuvent voler beaucoup de votre temps, ils peuvent vous voler votre vie entière si vous les laissez faire.

Je fis donc le plan de passer la journée à San Francisco

et de prendre un avion dans la soirée. Le temps travaille en votre faveur lorsque vous vous déplacez vers l'est et je réfléchis que je pourrais peut-être voir mes parents avant que mon anniversaire ne fût totalement passé.

Je décidai de les appeler pour les en informer. Je ne savais pas où se trouvait Arthur, je ne l'avais pas vu depuis trois mois. Ni l'un ni l'autre ne vivions plus à la maison et Arthur travaillait tout le temps. Il lui restait encore, comme on dit, à toucher le gros lot, mais il ne cessait de progresser ; il avait un public fidèle et croissant, surtout noir mais pas entièrement. Il ne gagnait pas des fortunes mais il ne mourait pas de faim non plus et il n'avait, après tout, que vingt-trois ans. J'étais fier de lui. Et nous nous entendions bien. Nous nous aimions, oui, mais cela peut être source de tourment. Nous nous aimions et cela était agréable.

Ma mère répondit au téléphone.

« Mon chéri, je pensais justement à toi. Comment te débrouilles-tu là-bas, avec les cow-boys et les Indiens ? Ne te fais pas scalper, dis donc. » Et elle rit. « Oh ! Et joyeux anniversaire !

— J'ai trente ans aujourd'hui.

— Je sais que tu as eu trente ans, mon petit. J'y étais. Seigneur, on dirait un rêve.

— Tu es fière de moi, Maman ? » *Ai-je été un bon fils ?* Mais je ne lui posai pas cette question.

Mon père prit l'appareil.

« Joyeux anniversaire, fils — Hall, je me disais, maintenant que tu commences à grandir, qu'il serait de mon devoir de te prendre à part pour t'instruire un peu » — il se mit ici à toussoter avec emphase — « au sujet des oiseaux, des abeilles et autres... je pense que c'est le devoir d'un père...

— Les oiseaux et les abeilles ? Oh ! Zut, Papa, les oiseaux volent et les abeilles piquent — c'est ça que tu veux m'expliquer ?

— On dirait que quelqu'un m'a devancé », et nous rîmes en chœur. « On ne pourra pas dire que je n'ai pas essayé. Quand penses-tu venir par ici ?

— Eh bien... c'est pour cela que j'appelais, en fait. J'arriverai dans la soirée. » Je toussai : « Le conseil d'administration requiert ma présence.

— Un *samedi ?* Tu dois être un homme fort important pour ce conseil-là.

— Il faut que je sois là lundi matin mais j'ai pensé que je viendrais ce soir.

— Ce serait drôlement chouette. Vers quelle heure ?

— Je ne sais pas encore : neuf, dix heures, dans ces eaux-là. Je vous rappellerai pour vous dire dès que j'aurai une réservation.

— Bien. Nous serons là. Tu connais ta mère, elle va te faire un gâteau. Personne que tu veuilles voir en particulier ?

— J'aimerais voir mon frère s'il est dans le coin.

— Arthur est au Canada, mon vieux. On me dit qu'il leur en bouche un drôle de coin, là-haut.

— Au Canada ? Où ça, au Canada ?

— Dans tout le Canada — quoi ? » J'entendis la voix de ma mère à l'arrière-plan. « Ta mère dit qu'il est à Toronto, mais il était à Québec et partout.

— Je ne pense pas que je le verrai, alors.

— Tu le verras quand il reviendra. Tu vas être ici pour un bout de temps, non ?

— Oui, c'est vrai. Eh bien... je te rappelle, Papa. Je te quitte et fais attention à toi. »

Et nous raccrochâmes. Je finis mon café et descendis en ville.

C'était la fin du printemps, on pouvait presque goûter les fumées de l'été qui venait. Les rues étaient remplies de gens qui semblaient se précipiter à sa rencontre.

J'arrivai au coin de ma rue surpeuplée — j'habitais sur les hauteurs de San Francisco — et regardai des deux côtés, de bas en haut. Un funiculaire arrivait et j'eus vaguement envie de le prendre, juste pour m'amuser mais j'avais aussi envie de marcher. La rue devant moi dégringolait en pente raide, aussi raide qu'une pente de montagne, pour aller se terminer sur les quais. Je commençai à la descendre, heureux comme un môme en vacances.

Je n'avais personne avec qui déjeuner mais ceci ne me tracassait guère : je ne pouvais pas y remédier parce que j'avais laissé mon carnet d'adresses à hôtel.

Trente ans.

Et je m'offris un homard à moi tout seul, en contemplant l'immensité grise d'une mer tourmentée, et le soleil et les mouettes au-dessus de l'eau.

Trente ans.

J'étais seul, l'avais été depuis un certain temps, et le serais peut-être encore un moment, mais cela ne me faisait plus peur de la même manière qu'autrefois. Je découvrais quelque chose de très simple : je n'y pouvais strictement rien.

Puis, après avoir mangé mon homard, je me rendis à pied jusqu'à l'agence de voyages, à travers mes rues américaines préférées, et pris un billet d'avion.

J'avais trente ans. « Donnez-moi des premières, s'il vous plaît », dis-je.

Je voyageais avant l'époque de la surveillance électronique, avant l'arrivée des pirates de l'air et des terroristes. Arrivée pour laquelle les gens au pouvoir n'ont à blâmer qu'eux-mêmes. Qui a piraté plus, par exemple, que l'Angleterre, ou encore qui est plus doué dans l'usage de la terreur que mon malheureux pays ? Oui, je sais : néanmoins, les enfants, la roue tourne et la vérité revient à son maître. Un terroriste est ainsi qualifié parce qu'il n'a pas la puissance de l'État derrière lui — en fait, il n'a pas d'État et c'est pourquoi il est un terroriste. L'État, à la base, et en cas de coup dur, gouverne par des moyens de terreur rendus légaux — c'est ainsi que Franco a régné si longtemps et c'est l'indéniable vérité en ce qui concerne l'Afrique du Sud. Personne n'a appelé le défunt J. Edgar Hoover un terroriste bien que ce fût précisément ce qu'il était : et si quiconque souhaite, dans ce contexte, parler de valeurs de « civilisation » ou de « démocratie » ou de « moralité », vous excuserez ce pauvre nègre ici présent s'il met sa main sur sa bouche et ricane. J'ai enduré votre moralité pendant très longtemps, et je continue à me sortir péniblement de ce tas de merde : tout ce que l'esclave peut apprendre de son maître c'est comment être un esclave et ceci ne s'appelle pas de la moralité.

J'enregistrai mon unique valise, pris à la main mon attaché-case — grands dieux, un nègre avec un attaché-case ! — ramassai ma carte d'embarquement et achetai un magazine. J'avais un peu de temps à tuer et je m'installai au bar de l'aéroport.

Je regardai autour de moi. Un Noir ne regarde pas autour de lui de la même manière qu'un Blanc : il y a une différence. Un peu comme j'ai appris à vivre, plus ou moins, avec ma peur de l'avion, j'ai appris à vivre dans un monde blanc. Cela peut paraître banal ou inamical, mais cela doit être dit : quand un Noir regarde autour de lui, il regarde, après tout, les gens qui contrôlent sa situation sociale, sinon sa vie, les gens que ses enfants rencontreront, les gens qui menacent tout ce qu'il aime. Et, bien que ce fait domine chaque aspect de leur existence, les gens qu'il voit lorsqu'il regarde autour de lui, soit ne le savent pas, ou ignorent qu'ils le savent, ou ne veulent pas le savoir, ou prétendent ne pas le savoir. Pourtant ils usent en permanence de ce pouvoir qui les protège. Dans des circonstances humiliantes, dangereuses, désastreuses ou sanglantes, peu importera ce qu'ils savent ou pas. Tout ce qui importera c'est ce qu'ils feront, et le Noir sait ce qu'ils feront : ils le tueront ou permettront qu'il soit tué. Si l'un d'eux proteste et tente de le protéger, non seulement alors ce Blanc devient pire qu'un nègre, il devient un traître — un reproche — et les deux, le Noir et le Blanc, sont expédiés de conserve.

Impossible pour un Noir, dans ce pays, de ne pas anticiper la catastrophe qui peut lui venir de ses compatriotes. Le résultat est qu'il passe sa vie à regarder autour de lui des gens qui ne savent pas, ou n'osent pas savoir, ce qu'il pense, des gens qu'on a rendus incapables de le voir. J'écoute ce que les Blancs disent et plus encore ce qu'ils ne disent pas. Ma vie peut dépendre de ce que j'entends : je ne peux pas me permettre de me laisser surprendre.

Ce qui signifie que, en général, tout ce que dit un Blanc à un Noir est une confession, un aveu, bien que le Blanc ne le sache jamais. Parfois, je chante parce que je suis heureux, sincère et parfois je chante parce que je suis libre : mais parfois je chante parce qu'il est très oppressant de passer sa vie à écouter des confessions.

Mon vol fut appelé, je payai le barman et me mis en route pour la porte d'embarquement — qui se révéla se trouver à des kilomètres de là. Mais j'y parvins et attendis en file avec les autres passagers. Dépouillés de notre autonomie en même temps que de nos bagages, nous étions maintenant dans les limbes.

Dieu merci, la file avança, je montai à bord et pris mon siège près d'un hublot. J'ouvris mon magazine, le refermai, attachai ma ceinture et observai les gens qui pénétraient dans ce qui pourrait bien se révéler être notre dernier véhicule. On ne pense jamais à cela quand on monte dans une voiture ou dans un train, ni même sur un bateau — bien que l'eau soit aussi terrible que l'air. Mais sur l'eau on espère pouvoir attraper quelque chose, un truc qui flotte qui permettra de s'accrocher à la vie un peu plus longtemps — assez peut-être pour être sauvé. Il n'existe rien de la sorte dans l'air...

Le signe « Défense de fumer » s'éteignit, j'allumai une

cigarette. Je n'avais pas envie de lire mon magazine. Je regardai par le hublot, m'imaginant en explorateur de cet espace effrayant, silencieux et sans limites. Puis je songeai à ces armées d'hommes et de femmes qui avaient construit les cités, les villes et les maisons sous moi, qui avaient traversé à pied ce continent, guettant la pluie dans les nuages et les vautours dans le ciel. Un incroyable moment dans l'histoire de notre race mais on avait menti quant au prix et on avait apporté aux sauvages une sauvagerie sans précédent. Les tribus peaux-rouges avaient raison : la terre ne doit ni s'acheter ni se vendre. Les Noirs avaient raison : un homme ne doit pas être utilisé comme un objet. Le tam-tam, les signaux de fumée et les tambours sont sincères et les dieux sont nombreux.

Les modèles noirs avaient commencé à faire leur apparition à peu près partout à cette époque et je feuilletais mon magazine, avisant une face noire ici, une autre là vantant la même merde que j'étais payé pour vanter. (Je ne réfléchissais pas trop aux implications de mon travail. Je n'osais pas. Je le traitais comme un jeu que je jouais, un jeu nécessaire. Le traiter autrement aurait pu précipiter une dépression nerveuse.)

En tout cas, les mômes se faisaient un peu de fric, ce qui permettrait peut-être de retarder l'holocauste pour un temps. Ils souriaient, l'air aguichant, l'air puéril, fumant ceci et buvant cela — comme s'ils avaient fait ça toute leur vie. (D'ailleurs, ils l'avaient fait toute leur vie.)

J'arrivai à une pub pleine page représentant une dame tenant un verre de vin. Ses cheveux noirs étaient coupés court avec une frange, elle portait aux oreilles de grands anneaux qui brillaient comme de l'or et une robe moulante très décolletée ; ses grands yeux d'Égyptienne semblaient contenir un urgent message, mais pas le message de la pub qui disait (sous le verre de vin tendu) : *Essayez ceci. Vous vous sentirez mieux.*

Je ressentis un grand choc en me rendant brusquement

compte que je regardais une photographie de Julia. Il fallait que ce fût Julia ou sa jumelle, et Julia n'avait pas de sœur jumelle. Il fallait que ce fût Julia ou alors j'étais fou.

J'examinai la photo un long moment. Je l'étudiai en détail. La fille était mince, presque au point d'en être maigre, mais elle n'avait pas la poitrine plate et ses jambes étaient longues — on en voyait une à travers la robe fendue — et, oui, Julia ressemblerait à cela aujourd'hui. La pose était provocante, séduisante — elle vantait un apéritif — mais autour des lèvres subsistait une infime trace du sourire de Julia, ce sourire de garçon manqué. Et les yeux — ils étaient excessivement maquillés, mais ils contenaient plein de choses, ces yeux. Oui, Julia pourrait ressembler à cela aujourd'hui.

Où diable se trouvait-elle ? Nous n'avions plus eu de nouvelles depuis longtemps. L'amie de Florence, là-bas dans le Sud, était devenue de plus en plus laconique. Nous savions que Julia s'était remise — avec une rapidité étonnante, en fait, mais cela lui ressemblait bien. Nous savions que Jimmy paraissait bien se porter, qu'il fréquentait l'école et qu'il travaillait. À son retour, Crunch était descendu les voir mais il n'était pas resté longtemps. Officiellement, même à ce moment-là, je ne savais rien au sujet de Crunch et d'Arthur, mais peut-être avaient-ils rompu : la vie d'Arthur l'emportait au-delà de l'orbite de Crunch. Je pense que la rupture avait accablé Arthur mais il n'en parlait jamais et je ne pouvais donc pas en parler non plus.

Je pense que Crunch ne sut pas comment agir avec Arthur, ni s'accommoder des conséquences de la présence dans sa vie d'un amant mâle. Tout aurait été plus simple s'il avait cessé d'aimer Arthur : mais même si Billie Holiday n'a pas tort de chanter que l'amour est un robinet parfois fermé quand vous pensez qu'il est ouvert, il est vrai que, parfois, le robinet refuse de se fermer.

Crunch, toujours à New York, travaillait dans une école pour délinquants et se tapait petite amie sur petite amie. Red se piquait. Peanut s'était jeté dans la campagne des droits civils.

Je n'avais jamais été dans le Sud. Je me disais que je ne croyais pas à la non-violence mais cette objection avait depuis longtemps perdu sa signification. Arthur avait fait plusieurs fois le voyage, souvent avec Peanut. Je ne voulais pas qu'il y aille mais je ne pouvais l'en empêcher. Je commençais à me rendre compte qu'il serait plus simple pour moi de l'accompagner plutôt que de rester à me ronger les ongles à New York en redoutant chaque annonce à la télévision et chaque coup de téléphone. Mais il m'était difficile de partir. Bien qu'évitant de réfléchir aux implications de mon travail, je savais donc, au fond, que j'étais à la veille de pénibles confrontations et qu'il me faudrait procéder à certains changements.

Mais mes pensées revinrent à Julia. Elle qui aurait voulu aller à La Nouvelle-Orléans toute armée pour protéger et délivrer son frère, avait été, au contraire, transportée là-bas, impuissante, victime du père qu'elle avait tant adoré — victime de *leur* père : je me demandais ce que Jimmy savait.

Joel avait disparu, pour nous en tout cas. Je me demandai s'il avait eu des contacts avec ses enfants.

Je refermai le magazine et le fourrai dans ma mallette.

Je me procurai le numéro de téléphone de Julia par l'agence — ils la cherchaient, eux aussi. Elle habitait un loft, au dernier étage, dans la 18e Rue. Je crois me rappeler un perron de trois marches en pierre, des rampes lourdes d'un métal gris très travaillé, une porte à double battant s'ouvrant sur un vestibule, des boîtes aux lettres et des sonnettes de chaque côté, pas d'intercom.

Je pressai le bouton — JULIA MILLER / JAMES MILLER — la porte intérieure s'ouvrit et j'entamai la montée des escaliers.

« Hall ? dit une voix très loin là-haut.

— C'est moi, petite, suant et soufflant. »

Ce rire, venu de très haut : « Dis donc, défense d'avoir une attaque cardiaque dans mon escalier ! Prends tout ton temps, vieillard !

— Tu vas me payer ça, Julia, dès que je serai arrivé.

— Si j'étais toi, je m'arrêterais de parler. Tu uses tout ce qui te reste d'oxygène. Vas-y très doucement. Je te prépare un calmant pour ton arrivée et tu pourras t'écrouler sur le divan. »

Elle se remit à rire. Je continuai à grimper. Il était six heures et demie un vendredi soir ; je me rappelle qu'un tourne-disque trompetait du Miles Davis à l'un des étages sur mon chemin et que, dans l'air, flottait une vague odeur de marijuana. Je grimpai quatre à quatre les dernières marches.

Sa porte était ouverte. Elle était debout au centre de la pièce — une longue pièce haute de plafond — avec les deux immenses fenêtres derrière elle. Elle était coiffée comme sur la photo excepté la frange qu'elle avait brossée ou peignée en arrière ce qui dégageait son magnifique front. Elle n'avait pas de boucles d'oreilles. Elle portait une robe grise avec une ceinture rouge et ses longues jambes étaient chaussées d'escarpins à talons hauts.

« Tu souffles comme un montagnard », dit-elle.

Et elle rit. Sans bouger, ses yeux fixés sur les miens, elle rit.

Impossible à quiconque de décrire cela. Toujours sur le seuil de la porte, je me mis à rire en même temps qu'elle. J'ai oublié de dire, j'avais des fleurs — j'avais tout à coup acheté des fleurs, parce que j'en avais vu et parce que j'étais nerveux et que j'avais pensé qu'elles pourraient lui plaire. Je les lui tendis. Je me rappelle seulement qu'elles étaient jaunes.

Avec ce sourire de garçon manqué, à grands pas de ces longues jambes, elle vint vers moi.

J'étais si heureux de la voir — c'est cela que je suis incapable de décrire. Peut-être avais-je imaginé que je ne la reverrais jamais, jamais plus dans ce monde.

Elle prit les fleurs, mit ses bras autour de moi et nous nous embrassâmes — nous en prîmes ensemble conscience avec un certain choc tandis que nous nous écartions l'un de l'autre — pour la première fois de notre vie.

« Je suis heureuse de te voir. Comment vas-tu ? »

L'émotion habitait sa voix et aussi mon regard.

« Je vais bien — mais c'est *toi* ! Tu es devenue une ensorcelante vedette. Quand pars-tu pour Hollywood ?

— Tu trouves que je suis devenue ensorcelante ? » Elle rit et posa les fleurs sur la table. « Enfin. Il fallait bien que je fasse quelque chose. Assieds-toi. Je mets ces fleurs dans un vase et je te prépare un verre. »

Je m'assis sur le canapé. Elle disparut. La pièce était vaste, haute, simplement meublée mais très confortable. Je me trouvais dans la partie living-salle à manger — une belle grande table, le canapé, deux fauteuils. Un piano à queue côtoyait un petit bar, et il y avait un récepteur de télévision, un tourne-disque, des disques empilés sur le tabouret. Les deux fenêtres donnaient sur le toit-terrasse où se trouvaient des tables et des chaises. La section cuisine — une cuisinière, un évier, un petit réfrigérateur, un placard, une table, deux chaises — se situait près de ces fenêtres. Deux chambres s'ouvraient sur la pièce principale et la salle de bain était dans un coin, près de la porte d'entrée.

Julia mit les fleurs dans l'eau et les rapporta sur la table.

« C'est un endroit épatant, dis-je. Et tu es superbe.

— Je ne sais pas, répliqua-t-elle, mais je suis ravie que tu le penses — je n'en reviens pas de te voir ! Ça fait si *longtemps !*

— Ça fait un moment. Depuis quand es-tu de retour ici ?

— Pas des siècles, en fait, une dizaine de jours. Nous

venons de nous installer *ici*. J'ai réussi à le sous-louer grâce à un ami à moi. » — elle rit — « dans l'immobilier. Hall, que puis-je t'offrir à boire ? Je n'en reviens pas de *toi* — Monsieur le Jeune Cadre ! Tu as l'air tellement irrésistible, comme si tu visais le haut de l'échelle !

— Eh bien, il faut que j'aie cet air-là, chérie, sinon on me laissera au bas des marches et je n'aime pas être en bas.

— Je te comprends. Que veux-tu boire ?

— Un peu de scotch avec de la glace, si ça te va.

— Je crois que je peux produire ça.

— Puis-je t'aider ? Attends, laisse-moi faire. »

Je sortis la glace du réfrigérateur et la mis dans un bol. Julia me versa un scotch et se prépara un gin tonic. Et nous nous installâmes sur le divan.

« Je ne sais pas, dit-elle, par où commencer. » Je lui offris une cigarette et l'allumai pour elle. « J'ai vu ta mère, ton père, ton petit frère — et à peu près tout le monde — depuis que je ne t'ai vu. Il est vrai » et elle rit encore mais plus nerveusement cette fois — « que nous ne nous sommes jamais beaucoup fréquentés. Je n'étais qu'une petite fille et tu ne m'aimais pas énormément.

— Ma foi, tu étais une petite fille très arrogante. Je ne crois pas que c'était ta faute. Mais je t'aime bien maintenant. En tout cas — je ne sais pas — il fallait que je te voie. »

Elle dit qu'en réalité nous ne nous connaissons pas et elle a raison. Mais elle fait partie de ma vie depuis pratiquement la moitié de celle-ci et elle fait partie de la vie d'Arthur. Je commence à me sentir mal à l'aise. J'ignore si elle sait quel point je suis informé de ce qui lui est arrivé : je ne peux pas, par exemple, lui parler de son père, ni du bébé de Crunch, à moins qu'elle ne le fasse d'abord elle-même. Malgré ce malaise, je suis très heureux de la voir.

« Peut-être suis-je toujours aussi arrogante mais un peu plus adulte.

— Julia, depuis combien de temps as-tu arrêté de prêcher?

— Oh! Sept ans, maintenant. Un peu plus de sept ans.» Elle but une gorgée de son verre et me regarda. «C'est pas croyable, non?

— Difficile à croire, en effet. Qu'as-tu fait à La Nouvelle-Orléans?

— Hall — la seule chose que je puisse honnêtement te dire, c'est que j'y ai survécu — comment, je n'en sais rien.» Elle écrasa sa cigarette. «Enfin. J'avais Jimmy. Nous sommes devenus amis, finalement. Et alors il m'a été d'un grand secours. Il a été merveilleux — il *est* merveilleux...

— Il est ici aussi? Il vit avec toi? J'ai vu son nom sur la boîte aux lettres.

— Oh oui! Il est ici. Il va peut-être ramener son auguste personne d'une minute à l'autre.»

Elle se leva pour s'approcher du tourne-disque. Elle me regarda: «Je pense que tu sais comment je suis arrivée dans le Sud?

— En partie. Arthur me l'a écrit.

— Ta mère ne t'a pas raconté?

— Quand je suis revenu. Mais elle ne m'a rien écrit à ce sujet.

— Je pense qu'elle ne devait pas savoir comment t'en parler.» Elle revint s'asseoir, prit son verre et en contempla l'intérieur. «Je ne sais pas non plus. J'ai cru que jamais» — elle hésita, les yeux sur son verre — «jamais je ne m'en remettrais. Ça avait duré si longtemps! Toute cette souffrance. Et chaque fois que tu penses t'en sortir — elle te terrasse à nouveau.» Puis elle leva la tête vers moi avec un sourire. «Mais me voilà!

— Comment es-tu devenue mannequin?

— Je travaillais comme serveuse à La Nouvelle-Orléans et je crois que je n'étais pas trop mal, tu vois?» Elle rit. «Peut-être que mon expérience en chaire m'a aidée à apprendre comment traiter les gens — en tout cas à ne pas être surprise par eux — et puis Jimmy et quelques-uns de ses amis m'ont confectionné pour le carnaval des costumes qui étaient *quelque chose*. Je répète, *vraiment* quelque chose. Des gens de New York sont venus et m'ont photographiée — dans ces costumes... » Elle produisit son sourire de gavroche, rejeta la tête en arrière et rit — je contemplais ce long cou mince palpitant. « Et soudain, j'étais en route. Vers New York. Je ne savais que peau de balle. Et je n'en sais encore pas davantage. Mais j'étais de retour ici. Avec Jimmy. Et c'est ce que j'avais essayé de faire depuis qu'on m'avait emmenée d'ici. » Je contemplais ses longues mains fines sur son cou. Elle secoua la tête comme pour tenter de se réveiller... « Oh ! Veux-tu un autre verre ?

— Si tu en prends un. Mais rappelle-toi. Je t'emmène dîner.

— J'adorerais ça. Je vais préparer deux très *petits* verres. J'espérais vraiment que Jimmy reviendrait avant que nous partions. »

Elle ramassa nos verres et alla vers le bar.

« Que fait Jimmy ?

— Jimmy ne va nulle part où il n'y ait un piano. Il emporterait son piano au petit coin s'il le pouvait. Il a failli rendre grand-mère folle », et elle rit. « Cette pauvre femme. Elle ne sait toujours pas ce qu'elle a fait pour mériter tout ça. Mais » — elle rapporta nos verres et se rassit sur le divan — « elle s'en est sortie, je dois le reconnaître. Imagine, elle doit enfin pouvoir un peu dormir, maintenant que nous avons quitté la maison. » Elle demeura silencieuse un moment — puis ajouta : « Jimmy essaie de devenir musicien mais c'est dur. Naturellement. Il passe pas mal de temps en tournée, dans le Sud, à jouer au bénéfice des droits civils et » — elle prit une gorgée de son gin tonic — « bien entendu, il a fait de la prison à cause de cela. C'est devenu dingue là-bas et ça va être pire ici.

— Mais, maintenant, Jimmy va rester quelque temps à New York ?

— Oh ! Il a l'intention de rester. Il se pourrait que je trouve en rentrant à la maison un mot m'annonçant qu'il est parti pour Birmingham.

— On dirait Arthur, fis-je, après un instant.

— Où est Arthur ?

— Il chante, quelque part au Canada. Je ne sais pas quand il reviendra par ici !

— J'aimerais bien le voir. Ton frère... il a été très gentil avec moi.

— Je le crois volontiers. C'est un garçon très gentil, mon frère. »

Julia gloussa : « Il est tellement sérieux, parfois — il essaye de t'imiter.

— Et alors ? Suis-je sérieux ? Ou drôle ? dis-je en riant.

— Je ne sais pas. Mais, parfois, Arthur se conduit comme toi et c'est *drôle.* »

Je n'avais jamais pensé à cela et n'en avais jamais certainement été témoin.

« Bon... on sort manger un morceau ? Je meurs de faim.

— Très bien. Donne-moi seulement une petite minute. »

Elle posa son verre et disparut dans la salle de bain.

Je demeurai à ma place, réfléchissant à beaucoup de choses, y compris ce qu'elle avait dit au sujet d'Arthur se conduisant comme moi et essayant de m'imiter. Je trouvai cela très drôle et j'en ris intérieurement — pourquoi quiconque souhaiterait-il être comme moi ? *Moi,* je ne souhaitais pas être comme moi. Mais il y avait quelque chose de vaguement inquiétant dans le fait que Julia pût faire si aisément une comparaison qui m'échappait totalement.

J'entendis une clef tourner dans la serrure et Jimmy entra. Je le reconnus sur-le-champ — le visage taciturne, le regard lointain : mais ce fut la première fois que je le reconnus, pour ainsi dire, comme le frère de Julia, que je vis combien ils se ressemblaient — les pommettes, les yeux, la bouche insolente. Peut-être parce que Jimmy était un garçon, je cherchais une ressemblance avec son père — mais, en fait, Julia ressemblait à Joel beaucoup plus que lui. Le regard de Jimmy était-il lointain parce qu'il n'osait pas le fixer sur vous ? Mais lorsqu'il le faisait, on retrouvait dans le visage de l'adolescent, les yeux étonnés et vulnérables de sa mère.

Je me levai dès son entrée, dans la crainte qu'il ne me reconnût pas. Mais il m'identifia immédiatement avec un sourire.

« Hé ! Tu dois être Hall — pas vrai ?

— Tout juste. Tu dois être Jimmy.

— Je pense que je n'ai pas beaucoup changé, alors. Julia m'a dit que tu avais téléphoné. Je suis content de te voir. Où est ton frère Arthur ?

— Il est au Canada.

— Pour le travail ?

— Ouais. Il chante là-bas.

— Salaud de veinard ! »

Il portait un jean, un chandail, des baskets et trimbalait un vieux sac de voyage. Il était assez costaud bien qu'encore tout en os et en angles ; il avait des cheveux plus gros et plus crépus que ceux de Julia. Il jeta son sac près du tourne-disque et se propulsa vers la cuisine.

« Tu as ce qu'il te faut ? Puis-je t'offrir quelque chose ?

— Ça va, merci. »

Il fouilla dans le réfrigérateur pour en extraire une bière et revint. Il s'assit dans un des fauteuils et je repris ma place sur le canapé.

« Alors ! Tu n'as pas vu mon vieux dégueulasse de paternel dans le coin, non ?

— Je n'étais pas dans *le coin.* Je rentre tout juste de Californie.

— Je doute qu'il ait assez de couilles pour aller aussi loin », dit Jimmy. Il avala une gorgée de bière à la bouteille. « Je veux pas te casser les pieds avec ça. J'ai juste deux ou trois choses à lui dire et je me demandais si tu l'avais rencontré... au cours de tes déplacements. »

Et il sourit. Le caractère le plus terrifiant de ce sourire c'est que c'était un vrai sourire et j'eus un bref aperçu de ce que Julia ne pouvait pas avoir prévu tandis qu'elle entamait sa convalescence à La Nouvelle-Orléans. Quoi que Jimmy sût ou ne sût point, il savait — il savait que deux femmes avaient été violées par son père : et cela faisait de son état d'homme à lui une chose souillée de sang.

Il devait être étrange pour Julia d'avoir tant désiré être pardonnée par son frère pour être forcée de constater que ce n'était pas *elle*, en ce qui le concernait, qui avait besoin d'absolution. Et que celui qui avait besoin d'être pardonné ne *pouvait* pas l'être : ce n'était plus une possibilité humaine, ce qui rendait le pardon divin douteux sinon ignoble : une leçon pour l'évangéliste.

Julia sortit de la salle de bain, subtilement plus cuivrée qu'avant, et, une main sur la hanche, toisa son frère.

« Tiens, tu es rentré, je vois. As-tu dit bonjour à Hall ? »

Jimmy avala de la bière avec beaucoup de cérémonie et produisit avec ses lèvres un grossier bruit de pet. Julia rit, lui aussi et il dit, en levant vers sa sœur les yeux les plus brillants, les plus moqueurs, les plus tendres que j'aie jamais vus jusqu'alors dans ma vie : « Eh bien oui, sœurette, j'ai dit bonjour à Hall. » Il se tourna vers moi : « Ne t'ai-je pas dit bonjour — comment tu t'appelles ? »

Nous rîmes. Jimmy me fit un clin d'œil et Julia vint s'asseoir à côté de moi.

« Nous allons sortir manger un morceau. Tu viens avec nous ?

— Je ne veux pas m'immiscer, et » — il contempla ses baskets — « je ne suis guère habillé pour. Non » — il me regarda —, « vous y allez. Je te revois bientôt. Essaie d'engraisser un tout petit peu ma sœur. » Il se tourna vers Julia. Son ton changea : « Je vais travailler un peu, écouter un disque ou deux, faire une razzia dans le frigo et me mettre au pieu. J'ai des gens à voir demain matin de bonne heure. »

Et il se leva, ce qui me força à me lever. Il me tendit la main : « Je suis content de t'avoir revu. Tu as toujours été très gentil avec moi. » Il souleva Julia du divan et l'embrassa sur le front. « À tout à l'heure, sœurette. Tâche de ne trébucher sur rien en rentrant — parce que tu *sais* que ça me rend *méchant* ! » Il nous raccompagna à la porte. « Tu as tes clefs, petite ? »

Julia regarda dans son sac : « Oui, j'ai mes clefs. »

Il referma la porte derrière nous et nous entreprîmes la longue descente de ces marches sévères.

Nous arrivâmes dans la rue. Je hélai un taxi. Surprise, il s'arrêta. « Je connais un endroit sympa dans le Village, dis-je. Tu veux l'essayer ?

— J'adorerais », fit-elle et nous montâmes dans le taxi.

Je donnai l'adresse au chauffeur et nous fûmes en route pour notre première sortie. Cette soirée, si importante, résiste pourtant à ma mémoire. Elle se confond avec d'autres rendez-vous, se tisse hors et dans mes souvenirs. Je vois le visage de Julia, ce visage qui change : longtemps je ne pus détacher mon regard de ce visage. Je vis le visage de l'enfant et le visage de la petite évangéliste, les visages que j'avais toujours vus — ou jamais vus — et un nouveau visage ou plusieurs que je n'avais jamais rencontrés. Tout ce qu'elle dit et fit ce soir-là fut, pour moi, teinté de miracle — ce fut comme si elle avait ressuscité d'entre les morts.

Nous allâmes dans un restaurant aux lumières tamisées, dans Bleecker, près de la Dixième Avenue, et nous prîmes un ou deux verres avant dîner. Ce que Julia avait à me dire n'était pas très gai et sa situation demeurait précaire mais elle était trop fière — ou en avait trop vu — pour paniquer.

Ils avaient quitté La Nouvelle-Orléans avec très peu d'argent et seulement de vagues promesses d'« interviews » pour Julia. Mais il avait fallu faire avec. Julia n'avait jamais été heureuse à La Nouvelle-Orléans, elle y était arrivée avec une maladie à la fois trop voyante et trop mystérieuse. Elle avait eu un « accident » à New York, avait raconté sa grand-mère, semblant faire allusion à un accident de la circulation. Mais Jimmy était là déjà depuis un bon moment, enlevé à son père qui ne venait jamais le voir. Et voilà que, maintenant, Julia, après son « accident », avait dû, elle aussi, être éloignée de lui. L'arrivée du petit garçon, Jimmy, avait déjà fait l'objet d'un grand nombre de conjectures. Mais l'arrivée de la fille signifiait encore autre chose. Personne ne croyait à son « accident » : pourquoi lui avait-on donc permis à elle, qui n'était après tout guère plus qu'une enfant, de rester avec un père si peu apte à la protéger ? C'est à cette curiosité latente et pleine de méfiance que Julia s'était heurtée au moment de sa convalescence, méfiance qui n'avait jamais désarmé. Au contraire, elle lui collait au corps, comme son ombre.

Elle avait été totalement déclassée à l'école — qu'elle s'était arrangée pour ne pas fréquenter très longtemps — bien trop vieille pour ses contemporains, trop instruite, trop distante ; et, d'autre part, pour les aînés, trop étrangement précoce et réservée. Elle les exaspérait, elle semblait les effrayer parce qu'ils n'arrivaient pas à trouver le moyen de la corriger. Et le fait qu'elle eût été une évangéliste enfant mais qu'elle ait cessé de l'être — et soit devenue bonne à tout faire, puis aide-cuisinière puis serveuse et ne parut guère se soucier du genre des gens qu'elle était contrainte de fréquenter — avait fini par se retourner contre elle : c'était comme si elle avait été marquée par le diable.

Dans ma mémoire, Julia sourit en me racontant tout cela, elle rit parfois, avec ces ombres qui passent sans cesse sur son visage.

« Je ne sais pas aujourd'hui la réaction que j'attendais de Jimmy. J'étais dans un état épouvantable lorsque je suis partie là-bas. Je me rappelle à peine mon arrivée. Il me semble que dormir était la seule chose que je souhaitais faire », et Julia ferma les yeux un instant. « Mais chaque fois que je m'endormais, je commençais à rêver et le rêve était si terrible que j'essayais de me réveiller et je ne le pouvais pas. Mais quand je me réveillais, tout ce que je voulais c'était me rendormir. Je ne voulais voir... personne. Et surtout pas Jimmy. »

Elle se tut, sans me regarder, une cigarette entre ses longs doigts fins. Elle était assise en face de moi mais très loin. La lueur des bougies faisait tourner à l'argent le gris de sa robe.

J'aurais voulu lui poser... beaucoup de questions. À une époque, j'avais cru connaître la réponse mais je n'avais pas fait face à une femme inconnue, dans un restaurant du Village. La clarté de la réponse diminue à mesure qu'augmente l'intensité de la question : à mesure que la question se fragmente en de multiples éclats tranchants.

« Pourquoi ?

— Il était trop jeune. Je ne voulais pas qu'il sache à propos de son père. Je ne voulais pas qu'il sache » — elle sourit — « quoi que ce soit à mon sujet.

— Mais, Julia, comment pouvais-tu l'empêcher de savoir ?

— Si j'avais réussi à descendre là-bas dans les conditions que je voulais, répliqua-t-elle avec entêtement, avec de l'argent, et la possibilité de *faire* quelque chose pour lui — et j'étais prête à me prostituer pour ça — eh bien, il n'aurait pas eu à le savoir, ça ne lui aurait pas traversé l'esprit, nous aurions pu recommencer à neuf — en laissant Maman, Papa, oui, et sainte petite sœur Julia aussi, loin derrière nous. » Elle but une gorgée de son verre avec un sourire triste. « Mais les choses avaient tourné autrement. Je suis arrivée là-bas désarmée et je le suis restée un bon moment. »

Le garçon vint prendre notre commande. Julia leva vers lui un visage qui se transforma en un quart de seconde et, dans ce même quart de seconde, je compris que Julia était consciente de son effet sur les gens. D'une manière naturelle et directe, un peu blasée peut-être, mais bon enfant — le gavroche et la jeune femme échangeant un coup d'œil complice.

Elle se concentra un moment sur son menu, permettant à ses yeux — moins maquillés que dans sa pub — de produire leur effet et, finalement, se décida pour la volaille, *cacciatore* — « rien d'autre que de la fricassée de poulet » —, je commandai la même chose et deux autres verres.

« Tu vas me soûler, dit Julia.

— Parfait. Je te ramènerai chez toi. Et on verra comment tu te débrouilles, toi, avec tes escaliers. »

Elle rit : « Ce n'est pas l'endroit idéal pour rentrer ivre. »

Le garçon revint avec nos boissons et Julia tendit son verre vide avec un sourire de petite fille. Le garçon posa les consommations devant nous, d'un geste pas très assuré et, au paroxysme de la confusion et du ravissement, sourit en retour.

Je levai mon verre : « À toi. Mon petit doigt me dit que tu ne vas pas arrêter de travailler.

— Dieu, comme ce serait agréable ! Je l'espère drôlement. »

Elle reposa son verre. Nous demeurâmes silencieux. Quelque chose grandit dans ce silence — Julia me regarda et dit : « As-tu vu mon père ? Quelqu'un a-t-il eu des nouvelles de lui ?

— Tu n'en as pas eu, *toi* ? Il n'a pas écrit ou je ne sais quoi ? »

Elle secoua la tête, ses grands yeux plongés dans les miens comme si elle dépendait de son regard pour communiquer une chose qu'elle ne pourrait jamais dire.

« Non. Rien depuis tout ce temps. On dirait qu'il a disparu de la surface de la terre.

— Ma foi, aucun de nous ne l'a vu — ni Papa, ni Maman — personne ne l'a vu dans le coin. Nous pensons, nous... qu'il a dû quitter la ville. »

Cette ville ou ce monde : à vrai dire, nous nous en fichions.

Elle continua à me regarder fixement puis elle baissa les yeux et reprit son verre.

« Ça peut paraître drôle, dit-elle, et personne — sauf moi — n'est au courant de tout ce qui s'est passé, mais je n'ai rien contre lui. Rien du tout.

— Tu veux le revoir ?

— Je ne crois pas. J'aimerais simplement savoir... qu'il va bien. Quelque part.

— Julia, tu as raison. J'ignore tout ce qui s'est passé. Mais, d'après ce que je sais, il me semble que, peut-être, il a simplement *peur*. »

Elle rejeta sa tête en arrière. « Je *sais* qu'il a *peur* — il a *toujours* eu peur, c'est le problème avec lui. » Elle tapota une cigarette et la mit entre ses lèvres. Je l'allumai pour elle. « Je déteste penser à lui mourant n'importe où. Seul, effrayé. »

Elle aspira une bouffée, la rejeta, soufflant la fumée au-dessus de ma tête. « Il n'est pas l'unique coupable ! » dit-elle avec une passion contenue.

Je sirotai ma boisson puis je regardai Julia. Je m'obligeai à prendre mes distances, en quelque sorte, puis à la regarder pour dire quelque chose dont je sentais qu'il fallait que cela fût dit : « Écoute. Toi non plus. Et tu étais une enfant, toi. » Elle me dévisagea. « Je suis désolé mais c'est vrai.

— Les enfants, dit-elle en détournant les yeux, les enfants en savent long.

— Il vaut mieux pour eux. Mais ce sont quand même des enfants. »

Je tendis mon bras par-dessus la table et prit sa main immobile dans la mienne.

« Écoute. Les enfants en savent long — d'accord. Mais les enfants *ignorent* ce qu'ils savent. Ils *testent-testent-testent* —, c'est tout, ils attendent de voir s'il y a quelqu'un là-bas. » Je sentais sa résistance : elle était dans sa main immobile, pas tout à fait inerte. « Comprends quelque chose, chérie — un enfant ne *sait* pas, quand il met le feu aux rideaux et qu'il trouve les flammes jolies, qu'il est en train de réduire en cendres la maison et lui avec. Tu éteins le feu, tu ramasses l'enfant et tu lui flanques une fessée à lui faire croire qu'il va brûler vif cette fois. Après quoi, il ne trouvera pas les flammes aussi jolies, il ne recommencera plus et il aura une meilleure chance de survie. »

Je relâchai ma pression sur sa main pour la caresser.

« Peut-être que je ne t'aimais pas beaucoup quand tu étais petite, mais je ne pensais pas que c'était ta faute — je te l'ai dit — mais ton père, Julia, n'était pas un enfant. C'est lui le coupable. C'est pourquoi tu n'as plus eu de ses nouvelles. Tu ne peux pas endosser, toi, la responsabilité qui est la sienne. Comment peux-tu te rendre responsable alors qu'il n'existait aucun moyen pour toi de comprendre, ou de savoir, ce qu'était une responsabilité ? Et tu vas essayer d'assumer cela maintenant ? »

J'abandonnai sa main et me renfonçai sur mon siège — le garçon ébloui approchait avec notre dîner. Il le déposa en silence. Julia ne leva pas la tête et dit « merci » d'un ton très lointain.

« Je te comprends. Mais je ne veux pas jouer à la victime innocente et lésée...

— Oui, mais tu *es* l'innocente victime. C'est ça la vérité. Bon. Alors. Commence par là. » Je l'observai : « T'auras les couilles ? »

Elle avait commencé à grignoter son poulet — elle se mit à rire.

« Hall...

— N'essaie pas de me contredire. Je t'ai connue enfant. »

Quelque chose dans ma voix la fit hésiter et me fixer droit dans les yeux.

« Moi, je t'aurais flanqué une telle fessée, chérie, que tu aurais eu des problèmes pour aller au *pot* sans parler d'aller essayer de prêcher. Ton derrière t'aurait servi de sermon à méditer pendant des jours. » Je fis signe au garçon. « C'est notre première sortie, ma beauté. Tu veux un peu de vin ? »

Elle baissa les yeux avec un air de sainte nitouche : « J'ai cru que tu ne me le demanderais *jamais*.

— Continue comme ça. Je pourrais bien te fouetter avant que nous ne sortions d'ici. Du rouge ou du blanc ? »

Le garçon, intrigué, se pencha vers nous.

« Ah ! Du *rouge*, dit Julia en riant. Pour toutes *sortes* de raisons ! »

Je lui fis écho, commandai le vin et nous mangeâmes quelques minutes en silence. Il est possible qu'il me soit alors venu à l'esprit que je ne m'ennuyais pas une minute avec ma nouvelle amie. Car elle était totalement nouvelle pour moi, bien que je la connaisse. Enfin, je ne la *connaissais pas*. Elle me fascinait. Je *voulais* la connaître.

« Alors comment Jimmy et toi vous êtes-vous finalement

expliqués ? Vous avez l'air de vous entendre merveilleusement à présent.

— Eh bien, dit-elle avec son étonnante candeur, j'étais impuissante. Je ne pouvais pas le cacher. » Elle fit un vague geste avec sa fourchette, puis la déposa sur son assiette et me regarda : « Je ne pouvais pas jouer à la grande sœur. Je ne pouvais jouer aucun des rôles que j'aurais souhaité... » — et elle grimaça, comme une enfant, comme une femme — « *jouer*. Je te l'ai dit, je ne voulais pas que Jimmy sache quoi que ce soit à mon sujet. » Elle reprit sa fourchette, baissa les yeux sur son assiette. « Mais il savait — c'est en partie ce que je veux dire quand j'affirme que les enfants *savent* — je ne contredis pas ce que tu viens de dire, mais je me suis rendu compte que Jimmy en savait beaucoup plus long que ce que moi ou n'importe qui d'autre lui avait raconté — ce que moi, après tout, je n'avais pas raconté ! »

Par un immense effort de volonté, elle garda les yeux secs en disant cela — plus secs, peut-être, que les miens. Notre vin arriva, le garçon le servit et Julia s'empara de son verre.

Je la regardai, attiré vers elle un peu plus à chacune de mes respirations.

« Je ne voulais pas que Jimmy sache quoi que ce soit à mon sujet. Mais j'ai commencé à me rendre compte que j'étais à côté de la plaque — et, je le jure, Hall, c'est alors que j'ai commencé à guérir, j'ai cessé d'essayer de dormir, je me suis mise à me battre contre mes rêves — sais-tu la seule question que Jimmy m'ait jamais posée ? »

Elle but un peu de son vin rouge et garda son verre entre ses deux mains, ses coudes sur la table.

« Il est venu dans la chambre où j'étais couchée, il s'est assis sur le lit, et nous avons parlé de tout et de rien pendant un moment — l'école, sa musique, les Blancs, les Noirs et des bêtises de ce genre — j'observais son visage en m'amusant parce qu'il était si jeune et si violent — et j'étais heureuse parce qu'il me parlait et j'avais cru qu'il ne le ferait jamais — tu vois ce que je veux dire ?

— Continue, ma sœur, dis-je en sirotant mon vin. Je crois que je te suis.

— Tout d'un coup, il m'a demandé : "Est-ce qu'il t'a battue ? Est-ce qu'il a levé la main sur toi ?" » Elle reposa son verre.

« Je ne savais pas quoi dire. Tout ce que je savais, c'est que je ne pouvais pas mentir. Je n'ai pu que répondre oui. »

Elle regarda son assiette et reprit sa fourchette.

« Je l'observais. Il m'a regardée pendant un bon moment. Puis il a ri. "Eh bien, comme ça on est deux, pas vrai ? dit-il. Hé ! Je vais te dire quelque chose. Je suis content que tu sois ma sœur. T'es contente que je sois ton frère ?" Et il a fait une mine d'enterrement comme s'il savait que j'allais répondre non. Et je me suis mise à rire et à pleurer, et je l'ai embrassé, je l'ai embrassé pour la première fois de ma vie. Il riait et pleurait lui aussi. Il a dit : "Dis donc, tu ferais bien de sortir de ce lit, j'ai *besoin* de toi par ici." Et j'ai commencé à guérir. Il *fallait* que je guérisse. J'avais peut-être pensé ne pas vouloir que Jimmy sache quoi que ce soit de moi — et c'était vraiment de la connerie — mais Jimmy me fit comprendre, quelque part, qu'on ne peut rien cacher, et de toute manière, il avait foutrement besoin de quelqu'un qui sache quelque chose de *lui*. »

Elle sourit, se servit un peu de sa fourchette et absorba quelques bouchées de poulet.

Je la contemplais — est-ce étrange à le dire ? — très fier d'elle.

« Et... sais-tu quelque chose de lui ? Pardon. Je ne sais pas pourquoi je demande cela. Je suppose que ce n'est pas à *toi* que je m'adresse.

— Je crois que je te suis, mon frère, dit-elle d'un air

moqueur. Je n'en sais pas assez pour le changer ou faire son salut. Mais j'en sais suffisamment pour être là. Je *dois* être là.

— Mais suppose que tu te maries — tu te marieras probablement un jour, tu sais — et que tu déménages à Tombouctou ?

— Je *suis* mariée, espèce d'idiot, dit-elle. Et ne me parle pas de Tombouctou ! Quelle différence ça peut faire ? »

J'éclatai de rire : « Petite, je crois que tu n'as jamais quitté la chaire ! »

Elle rit avec moi. « Ma foi, tu sais ce qu'on dit, Hall... »

J'adorais la manière qu'elle avait de prononcer mon nom.

« Non. Que dit-on ? »

Elle leva son verre : « Vous pouvez enlever l'enfant à la chaire... »

Je levai le mien. On ne riait pas vraiment — on se souriait, on se regardait, nous affrontions quelque chose que ni l'un ni l'autre ne pouvions nommer.

« Mais, fis-je, d'accord » — et nous trinquâmes —, « quelle est la suite ? » Je voulais la lui entendre dire.

« Hall, tu te fais vieux, ta mémoire flanche.

— Allons, allons, vieille femme mariée de Tombouctou... »

Nous recommençâmes à rire.

« Vas-y, quelle est la suite ?

— Eh bien, tu ne peux pas arracher la chaire de cette enfant-ci, voilà, tu es satisfait ? » et nous rîmes si fort que nous éclaboussâmes d'un peu de vin la table et notre poulet.

De là nous allâmes dans un bar près de Sheridan Square.

Quelque part entre Sheridan Square et l'est de la 18ᵉ Rue, Julia et moi tombâmes amoureux l'un de l'autre.

Nous marchions parce que, à cette époque-là, à New York, peu de chauffeurs de taxi s'arrêtaient pour prendre des nègres. La nuit, vous leviez la main et le taxi virait vers vous ; puis le chauffeur vous *voyait* et s'éloignait de vous comme Loth se taillant à toute allure de Sodome. Après trois incidents de ce genre, je fus obligé de remarquer que Julia était de plus en plus triste : non à cause des chauffeurs de taxi mais à cause de moi. Elle vint me rejoindre au milieu de la rue où j'étais en train d'injurier les feux arrière d'un taxi en fuite, prit ma main et déclara qu'il valait mieux marcher.

Elle avait raison. Ce qui m'irritait, c'est que je n'avais pas entièrement tort. Mais... Julia descend d'une lignée de femmes de forçats qui ont dû chanter « Il avait une longue chaîne. Encore un autre homme disparu ». Je mis mon orgueil dans ma poche et mes couilles par-dessus, en sûreté, et nous partîmes à pied.

Il était trop tard, pas vraiment — autour de minuit. La distance n'est pas très longue entre Sheridan Square et l'est de la 18e Rue si deux personnes marchent en bavardant ensemble. Et Julia et moi pouvions marcher en bavardant ensemble parce que nous étions passés — différemment, et loin l'un de l'autre — par les mêmes choses. Aucun de nous n'avait jamais considéré nos vies sous cet angle — comme ayant été, dans un sens, inexorablement liées depuis toujours. Après tout, Julia avait été pour moi une petite évangéliste excessivement irritante. Je me rappelais ses parents, disparus de manière si différente, et la façon dont elle avait traité son petit frère. Aujourd'hui, elle était là, marchant et bavardant à mes côtés et j'en savais trop sur elle pour savoir quoi que ce fût. Je savais seulement ce qu'elle me faisait éprouver : la profondeur du bouleversement qu'elle suscitait en moi m'amenait, pour la première fois, à oser m'interroger sur le bonheur, la joie, à oser, presque, espérer. Je ne voulais pas espérer. Je ne savais pas comment me l'interdire.

Nous marchions main dans la main, balançant nos bras, comme deux enfants — deux enfants dont chacun, à sa manière, se souvenait. Nous tournâmes à l'est sur la 18e Rue, le long des vastes et sombres bâtiments qui bordaient le chemin de son appartement. Nous avions cessé de parler.

Puis, alors que nous traversions la Quatrième Avenue et approchions de son immeuble, elle dit : « Chaque fois que je passe par ici, je pense à Crunch et à cette chambre qu'il avait sur la 14e Rue. Un jour, nous sommes venus nous promener ici — juste avant son départ. Ensuite j'y suis revenue quelquefois toute seule. »

Au moment où elle prononçait ces mots, quelque chose de très rapide et subtil, rien d'un tremblement ni d'une dérobade, mais un changement de rythme se produisit en elle : je le sentis dans sa main et l'entendis dans sa voix.

« Quand as-tu vu Crunch pour la dernière fois ?

— Il est venu me voir à La Nouvelle-Orléans. Mais il ne savait pas vraiment ce qui s'était passé. Et je ne pouvais pas le lui dire. Oh ! Il savait... des choses. Mais il ne savait pas ce qui m'était arrivé à moi — quand j'avais perdu le bébé. Je ne voulais pas qu'il passe sa vie à penser que c'était *son* bébé. Que *mon* père à moi avait expulsé à coups de pied *son* bébé à lui de mon ventre. Ça ne me semblait pas juste. Crunch n'y était pour rien. Et » — après un silence rompu par le martèlement de ses talons hauts sur le trottoir — « je n'ai pas voulu me servir de cela pour lui faire croire qu'il m'aimait. »

Je n'ai pas voulu me servir de cela pour lui faire croire qu'il m'aimait.

Parfois vous entendez une personne dire la vérité et vous savez qu'elle dit la vérité. Mais vous savez aussi qu'elle ne s'est pas entendue, qu'elle ne sait pas ce qu'elle a dit :

qu'elle ne sait pas qu'elle a révélé beaucoup plus qu'elle n'a dit. C'est peut-être la raison pour laquelle la vérité dans l'ensemble reste si rare. Julia venait de me dire qu'elle savait qu'elle se souciait peut-être plus de Crunch que Crunch ne se soucierait jamais d'elle, et elle venait aussi de me dire combien elle aimait, ou avait aimé, son père. Elle avait tout assumé : elle avait assumé trop de choses.

C'est un peu ce que j'avais essayé de lui faire comprendre au restaurant. Avec une certaine terreur, je commençais à soupçonner que je pourrais être obligé d'essayer encore, armé seulement de mes propres moyens. Son père était son stratagème, son épée et son bouclier — comment pouvais-je, moi, ou aucun autre homme, vaincre sa volonté de ne pas le condamner ? Car son seul autre amour était son frère, Jimmy, qui, ironiquement, était un élément irréductible de cette détermination. Je voyais, en plus, que Jimmy serait de mon avis, se rangerait sans équivoque à mes côtés. Mais, seules, la mort de Jimmy ou sa destruction pourraient amener son père à être jugé : et même alors, et plus que jamais, elle ferait sien le crime de son père.

Je faillis dire : tire-toi vite ! mais je me retins. Je serrai plus fort sa main et regardai droit devant moi, au loin dans la longue rue déserte. Mon espoir ou mon rêve de joie et de bonheur vacilla et tremblota. Il ne s'éteignit point.

Je dis, aussi gentiment que possible : « Tu n'aurais peut-être pas eu à te servir de cela ni de rien d'autre. »

Elle ralentit un peu. Je la tirai par la main, refusant de la laisser s'arrêter ou s'attarder. Je savais qu'elle écoutait mais je ne pouvais pas deviner ce qu'elle entendait.

« Que veux-tu dire ? » Sa voix sonnait jeune, très jeune — apeurée.

« Peut-être, dis-je, n'avais-tu pas besoin d'utiliser quoi que ce soit pour le faire t'aimer. Peut-être que tu n'écoutais pas.

— Oh ! Hall. Tu n'étais pas là, tu ne sais pas ce qui se passait !

— Tu veux parier ?

— Il y a des choses que personne ne sait à moins d'avoir été réellement présent.

— Et parfois, la personne qui était réellement présente ne les sait pas non plus ! As-tu déjà pensé à ça ? »

De nouveau silencieux, nous arrivâmes devant le perron de sa maison. Elle monta une marche. Je ne lâchai pas sa main. Je m'appuyai contre les volutes de métal gris. Elle baissa vers moi ce visage antique et totalement vulnérable, ces yeux aussi vieux que l'Égypte et aussi vierges que demain.

Un halo de lumière l'auréolait, la lumière des réverbères et celle plus faible du vestibule. L'espoir et le trouble se déversaient par ces yeux.

« Que veux-tu dire ?

— Exactement ce que je dis, petite sœur.

— Écoute, dit-elle, on peut le voir quand quelqu'un vous aime.

— Peut-on ? »

Puisque je refusais de lâcher sa main, elle ne pouvait pas me tourner le dos mais elle détourna son visage.

« Le peux-tu, toi, Julia ? Le peux-tu ? »

Elle ne répondit pas, continua à regarder ailleurs. Elle regardait au bout de la rue sombre.

Je l'observais. « Tiens, prends moi, par exemple... », dis-je.

Les mots *prends moi* résonnèrent de manière assourdissante. Elle tourna la tête vers moi.

Je montai une marche, en lui tenant la main. Les rues étaient désertes à part nous.

« Par exemple, dans mon cas... »

Elle essaya de sourire. « Oui ? Dans ton cas ?

— Que ferais-tu, dans mon cas... pour m'empêcher de penser que je t'aime ?

— Oh ! Hall...

— Ne tourne pas autour du pot. Que ferais-tu ?

— C'est la première fois que tu me vois... depuis... » Elle essaya de bouger. Je ne la lâchai pas. « Hall, s'il te plaît.

— C'est la première fois que tu me revois, moi aussi », dis-je. Elle détourna les yeux. « Ce n'est pas la première fois... *depuis...* ce qui est arrivé. Peut-être que ce qui est arrivé est quelque chose dont toi et moi pouvons nous débrouiller. Peut-être que je pense que ce qui *peut* arriver est plus important que ce qui *est* arrivé. Je sais ceci : c'est la première fois, aujourd'hui, que toi et moi nous sommes jamais vus. »

Elle refusait de me regarder. Elle baissa la tête. Je mis un poing, très doucement, sous son menton et soulevai son visage pour la forcer à faire face au mien. Je lus alors dans ses yeux l'espoir, le désarroi et la peur.

« C'est vrai, dit-elle. Ce qui signifie que tu ne me connais pas.

— Je *veux* te connaître. Ne veux-tu pas me connaître, moi ? »

Elle ouvrit son sac de sa main libre. « Il est tard. Il faut que je me lève tôt.

— O.K. Je vais escalader la montagne avec toi. »

Elle ouvrit la porte et nous montâmes l'escalier côte à côte.

« Tu es dingue, dit-elle. Tu ne sais pas d'où je sors, ce que j'ai fait — tu ne sais pas ce que j'ai été.

— Cause toujours, Mama. Tu seras obligée de me servir un verre quand on sera arrivés là-haut. »

Elle gloussa : « On va réveiller Jimmy.

— Tu en es à ton dernier ballon d'oxygène, vieille matrone de Tombouctou. »

Nous atteignîmes en riant le premier palier. « Jimmy se fichera bien qu'on le réveille », dis-je.

J'aurais voulu la prendre dans mes bras mais j'avais peur — peur qu'elle eût peur. Nous recommençâmes à grimper. « Je ne voudrais pas, dis-je, que tu croies que je m'attends que Jimmy me trouve là à son réveil. *Ce* matin. Mais il faut que tu réfléchisses à ce que je t'ai dit parce que c'est exactement ce que je veux dire. Si je peux te rendre heureuse, alors je serais un homme heureux, mon bébé, et Jimmy sera heureux, lui aussi. » Nous étions à sa porte. Je l'embrassai légèrement sur le front, sur les lèvres. Elle me contemplait avec ses yeux confiants. « Penses-y. »

Elle se tourna et introduisit la clef dans la serrure. Je posai ma main sur son bras.

« Tu y penseras ?

— Oui, oui, fit-elle, à voix si basse que je l'entendis à peine. J'y penserai.

— Alors, ouvre la porte, femme, et essayons de ne pas réveiller ton frère — du moins pas tout de suite. »

Elle ouvrit très doucement et alluma. L'immense loft était silencieux ; mais Julia tendit l'oreille avant de jeter son sac sur le divan.

« Ah ! Jimmy est à la maison. » Elle sourit. « Assieds-toi. Prenons un verre. »

Je m'assis. Je me demandai, puis cessai de me demander, comment elle savait que Jimmy était là. La porte de la première chambre était close : peut-être aurait-elle été ouverte s'il avait été absent. Ce n'était pas une affaire de signaux, ni un code à déchiffrer — elle savait qu'il était là parce que, s'il n'avait pas été là, elle l'aurait su.

Il était maintenant deux heures moins le quart du matin. Elle revint, me tendit mon verre, prit le sien et s'assit sur le canapé en face de moi.

Je la regardai en levant mon verre et elle leva le sien.

« Bienvenue », dit-elle et nous trinquâmes, les yeux dans les yeux.

Et je fus brusquement au martyre. Sans avertissement, ma verge se tendit soudain, de manière foudroyante contre mon caleçon, mon pantalon, cherchant mon nombril : cherchant Julia. Ceci n'avait aucun rapport avec le gonflement familier suscité par l'anticipation d'une conquête plus ou moins calculée, aucun. Je ne pouvais pas me rappeler avoir été aussi violemment secoué jusqu'alors — peut-être ne l'avais-je jamais été. Le passé sombra à cet instant, et je n'eus plus de passé. La terreur prit sa place, une terreur à la fois brûlante et glaciale. Non seulement je me sentais à la merci de ma queue, mais ma queue, et moi tout entier, étions à la merci d'une force sans nom et pourquoi dis-je merci ? Cette force était sans merci. Je me déplaçai sur le divan, plus malheureux qu'un enfant essayant de ne pas pisser dans son pantalon, et avant de m'en rendre compte, j'avais dit : « Julia, Julia. Je t'en prie, laisse-moi entrer. Je t'en prie. »

Il est rare qu'un cri soit entendu et je crois que nous aimons pour l'éternité ceux qui l'entendent. Julia me regarda. Aujourd'hui encore, et jusqu'au jour de ma mort, d'une manière sans rapport avec Ruth que je n'avais pas encore rencontrée (et pourtant, ce moment me prépara pour elle !), ni avec mes enfants, encore non imaginés, ni avec Birmingham, ni avec Peanut et tous ces autres cadavres, ni avec Arthur, mon Dieu, mon Dieu, mon Dieu, mon Dieu, je me rappelle comment Julia me regarda, posa son verre sur la table et se leva.

« Inscris ton numéro de téléphone — je sais que tu as un numéro de téléphone, Monsieur le Jeune Cadre ! Est-il sur la liste rouge ? — pour que Jimmy sache où me trouver et pendant que tu fais ça, je vais aller me chercher une brosse à dents. » Elle rit, se rassit et prit ma main entre les siennes. « Je suis compliquée, dit-elle, mais je ne suis pas méchante.

Toi et moi pouvons passer ici n'importe quelle nuit mais ce soir, tu comprends... je ne veux pas que Jimmy nous *découvre.* »

Elle posa ses mains sur mes épaules. Seigneur. Seigneur. Seigneur. Je ne bougeai pas mais je tremblai. Seigneur. Elle me faisait confiance.

« Je veux simplement lui dire moi-même. Je pense que c'est juste — O.K. ?

— O.K. », dis-je.

Elle voulut se lever. Je ne savais pas que j'allais le faire mais je posai ma main sur son poignet et l'attirai à moi. Son odeur m'envahit. Elle entra en moi : l'amour est une voie à deux sens. Je mis mes bras autour d'elle, elle mit ses bras autour de moi. Jamais, jamais, je n'avais été enlacé de cette manière, jamais. Je l'embrassai ou, plutôt, je m'insufflai en elle. Elle me serra dans ses bras et je plongeai dans ses yeux.

« Trouve-moi un bout de papier si tu peux, Mama, j'ai un crayon.

— Je pensais, dit-elle, que tu en étais arrivé aujourd'hui au stade du stylo. » Nous rîmes, je la libérai et elle se leva.

J'avais en effet un stylo. Elle m'apporta une feuille de bloc-notes et j'y griffonnai mon nom et mon adresse. Julia ajouta : « Suis avec Hall. Bisous. Julia. », et posa le message au centre de la table, avec le réveil en guise de presse-papier.

Elle me regarda de nouveau, disparut et revint avec un petit sac de voyage que je lui pris des mains. Elle ouvrit la porte, éteignit les lumières, referma et nous descendîmes.

Oh ! Merveille, nous trouvâmes un taxi sur-le-champ qui nous mena chez moi, sur la West End Avenue, du côté de la 70e Rue.

Et maintenant — maintenant, je me trouve devant beaucoup de choses que je n'ai pas envie d'affronter. J'éprouve, au plus profond de moi, une terrible réticence et je terminerais ici mon histoire, si je le pouvais. Mais... ce qui vient est déjà depuis longtemps sur la route et ne peut être évité.

Quelques jours après que Julia et moi eûmes commencé à « coucher » comme on dit — et plusieurs années avant que nous puissions faire face à ce que nous signifiions l'un pour l'autre — Arthur ramena du Canada sa tête crépue. Il avait connu un grand succès au Canada, et beaucoup de bonheur — une des raisons qui lui faisait la tête aussi largement crépue. Il n'avait pas eu le temps de faire plus que laver et peigner ses cheveux. Il était maintenant décidément grand et pas seulement du point de vue paranoïaque de son frère aîné. Il était grand et large mais demeurerait toute sa vie trop maigre.

Quoi qu'il en soit, il possédait une piaule downtown dans Dey Street où ses vocalises ne gênaient pas les voisins puisqu'il n'en avait aucun. Après avoir posé ses valises chez lui et passé un peigne dans sa tignasse, il appela nos parents qui lui dirent que j'étais de retour. Il reposa le peigne avec lequel il avait continué de se recoiffer et me téléphona.

« Salut ! Comment va ?

— S'il s'agit d'un appel en P.C.V. du Canada, opérateur, voulez-vous avoir la bonté de faire payer le demandeur ?

— Pousse pas. Je te rembourserai quand je te verrai.

— Et quand comptes-tu me voir, mon frère ?

— Veux-tu consulter ton agenda pendant que je consulte le mien ? Je ne sais pas pour toi, vieux, mais je suis très *occupé*.

— Il est temps. Que fais-tu, oh, disons dans les cinq prochaines minutes ? Je pense que je peux piquer cinq minutes parce que j'ai *été* très occupé. Je vais soustraire cinq minutes pour toi, tu comprends, mais il va falloir que tu te magnes le train.

— Je me le magne tout de suite, coco. J'arrive. Je t'aime.

— Moi aussi. »

Je raccrochai et contemplai mes appartements. Je n'ai jamais très bien su ce que je fabriquai sur West End Avenue. Nous étions un samedi. Julia et moi ne vivions pas encore ensemble — cela viendrait plus tard, comme tant d'autres choses — mais nous passions beaucoup de temps l'un avec l'autre. Jimmy avait la clef de nos deux maisons et y faisait des incursions à son gré — principalement, me semblait-il alors, en direction de nos réfrigérateurs. Baskets, bière, sandwiches et crème glacée, voilà tout ce que je me rappelle vraiment de Jimmy, à l'époque. Il mangeait tout le temps : ses jambes paraissaient s'allonger d'heure en heure. Je n'avais pas identifié alors cette agitation comme le signe de son bonheur. Nos clefs, que parfois il jetait en l'air et rattrapait d'une main, étaient pour lui les clefs du royaume. Il voyait sa sœur heureuse et se sentait extraordinairement protégé. Il l'avait, elle, et il m'avait, moi. Il avait absolument raison. Mais j'ignorais si Julia et lui se comprenaient. Jimmy pouvait croire que je rendais sa sœur heureuse et, là encore, il était probablement plus près de la vérité que moi : je ne pouvais pas le savoir, alors. Nous avions tous deux trop à faire.

Et je l'aimais. Elle, elle me rendait heureux, mais je commençais à être trop vieux pour faire confiance à la facilité qui dort derrière ce mot : *bonheur*. J'étais obligé de voir que le véritable amour implique une véritable perception et que la perception peut apporter la joie, la terreur ou la mort mais qu'elle ne vous abandonne jamais au rêve du bonheur. L'amour c'est percevoir, et la perception c'est l'angoisse.

Ainsi, rude exemple, j'appris, et longtemps avant que Julia ne me le raconte, comment elle avait gagné l'argent nécessaire pour les sortir, son frère et elle, de La Nouvelle-Orléans. *Je regardais le plafond,* me dit-elle, beaucoup plus tard — tandis que les hommes la labouraient, moins brutalement, après tout, que son père. Elle prenait les sous, les rapportait à la maison et les mettait de côté. Elle avait assumé trop de choses. Je le répéterai jusqu'à ce que mon cœur se brise mais, entre-temps, il y avait Jimmy, allongé sur le divan, ses baskets aux pieds.

Il y avait aussi Arthur, maintenant, pressant la sonnette. Je déclenchai l'ouverture de l'entrée. Je vivais au cinquième étage. J'allais attendre sur le pas de ma porte l'irruption d'Arthur sur le palier à sa sortie de l'ascenseur situé loin au fond du couloir.

Et il fut bientôt là, bondissant comme un païen, vif et chic dans un costume de gabardine beige. Les cheveux crépus, souriant avec ses yeux et ses dents. Le voir était toujours une expérience nouvelle : je ne cessais de me demander s'il m'aimait encore. Une interrogation puérile, c'est vrai, mais pas si rare. Son élégance n'était en rien compromise par sa démarche d'adolescent et le fait qu'il trimbalait un grand sac à provisions.

Il arriva à ma porte, me fourra le sac dans les mains et m'embrassa sur la joue.

« Contrebande canadienne, chuchota-t-il. Marchandise volée. De la dynamite. Ferme la porte, je crois qu'on me suit. »

Je refermai en riant. « Ce que tu es bête ! Tu sais ça ?

— Ma foi. Je ne peux pas dire qu'on ne me l'ait pas répété ! »

Je posai le sac sur le canapé. Il fit le tour du living puis s'arrêta et me regarda.

« Tu as une mine superbe. Je suis content de te voir. Qu'est-ce qui se passe ?

— Rien de neuf. Une ou deux choses. Je te raconterai. Comment était le Canada ? Tu veux un verre ?

— Ouais, une petite goutte, tiens. » Il s'empara du sac et nous allâmes dans la cuisine. Il avait apporté des cigares, un carton de cigarettes, une boîte de jambon, des bouteilles de whisky, de vodka et de gin. Il déposa le tout sur ma table avec l'air d'un môme qui aurait réussi à faucher et à rapporter chez lui ces produits de contrebande.

« Le Canada était superbe », dit-il. Il me regarda avec son sourire. « Verse-nous un verre » — il me tendit la vodka — « pendant que je vais faire un tour dans la salle de bain. Je te raconterai. Et puis il faudra que tu me racontes, toi. Tu sais — on ne s'est pas vus depuis un bout de temps. »

Je préparai nos verres. Je l'entendis chanter dans la salle de bain.

Il revint et nous nous installâmes dans les fauteuils près de la fenêtre. Cette baie vitrée était le trait le plus agréable de l'appartement que j'habitais alors. On ne pouvait pas voir grand-chose sauf les maisons en face, et la rue à condition de se pencher. Mais on sentait, malgré tout, la présence de la rivière voisine, on avait une idée du ciel et la lumière changeait constamment.

« Alors... ? Raconte-moi le Canada.

— On aurait cru qu'ils n'avaient jamais entendu quelqu'un de mon genre là-haut. Naturellement, ce n'est pas vrai. Ils ont dû entendre pratiquement tout le monde. Mais on dirait qu'ils n'avaient jamais *vu* quelqu'un comme moi. C'est foutrement sûr qu'ils voulaient pas me laisser partir. » Il sourit.. « C'était bien agréable.

— Dans quel genre d'endroits as-tu chanté ?

— Je peux me tromper, vieux, mais j'ai eu l'impression que les Noirs n'avaient pas pris racine au Canada de la même manière qu'ici. » Il sirotait sa vodka. « Je peux me tromper. Il ne faut pas oublier qu'il y a un tas de trucs que je n'ai pas vus parce que j'étais en tournée. Mais... c'était différent. C'était chouette comme je te l'ai dit, mais différent, aussi. » Il avala une autre gorgée de sa vodka, le sourcil froncé. « Je n'ai pas vu autant des nôtres qu'ici. Je n'ai pas vu autant d'églises — leurs églises sont différentes. J'ai chanté dans des centres civiques, tu vois, et des églises *blanches*, et aussi » — il rit — « un stade de foot, et tu sais quoi ? » — ses yeux remplis de fierté et d'étonnement cherchèrent les miens — « c'était plein, ce stade était pratiquement plein, il y avait des milliers de gens là, et ça a été superbe, je les ai laissés dansant sur les gospels, ils ont peut-être passé la nuit sur place, si ça se trouve. » Il rit. « Il fallait que je rentre à mon hôtel dormir un peu parce que je repartais au petit matin. »

Il s'interrompit de nouveau, les yeux plissés, contemplant par ma fenêtre les immeubles d'en face. « C'est peut-être pour ça que j'ai eu l'impression qu'ils n'avaient jamais vu quelqu'un comme moi. Ils paraissaient si... *surpris* — tu vois ce que je veux dire ? En tout cas, moi » — et il reposa son verre sur la table devant nous — « moi, je n'avais jamais vu des gens comme eux et c'était quelque chose, je crois que ça m'a fait du bien, de chanter devant un public aussi étrange. Ils réagissent » — joignant les mains, me regardant — « à des endroits si inattendus, ça te désarçonne, tu ne sais plus où tu en es. Et puis, ma foi, tu t'adaptes, il faut que tu t'adaptes, et tu découvres des choses. » Il hocha la tête, les yeux baissés, comme un vieil homme se parlant à lui-même. « C'était bien. Je n'ai pas vu des masses de nègres. Mais j'ai rencontré des Indiens.

— Comment t'es-tu entendu avec eux ?

— Bien. J'ai eu le sentiment, tu vois, qu'on apprenait quelque chose les uns des autres. Et certains de ces types, mon vieux, ils en savaient davantage sur ce qui se passe aux États-Unis avec Martin Luther King et Malcolm — ils en savaient plus que *moi*. Je les ai écoutés et je suis rudement content d'avoir été là-bas.

— Répandre l'Évangile », dis-je en souriant.

Il me regarda comme s'il avait peur que je me moque de lui mais il vit que ce n'était pas le cas.

« Ma foi, oui, dit-il finalement. Peut-être. Mais, pour être franc, je n'y avais jamais pensé de cette manière. » Il fronça les sourcils et sourit. « Je n'avais jamais eu encore à écouter d'autres gens *l'écoutant*. Ainsi, j'ai commencé à *entendre* quelque chose parce que je les écoutais écouter — est-ce que cela a un sens ? » Et il sourit de nouveau, le sourcil froncé, son regard sur le mien.

« Cela me paraît parfaitement sensé, dis-je. Mais tu n'as pas cessé de le faire — écouter, je veux dire — depuis que tu as commencé à chanter. Tu commences seulement à t'en rendre compte. »

Penché, les mains jointes entre les genoux, il reconnut : « Papa me l'a toujours dit. » Puis il ajouta : « Et j'ai aussi beaucoup joué de piano pour moi — je me suis accompagné moi-même beaucoup plus qu'avant, comme Papa l'avait prédit. Il l'a fallu » — et il me regarda avec étonnement — « parce que, tu comprends, c'est un autre rythme qu'ils ont là-bas. Et je n'arrive pas à trouver les mots — c'est comme une autre *vibration* — le rythme à l'intérieur du rythme. »

Il se leva et parut rôder comme un chasseur, comme si quelque chose lui échappait qui palpitait quelque part dans la pièce.

« J'étais là-haut, tu vois, en train de chanter et les types derrière moi gardaient la mesure — mais... ils ne pouvaient pas... *anticiper*... tu vois, quand tu *sautes* d'un endroit à l'autre... ils ne pouvaient pas me suivre, j'étais tout seul... oh ! vieux, tu l'as entendu toute ta vie, comme moi, mais je ne sais pas comment le dire — les changements que certaines de ces vieilles chorales religieuses pouvaient trafiquer sur "La Vieille Croix rugueuse" te faisaient retenir ta respiration et tu la retenais jusqu'à ce qu'ils te fassent savoir que tu pouvais la libérer » — il se tourna vers moi et sourit, ses mains largement écartées —, « tu sais, comme Billie Holiday et Bessie Smith qui peuvent laisser une note suspendue quelque part, pendant qu'elles vont à l'autre bout de la ville faire leurs courses, et revenir juste à temps pour attraper cette note et s'envoyer en l'air avec dans un endroit où tu n'avais pas la moindre idée qu'elles iraient — et t'emmener avec elles, c'est à ce moment-là que tu dis *amen!* et Mahalia peut faire ça aussi, comme Cleveland et des gens que j'ai entendus dans le Sud, et » il fit une grimace et, mains sur les hanches, alla vers la fenêtre — « bien qu'on n'en parle pas, Miles, Dizzy et Yardbird, *et* » — pointant sur moi un doigt triomphant — « Miss Marian Anderson, coco, les gens disent qu'elle ne peut pas chanter des spirituals mais elle peut drôlement vous faire croire que Brahms n'a jamais écrit que ça. » Il sourit. « Tu dois penser que je deviens fou. »

Je ne pus m'empêcher de rire à cause de son ardeur et de ma tendresse, puis je dis : « Non, frérot. Je ne pense pas ça. On dirait que tu as travaillé. On dirait que tu travailles en ce moment même. »

Je me levai et, nos deux verres à la main, je m'apprêtai à partir dans la cuisine mais quelque chose, dans son visage, m'arrêta, me retint.

« C'est étrange de sentir, dit-il, qu'on sort de quelque chose et de quelque chose qu'on ne peut pas nommer, on ne sait pas ce que c'est — quelque chose qui n'est jamais arrivé auparavant nulle part dans le monde. » Il sourit et claqua des mains. « Je ne connais personne d'autre qui ait appris à jouer du piano de caboulot, du piano de bordel à l'*église* ! » Il s'écroula de rire sur le canapé et je faillis laisser tomber les verres. « Et continuer les deux, aussi, coco, sans jamais cesser de sourire aux gugusses. » Il s'essuya les yeux. « Ouahou ! Et chanter un cantique de douleur si fort qu'il laisse le chagrin là où il se trouve et t'emporte au bout de toi, là où tu veux aller. » Il s'apaisa, le regard tourné vers la fenêtre. « Et c'est *ça*, le rythme. »

Je repartis dans la cuisine avec les verres et préparai une vodka sur glaçons pour lui et un scotch pour moi. J'entendis la clef tourner dans la serrure de la porte d'entrée. Je m'immobilisai.

C'était Jimmy. Mais — je consultai ma montre — Julia arriverait bientôt.

J'entendis : « Hé ! Arthur ! Tu ne te souviens pas de moi ? »

Une pause. « Bon Dieu, Jimmy — tu *habites* ici ?

— Oh ! je me balade par ici de temps en temps — je suis content de te voir, vieux ! »

Le temps que je sorte de la cuisine, Jimmy, aussi affectueux et gauche qu'un chiot danois, s'était déjà jeté sur Arthur.

Surpris et ravi, celui-ci fut assez soulagé de réussir à se démêler des bras et des jambes de Jimmy. Il le prit par les épaules et le dévisagea.

« Hé ! Moi aussi, je suis content de te voir. Depuis quand es-tu revenu ici ?

— Pas longtemps — un mois, peut-être...

— Où est Julia ?

— Julia — je croyais qu'elle était déjà ici. »

Arthur, partagé entre l'étonnement et le rire, se tourna vers moi.

« Je n'ai pas eu le temps de lui raconter tout, fiston, dis-je à Jimmy. Lui aussi, il vient d'arriver. Pourquoi tu ne vas pas chercher ce que tu veux dans la cuisine et tu nous rejoins ici ? »

Jimmy avait la tête de quelqu'un qui pense avoir fait une gaffe. Je tendis sa vodka à Arthur et attrapai Jimmy par l'épaule en riant.

« Te tracasse pas. Pourquoi fais-tu cette mine ? Julia va arriver dans quelques minutes et si tu t'habilles un peu décemment, je vous emmènerai tous dîner quelque part sur une de mes cartes de crédit.

— Il ne m'a jamais proposé ça, dit Arthur. Je ne savais même pas qu'il avait des cartes de crédit. » Jimmy éclata de rire. « Joins-toi à nous, vieux. Je débarque du Canada et je n'ai pas arrêté de parler. Mais je crois avoir déjà à peu près tout compris. » Il cligna de l'œil : « Je suis ravi que tu fasses partie de la famille. Sincèrement.

— Moi aussi, vieux », dit Jimmy en partant dans la cuisine.

Arthur et moi nous rassîmes dans nos fauteuils.

« Je vais te mettre au courant », dis-je — mais j'éprouvais un bizarre sentiment de malaise.

Arthur releva le menton et suça ses dents. « Coco, ne t'en soucie pas. Fichtre ! » Puis il se mit à rire. « Y a pas plus vieille salope que la vie ! »

Jimmy fit son entrée avec une vodka *on the rocks*. Il avait l'air soudain très vulnérable et j'observai Arthur qui l'observait.

« Il faudra que je rentre à la maison me changer, dit-il.

— Bon. Attends que Julia arrive, dis-je. Je verrai où on va dîner et tu nous rejoindras là-bas. »

Je me rendis compte qu'Arthur était en proie à un grand embarras et j'observai Jimmy qui l'observait.

D'après mon expérience — et ceci est une manière fort maladroite de m'exprimer puisque je ne sais pas, en réalité, ce que signifie le mot expérience — les êtres les plus étranges, dans notre vie à tous, sont les gens que l'on a connus et aimés, que l'on connaît encore et que l'on aimera toujours. Ici, le vocabulaire et moi avons un problème car *plus étrange* n'implique pas *étranger*. Ces êtres qui suscitent cette profondeur d'attention et d'émerveillement que nous appelons désespérément l'amour, passent leur vie à faire des mouvements impossibles à prévoir. Et vous finissez par vous rendre compte qu'il ne vous est jamais venu à l'idée d'anticiper leur prochain mouvement, non seulement parce que vous ne le pouviez pas mais parce que vous n'aviez pas à le faire: il ne s'agissait pas de réagir à ce prochain mouvement mais simplement d'être présent. Le danger, c'est vrai, vous essayez de l'anticiper et vous vous préparez, sans le savoir, à barrer le chemin à la mort, car les êtres les plus étranges du monde sont ces êtres reconnus, au-delà de vos sens, par votre âme — les gens indispensables à votre voyage.

Ainsi ce jour-là, assis devant la baie de mon appartement de la West End Avenue, sentant la gêne qui avait pénétré avec Jimmy et immobilisé Arthur, sans savoir ce qui allait arriver, je sus que quelque chose était arrivé. Je ne dirai pas que je pensai à l'avenir; de toute manière, il est clair que, durant toute cette période, je pensai péniblement au passé. Mais je me réjouissais que Jimmy et Arthur se fussent rencontrés chez moi, et je me réjouissais que Julia fût sur le point de tourner la clef dans la serrure. J'étais, peut-être défensivement, plus amusé qu'étonné. Nos deux petits frères seraient obligés de se débrouiller entre eux et de laisser les deux vieux croulants en paix.

Jimmy ne manquait pas de culot. « Peut-être qu'on pourrait jouer ensemble là-bas dans le Nord, un de ces jours — je joue du piano...

— J'en joue moi aussi, répliqua Arthur, du ton le plus froid que je lui ai jamais entendu. Et je ne retournerai pas dans le Nord pour un bout de temps. Je songe à aller dans le Sud.

— J'en reviens, dit Jimmy. J'adorerais y aller avec toi. »

Arthur jeta à Jimmy un regard aussi sincèrement exaspéré que stupéfait. Il voyait Jimmy pour la première fois. Il voyait un étranger qui pourrait occuper dans sa vie une place très différente de celle qu'il avait eue jusqu'à aujourd'hui. Ses narines et sa lèvre supérieure frémirent. Il ne pouvait pas croire que Jimmy disait aussi bruyamment ce qu'il était en train de dire. Ma présence, je le voyais bien, ajoutait encore à la gêne d'Arthur ; elle n'embarrassait nullement Jimmy. Désarmé, Arthur regardait Jimmy mais il ne regardait plus le petit frère de Julia. Ses yeux s'assombrirent — ou plutôt, une lumière continua de briller au fond de ses prunelles et un sourire involontaire effleura ses lèvres.

Jimmy était calme, sûr de lui, triomphant : il avait obligé Arthur à le regarder — *lui*. Si calme, sûr de lui, triomphant qu'il parût, il redoutait un peu maintenant l'examen qu'il avait exigé avec tant d'insouciance.

« Eh bien, dit Arthur, après un moment, nous en discuterons. » Puis : « Tu es sûr que tu veux fréquenter un vieux monsieur comme moi ? »

Jimmy rit. Moi aussi — suivi d'Arthur.

« Tu ne me parais pas si vieux, à *moi* », fit Jimmy qui désormais mobilisait l'entière attention d'Arthur. Officiellement, je ne savais rien de la vie d'Arthur à ce moment-là, mais j'en savais plus qu'il ne croyait. Ou beaucoup plus qu'il ne m'en avait raconté. Je voyais combien tout cela paraissait d'une logique idyllique à Jimmy qui aurait ainsi de nouveau une famille ou, peut-être, une famille pour la première fois. Il aurait Julia et moi *et* Arthur, chacun appartenant aux autres. Je comprenais aussi, au contraire d'Arthur qui ne le pouvait pas, que Jimmy avait probablement eu toute sa vie une passion pour Arthur.

Puis la sonnette retentit vivement trois fois, le code occasionnel de Julia qui fit son entrée.

Julia sonnait parfois parce que, selon elle, elle ne voulait pas paraître m'espionner ni risquer de me surprendre dans mes débauches : j'acceptais cette absurdité comme j'acceptais tout de Julia à cette époque avec ironie et ravissement.

Les mains pleines de paquets, elle portait une chose marron et jaune. Elle était tête nue et radieuse, le teint avivé par le vent et elle n'avait pas pris un gramme. Je surveillais sa silhouette de près, alors, parce que j'espérais la voir enceinte et la persuader de m'épouser.

« Seigneur Jésus, dit-elle en déposant ses emplettes sur la table, nous avons la famille au complet ici aujourd'hui ! » Elle m'embrassa rapidement, tira les cheveux de son frère et courut vers Arthur. Ils s'enlacèrent un moment en silence : un joli spectacle. « Quand es-tu revenu ici, toi ?

— Aujourd'hui même. C'est merveilleux de te voir. Comment vas-tu ? Tu as une mine superbe.

— Je vais bien — tu sais que ton frère a fait de moi une femme perdue ? » et, abandonnant Arthur, elle vint se poster à mon côté.

Arthur sourit : « Il n'a pas eu la moindre occasion de me raconter quoi que ce soit, je n'ai pas arrêté de parler — mais je m'en suis douté — ça colle avec vous deux.

— Il ne s'est douté de rien du tout, dit Jimmy fièrement, jusqu'à ce qu'il me voie *moi* entrer en trombe ici.

— Ouais, fit Arthur. Ton frère est devenu définitivement *bruyant* depuis que je l'ai vu la dernière fois — qu'est-ce que tu espères faire de lui ?

— Nous passons des petites annonces dans tous les journaux mais on n'arrive pas à trouver quelqu'un à qui le donner...

— Je comprends *cela*, compatit Arthur. Moi, j'y réfléchirais sûrement à deux fois. Je ne pourrais plus jamais dormir. » Il jeta un œil mauvais sur Jimmy qui sourit et, dans une sorte de panique insolente et ravie, alluma une cigarette.

« Quelqu'un m'a dit un jour, lança-t-il, que la plupart des gens dormaient trop.

— Sûrement pas avec *toi* dans les environs », répliqua Arthur qui se tourna vers Julia : « Tu économiserais pas mal d'argent si tu me permettais de l'étrangler tout de suite.

— Ah ! Laisse-moi boire un verre d'abord et j'y réfléchirai.

— Assieds-toi, dis-je. C'est moi, le barman. Que veux-tu ?

— Il me demande toujours ça, se plaignit Julia, alors qu'il sait que je bois du gin. Est-ce qu'on a du gin ?

— Je viens d'en rapporter du Canada », dit Arthur, pas mécontent, et ils s'assirent.

J'allais dans la cuisine. Je savais ce qui inquiétait Arthur et j'aurais souhaité en parler avec lui. J'aurais voulu lui dire : « Comprends-le, vieux, quelle que soit ta vie, je la trouve très bien. Je veux seulement que tu sois heureux. Peux-tu te mettre ça dans la tête ? mais c'est un peu difficile si votre frère ne vous en a pas donné l'occasion. Je songeai à tenter de créer l'ouverture puis je me dis que Petit Jimmy était parfaitement capable de faire vider tous les sacs en vue. Il se fichait, lui, de qui savait quoi — il avait davantage confiance en sa sœur qu'Arthur en moi ; oui mais une sœur aînée a un poids différent dans la vie d'un homme que celui d'un frère aîné. Arthur s'inquiétait du jugement d'un autre homme : dans ce cas, le mien. Il s'inquiétait de la jeunesse de Jimmy. Il avait peur, déjà, bien que je ne croie pas qu'il l'ait su ni qu'il aurait pu l'exprimer, de la rapidité de Jimmy et de sa détermination : car Jimmy avait allumé son insolente cigarette sur le *je ne pourrais plus jamais dormir* d'Arthur comme pour dire *essaie-moi voir*. Je riais un peu en moi-même dans la cuisine tout en préparant le verre de Julia : à moins que je ne me trompe, Jimmy avait Arthur dans sa ligne de mire et ne songeait nullement à changer d'objectif. Et, si le temps se gâtait, Jimmy se tournerait vers moi : après tout il avait Julia et moi. Il me faudrait lui dire la vérité à savoir que j'étais convaincu que ce serait une sacrée bonne chose pour eux deux, et un gros souci en moins pour moi. Ce serait aussi un gros souci en moins pour Julia. Car l'heure et le bonheur de son petit frère étaient au centre des préoccupations de Julia, ce que j'aurais eu mauvaise grâce à ne pas respecter car l'heur et le bonheur de *mon* petit frère étaient également au centre de mes préoccupations.

J'apportai son verre à Julia et nous décidâmes de l'endroit où nous irions dîner — au Harlem's Red Rooster, encore que je ne fusse point certain qu'on y acceptât les cartes de crédit — Jimmy quitta la maison en trombe pour aller se changer avant de nous rejoindre.

Ce qui nous laissa à tous trois le loisir de prendre un verre tranquillement devant la grande baie de la West End Avenue. « Seigneur, soupira Arthur. Le temps passe si vite que, je le sais maintenant, nous ne le rattraperons jamais.

— Oui, dit Julia, je pensais à la dernière fois où nous nous étions vus — et à cette chambre dans la 14e Rue, tu te souviens ? » Et elle rit, vite imitée par Arthur. Puis : « Quand as-tu vu Crunch pour la dernière fois ?

— Je n'ai pas vu Crunch — oh ! depuis très longtemps maintenant — pas depuis avant Noël.

— Et que faisait-il ? »

Ils se regardèrent. Un chagrin inconscient, étrange, profond se peignit sur leurs visages.

« Je ne sais pas vraiment, dit Arthur. Il avait fait un peu de tout...

— Il a travaillé un temps dans un service social, dis-je. Et puis je crois qu'il a un peu vécu à Philadelphie. Après, je ne sais pas.

— Il est venu me voir à La Nouvelle-Orléans, dit Julia. Tu savais ? »

Ses yeux agrandis par la peine, Arthur hocha la tête.

« J'ai eu l'impression, poursuivit Julia, que quelque chose lui était arrivé en Corée, que quelque chose s'était brisé — dans un sens...

— Ma foi, dit Arthur, je sais qu'il se faisait du souci pour toi — et le bébé... » Il but un peu de sa vodka et baissa la tête. « Je n'arrivais plus à l'atteindre.

— Oui. Mais ce n'était pas seulement ça. Crunch se

faisait toujours du souci à tout propos. J'ai eu le sentiment que quelque chose s'était brisé. »

Arthur fixait la fenêtre. « Eh bien, quoi que cela ait été, il ne laissait personne y toucher. » Il osa ajouter : « J'ai essayé. »

Il se maîtrisait avec soin mais je savais qu'il n'était pas très loin des larmes — il n'était pas très loin, après tout, de son histoire avec Crunch. Ni Julia ni moi n'étions censés savoir quoi que ce fût à ce sujet. « Il était amer, dit Arthur. Je ne l'avais jamais connu amer auparavant.

— Bon nombre d'entre nous sont revenus amers de là-bas », dis-je. Arthur se tourna vers moi. « Amers de voir qu'on faisait partie d'un pays qui se foutait totalement de vous et des autres.

— C'est vrai, dit Arthur. Je comprends ça. » Puis : « Pourtant tu n'es pas amer, toi.

— Je ne vais pas m'en laisser mourir, répliquai-je, mais je suis amer. »

Julia, les lèvres pincées en une moue, me lança un coup d'œil : « Tu es un peu comme un fusil chargé », dit-elle. Et s'adressant à Arthur : « Parfois, tu vois, on a peur de le toucher, il pourrait partir tout seul. » Arthur fit un signe d'acquiescement. « Comme Jimmy, chaque fois qu'il revient d'un de ses voyages dans le Sud. »

Nous restâmes silencieux, à regarder le soir tomber derrière ma fenêtre. Je pensai à Jimmy, dans le métro, se précipitant chez lui pour revêtir ses habits du dimanche avant de se reprécipiter en sens inverse. Je savais à quel point Julia tremblait pour lui chaque fois qu'il allait dans le Sud, combien elle redoutait les journaux, la radio, la télévision, je savais la manière dont elle tressaillait quand le téléphone sonnait, et s'agitait encore plus quand il ne sonnait pas. À l'instant même, avec Jimmy dans le métro de New York, elle n'était pas à l'aise : il y était entouré de gens esseulés, vindicatifs et imprévisibles. Aucun d'entre nous n'était à son aise. Nos compatriotes faisaient voir les pierres du chemin à nos enfants et il était difficile de ne pas les haïr pour leur brutalité envers l'innocence.

« Il faut que j'y aille bientôt, dit Arthur lentement. Il y a un moment que je veux y aller mais mon imprésario a toujours d'autres projets.

— Ouais, dis-je. Comme de te garder en vie, par exemple, pour pouvoir garder son appartement. »

Nous rîmes et Arthur lança : « C'est la chose la plus amère que je t'aie jamais entendu dire, mon frère.

— C'est que je n'ai jamais voulu me mêler de tes affaires. Mais je connais les imprésarios.

— J'ai toujours espéré que, peut-être, un jour, tu serais, toi, mon imprésario.

— Moi ? Tu es fou ?

— Non. Papa l'espère aussi. »

Arthur lança sa phrase sur ce ton léger plein d'innocence roublarde qui m'avait fait parfois désirer l'étrangler quand il était petit. Il sirota sa vodka, regarda par la fenêtre, puis de mon côté. J'avais une cigarette aux lèvres et il me l'alluma. « Pas tout de suite, dit-il, mais... plus tard. Bientôt. Je sais que tu as d'autres choses à faire — puis-je avoir un autre verre ? »

Julia rit, lui prit son verre et se rendit dans la cuisine.

« Veux-tu y réfléchir ?

— Tu sais foutrement bien qu'il *faut* que j'y réfléchisse... *et vite !*

— Ne sois pas amer », répéta Arthur.

Julia, qui revenait en tendant son verre à Arthur, m'embrassa sur la joue. « Seigneur ! Tu ne sais pas la chance que nous avons d'être tous réunis dans cette pièce. »

Je mis mon bras autour d'elle et me tournai vers mon frère : « C'est vrai. Mais vous vous liguez contre moi. »

Julia et Arthur éclatèrent de rire. Julia prit mon verre : « Absolument. Tu es *persécuté.* Tu as besoin d'un autre verre avant de vraiment perdre la tête. » Je les regardais en riant : j'aimais qu'ils se liguent contre moi. « Surveille ton frère, ordonna Julia à Arthur, pendant que je vais me pomponner — il nous sort, il faut que nous ayons l'air *convenable.* » Elle repartit en jetant par-dessus son épaule : « Il n'est pas *amer*, Arthur, il est à la limite de la paranoïa — il ne va pas tarder à entendre des voix. »

Je m'assis en face d'Arthur. Il faisait sombre, la seule lumière venait de la cuisine. Mais, un moment après, Julia revint, me donna mon verre et alluma une lampe. Elle m'embrassa sur le front : *ah ! comme c'est doux, d'être aimé de vous,* tandis qu'Arthur nous regardait en souriant, puis elle disparut dans le couloir qui menait à la chambre et à la salle de bain.

J'aurais voulu la suivre. Arthur le lut sur mon visage. Nous rîmes tous les deux, trinquâmes et bûmes. « Je suis heureux de te voir heureux, mon frère. Et *elle* est heureuse. Je pense que ça tient du miracle. » Il sourit : « Ça renforce ma foi.

— Je voudrais que tu sois heureux aussi, Arthur. »

Il avança les lèvres avec une moue de modestie affectée et examina l'intérieur du verre qu'il tenait entre les deux mains. Puis, levant la tête vers moi : « Vous allez vous marier tous les deux ?

— C'est ce que je veux, moi. Mais elle n'est pas sûre. »

Il hocha lentement la tête, sans me voir, concentré en lui-même. « Oui. Je peux comprendre ça aussi. Elle a traversé pas mal de merdiers. » Puis il me regarda et sourit : « Eh bien, patience, frérot ! »

On se transporta uptown, au Red Rooster, une boîte que j'aimais à l'époque et que j'associe à Julia. Mais, d'autre part, le Rooster n'est pas très loin de là où se trouvait le Jordan's Cat ni de la maison que Martha habitait. J'évitai ce quartier pendant longtemps — tout m'y faisait trop mal. Il est possible que ma mémoire me joue des tours et que j'associe le Rooster à Julia parce que nous fûmes si heureux pendant un temps. Notre amour marqua le commencement de ma réconciliation avec ma peine et, après Julia, je n'eus plus jamais peur de retourner où que ce soit. J'associe Julia avec cet endroit parce qu'elle m'en avait rendu les clefs, alors que j'en avais été exclu. Nous dînâmes dans un chouette restaurant de Harlem et nous amusâmes comme des fous. Je me rappelle encore le visage de Julia, celui d'Arthur et celui de Jimmy.

Ce soir-là, Jimmy était méconnaissable, d'autant plus qu'il ne s'était pas vêtu pour sa sœur ni pour moi ni pour le restaurant et n'avait pas songé un seul instant à mes cartes de crédit. Je ne l'avais jamais vu « habillé » et je doute que Julia en ait eu l'occasion : de toute manière, aucun de nous n'aurait pu voir ce que Jimmy voulait qu'Arthur vît. Dieu sait ce qu'Arthur vit mais même lui dut soupçonner que Jimmy s'était nippé à son intention : un costume gris foncé, une chemise beige, une cravate rouge et d'éblouissantes chaussures marron. Son crâne devait encore lui cuire des lessivage, coiffage, brossage, graissage subis par sa chevelure, et le brillant de ses ongles était quasiment aveuglant. Et soudain (ainsi que Jimmy espérait qu'Arthur le ferait), je me rendis compte pour la première fois que c'était un très beau garçon, formidablement émouvant, qui, avec de l'amour, avec de la chance, pourrait devenir un homme rare et précieux. Mon cœur chavira — Jimmy aussi, après tout, avait traversé pas mal de galères — et je souhaitais, de toute mon âme, qu'il trouverait l'amour qu'il avait tant besoin de donner.

Il était un de ces êtres qui sautent sur la terreur comme sur un cheval dangereux et l'enfourchent : sans bien savoir où ils vont mais décidés à ne pas se laisser jeter à terre.

Arthur lui avait posé une question à propos du Sud et Jimmy, sur son cheval, nous instruisait, Arthur et nous, des us et coutumes de la région :

« Tout d'abord, j'ai pensé : "Merde, ma sœur et moi nous avons *vécu* ici." Et puis j'ai compris que je n'avais pas vécu là-bas. J'avais vécu dans la maison de Grand-Mère parce qu'il n'y avait pas d'autre endroit où m'expédier. Et la deuxième chose que j'ai eu à comprendre c'était que je n'étais pas *né* dans la maison de Grand-mère, comme les mômes de mon âge qui fréquentaient ces salles d'attente et ces cafétérias. Je n'avais pas grandi avec ça. Je n'avais pas vu de signes disant BLANCS ET GENS DE COULEUR — et ils sont si foutrement hypocrites et lâches, ces salauds, pourquoi ne peuvent-ils pas dire Blancs et Noirs ? — jusqu'à l'âge de douze ans et plus... »

Il parlait si vite, et s'indignait tant à mesure, qu'il lui fallut reprendre haleine. « Ne t'emballe pas, bébé. Mange. »

Arthur sourit et effleura la joue de Jimmy. « N'essaie pas de tout dire à la fois. Tu dois t'assurer que je comprends ce que tu me racontes. »

Le sourire d'Arthur et sa légère caresse amena Jimmy, après un instant, à se calmer et à reporter, tête baissée, son attention sur ses côtelettes de porc. Arthur l'observa avant de retourner à son steak. Julia et moi échangeâmes un bref regard puis, pendant quelques minutes, nous mangeâmes en silence — mis à part le juke-box.

Frères aînés, frères cadets — la pensée m'avait traversé l'esprit tandis que j'observais Arthur observant Jimmy. Un frère aîné est pour un cadet du domaine de l'impossible. Mais, m'étais-je soudain demandé en observant Arthur observant Jimmy, qu'arrive-t-il au cadet qui a besoin d'un cadet à aimer et qui considère que cela lui est interdit ?

Jimmy, ayant exécuté une côtelette, s'attaqua à la seconde et reprit sa respiration.

« Ce qu'il y a, tu comprends, dit-il à Arthur, c'est que tu ne crois pas ce que tu vois. T'es baisé jusqu'au trognon. Tu n'arrives pas à croire que ces gens existent pour de bon. » Il rit. « C'est vrai. Tu te dis qu'ils doivent faire partie d'un foutu cirque ou qu'ils viennent de s'échapper d'un asile — quelqu'un va venir les chercher dans la minute ou bien, tu vois, on va allumer les feux de la rampe, ou *n'importe quoi.* »

Il se remit à rire. J'observais Julia qui l'observait : son âme.

« Alors » — il agita ses grandes mains — « tu te demandes : qu'est-ce que je fais moi ici ? Et dire que j'ai insisté pour venir ici. J'ai marché pendant des jours et des kilomètres pour venir ici. Et je ne veux pas de leur café boueux et je ne veux pas de leurs putains de hamburger graisseux — ils ne peuvent même pas faire la cuisine, je suppose qu'ils détestent la nourriture comme ils détestent tout le reste, ils n'ont pas plus de goût que des cochons — et alors l'un d'eux dit quelque chose du genre : "Qu'est-ce que tu fabriques ici ? Tu sais qu'on ne vous sert pas vous autres ici" et » — il rejeta la tête en arrière et rigola — « j'ai eu un enfoiré qui m'a dit : "Ici c'est un pays libre ! Si t'aimes pas ça, tu peux retourner en Afrique !" »

Il rit et nous avec. Les larmes lui coulaient sur le visage.

« Et puis, reprit-il plus calme, tu commences à avoir la frousse. Ça ne vient pas d'un coup. C'est lent. On dirait que ça grimpe à partir de ton gros orteil le long de ta cheville, ça se faufile sous ta cuisse pour atteindre ton derrière, et te tremper les couilles. Et c'est drôle parce que tu avais déjà la trouille en venant mais quand tu entres, à cinq ou six ou sept copains, t'as plus peur à ce moment-là. Et puis, soudain, sans transition, tu as de nouveau la frousse. On n'est pas au guignol, on n'est pas au cirque, personne ne va venir chercher ces gens pour les enfermer nulle part. Et » — se penchant vers Arthur — « deux choses, vieux. Tu ne veux pas mourir mais tu t'y attends. Ces gens veulent te tuer. C'est difficile à croire. Tu le sais, ou bien quelqu'un te l'a dit un jour, ou tu *pensais* que tu le savais — mais maintenant ils sont là. Et il n'y a *personne* à appeler à l'aide. »

Il se redressa, les lèvres pincées, le front ridé. Il tapota la table de sa fourchette.

« Mais l'autre chose est pire. » Il leva la tête vers nous. « Peut-être que quelqu'un t'a dit un jour que ces gens voulaient te tuer. Peut-être que t'as une idée du nombre d'entre nous qu'ils ont déjà tués. Et, après tout, c'est pour ça que t'es ici — et tu essaies de bien te garder ça à l'esprit — pour provoquer une sorte d'épreuve de force, pour mettre fin au massacre. » Il s'ébroua, un peu comme un jeune chiot, et soupira. « Mais personne ne t'avait jamais dit — ou alors tu ne l'as pas entendu — que *toi* tu aurais envie de tuer. Oh ! » — s'adressant à Julia — « bien des fois, j'ai eu envie de tuer notre père. J'ai même cru à un moment que je voulais tuer ma sœur » — et il sourit. « Mais ce n'était pas vrai. C'était — la souffrance. Mais, là-bas, dans le Sud — tu regardes ce visage blanc et tu regardes tous ces visages blancs et tu as envie de tuer quelqu'un. Tu as envie de commencer à tuer et de ne jamais t'arrêter, jusqu'à ce que tu nages dans le sang. Et puis tu es de nouveau envahi par la frousse, d'une autre manière. Tu as la frousse de toi. Tu as la frousse de ce qui va arriver à tes copains assis à côté de toi, si tu ne te retiens pas. Tu vois que tu n'es pas au cirque, que ces gens sont *réels*, comme toi, parce que, maintenant, t'es foutrement pas loin d'être comme eux. Et ça te fait drôlement froid. Que tu croies à la prière ou que tu n'y aies jamais cru, maintenant tu pries. L'enfer est un endroit salissant. »

Il baissa les yeux puis les releva — vers Arthur. « T'as encore envie d'y aller ? »

Arthur le regarda d'un air indéchiffrable. Il ne savait pas quoi dire, pas plus que Julia ni moi. Arthur et Jimmy étaient assis l'un en face de l'autre, Julia et moi de même. Arthur ne pouvait éviter le regard confiant de Jimmy. Julia avait le nez dans son assiette.

« Je pourrais, dit Arthur lentement, songer à te prendre

comme guide. Si seulement tu n'étais pas si foutrement sous-alimenté. » Il tapota l'assiette de Jimmy : « Mange.

— Mais il y a beaucoup plus que ce que je viens de dire, il y a quelque chose de très beau aussi — des gens magnifiques mon vieux, les gens les plus magnifiques que j'aie jamais rencontrés !... »

Arthur continua à le dévisager. Puis il grommela à l'adresse de Julia : « Cet enfant n'a aucun respect pour ses aînés. Il croit que mon frère a de l'argent à gaspiller sur des mômes qui chipotent leur nourriture. » Puis à Jimmy : « Mange, petit. On a le temps de parler. »

Jimmy baissa les yeux et se remit à manger.

« On va prendre un verre, dit Arthur, et quand tu auras fini de manger, lève la main. »

Sa bouche pleine de nourriture et ses yeux remplis d'Arthur, Jimmy sourit de son mieux en hochant la tête. Arthur lui tapota la joue et fit un clin d'œil à Julia que celle-ci lui rendit. Et je pus voir dans ce bref échange sa gratitude à l'égard de mon frère car Jimmy avait raconté plus de choses à Arthur en une soirée qu'il ne lui en avait jamais raconté à elle — ou à quiconque : petits frères, petits frères...

Ayant décidé de prendre le métro, les petits frères nous mirent dans un taxi. Puisqu'ils étaient ensemble, c'était la première fois que Julia et moi avions dit « Bonne nuit ! » au petit frère sans un secret pincement d'angoisse mal réprimé. L'*habitude*, nous l'appelions en silence : mais l'habitude est le produit de l'expérience.

Notre taxi les dépassa tandis qu'ils descendaient l'avenue peuplée, Arthur un peu plus grand que Jimmy. Ils agitèrent la main, nous agitâmes la nôtre en retour et Julia posa sa tête sur mon épaule. Je l'attirai dans mes bras, tins sa tête contre ma poitrine un instant et puis, dans la nuit rapide traversée d'éclats de lumière, nous nous embrassâmes et nous nous embrassâmes jusqu'à ce que je dise : « Dieu merci, Julia, on n'a pas à grimper d'escaliers ce soir. Je n'y arriverais jamais. »

Elle posa sa main sur moi et sourit. « Si tu réussis à sortir du taxi, tu pourras t'appuyer sur moi dans l'ascenseur. J'aime quand tu t'appuies sur moi. »

Elle semblait toujours surprise de me combler autant, surprise de n'avoir rien à *faire* pour me plaire. Je savais qu'elle ne ferait jamais, consciemment ou délibérément, rien pour me blesser moi — ou quiconque : sa peur de faire de la peine était si profonde qu'elle en devenait presque une maladie. Je ne l'ai jamais connue blessant quiconque sauf elle-même et c'est ainsi qu'elle me brisa le cœur. Mais elle fit face, s'en sortit, et me donna la force de faire de même : et l'on ne peut pas en demander davantage à l'amour.

Ah ! C'est une histoire que je raconterai un autre jour. Aujourd'hui encore, avec Ruth, avec mes enfants, avec le temps, comme l'orage, rassemblé derrière nous et menaçant à l'horizon, Julia fera un geste, ou rejettera sa tête en arrière en gloussant, ou se penchera en avant avec un rire plaintif et je sentirai un picotement dans ma cuisse, comme si une indicible blessure demeurait là et je nous reverrai tels que nous étions, il y a si longtemps : Julia sortant nue de la douche, ou la tête pleine de shampooing. Julia pas très sûre d'approuver le fait de se raser les aisselles ; moi enveloppant Julia dans mon peignoir de bain devenu sur elle une tente et me glissant sous la tente pour jouer *Le Cheikh d'Arabie !* et nos rires. Elle tenait ma tête contre elle tandis que je grignotais ses seins, goûtais ses tétons (quelqu'un a dit que tout amour est inceste), léchais sa gorge, buvais à ses lèvres, trouvais sa bouche, un nageur, au plus profond de moi, retenant son souffle, le reprenant, plongeant, revenant en surface, conscient de sa reddition étonnée, étonnante, conscient de l'avoir connue quand elle n'avait pas de seins, essayant de découvrir les secrets de sa fente en la léchant, ma langue entre ses cuisses, puis le long de ces longues jambes, remontant de nouveau jusqu'à ce que je la couvre entièrement, ses longs doigts sur mon dos, me caressant de la nuque à mes fesses, ma bouche dans la sienne, son haleine devenant la mienne, la mienne la sienne, ses mains sur moi, sa bouche contre ma poitrine, mes seins, tous les poils de mon corps me démangeant, me picotant, un par un, sa bouche contre mon nombril, contre les poils de mon aine, au bout de ma verge, sur mes bourses, sa bouche sur ma verge encore, ma verge dans sa bouche, ma langue dans sa fente, puis montant, montant jusqu'à ce que je la couvre de nouveau, ma bouche dans la sienne, sa bouche dans la mienne, gémissant, gémissant, ces longues jambes qui s'écartent, ces cuisses qui me retiennent, ce ventre qui se soulève à la rencontre du mien, ces doigts sur mon dos, la lente, lente, lente découverte de cette chaleur humide et avide à l'intérieur d'elle, cette entrée qui prenait si longtemps, il y avait toujours plus d'elle, toujours plus de moi, je m'allongeais et m'allongeais et m'allongeais et je grossissais, j'étais toujours surpris qu'il pût y en avoir autant et elle s'ouvrait et elle se refermait autour de moi, s'ouvrait et se refermait, s'ouvrait et se refermait, personne ne m'avait tenu ainsi, jamais je n'avais été accueilli avec tant de joie, jamais, à moitié étranglé, je n'avais entendu un tel rire venir de moi, vibrant et martelant, vibrant et martelant, l'entendant crier, l'entendant crier mon nom jusqu'à ce que ce cri soit le seul son dans l'univers, la sentant se donner et se donner et se donner, haletante, s'accrochant, et alors, depuis la plante de mes pieds le long de mes cuisses, comme si des cloches secrètes avaient commencé à jubiler, à travers la raie de mes fesses et le long de mon épine dorsale, électrisant mes omoplates, ma nuque et le sommet de mon crâne, menaçant de clore ma gorge, mon souffle dans le sien, mon souffle dans le sien, le long de ma poitrine, tourmentant mes mamelons, mon ventre, gonflant mes couilles, chaque chose et tout en moi tonnaient dans ce grand orgue, et, à ce moment-là refusant d'y mettre un terme, je marquais toujours une pause et elle disait *je t'en prie, oh! je t'en prie,* mais elle demeurait immobile aussi, et nous nous embrassions comme si c'était à jamais la dernière fois, et puis, sans même le savoir, nous partions, partions, partions et chaque fois, à l'instant où je commençais à jouir, il semblait toujours qu'il y eût soudain encore plus de Julia et plus de moi, exigeant, exigeant, exigeant et parfois j'avais presque peur, il semblait que l'explosion ne finirait plus jamais.

Puis nous restions allongés dans les bras l'un de l'autre, l'un dans l'élément de l'autre, dans son temps et son espace, pendant un grand moment : et jamais, jamais dans ma vie antérieure, n'avais-je éprouvé un aussi formidable sentiment de sécurité ni un tel pouvoir de protection. Jamais dans ma vie n'avais-je senti à l'égard d'un autre être *tu es ma vie, mon cœur, mon âme.* Nous faisions parfois l'amour sur le sol du living-room pour nous réveiller sous notre tente, baignés par la lumière de ma grande baie de West End Avenue.

Mais cette soirée au Rooster fut la dernière que nous passâmes ensemble tous les quatre pour un bout de temps. Arthur ne partit pas pour le Sud. Son imprésario lui avait déjà pris des engagements dans l'Ouest — Seattle, San Francisco, Los Angeles — le gardant ainsi, pensait-il, à l'abri du danger. Ce qui amena Arthur à se séparer de cet imprésario dont je devais finalement assumer le rôle.

Jimmy partit pour Birmingham. Cela se passait un peu avant que nos compatriotes commencent à entendre parler de Birmingham, et environ dix-huit mois avant que Peanut, Arthur et moi nous rendions dans le Sud : le tout précédant, pour la petite histoire, la Marche sur Washington.

À la veille de ce voyage dans le Sud, Julia m'avait quitté pour aller en Afrique — et se retrouver dans un endroit aussi bizarre qu'Abidjan — et je ne fonctionnais pas très bien. En fait, l'agence m'avait mis en congé de maladie sans solde : mais c'est moi qui le lui avais demandé. Et, si inquiet que je fusse pour Arthur, je ne serais probablement pas allé dans le Sud avec lui, en tout cas pas à ce moment-là, si Julia ne m'avait pas quitté. Peut-être me vit-il me cogner aux murs, insulter les miroirs, sombrer dans l'alcool, m'écrouler sur mon plancher la nuit, m'endormir à force de pleurer, oui, pleurer comme un enfant, et je ne sais pas si on peut appeler cela s'endormir. Je ne désirais plus rien ni personne. J'étais conscient, à la manière dont on entend des voix au loin, du souci que ma mère, mon père, mon frère se faisaient pour moi : il était dur de se rendre compte que je connaissais des tas de gens mais que je n'avais pas en réalité d'amis, pas un seul, et je n'avais que trente-deux ans. Et, si je n'avais pas d'amis, c'était à cause d'un choix que j'avais fait, d'une situation que j'avais *moi* créée, personne n'était à blâmer : et je recommençai à tourner dans ma prison intérieure, jour après jour, de la tombée de la nuit au lever du soleil. Ces voix que j'entendais au loin, mon père, ma mère, mon frère — je ne pouvais pas leur parler mais je ne voulais pas qu'elles aient trop honte de moi — ces voix m'obligeaient à tituber et parfois à presque ramper sur mon plancher pour aller dans la salle de bain pisser, m'asseoir, me forcer à déféquer et à me relever et, sans faire face au miroir, me raser quand même et me laver les dents et, retenant mon souffle, à entrer dans la douche — je ne cessais d'y voir Julia ! Et parfois, usant de l'énergie qui me restait, je me shampouinais les cheveux et je restais à pleurer, pleurer, pleurer sous cette avalanche d'eau.

Puis je m'habillais — je m'habillais : elle était partout, c'est elle qui autrefois m'aidait à m'habiller. Cette cravate, non, elle n'aimait pas cette cravate, cette chemise te va mieux au teint, disait-elle, mon Dieu, Hall, où as-tu dégoté ces chaussettes ? Oh ! Seigneur, errer dans cet appartement, ces pièces, entrer et sortir de cette putain de cuisine, bon Dieu de merde, la vaisselle, qu'elle aille se faire foutre la vaisselle, une chaussure dans ma main, une chaussure à mon pied, tête baissée pour m'assurer qu'elles sont de la même couleur, sortant de la glace et me versant un verre, me passant un glaçon sur la figure pour empêcher les larmes de couler, me forçant à boire au lieu d'envoyer mon verre contre le mur, m'entendant rire pendant que je mets l'autre chaussure, je me regarde dans le miroir, ça va, tu as l'air bien, où il est parti, Hall ? Puis je me versais un autre verre, je mettais le tourne-disque en marche et je m'asseyais devant ma fenêtre.

Toute la journée, parfois toute la nuit. Le téléphonait sonnait, c'était mon père ou ma mère, appelant pour dire bonjour, et on aimerait bien te voir, dès que tu auras le temps, ou alors c'était Arthur, sur l'interurbain, faisant le pitre à propos de sa vie de chanteur de gospel — suggérant délicatement que je lui rendrais bien service là-bas, si je pouvais en trouver le temps.

Et il me fallait répondre, ne fût-ce que durant un exaspérant quart de seconde, à ce qu'ils ne disaient pas — leur respect de ma vie et de ma souffrance. Je sais qu'ils n'écoutaient pas ce que je disais — ce qui signifie que je n'avais pas grand-chose à dire. Ils écoutaient le son de ma voix, vérifiaient ma température. Je ne voulais pas les voir commencer à s'inquiéter de salles d'urgence et de transfusions de sang, je les aimais aussi, et donc je pense que, tout bien considéré, j'avais une voix convenable.

Oui, nous nous sauvons, nous nous condamnons, ou nous nous perdons les uns les autres : de cela mon âme est témoin. J'étais à terre, impuissant mais je n'étais pas mort — ainsi que ces voix lointaines persistaient à le dire, par conséquent j'étais encore parmi les vivants.

Quoi qu'il en soit, Paul et Florence débarquèrent un soir. Paul était venu me chercher pour m'emmener downtown entendre un nouveau pianiste. Florence voulait s'étendre, dit-elle, et se reposerait jusqu'à notre retour. Paul annonça qu'un taxi nous attendait et qu'il fallait que je me dépêche, ce que je fis. J'étais heureux de les voir et content de sortir de chez moi. Paul et moi descendîmes au Village, le pianiste n'était pas mal, en fait il était très bon. Mon père et moi ne parlâmes pas beaucoup mais nous passâmes un bon moment et je ris beaucoup, pour la première fois, me sembla-t-il, depuis Dieu savait quand. Un drôle de rire, parce qu'il me faisait mal, mal comme un muscle hors d'usage. Mais Paul aimait me voir rire. Il me fit boire et je compris qu'il le faisait délibérément. Il était une sorte d'invité d'honneur de la boîte, les gens ne cessaient d'affluer à notre table et il fit un peu de cinéma à mon intention. Le jeune pianiste annonça sa présence et lui dédia un morceau. Paul ne cessa de commander des doubles verres pour moi et puis enfin le coup de l'étrier — que le pianiste accompagna de la chanson de circonstance.

Penché vers Paul, je riais en lui racontant une connerie quelconque, quand j'entendis :

Nous buvons, mon ami
à la fin
d'un bref épisode,

et je regardai mon père, j'ouvris la bouche et je ne pus pas reprendre ma respiration, je sentis mon père saisir une de mes mains dans les siennes, et c'est tout, je vous le jure, c'est tout qui me retint dans ce monde, dans cette vie, les lumière tournèrent, comme les lumières d'un cirque, dedans et dehors ma tête, je me retrouvai sur une sorte de manège diabolique, je ne pouvais pas reprendre ma respiration ni fermer ma bouche, je me retins à la main de mon père.

donne donc un verre
à mon petit
sans oublier
le coup de l'étrier
avant qu'il ne reprenne la route

Et je fermai ma bouche, ou bien ma bouche se ferma, cela me fit mal aux dents, et quand ma bouche se referma et que ma respiration revint, ça me fit mal à la poitrine et les larmes coulèrent. Je demeurai là, tremblant des pieds à la tête, et je sais que, le visage ruisselant, je ne faisais pas le moindre bruit.

cette longue, longue route !

Mon père ne me caressa pas la main, il la serra simplement — il la serra très fort. Puis il poussa un mouchoir sur la table, près de mon autre main. J'ignore si quiconque remarqua ce qui se passait. Je n'avais pas émis un son. Et jamais Paul ne regarda autour de lui.

Je pris le mouchoir avec ma main libre, puis retirai mon autre main de celles de Paul, j'enfouis mon visage dans le mouchoir, je m'essuyai la figure et me mouchai.

Je levai la tête. Paul souriait — un sourire étrange, triste, fier, et ses yeux étaient humides. Il était calme, mais ses yeux étaient humides.

« Je ne peux plus moucher ton nez à ta place, fiston, dit-il, mais tu me sembles commencer à savoir comment faire. »

Alors nous éclatâmes de rire, nous rîmes jusqu'à en pleurer. Je dis que je voulais ma revanche — j'allais lui payer à lui un dernier verre. Ce que je fis et nous sortîmes de la boîte bien après l'heure de fermeture et mon père me ramena à la maison où ma mère, assise devant la télé, regardait la très tardive « Dernière Dernière Séance ». Puis ils prirent congé et je m'effondrai sur mon lit.

Au matin, je m'aperçus que ma mère avait passé la maison au peigne fin et à la brosse à dents, elle avait récuré, aspiré, ventilé, exterminé, avant de suspendre mes vêtements et de faire la vaisselle. Ce qui voulait dire que le reste dépendait de moi.

Et donc : Peanut, Arthur et moi sommes en route vers le Sud.

À cette époque-là, Arthur n'avait pas de musiciens et chantait avec ce qu'il trouvait sur place ou s'accompagnait lui-même. Peanut lui servait de soutien et de factotum, s'occupait des détails pratiques et de tenir la foule à l'écart : car, curieusement — bien que je n'aie pas compris cela alors — Peanut fut le premier à reconnaître les dimensions et le potentiel — pour ne rien dire du potentiel danger — de la popularité d'Arthur. Lui seul savait, par exemple, combien de congrégations, de diacres et de pasteurs dans le Sud avaient entendu parler d'Arthur et voulaient le voir ; lui seul savait avec quelle passion les étudiants réclamaient la voix d'Arthur. Et ceci était dû au bouche à oreille puisque Arthur n'avait pas encore enregistré de disques. Il avait participé à quelques-uns, quatre ou cinq à peine, avec divers chœurs, mais comme ces enregistrements avaient été faits « en direct », c'est-à-dire pas dans un studio, que de toute façon il aurait chanté ce jour ou ce soir-là, qu'il n'avait pas été payé ou bien un minimum, il ne les considérait pas comme des disques, il ne lui était pas venu à l'esprit que sa voix allait plus loin que l'espace qu'il se trouvait occuper à un moment donné. Même ceci n'est pas entièrement vrai, car des rumeurs nous étaient parvenues — mais sans grande substance. Elles en avaient suffisamment pour Paul qui entendait venir le tonnerre — d'où son désir que je sois l'imprésario d'Arthur — et elles avaient assez de réalité pour Peanut qui avait promis la venue d'Arthur et qui, pour ce premier voyage, servait d'imprésario *de facto*.

Birmingham, Alabama, est la plus inique et la plus détestable ville que j'aie jamais vue de ma vie. Je ne suis pas le seul nègre qui, rêvant de Birmingham, se réveille avec des sueurs froides, en étouffant un cri. Mais, en fait, notre première étape était Richmond, Virginie. Nous irions ensuite à Atlanta, Birmingham et Tallahassee. Ces endroits n'étaient pas précisément des lieux enchanteurs à l'époque — et pas davantage aujourd'hui ; mais j'allais découvrir au cours de cette tournée et, plus tard, au cours de tant d'autres, que l'on aurait fait presque n'importe quoi pour éviter de passer une nuit supplémentaire à Birmingham. Cela paraît insensé mais, durant ces années-là, si on n'avait pas la possibilité de parvenir jusqu'à Washington ou New York, on poussait un soupir de soulagement en arrivant à Atlanta. Non pas parce qu'Atlanta avait été soudain touchée par la grâce mais parce que la ville ne pouvait plus, désormais, se permettre de scandale au grand jour. Renoncer aux lynchages publics — considérés d'ailleurs comme un scandale que depuis très récemment — constituait un prix modeste à payer en échange d'investissements permanents et d'une prospérité galopante. Et, de toute façon, la vie continuait comme avant — juste à l'extérieur d'Atlanta, dans les bois de Georgie.

Nous voyageâmes en voiture — instructif : nous ne le fîmes plus jamais. Je crois qu'Arthur était à la recherche de quelque chose, voulait voir par lui-même ce qui avait changé sur ces routes depuis qu'il les avait empruntées pour la dernière fois. Peanut ne demandait pas mieux que de l'instruire : Peanut était disposé à tout voir. Et tous deux, pour des raisons différentes, et chacun à leur manière, voulaient voir ce que je voyais, ce que je voulais voir de mes propres yeux. Je pense qu'ils sentaient, obscurément — et je crois que je comprends cela — que ce que je voyais, puisque je le voyais pour la première fois, nous conduirait à voir tous les trois ce qu'aucun de nous n'aurait pu voir seul.

Et quand — après avoir franchi le pont ou le tunnel, être entré et sorti de ce damné New Jersey, quitté Newark, contourné Trenton et pris la direction du Sud, vers le Delaware, la Virginie, le Maryland et les inimaginables régions au-dessous — vous circulez sur cette route, vous voyagez à travers l'histoire, à peu près à la même vitesse à laquelle cette histoire fut créée. C'est tout « neuf ». C'est déjà plus vieux que la poussière. Rien de ce que vous dépassez n'a pris plus longtemps pour surgir et ne prendra plus de temps pour disparaître que son bref instant de rencontre avec votre regard. D'autre part, il y a la route, aussi interminable que l'histoire, qu'il faut subir.

Mais, sur cette route, vous devez vous arrêter de temps à autre : si l'histoire a ses exigences à l'égard de la chair, la chair a des exigences à l'égard de l'histoire. Les exigences de la chair à l'égard de l'histoire ne sont pas toujours aisément satisfaites : plus vous avancez dans le Sud, plus cette vérité devient éclatante.

Mais personne ne pipe mot — que dire ? Et, en effet, nous sommes très gais les uns avec les autres, et le beau ciel bleu. Nous nous arrêtons pour prendre de l'essence dans le Delaware, je crois.

Sans y penser, je suis devenu conscient des couleurs, je renifle les attitudes. C'est un pompiste blanc qui remplit le réservoir, un jeune blond au teint terreux, au visage sans expression, et qui ne paraît pas avoir la moindre attitude. Je descends de la voiture, je veux pisser. Arthur sort pour se détendre les jambes.

Arthur me montre du doigt les toilettes. Peanut est resté au volant. Arthur marche de long en large. Je vais aux toilettes, je pisse et je reviens.

« J'arrive tout de suite », dit Arthur qui part en courant vers les toilettes.

Peanut paie le pompiste, me fait un clin d'œil et avance jusqu'à l'aire de parking. Il arrête le moteur, descend de la voiture et la ferme. Arthur revient.

« À mon tour, dit Peanut qui se rend aux toilettes.

— Tu veux qu'on mange quelque chose ici, coco ? me demande Arthur. Ou bien tu veux attendre ? » Il sourit : « Seulement on risque d'attendre longtemps.

— À toi de décider.

— Eh bien, si tu as *faim*, il vaut mieux manger ici, parce

que, tu sais, autrement, nous ne pourrons peut-être pas trouver de quoi manger jusqu'à notre arrivée — et ça fait encore quelques heures. »

Peanut revient tranquillement et nous — ou plutôt je lui pose la question.

« Mon vieux, répond Peanut, un instant après, prenons seulement une tasse de café, ou un Coke, ou n'importe quoi, et continuons notre chemin. » Il jette un rapide coup d'œil à la voiture et nous prenons la direction du distributeur de café. « Ils servent de la merde dans cet endroit, papa, allons là où nous pourrons *manger*. »

Munis de nos timbales en carton, nous revenons à côté de la voiture pour boire notre café et fumer une cigarette. Nous parlons très peu. Toute notre attention commence à se concentrer sur quelque chose d'autre, quelque chose à propos de quoi il n'y a absolument rien à dire. Peanut ramasse les timbales vides et, très soigneusement, les dépose dans la poubelle.

Le crépuscule s'annonçait. Arthur, adossé à son siège, fredonnait. Nous étions en Virginie, pas loin de notre destination — mais toujours sur l'autoroute — et je dis à Peanut : « Vieux, je suis désolé mais j'ai les molaires qui se déchaussent. On pourrait pas s'arrêter pour que je puisse pisser ? »

Peanut regarda dans le rétroviseur. La route derrière nous était presque déserte, presque, mais pas tout à fait : le plus gros de la circulation se faisait dans l'autre sens, vers le Nord.

« Retiens-toi une minute, conseilla Peanut. Je ne peux sûrement pas stopper ici. »

Il n'y avait pas de bretelle, pas d'accotement, pas d'abri le long de la route. Les arbres se trouvaient de l'autre côté du fossé.

« Ne t'en fais pas, dis-je. Tu t'arrêtes quand et si tu peux, un point c'est tout. »

Je me renfonçai dans mon coin, et regardai par la vitre, furieux contre moi-même parce que je savais que mon besoin pressant était le résultat de ma panique. La peur que j'avais réprimée s'était portée sur ma vessie, réceptacle d'où elle pourrait, ô bonheur, être éliminée. Le ciel, les arbres, le paysage fuyaient. La terre était plate : pas d'abri. Puis j'entendis les chiens japper, hurler, aboyer à travers la campagne, aux trousses de mes ancêtres, aux trousses de mon grand-père, de ma grand-mère, des miennes. J'entendis les hommes haleter, j'entendis leurs bottes, entendis le déclic du fusil, de la carabine : à mes trousses. Les arbres n'étaient pas un abri. Le fossé était un piège. L'horizon était à dix mille kilomètres. Impossible de l'atteindre, de se jeter derrière, de franchir les éléments hostiles du chemin — jusqu'au Canada ? Autour de l'arbre : pas d'abri. Dans l'herbe haute : pas d'abri. Cette colline, là-bas au loin : trop haute, pas assez haute, pas d'abri. Retour en détour : pas d'abri ; pisser en courant : pas d'abri ; l'haleine et les poils et l'odeur et les dents des chiens : pas d'abri ; les yeux et le fusil et le souffle du maître, non, pas d'abri ; et le sang qui coule, les larmes et la morve et la pisse et la merde qui coulent, arrachés par les chiens aux mâchoires des chiens, pour toujours et toujours et toujours, pas de pitié et pas d'abri !

Nous arrivâmes à une aire de repos, un remblai sur le bord de la route, vide. Peanut se rangea et je sautai dehors pour courir pisser contre l'arbre le plus proche. Cela me sembla durer une éternité, l'urine rebondissant vers moi du sol, de l'arbre, en jets bouillonnants, mais, oui, bizarrement, une partie de ma panique s'éjecta avec ma pisse.

Je remontai dans la voiture et Peanut, comme s'il savait ce qui m'était arrivé, dit en riant : « Tu es prêt à y aller, maintenant, grand frère ? »

Nous arrivâmes chez notre hôtesse à Richmond. Une

maison de bois avec un portail dans une rue bordée d'arbres. Une Mrs. Isabel Reed, une dame très noire et rondelette, dans les quarante ans, un professeur de lycée qui risquait de ne plus avoir de poste bientôt. Elle avait confiance en ses étudiants qui avaient confiance en elle : ce qui la rendait, comme elle le dit, « douteuse ». Elle nous raconta cela en riant, faisant remarquer, d'un ton plaintif, que « c'était tout ce qui lui restait à faire ». Son mari, un grand homme chauve à la forte carrure, un avocat, nous expliqua qu'il attendait impatiemment qu'on les obligeât à quitter la ville pour pouvoir retourner à Zurich se promener autour du lac dont il gardait le souvenir depuis son service militaire.

Le dîner fut plaisant, bien que je ne croie pas qu'Arthur ait beaucoup mangé — il ne pouvait jamais manger avant un concert — puis nous prîmes le chemin de l'église.

On a pratiquement oublié le climat de ces années-là. Celui qui fut présent, celui qui porta témoignage, se rappellera cette époque-là pour l'éternité ; mais personne ne veut entendre parler, aujourd'hui, de ce qu'il n'osa pas affronter alors. Certains de nos enfants savent ; certains de nos enfants sauront toujours. En sortant de la maison de bois dans la rue bordée d'arbres, qui est une maison surveillée, et nous le savons tous, nous montons dans trois voitures surveillées, et nous le savons tous, pour gagner une destination surveillée dont, et nous le savons tous, nous risquons de ne pas revenir.

C'est une église noire ordinaire, Mount Olive ou bien Ebenezer ou Shiloh, un édifice en pierre, avec un jardin et un perron, et elle est bondée. Nous participons en réalité à un meeting de protestation, une collecte de fonds, et nous sommes donc associés à Montgomery et Tuskegee, les boycotts, les banqueroutes, et les fléaux qui s'abattent de manière incompréhensible sur le Sud. L'église est encerclée par des policiers en voiture et à moto.

Peanut et les autres sont de vieux habitués de ce genre de choses. Notre passager est un des supports, une des vedettes de la soirée : son rôle est clair. Notre rôle, encore que pas nécessairement simple, est également clair : nous devons le faire entrer et le faire sortir. Peanut amène la voiture aussi près que possible des marches de l'église, et Arthur, moi et Mrs. Isabel Reed descendons. Peanut repart garer la voiture et Mr. Reed reste avec Peanut.

Mrs. Reed nous précède, et nous passons devant deux Noirs, debout sur les marches, auxquels Mrs. Reed nous présente en vitesse, mon frère et moi. Ils sourient et nous serrent la main — en vitesse — échangent une plaisanterie avec Mrs. Reed, et nous pénétrons dans l'église. C'est alors seulement que je prends conscience de la musique qui vient du chœur mais que renvoient les murs. Arthur brusquement se redresse. Les gens sont debout dans les travées. Mrs. Reed s'empare de la main d'Arthur, Arthur de la mienne et, en file indienne, nous remontons l'allée sur le côté gauche de l'église. Mrs. Reed nous conduit au premier rang, se penche et dit quelque chose à un homme qui se lève pour me céder sa chaise avant d'aller s'adosser contre le mur. Tenant toujours Arthur par la main, Mrs. Reed gravit les marches du chœur avec lui. Elle le fait asseoir et prend place à côté de lui.

La chorale termine :

Si tu pries bien,
le ciel
t'appartient,
si tu aimes bien,
le ciel
t'appartient,
si tu vis bien,
le ciel
t'appartient,

ah!
le ciel
t'appartient!

Orgues, piano, tambourins et un tambour. Je cherche Peanut des yeux. Je peux voir Arthur parce qu'il est dans la tribune. De toute façon, Peanut est avec Mr. Reed et Mr. Reed sait où nous trouver.

Le silence s'abattit comme une tempête lorsque la chorale se rassit et Mrs. Reed se leva et s'avança. Elle était trop petite pour se mettre derrière et elle resta à côté du pupitre, s'y appuyant d'une main.

« Inutile, dit-elle avec un sourire, d'expliquer pourquoi nous sommes ici ce soir. Nous savons, nous, pourquoi nous sommes ici et tous ces motards, dehors, le savent aussi. Depuis qu'ils viennent ici chercher à découvrir ce que nous faisons, jamais ils n'ont été aussi silencieux. »

Elle rit et les fidèles en firent autant, un grondement bon enfant.

« Nous avons des micros placés à l'extérieur de l'église — et, je pense, ils ont des micros placés à l'intérieur — et donc, je veux qu'ils sachent » — elle éleva la voix — « qu'ils sont les bienvenus. Ils sont les bienvenus pour venir écouter la vérité. La vérité peut libérer même le *gouverneur*. La vérité guérit *tout le monde*. Elle pourrait même bien vous faire lever » — elle marqua un arrêt, une pause pleine de signification et haussa les épaules — « de vos *motocyclettes* et marcher ! »

Elle rit de nouveau et les fidèles répondirent avec leur grondement bon enfant.

« Mais je ne suis pas ici pour vous retenir. Nous savons pourquoi nous sommes ici. Nous sommes ici pour récolter de l'argent afin de délivrer nos enfants de leurs chaînes de forcats et les sortir de prison. Nous sommes ici pour faire savoir à *tout le monde* que chaque être humain est né pour être libre ! »

La congrégation rugit, Mrs. Reed baissa le ton et leva une main.

« Je ne veux pas me laisser emporter ce soir. Je vais demander au révérend Williams d'ouvrir pour nous le service religieux et puis nous entendrons quelques témoins. » Elle s'interrompit et sourit : « Pour ceux d'entre vous qui ne le connaissent pas, le révérend Williams est un combattant de la liberté venu de loin là-bas dans le Tennessee. »

Elle se retourna en tendant la main et un jeune Blanc, yeux bleus très foncés, cheveux noirs indisciplinés et visage qui semblait avoir subi plus que sa part de punition, s'avança. Je ne l'avais pas vu. Il avait été assis juste derrière la chaire et la chaire me bloquait la vue. Je fus choqué au contraire des fidèles, qui paraissaient le connaître. Pour moi il avait exactement la tête d'un des flics, dehors.

Mais, lorsqu'il se mit à parler, je commençai à me demander s'il était blanc. Je me rappelai soudain que des milliers de Noirs traversent la frontière de la couleur chaque année, deviennent des chrétiens blancs sans même avoir à changer de nez ou à changer de nom : ils changent de quartier. Nul doute que pour cela ils paient un autre prix, un prix caché : mais le prix que le pays exige d'eux pour être blanc est exactement le prix que le pays paie — pour être blanc — et ce prix est l'incohérence.

Le révérend Williams n'était pas incohérent, ce qui explique pourquoi je me demandais s'il était vraiment blanc. « Je suis né dans une petite ferme du Tennessee », dit-il, révélant qu'il avait encore toutes ses dents, « et tout ce que je me rappelle des débuts de ma vie, c'est le travail et la misère. Je sais qu'un tas de gens dans ce pays disent que vous pouvez vous élever socialement grâce à votre travail, en marchant vite et en courant fort. C'est un peu comme Marie-Antoinette conseillant aux gens de manger de la brioche, ce qu'elle faisait, elle, quand il n'y avait pas de pain au château. On ne peut guère parler de marcher ni de courir sans chaussures et Dieu sait que nous n'avions pas de chaussures du tout. J'avais des durillons sous la plante des pieds mais je n'avais pas de cor aux pieds. Moi et les chaussures nous étions des étrangers l'un pour l'autre — je me sens encore tout drôle quand je mets des chaussures. »

L'église demeura silencieuse: et je me demandai si Williams était noir ou blanc.

« Nous sommes ici, conclut-il, pour obtenir quelque chose de si simple que personne ne le croira. Pour obtenir le respect de notre travail, le respect de la vie de chacun et un avenir pour nos enfants. Dieu nous bénisse tous. Je repars pour le Tennessee et à bientôt. »

Il sourit, salua de la main et retourna à sa place.

Je vis Mr. Reed conduire Peanut près de la chaire. Quelqu'un lui trouva une chaise. Mr. Reed s'adossa au mur, les bras croisés. Quelque chose dans sa vigilance me fit comprendre que lui et les autres hommes à l'air insouciant surveillaient chaque entrée, chaque sortie et le chœur de l'église. Ils travaillaient.

Je me posais des questions au sujet du révérend Williams. Je devais me poser des questions sur lui pendant de nombreuses années.

À cette époque-là, on parlait à tant de gens, tant de gens vous parlaient qu'on se déplaçait à travers des foules sans aucun moyen de savoir à qui vous aviez affaire. Ici la couleur n'avait aucune importance. On rencontrait des gens qui ne pouvaient pas vivre sans causes à défendre, qui semblaient se nourrir de famines, d'inondations et autres tremblements de terre. Ceux-là étaient généralement blancs mais pas toujours. Pour moi ils étaient les boiteux, les estropiés, les aveugles, les proscrits, les pauvres à qui rien ne pouvait être donné parce qu'ils n'avaient aucun moyen de recevoir quoi que ce fût, des créatures qui n'avaient même pas un pied dans le salut. Il y avait des donzelles blanches, des groupies comme on dirait aujourd'hui, qui prenaient en marche le train des libertés parce qu'elles étaient fumasses contre papa ou jalouses du nouvel amant de maman, ou qu'elles venaient de se faire avorter ou qu'elles avaient envie de se faire fourailler par un grand zob noir — et — O.K., pourquoi pas? Ou bien de jeunes Blancs, avec des motifs encore plus impénétrables, essayant d'exorciser leur terreur des Noirs à la fois en les instruisant et en les imitant, et, Seigneur Jésus, des ex-marxistes dont les parallèles historiques n'avaient aucune pertinence, et des riches libéraux qui signaient des chèques et se montraient aux manifestations mais se jetaient à l'abri dès que les choses se gâtaient et qui se déclarèrent « barbés » par la lutte lorsque la lutte se déplaça vers le Nord, un peu plus près de leurs carnets de chèques.

Les gens véritablement mauvais et dangereux étaient les mouchards, les indicateurs du F.B.I., les Blancs et les Noirs qui ressemblaient et parlaient exactement comme le révérend Williams. Nous ne savions pas qui étaient ces gens et n'eûmes aucun moyen de le savoir jusqu'à ce qu'il soit trop tard.

Après le révérend Williams, d'autres orateurs se succédèrent, présentés par Mrs. Reed, aussi infatigable que son mari. Rien de neuf ne fut dit — dans un sens — et pourtant ce fut nouveau pour moi parce que si le défi secret est une force — qu'il vaut mieux ne pas sous-estimer — le défi déclaré en est une autre et, tout en l'ayant noté chez certains individus, je n'en avais jamais été témoin collectivement. Nous étions, après tout, dans une petite ville du Sud, pas loin du cadavre de John Brown: et John Brown, parce que ses vues sur l'esclavage avaient été jugées « immodérées », avait été pendu par le gouvernement des États-Unis. Les « motards », qui dehors trimbalaient des revolvers et des matraques, n'avaient pas été affectés, ce soir, dans cet endroit, à la protection de nos vies. Ils étaient là pour protéger les biens qu'ils avaient volés, chaque centimètre de ce pays ayant été volé : le gouvernement des États-Unis avait un jour passé une loi protégeant mes « propriétaires » contre le vol. Nos vies n'avaient rien pesé à l'époque ; nos vies ne pesaient rien maintenant. L'instinct et la consigne des motards étaient de trouver une occasion de nous pendre — de pendre John Brown. Ils ne le pouvaient pas ce soir ou ils ne le pouvaient pas encore : cette information leur avait été transmise par les bourreaux de John Brown, les gens pour lesquels ils travaillaient. Mais, dès qu'ils le pourraient, ils le feraient ; dès qu'ils le purent, ils le firent.

Au centre de mes préoccupations et de manière nouvelle, figurait le danger que courait mon frère. Il me paraissait incroyable que sa bonne bouille crépue et souriante puisse éventuellement subir le sort de John Brown.

Je regardai Peanut se laisser guider vers le piano. Je ne m'étais jamais rendu compte combien il était grand et lourd — peut-être ne l'avait-il pas été autant autrefois. Je le vis serrer la main du pianiste de l'église. Je n'avais jamais non plus remarqué sa courtoisie réelle, innée, véritable — style : c'est moi, je me présente. Qui êtes-vous ?

Mrs. Reed se leva.

« Nous avons avec nous ce soir, dit-elle, un chanteur de New York. Nous essayons depuis une éternité de le faire venir ici et » — elle reprit haleine et sourit — « je ne vous dirais pas comment nous y avons réussi mais le voici enfin. Il nous a semblé, à nous qui l'avions entendu, qu'il chantait... qu'il chantait à propos de nous. Il *est* nous. Il est accompagné par » — elle consulta un bout de papier qu'elle tenait à la main — « Mr. Alexandre T. Brown. Mesdames et messieurs : Mr. Arthur Montana ! »

Elle se rassit et Arthur se leva pour rejoindre Peanut au piano. Peanut et Arthur se regardèrent, Arthur fit un signe de tête et Peanut attaqua le clavier.

C'était un vieux cantique : en ce moment précis et en ce lieu, il sonnait plus vieux que les arbres les plus anciens.

À travers les prairies vertes et ombrées
si riches et si douces

Un indescriptible murmure d'approbation et de plaisir courut dans l'église : car, à cet instant, le cantique se renouvelait, se recréait.

Dieu conduit Ses enfants bien-aimés.

J'observais mon frère avec émerveillement, sentant le pouvoir des gens derrière et autour de moi. *Il nous a semblé, à nous qui l'avons entendu, qu'il chantait à propos de nous.* Et c'était ce qu'il faisait, comme si un plan longtemps demeuré secret était révélé. *Il est nous.*

Là où le courant d'eau fraîche
baigne les pieds fatigués.

J'entendis les fidèles chanter en silence, avec lui, anticipant un vers, une mesure.

Dieu conduit Ses enfants bien-aimés.

Il regardait droit les gens, élévant la voix pour que les motards et le gouverneur puissent entendre :

Certains
à travers l'eau

L'orgue se joignit au chant et le tambour entama son témoignage solennel.

Certains
à travers le flot

L'assistance n'avait pas émis un son : comme si sa passion s'exprimait par cette seule voix. Et maintenant ce n'était plus seulement cette heure et ce lieu. L'immensité des kilomètres derrière nous devenait aussi réelle que les pierres de la route sur laquelle nous cheminions à présent.

Certains
à travers le feu,
mais tous
à travers Son sang.

Mrs. Reed hocha la tête et tapa légèrement d'un pied, les yeux baissés.

Certains
à travers beaucoup de souffrance !

Elle releva la tête, le regard en alerte. L'église n'avait toujours pas produit un son et pourtant elle était remplie de fracas.

Quand Dieu donna un chant

Si j'avais été parmi les motards ou si j'avais été le gouverneur, je crois que j'aurais eu peur. Je serais peut-être même tombé à genoux. J'étais secoué, j'étais secoué au plus profond de mon âme : et pourtant les gens n'avaient pas encore émis le moindre son.

À la saison de la nuit
Et tout au long
du jour.

Je perçus un vaste soupir, une expiration collective, comme si personne n'avait été capable de respirer jusqu'à ce qu'Arthur ait atteint le commencement de la fin du cantique. Et alors, j'entendis la voix d'une vieille femme crier, comme émanant de l'immense et rougeoyant nuage du passé, *oui, petit, chante-le,* et Arthur fit un pas en avant et étendit les bras, invitant l'église à attester de son témoignage :

Avez-vous traversé l'eau?
Avez-vous traversé le flot?

Et la réponse revint en un grondement, sourd, grave, venu des profondeurs, *Oui, Seigneur!*

Avez-vous traversé le feu?

L'orgue, le tambour et les gens répondirent et la chorale se joignit à Arthur.

Vous êtes-vous lavé dans Son sang?

Et ce fameux silence tomba de nouveau, tandis qu'Arthur marquait un temps d'arrêt, rejetait la tête en arrière et lançait sa voix loin, loin au-delà des motards et du gouverneur, et des arbres ensanglantés, des arbres ensanglantés à jamais :

Avez-vous traversé
de grandes souffrances?

L'orgue et le tambour, la chorale et les fidèles, le visage de Mrs. Reed, les visages des hommes contre le mur, une prodigieuse expiration tandis que le cantique se termine,

Quand Dieu donna un cantique,
à la saison de la nuit
et tout
au long du jour.

Les gens élevés au sein de l'église n'applaudissent pas, on les a habitués à ne pas le faire — ils vous renseignent par le son de leurs voix, par leurs alleluia ! et leurs amen ! et Dieu soit béni ! et la lumière sur leurs visages. Peanut et Arthur entamèrent leur morceau suivant :

Je me suis réveillé ce matin
avec mon esprit

fixé
sur la liberté !

rejoints par les tambourins, l'orgue et le tambour. Mais je n'avais guère besoin de regarder autour de moi, c'était en plein sur moi, c'était en plein dans moi, une joie palpitante, une force énorme.

Allelu
Allelu
Alleluia !

Et pourtant les motards étaient dehors, il faudrait passer devant eux en rentrant. Un ou plusieurs d'entre nous pouvaient mourir dans la nuit : beaucoup, certainement, ne verraient pas la fin de l'année. Et cela n'avait aucun rapport avec l'inévitable mortalité de chacun : c'est une chose de savoir que vous allez mourir et une autre de savoir que vous pouvez être assassiné. Nous savions que nous ne pouvions espérer ni aide ni pitié des gens entre les mains desquels nous nous trouvions, nos concitoyens, certains littéralement nos frères de sang, la chair de notre chair. Pourtant, la joie et la force que je sentais en moi, et autour de moi, n'étaient pas moins réelles que notre danger, elles nous avaient permis de traverser nombre de dures épreuves et elles auraient à nous en faire traverser bien d'autres, car bien d'autres s'annonçaient. On aurait dit que quelque chose m'avait attendu ici, quelque chose dont j'avais besoin. Et c'est ce que Mrs. Reed avait voulu dire en expliquant qu'Arthur semblait « chanter pour nous ». Arthur avait été déterminé à venir ici et, je ne sais pas, j'étais certain que, à présent, exactement comme moi, sans pouvoir l'articuler — ni en ressentir la nécessité — il savait pourquoi.

En tout cas, voilà, nous étions là, la réunion s'achevait.

Peanut et Arthur étaient entourés de gens qui essayaient de les convaincre de donner un concert ici ou là. Peanut avait son agenda à la main, un agenda de cuir vert avec un fermoir : il réglait les problèmes, synchronisait les soirées. Arthur se montrait charmant mais je savais qu'il était épuisé et je voulais le ramener chez Mrs. Reed. Je songeai à prendre la place de Peanut, mais ce n'était pas encore mon rôle et j'étais terrifié à l'idée d'avoir ce genre de relation avec Arthur, j'étais terrifié de ce qu'il pourrait découvrir en moi. On venait de m'offrir une meilleure situation, un travail mieux rémunéré — dans le département publicité d'un magazine noir et je pensais l'accepter. Au moins, ça m'éloignerait de Faulkner qui ne m'accorderait pas de repos jusqu'à ce que je lui foute une raclée à le laisser pour mort. Je mis ces réflexions de côté. Pour l'instant, il me fallait ramener Arthur se coucher quelque part.

La plupart des voitures et des motards avaient disparu quand nous sortîmes de l'église. Ceux des flics qui étaient encore là nous toisèrent d'un air méprisant avant d'affecter de ne plus nous voir.

Peanut, Arthur et Mr. Reed marchaient de front, à quelques pas devant Mrs. Reed et moi.

« Je ne sais pas, chuchota Mrs. Reed, ce qui est pire — en voir ou ne pas en voir. »

De l'autre côté de la rue, un des motards, un adolescent, s'appuyait, les bras croisés, contre sa machine. Au moment où nous passions, il détourna la tête et cracha par terre.

J'en savais déjà assez pour ne pas regarder dans sa direction. Nous démarrâmes.

Mais c'est résumer les choses trop simplement. L'air était rempli d'une humiliation, d'une frustration, d'une haine, d'une peur à couper au couteau. Les nerfs des hommes sur les motos et dans les voitures de police avaient été tendus à l'extrême. Ils venaient, somme toute, de subir une épreuve éreintante, à rester dehors tandis que les nègres à l'intérieur chantaient, discouraient et complotaient contre eux —

ouvertement — et parfois les brocardaient. Il valait mieux se tirer de leur ligne de mire au plus vite — ils ne pouvaient plus supporter de nous voir. N'importe quoi pouvait servir d'excuse à un accès de violence sinon à un meurtre, ou bien l'un d'eux pouvait tout simplement devenir fou et se laisser aller à un orgasme refoulé — car ils en avaient mal aux couilles.

Il y avait en cela une telle ironie, un tel gaspillage. Une magnifique nuit, un magnifique pays : je l'avais contemplé en venant ici, je le contemplais encore ce soir. Durant ces années où nous sillonnâmes le Sud, j'ai toujours voulu dire à ces pauvres Blancs, si occupés à se transformer eux et leurs enfants en monstres : Écoutez. Ce n'est pas *nous* qui ne pouvons pas oublier. C'est vous. Nous ne passons pas toutes nos heures de veille et de sommeil à nous tourmenter de votre présence. Peut-être la différence entre nous, c'est que je n'ai jamais violé votre mère ou votre sœur, ou que, si je l'ai fait, c'était dans un accès de rage, et non par habitude. Parfois, j'ai même aimé votre mère ou votre sœur, et parfois elles m'ont aimé : mais moi je peux vous dire cela. Vous, vous ne pouvez pas me le dire. Vous ne pouvez pas vous en souvenir et vous ne pouvez pas l'oublier. Vous ne pouvez pas oublier les seins noirs qui vous ont allaité : mais vous n'osez pas vous en souvenir, non plus. Peut-être la différence entre nous c'est que ce sont les seins de ma mère ou de ma grand-mère que vous avez tétés et qu'elle ne m'a jamais appris à vous haïr : qui peut haïr un bébé ? Mais vous le pouvez, vous : c'est pour ça que vous m'appelez petit mal blanchi. La différence, peut-être, entre nous, c'est que je n'ai jamais eu peur de la queue que, comme tous les hommes, vous trimbalez entre vos jambes et je n'ai jamais organisé de pique-nique pour aller vous la couper devant d'immenses foules enthousiastes. Au fait, que fîtes-vous de ma queue noire une fois que vous l'eûtes coupée et serrée dans votre main ? Vous ne pouvez pas l'avoir blanchie — pas vrai ? Vous ne pouvez pas avoir coupé la vôtre et cousu la mienne à la place? Se trouve-t-elle exposée sur votre cheminée aujourd'hui, dans un bocal, ou bien l'avez-vous clouée au mur? Ou l'avez-vous mangée? Quel goût avait-elle? Était-ce nourrissant? Ah! Vous paraissez avoir perdu votre langue, monsieur. Je vais vous dire quelque chose: ce Dieu que vous avez dégoté est un mec drôlement malade. Je me rencarderai de nouveau sur lui si j'étais vous. Je crois qu'Il se fout de vous — je vous dis ça en ami. Il s'est débrouillé pour que vous ne puissiez pas voir l'herbe, les arbres, le ciel, votre femme, votre frère, votre enfant ou moi. Parce que vous ne me voyez pas. Votre Dieu m'a jeté comme un nuage noir devant vos yeux. Vous commettez une erreur quand vous croyez que je veux faire n'importe quoi pour vous blesser. Je ne le veux pas. Je ne le veux vraiment pas. D'ailleurs, vous et votre Dieu réussissez mieux à vous faire du mal que je ne pourrais rêver de le faire. Cela signifie que tout ce que vous croyez posséder et auquel vous vous accrochez, ne vous appartient pas. Je pense au patient Indien. On lui a volé sa terre mais cela ne signifie pas que sa terre vous appartienne: il le sait, et vous le savez. L'Indien n'a jamais échappé à la terre qui lui appartient: vous ne pouvez pas échapper à ce qui vous appartient — mais votre Dieu n'a aucun sens du temps. Et je sais que ceux qui trouvent leurs vies intolérables sont obligés de tenter de détruire tout ce qui vit. Mais, quel que soit l'acharnement que vous y mettiez, vous n'arriverez pas à assécher la mer ni à détruire la vie sur terre. Déjà, ici dans l'immensité nord-américaine, d'autres dieux vous ont arrêtés; maintenant d'autres dieux vous barreront la route. Frottez-vous les yeux, mon frère, et recommencez tout. La paix soit sur vous.

Oui, c'était ce genre de propos que j'avais toujours voulu tenir: car, après tout, la souffrance humaine est la souffrance humaine. Je dirai ceci: j'ai vu certains — pas beaucoup mais certains — garçons et filles, hommes et femmes blancs passer à la liberté sur cette route. Ils n'arrivaient pas à croire qu'ils pouvaient exister, simplement *être*, qu'ils pouvaient sortir du mensonge et du piège de leur histoire. Ce que j'avais voulu leur dire est à peu près ce qu'ils m'ont dit, et leur résurrection fut merveilleuse à voir.

Regardez une carte et faites-vous peur. Sur la frontière nord de la Virginie, à la limite de Washington, à la diagonale du Maryland, se trouve Richmond, Virginie. Aux deux tiers de la carte vous découvrez Birmingham, Alabama, encerclé par le Mississippi, le Tennessee et la Georgie. Peanut calcula que nous pourrions aller de Richmond à Durham en trois heures, et de Durham à Charlotte en trois autres. Si nous partions à six heures du matin, comme prévu, nous arriverions à Charlotte vers midi et nous pourrions y déjeuner. Puis nous ferions Charlotte-Atlanta que nous atteindrions après le coucher du soleil. Le lendemain nous repartirions vers Birmingham de manière à y être à temps pour le concert d'Arthur. Le dernier engagement d'Arthur était programmé à Atlanta, le soir suivant. Nous allions être forcés de passer une nuit à Birmingham, il n'y avait pas moyen de l'éviter. D'Atlanta, nous repartirions pour New York, en nous arrêtant peut-être une journée à Washington.

Mais mettre à exécution ce plan peut être plus effrayant que l'effrayante carte.

Pour commencer, Mrs. Reed déclare fermement : « Ne vous essayez pas à la déségrégation à Charlotte. Surtout pas. Seigneur, ces Blancs de Charlotte savaient parfaitement qu'ils avaient les meilleurs nègres du Sud. Ils le *savaient*. Et maintenant ils ont tellement honte qu'ils peuvent à peine garder la tête haute — je pense qu'ils ont dû fermer le peu de restaurants snobinards qu'ils avaient. »

Nous rîmes. Nous étions rentrés sains et saufs de l'église et, assis dans le salon des Reed, trop excités pour aller dormir ou même dîner, nous buvions un verre.

« Mais j'ai des parents à Charlotte, dit Peanut, et ils nous attendent pour le déjeuner. »

Arthur s'étouffa dans son verre. Peanut le regarda, mi-figue, mi-raisin. « Ne sois pas comme ça, coco. Ils se sont *beaucoup* améliorés depuis notre dernier passage.

— Admettons que les cousins vous aient nourris, intervint Mr. Reed. Quand vous arriverez à la frontière de Georgie, le soleil sera couché depuis longtemps. Vous connaissez quelqu'un à Atlanta ?

— Seulement les gens qui nous ont invités. Mais ils ne nous attendent pas avant le lendemain — pas ce soir. »

Mr. Reed soupira et regarda sa femme. « Nous avons des amis à Atlanta, dit Mrs. Reed.

— Crois-tu, lui demanda Mr. Reed, qu'ils auraient de la place ?

— Il est tard, dit-elle, mais je vais me risquer à les appeler. Je suis sûre qu'ils ne m'en voudront pas.

— Écoutez, reprit Mr. Reed, ça reste *encore* une mauvaise idée que d'arriver n'importe où dans le Sud après le coucher du soleil. Ils ont été forcés d'ôter certains de ces panneaux — ça la foutait mal, pour des gens qui sont les leaders du monde libre et tout » — il imita un bruit de dégueulis avec ses lèvres — « mais ils les ont gardés à portée de la main dans l'arrière-boutique. » Il nous dévisagea posément. Il avait notre attention tout entière : « Mais si vous arrivez après le coucher du soleil, soyez certains d'avoir une *destination*. Trois nègres du Nord, avec des plaques d'immatriculation new-yorkaises, faisant du porte-à-porte pour trouver un endroit pour dormir » — il secoua la tête en sifflant tout bas — « ici, *en ce moment ?* Ils ont toute une série d'infractions à vous coller sur le dos. Et quand ils vous arrêtent, ils ne vous tendent pas un téléphone en disant : "Appelez votre avocat." Bon Dieu, ils ne le font pas dans le Nord, non plus, mais au moins, là-haut, ils ont *entendu parler* d'avocats et ils savent qu'un nègre peut *avoir* un avocat. Ils ne savent rien de tout ça par ici. Ils n'ont pas d'avocats, *eux,* alors comment pourriez-vous, *vous,* en avoir un ? Vous n'êtes qu'un symptôme de l'interférence nordiste, venus ici pour agiter les bons bamboulas. » Il sourit : « Vous, les garçons, vous avez l'air fatigués. Ruby va vous préparer un petit en-cas et puis vous envoyer au lit.

— J'ai pensé que ça allait mal par ici, dit Arthur, quand on est venus la dernière fois. »

Peanut avait une mine très grave.

« Et comment, demanda-t-il, fait-on pour s'arrêter sur la route — mais je suppose que ça empire à mesure qu'on descend — pour, vous savez, prendre de l'essence et se laver les mains ? Je n'ai jamais eu de problèmes vraiment jusqu'ici mais — il rit — je n'allais pas en Alabama.

— Ma foi, ils ont leurs trucs, soupira Mr. Reed. Ils vous vendront de l'essence mais leurs toilettes seront hors d'usage, ils ont plus d'un tour dans leur sac, mon vieux. » Il soupira de nouveau : « Si vous êtes seul, c'est plus facile. Parfois, ils se contentent de faire la grimace et de souffrir, et parfois ils sont vraiment gentils et vous parlent des résultats de base-ball, ou d'autres bêtises. D'ailleurs les gens, la plupart des gens, ne sont pas moches au point de se croire obligés de fracasser le crâne d'un nègre solitaire — sauf dans les périodes de tension, je veux dire », et il sourit. « Mais, si vous êtes plus d'un — je ne sais pas, ils semblent penser que vous venez pour leur faire quelque chose — comme si vous étiez l'avant-garde d'une armée en marche. » Il secoua la tête. « Je ne sais pas. Le mieux est de ne pas s'attendre à de la bonne volonté et de ne pas s'attendre à de la mauvaise volonté, non plus. Mais ça finit par user. »

Je le regardai se lever pour aller au bar. J'éprouvais brusquement un grand respect à son regard.

Mr. Reed alluma la cigarette d'Arthur. « Vous dites que ça allait mal quand vous êtes venu par ici autrefois. Quand était-ce ?

— Oh ! Il y a six ou sept ans.

— Eh bien, c'est pire aujourd'hui. »

Mrs. Reed revint dans la pièce. Mr. Reed s'interrompit.

« Qu'ont-ils dit ? » demanda-t-il à son épouse.

Mrs. Reed adressa un sourire à Arthur, puis à nous tous. « Eh bien, j'ai exposé la situation à nos amis et je leur ai expliqué qu'il s'agissait d'une *célébrité* qui voyageait avec son accompagnateur et son *frère* » — la célébrité se marra tout comme son entourage — « et ils m'ont dit qu'ils seraient *ravis*.

— Les enfants, je vais vous donner le nom, l'adresse et le numéro de téléphone de ces gens, dit Mr. Reed. Et un plan — je vais vous dessiner un plan pour que vous trouviez sans peine. Et vous appellerez ici à l'instant même où vous quitterez Charlotte — je serai absent mais Ruby sera là et elle leur téléphonera pour leur donner la description de votre voiture, le numéro de vos plaques, et une idée de votre heure d'arrivée.

— Ouahou ! fis-je.

— Oh ! Ces cinglés sont *excités*. Ils se sont fait *baiser*. Ils se sont baisés eux-mêmes. Pendant qu'ils mettaient au point toutes leurs foutaises de vitesse sans précipitation, les gens sont descendus dans la rue. Et aujourd'hui ils se retrouvent avec les mômes en face d'eux à chaque tournant. Et ils n'ont personne avec qui négocier. Et leurs amis dans le Nord ne peuvent pas les aider : ils ont la trouille aussi. Ils savent que l'orage les menace pareil. Alors ces cinglés sont incapables de faire autre chose que de foutre des coups.

— Ou espérer que ça disparaîtra », dis-je en me versant un verre.

Mr. Reed me regarda.

« Ouais. Quand avez-vous espéré pour la dernière fois que quelque chose disparaîtrait, vous ? »

Il n'était pas tellement plus vieux que moi, malgré ses

manières et son haut front qui trompaient de prime abord. Mais je me rendais compte maintenant qu'il était un peu plus jeune que sa femme, trente-huit ou trente-neuf ans peut-être, à la veille de la quarantaine.

Il me plaisait. J'aurais bien aimé pouvoir mieux le connaître. Il avait une longue histoire à raconter. Voilà encore précisément une autre caractéristique de ces années-là : on n'arrêtait pas de rencontrer des gens pleins de vie, de dignité, de charme, d'un véritable sens de l'humour, des gens qu'on n'aurait certainement jamais rencontrés dans d'autres circonstances, et l'on aurait souhaité mieux les connaître. Mais c'était pratiquement impossible. Ce qui vous avait réuni vous séparait aussi : chacun était trop inhumainement débordé. On se rencontrait avant, durant ou après une manifestation quelconque, dans des conférences stratégiques, dans des cabinets d'avocats, des bureaux de sénateurs, chez des sympathisants membres de la Chambre des représentants, chez des stars de cinéma, dans des prisons, dans des patelins perdus dont vous aviez ignoré l'existence (et dont vous ne pouviez pas *croire* qu'ils existaient, alors même que vous y étiez), entre deux trains, deux bus, deux avions, deux voitures, dans des aéroports, l'un en chemin pour aller chercher de l'argent à Cleveland, l'autre en route vers une église de Savannah. Une fois, de temps à autre, on pouvait se rencontrer dans une réception, luttant contre l'évanouissement et décidés à rentrer tôt chez soi. Ou bien partager une heure ou deux dans un avion ensemble. Mais aucun capable de se concentrer sur l'autre. On se concentrait sur le fait que l'avion allait atterrir et qu'une autre bataille vous attendait.

Et quand le rêve fut massacré, et que tout cet amour et ce travail semblèrent d'avoir donné aucun résultat, nous nous dispersâmes : ce n'était pas le moment de comparer ses impressions. Nous n'avions pas d'impressions à comparer. Nous savions où nous avions été, ce que nous avions essayé de faire, qui avait craqué, qui était devenu fou, qui était mort ou avait été assassiné. Nous nous dispersâmes, chacun réfugié dans son silence. Ce fut dans le regard stupéfait des enfants que nous comprîmes à quel point nous avions été craints, méprisés et trahis, et que nous dûmes faire face. Chacun eut à se reprendre très vite du mieux qu'il put, et à recommencer.

Nous n'eûmes aucun ennui sur la route, le lendemain, une très belle journée ensoleillée. Les feuilles des arbres changeaient de couleur avec le ciel et, à mesure que les kilomètres s'accumulaient, nos craintes s'apaisaient et nous nous sentions bien ensemble. Quoi qu'il arrivât maintenant, nous étions dans le même bateau et nous ne pouvions plus revenir en arrière : le sentiment d'avoir franchi un Rubicon procure un certain apaisement.

Je conduisais avec Arthur assis à côté de moi. Peanut s'était étalé sur le siège arrière.

Il parlait de Red et comment il avait découvert que Red se droguait.

Au visage d'Arthur, je compris qu'il pensait à Crunch — Seigneur, c'était si loin ! — et qu'il aurait voulu être capable de parler de Crunch de la manière dont Peanut parlait de Red.

« Vous savez combien nous étions proches. Il était mon âme, toute mon âme. C'était comme si on s'était connus toute notre vie mais on ne s'était pas rencontrés en fait jusqu'à ce que j'aie dix ans, quand Grand-Mère m'a amené à New York. C'est que je n'avais ni père ni mère. J'ai été élevé par ma grand-mère et je sais qu'elle faisait de son mieux mais elle était trop vieille pour élever un môme.

« Alors, quand on est venus en ville, j'ai eu un ami pour la première fois de ma vie. Et, comme on était vaguement cousins ou quelque chose, Grand-Mère n'a pas rouspété. En tout cas, elle me permettait de coucher chez Red et la mère de Red est devenue intime avec ma grand-mère qui lui trouvait toutes les qualités, et elle a fini par être une mère pour moi. Red, qui était un peu plus vieux que moi, m'apprenait des tas de choses. L'été, on prenait le métro et on allait à Coney Island. On s'étendait sur le sable, on parlait de ce qu'on ferait quand on serait grands, Red m'apprenait à nager. Je n'avais jamais vu la mer, j'avais la trouille mais je ne pouvais pas le montrer devant lui. Et on passait pas mal de temps à courir dans Central Park, autour du réservoir et du lac, et on adorait regarder les cavaliers. Ils avaient l'air si élégants, surtout les filles, avec leurs petites toques, leurs bottes et tout le tremblement, et ces badines et ces chevaux si fiers, au pas. Mais les hommes étaient chouettes aussi, et je voulais grandir et être comme eux, sur un cheval comme ça. On ne voyait jamais de cavaliers noirs mais Red disait qu'il y en avait dans l'Ouest et que, quand on serait assez vieux, on irait dans l'Ouest acheter un ranch et élever des chevaux. On deviendrait riches et on ferait venir ma grand-mère et la mère de Red et elles n'auraient plus besoin de travailler. »

Je ne pouvais pas voir son visage dans le rétroviseur. Je jetai un coup d'œil à Arthur qui arborait un sourire énigmatique.

Peanut gloussa : « Alors, on a fabriqué deux coffres et on s'est mis à cirer des chaussures, après la classe et l'été. On faisait souvent l'école buissonnière et je me suis fait chauffer les fesses plus souvent que Red. Il pouvait imiter la signature de sa mère sur un mot d'excuse mais il ne pouvait rien faire avec la signature de ma grand-mère qui écrivait à peine. Alors je me tapais les raclées et Red prenait un air vertueux. »

Il demeura silencieux un moment. Je regardais la route et les signaux défiler : nous étions dans la bonne direction. Le Peanut que nous écoutions n'était pas un nouveau personnage, mais nous ne l'avions jamais encore entendu parler ainsi. Aujourd'hui il parlait comme s'il disait adieu à Red.

Il se pencha et j'aperçus son visage tandis qu'il allumait une cigarette.

« Tout ce qu'on découvrait, nous le partagions. Par exemple, un jour, Red décida de devenir un boxeur et je lui servis alors de sparring partner. Il voulut être danseur de claquettes et il m'envoya voler des disques pour danser dessus. Je le revois dansant dans la chambre, souriant, les dents étincelantes, agitant les mains comme au cinéma. Il n'arrêtait pas de sourire à l'époque, rien ne l'abattait. Tu te souviens, Arthur ?

— Je me souviens », dit Arthur. Mais ni lui ni moi ne nous retournâmes pour regarder Peanut. Nous avions le sentiment que, bien qu'il fût en train de se mettre à nu, il n'avait pas envie d'être vu. Il était dans la voiture avec nous mais il était aussi quelque part ailleurs, se débattant avec une angoisse qu'il exprimait pour la première fois.

« Red était squelettique et un peu bizarre quand il est rentré de Corée mais tous les autres aussi.

— Ça, tu peux le dire, osai-je interrompre.

— Il semblait que Red n'était pas aussi heureux de me revoir que je l'étais de le retrouver. Mais j'avais remarqué qu'il se comportait comme ça avec tout le monde — sa mère, ma grand-mère, Arthur, nous tous — nerveux comme s'il voulait s'échapper, cacher quelque chose. Et ça ne lui ressemblait pas, Red n'avait *jamais* essayé de cacher quoi que ce soit.

« Et il paraissait ne rien vouloir faire, et j'avais l'impression qu'il ne voulait pas me voir. Il restait étalé sur le divan, à regarder la télé, sans rien dire — l'air ennuyé — ou alors subitement il fallait qu'il aille quelque part. Il était déjà en retard. Il me verrait plus tard. Mais j'avais aussi le sentiment, enfoui profond en moi, qu'il ne *voulait* pas vraiment se comporter ainsi — ça se voyait parfois dans ses yeux, une terrible souffrance. Quelque chose clochait quelque part, je le sentais, et il ne voulait pas que quiconque sache ce que c'était. Je voyais bien que sa mère s'inquiétait de plus en plus, mais elle ne disait rien, elle ne savait pas quoi dire, pas plus que moi. Et c'était une autre raison pour laquelle je ne pouvais pas dire merde, je m'en fous, parce qu'elle avait été une mère pour moi, je ne pouvais pas simplement tourner le dos.

« Red disait qu'il cherchait du travail mais on voit bien quand quelqu'un cherche du boulot. On a l'air inquiet, on a l'air empressé, on a l'air abruti mais on flippe pas comme Red flippait. Sa mère m'a raconté que Red rentrait vers cinq ou six heures du matin et qu'il s'écroulait sur son lit, parfois, je passais en fin d'après-midi et je le trouvais endormi, bavant et pétant, et ça ne ressemblait pas à Red, à six heures du soir. Merde.

« J'étais là un soir quand sa mère lui a demandé comment se présentaient ses perspectives de boulot — une question ordinaire. Elle ne le harcelait pas ou quoi. Et il a bondi, et il a gueulé : "Tu veux que j'aille vendre mon cul à ces cinglés de Juifs ? Voilà pourquoi les Noirs en sont où ils en sont aujourd'hui ! Toujours en train de faire de la lèche à ces putains de Juifs ! Ces salauds, ils m'ont brisé les couilles une fois et ils ne recommenceront pas ! Tu m'entends ? Je vais me gagner de l'argent tout seul !" Et il est parti en claquant la porte. Et sa pauvre mère, elle est restée là à pleurer.

« Je n'y suis pas retourné pendant quelques jours. J'en avais gros sur la patate. Red n'avait jamais parlé de cette manière — toutes ces conneries de Noirs et de Juifs. Red était plus intelligent que ça. Merde, j'aimerais bien que ce soit aussi simple ! Vous comprenez, je vivais à peu près comme maintenant, entre Washington et New York, et je réussissais bien, j'avais un joli appartement, une petite amie gentille et on pensait même peut-être qu'on officialiserait ça mais, maintenant, ces conneries commençaient à me foutre le cerveau à l'envers.

« Cette expression dans le regard de Red me faisait de plus en plus mal. On aurait dit les yeux d'un chien blessé, terrifié. Si ça n'avait pas été Red, si un autre type s'était comporté comme ça, j'aurais compris ce qui se passait. Mais c'était Red. Il occupait une place spéciale, dans mon esprit, dans mon cœur et ce que je voyais arriver à d'autres, tout autour de moi, n'était pas supposé arriver à Red. Plus tard, les gens m'ont demandé: "Tu ne *savais* pas?" et j'étais obligé de répondre: "Non, je ne savais pas." Et ils disaient: "Eh bien, alors, c'est que tu ne voulais pas savoir." Bien sûr que je ne *voulais* pas savoir. Mais je ne mens pas quand je dis que je ne *savais* pas.

« Et puis sa mère m'a dit qu'elle craignait que Red n'ait volé l'argent du loyer. Et elle m'a demandé si je pensais qu'il pouvait se droguer. Alors, j'ai compris. À l'instant même où elle me posait la question, j'ai compris. La lumière s'est faite dans mon esprit, si vive que j'en ai eu mal au crâne et que je me suis assis.

« J'ai donc interrogé Red — simplement comme ça. Sur le moment, il m'a regardé comme s'il allait me tuer et il m'a tourné le dos. Ça m'a foutu en colère et je me suis approché et je l'ai obligé à me faire face. Alors — je ne l'oublierai jamais — il est tombé dans mes bras, en pleurant comme un enfant, et il m'a montré ses bras. Ses traces de piqûres. Je l'ai serré très fort, comme je l'avais fait parfois — avant — et je lui ai dit: "Petit, laisse-moi t'aider. Je ferais n'importe quoi, n'importe quoi, *n'importe quoi* pour t'aider." J'ai continué à le serrer contre moi, je l'ai fait asseoir et je l'ai serré jusqu'à ce qu'il cesse de pleurer.

« Il m'a raconté qu'il s'était drogué en Corée et je lui ai répondu que je comprenais ça. Il m'a dit combien il détestait les Blancs et les Juifs et le reste, et je lui ai dit que je comprenais ça aussi mais que ça n'avait pas de rapport. Ça ne lui donnait pas le droit de voler. Ça ne lui donnait pas le droit de faire mal aux gens qui l'aimaient. Ça ne lui donnait pas le droit de se détruire. Et nous avons parlé jusqu'à l'aube. Je lui ai dit que je l'emmènerais quelque part et que je m'enfermerais avec lui jusqu'à ce qu'il soit guéri. Il a dit qu'il ne voulait pas me faire subir ça, qu'il se ferait hospitaliser pour une désintoxication. Et il m'a demandé de lui faire confiance. Il a tenu parole. Quand il est revenu, il s'est bien tenu — pendant un certain temps. »

Il demeura silencieux un bon moment tandis que les arbres défilaient. Rien ne brisa le silence. Il n'y avait que le bruit des pneus sur la route, le son du vent. Le visage d'Arthur était solennel, ses yeux brillants : il était dans la voiture avec nous mais lui aussi était quelque part ailleurs.

« La télé de sa mère a disparu. Une montre ancienne de ma grand-mère a disparu. Il est venu me voir à Washington, et ma stéréo et tous mes vêtements ont disparu. »

Sa voix était rauque de larmes mais Peanut ne pleurait pas. Il alluma une cigarette.

« Cette nuit que je passai à lui parler, quand il me demanda de lui faire confiance, me ramena en esprit à une autre nuit, très longtemps auparavant, quand il était encore danseur de claquettes et boxeur et tout ça, quand il faisait toutes ces découvertes et venait me les expliquer. »

Il tira une longue bouffée.

« J'étais assis une nuit sur le toit parce que c'était un peu notre lieu de rendez-vous. J'étais allongé sur le dos, les mains derrière la nuque, et je regardais le ciel. Il arriva et m'enfonça un doigt dans le nombril, comme on faisait toujours. Je me souviens, c'était un soir d'été, et je me sentais étrange et solitaire — triste, comme on peut l'être à cet âge, sans savoir pourquoi. Je l'ai poussé à mon tour. D'habitude, alors, on se mettait à lutter mais je ne voulais pas qu'on lutte sur le toit. J'avais peur qu'on tombe. Il est resté immobile, agenouillé à côté de moi. Il portait un sweat-shirt noir et un pantalon blanc sale. Il souriait. Je revois encore ses dents. Il m'a dit : “Dis donc, je me sens nerveux. Tu veux m'aider à me détendre ? Je connais un truc épatant pour se détendre. — Pour sûr", j'ai dit. Alors il m'a dit : "Je vais d'abord te montrer comment faire." Il continuait à sourire : "Je vais te le faire à toi en premier, O.K. ? Et ensuite, tu le fais pour moi." Je ne savais pas de quoi il parlait mais je disais toujours O.K. à Red.

« Il s'est allongé sur le côté près de moi et il a sorti mon zizi. Tout d'abord, j'ai eu peur, parce que je venais juste de commencer à faire ça tout seul, et il a souri en disant : "Détends-toi, laisse-toi faire du bien, tu sais que je ne vais pas te faire mal. Et après, tu le feras pour moi, j'en ai besoin, j'en ai salement besoin." Alors — j'ai réfléchi et je me suis rendu compte que j'avais envie de le lui faire. Et pendant tout le temps qu'il me tripotait, je pensais à le tripoter lui et ça rendait ce qu'il me faisait plus excitant que quand je le faisais tout seul. Il m'a demandé ce que ça me faisait et je le lui ai dit, et je pense que j'ai dû un peu gémir parce qu'il a accéléré le mouvement. J'ai regardé le ciel et puis j'ai fermé les yeux. C'était étrange de se sentir aussi paralysé, comme si rien d'autre n'avait compté que sa main sur moi, et puis j'ai giclé plus violemment que je ne l'avais jamais fait, c'est parti droit vers le ciel, sur ma chemise et sa main.

« "À mon tour", il a dit.

« J'ai passé un bras autour de ses épaules et je l'ai serré fort, et de l'autre main j'ai sorti sa queue et j'ai commencé à travailler dessus. Il m'a demandé d'y aller doucement parce qu'il était déjà très excité. Je l'ai tellement aimé ce soir-là, parce que, dans un sens, il venait de m'apprendre quelque chose que je pouvais faire pour lui, qu'on pouvait faire l'un pour l'autre. J'ai commencé lentement, comme il me l'avait demandé, en regardant sa queue enfler mais ce que je me rappelle surtout, c'est son haleine contre mon oreille et son épaule contre la mienne, et sa respiration. Et son odeur, l'odeur de cette chemise. Il était aussi confiant qu'un enfant et je regardais la manière dont ses jambes bougeaient, comme si tout de lui avait été neuf ce soir-là, et cette chose est devenue de plus en plus épaisse dans ma main au point que j'ai eu peur de ne plus pouvoir la tenir. Je ne m'étais jamais encore rendu compte de la manière dont ça sautait, comme un animal, et puis j'ai compris à la respiration de Red que le moment était venu de pomper plus fort et plus vite, aussi fort que je pouvais et c'est ce que j'ai fait tout en le tenant encore plus serré par l'épaule. Il s'est mis à faire des bruits de noyé et à trembler tout entier, il a tourné sa tête, je l'ai serré encore plus fort contre moi et j'ai regardé sa queue gicler et gicler encore dans la nuit, dans le ciel, et je me suis senti très heureux. »

Il se redressa et son visage réapparut dans mon rétroviseur. Un visage trempé de larmes. Il alluma de nouveau une cigarette avec le mégot de celle qu'il venait de fumer.

« Des habits, une stéréo et le reste, ça peut se racheter petit à petit. Ça, ça va. C'est pas le pire. Le pire, c'est quand vous commencez lentement à haïr, à mépriser ce type, ce type que vous aimiez. Vous le haïssez parce qu'il se hait lui-même. Et c'est horrible, je vous jure, de sentir votre amour s'échapper de vous, goutte à goutte jusqu'à ce que vous soyez vidé de lui, et qu'il ne reste plus qu'un grand trou béant à la place où il se trouvait. Et je ne sais pas si quoi que ce soit peut vraiment combler ce vide. C'est terrible, mais vous souhaitez que votre ami soit mort. De cette manière vous auriez pu le pleurer et le mettre de côté et peu à peu, les choses se seraient arrangées, tout aurait été propre. Vous n'auriez pas ce goût de mépris et de haine sur votre langue, et vous n'auriez pas ce trou qui fait mal. Ce trou que j'ai en moi, en ce moment même, ce trou d'où jaillit de l'eau bouillante et des jets glacés qui m'inondent l'échine dès que je pense à Red. » Il écrasa son mégot. « Mon cœur. »

Il se renfonça sur son siège une fois encore, hors de ma vue, et nous poursuivîmes notre route en silence.

Le déjeuner à Charlotte fut quelque peu chichiteux, les cousins de Peanut ayant pris le statut de « célébrité » d'Arthur plus sérieusement que Peanut ne l'avait imaginé. Ils avaient invité un autre couple à se pâmer devant Arthur. Arthur joua triomphalement jusqu'au bout le rôle de la jeune célébrité montante. Quant à moi, je demeurai à l'arrière-plan, le frère aîné un peu ennuyeux mais attentif et dévoué. « Non, ma'am, dis-je à une des matrones, je ne chante qu'à Noël, et au milieu de grandes foules. Ainsi, mon frère ne se sent pas menacé. »

La dame éclata de rire, m'estimant peut-être pas aussi ennuyeux que ça. Et, à dire vrai, ces gens étaient gentils, tellement, en fait, que nous partîmes pour Atlanta un peu plus tard que nous aurions dû, avec Peanut au volant.

Nous fîmes le plein d'essence à Charlotte et prîmes la route en priant. À présent, nous nous dirigions vers le Sud profond : le voyage, jusqu'ici, n'avait été qu'une répétition.

« Merci, les gars, de m'avoir écouté ce matin, dit Peanut. Parfois, on a besoin de trouver un moyen de décompresser ; sinon, on explose.

— Je pige parfaitement », fit Arthur.

Il était assis à côté de Peanut. J'étais à l'arrière. Je me penchai, effleurai la joue de Peanut et me renfonçai dans mon siège.

« Où est Red, maintenant ? s'enquit Arthur.

— On ne sait pas vraiment. Il voit sa mère de temps en temps, mais... c'est tout. »

Il mit la radio en marche. C'était l'époque où le pays s'agitait à propos de Cuba qui, avait-on découvert, n'était qu'à quatre-vingt-dix miles de la Floride et qui, probablement, complotait sournoisement pour s'en rapprocher. Cela se passait avant ou après l'affaire des missiles, je ne me rappelle plus, mais je me rappelle avoir pensé qu'aller à Cuba était une idée plus plaisante que de descendre dans le Sud profond. On ne préfère pas toujours la monotonie meurtrière du danger que l'on connaît. Néanmoins, nous étions en route pour Atlanta, voyageant, assez étrangement, sous la protection de Mr. Reed : nous étions attendus et notre description avait été téléphonée par avance à certaines personnes d'Atlanta. Si quelque chose arrivait et que nous ne puissions pas appeler l'extérieur, quelqu'un viendrait aux renseignements. Ceci avait un étrange effet : nous étions rassurés mais le fait de l'être donnait de la réalité au danger.

Nous arrivâmes à Atlanta tard, longtemps après le coucher du soleil, mais nous n'eûmes aucun problème pour trouver les amis des Reed — qui leur téléphonèrent immédiatement. Nous rîmes beaucoup, mangeâmes, bûmes et dormîmes.

Nous traversâmes Birmingham sans ennui et, fatigués et joyeux, nous revînmes vers Atlanta pour y arriver en fin d'après-midi, quelques heures avant le dernier engagement d'Arthur.

La ville ne voulait pas d'« incidents ». Il était tout aussi vrai que ses habitants ressentaient amèrement que certains, parmi les plus éclatants résultats de leurs usages, aient fini par être considérés comme des incidents. Ils avaient le sentiment d'être injustement distingués, de ne pas être pires que d'autres, pas pires que le Nord qui se mêlait de ce qui ne le regardait pas, ou que le reste de ce monde plein de condescendance et si, à ce propos, on ne peut pas dire qu'ils avaient raison, on ne peut certainement pas dire qu'ils avaient tort. Ils n'avaient pas compris que tout simplement on leur rendait inconfortable ce qu'ils prenaient pour la réalité. Cet inconfort aurait pu, en principe, leur donner occasion de réexaminer ce qu'ils prenaient pour la réalité et de commencer à se libérer de leurs peurs castratrices. Mais, en ceci, ils étaient contrecarrés non seulement par la léthargie que génère la panique mais par l'évidente vérité que ni l'esprit ni la perception de la République n'avaient changé. Seule la force des circonstances les avait placés au premier plan de la dernière version du simulacre national. Les règles du jeu avaient été établies durant la Reconstruction : les Noirs acquerraient ou paraîtraient acquérir certains avantages : puis le Sud et le Nord s'uniraient pour les chasser du territoire conquis ou pour rendre ce territoire sans valeur. Les Blancs feraient ou paraîtraient faire des concessions majeures — la déségrégation des écoles, par exemple, pourrait être considérée comme une concession majeure. Mais alors, cette concession serait démontrée impossible à mettre en pratique. Le Verbe ne se ferait pas chair pour habiter parmi nous — ou la concession serait contournée et par conséquent démontrée inutile. *Toute la rapidité raisonnable voulue,* par exemple, peut aujourd'hui, vingt-quatre ans plus tard, être prise comme faisant allusion au temps nécessaire pour berner, contenir et démoraliser les nègres.

Peanut et Arthur me promenèrent à travers quelques-unes des rues qu'ils avaient arpentées des années auparavant, parfois riant, parfois silencieux, loin de moi, et loin l'un de l'autre.

Nous marchions, tous les trois de front, à travers des rues livides de Blancs, passant devant des magasins où nous n'aurions pas su comment entrer, des restaurants qui ne nous étaient pas ouverts, nous marchions dans l'oubli de nos compatriotes.

Nous fîmes halte dans un bar près de nos pénates, un bar noir sympathique, aussi chaud qu'un four, un refuge de ces rues pâles. Nous disposions d'un peu plus d'une heure avant d'avoir à nous habiller et nous rendre à l'église. Nos hôtes avaient invité quelques personnes à venir prendre un verre avec nous avant la réunion et, bien que pas déplaisant, cela nous demanderait un certain effort. Nous décidâmes de nous offrir, en douce et sans cérémonie, un ou deux verres avant d'aller faire face à ce qui nous attendait.

L'endroit n'était pas très peuplé. Nous nous assîmes au bar. Peanut s'éloigna vers le juke-box.

Arthur regarda le barman qui était occupé à l'autre bout du comptoir, puis Peanut, près du juke-box. « Ouais. C'est rude et c'est même — *mystérieux* mais je suis content que nous soyons venus. » Puis : « Ça a fait du bien à Peanut — une sorte de... catharsis. » Le barman nous servit et je le réglai.

Un gamin noir trapu, avec un bonnet de laine rouge, avait coincé Peanut au juke-box. L'immobilité de Peanut et l'impassibilité voulue de son visage me firent soupçonner qu'il mourait d'envie de s'échapper.

Il y réussit peu après et revint vers nous avec un étrange demi-sourire. Il s'assit sur un tabouret, prit son verre, le leva brièvement et but.

Puis il dit : « Ne regardez pas, mais le môme qui me parlait au juke-box, il me racontait que le Klan avait tenu un rassemblement monstre à l'extérieur de la ville hier soir et avait excité les gens à faire quelque chose avant qu'il ne soit trop tard.

— Rien de neuf là-dedans, dit Arthur. Pourquoi t'a-t-il raconté ça ?

— Ma foi, j'ai eu l'impression qu'il voyait probablement le Klan sous son lit, la nuit, mais » — il rit — « il a dit qu'ils étaient censés s'y mettre dès *ce soir*, dans les rues d'Atlanta. » Il regarda du côté de la rue : « Ils pourraient se pointer au coin de la rue n'importe quand.

— Qui lui a raconté ça, à lui ? demandai-je.

— Des nègres qui les ont vus et entendus, je pense. Comme il m'a dit, les nègres savent tout ce qui se passe, vieux.

— Eh bien, dit Arthur, si c'est vrai, ils viendront probablement nous voir à l'église. »

Mais penser au nombre de rassemblements du Klan qui s'étaient tenus dans les environs donnait le frisson. Je ne me l'étais jamais demandé avant mais je me posais la question à présent : comment les *Blancs* l'avaient-ils supporté ? Comment le supportaient-ils ? Pas seulement le Klan : les conseils de citoyens blancs et la John Birch Society, et ces représentants du peuple si puissants qu'ils en étaient intouchables, tel le sénateur Eastland, par exemple. Les Blancs avaient toléré ce massacre durant des générations et semblaient plus que disposés à le perpétuer pendant des générations à venir. C'était aussi affreux et bizarre que ces tableaux de « pénitentes » hurlant à travers les rues, ou le désert, se flagellant, se frottant d'épines — combien, oh combien se méprisaient-ils !

Le nouvel ami de Peanut regardait dans notre direction mais il ne vint pas vers nous. Peanut ne lui offrit aucun encouragement mais peut-être aussi avait-il le sentiment d'avoir accompli son devoir.

Je me rappelle que le juke-box ne cessait de jouer ce soir-là « Don't let the sun catch you crying », ne laisse pas le soleil te surprendre en train de pleurer, et la voix de Ray Charles venant d'autres machines courait le long des rues. Alors que nous approchions de la maison, nous vîmes trois Blancs, deux de l'autre côté de la rue, le troisième du nôtre, qui s'avançaient vers nous. Pas vieux — la quarantaine peut-être, ils n'avaient pas l'allure d'officiels. Le type de notre côté, avec des cheveux blond sale, des lèvres épaisses et d'étroits yeux bleus, portait un blouson de cuir marron, un pantalon kaki et des chaussures marron éculées. J'eus l'impression que nous les avions surpris, que nous avions contrecarré leurs plans, qu'ils ne s'étaient pas attendus à nous voir surgir à ce moment-là. Notre voiture était garée en face et les deux hommes s'en éloignaient. L'un, grand et lourd, pas gros mais solide comme un bœuf, les cheveux noirs grisonnants, portait un costume bleu marine rayé, trop étroit pour lui ; il avait une grande bouche aux lèvres minces et des yeux de rat. Son compagnon, plus mince, un peu plus jeune, avec des cheveux noirs frisés et des yeux bruns, était vêtu d'un gros chandail gris et d'un pantalon de velours côtelé noir. Il examina du regard la rue, de bas en haut, avant de venir vers nous, un peu en retrait du gros homme.

Nous n'avions pas d'autre choix que de continuer à avancer. Je n'osais pas regarder derrière moi mais Yeux bruns et moi semblions nous accorder sur le fait que la rue était effectivement déserte.

« Merde, marmonna Peanut. Je pense que le gosse me disait la vérité. »

Je gardai le silence. Arthur aussi.

Au moment où nous arrivions à sa hauteur, le type sur notre trottoir s'arrêta et dit d'une voix basse, râpeuse, musicale : « Dites donc, vous les jeunes, vous êtes venus nous rendre visite il y a deux jours, pas vrai ? »

Je ne répondis rien ; nous ne répondîmes rien. Je ne savais pas très bien comment interpréter le mot *jeunes*. Arthur non plus ; Peanut pas davantage. C'était ridicule de ma part, mais je me rendis soudain compte que j'étais le plus vieux. J'étais le plus vieux et, de plus, je n'avais aucune fonction à la réunion de ce soir. Arthur et Peanut, oui, et par conséquent il était essentiel qu'il ne leur arrivât rien.

« Oui, dis-je. Nous avons rendu visite à des amis. Pourquoi ? »

J'avais pris le mauvais ton — non qu'il y ait eu la moindre chance de trouver le bon. Mon accent new-yorkais l'avait mis en rage et ses amis traversaient la rue.

« Écoutez, vous les nègres nordistes, pourquoi vous restez pas dans le Nord ?

— Ouais. Pourquoi pas ? » Cela venant du costaud qui maintenant était à côté de moi. Son copain était à côté de Peanut.

Voilà, nous y étions. La rue demeurait déserte. Puis une femme sortit sur sa véranda et cria : « Arrêtez de les embêter ! Arrêtez de les embêter ! Venez tout le monde ! Au secours ! Au secours ! » et, au même moment, je vis Peanut bouger et l'homme à côté de lui tomber. Je me baissai pour éviter le poing de l'homme devant moi, je m'aperçus qu'Arthur était par terre, le second coup me cueillit à la tempe, faisant tout basculer et tourner à l'écarlate. Je tapais dans le ventre du type, j'aurais tout aussi bien pu taper dans un tonneau, mais *parce que j'avais à relever Arthur tombé par terre*, je sautai en l'air, mes poings joints en massue, et retombai aussi durement que possible sur le sommet de son crâne. Nous roulâmes à terre lui et moi. Soudain, la rue fut remplie de pieds et de voix, j'aperçus un éclair de peur dans les yeux du rongeur et le sang se mit à jaillir de son nez. Alors j'eus envie, plus que tout au monde, de finir le boulot, de le tuer, et mes mains, instinctivement, encerclèrent son cou et mes deux pouces s'enfoncèrent dans sa pomme d'Adam. Quelqu'un me tira en arrière et me releva. Je vis Arthur debout, appuyé contre Peanut, du sang lui coulant des lèvres. Et la rue, pleine de Noirs. Le blond avait été attaqué par une fille avec un filet garni de boîtes de conserve. Les boîtes étaient éparpillées par terre, et son visage était couvert de sang. Six ou sept Noirs surveillaient les trois Blancs — qui avaient l'air, par-dessus tout, humiliés. Un des Noirs remit Œil-de-rat debout tandis qu'un autre pointait un revolver sur lui.

« Que faites-vous par ici? s'enquit-il d'une voix amicale et pleine de sollicitude. Vous a-t-on envoyé chercher? »

Œil-de-rat le regardait fixement. Avec un choc, je m'aperçus que l'homme qui tenait le revolver était notre hôte.

« Laissez-les partir, dit quelqu'un, avant que ça ne gagne toute la ville. »

Car la rue se remplissait et l'ambiance s'aggravait.

« Ouais, fit notre hôte en tapotant, pas trop délicatement, le front d'Œil-de-rat de la crosse de son revolver. Si je te revois par ici tu perdras vraiment quelque chose — ta vie. Allez, foutez-moi le camp d'ici », et il les repoussa tous les trois. Le copain d'Œil-de-rat ne quittait pas Peanut du regard, Peanut faisait de même. Puis je n'oublierai jamais cet instant — le seul avertissement fut le soudain éclair de peur dans les yeux bruns — Peanut, hors de lui, gifla brusquement l'homme de sa paume ouverte, quatre, cinq ou six fois avant d'être emmené. L'homme tituba mais ne tomba pas et je le vis ouvrir lentement les yeux, les promener sur nous tous puis les fixer sur Peanut. La sueur, dans mon dos, se glaça. Ce n'était pas un être humain qui nous dévisageait là, Peanut et nous, ce n'était pas non plus un animal. Aucun animal n'aurait pu être aussi insondablement humilié et jamais, jamais je n'avais vu une telle haine. Il s'en alla en titubant entre ses deux amis et nous les regardâmes traverser la rue, monter dans une vieille Buick bleue qui démarra. La foule demeura silencieuse, consciente que l'affaire n'était pas close.

« Rentrons, dit notre hôte, avant que les flics n'arrivent. Ils seront là dans une minute, c'est étonnant qu'ils ne soient pas déjà ici. » Il nous regarda, moi, Arthur, Peanut. « Venez », et maintenant il avait un ton très las, proche des larmes. Nous nous acheminâmes vers la maison. « Je pense que j'aurais dû les retenir et porter plainte. Mais ça aurait créé plus de problèmes que ça n'en vaut la peine. »

Nous arrivâmes à la maison en même temps que les invités. Peanut allait bien, mais ses vêtements étaient mal en point — une manche pendait de sa veste et sa chemise était déchirée. J'allais bien mais mes vêtements étaient aussi en loques. La lèvre d'Arthur saignait et enflerait très probablement : il ne pourrait pas, pensais-je, chanter le soir. Son pantalon avait un accroc et sa veste était bonne à jeter.

La maison possédait deux salles de bain. Peanut en prit une, Arthur et moi l'autre.

Arthur ouvrit le robinet d'eau froide et, la tête dessous, lava et relava son visage. J'eus l'impression qu'il pleurait aussi mais je me tus. Puis il s'essuya et je le fis asseoir sur le siège des cabinets pour examiner sa bouche.

Le coup lui avait ouvert la lèvre supérieure : rien de sérieux mais certainement douloureux.

« Tu ne pourras pas chanter ce soir, dis-je.

— Je veux bien être pendu si je ne chante pas ce soir, mon vieux. Tu peux te mettre ça dans la tête. » Il tenta de sourire : sa lèvre enflait rapidement. « Va me chercher de la glace. Je vais m'étendre en gardant de la glace dessus, et ça ira. »

Il rentra dans la chambre que nous partagions et j'allais dans la cuisine où notre hôtesse se trouvait avec ses amis, l'air furieux.

« Puis-je avoir de la glace, s'il vous plaît ? Pour la lèvre de mon frère. Il chantera ce soir. »

Elle me regarda comme si elle ne me voyait pas mais se déplaça vers le réfrigérateur. « Je ne sais pas s'il chantera ce soir. Il est possible que, ce soir, nous ne quittions pas cette maison. »

Elle sortit les glaçons en secouant la tête comme pour réajuster sa vision. Puis elle se tourna vers moi. Elle esquissa un sourire.

« Pardonnez-moi, mon fils, de réagir ainsi. Mais nous avons passé pas mal de moments éprouvants, par ici. » Elle mit les glaçons dans un bol et prit un torchon. « Laissez-moi aller voir votre frère. »

Je la suivis dans le couloir et la chambre. Arthur était allongé sur le lit les mains sur les yeux.

Notre hôtesse — Mrs. Elkins — s'assit sur le bord du lit.

« Ce n'est rien de sérieux, affirma Arthur. Si je reste étendu immobile avec de la glace dessus, ça s'arrangera. »

Mrs. Elkins examina la lèvre avec soin et l'effleura. « Ne bougez pas, mettez ceci et nous verrons. » Elle empaqueta des glaçons dans le torchon, serra bien le tout et le tendit à Arthur qui le posa sur sa bouche.

Mrs. Elkins se leva. « Ça va couler, dit-elle. Je vais vous chercher une serviette pour que vous n'ayez pas de l'eau sur le ventre ni dans le dos.

— Je ne crois pas que tu chanteras ce soir, expliquai-je à Arthur. Les Elkins pensent que nous ne pourrons pas quitter la maison. »

Il me regarda, les yeux grands ouverts. « C'est si grave que ça ?

— Ma foi, je ne sais pas. Mais ils habitent ici — ils devraient savoir. Et ils n'ont pas l'air... de gens très excitables. »

Mrs. Elkins revint avec une énorme serviette qu'elle drapa autour du cou et des épaules d'Arthur. « Bon ! Ne bougez pas. Si vous voulez quelque chose, appelez. On vous entendra. »

Nous rejoignîmes les autres dans le living-room.

« Servez-vous un verre, dit Mr. Elkins. Je sais que vous en avez besoin. » Il se tourna vers Peanut qui, les yeux très sombres et le teint gris, s'appuyait contre la cheminée.

Peanut me regarda : « J'étais en train de raconter à Mr. Elkins ce que ce type nous avait demandé — si nous étions à Atlanta avant-hier soir.

— Et — vous y étiez ? s'enquit Mrs. Elkins.

— Eh bien oui, dit Peanut. C'est pourquoi la question paraissait si étrange.

— J'ai cru, dis-je, qu'ils avaient pu nous voir par hasard — vous comprenez, les Noirs du Nord me semblent avoir une grande visibilité par ici, on vous regarde comme si vous transportiez une bombe — et la voiture avait des plaques d'immatriculation new-yorkaises et...

— Mais nous n'étions pas du tout dans ce quartier-ci, intervint Peanut, et nous ne nous sommes pas promenés en ville, nous n'avons rendu visite à personne, ni rien, nous sommes arrivés tard le soir pour repartir le lendemain matin.

— Où avez-vous passé la nuit ? »

Nous répondîmes et Mrs. Elkins secoua la tête puis échangea un coup d'œil avec son mari.

« Non, dit Mr. Elkins. Ce n'est absolument pas dans le quartier.

— Les gens qui vous ont hébergés — vous attendaient-ils ?

— Eh bien », — Peanut et moi nous regardâmes — « eh bien, dis-je, les gens de Richmond avaient des amis ici — à Atlanta — et ils se sont inquiétés de l'endroit où nous passerions la nuit parce que nous devions arriver tard. Ils ont donc téléphoné à leurs amis pour leur demander de nous recevoir. »

Le silence tomba dans la pièce. Mr. et Mrs. Elkins ne se regardèrent pas. Les trois femmes et les deux hommes qui s'y trouvaient portaient sur leur visage la même expression lasse, exaspérée, de chagrin et de peur.

« Bon, dit finalement Mr. Elkins d'un ton enjoué, c'est probablement cela. »

Peanut et moi attendîmes. Les autres paraissaient savoir de quoi il parlait.

« Nous ne pouvons pas le prouver, dit lentement Mrs. Elkins, mais bon nombre de nos téléphones par ici sont sur table d'écoute.

— Nous sommes sur la liste des gens recherchés par le F.B.I., dit un homme grisonnant qui fumait la pipe.

— Mais pourquoi écouter vos conversations ?

— Pour nous faire peur, dit une des femmes. Pour nous rendre dingues.

— Et pour que ce cinglé puisse vous harceler, ajouta Mr. Elkins, et peut-être vous tuer, et aussi, maintenant qu'il a notre adresse, faire sauter cette maison ! »

C'est dur à croire, eus-je envie de dire mais je m'abstins : je me souvins de ma vague impression que les hommes avaient été interrompus et qu'ils ne s'étaient pas attendus à nous voir pas plus qu'ils ne l'avaient souhaité. Ils n'avaient pas prévu cette confrontation. En nous voyant, ils avaient été incapables de maîtriser leurs réflexes. Ils ne pouvaient pas savoir que cette femme sortirait sur sa véranda et crierait, que la rue se remplirait si vite. Ils ne pouvaient pas deviner, pas plus que nous, que Mr. Elkins, un des piliers de l'église, et aussi un apôtre de la non-violence, conservait un revolver à portée de la main.

Mr. Elkins alla à la fenêtre et y demeura, le dos tourné, à regarder dehors.

« S'ils reviennent, dit Mrs. Elkins, ils ne reviendront pas avant la nuit. » Elle s'était obligée à se reprendre : elle était très calme.

« C'est précisément ce qui m'inquiète », dit Mr. Elkins. Mais il se détourna de la fenêtre. « Bon, alors, et cette réunion ?

— Bon, alors, minauda soudain Mrs. Elkins, et nos invités ? » Elle se tourna vers Peanut et moi. « Dans toute cette agitation, je ne crois pas avoir eu la présence d'esprit de vous présenter à quiconque...

— Oh ! Nous nous sommes plus ou moins présentés nous-mêmes », dit l'une des femmes, la plus jeune. Elle avait un teint cuivré, le type indien, avec des yeux noirs en amande et des cheveux soyeux tordus en un élégant chignon sur le dessus de sa tête. De longues boucles d'oreilles de jade, un lourd bracelet de bronze de style barbare et plusieurs bagues sur ses fins et très beaux doigts accentuaient son type oriental. « Je suis Luana King, dit-elle. *Miss* Luana King », et elle rit.

Les deux autres femmes s'appelaient Mrs. Rice et Mrs. Graves. Mrs. Rice était très noire et, comme on dit, fortement charpentée, avec un visage agréable, un peu aplati et des yeux vifs et intelligents. Mince, sombre, l'air apparemment un peu déçu, Mrs. Graves était « arrivée », dit-elle comme s'il s'agissait de colis, « avec Mr. Graves », qui était l'homme à la pipe et aux cheveux gris. « Je suis désolée pour votre frère, dit-elle. Pourra-t-il chanter ce soir ?

— Il dit que oui, répliquai-je, mais je dis que non. »

Elle sourit : « Ma foi, certains d'entre nous peuvent se montrer têtus.

— Oui, fit Mr. Elkins. Alors, et ce rallye ?

— Herb, dit Mrs. Elkins, l'un de nous *doit* aller là-bas.

— Ouais. Et cette maison-ci alors ?

— Herb, je ne vois aucune utilité à ce que tu passes la soirée assis dans cette maison tout seul avec un revolver.

— Eh bien que va-t-on faire ?

— Je trouve qu'on devrait procéder comme prévu. Sœur Beulah, en face, — c'est elle qui a crié si fort, expliqua-t-elle à Peanut et à moi — elle peut garder un œil sur la maison et appeler la police si elle voit quelque chose de... bizarre. »

Mr. Elkins se suça les dents : « Appeler la police !

— Oui. Et *nous*, nous devrions tout de même téléphoner au commissariat pour raconter ce qui s'est passé, de façon que ce soit mis par écrit.

— Ouais. Je vais le faire tout de suite. Tu sais, dit-il à Mr. Graves, il va falloir organiser la garde réciproque de nos maisons.

— Je suis prêt dans une minute », cria-t-il par-dessus son épaule, et nous l'entendîmes monter l'escalier.

Le silence retomba dans la pièce, un silence épuisé. Le silence aussi de gens qui ont plus de choses à l'esprit qu'ils ne peuvent, ou bien ne veulent, ou encore, n'osent dire.

Peanut n'avait pas bougé. J'allai, enfin, me servir un verre avant de revenir vers lui.

« Que va-t-on faire ? demanda-t-il.

— Je ne sais pas. Je ne vois vraiment pas comment Arthur pourrait chanter.

— Ma foi, s'il ne peut pas chanter — nous n'avons aucune raison de rester ici.

— Tu veux partir ce soir ? »

Nous nous regardâmes.

« Oui — merde, je ne sais pas. Je crois que je deviens fou. » Il but une gorgée de son verre. Nous continuions à nous regarder. « J'ai voulu commettre un meurtre cet après-midi. J'ai vraiment voulu *tuer*. Ce n'est pas *moi*.

— Je ne suis pas sûr, dis-je, que quiconque nous laisse partir sur les routes la nuit à travers la Georgie. Et ils pourraient bien avoir raison. Excusez-nous », dis-je aux autres — ils étaient assis autour de Mrs. Elkins, et parlaient à voix basse — « nous allons voir mon frère. »

Nous traversâmes le long couloir jusqu'à la chambre. Les yeux clos, le sac de glace maintenu sur la bouche, Arthur était étendu. Nous le contemplâmes sans savoir s'il dormait ou non. Comme je me penchais, avec l'intention de soulever le sac de glace pour voir sa lèvre, il ouvrit les yeux.

« Salut. C'est l'heure ?

— Je ne sais pas. Comment te sens-tu ? »

Il m'avait donné le sac de glace. Maintenant, il tâtait de sa langue sa lèvre supérieure.

« Quel aspect ça a ?

— Un peu moins gros peut-être. Mais c'est encore enflé. »

Peanut alluma la lumière et Arthur tituba jusqu'à l'armoire à glace. Il s'examina. L'enflure avait diminué mais demeurait visible, donnant à Arthur l'air d'un délinquant juvénile. Il sourit, grimaça de douleur, s'obligea à sourire encore.

« Je ne crois pas que tu devrais forcer, mon vieux, dit Peanut.

— Eh bien, peut-être que je me contenterai de fredonner, dit Arthur. Si l'un de vous m'apportait un verre, ça pourrait me remettre à neuf.

— O.K. », fis-je. Je posai mon verre sur la table de nuit et retournai dans le living-room.

« Comment se sent-il ? » s'enquit Mrs. Elkins.

Je souris : « Il dit qu'il a besoin d'un verre.

— Laissez-moi aller voir cet enfant. Excusez-moi une minute », dit-elle aux autres. Je versai pour Arthur une bonne dose de vodka et Mrs. Elkins et moi retournâmes dans la chambre.

Arthur riait, non sans difficulté, à quelque chose que Peanut avait dit. Mrs. Elkins s'approcha de lui, le prit par le menton et l'examina.

« C'est un peu mieux, décréta-t-elle. Mais essayez de chanter avec votre lèvre dans cet état, et elle risque fort de s'ouvrir complètement.

— Mais non, ça n'arrivera pas. Je chanterai des cantiques calmes.

— Ce n'est pas demain la veille que vous chanterez des cantiques *calmes* — ouvrez la bouche. Plus grand — ça fait mal.

— Un peu. Mais je crois que ça ira.

— Ça risque d'être pire demain, c'est ce qui me fait peur. J'expliquerai que vous ne pouvez chanter qu'un ou deux cantiques *calmes*. Et puis vous rentrerez ici mettre encore un peu de glace là-dessus et vous irez tout droit au lit, vous m'entendez ?

— Oui, ma'am, fit Arthur. Puis-je avoir mon verre maintenant ? »

Mrs. Elkins me prit la vodka des mains et la tendit à Arthur : « Voilà. Et puis il vaudrait mieux que vous vous astiquiez un peu pour venir rencontrer nos amis. Et ensuite nous partirons. »

Nous nous étions plus ou moins attendus que la police débarque à la maison mais elle n'était pas là au moment où nous fûmes prêts à partir. Nous étions en retard — il y avait déjà eu deux coups de téléphone inquiets en provenance de l'église — et il fut donc décidé que

Mr. Elkins, Peanut, Arthur et moi irions au commissariat le lendemain pour faire un rapport sur la visite de ces trois Blancs. Rien n'en résulterait, nous le savions, mais il valait mieux attirer l'attention officielle des gardiens de la paix publique.

Nous arrivâmes à l'église. Cette église a tellement hanté mes rêves, si souvent et si longtemps, que je ne sais plus, quand j'essaie de la décrire, si je décris la réalité ou le rêve. Je ne connaissais pas Atlanta alors, et ne le connais pas vraiment aujourd'hui, et je n'ai jamais désiré — ni tenté — retourner à l'endroit où nous étions cette nuit-là. Il me semble que l'église devait se trouver aux abords d'Atlanta, car je me rappelle un décor rural, débarrassé de trottoirs, de macadam, de feux de circulation, des bruits et de l'agitation de la ville. Mais ceci n'est peut-être que l'illusion d'optique d'un natif de New York, une créature aux yeux de laquelle toutes les autres cités paraissent un peu rustiques. Il me semble qu'il y avait un pont, pas loin, un pont de chemin de fer. L'église était violemment éclairée : la lumière baignait les grandes marches du parvis et débordait sur la pelouse, inondant les voitures garées et les gens qui gravissaient les marches ou attendaient sur le perron, blanchissant les visages des policiers blancs sur leurs motocyclettes ou debout à côté de leurs véhicules, et donnant un reflet mat à leurs étuis de revolvers et aux crosses qui en dépassaient. Nous approchâmes de l'église prudemment, lentement, doublant sans hâte les motos et les voitures de police, faisant attention aux piétons sur la route. Des lumières nous éblouirent : les phares d'une autre voiture, le rayon d'une torche, les éclairages de l'église. L'auto avançait au pas : il n'y avait pas la moindre possibilité de se garer près de l'église. Nous longeâmes le cimetière de l'autre côté de la route pour aller nous garer dans un champ.

Mr. Elkins stoppa, éteignit les phares et s'essuya le visage avec un immense mouchoir rouge. Mr. Graves se gara à côté de nous et nous sortîmes dans l'air étonnamment doux. Le ciel était d'un bleu-noir électrique, les étoiles très proches. Les arbres, de grandes silhouettes massées à la lisière du champ, semblaient contenir l'obscurité et faire rempart contre elle.

Deux par deux, nous prîmes le chemin de l'église. Peanut marchait devant moi avec Miss King, Mr. et Mrs. Elkins étaient derrière, et j'entendais vaguement Arthur qui accompagnait la grosse Mrs. Rice. Je ne voyais qu'à peine Peanut qui me précédait de quelques pas — la nuit dans le Sud est étonnamment prompte et puissante.

Je gardais les yeux fixés droit devant moi mais j'avais conscience des visages blancs qui nous surveillaient, des bruits et des murmures que provoquait notre passage, d'un rire belliqueux intermittent. À mesure que nous approchions de l'église, l'air devenait de plus en plus épais. J'avais un peu mal à la poitrine; mes aisselles, les paumes de mes mains, mon front et l'intérieur de mes cuisses étaient mouillés. Les images de l'après-midi me revinrent à l'esprit, Arthur à terre, Œil-de-rat et moi, et mes mains autour de son cou. Je songeai au visage de Peanut me disant: *J'ai voulu tuer. Ce n'est pas moi. Ce n'est pas moi, non plus,* me dis-je, mais je me mis à trembler. La musique déferlait de l'église et j'essayais de m'immerger en elle. Je ne connaissais pas ce cantique, je n'arrivais pas à en distinguer les paroles, mais la violence de son rythme commença à calmer la violence qui habitait mon cœur.

Nous traversâmes la pelouse et gravîmes les marches. Les gens qui s'y trouvaient écoutèrent avec un étonnement attentif le laconique exposé fait par Mr. Elkins des raisons de notre retard; et convinrent de se réunir le lendemain pour discuter de l'affaire. Nous pénétrâmes dans l'église derrière Mr. et Mrs. Elkins. Et comme Mr. Reed, à Richmond, Mr. Elkins rejoignit d'autres hommes le long du mur. Mrs. Elkins me trouva un siège au premier rang et emmena Arthur et Peanut pour les faire asseoir sur des chaises pliantes près du chœur.

Mes souvenirs de ce soir-là sont chaotiques, kaléidoscopiques, à la fois vifs et flous. Je me rappelle observant Peanut et Arthur qui étaient assis l'un derrière l'autre, en face de moi, dans ma ligne de vision. De temps à autre, Peanut se penchait vers Arthur pour lui chuchoter ceci ou cela, ou bien Arthur se penchait en arrière — ils ne cessaient pas de sourire mais se montraient très circonspects. La lèvre légèrement enflée d'Arthur accentuait le caractère espiègle de son visage.

Mrs. Elkins annonça que « notre invité vedette » avait eu un petit accident et qu'il lui avait été interdit — par elle — de chanter plus d'un ou deux cantiques « calmes ». « Mais nous le ferons revenir ici, promit-elle, dès que ses cicatrices auront disparu. » Elle recueillit une bruyante approbation de l'assistance, puis présenta « Mr. Arthur Montana. Accompagné par Mr. Alexander T. Brown ».

Arthur s'avança un peu à l'écart du piano et dit : « Je suis désolé. Si vous me connaissiez mieux, vous sauriez que je n'ai pas toujours cette tête. Ma lèvre supérieure a eu un petit accident et elle est un peu enflée. » Il sourit puis grimaça, ce qui provoqua un murmure de sympathie. « Aussi, quand j'en arriverai au refrain, j'aimerais que vous, bonnes gens, vous joigniez à moi et m'aidiez à chanter le cantique. » Il se tut, sourit et reprit : « Je sais que vous le connaissez tous — c'est vraiment un vieux cantique paisible. »

Il se recula, Peanut attaqua les premières notes, Arthur commença :

Allez répandre la nouvelle,

et un grondement étouffé de plaisir s'éleva dans l'église et quelques fidèles se mirent à fredonner. C'était un cantique que je n'avais pas entendu depuis des années.

Partout où se trouve l'homme
Partout où le cœur humain
Et les malheurs abondent
Que par la bouche de chaque mortel
Soit proclamée la joyeuse nouvelle,
Le Consolateur est arrivé !

Il marqua une pause, leva les mains en un geste de bienvenue, et les voix des fidèles s'élevèrent.

Le Consolateur est arrivé,
Le Consolateur est arrivé !
Le Saint-Esprit du paradis
La promesse faite par le Père.
Allez répandre la nouvelle
Partout
où se trouve l'homme
Le Consolateur
est arrivé !

Il se recula, salua, et d'antiques bénédictions, plus vieilles que le cantique, se déversèrent sur lui. Je le regardai, et j'écoutai les gens, surtout les vieux, et je regardai les visages des vieux, et je regardai les visages des jeunes. Qui aurait osé dire qu'il n'y avait pas de Consolateur, même en Georgie, ce soir ? Malgré ce qui pourrait arriver dans les cinq prochaines minutes.

Cinq minutes après, nous perdîmes Peanut.

Nous approchâmes de la sortie au milieu d'une grande foule et d'un amical tohu-bohu. Je serrai des mains, conscient de la présence d'Arthur à côté de moi. Puis nous nous retrouvâmes sur les marches du perron, avec les gens filant rapidement en direction de leurs véhicules. Les motards, et les policiers en voiture, nous regardaient, silencieux et l'œil mauvais — ils étaient là quand nous sortîmes, pas un seul n'était parti, dans la mesure où nous pouvions en juger. Nous étions sur les marches, Mr. et

Mrs. Elkins, Arthur, Mrs. Graves qui disait un dernier au revoir à Mrs. Elkins, et moi prenant congé de Miss King, tout en pensant au lendemain, à la visite au commissariat et à notre départ. Miss King et Mrs. Graves firent demi-tour, descendirent les marches et disparurent dans la nuit. C'est alors que Mrs. Elkins dit : « Tiens, où est Mr. Brown ? »

Il y avait beaucoup de gens à l'intérieur de l'église et nous supposâmes qu'il était resté derrière nous. « Il m'a quitté, il y a quelques minutes pour aller aux toilettes », dit Arthur. Je retournai dans l'église et regardai autour mais pas de Peanut en vue. Je demandai : « Où sont les toilettes ?

— Ce sont des toilettes rustiques, dit Mr. Elkins. Juste au coin par là-bas », et il pointa son doigt vers l'obscurité, à gauche de l'église. Alors, d'un seul coup, sans prévenir, une nausée de terreur monta en moi, car je ne pouvais que très vaguement distinguer la silhouette d'un appentis dans le noir. Et puis, dans un éclair, comme si je lui avais communiqué ma terreur, Mr. Elkins regarda fixement dans la direction des cabinets, comme s'il les voyait pour la première fois, et, sans un mot, lui, Arthur et moi nous mîmes à courir vers eux.

Arthur y arriva le premier et ouvrit la porte d'un coup sec en hurlant : « Peanut ! Hé ! Peanut ! »

Il n'y eut pas de réponse. Une lampe à pétrole, à la flamme basse, brûlait sur une étagère au-dessus des latrines et je la pris pour examiner en vain les lieux. Oui, ils étaient vides. Je levai même la lampe au-dessus du trou puant.

« Regardez », dit Arthur. Le sang s'était retiré de son visage, ses yeux étaient noirs, ses lèvres parcheminées, sa voix râpeuse comme du gravier.

Il pointait son doigt par terre. Je me baissai pour ramasser l'agenda vert au fermoir de métal doré. Je compris que c'était celui de Peanut, mais je l'ouvris quand même et contemplai son nom, tracé de son écriture un peu tarabiscotée, une écriture plus compliquée et timide que l'on n'aurait imaginé : *Alexander Theophilus Brown,* son adresse à Washington, et celle de la mère de Red, à New York.

Je levai les yeux vers Arthur et Mr. Elkins.

« Il était ici, dis-je.

— Oui, dit Mr. Elkins. Il était ici. »

Impossible de décrire son visage : peut-être celui d'un homme cloué sous un rocher.

Nous entendîmes des voix, au loin.

Mr. Elkins s'approcha de la porte des cabinets et s'y appuya un moment. Arthur fila devant lui dans la nuit en criant : « Peanut ! Peanut ! » à tue-tête. Je sortis des cabinets, la lampe à pétrole à la main, regardant dans la direction où avait disparu Arthur. « Arthur ! Reviens ! Reviens ! » hurlai-je.

Le ton de nos voix changea le ton des autres voix qui se mirent à répondre à nos accents d'alarme et de terreur. Des gens s'avancèrent vers nous. J'eus soudain la certitude qu'Arthur, aussi, avait été englouti par la nuit et je hurlai son nom encore, encore et encore, jusqu'à ce que je le visse revenir en bondissant vers moi. Il me regarda droit dans les yeux et posa sa main sur mon bras — tous deux, nous tremblions.

Appuyé à la porte des cabinets, Mr. Elkins demanda : « Depuis combien de temps était-il parti quand vous vous êtes aperçu de son absence ?

— Je ne sais pas, répondit Arthur. Pas longtemps — cinq minutes, peut-être, pas plus de dix. »

Je sentis que Mr. Elkins luttait contre lui-même, sa terreur, sa surprise et sa douleur, il luttait pour se dominer et pouvoir commencer à agir. « Ils ne peuvent pas l'avoir attendu. Ils l'ont simplement vu se précipiter ici. » Il contempla, d'un air impuissant, l'immense nuit qui nous cernait. « On venait juste de réunir les fonds nécessaires pour la construction de toilettes à l'intérieur. »

Je levai la tête. Nous étions entourés de gens — de Noirs. Ils nous dévisageaient avec sympathie, gravité, effroi, répugnant à poser la question dont la réponse tourmenterait leur sommeil — le rendrait impossible pendant des nuits et des jours.

« Que s'est-il passé, Herb ? demanda Mrs. Elkins. Où est Mr. Brown ?

— Nous avons retrouvé son agenda dans les cabinets, dis-je en le tendant à bout de bras.

— Regardons encore dans l'église, suggéra-t-elle.

— Y a plus personne dans l'église, ma sœur, lança une voix d'homme. Elle est vide. Je crois qu'elle est déjà fermée à clef. »

Comme pour le démontrer, les lumières de l'église s'éteignirent. Un grand rire triomphant jaillit parmi les motards qui se préparaient à partir.

Mrs. Elkins tourna vers eux le visage de l'amertume.

« Ça ne servira à rien, mais demandons-leur quand même », dit-elle, et nous traversâmes la rue, Mr. Elkins en tête.

Nous abordâmes le premier policier que nous vîmes, le plus proche. Debout, les bras croisés, il souriait en mastiquant son chewing-gum.

Un peu plus loin, ses copains avaient cessé toute activité pour écouter — de temps à autre courait un ricanement étouffé et, par intermittence, perçait ce rire belliqueux.

« Monsieur l'agent, dit Mr. Elkins, nous avons perdu un de nos compagnons et nous nous demandions si vous ne l'aviez pas vu » — et il décrivit Peanut, fort bien, tandis que le policier continuait de sourire et de mastiquer.

« Non. Je ne peux pas dire que j'ai vu quiconque répondant à cette description. »

Rires, chuchotements à l'arrière-plan, l'impression de quelque chose d'obscène.

Le policier, toujours souriant, se lécha les lèvres.

« Tout ce que je peux vous dire — c'est qu'il pourrait

bien avoir trouvé plus agréable compagnie. Ça arrive tout le temps avec ces jeunes étalons noirs. Rentrez chez vous, il réapparaîtra demain matin, plus mort que vif, probablement incapable de bouger pendant deux jours. »

Il rigola et ses copains rigolèrent avec lui.

J'étais à côté de Mr. Elkins et je le sentis trembler comme moi. Non de peur, ou si c'était de la peur, alors c'était la peur de la folie — la peur de devenir aussi radical qu'un tremblement de terre, aussi vicieux que la peste. Que n'aurais-je pas donné à cet instant pour pouvoir crever ces brillants yeux bleus avec des aiguilles chauffées au rouge, boucher ces narines avec du bitume bouillant, verser du béton liquide dans son trou de balle, couper le bout de sa queue, taillader un, et un seulement, de ses pieds, et une, et une seulement, de ses mains, et puis, non, pas le tuer, non : l'envoyer errer dans le vaste monde jusqu'à ce qu'il apprenne ce qu'était l'angoisse ! Ou bien c'était de la peur, oui, c'était de la peur, la peur qu'une parole, un geste, la seule nuance d'un chuchotement venant de moi, ne lui donnât la liberté de tuer mon frère et tous ceux qui nous accompagnaient. Je transpirai, tremblai, suai, je ne pouvais supporter l'idée que Mr. Elkins lui adressât un autre mot, je me retins mais ne pus m'empêcher de dire, avec le plus ignoble des sourires que je pus produire, un sourire dont la vindicte dût percer même ce crâne épais : « Eh bien, nous vous remercions beaucoup de votre amabilité, capitaine, nous ne l'oublierons jamais. Nous ne l'oublierons *jamais*, vous pouvez le croire. J'espère bien vivre assez longtemps pour voir le Seigneur déverser Ses bénédictions sur votre tête. » Je pris le bras de Mr. Elkins et nous nous éloignâmes. « Bonsoir, capitaine. Bonsoir, tout le monde. » La bouche ouverte, il avait, pour un instant, cessé de mâcher son chewing-gum.

Nous montâmes en voiture. « Que fait-on maintenant ? demandai-je à Mr. Elkins.

— On va au commissariat, dit-il. Bon Dieu, pourquoi n'ai-je pas pris le nom de ces cinglés ? »

Nous allâmes au commissariat, nous passâmes des jours entiers au commissariat. Le commissaire se montra un peu plus civil que ses hommes, mais ça ne fit que rendre les choses pires et ça ne fit que le rendre pire que ses hommes. Nous insérâmes des annonces dans les journaux, nous fouillâmes la Georgie mais nous ne revîmes jamais Peanut.

La perte de Peanut parut avoir l'effet de briser chacun de nous sur place. Une fois brisés, nous éparpillâmes nos fragments partout.

La grand-mère de Peanut accueillit la nouvelle en silence mais ne quitta plus son appartement. Au bout de trois mois, usée par l'attente de son retour, elle décida de partir à sa recherche. La mère de Red la découvrit gisant sur le sol de sa cuisine, sa valise à côté d'elle, ses clefs à la main.

Red demeura introuvable. Après les funérailles, la mère de Red fit aussi ses valises et s'en alla vivre chez les parents qui lui restaient dans le Tennessee. Elle n'était pas vieille, un peu plus de cinquante ans, mais, après la disparition de Peanut, ses cheveux gris devinrent blancs, sa peau se parchemina. « J'aimerais pouvoir rire de nouveau, un jour », me dit-elle, la dernière fois que je la vis. « Peanut savait comment me faire rire. » Elle ne mentionna pas Red et ne laissa aucune adresse pour lui.

Arthur partit dans l'Ouest, puis alla de Seattle au Canada, puis à Londres, avant de visiter Paris, Genève et Rome. Ses cartes postales étaient laconiques et je sentais en lui un ton nouveau — mordant, méfiant, amer. « Je me sens aussi seul qu'un vieux croûton par ici, écrivit-il, mais peut-être est-ce pour le mieux. Personne ne peut te blesser si on ne peut pas t'approcher. » Mais cette formule n'était pas satisfaisante : « L'amour doit être la chose la plus rare, la plus précieuse sur terre, mon frère, où se cache-t-il ? » Je savais qu'il était soumis à des pressions pour « se lancer » hors du gospel et qu'il y réfléchissait.

À cette époque, je n'avais pas de sentiments particuliers quant à la sorte de musique qu'Arthur chantait. Il me semblait que c'était là l'affaire d'Arthur et je ne devais pas établir certains rapports jusqu'à ce que je voie ces rapports menacés ; rien n'est peut-être plus insaisissable que l'évidence. Je m'inquiétais du bilan personnel d'Arthur, la conclusion qu'il tirait de l'œuvre du temps sur ses amis. Red n'y figurait plus, il ne voyait plus jamais Crunch, Peanut avait disparu — il était certainement mort. Ils avaient chanté Dieu ensemble. Julia m'appartenait plus à moi peut-être qu'à lui mais elle était incontestablement sienne aussi. Je recevais d'elle, de temps à autre, des messages cryptiques en provenance d'Abidjan où il me paraissait inconcevable qu'elle pût être heureuse. Mais je n'osais pas trop penser à elle. Je la gardais à distance. Je ne voyais jamais Jimmy. Je supposais qu'il habitait la 18e Rue et, périodiquement, je songeais à l'appeler mais ne le fis jamais.

Je quittai l'agence et pris le job dans le département publicité du magazine noir : et, bien que ma situation y fût plus agréable et que je n'eusse plus à fréquenter cet abominable salaud de Faulkner, il s'agissait, au fond, du même boulot et je savais que je n'étais pas heureux. Je ne savais pas si ma tristesse était due au travail, à la perte de Julia, ou bien à moi. Je me sentais inutilisé, inutile, et superflu, je me sentais, comme dit la chanson, si *peu nécessaire*.

À l'instar d'une multitude d'autres gens, je me levais le matin, je prenais le métro pour aller au bureau, je venais à bout de ma journée en arrivant à trouver quelques satisfactions, superficielles, au cours de cette journée, dans le travail et dans une sorte de camaraderie provisoire. La véritable raison de mon entente avec mes collègues provenait du fait que j'étais capable mais pas ambitieux, trop indifférent pour intriguer à propos de mon avancement, et que je ne menaçais la position de personne. Je marquais le pas mais, de son côté, le temps l'accélérait. Et, dans quelques années, si je ne réussissais pas à monter, je descendrais inexorablement, et la camaraderie de mes collègues — et de mes supérieurs — se teinterait de mépris. Je savais que je ne pourrais jamais supporter cela d'autant plus que j'aurais atteint l'âge mûr.

Je n'avais jamais pu, au fond, prendre la publicité sérieusement. Je la considérais comme dégradante. Elle me semblait être un jeu de dupes, fondé sur le principe de la poire. On ne pouvait guère respecter les gens qui marchaient dans ce constant tout-baigne-dans-l'huile-mon-coco, qui, en fait, s'y adonnaient comme à une drogue. Le sens de la vie dont les imprégnait la publicité — ou vice versa — rendait la réalité, ou la vérité de la vie, insupportable, menaçante et irréelle : ils préféraient l'image clinquante dont ils imaginaient avoir le contrôle. Ils pénétraient dans l'isoloir aussi aveuglément contents et illogiques qu'ils l'étaient au supermarché, tendant la main vers le « nom de marque », c'est-à-dire le nom qui leur avait été vendu avec le plus de succès et le moins de scrupules. Ils ne savaient pas, et n'osaient pas savoir, ce qu'il y avait dans le paquet : c'était « garanti » et tout le monde l'achetait. Vrai, il y avait d'occasionnels scandales, des moments qui pouvaient faire soupçonner que la confiance publique avait été trompée : mais le bruit du scandale était rapidement étouffé par l'entraînante musique de la réclame suivante. La musique publicitaire ne fait que répéter les incroyables sujets de gloire de ce grand pays et on apprend à travers elle qu'il est absolument défendu au peuple américain d'être morne, réservé, nerveux, obsédé, de sentir mauvais, même un peu, à aucun moment ; d'avoir des cheveux gris ou des rides, d'être asexué, d'avoir des enfants qui ne sourient pas, d'avoir l'œil, le cheveu ou la dent ternes, d'avoir le sein, le ventre ou la fesse tombants, d'être triste, de connaître le désespoir ou de s'embarquer dans n'importe quelle aventure sans l'approbation des masses amies. Ici, l'amour n'exige pas d'arrhes, bien qu'il doive recevoir le cachet de l'Union des consommateurs et, si l'amour peut être chassé du paradis, ce n'est que pour lui donner l'occasion de « mûrir » au milieu d'aimables voisins. Cette ode à la pureté a des sous-entendus pornographiques : prenez la publicité classique pour une teinture de cheveux qui représente une femme au premier plan avec un bébé tout nu derrière. La légende affirme : *Une couleur de cheveux si naturelle que seul son coiffeur sait la vérité !* La légende est une plaisanterie vulgaire et fait allusion au système pileux intime de la dame : mais la présence du bébé lave propre la légende. La présence de l'enfant nous informe qu'il s'agit ici en effet d'une dame, et d'une femme mariée en l'occurrence, et d'une mère aussi, et que son mari n'a rien à craindre de son coiffeur — qui, probablement, est une pédale. Les pédérastes, bien entendu, n'apparaissent jamais dans ce bazar en Tchnicolor, excepté en tant que clowns, ou comme les victimes de leurs atroces appétits charnels, et il va sans dire qu'ici la mort n'a pas de royaume.

Bien plus tard, je devais comprendre que mon malaise était dû au fait que j'opérais au-dessous de mon niveau ; en d'autres termes, j'avais plus à donner qu'il ne m'en était demandé et je me sentais écrasé par le reste. Je me rendais compte que, même si les gens ne cessent de se berner, on ne peut pas les tromper : ce que vous éprouvez profondément transparaît en vous. Mes collègues, et mes supérieurs, en dépit de notre camaraderie, percevaient donc ma véritable attitude à l'égard de la publicité et par conséquent envers eux, et se méfiaient de moi — bientôt, ils me détesteraient. Je ne pouvais pas les en blâmer car, si mon attitude à l'égard de la publicité concernant la grande masse blanche anonyme était, au mieux, ironique, mon attitude envers la publicité en ce qui concernait les Noirs était ambivalente. J'avais l'impression que les Noirs avaient un sens de la réalité plus solide, plus impressionnant que le contexte chimérique dans lequel nous opérions — encore qu'il y eût des jours où je me posais des questions là-dessus.

Mais qui étais-je, après tout, pour *avoir* une attitude? Je faisais la même chose, dans le même bureau et pour la même raison: il fallait manger. Et nous étions également censés comprendre que la présence de Noirs dans la publicité était une percée sociale majeure. L'était-ce? Car nos percées semblaient se produire à ces niveaux où l'on est le plus rapidement remplaçable et le plus facilement manipulé... Et une «percée» sur quoi? Je commençais à me méfier de ces percées, je n'étais pas certain d'avoir envie d'une carte d'entrée permanente pour Disneyland. D'un autre côté, nous en étions là, et on ne peut pas avoir le beurre et l'argent du beurre: il nous faudrait trouver un moyen d'utiliser, de transcender cette percée, et d'y survivre comme nous avions survécu à tant d'autres.

Arthur me téléphona de Paris pour m'annoncer qu'il rentrerait sous peu et qu'il espérait que je pourrais prendre quelques jours pour aller dans le Sud avec lui. Il avait été hanté par ses souvenirs partout au cours de son voyage. Moi aussi, j'étais hanté.

«Ce n'est pas seulement Peanut, m'explique-t-il, mais l'ensemble, toute cette abominable galère. Et j'ai le sentiment que, si je n'y retourne pas tout de suite, je n'y retournerai jamais et je ne pense pas que je veuille laisser tomber comme ça.»

Je voyais bien la vérité du propos et le lui dis. Je n'étais pas sûr de pouvoir obtenir un congé mais j'allais travailler la question.

Je savais qu'il avait chanté à Londres et s'était joint aux musiciens d'un club à Paris.

«Comment ça a marché?»

Il rit. « Je pense que ça a bien marché, mais c'était étrange. » Puis : « Pourtant ça m'a plu, je crois que je m'instruis. Et je crois que ça a plu aux gens, quoique » — et il rit de nouveau — « je ne sache pas exactement ce qui leur a *plu*. »

Après m'avoir parlé Arthur raccroche et va à la fenêtre de sa chambre d'hôtel. C'est une haute porte-fenêtre et elle s'ouvre sur un balcon de pierre. Il est dans un hôtel du quai Saint-Michel, et sa chambre donne sur le fleuve. Il m'a appelé au bureau, à trois heures de l'après-midi de mon heure : pour lui, il est neuf heures du soir. Il n'a pas encore dîné, il n'a personne avec qui dîner et il a passé la journée seul mais il n'en est pas déprimé pour autant. Marcher seul dans Paris lui a plu. C'est son premier séjour en France, il ne parle pas un mot de français et pourtant, étrangement, il se sent plus à l'aise à Paris qu'à Londres.

Il contemple les reflets de lumières sur l'eau sombre, la procession des éclairages sur l'autre rive. La nuit est fraîche, pourtant les gens marchent plus lentement qu'on ne le fait à New York. À Paris, il se sent libre d'être un spectateur : rien à Paris ne lui rappelle son pays en dépit des désastreuses tentatives des Français pour imiter ce qui se fait en Amérique. Mais ces imitations sont tellements flagrantes qu'elles ne peuvent pas provoquer l'ombre d'une nostalgie que, de toute manière, il n'a pas quitté son pays depuis assez longtemps pour éprouver. Ici, il se sent libre, plus libre qu'il ne l'a jamais été, où que ce soit ; et, bien qu'il lui reste encore à en prendre conscience, cette liberté est largement due au fait qu'il se déplace dans un silence quasi total. Son vocabulaire se réduit à ses doigts et à ses yeux : il est forcé de s'en remettre à la bonne volonté des Français et, heureusement, il ne vivra jamais ici assez longtemps pour mettre à l'épreuve cette bonne volonté.

Il ne peut même pas écouter les conversations des gens. Il n'a aucun moyen de comprendre ce qu'ils disent et donc peu importe ce qu'ils disent : dans le silence qui en résulte, il cesse d'être sur ses gardes.

Ce qu'il ne pourrait jamais faire à New York où ses sens sont constamment à l'affût du danger, ni à Londres qui l'a exaspéré parce qu'on y parle une langue étrangère qui sonne, superficiellement, comme la sienne. Mais on dit des choses différentes à Londres, ou bien on dit les mêmes choses d'une autre façon. Ses efforts pour percer le code l'ont épuisé.

Mais Paris n'exige rien de lui. À Paris, il est invisible — pratiquement libre.

Il savonne et rince sa figure, coiffe ses cheveux, passe une veste sur son pull-over à col roulé, enfile son manteau, ferme sa porte à clef, et descend les deux étages jusqu'à l'étroite entrée. Le concierge, ou le veilleur de nuit, ou le propriétaire se tient nuit et jour dans un recoin pas plus grand qu'un placard. Ce renfoncement est contigu à un comptoir en forme de L. Derrière ce comptoir, les clefs des chambres pendent à un tableau. Le courrier s'empile sur un bureau dans le renfoncement et, Arthur l'a remarqué (il n'attend pas la moindre lettre), se faire donner son courrier requiert une certaine patience : le concierge ou le veilleur ou qui que ce soit, étant presque aveugle et inaccoutumé aux noms étrangers, semble s'indigner de l'évidente impossibilité de prononcer ces noms barbares à peine moins qu'il ne s'indigne de ce que ses clients reçoivent du courrier. Arthur, n'ayant pas été coupable de cette faute, paraît encore jouir des bonnes grâces du gardien, lequel hoche la tête tandis qu'Arthur pose ses clefs sur le comptoir, et dit : « *Bonsoir, m'sieu* », au moment où Arthur passe devant lui.

Arthur hoche également la tête, sourit, et, faute de mieux, l'imite — son premier pas dans l'étude du français — et répète : « *Bonsoir, m'sieu.* » Puis il sort dans la rue.

Il est dans le quartier estudiantin de Paris où l'ont guidé des gens avec lesquels il a travaillé à Londres. Depuis deux jours, il a parcouru à pied toute la ville, du Sacré-Cœur à Notre-Dame, de Notre-Dame à la tour Eiffel, de la tour Eiffel à l'Étoile. Il s'est perdu dans les rues voisines de Pigalle — après qu'on l'eut averti de ne pas s'y promener le soir. On lui a expliqué que, du moment qu'il peut retrouver la Seine, il peut retrouver son chemin. Ce qui s'est révélé exact, encore que le fleuve puisse souvent se situer à des distances décourageantes. Il n'est pas vrai que vous ne puissiez pas perdre la Seine — on peut la perdre — mais elle fait fonction d'étoile polaire, si vous pouvez la voir, vous pouvez vous laisser guider par elle.

Il lui tourne le dos et remonte le boulevard Saint-Michel jusqu'au boulevard Saint-Germain qu'il suit jusqu'à l'Odéon et Saint-Germain-des-Prés. Il y a une grande pizzeria entre l'Odéon et Saint-Germain et commander une pizza ne présentant aucun problème, Arthur entre et commande une pizza et un verre de vin rouge.

Maintenant, peut-être, il regrette vaguement sa solitude et souhaiterait avoir quelqu'un avec qui partager son repas, partager la ville. Il regrette que je ne sois pas là mais il a besoin de quelqu'un d'autre plus qu'il n'a besoin de moi, il a besoin d'un ami. Il a besoin de quelqu'un avec qui vivre, il a besoin de quelqu'un qui vive avec lui.

Il pense à Jimmy. Soudain, il revoit le visage de Jimmy.

La pizza est chaude — il n'y a pas grand-chose d'autre à en dire, excepté qu'elle lui évitera d'avoir faim — et il la grignote en buvant son vin, l'œil sur la foule et le boulevard.

Les gens paraissent insouciants et heureux comme il ne l'a jamais été. Mon frère est assez vieux pour savoir — ou en a du moins suffisamment bavé pour le soupçonner — qu'ils ne peuvent pas être ce qu'ils lui paraissent. Ils peuvent être mieux ou pires, heureux ou moins heureux, méchants ou désespérés : ils sont autres que son imagination les fait. Il faut toujours ajouter — ou soustraire — à ce que l'on voit : et ce que l'on voit est déformé par des dizaines de milliers de jeux de lumières. Grignotant sa pizza, Arthur, seul dans la superbe capitale, essaie de tirer de ce qu'il voit, et ne voit pas, une conclusion logique et supportable.

Pour cela il a besoin d'un autre : pour voir ce qu'il redoute, il doit lui-même être vu. Il a besoin de se donner à quelqu'un qui ait besoin de se donner à lui.

Il y a longtemps que cela le tourmente mais il ne peut pas dire qu'il en est troublé. Crunch a coupé court au trouble en lui imposant une angoisse totalement lucide : si lucide et si totale qu'il lui aurait été presque un soulagement de pouvoir se réfugier dans la culpabilité et la honte. Pourtant la culpabilité et la honte le harcèlent aussi lorsqu'il s'inquiète du jugement de son père ou anticipe le mien. (Il ne s'inquiète pas du jugement de sa mère mais s'inquiète à l'idée de lui faire de la peine.) D'une certaine manière, il se sent obligé de dire la vérité, par égard pour nous et pour lui. Car il est possible, que ce soit son jugement à lui qu'il redoute et non le nôtre, qu'il lise *son* jugement dans nos yeux.

Le pas à franchir entre la perception et l'articulation n'est pas facile. Il a hésité et fait demi-tour bien des fois. Il sait pourtant que, quand il était heureux avec Crunch, il ne se sentait ni coupable ni honteux. Il éprouvait une pureté, une joie éclatante, comme s'il eût été miraculeusement béni, et n'avait craint ni diable, ni homme, ni Dieu. Il n'avait jamais douté que tout amour fût sacré. Il n'en doute pas non plus à présent, mais il est très seul.

Et si, là maintenant, il se promenait dans ces rues, avec l'air qu'il sait pouvoir prendre, il n'aurait pas besoin de passer la nuit seul. Il en est conscient. Parfois, ces rencontres avaient été très, très agréables, et même merveilleuses ; parfois elles avaient mené à l'amitié, celle d'amis qui dormaient ensemble quand ils se retrouvaient pour le plaisir qu'ils en tiraient, pour la facilité qui les réunissait. Cela n'était pas de l'amour mais cela s'en approchait de très près tout en étant plus simple : mais, bien que plus facile, cela n'était pas suffisant. Les deux côtés en convenaient ce qui, dans un sens, était la preuve de leur amitié : « Ah ! pouvaient-ils plaisanter en se rhabillant, *il nous* restera toujours nous deux ! » Quelques-uns de ces hommes étaient mariés, pères de famille, dont la virilité n'avait jamais été mise en cause par quiconque, y compris et surtout par eux-mêmes : et il n'y avait aucune raison de la mettre en cause. Ils vivaient leurs vies, et leurs amours.

Ces hommes, quoique plus nombreux qu'on ne le suppose, étaient rares : la liberté est rare. Parfois, la rencontre n'était pas tant sordide, avilissante ou dangereuse (on apprenait, assez vite, où ne pas aller pêcher) que zéro, rien, le néant fait chair, le vide dans votre lit, dans vos bras, dans votre cœur et votre âme. On sentait que l'autre avait triché, que l'on avait triché soi-même, et que si l'on continuait à tricher, l'amour ne reviendrait jamais. Arthur ne sait pas s'il peut vivre sans amour. Mais il ne peut pas l'inventer.

Arthur termine sa pizza, commande un café, le boit en fumant une cigarette, règle le garçon et se joint à la caravane du boulevard.

Il dépasse l'église sur sa droite, s'arrête un instant devant la terrasse vitrée des Deux-Magots et sa brillante clientèle insonorisée, continue jusqu'au café de Flore dont la terrasse est bondée. S'il était d'une autre humeur, il entrerait pour se consoler dans l'anonyme chaleur humaine, mais pas ce soir. Il examine la foule, remarquant une petite femme avec une frange et une incroyable quantité de maquillage, le visage blanc, les yeux charbonneux, les lèvres d'un écarlate terrifiant. Elle tient un minuscule pékinois sur ses genoux, fume une cigarette et boit un café. Elle regarde dans sa direction — il lui semble que tout le monde le regarde — et il est soudain pris de panique, comme un adolescent, et se demande de quoi il a l'air. Il a l'air seul et vulnérable, voilà de quoi il a l'air, dans son vieux duffle-coat bleu marine, son chandail à col roulé noir, son pantalon de flanelle bleue, ses chaussures noires éraflées, cette jungle tourbillonnante de cheveux crépus et ces grands yeux. Il a l'air de débarquer après six mois en mer. Et un géant d'homme, d'environ trente ans, avec des cheveux roux, un visage carré et ouvert, des yeux marron très enfoncés, l'observe avec une sorte de sympathie amusée, un sourire au coin des lèvres.

Arthur se rctourne et regarde de l'autre côté de la chaussée. La terrasse de chez Lipp est presque vide. Il traverse le boulevard, pousse la porte et s'installe dans un coin. Il n'y a que trois autres personnes sur la terrasse, un gros homme grisonnant qui fume une pipe en lisant un bouquin et un couple d'âge mûr, assis à l'autre bout, à l'opposé d'Arthur, contre la paroi de verre.

Arthur commande un cognac parce qu'il n'en a pour ainsi dire jamais bu et que ce serait dommage d'être en France et de ne pas en goûter à la source.

Tout en dégustant son cognac et en fumant sa cigarette, Arthur repense à Crunch.

Il n'était plus surpris que le souvenir de Crunch restât si vif en lui, après tant d'années. Crunch avait été son premier amant et c'était là une raison suffisante. Il ignorait s'il avait eu de la chance ou non avec son premier amour. Ce n'est qu'en revoyant Jimmy qu'il avait commencé à comprendre à quel point l'affaire avait dû être complexe pour Crunch.

Après le retour de Crunch, il avait eu l'impression que son souci de Julia et son tourment à propos du bébé expliquaient ses bouderies et ses colères. Il avait refusé de toucher Arthur : il avait dit que tout « était fini ». Il fallait qu'Arthur grandisse et comprenne dans quelle sorte de monde il vivait. Arthur était convaincu qu'il savait dans quelle sorte de monde il vivait — il avait l'impression d'avoir avec lui le moins de rapports possible — mais il ne voyait pas ce que cela avait à faire avec Crunch et lui. Le monde était le monde : et merde pour le monde, qu'est-ce qu'on avait à foutre de ce que pensaient ces salauds ?

Ah ! Mais ces salauds ont pouvoir de vie et de mort sur toi, mon ami. Ils peuvent te réduire en miettes.

Crunch, tout ce qui m'importe, c'est toi et moi.

Oui, mais il n'y a pas que ça au monde, petit.

Crunch partit pour La Nouvelle-Orléans et en revint, plus maussade, plus silencieux que jamais, le regard empreint d'une vive souffrance mêlée de perplexité. Arthur passa des journées entières dans la 14e Rue, assis dans un coin, immobile, à le regarder, sans savoir quoi dire ou faire.

Malgré l'insistance de Crunch à répéter que « tout était fini », Arthur savait que ce n'était pas fini : pas pour lui, pas pour Crunch. Crunch voulait croire que tout était fini, pour des myriades de raisons, mais il n'était pas capable de commander à la passion de l'abandonner. Elle était dans ses yeux lorsqu'il regardait Arthur, elle était dans son moindre contact physique, elle était dans sa voix, dans ses contradictions. Il donnait à Arthur d'incontestables raisons pour qu'ils cessent de se voir et puis, cinq minutes plus tard, comme s'il n'avait rien dit, il demandait à Arthur d'aller faire une course ou lui fixait un rendez-vous pour le lendemain. Et il ajoutait avec un sourire songeur : « Bon, alors, tu seras là, n'est-ce pas ? Ne me fais pas attendre. »

Et, en réponse à la question d'Arthur, « Merde, oui, je t'aime, c'est pour ça que j'essaie de t'enfoncer un peu de bon sens dans ta caboche de mule entêtée. Je veux que tout aille bien pour toi. »

Arthur ne savait pas comment dire que rien n'irait bien pour lui, si Crunch n'allait pas bien. Il attendait, muet, que la marée tourne, que le barrage éclate et que Crunch lui revienne.

Il ne blâma jamais Julia et ne sentit jamais, en réalité, qu'elle ait eut beaucoup de rapports avec la situation : en quoi il se montra plus sage qu'il ne le savait. Le bébé, oui, le fœtus détruit, pesa plus lourd mais personne ne pouvait effacer cela. Retrouver Joel Miller et le réduire en bouillie n'aurait pas défait ce qu'il avait fait. Julia ne reviendrait jamais à Crunch, *cela* était fini. Arthur n'était pas sûr que Crunch ait voulu de Julia plus qu'une confirmation irréfutable de sa masculinité. C'était cela, en ce qui concernait Crunch, qu'Arthur ne pouvait pas fournir.

Il ne pouvait, du point de vue de Crunch, que menacer sa virilité, comme Crunch redoutait de détruire celle d'Arthur. Car, inévitablement durant ses atroces mois de feu, le barrage céda plus d'une fois et faillit les engloutir dans le déferlement de ses flots. Crunch, à la limite absolue de son endurance, incapable de se contenir, sanglotant et tremblant, attira brutalement Arthur dans ses bras et revint en lui, chez lui. Il lui fut ensuite impossible de dissimuler son bonheur. Dire à Arthur combien il l'aimait semblait le soulager. Pourtant, en même temps, une ombre demeurait entre eux, la guerre n'était pas terminée. Arthur voyageait de l'espoir à la peur, de la joie à l'abattement. Finalement, chaque réconciliation fut entachée par l'inévitable cauchemar du remords et de l'hostilité qui suivraient : alors la réconciliation elle-même devint un cauchemar. Et ce fut Arthur finalement qui s'arracha péniblement à Crunch parce qu'il n'y avait plus aucun moyen pour eux de vivre ensemble. Le barrage continuerait à céder mais la marée ne changerait jamais et Crunch ne lui reviendrait pas.

Très proche et très loin de lui, le laissant en sécurité à l'écart dans son coin, la foule poursuit son défilé sur le boulevard. Il lève la tête et fait signe au garçon de lui apporter un autre cognac, tout en pensant à Jimmy.

Quand Jimmy et lui nous avaient quittés le soir de notre

dîner au Red Rooster, Jimmy avait suggéré d'aller prendre un verre et ils s'étaient arrêtés dans un bar qu'Arthur connaissait sur l'avenue, près de la 125e Rue.

Arthur avait éprouvé un léger choc en découvrant que Julia et moi vivions ensemble — et heureux — mais ceci n'était rien comparé à son étonnement de revoir Jimmy. Cet étonnement était mêlé d'un incroyable plaisir, imprévu et donc un peu inquiétant : sa joie de revoir Jimmy faisait son étonnement.

Il ne l'avait guère regardé jusqu'alors. Il n'y avait eu, après tout, virtuellement rien à regarder. Jimmy avait été le petit frère maussade et un peu mal élevé de l'évangéliste enfant Julia Miller, qui ne paraissait pas très intégré dans une maison où chacun était si occupé à lécher le cul de sœur Julia qu'on ne remarquait le gamin que quand il faisait obstacle au derrière précité, auquel cas on l'écartait pour continuer à lécher. On en avait conclu qu'il tournerait *mal*, il semblait impossible qu'il en fût autrement. Arthur n'avait eu qu'une vague idée de l'endroit où il se trouvait, et pas la moindre de ce qu'il faisait : personne ne s'était attendu à jamais revoir Jimmy. Qu'il n'en ait pas été ainsi était dû à Julia, comme l'avait deviné Arthur, mais cela ne l'avait pas préparé à Jimmy. Car il trouva Jimmy drôle, courageux et terriblement émouvant. Si Jimmy n'avait pas été le jeune frère de Julia — et, peut-être, si Julia et moi n'avions pas vécu ensemble — Arthur aurait pu se rendre compte que sa réaction à Jimmy, ce que Jimmy avait provoqué en lui, n'était pas très éloigné de ce qu'on appelle le coup de foudre : et ce qui n'est pas très éloigné du coup de foudre est probablement un coup de foudre.

Mais Jimmy était le petit frère de Julia et quelque chose comme quatre ans plus jeune qu'Arthur — peut-être même, après tout, un mineur — et, durant ce premier verre, Arthur s'était appliqué à prendre la tangente. « Écoute, avait-il dit au moment où ils commandaient leur second verre, tu es un merveilleux môme et tu me plais beaucoup mais tu ne sais pas ce que tu dis. »

Jimmy alluma une cigarette et le regarda fixement : « Pourquoi dis-tu ça ?

— Parce que c'est vrai. Tu dis que tu veux habiter chez moi, m'accompagner au piano. Comment sais-tu tout ça ? Tu ne me connais pas, tu ne me connais pas du tout. Je pourrais être un salaud tordu.

— À quel point tordu ? »

Gêné, Arthur rit, détourna son visage et se remua sur sa chaise. Il était heureux et misérable. Il aurait souhaité que le garçon et lui fussent assis côte à côte au lieu de se faire face — bien que ce fût lui qui eût institué cet arrangement — pour qu'il puisse le toucher. Il aurait voulu caresser ce visage, il aurait voulu l'embrasser et ne jamais le laisser partir. La sueur de son dos avait gagné et glacé sa chemise puis sa veste. Ce n'était qu'un gamin. Il n'avait pas le droit de le bousiller.

C'est alors qu'il repensa à Crunch.

Il se tourna et fit de nouveau face à Jimmy qui répéta :

« À quel point es-tu tordu ? Vas-y, il vaut mieux que tu me dises, de toute manière je le découvrirai. Tu ne me connais pas, tu es en train de t'enfoncer. »

La serveuse apporta leurs consommations.

« Est-ce que ta sœur est au courant de tout ça ? » Mais Arthur n'avait pas eu l'intention de poser cette question.

« Je pense que oui. » Jimmy fixa Arthur d'un regard direct et très candide. « Est-ce que ton frère sait pour toi ?

— *Quoi,* pour moi ? répliqua Arthur en riant. Que sais-tu de moi, toi ?

— À peu près tout ce que j'ai besoin de savoir. Je t'observais à ton insu.

— Que veux-tu dire par là ? Tu m'as espionné ?

— Non, je veux dire, quand j'étais petit, tu vois, je

t'observais. » Il but une gorgée. « Tu étais gentil avec moi.

— Ah oui ?

— Ouais. Des fois, tu me donnais des bonbons ou une pièce — de temps en temps, quand tu étais riche, vingt-cinq *cents*. Tu m'as payé le cinéma à deux reprises. Et je me souviens quand toi et ton frère vous m'avez emmené manger des glaces. » Il sourit : « Vous n'aimiez pas beaucoup Julia.

— C'est qu'elle était plutôt la reine des emmerdeuses, à l'époque.

— Oui, mais ce n'était pas sa faute. » Il reprit une autre gorgée. « Dis donc, si je bois trop, il faudra que tu me ramènes et que tu me portes jusqu'en haut.

— Alors, pour l'amour de Dieu, ne bois pas trop, mon vieux. Combien de foutus kilos tu pèses ?

— Je plaisantais — pas tant que ça. Soixante-trois, soixante-cinq, quelque part entre les deux. »

Un sourire au coin des lèvres, Arthur le contemplait : il ne pouvait s'en empêcher. Jimmy le contemplait aussi, avec ce regard ébloui, vulnérable, et Arthur comprit que Jimmy ne se laisserait jamais tromper par ce qu'Arthur pourrait dire. Il ne l'écoutait pas, il le regardait. Et Jimmy demanda : « Tu sais ce qui est drôle ?

— Qu'est-ce qui est drôle ?

— Que deux êtres aient tant à se dire qu'ils finissent par ne plus pouvoir rien se dire, qu'ils se contentent de se regarder. Mais c'est aussi une manière de dire quelque chose.

— Et que veux-tu dire — quand tu me regardes ? »

Jimmy baissa les yeux. « Je crois que tu le sais. » Puis relevant la tête : « J'ai toujours espéré que je te reverrais. Quand Julia est venue, j'ai su que ça arriverait — quelque part, un jour, je te reverrais. Alors, je suis rudement heureux d'être en train de te regarder, mon vieux », et il sourit en hochant la tête : « Rudement content.

— Et que fais-tu ? J'entends, tu vas rester ici, tu retournes dans le Sud ou quoi ?

— Je ne sais pas encore. J'aimerais dire que ça dépend en partie de toi, parce que j'insiste sur tout ce que je t'ai dit tout à l'heure. Mais j'aimerais retourner dans le Sud assez vite.

— J'aimerais bien y aller aussi. Mais je crois que d'ici il faut que j'aille d'abord dans l'Ouest.

— Eh bien, tu le sais : ça me plairait beaucoup de t'accompagner. »

Le silence tomba et Jimmy, les bras croisés, regarda Arthur dans les yeux, sans sourire.

« Tu ne trouves pas que je suis un peu vieux pour toi ? »

Jimmy aurait pu rire mais il ne le fit pas. Les bras toujours croisés, il dit calmement : « Non. Je trouve que tu as exactement l'âge qu'il faut pour moi. » Il marqua un temps. « Je trouve aussi que j'ai exactement l'âge qu'il faut pour toi. Puisque tu as mis la question d'âge sur le tapis, je dirai que tu me parais commencer à pantoufler un peu. Tu as besoin de quelqu'un pour te secouer les puces. » Il fit une moue, en essayant de ne pas sourire : « Je te ferai du bien, je te secouerai les puces. » Il hocha la tête, les lèvres pincées en ce sourire involontaire. Il tendit une cigarette à Arthur, l'alluma en même temps que la sienne, et prit son verre. « Si je te parais un peu culotté, c'est parce que je sais combien tu es timide. »

Arthur rit mais se sentit un peu effrayé, son cœur battit, soudain ses vêtements l'engoncèrent : « Tu es fou.

— Je ne suis pas fou. Je sais ce que je veux. » Puis, très gravement : « Vois-tu, tu ne devrais pas t'inquiéter au sujet de ma sœur ou de ton frère. Ils seront très heureux pour nous. Je le sais. Ma sœur sera très heureuse de me confier à toi. Et ton frère sera très heureux de *te* confier à moi. Crois-moi. Je le *sais*.

— Comment le sais-tu ? »

Jimmy parut légèrement exaspéré. « Ils nous aiment, c'est comme ça que je le sais. Tu devrais le savoir aussi. Tu n'aurais pas à tergiverser autant à propos d'un vieux dégoûtant comme toi foutant en l'air la vie d'un charmant petit garçon comme moi. »

Arthur repensa à Crunch et regarda Jimmy. C'était vrai : il n'était peut-être pas aussi inquiet à l'idée de bousiller la vie de Jimmy qu'à celle d'exposer au grand jour la sienne.

Jimmy produisit un merveilleux sourire : « D'accord, vieillard ? Écoute. La seule manière dont tu pourras me foutre en l'air, c'est de ne pas m'aimer. Et, au fait, j'ai tellement parlé qu'on n'a pas encore abordé le sujet : alors ? »

Arthur se sentit pris de vertige, comme si le gamin l'entraînait au sommet d'une pente abrupte. « Alors quoi ? » Avec les yeux vifs de Jimmy rivés aux siens, il reprit ses esprits.

« Est-ce que tu m'aimes ? » chuchota Jimmy avec des mouvements de lèvres exagérés.

Arthur se pencha par-dessus la table et effleura le visage de Jimmy. « Oui, espèce de clown, murmura-t-il, je t'aime. Je faisais seulement la sainte nitouche.

— Ouahou ! fit Jimmy en se rejetant en arrière, ça a été dur ! Je mérite un verre.

— Oui, mais tu vas être ivre et il faudra que je te porte tout en haut de cet escalier.

— Oh ! J'irai faire pipi avant de partir d'ici et je ne pèserai plus rien. »

Ils rirent et Arthur fit signe à la serveuse. Il lui fit signe par peur : il éprouvait soudain un tel désir d'emmener Jimmy hors de ces lieux, d'être seul avec lui et de commencer un voyage sans comparaison avec aucun de ceux qu'il avait jamais imaginés, que ce désir provoqua en lui la panique. Il fit signe à la serveuse et commanda à boire afin de se donner le temps de reprendre haleine, de maîtriser le tremblement de ses mains, de dompter la violence d'entre ses cuisses, la violence de l'espoir dans son cœur. Il n'avait jamais éprouvé quelque chose d'aussi total depuis Crunch et alors — alors — il avait été un gamin un peu plus jeune que Jimmy aujourd'hui. Rien en ce moment ne lui rappelait son passé, encore moins Crunch. Il ne sentait même plus qu'il pourrait un jour être comme Crunch, ou jamais trahir ainsi le garçon en face de lui : et le mot *trahir* ne lui était jamais encore venu à l'esprit. Pourtant, il avait peur. Le garçon en face de lui était soudain sacré, le faisant se sentir, lui, grossier, laid et maladroit. Il aurait voulu qu'ils partent et laissent ce moment derrière eux, et il ne désirait rien de plus que ce moment. Il était séduit par les yeux, la voix, la présence de Jimmy, par ce mélange de vulnérabilité et de puissance, d'innocence et de savoir. Il ne savait pas ce qu'il en ferait — ce qui veut dire qu'il ne savait pas ce que cela ferait de lui — et, donc, il rappela la serveuse.

Ils étaient heureux. D'une manière nouvelle pour tous les deux. Le désir et le plaisir les clouaient sur place : et, après tout, ils étaient certains d'avoir tout le temps du monde.

Puis, soudain, ce fut l'heure de fermeture. Ils se regardèrent et, sans mot dire, ils sortirent dans les longues rues tout à fait silencieuses et pas tout à fait sombres.

« Alors ? Tu es prêt à me porter en haut de l'escalier, coco ? »

Ceci venant soudain de Jimmy, avec un sourire hésitant et audacieux, un regard éclatant et voilé.

Ils approchaient de la station de métro qui, à cet instant, dans son mélancolique éclairage, devint la vallée de la décision. Et si Arthur paniqua, ce fut pour des raisons passionnées et pratiques.

Il était sincère lorsqu'il dit : « Je ne veux pas passer deux heures avec toi et puis sauter du lit à pieds joints et filer. Je dois me lever tôt.

— Moi aussi, avoua Jimmy, non sans réticence.

— Alors, suggéra Arthur, pourquoi n'allons-nous pas faire chacun ce que nous avons à faire — et nous nous rejoindrons ce soir, une fois ces emmerdes derrière nous, pour nous balader et être ensemble ? »

Il aurait voulu embrasser l'adolescent. Il se contenta de lui effleurer le visage. Pourtant, cette caresse brève parut les faire trembler dans la lumière triste, en haut des marches du métro.

Jimmy le regarda avec ses yeux vifs, éblouis, confiants.

« O.K. Comment est-ce qu'on se... rejoint ? »

Ils rirent tous deux. Ils se trouvaient dans ce bref espace qui sépare la nuit en fuite du matin aux aguets.

« Eh bien, dit Arthur, le premier rentré chez lui appelle l'autre. O.K. ? Et tu me rejoins chez moi. O.K. ?

— O.K. » Et puis, avec une gravité enfantine : « Tu n'oublieras pas ? »

Dans le vide, le silence, l'immobilité, Arthur osa poser sa main sur la nuque de Jimmy.

« J'oublierai certainement pas, dit-il. Allons. Il faut rentrer. »

Ils descendirent ensemble les marches du métro. Mais ils ne se rejoignirent pas ce soir-là. Le rendez-vous matinal d'Arthur le conduisit en Californie dans l'après-midi : il laissa un message pour Jimmy mais ne le vit pas. Quand Arthur revint de Californie, Jimmy était dans le Sud : ils ne réussirent pas à se rejoindre. Puis il y eut la tempête du départ de Julia dont je ne me rappelle rien. Je sais qu'Arthur se trouvait à Chicago. Jimmy se montra extrêmement abattu, en partie à cause d'Arthur et lui, en partie à cause de Julia et moi. Sa vie lui parut alors n'être qu'une série de ruptures : je ne lui fus d'aucun secours. Ce qui nous ramène au voyage dans le Sud au cours duquel Arthur espérait retrouver Jimmy et au cours duquel nous perdîmes Peanut. Jimmy et Arthur ne se revirent pas pendant plus de deux ans.

Mais la vérité, au-delà de tous ces événements, détails et

détours, est qu'Arthur paniqua : il fut terrifié par l'idée de l'aveu.

Et pourtant rien de moins qu'un aveu est exigé de lui. Il rêve de Jimmy et en vient, presque, à préférer le rêve parce que les rêves paraissent sans danger : les rêves ne blessent pas. Les rêves n'aiment pas non plus, et c'est ainsi que nous sombrons. Arthur doit atteindre l'endroit d'où il pourra dire à Paul, son père, et à Hall, son frère, au monde entier et à *son* Créateur : *Prends-moi tel que je suis !*

Tout le monde, à présent a abandonné la terrasse de chez Lipp où il est assis en train de siroter son cognac et de penser quel puritain il est, au fond. Ce qu'il est, effectivement. Mais chacun doit naître quelque part et chacun naît dans un contexte : ce contexte constitue son héritage. S'il était un musulman ou un juif, un Irlandais, un Espagnol, un Grec ou un catholique italien, s'il était un Hindou ou un Haïtien, un Brésilien, un Indien ou un chef africain, sa vie pourrait être plus simple dans certains sens et plus complexe dans d'autres, plus ouverte d'une manière, plus fermée d'une autre. Un héritage se reçoit, on se découvre en lui — on ne saurait se trouver ailleurs ! — et, à partir de cette découverte, et pas avant, s'esquisse une possibilité de liberté.

En dépit de sa lâcheté, de sa folie et de sa rage, mon frère n'est pas découragé. Il se sent certain de revoir Jimmy. Il sent que quelque chose bouge, qu'il a bougé : quelque chose est sur le point de se passer, quelque chose est en train de changer. Il reste immobile. Les gens commencent à quitter le restaurant.

Le géant aux cheveux roux, qu'il a vu assis au café de Flore, arrive à la porte de la terrasse, sourit, entre et s'approche de lui.

« Je ne vous dérange pas, j'espère ? »

Le sourire est sincère, les yeux chaleureux et très sombres.

« Pas du tout. » Arthur fait un geste : « Asseyez-vous donc.

— Avec plaisir », dit le rouquin. Il s'assied, consulte sa montre, jette un coup d'œil autour de lui. « Mais on va bientôt fermer. » Il regarde Arthur avec un sourire : « Me ferez-vous le plaisir de me laisser vous offrir un verre dans un autre endroit ? C'est, oh ! à moins de deux minutes d'ici.

— Avec joie », dit Arthur. Il termine son cognac, regarde son addition et laisse de l'argent sur la table. Ils se lèvent.

« Vous êtes un Américain, dit le rouquin. Vous avez laissé un trop gros pourboire. Vous allez ruiner l'économie française. »

Il rit de bon cœur en disant cela comme si l'économie française était un excellent sujet de plaisanterie, et ils sortent dans la rue.

Dehors, il s'arrête et tend la main : « Il faut que je me présente. Je m'appelle Guy Lazar. »

Ils se serrent la main. « Je m'appelle Arthur Montana.

— Ah ! c'est le nom d'un bar pas loin d'ici — mais je ne crois pas que nous irons là-bas. » Ils se mettent en route. « Vous ne tenez pas ce nom de l'État du Montana, n'est-ce pas ?

— J'espère bien que non », dit Arthur, et ils rient.

Ils tournent à droite au premier coin de rue. Guy marche d'un pas régulier, en se balançant un peu, les mains dans les poches. Son manteau, noir, épais, est ouvert, son écharpe grise jetée autour de son cou retombe sur une épaule. Le vent emmêle ses cheveux courts et frisés, les ramenant sur son front. Il regarde droit devant lui. Ils sont dans une longue rue sombre qui devient plus sombre à mesure qu'ils s'éloignent du boulevard.

« C'est la première fois que vous venez à Paris ?

— Oui. Je viens juste d'arriver — oh ! il y a deux jours.

— Du *Montana?*

— Zut, je n'ai même jamais vu le Montana ! Non. De New York, et puis Londres, et — maintenant — ici. »

Guy effleure le coude d'Arthur et ils traversent cette rue pour pénétrer dans une autre, plus étroite et obscure, remplie de gens — de silhouettes en mouvement.

« Ah ! Et comment nous trouvez-vous ?

— Je ne sais pas. Vous êtes la première personne à qui je parle. Mais Paris me plaît vraiment — *vraiment.* »

Guy se tourne vers lui avec un sourire d'une timidité inattendue. « Bien. Je vais faire de mon mieux, alors, pour vous plaire, *moi.* »

Ils s'arrêtent devant une porte qui semble fermée, à côté de fenêtres condamnées bien que des bruits étouffés les traversent. Guy appuie sur une sonnette et dit à Arthur dont l'expression est un peu anxieuse : « Pas de problème. Je vous assure, je ne dérange *personne* : c'est un club privé. »

Par une fente dans la porte, un œil les scrute. La fente se referme — Arthur songe à la guillotine — et la porte s'ouvre automatiquement.

Guy pousse Arthur devant lui. Ils sont dans un vestibule étroit, aux murs blanc cassé ou gris pâle, face à la haute entrée du club — une porte dont on a ôté les battants. Des gens sont assis dans l'escalier qui se trouve au-delà de l'entrée ; à gauche, un corridor et une autre pièce. À droite, une cage dans laquelle une femme est assise. Elle contrôle l'ouverture de la porte. Son indispensable complice, la personne qui a regardé par la fente et donné le signal favorable à la dame de la cage, est un jeune homme brun qui serre la main de Guy en souriant. Arthur est soudain inondé de mots français et de musique — américaine — qui déferle sur sa droite. Il est submergé de sourires, un raz de marée de sourires, en provenance du jeune homme qui s'empare de son duffle-coat et du pardessus de Guy, puis lui serre la main en se déclarant, ainsi qu'Arthur le comprend, enchanté, et aussi de la dame en cage qui se penche, embrasse Guy sur les deux joues, secoue la main d'Arthur, se déclarant, ainsi qu'Arthur l'entend, ravie, et lui donne du *monsieur Montana!* comme si elle attendait cette rencontre depuis toute éternité. Au milieu de cette agitation, Guy se montre charmant et décidé, signalant à Arthur, par le truchement d'une légère pression sur son coude, de continuer à avancer à travers sourires et effusions.

Ils sont dans le club. Au bar, des gens semblent se préparer à attaquer, tandis que dans l'escalier, mâles et femelles sourient avec empressement. Arthur ose à peine regarder dans la pièce voisine, sur sa gauche, qui semble abriter une cuisine : quelque chose lui rappelle Harlem.

Guy jette un regard vif sur la droite où les tables sont occupées — il sourit et agite sa main mais garde Arthur à côté de lui et ne s'approche pas. Il fait un signe à la dame en cage qui répond de toutes ses dents, y compris les manquantes, et Arthur et lui, déplaçant les représentants des deux sexes, fendent flanelles et soies pour grimper les marches.

Ils pénètrent dans une salle à manger, presque vide, et s'assoient à une table dans un coin.

Guy sourit et dit : « Je suis navré que cela ait été si — *mouvementé*. Ce n'est pas toujours ainsi — jamais quand je viens tout seul. »

Arthur s'amuse comme un fou. Il est ravi de voir quelque chose de parisien. Il est reconnaissant à Guy de l'avoir sorti de lui-même.

Cela est plus drôle que sa chambre d'hôtel, plus stimulant que ses promenades.

« Au moins, explique Guy, ça reste ouvert toute la nuit. Et personne ne viendra nous déranger. »

Il sort un paquet de Gitanes et le tend à Arthur. Arthur secoue la tête avec regret.

« J'en ai essayé une, l'autre jour. J'ai cru que mes

poumons allaient me traverser le crâne.» Ils rient. Guy allume sa Gitane. «Peut-être quand je reviendrai. J'aurai plus de courage.

— Vous reviendrez...? Ce serait épatant, cela signifie que vous nous aimez bien. Quand?

— Je ne sais pas. Mais j'aimerais revenir.»

Un silence. Guy l'observe à travers la fumée de sa cigarette.

«Si vous désirez revenir, alors vous reviendrez. Et j'aimerais beaucoup vous revoir.»

Arthur n'essaie pas de jouer les effarouchés, il ne le fait jamais, ce n'est pas dans ses cordes. Peut-être parce qu'il n'est pas en Amérique se montre-t-il téméraire: «Moi? Comment ça? Vous ne me connaissez pas. Vous venez de me rencontrer.»

Ils s'observent. Arthur hoche la tête avec un sourire ironique, et quelqu'un qui est apparemment le garçon — un des occupants de l'escalier — arrive avec un plateau, débarrasse la table et attend.

«Qu'aimeriez-vous boire?

— Je buvais du cognac. Mais je crois que je devrais changer.»

Il regarde Guy et, sans aucune raison, ils rient.

«Certainement. Que prendrez-vous à la place?

— Une double vodka. Avec glaçons.

— O.K. La même chose.»

Le garçon disparaît. Arthur s'aperçoit que les autres couples ont quitté la salle du restaurant. On dirait que quelqu'un a donné l'ordre de les laisser seuls, Guy et lui.

Ce qui ne peut pas être vrai le semble en partie. Il est curieux. Il aimerait prendre une cuite. Il se fiche de ce qui arrivera ce soir. Il y a peut-être une expérience à tenter.

C'est à cet instant que, sans s'en rendre compte — ou peut-être sans vouloir se l'avouer — il commence à être fasciné par Guy.

Le silence retombe et Arthur allume une cigarette — au

moment où Guy écrase la sienne — et le garçon revient avec leurs doubles vodkas.

Ils lèvent leurs verres et trinquent.

« Alors, d'où êtes-vous ? De Paris ?

— Non. Je viens d'une ville dont personne n'a jamais entendu parler — près de Nantes.

— Où est-ce, ça ?

— À l'ouest. » Guy sirote sa vodka. « Très à l'ouest.

— Que faites-vous à Paris ?

— Je suis » — avec un sourire — « une espèce d'âme damnée — on dit ça chez vous ? — je suis dans *les assurances...* »

Il regarde la tête d'Arthur et rit : « Non. *Pas* les assurances sur la *vie*. Immeubles. Vol. Incendie. Ce genre de choses. Je réussis très bien. J'aide les gens qui ont de l'argent à le garder — n'est-ce pas un rôle estimable ? »

Arthur goûte sa vodka. Il se sent de plus en plus à l'aise.

« Je suis un chanteur.

— Tiens. Je me demandais. Que chantez-vous ?

— La religion.

— *Comment ?* »

Arthur sourit aux yeux bruns attentifs et surpris : « Je chante — des chants religieux. Je suis un chanteur de gospel.

— Je comprends maintenant. Comme Mahalia Jackson. J'adorerais vous entendre chanter, un jour.

— J'aimerais beaucoup que vous m'entendiez. »

Le silence retombe plus longuement. La musique du rez-de-chaussée semble traverser le plancher. Les doigts d'Arthur pianotent sur la table.

« Il y a une boîte de nuit, en bas dans la cave. Aimeriez-vous danser ?

— Non. » Et il continue à tambouriner en mesure sur la table.

« Vous avez des doigts superbes. Vous jouez aussi du piano ?

— Oui. » Ils se sourient, un sourire qui détend l'atmosphère.

Arthur se met à parler musique, à traduire pour ainsi dire, comme s'il était à l'extérieur. Il est surpris de pouvoir parler, de cette manière, de sa vie, de moi, du Sud — il parle des arbres, mais il ne parle pas de Peanut : le visage de Guy s'assombrit et il parle à son tour de sa mobilisation et de son séjour en Algérie. Sans préméditation, à demi consciemment, ils essaient d'user de tout ce qui pourrait les séparer pour se rapprocher. L'instinct, plus que l'expérience, les amène en vue de la zone danger : ils espèrent rester au-dehors. Ils se parlent comme des gens qui se sont rencontrés dans une salle d'attente surpeuplée, au cours de différents voyages : regrettant de ne pas s'être rencontrés avant, espérant se revoir et pourtant, en même temps, forcés de reconnaître que c'est seulement à cause de leurs itinéraires très différents qu'ils se sont rencontrés. « Il faut apprendre à avaler l'amer avec le sucré ! » fredonne soudain Arthur, et Guy approuve d'un hochement de tête, répondant plus au ton d'Arthur et à l'expression de son visage qu'aux mots mêmes. « Mais tu es formidable ! » dit-il avec un sourire enfantin ravi, et Arthur continue à chantonner en faisant le pitre. Le garçon réapparaît et Guy dit : « Tu vas attirer les foules. Ils vont tous abandonner le *dancing !* » Arthur grimace et commande deux autres doubles vodkas.

Ils sont de nouveau seuls, plus que jamais, dans la salle déserte.

« Quand quittes-tu Paris ? » demande Guy.

Arthur reprend son sérieux. « Je ne suis pas sûr. Je pensais partir aujourd'hui — demain — il faut que je rentre. »

Il a déjà raconté à Guy qu'il irait dans le Sud dès son retour en Amérique.

« Il ne faut pas que tu partes *aujourd'hui*, dit Guy d'un ton pressant. Tu ne peux pas, il est déjà trois heures du matin. »

Il prend une gorgée de sa vodka et allume une cigarette. Ses yeux sombres plongent dans ceux d'Arthur. « J'espère que tu passeras la journée avec moi — cette journée et beaucoup d'autres, cela me rendrait très heureux. » Il hausse les sourcils et pose sa main sur celle d'Arthur. « *D'accord?* Tu dis oui ? » Sa main est très large, très lourde, très amicale : il est impossible de ne pas répondre à son insistance. Arthur sourit en se penchant en avant et Guy sourit aussi. « S'il te plaît. Je me rendrai libre aujourd'hui, et nous nous réveillerons — je te préparerai à déjeuner, je suis très bon cuisinier, tu sais, ou bien nous pourrons sortir, peu importe — et je te montrerai Paris, je te montrerai... *moi...* et ce sera une magnifique journée ! »

Arthur pose son autre main sur celle qui retient la première.

« Mais alors — puis-je partir demain ?

— Nous pourrons en discuter demain. Toute la journée.

— Il sera difficile de s'en aller.

— Très. »

Ils rient de nouveau, mais pas comme avant. La main de Guy se resserre sur celle d'Arthur, et réciproquement.

« Tu me plais, dit Arthur.

— Toi aussi. *Énormément.* »

Les yeux dans les yeux, leurs mains ainsi entrelacées, ils s'attirent l'un vers l'autre, et leurs lèvres entrouvertes se touchent — étanchent leur soif réciproque. Guy ferme les yeux, un frisson le parcourt qui gagne Arthur. Guy rouvre les yeux et contemple Arthur avec une sorte d'émerveillement désarmé, semblable un peu à l'enchantement d'un enfant, et Arthur prend le visage de Guy entre ses mains et l'embrasse de nouveau. Une sorte de paroxysme de liberté le fait trembler. Tandis qu'il embrasse cet étranger, dans une ville étrangère, et dans une salle étrange, avec le monde entier trop occupé pour le remarquer, s'en soucier, ou le juger, avec Papa et Maman en train de dormir, et Grand Frère au travail, et Dieu scrutant les champs paisibles de la Nouvelle-Angleterre, son passé paraît se détacher de lui comme une illusion, il le sent tomber à ses pieds, il le repousse du pied, tout entier, Julia, Crunch, Peanut, Red, Hall, les congrégations, la terreur des arbres et des rues, le poids d'hier, la peur de demain, tout, à cet instant, tombe, tout sauf le chant — comme le chant, il est nu, ouvert, en quête. Il sent Guy trembler de plaisir, son poids si énorme, si vulnérable, fait vibrer la table, et Arthur tremble d'amour et de gratitude : car il sait que tout ce qui est tombé de lui, il devra le ramasser de nouveau, mais pas maintenant — maintenant, lui et un autre s'étendront nus et offerts dans les bras l'un de l'autre.

Ils s'arrachent l'un à l'autre. Aucun d'eux ne parle. Chacun respire avec un plaisir intime, délicat, l'odeur de l'autre.

« *Ça va ?* »

Arthur comprend plus le regard de Guy que les mots.

« *Ça va,* répond-il gravement.

— Nous y allons ?

— Oui. Où ?

— Dans mon appartement. Ce n'est pas loin. Juste *rue des Saints-Pères.* »

Bien qu'ils soient sur le point de partir, ni l'un ni l'autre n'est tout à fait prêt. Ils s'allument leurs cigarettes et se redressent, sirotant leurs vodkas, reprenant haleine.

Le garçon est de retour — depuis combien de temps est-il là ? Mais peu importe. Guy lui demande l'addition et la règle.

Ils terminent leurs vodkas dans un rare silence, se lèvent et traversent la salle à manger jusqu'à l'escalier déserté. Le bar est plus qu'à moitié vide, la musique continue de monter de la cave. Les gens attablés sont en pleine conversation et ne leur jettent pas un regard. Ils prennent leurs manteaux des mains d'une autre dame enjouée, à qui Guy donne un pourboire, et ils sortent.

Les rues sont maintenant vides — parfois, une silhouette solitaire traverse la chaussée ou bien s'immobilise à un croisement. Les rues effraient Arthur. Peut-être l'ont-elles toujours effrayé. Peut-être l'effraieront-elles à jamais. Après sa rupture avec Crunch, il a erré, terrifié et fiévreux, dans beaucoup de rues. Il a cru errer en enfer. Il est encore terrifié à l'idée que ce temps puisse revenir, à la manière dont un malade chronique vit dans la hantise des symptômes avant-coureurs d'une nouvelle rechute.

Marchant dans les rues de Paris, au côté de Guy, il se sent calme et en sûreté.

Ils arrivent devant un mur, dans la longue rue étroite où habite Guy qui ouvre une porte percée dans ce mur. Ils se retrouvent dans une grande cour — Arthur ne se doutait pas qu'une telle splendeur pût se cacher derrière ce genre de murs qu'on voit dans Paris — et ils traversent la cour pour pénétrer dans un vieux bâtiment massif. L'entrée est vaste, avec une loge d'un côté et un escalier cintré de l'autre. Ils montent au premier étage et entrent dans l'appartement de Guy.

C'est un vieil appartement. C'est la première impression qu'enregistre Arthur — vieux et haut de plafond, avec des pièces s'ouvrant à la file, non pas comme s'il avait été construit mais comme s'il s'était transformé, développé patiemment d'année en année, siècle après siècle. Il est meublé de grands miroirs et de sièges énormes ; une tapisserie — fanée mais célébrant une bataille — recouvre un mur. Arthur distingue des chevaux et des chiens, des boucliers, des sabres et des armures. Guy prend le manteau d'Arthur, enlève le sien, et les jette sur un grand canapé ; ils quittent ce foyer et pénètrent dans une pièce plus grande, plus haute et moins encombrée, avec un immense canapé noir, des fauteuils, un important secrétaire, un chandelier

— Guy l'allume en faisant jouer l'interrupteur sur le mur — un autre meuble avec une vitrine qui contient des bibelots et des verres, une longue table basse devant le canapé, d'autres tables rondes dans les coins de la pièce, deux hautes fenêtres, drapées de lourds rideaux, une porte ouvrant sur deux couloirs, l'un dans le prolongement de la pièce, l'autre partant sur la gauche. Le couloir d'en face mène à la cuisine et à l'office, une salle de bain et une petite chambre. Le couloir à gauche conduit à la chambre de Guy, son bureau, ses toilettes et sa salle de bain — Arthur va découvrir que, en France, ces deux commodités sont (ou étaient) séparées.

« Fichtre ! lance-t-il en se baladant, les mains dans les poches, et en examinant les tableaux.

— C'est vieux, dit Guy qui observe avec ravissement la longue silhouette noire dans le pantalon bleu usé, le chandail à col roulé, les chaussettes éculées.

— Je comprends que c'est vieux ! Mais c'est magnifique. » Il se tourne vers Guy : « Tu vis ici tout *seul?*

— J'ai eu un ami pendant un an — un ami d'Algérie — mais il est reparti dans son pays. » Il arpente la pièce de long en large. Arthur se rend compte que le balancement de sa démarche est dû au fait qu'il a les jambes un peu arquées. « J'imagine qu'il ne reviendra jamais en France.

— Pourquoi pas ?

— Eh bien, comme tu le sais peut-être, il y a un certain malentendu — un certain nombre de difficultés — entre la France et l'Algérie. »

Arthur le *sait* — c'est-à-dire, il a lu et entendu des choses à propos de la révolte algérienne contre les Français — mais il ne sait pas vraiment et, à la vue de la mine de Guy, il ne tient pas à poursuivre le sujet.

« Je vois », se contente-t-il de dire et il retourne aux tableaux.

Guy va vers le bahut : « Veux-tu — comment dites-vous

chez toi ? Un *bonnet de nuit ?* — enfin veux-tu quelque chose à boire avant d'aller te coucher ? »

Arthur est fasciné par Guy, oui, mais il l'aime aussi de plus en plus. Il y a en lui quelque chose de solitaire et de vulnérable. En même temps, il se rend compte que c'est la première fois qu'il se sent aussi à l'aise avec un Blanc. Mais ce n'est que maintenant, en voyant Guy au milieu des témoins de son héritage, qu'il pense à lui comme à un *Blanc*. Il n'aurait pas réagi à Guy à New York comme il a réagi ici, certainement pas aussi vite. Il le dévisage. Puis il secoue la tête. La vérité est qu'il pense à Guy comme à un Français, quelqu'un qui n'a aucun rapport avec New York ou la Georgie. Il n'a pas de réponse apprise ou voulue parce que Guy n'a jamais existé pour lui ; ni dans son imagination, ni dans sa vie, il n'a été menacé par lui — c'est-à-dire par un Français. Mais il est vaguement conscient que cela peut être lié à sa réticence à discuter de l'Algérie. Il secoue de nouveau la tête.

« Tu secoues la tête pour dire oui ou pour dire non ? » demande Guy en riant.

Il a ouvert le secrétaire et tient une bouteille de vodka à la main.

« Oui, dit Arthur. Excuse-moi.

— Alors, je vais chercher de la glace et des verres.

— Je peux venir avec toi ?

— Naturellement. Tu es chez toi. »

La cuisine est grande et très vieillotte. C'est une cuisine, pense Arthur, que sa mère adorerait. Ils sortent de la glace d'un réfrigérateur qui n'a rien de moderne, des verres d'un placard et retournent au salon. Guy verse la vodka et ils s'asseoient sur le canapé.

Guy allume une cigarette, se lève, va vers une des fenêtres et ouvre les rideaux. L'aube remplit la pièce d'un gris lumineux.

Guy revient sur le canapé et prend son verre.

« Bien des matins, j'ai souvent regardé seul ici le jour se

lever. Parfois, c'est triste, parfois ça l'est moins, mais c'est toujours quelque chose qui vous attend. » Il regarde Arthur : « Tu ne trouves pas ?

— Nous avons une chanson qui est un peu comme ça, dit Arthur. Enfin, pour moi, c'est exactement comme ça. Tu as entendu parler d'une chanteuse de blues, Bessie Smith ?

— Oh oui ! J'ai plusieurs de ses disques.

— Eh bien, elle chante une chanson qui dit "Attrapez-le. Ne laissez pas le cafard entrer ici !" »

Guy éteint sa cigarette, se tourne vers Arthur et pose sa grande main sur sa nuque. « Mais ce matin, je ne me sens pas cafardeux. »

Arthur pose son verre, se sentant aussi avide d'expérience et aussi puissant qu'un adolescent. Avide d'expérience parce qu'il surveille, sent, attend Guy, puissant parce que la profondeur du désir qui s'est emparé de lui les fera trembler Guy et lui — puissant parce que ce désir, endormi depuis longtemps, a été réveillé par le désir de Guy. De nouveau, il respire une sorte de bouffée de liberté. Lui et son ami sont seuls. Ils ont chacun l'autre à découvrir, et pour le moment, seulement l'un l'autre. Il rit d'un rire rauque de joie pure et Guy rit avec lui en l'attirant dans ses bras.

Guy dort encore quand Arthur se réveille vers trois heures de l'après-midi.

La chambre de Guy est contiguë à son bureau et, dans le bureau, une des fenêtres est entrouverte. Une brise s'y faufile, aussi agréable et paisible que le demi-jour qui filtre à travers les rideaux. Arthur se sent voluptueusement alerte : c'est-à-dire en forme, mais sans le moindre désir de bouger.

Guy est étendu sur le côté, face à Arthur, un bras tendu vers lui. Certains visages, dans le sommeil, deviennent tourmentés, connaissent des luttes difficiles, passent par de dures épreuves : le visage de Guy est aussi calme et désarmé que celui qu'il devait avoir à trois ans. Il ronfle légèrement, ses dents brillent à travers ses lèvres entrouvertes. Ses cheveux épais sont humides et emmêlés sur son front. Les couvertures sont à demi rabattues : Arthur regarde la poitrine velue se soulever et redescendre. Guy ne le voit pas l'épier. La main au bout du bras lancé vers Arthur tressaille, pas encore alarmée — mais bientôt un message atteindra le cerveau de Guy et le réveillera.

Arthur ne dérange pas les couvertures, ne touche pas Guy. Il peut voir tout ce qu'il y a à voir — le nombril, les poils sombres, le dédale du sexe, les cuisses, les genoux, les chevilles, les fesses — tout, et bien plus, tout ce qui ne se voit pas, sans toucher les couvertures ou déplacer un millimètre de l'univers. Il verra cela toute sa vie, c'est devenu une partie de lui. Quand hier, la nuit dernière, peu avant ou après le déluge, au moment où, embrassant Guy, il avait senti tomber le poids de son passé, de son expérience, et qu'il était redevenu nu, il avait su qu'il aurait à le ramasser de nouveau. Il n'avait pas su qu'il serait plus lourd, rendu plus lourd par une seule nuit.

Il contemple Guy. L'angoisse se transmet, elle voyage bien, elle possède autant de langages que de véhicules : mais le désir est parmi les principaux et si le désir n'est pas un aveu, il ne peut être qu'une malédiction. Jamais, dans la vie d'Arthur, personne ne s'est autant abandonné dans ses bras, personne n'a voulu ni exigé ni donné autant. Il se sent transformé : en une nuit il a beaucoup vieilli.

Il contemple Guy et souhaite le protéger. Il ne trouve pas ce souhait ridicule : ou bien, s'il l'est, il s'en moque. Il sait que Guy aussi souhaite le protéger — il ne trouve pas cela ridicule non plus. Il devient réel pour lui, pour la première fois que c'est ce que les amants font l'un pour l'autre — en osant se mettre à nu, en se donnant réciproquement la force de n'avoir rien à cacher.

Personne ne peut accomplir cela seul.

Il allume une cigarette et se renverse sur l'oreiller. Il

regarde droit devant lui dans le grand vieux bureau de Guy, sa table de travail et les chaises, les lampes, les livres, une ou deux sculptures; les tableaux, certains aux murs, d'autres empilés dans un coin; le courrier, le coupe-papier ouvragé venu d'Afrique du Nord, le téléphone; les photos, sur la table, les murs, plusieurs de Guy en uniforme, ou bien en costume nord-africain, une photo de son ami Mustapha, dans un coin au-dessus du tourne-disque; les disques, avec une superbe sélection de Jelly Roll Morton, Bessie Smith, Ma Rainey, Django Reinhardt, Louis Armstrong, Duke Ellington, Billie Holiday, Mahalia Jackson, Ida Cox, Pats Weller — et d'autres, inconnus même pour lui, y compris quelques soixante-dix-huit tours sur lesquels il aimerait bien mettre la main, inlassablement catalogués et étiquetés, chacun à sa place.

Cet appartement qui lui paraissait si immense hier soir, il le voit maintenant comme une sorte de purgatoire; il semble retentir de l'horreur courageuse des jours et des nuits de Guy.

Guy n'a pas bougé. Mais son bras remue à l'aveuglette et son corps se rapproche d'Arthur.

Arthur regarde droit devant lui. Sa vie est devenue plus lourde d'une nuit: car nous l'attendons tous, en Amérique.

Il n'éprouve pas de schizophrénie romantique. Il sait qu'il ne peut pas rester ici: cette certitude est aussi réelle que l'air qui souffle dans cette chambre. Mais l'homme dans son lit est tout aussi réel.

Il ne sent pas non plus qu'il soit de son devoir de repartir — il y a mille moyens de se soustraire à un devoir. Ce n'est pas davantage une question de loyauté, un titre douteux qui peut toujours être déchiré pour d'excellentes raisons.

Tourmenté néanmoins, il éteint sa cigarette.

Il se lève sans faire de bruit et, nu, gagne les toilettes puis l'immense salle de bain où il s'asperge le visage. Il se regarde dans le miroir mais votre propre visage, quand vous l'interrogez dans un miroir, ne révèle rien du tout. Il a l'air fatigué, triomphant, et triste — comme s'il avait vu plus qu'il ne souhaitait voir et se trouve sur le point, maintenant, d'en voir encore davantage.

Ce sera dur de partir.

Très.

Il revient dans la chambre et s'étend sur le lit. Il allume une autre cigarette.

Guy ouvre les yeux. Son sourire force celui d'Arthur.

« *Bonjour.* »

Arthur apprend le français très rapidement.

« *Bonjour toi-même.*

— *Puis-je avoir une cigarette ?*

— Hé ! Tu te souviens de moi ? Je parle *anglais.* » Mais il allume une Gitane, tousse, et la tend à Guy.

« *Pardon* — excuse-moi. C'est que je ne suis pas réveillé. »

Guy tire sur sa cigarette, secoue la tête, passe la main dans ses cheveux.

Il se lève en trébuchant et disparaît dans le couloir. Arthur va à la fenêtre du bureau et contemple le jour glacial. Il n'a aucune envie de l'affronter. Il sent qu'il devrait peut-être appeler son hôtel ou plutôt faire téléphoner par Guy ; tôt ou tard, il lui faudra m'appeler, *moi* ; mais pas maintenant. Il veut se recoucher. Il veut rester avec Guy aussi longtemps que cela lui est possible.

Il est donc au lit quand le grand Guy aux jambes arquées revient en titubant un peu.

Guy écrase son mégot et se glisse à côté d'Arthur qu'il enlace.

« Tu as faim ?

— Non. Et toi ?

— Je ne crois pas. » Ses mains caressent le dos d'Arthur. « Pas pour le moment.

— Penses-tu que peut-être on devrait appeler mon hôtel ?

— On appellera plus tard. »

Tandis qu'ils s'embrassent, que la chaleur monte en eux, tandis qu'ils exigent les heures de cet après-midi, la nuit qui vient, les heures qui restent, tandis que les mains, la bouche, la langue de Guy adorent son corps, tandis qu'il se donne et se redonne à Guy, tandis qu'ils approchent du miracle de la reddition mutuelle, riant marquant une pause, se regardant, sanglotant un peu, caressant leurs sexes rigides, brûlants, s'abreuvant aux odeurs l'un de l'autre, chacun étonné par la couleur de l'autre — combien de couleurs possède une couleur ! quel dédale ! — tandis qu'ils descendent dans des lieux paisibles, seulement pour remonter peu à peu très haut, s'approchant toujours plus de la limite, se retenant, voulant que cela ne finisse jamais, cherchant réciproquement leur regard, riant à ce que chacun y lit, puis, sérieux, appliqués comme des lutteurs, tâtant délicatement, comme des médecins, expérimentant des muscles, expérimentant des goûts, comparant les découvertes, l'un demeurant immobile, puis l'autre, chacun s'abandonnant et s'ouvrant de plus en plus à l'autre, se servant l'un de l'autre au mépris du meurtre, du temps, du langage et des continents, l'histoire nouée dans les couilles, l'espoir, la gloire et la puissance vibrant dans la queue, sachant que cette suspension ne peut pas durer plus longtemps, que chacun arrive à sa limite, gisant dans les bras l'un de l'autre, puis se tournant de nouveau, cette fois la longue et lente entrée d'Arthur dans Guy, *ah ! ne bouge pas,* le calme, puis le lent va-et-vient, la formidable conjonction, cette impression de mystères renversés et l'explosion du ciel, quelque chose de fragile et d'éternel étant accompli entre deux amants, deux hommes, la douceur des aisselles, des tétons, de la nuque et des poils, l'indubitable pouvoir des derniers labours, *ah oui ! oh ! baby*, l'ultime incroyable raideur de feu, le quart de seconde intolérablement prolongé avant que l'amant ne se déverse finalement dans l'amant, la jouissance commune, la chute sans fin, la montée vers l'aube, las, épuisés, chez eux l'un dans l'autre, il demeure cependant une étrange et froide souffrance dans chaque chose, et Arthur pense : Si seulement je pouvais rester. J'espère que nous nous reverrons.

Ce soir-là, ils passent à l'hôtel d'Arthur. Arthur paie sa note car il va aller habiter chez Guy. Durant cette brève transaction — Guy a un taxi qui les attend devant la porte — Arthur peut voir que le concierge est très impressionné par Guy, et un peu furieux avec lui-même de ne pas avoir soupçonné que le Noir américain ait pu avoir d'aussi magnifiques relations. Arthur ne l'a jamais vu sourire ni saluer : il fait maintenant les deux en abondance. Arthur n'a pas le droit de toucher à ses valises. Une créature surgit de la cave et vient les porter dans le taxi.

Ah ! L'ahurissement européen devant les relations de l'Américain noir est la source des problèmes que pose sa présence à l'étranger.

Riant, hors d'haleine, comme des enfants, ils déposent les bagages d'Arthur dans le « foyer » de Guy et quittent immédiatement l'appartement. Ils vont au cinéma, puis ils iront dîner et Guy a soutiré à Arthur la promesse de ne pas discuter de son départ ni de faire aucun plan à ce sujet jusqu'au lendemain, à l'heure du souper. Ils vont voler vingt-quatre heures. Quelle différence le vol de vingt-quatre heures peut-il faire à l'égard de l'éternité ? Le calendrier a tant de jours avec lesquels jouer : pourquoi le calendrier s'inquiéterait-il que nous lui en volions un ? Arthur sait que l'éternité est un tyran jaloux, qui exige un décompte de chaque respiration, et le calendrier, un comptable méticuleux, ravi d'être au service de l'éternité — mais tant pis, Guy a raison, il y a des moments où il convient de défier le tyran. Et dites à son employé d'aller voir ailleurs si vous y êtes.

Ils déposent les bagages d'Arthur, dégringolent l'escalier, traversent la cour, sautent dans le taxi qui les a attendus et se font emmener aux Champs-Élysées. Ou plutôt, comme indique Guy au chauffeur, à l'Étoile. « Ainsi, on commencera par le haut, dit Guy, et on descendra à pied. De cette façon, tu verras tout. »

En tout cas, Arthur n'a jamais vu les Champs-Élysées la nuit. C'est la meilleure manière de les découvrir et si l'on peut s'arranger pour être jeune, c'est encore mieux. Si, en plus d'être jeune, on peut s'arranger pour les voir pour la première fois le soir en compagnie d'un amant, on ne peut pas se plaindre. Mais si, en plus d'être jeune et de voir les Champs-Élysées pour la première fois la nuit avec un amant, cet amant se trouve être français, alors on appartient à une rare et glorieuse catégorie : et vous avez intérêt à faire vœu de silence, car si votre histoire devait être crue, elle ne pourrait que faire des jaloux.

Pour Arthur, le ravissement de la découverte est mitigé par la certitude de son départ imminent. Tout devient à double tranchant. Il y a une certaine sagesse dans l'insistance de Guy à refuser de discuter ce départ pendant vingt-quatre heures. Ces vingt-quatre heures sont délibérément volées — comme pour l'école buissonnière — et ils sont libres d'en profiter au maximum.

Le taxi s'arrête place de l'Étoile, ils descendent et marchent.

Il n'y a rien à voir sur les Champs-Élysées, surtout la nuit, excepté des visages qui passent désabusés et calculateurs, des kilomètres de panneaux publicitaires, des vitrines et encore des vitrines, des cinémas et des terrasses de cafés. Mais ce soir, l'ensemble est magique. Le but de leur promenade est de décider du film à voir et, ensuite, de l'endroit où dîner.

Guy affirme que voir un film français est un merveilleux moyen d'apprendre le français mais concède qu'il n'y a pas de raison de commencer l'éducation d'Arthur ce soir. Ils iront donc voir un film américain mais les cinémas n'offrent rien d'alléchant. Guy veut bien voir un western, Arthur s'y refuse. « Je ne suis pas venu jusqu'à Paris pour regarder une émission de télé, coco. » Guy adore Hitchcock mais il n'y a pas de Hitchcock et il devient apparent que ni l'un ni l'autre ne se concentrent beaucoup. Ils se baladent, c'est tout. Arthur est fasciné par les vêtements d'homme dans les vitrines et ils s'arrêtent constamment, Arthur calculant s'il peut s'acheter ceci ou cela, tout en sachant qu'il ne le peut probablement pas. Un imperméable, en particulier, fait l'objet de son admiration. Guy accepte de revenir avec lui le lendemain — « *avant* le dîner? » plaide Arthur — pour l'essayer.

Entre-temps, ils n'ont pas beaucoup avancé sur la fameuse avenue et il commence à se faire tard pour la séance de cinéma. Il leur faudra attendre jusqu'à dix heures ou dix heures et demie. « Alors, laisse-moi te payer un verre, dit Arthur, et on en discutera. J'adorerais offrir un verre à mon homme à la terrasse d'un café des Champs-Élysées. »

Ils s'assoient et commandent deux whiskies.

À l'hôtel, Arthur a changé de linge et de vêtements : il porte une chemise blanche à col ouvert, un costume bleu marine et un pardessus de gabardine noire ceinturé. Il a l'air très élégant et il est assez jeune pour que cette élégance le fasse paraître encore plus jeune. On dirait un étudiant curieux et charmant. Il est heureux, ce qui le rend radieux. Guy sourit chaque fois qu'il le regarde et l'appelle *le chanteur sauvage* et parfois « *mon* chanteur sauvage ».

« Continue, dit Arthur, tu ne sais pas que là d'où je viens un salaud de *sauvage* t'aurait déjà fait passer le goût du *sauvage*. Moi je suis gentil. »

Comme aucun n'est certain du langage de l'autre, ils sont forcés de se regarder droit dans les yeux lorsqu'ils parlent afin de s'assurer que le message passe.

« Et si tu venais à New York, tu l'aimerais peut-être — mais très différemment » — il grimace, l'air dubitatif — « de la manière dont moi, je l'aime. À *supposer* que je l'aime. Je n'ai jamais pu me décider là-dessus.

— Je suis certain, déclare Guy que je ne pourrais jamais aimer quelque chose que tu hais. Ça me tuerait. Je ne sais rien sur l'Amérique, poursuit-il, dévisageant Arthur. Mais je n'aime pas les Français que je connais qui aiment New York — ou la Floride ou Los Angeles, d'ailleurs. C'est juste quelque chose, tu comprends, de personnel. Ça n'a aucun rapport avec toi. Il en a toujours été ainsi. Mais je ne veux pas *être* comme ça, c'est comme vouloir être allemand. Et moi, à mon avis, c'est déjà bien plus que suffisant d'être français. Franchement. »

Arthur l'observe. Il a compris quelque chose, quelque chose d'inattendu, de nouveau, surtout à travers le ton et aussi le regard de Guy. « Comment ça ? Suffisant d'être français ?

— D'être des hypocrites, d'être des racistes — nous n'avons pas besoin de modèles. Nous sommes très, très doués pour ça tout seuls ! » Il écrase sa cigarette, en allume immédiatement une autre. « Je suis un Français. J'ai été un soldat français. Je sais. »

Une fois de plus, Arthur a le sentiment d'écouter une conversation qui ne lui est pas destinée : il ne veut pas poursuivre cet aspect de ce qu'il perçoit comme le tourment de Guy. Et il a une autre crainte plus grave, plus précise : si Guy lui déballe ses lettres de crédit, il ne veut pas les voir et, encore moins, être contraint de les examiner.

Il y réfléchit autrement, en buvant son whisky et en allumant une cigarette. Si Guy est en train de dire qu'il n'aime pas être un Français. Que penserait-il d'Arthur si Arthur proclamait qu'il n'aime pas être un Noir américain ? En effet, parce qu'il est assis sur cette avenue inconnue, il assemble ces deux mots : *Noir américain* et entend, immédiatement, le crescendo des contradictions, le fracas des vérités de l'histoire — qui n'est rien de plus et rien de moins que les battements de son propre cœur. Dans bien des sens, il n'aime pas être un Noir américain, ou être noir, ou être américain, ou être Arthur, et, pour des millions de gens, dans son pays, et ailleurs — y compris la France — son existence est la preuve de l'innommable perversité de l'histoire, une faille dans la nature de Dieu. Néanmoins, le voici assis sur les Champs-Élysées avec Guy, un Français, un étranger et un amant, pas encore un ami. Il ne veut pas y penser, cela ruinerait les vingt-quatre heures volées, et rendrait son fardeau plus lourd encore.

Il s'interroge sur le Mustapha de Guy. Il est reparti en Algérie. Lui, Arthur, repart pour l'Amérique. Il ne veut pas y penser maintenant, il y pensera dans l'avion.

Avalant son whisky, il saute dans le présent :

« Je suggère, dit-il, que nous laissions tomber les empires passés, présents ou à venir, de l'Ashanti à Charlemagne, de la reine Victoria à Eisenhower, et que nous prenions un autre verre et décidions où aller dîner. S'il y a de la musique dans cette ville, on pourrait aller écouter de la musique. Sinon, de toute façon, on ne devrait pas traîner trop tard ? Et radiner nos fraises chez toi à une heure raisonnable, et peut-être mettre un ou deux de tes disques, et puis se coucher, faire l'amour et dormir. Qu'est-ce que tu en dis, mon gros ?

— *Ça va très bien* », réplique Guy. Mais il a observé Arthur et il est conscient que son humeur a changé. Il sent que cela a un rapport avec un jugement qu'Arthur est en train de porter sur lui.

Il fait signe au garçon et passe commande. Il se penche, un coude sur la table, sa cigarette à la main, le sourcil froncé.

« Je détesterais que tu te méprennes sur ce que je dis.

— Moi aussi, réplique Arthur, mais » — et il décide de se jeter à l'eau, le puritain en lui ayant annoncé que la position horizontale serait tout à l'heure sans joie si la verticale est un mensonge — « puis-je te dire quelque chose ? Enfin, te dire quelque chose et te demander quelque chose ?

— Naturellement. » Le visage carré de Guy est tendu par la concentration, ses yeux sombres sont presque noirs. Il est toujours appuyé sur son coude, la cendre de sa cigarette va tomber.

« Je viens d'arriver ici, d'accord ? Je n'ai encore jamais vu Paris, ni Londres — enfin, j'avais vu Londres — mais je ne suis pas sur mon territoire ici, si je ne t'avais pas rencontré, je serais dans un avion à l'heure qu'il est ou encore je serais en train de me branler dans ma chambre d'hôtel, j'arpenterais les rues, tu m'as saisi ? Je ne serais pas assis ici. »

La cendre tombe au moment du retour du garçon qui pose son plateau, essuie la table, vide le cendrier, ramasse les verres, glisse l'addition sous le cendrier et s'en va.

Arthur prend la cigarette éteinte de Guy et la met dans le cendrier.

« Écoute. Tu parlais tout à l'heure de la France et de l'Amérique, et tu as mentionné l'Allemagne, et tu ne veux pas être comme les Américains, et tu ne veux pas ressembler aux Allemands, et tu ne veux même pas ressembler aux Français ! Ma foi, je suis obligé de me demander à qui, nom de Dieu, tu veux ressembler ? Attends », car Guy a fait un geste. Il prend une cigarette. Arthur la lui allume puis lève son verre vers Guy. « À ta santé. Mais écoute : tous ces endroits sont peut-être différents. Ils le sont pour toi. Merde, ils bouffent de la saucisse en Allemagne et du pâté en France et je ne sais quelle abominable ragougnasse en Angleterre, vous avez des drapeaux, des systèmes et des machinchoses différents, vous êtes toujours en train de vous bagarrer et alors vous croyez que ça vous rend différents. Mais tu veux que je te dise en quoi *vous êtes tous pareils* ? Le seul et unique sujet à propos duquel vous n'avez pas la moindre dissension ? »

Guy se redresse, tire sur sa cigarette en regardant Athur, les yeux plissés, avec une moue ironique et sagace, pas tout à fait un sourire.

Arthur se touche la poitrine : « Moi. Vous n'avez aucune dissension à mon sujet à moi. Je viens de te dire que je n'étais pas ici sur mon territoire. Mais je vous ai déjà tous rencontrés, bande de salauds, longtemps avant d'arriver ici. »

Il sirote son whisky en regardant Guy.

— Je vous ai rencontrés en Amérique en travaillant pour

vous. Et tous vous nous traitez de négros, moi et ma maman et mon papa et mon frère et ma sœur et ma fille et mon fils. Alors j'ai rien à foutre de ce que tu penses de la France, de l'Allemagne ou de la Suisse ou de l'Angleterre — les différences entre vous n'ont aucune importance. Chaque fois que vous pensez qu'on ne peut plus me tenir, vous êtes capables d'oublier vos différences le temps de venir me botter le cul. »

Il boit un autre coup et allume une cigarette. À présent, il ne peut pas déchiffrer le visage de Guy.

« Je t'ai averti que j'allais te demander quelque chose, et voilà ce que je veux te demander — tu ne crois pas que, en plus de toutes les chiottes que j'ai déjà à me farcir, je peux peut-être trouver un peu excessif d'avoir à *compatir* avec toi par-dessus le marché? Merde, vous possédez tous les diamants et tout l'or du monde et tous les bombardiers à réaction et mon cul aussi, et tu veux en plus *pleurer* dans mon giron? Allons, mon vieux, faut pas pousser. »

Il se met à rire parce que Guy a rejeté la tête en arrière, se marre, prend son verre, le repose, trouve un mouchoir et s'essuie les yeux. Puis il regarde Arthur.

« *Chapeau!* Je ne l'ai jamais encore entendu exprimé de la sorte. *Compatir!* » Il se remet à rire. Il reprend son sérieux non sans difficulté. « Mais oui, il faut de la compassion, il n'y a pas d'autre espoir. » Il réussit à avaler une gorgée de son whisky. « Moi, en fait, je n'ai pas les bombardiers à réaction et le reste, et, après tout, si je possède ton cul, tu possèdes aussi le mien, ce qui peut me donner droit à un peu de *compassion.* » Il se calme. « Je veux être ton ami, je veux que tu me considères comme un homme pareil à toi. C'est la vérité, je pense que tu le sais. » Il baisse les yeux : « Peut-être qu'une histoire aussi brutale ne peut produire qu'une brute. Mais je ne crois pas et tu ne le crois pas non plus. Toute histoire est brutale. Moi, je pense » — à présent très sérieux, allumant une autre cigarette, le sourcil froncé, les yeux baissés — « moi, je pense que mon histoire a fait de moi un homme en faillite excepté au sens matériel du mot et même bientôt dans ce sens-là aussi, et ce ne sera pas ta compassion, pas même ton amour, qui pourra me sauver de ça. Je ne m'accroche pas à mon histoire, mon histoire s'accroche à moi. Mon histoire a trop menti au sujet de trop de choses, elle a blasphémé ce qui est sacré. Je sais pourquoi nous avions besoin de l'Afrique et ce n'était pas seulement pour l'or et les diamants ! Ça, c'est le mensonge que nous nous sommes raconté parce que nous, nous étions civilisés. » Il se tait de nouveau un instant et finit son whisky. « C'est même un miracle qu'aucun de nous puisse péter, mieux encore chier. » Il contemple son verre d'un air songeur, puis Arthur. « En dépit des apparences, *cher chanteur sauvage*, tu n'es pas la victime. Tu as été l'objet d'un complot et ce complot a échoué. »

Il sourit à Arthur d'un air las et affectueux. « Je sais, en tout cas, quoi que tu dises, que tu n'abandonneras jamais qui tu aimes. Et c'est suffisant. » Il écrase sa cigarette, en allume une autre. « Je suis assez ivre, juste un peu, pour boire un autre verre » — il regarde Arthur — « tu m'accompagnes ? Et puis nous irons dîner quelque part et peut-être chanteras-tu pour moi, plus tard ? Par compassion. » Et il éclate d'un rire émouvant. « Ah ! Je suis bien content que nous ayons parlé. »

Arthur l'observe et fait signe au garçon. « Moi aussi, ma beauté. »

Ils quittent le café et continuent à descendre l'avenue. Tous deux commencent à avoir faim et un peu froid, mais ils éprouvent le besoin de marcher ensemble. Le prétexte étant que Guy veut faire quelques pas pour s'éclaircir les idées : et la vérité étant que cheminer de conserve peut engendrer un silence très particulier. Il y a une grande sécurité dans le son commun des pas, quelque chose de rassurant dans l'effleurement réciproque des épaules. Le profil de l'autre disparaît et réapparaît dans la lumière et chaque fois subtilement différent, dans des multiplications infinies. On peut parler ou ne pas parler, surtout si la paix est entre vous.

Arthur remonte le col de son manteau. Guy noue son écharpe. Tous deux ont les mains dans les poches. La démarche de Guy lui fait frôler parfois de son épaule celle d'Arthur ; de temps à autre, Guy en accentue le balancement, Arthur et lui échangent un coup d'œil amusé.

Ils ne parlent pas avant d'avoir atteint les grands jets d'eau du Rond-Point.

« *Mon cher chanteur*, dit Guy, il nous faut manger. Et je n'aime pas beaucoup dîner par ici. Ce n'est pas » — il rit — « *mon* territoire. »

Il regarde Arthur, qui fait écho à son sourire.

« Alors, on traverse le fleuve ? On trouvera un endroit près de la maison, *d'accord* ? Et puis, peut-être, trouverons-nous aussi de la musique dans le *Quartier latin* ? C'est là où tu habitais, explique-t-il. Je vois que tu ne te rappelles pas du tout ton ex-quartier. Ah ! *Les touristes !*

— Écoute, beauté. Emmène-moi bouffer, O.K. ? Je ne sais pas pourquoi vous, les Français, vous choisissez toujours les coins de rue les plus gèle-cul pour commencer à dégoiser vos conneries.

— Ah ! Comme tu es grossier ! Ils sont tous comme ça chez toi ? Je commence à comprendre ce fameux problème noir ! » Il prend Arthur par le bras, en riant, et ils traversent jusqu'à la station de taxis. « Saint-Germain-des-Prés », lance Guy au chauffeur.

Guy presse la main d'Arthur. « Ça va ?

— Je ne te mentirai pas, vieux, dit Arthur. *Ça va très bien* — mon français s'améliore, non ?

— Tu fais de grands progrès. Si seulement... » Le taxi accélère vers la place de la Concorde. Les éclairages défilent en tourbillon, rappelant à Arthur les lumières d'une fête foraine de son enfance ou de ses rêves. Guy soupire puis sourit et se tourne vers Arthur : « Nous ne devons pas parler de tes dons linguistiques avant le souper de demain soir.

— J'imagine, dit Arthur, que nous souperons très tard.

— C'est possible, réplique Guy, d'autant plus que je serai le cuisinier. »

Arthur voit l'immense colonne de la place de la Concorde s'approcher, aussi glaciale qu'une relique sous la garde de la lune. Peut-être n'appartient-elle pas à ces lieux : tout comme il est étrange de baptiser une place où la guillotine s'est dressée un jour : *Concorde*.

Mais l'histoire est peut-être la plus mystique de nos tentatives, et Arthur oublie l'obélisque au moment où le taxi tourne pour traverser le fleuve.

Ils dînent dans un endroit gai et bourré de monde, au fin fond de la rue Monsieur-le-Prince. Ils sont attablés dans un coin de ce qui doit être un restaurant chinois, ou oriental, parce que les serveurs n'arrêtent pas d'apporter des plats. Ils mangent durant des heures et, comme ils sont heureux, il leur semble que tous leurs voisins fêtent quelque chose. Ils boivent beaucoup de vin : les garçons défilent avec des bouteilles. Ils parlent — ou Arthur parle. Son visage carré, animé et rieur, Guy paraît avoir constamment la main sur le couvercle d'un plat. Arthur s'empiffre et Guy fait de même, on dirait qu'ils sont reliés par des fils invisibles, orchestrés depuis l'infini, comme si le calendrier avait été corrigé par l'éternité et que l'éternité en sourit.

Soudain, la salle est moins peuplée mais il n'est pas tard. Arthur consulte sa montre : tout juste minuit passé.

Il y a dans les yeux de Guy une expression qu'Arthur commence à connaître. Il y a une angoisse dans ces yeux, au fond de ses yeux, comme une chose vivante décidée à survivre dans les profondeurs du cahot où elle a été jetée : qui sait et qui veut que vous sachiez ce qui est arrivé : une chose qui refuse la résignation. C'est la même expression qui habite le tréfonds du regard d'Arthur. L'angoisse obstinée que Guy lit chez Arthur corrobore la réalité de celle de Guy, lui donne le droit de vivre ; elle commence à le dépouiller de son ennuyeux privilège, de son aveuglante couleur et l'accueille, pour ainsi dire, dans la race humaine. Ainsi, il peut, il l'espère, il l'imagine, rencontrer Arthur sur le terrain d'Arthur. Guy et Arthur sont peut-être aussi seuls l'un que l'autre, mais Guy est bien plus isolé. Arthur est plus un étranger pour Guy que Guy ne peut l'être pour Arthur ; Arthur n'a pas besoin de la souffrance de Guy pour corroborer sa propre réalité ou celle de Guy. Ces réalités ne sont pas en question et, quant à son accueil dans la race humaine, il y a longtemps qu'il a été accompli par le fer et le feu.

Guy a affirmé que son histoire s'accrochait à lui, mais ce qu'il veut dire c'est qu'il ne possède pas d'accès acceptable à cette histoire : elle ne peut pas le nourrir, elle ne peut que le diminuer. De toute façon, elle doit être entièrement revue et corrigée avant de pouvoir être utilisée, et cet examen prendra le reste de la vie de Guy. Guy, comme bien d'autres, comme Arthur, comme vous et moi en fait, préférerait passer le reste de sa vie sans avoir à se battre avec l'histoire.

Car c'est là aussi le tourment d'Arthur, quoique les termes en soient si complètement différents.

Peut-être, après tout, n'avons-nous aucune idée de ce qu'est l'histoire : ou bien fuyons-nous le démon que nous avons appelé. Peut-être l'histoire ne se trouve-t-elle pas dans nos miroirs mais dans nos reniements : peut-être l'autre est-il nous-mêmes. L'histoire pourrait être bien plus que les sables mouvants qui engloutissent les autres et ne nous ont pas encore engloutis : l'histoire pourrait être en train d'essayer de nous vomir et de nous recracher. L'histoire pourrait bien être fatiguée. La mort, elle-même, qui engloutit tout un chacun, commence à être lasse — de l'histoire, en fait : car la mort n'a pas d'histoire.

Notre histoire c'est l'autre, voilà notre seul guide. Une chose est absolument certaine : on ne peut renier ou mépriser l'histoire de quiconque sans renier ou mépriser la sienne propre. Peut-être est-ce cela que chante le chanteur de gospel.

Pour l'instant, Guy et Arthur quittent le restaurant qui restera à jamais niché rue Monsieur-le-Prince, et ils marchent, dans le vent glacial, le long de diverses ruelles, puis du quai Saint-Michel avant de traverser la place pour pénétrer rue de la Huchette, non loin de la rue du Chat-qui-pêche.

Guy sait qu'il existe dans cette rue plusieurs boîtes de jazz — « Dee-xic-land », selon lui. Ils en choisissent une au hasard. Un trio américain s'y produit en présence de Sonny Carr, un vieux chanteur de blues de Memphis.

L'endroit, pas très grand, est rempli de monde et le trio — deux jeunes Noirs et un jeune Blanc, piano, basse et trombone à coulisse — joue. Toutes les tables sont occupées. Guy emporte leurs manteaux au vestiaire et ils s'installent au bar surpeuplé.

La foule est plutôt jeune et un peu plus variée qu'elle ne le serait dans un autre quartier : des étudiants français — et d'autres moins jeunes, enfants de la Hollande, de l'Allemagne ou de l'Angleterre, des Américains, blancs et noirs, des Africains et des Nord-Africains.

Les deux derniers groupes sont ceux qui intriguent le plus Arthur. Il a envie de les approcher mais il ne sait pas comment ; il ignore s'ils ont envie de se laisser approcher, et puis il ne parle pas français. Il ne sait pas s'il les aime ou non, et cela parce qu'il est terrifié à l'idée de *ne pas* les aimer. En quoi il ne voit pas à quel point il se montre américain, occidental, *blanc*, ce qui veut dire, et dans le sens le plus subtil du terme, raciste : car pourquoi *devrait-il* les aimer, après tout, sans parler de *comment*? Personne n'aime les grandes foules à moins d'avoir l'intention de s'en servir, et certains des gens qui composent ces foules en sont conscients. Quelques heures plus tôt, Arthur a espéré ne pas être contraint d'examiner les lettres de crédit de Guy mais, maintenant, il est un peu inquiet des siennes. S'il ne sait pas ce qu'il pense d'*eux*, il ne sait pas ce qu'ils pensent de *lui*, et il n'est pas une foule.

Mais le vieux chanteur de blues, une montagne lasse et triomphante d'homme, domine calmement le bout du bar et semble passer agréablement le temps avec deux ou trois jeunes Africains.

Le vieux chanteur est aussi noir, ou presque, que les Africains et plus sombre, naturellement, que les Nord-Africains. Encore que cette observation soit trop vite faite : il est nécessaire de réviser l'optique sous laquelle on voit ce qu'on appelle la couleur. Les enfants de la Hollande, de l'Allemagne, de l'Angleterre, par exemple, sont tous, plus ou moins, de la même couleur. Mais, si on y regarde de près, ils ne sont pas de la même nuance. Différentes histoires, et différents hasards, sont inscrits, juste sous leur peau, ces histoires et ces hasards expliquant les subtilités des nuances. Certains descendent de Vikings, via Constantinople, d'autres de Turcs via Vienne, d'autres de Juifs via la Turquie, d'autres de Turcs via les Juifs d'Espagne, d'autres de Portugais via la Nouvelle-Angleterre. Et tout cela par le truchement d'une histoire, si c'est le mot que nous voulons, qui précède ce qu'on appelle l'Europe. Ces subtilités se lisent dans leurs yeux — si l'on voulait poursuivre l'affaire — dans leurs patronymes. Ils sont non seulement ce que l'histoire a fait d'eux, ils sont aussi ce qu'ils ont fait de leur histoire. Et qu'est-ce qui les amène ici ? Si loin de la forêt des druides ? Pour écouter un trio, piano, basse et trombone à coulisse venus de Dieu sait où. On ne trouvera pas la réponse dans la couleur de leur peau.

Les cheveux de Sonny Carr sont poivre et sel, et encore très épais ; ses dents restent redoutables pour son bifteck. Arthur, qui a entendu parler de lui toute sa vie, ose à peine imaginer son âge. Paul l'a connu dans le Sud, il y a des années : mais Sonny Carr était un homme quand le père d'Arthur était encore un enfant. Et il n'a plus travaillé aux États-Unis depuis la naissance d'Arthur.

Et le voilà maintenant. Arthur n'ose pas imaginer ce qui l'a conduit ici. Il semble qu'on le traite avec une affection respectueusement moqueuse. Arthur lit cela sur les visages des jeunes gens et sur celui du vieil homme qui d'ailleurs n'est pas vieux : il y a dans ce visage quelque chose de trop présent, de trop joyeux et de trop généreux. Sonny Carr grogne des encouragements aux musiciens qui répondent avec la plus légère suggestion d'un coup de fanfare moqueur — mais répondent toujours — et cela décrit le rapport entre le chanteur de blues et les Africains : facile, nerveux et précis.

Arthur songe à tout cela et Guy lui effleure le coude : « Que veux-tu boire ? »

Car la barmaid est devant eux, une grande fille brune et mince, avec des pommettes hautes, d'énormes yeux noirs, et un sourire sincère.

« *Bonsoir, monsieur,* dit-elle.

— *Bonsoir, mam'zelle.* » Il les regarde tour à tour, elle et Guy, en se sentant un peu embarrassé sans savoir pourquoi. « Je prendrai un whisky, dit-il, avec de la glace.

— *Bon.* » Et s'adressant à Guy : « *Et vous, m'sieu ?*

— La même chose, dit Guy.

— *Bien.* » Elle refile soudain au bout du bar, convoquée apparemment par Sonny Carr. Elle se penche vers lui tandis qu'il lui chuchote quelque chose. Elle hoche affirmativement la tête, sourit, verse les whiskies et revient.

Guy veut payer mais elle lève la main en signe de refus. « Plus tard. » Elle rit : « Ne partez pas. Vous comprendrez tout à l'heure. » Elle répond à quelque chose qu'elle lit sur le visage de Guy. « *Attendez. Que ça reste entre nous.*

— *Je n'ai pas tort, dites ?* »

Elle hausse les épaules : « *Ah !* », rit et entreprend de servir d'autres clients.

« De quoi s'agit-il ? demande Arthur.

— Je ne peux pas vraiment te dire, répond Guy qui lève son verre : Cheers, *sacré chanteur sauvage* ! »

Arthur scrute son visage. Guy a l'air un rien sidéré mais très content.

Le trio termine avec un réel coup de fanfare — il faut avouer qu'Arthur, plongé dans ses réflexions, ne les a pas écoutés, mais il est affreusement conscient de la présence du pianiste noir qui lui rappelle Peanut et de celle du joueur de trombone qui lui rappelle Crunch et, d'une certaine manière, moi. Il secoue la tête en réaction à ses terreurs et sirote son whisky.

Guy lui effleure de nouveau le coude. « On va entendre Sonny Carr. »

En effet, sous les applaudissements, le trombone s'est emparé du micro et, s'épongeant le front avec un mouchoir époustouflant — un mouchoir avec une histoire — annonce, souriant : « Mesdames et messieurs, je ne peux pas vous exprimer à quel point je suis honoré de pouvoir vous présenter ici un des plus grands artistes du blues de tous les temps — *mesdames, messieurs, notre père et notre ami, le grand* Sonny Carr ! »

Il recule et Sonny Carr s'avance.

Il semble que se produise en lui un curieux et subtil changement lorsqu'il se place devant le microphone. Tout d'abord, il ne semble pas savoir ce que le micro fait là : il est clair que le micro est un instrument trivial et douteux dont il veut bien s'accommoder à condition que ledit instrument se tienne convenablement. En second lieu, il paraît devenir immense, grandir pas tant en hauteur que dans tous les sens, on dirait qu'il menace le toit et les murs. Il sourit et, sur sa joue, se creuse une fossette qui ne peut guère avoir changé depuis son enfance. Une sorte d'étonnement se lit dans ses yeux. Il ne dit rien. Il jette un regard autour de lui, claque des doigts et, au même moment, commence :

Petit porteur d'eau
dis-moi maintenant
où tu te caches ?
Si tu ne viens pas
je le dirai à ta maman,

d'un ton cajoleur, tendre, sévère et las — altéré car il a vraiment besoin de ce verre d'eau, puis il sourit, et paraît regarder droit vers le bar et Arthur,

espèce de petit galopin,
espèce de petit galopin,
je te connais depuis longtemps, mon enfant,
je te connais depuis longtemps !

Il passe sans transition à :

Vois, vois, cavalier,
vois ce que tu as fait,

et puis, d'un ton triomphant :

Prenez ce marteau,
portez-le au capitaine,
dites-lui que je suis parti, les enfants,
dites-lui que je suis parti.

Et il termine ainsi, un peu comme un coup de marteau, avec le trombone décrivant le paysage vaste et hostile, et la basse et le piano dispensant les rigueurs des jours et des nuits. Le cabaret explose en applaudissements et Sonny Carr salue.

Un geste qui soudain devient un geste formidable. Arthur l'a vu faire toute sa vie et pourtant il ne l'a jamais vu.

C'est un geste très au-delà de l'humilité comme il l'est de l'orgueil. Sonny s'incline devant ce que les membres de son auditoire supposent être son passé et sa condition. Il s'incline devant leur gratitude que son passé et sa condition soient les siens et non pas les leurs. Il s'incline devant leur étonnement qu'il puisse être aussi hautement estimé comme artiste et traité si vicieusement en tant qu'homme : quand et où il est tenu pour tel.

Sonny fait taire les applaudissements en levant la main puis dit avec un sourire : « *Merci, messieurs-dames.* Bonsoir. Je crois que nous aurons une surprise pour vous tout à l'heure. Ne partez pas. »

Il jette un coup d'œil au trio et ils se lancent dans une vieille ballade que Paul chantait parfois à Arthur, quand Arthur était petit. « Rentre à la maison, Cindy, Cindy » et ils en font quelque chose de très gai et de très paillard. Arthur suppose que l'assistance ne peut pas saisir les allusions sexuelles très folkloriques — Cindy, dans la version de Sonny, est un vrai prodige mais lui, tant bien que mal, s'oblige à l'égaler — pourtant il semble que tout le monde comprenne sans effort. On suit son regard et, bien entendu, sa voix et Sonny mime et commente chaque joyeux développement. Arthur se demande ce qu'il ressentirait devant un tel public.

Le gémissement du trombone, un cri d'alarme, urgent, insistant, coupe court aux applaudissements. La basse et le piano ont des nouvelles tristes que Sonny commence à épeler.

Depuis le jour où Miss Susan Johnson
a perdu son jockey, Lee,

Guy attrape le coude d'Arthur.

« C'est *ma* chanson ! chuchote-t-il. C'est Bessie Smith. Je n'ai jamais encore entendu personne d'autre la chanter ! »

Il y a eu beaucoup d'agitation,
et ce n'est pas fini.

Très sèche, une annonce, suggérant, de sucroît, qu'il n'y a rien de neuf là-dedans. Pourtant, toute la salle attend la suite.

Vous pouvez l'entendre pleurer
jour et nuit
Mais où donc est parti
mon Beau Cavalier ?

C'est une autre fille que Cindy, celle-là : ou c'est Cindy plus tard. Sonny se contente de raconter l'histoire. Une histoire d'ailleurs laconique, et Arthur se demande ce qu'en conclut le public. La salle est silencieuse comme si chacun retenait son souffle.

Toute la journée, j'entends le téléphone
mais ce n'est pas pour moi qu'il sonne.

Arthur observe l'auditoire et il s'interroge. La voix ne faiblit pas dans le récit de l'histoire : les trois musiciens fournissent l'inexprimable vérité. Un monde se crée autour de cet événement, un événement qui, sans se commenter, devient progressivement plus terrible. Un fuyard anonyme et sa femme qui attend en faisant les cent pas, quelque part dans le Sud profond. Quand ? Aujourd'hui même, si l'on en juge par le silence sur les visages et dans la salle, et le fugitif ou la femme peuvent entrer ici à tout instant.

Car,

il est parti
là où le chemin de fer
croise la frontière
du Mississippi.

Toutes les possibilités sont ouvertes ou toutes sont closes. La question reste en suspens jusqu'à ce qu'elle soit noyée sous les applaudissements.

Ceux-ci sont très nourris mais, dit le tromboniste, il est temps pour le trio de faire une pause.

Guy et Arthur se regardent. Guy secoue la tête en souriant.

« *Il est formidable.* » Il fait une moue admirative : « *Merde.* » Il regarde par-dessus l'épaule d'Arthur et son expression change.

Arthur se retourne et voit Sonny Carr s'avancer droit sur lui. Il comprend que Guy est au courant de ce qui va se passer.

« Je me trompe peut-être, dit Sonny Carr à Arthur, mais si deux et deux font quatre, je crois que je peux dire ton nom. Réponds-moi simplement par oui ou par non : ton nom est-il Arthur ? Ton *prénom* ?

— Oui, monsieur, réplique Arthur.

— Et celui de ton père est Paul ?

— Oui, monsieur. » Arthur ne peut pas s'empêcher de sourire. Il ne sait pas ce qui lui arrive.

« Et tu viens de débarquer de Londres ?

— Oui, monsieur.

— Je vais te dire comment je le sais. J'ai des amis à Londres qui m'ont annoncé l'arrivée d'un jeune freluquet qui chante du gospel, du nom de — je reconnaîtrais le nom, si je l'entends — voyons, dis-moi un peu ? Wisconsin ? Oklahoma ? Ohio ? Un nom indien, je crois — c'est pas Chattanooga ? »

Ils rient tous deux et Guy aussi, et la barmaid également. Le trio, comme tout le reste des gens au bar s'est immobilisé.

« Non, monsieur. Le nom est Montana.

— Je savais bien que c'était quelque part par là. Comment va ton père ?

— Il va bien. Il me parlait de vous quand j'étais petit.

— Ah ! Je lui ai parlé — quand il était petit, lui. » Il sourit et prend la main d'Arthur dans la sienne. « Veux-tu chanter un peu pour nous ? Allez, viens. » Puis il s'interrompt — Dieu, l'humilité, l'infinie courtoisie, avec laquelle l'expérience accueille, salue la jeunesse ! — et regarde Guy. « Bonsoir, monsieur. *Bonsoir*, et Dieu vous bénisse. Je vais essayer de le kidnapper pour un moment, mais je ne vais pas le garder longtemps. Vous le verrez de là où vous êtes. » Il sourit et tend la main. Guy s'en empare : « Je suis très honoré de vous rencontrer. Je m'appelle Guy Lazar.

— Je suis content de vous connaître, moi aussi. Venez par ici prendre un verre avec nous. » Il attrape Arthur par les épaules, fait signe à Guy et les trois hommes partent vers le bout du bar.

Ainsi Arthur va donc enfin rencontrer les Africains et les Nord-Africains. Il est conscient de l'évidence du couple qu'il forme avec Guy. Il se demande ce que sera la réaction des Nord-Africains.

L'idée lui vient qu'il est dans une situation assez semblable à celle d'un Blanc, aux États-Unis, inquiet de ce que ses amis blancs penseront de son ami noir — enfin : inquiet, aussi, de ce que ses amis blancs penseront de *lui*.

Il n'a pas le loisir de poursuivre cette étourdissante spéculation. Sonny est en train de faire les présentations. Arthur n'avait pas besoin de se faire du souci. Avec le bras de Sonny autour de lui, il est entré dans l'orbite du vieux chanteur. Sonny est allé le chercher. Cela le rend spécial, et rend Guy spécial aussi, au moins pour le moment, ce soir.

Ils serrent des mains tout autour d'eux. Il y a peut-être un très léger raidissement et une exagération de courtoisie dans l'accueil que font les Nord-Africains à Guy, mais cela se dissipe comme une vague odeur âcre. Sonny annonce que Guy et Arthur sont ses invités — ce que la barmaid sait déjà, puisqu'ils l'ont été depuis leur entrée — et qu'Arthur est le fils d'un très vieil ami à lui, et qu'il va chanter. Arthur fait donc connaissance avec le trio. Le bassiste — un Blanc — vient de Chicago, le tromboniste d'Oakland, le pianiste de Syracuse. Et, après trois secondes, ils se mettent à bavarder. Guy et deux des Nord-Africains entament une discussion qui paraît prudente, amical et intense.

Le trio met au point un bon tempo dans lequel Arthur peut entrer à volonté. Sonny l'annonce comme la « surprise » promise un peu plus tôt. Arthur s'avance sur le podium.

Assis sur son tabouret, Sonny domine Guy, debout à côté de lui. Les visages des Africains et des Nord-Africains luisent dans la pénombre comme des statues dans une cave. Et, au-delà de ce cercle le plus proche d'Arthur, les faces sont à la fois vivantes et sans forme, une sorte d'océan qui soupire et attend.

Les épaules rejetées, comme je l'ai vu faire lorsqu'il danse, Arthur bouge un moment au rythme de la musique. Mais il a soudain perdu la mémoire : il ne peut plus se rappeler un seul mot d'une seule chanson. Il regarde Sonny et Sonny comprend et rit.

« Chante "Daniel" ! » crie-t-il.

Encore incertain des paroles, Arthur ouvre la bouche et les mots viennent !

Daniel
vit la pierre
qui fut arrachée
à la montagne,

et tout s'assemble, lui, le trio et le tempo, le visage noir de Sonny et le visage blanc de Guy, et tous les autres visages.

Daniel
vit la pierre
qui fut roulée
dans Babylone.

Sonny tape des mains : « Eh bien, mettons un peu d'*église* là-dedans ! » Le visage de Guy est embrasé. Les autres visages plus sombres viennent à sa rencontre avec l'intensité et la beauté du tempo qu'il chevauche, et les faces au-delà du cercle semblent s'avancer dans un appel muet.

Jésus est la pierre
qui fut taillée dans la montagne,
et détruisit
le royaume de ce monde !

Les applaudissements, comme le bruit d'un mur qui s'écroule, le submergent. La foule refuse de le laisser partir. Finalement, Arthur et Sonny chantent ensemble,

Oh ! quand j'arrive
au bout de mon voyage,

et Sonny regarde Arthur dans les yeux, tandis qu'ils chantent,

las de la vie
et la bataille gagnée.

Arthur entend l'immense et vaillante lassitude de quelqu'un qui se prépare à la grande épreuve finale, ou première. À présent, debout aux côtés d'Arthur, à la fois le dominant et s'appuyant sur lui, un bras autour de ses épaules, Sonny ne paraît pas son âge mais il l'a. Il est certain qu'il ne reverra jamais Arthur. Il ne reverra sûrement pas Paul : mais il est là, en train de chanter avec le fils de Paul.

Portant la crosse
et la croix de la rédemption

Oui, Sonny Carr est vieux. Pour Arthur, il est inimaginablement vieux. À ses côtés, Arthur sent, tandis qu'ils chantent, le tremblement léger, incontrôlable, de la main sur son épaule, le grincement au fond de la voix. Des années de femmes et de whisky et de cigarettes, d'errance, de rejet, de silence et de bruit, de plongées et de remontées, de larmes et de rage et de rire et de luxure et de tendresse, ont rendu son haleine âcre. Arthur ne peut pas imaginer ce qui attend Sonny. La route s'ouvre-t-elle ou s'achève-t-elle? Regarde-t-il en arrière avec le désir de faire demi-tour? De quoi se souvient-il?

Mais Arthur est trop jeune, beaucoup trop, pour ces spéculations. Loin d'essayer de se détacher de sa mémoire, il commence seulement à l'acquérir. L'angoisse est pour lui une contrée nouvelle et terrible, il lui reste à dresser sa tente et affronter le climat. Il ne sait pas davantage si la route devant lui est ouverte ou fermée. *Oh oui!* gronde Sonny, *je sais*, et Arthur chante avec lui le dernier couplet qu'ils chanteront ce soir-là,

Je suis heureux de ce que tu as fait
et ta course est terminée
et je t'ai apporté la clef
et j'ai ta clef ici avec moi
et je loue Dieu, d'avoir une autre maison
qui n'est pas bâtie par des mains!

Guy et Arthur passent la nuit avec Sonny et ses amis, une nuit qui se termine par un petit déjeuner dans l'appartement de Sonny avec vue sur cour, à Pigalle. Ils rentrent bien après le lever du soleil et dorment jusqu'à l'heure du dîner.

Puis prend place le long souper tardif et calme. On est vendredi soir, et ils conviennent qu'Arthur partira dimanche soir.

« Paris sera vide sans toi », dit Guy, étendu sur son canapé, la tête sur les genoux d'Arthur. « Tu me manqueras, *mon cher chanteur sauvage.* Mais dussé-je être même mille fois plus malheureux que je ne le suis, je ne pourrais pas regretter de t'avoir connu. Cela a été si important pour moi » — il lève les yeux vers Arthur —, « cela m'a redonné le courage de vivre. »

Guy l'accompagne à l'aéroport le dimanche et lui dit adieu en l'embrassant à la barrière. Arthur porte l'imperméable qu'il a tant admiré et que Guy a tant insisté pour lui acheter. « Chaque fois qu'il pleuvra, tu seras obligé de penser à moi. Peut-être y aura-t-il un déluge en Amérique ? Ça me ferait bien plaisir. »

Il contemple le dos d'Arthur tandis qu'Arthur fait tamponner son passeport. Arthur se retourne et fait signe de la main. Guy répond par un autre signe. Il sent les larmes s'accumuler dans ses yeux. La longue et mince silhouette disparaît dans un bond en haut de la passerelle.

La veille, Julia avait débarqué à Paris venant d'Abidjan, avant de prendre un autre vol pour New York où elle était arrivée ce même dimanche. Elle n'avait averti personne de son retour sauf Jimmy, mais Jimmy était dans le Sud.

LIVRE V

LES PORTES DE L'ENFER

« C'est moi, c'est moi,
C'est moi, ô Dieu,
Et j'ai besoin de prière. »

(Traditionnel.)

« Je sais que ma robe m'ira bien
Je l'ai essayée aux portes de l'enfer. »

Vous pouvez deviner ma terreur à l'idée d'aborder la fin de mon histoire. Je me suis souvent demandé pourquoi je l'avais commencée mais — je sais pourquoi. C'est un chant d'amour à mon frère. C'est une tentative de faire face à l'amour et à la mort.

J'ai eu très peur car il m'a fallu me mettre à nu moi-même. Défier ses craintes les plus inexprimables c'est défier le ciel. C'est attirer sur soi-même, chaque chose et *chaque être* que vous aimez, l'attention des dieux les plus implacables, qui pourraient ne pas vous pardonner votre impertinence, qui pourraient ne pas vous épargner. À la décharge de mon audace, je ne peux offrir que mon amour.

Aujourd'hui, c'est dimanche, et je suis seul dans la maison. L'hiver est dans l'air. Il y a deux heures, j'ai regardé Ruth, Tony et Odessa s'engouffrer dans la voiture pour aller en ville voir, en matinée, *Le Magicien d'Oz*.

J'ai décidé de ne pas les suivre parce que, tôt ce matin, Jimmy m'a appelé pour me dire qu'il aimerait me voir si j'étais libre. Il a été très occupé, moi aussi, nous ne nous sommes pas beaucoup vus, et je sais qu'il travaille à son livre.

Je me sens, néanmoins, un peu coupable de ne pas être avec Ruth et les enfants. Mais j'ai encore quelque chose à résoudre. Je ne suis pas résigné.

Vous penseriez qu'à mon âge je le suis. Mais un âge ne signifie absolument rien jusqu'à ce que ce soit *votre* âge, et alors vous ne savez pas ce que votre âge signifie. Il ne signifie aucune des choses que vous aviez imaginées. Il ne signifie pas que vous soyez plus sage, ou meilleur ou différent et il ne signifie pas que vous puissiez vous résigner plus facilement ni vous résigner du tout.

Les enfants restent tout de même les balises de cette sombre plaine. Ils commandent ce que vous devez faire et oser : autrement, eux ne se résigneront jamais. Je suis pour eux la seule clef, le seul accès à leur oncle, le seul dépositaire de son testament. Pas plus que je n'ai osé tricher dans tout ce que j'ai tenté de dire jusqu'ici, je n'ose tricher avec eux.

Tony et Odessa : Dieu sait ce qu'ils pensent de tout cela. Je peux me voir en eux, car je sais ce que nous, les aînés, pensions de tout cela. Je peux voir ce que nous étions et ce que nous sommes devenus. Et tout s'est vraiment passé en un clin d'œil. Aucun de nous n'a vu son avenir arriver : nous avons vécu d'inimaginables états dans le présent jusqu'à ce que, brusquement, sans avoir jamais accompli un avenir, nous nous soyons retrouvés en train de déchiffrer notre passé. Je suis ce que je suis, et ce que je suis devenu. Je ne recommencerai pas si c'était à refaire et, si je le pouvais, si j'avais à recommencer, je ne saurais pas comment m'y prendre. L'idée même fait s'évanouir de fatigue le courage qui est en moi. Non. Merci : je n'oublie pas que le feu brûle, que l'eau submerge, emporte et noie, que la folie guette — dans la vallée, le miroir et sur le sommet de la montagne. Je n'ai pas de regrets, je n'ai pas de plaintes. Et je sais qu'il n'existe pas de bureau des plaintes. Je me débrouillerai, moi, à partir de là, merci. Ma main est sur la charrue de l'Évangile, et je ne prendrai rien d'autre pour mon voyage.

Mais les enfants, bien entendu, ne se voient pas encore en nous, ils sont aussi emprisonnés dans leur avenir que nous le sommes dans notre passé.

La Triumph basse sur pattes de Jimmy pénètre dans l'allée

et Jimmy descend de voiture dans l'air glacial de ce dimanche ensoleillé. Je l'observe de la fenêtre. Il est tête nue, porte une vareuse verte, un pantalon de velours côtelé marron et un chandail noir. Il sort de la voiture un gros sac en papier.

Au moment même où il l'atteint, j'ouvre la porte.

Il me gratifie de son sourire vif et surpris. « Salut, frère. Comment ça va ?

— Je m'accroche et j'essaie de tenir le coup. »

Il pose le sac sur la table de la cuisine. « Je t'ai apporté de la bière et des choses. Alors, la famille s'est tirée avec le Magicien ?

— C'est ça. Sans le vieux. »

Il me donne une tape consolatrice sur l'épaule.

Jimmy ôte sa vareuse et va dans le living-room où je le rejoins avec deux boîtes de bière. Jimmy est debout près du piano.

« Y a des jours, je ne sais pas si j'essaie d'écrire un livre ou si j'essaie de composer une symphonie. » Il prend la bière et s'assoit sur le divan.

Je m'assois en face de lui dans le grand fauteuil. « Comment ça progresse ?

— Je ne sais pas. Mais ça me casse le cul, je peux te dire. »

Il a l'air bien dans sa peau, mince, déterminé, calme. Calme n'est peut-être pas le mot : sa tranquillité est la tranquillité de quelqu'un qui vous accorde toute son attention, de quelqu'un qui en bave sans bruit. « Je voulais te voir mais c'est à peine maintenant si je sais dire pourquoi. Enfin. Peut-être que je voulais vérifier mon sens des réalités. Parce que la mémoire, vieux, quand tu commences à la tripatouiller, elle peut devenir drôlement peau de vache ! »

Il avala une gorgée de bière et me sourit. « C'est vrai. J'essayais de me rappeler la première fois que j'ai vu Arthur. Bien sûr, c'est de la connerie, quelle différence ça fait ? Mais c'était comme un jeu que je jouais avec moi-même. Il me semblait quand nous vivions ensemble, qu'il avait toujours été là, que je l'avais connu toute ma vie. » Il me regarde. « Mais ça ne colle pas avec le sentiment que j'ai eu qu'il avait fait une immense différence dans ma vie. C'est presque comme si — tout ce qui m'est arrivé *avant* Arthur — n'était pas arrivé », et il s'interrompt, fronce les sourcils. « Je crois que je comprends ça — mais — ces choses me sont arrivées, et c'est pourquoi il a fait une telle différence. » Il rit : « Tu vois ce que je veux dire.

— Oui. Mais la première fois que tu as vu Arthur, ça devait être à l'églisc.

— Je sais, mais ces églises se confondent. Je m'y embrouille. Pour moi, l'église c'était surtout Julia — enfin, Julia et ma mère — je détestais le dimanche. Ça voulait dire que tout le monde allait se précipiter sur Julia et me cracher dessus. Je me rappelle à peine Arthur à l'église. Je me rappelle » — ceci avec une surprenante timidité, tout en buvant sa bière — « quand tu nous as emmenés manger des glaces. J'ai cru qu'on était presque devenus amis ce jour-là, Arthur et moi. Merde, j'avais rudement envie d'un ami. Mais, non. Il m'a fait attendre longtemps.

— Pourquoi as-tu attendu ?

— Oh ! Allons. Qui sait ? »

Il se renfonce sur le canapé. « Je crois que je savais quelque chose, quelque part. Comme, tu vois, je haïssais Julia mais, en même temps, je savais quelque chose d'autre.

— C'est que Julia te barrait la route.

— Mon vieux, j'ai toujours pensé que personne ne voulait devenir mon copain parce que j'avais ce monstre de sainte petite sœur ! »

Nous rions tous deux. Puis Jimmy dit brusquement : « Mais Julia sentait ça aussi — toute cette histoire, du début jusqu'à aujourd'hui, a beaucoup de rapport avec Julia. Et — je vais te dire autre chose — sans Julia je n'aurais peut-être jamais revu Arthur. » Il lève les yeux vers moi, semblable à ce qu'il était, il y a des années, au commencement de tout. « Je ne dis rien de sensé, n'est-ce pas ? Je tourne en rond. »

Arthur était revenu dans sa vie après que tout en eût disparu — sa mère, son père, et pour une très longue période, sa sœur. Je croyais comprendre pourquoi la mémoire de Jimmy se refusait à fonctionner. Il y avait l'église avant Arthur et l'église après Arthur. Et l'église après Arthur — l'église dans laquelle Jimmy fonctionnait, d'abord sans Arthur et puis, brièvement, avec lui — se situait dans le Sud apocalyptique, sur un champ de bataille. Il y avait bien suffisamment de raisons pour faire bégayer la mémoire.

Jimmy pose sa bière sur la table et va au piano. Il le regarde un instant, puis il s'assoit. Il soulève le couvercle et effleure le clavier. Il me regarde. « J'ai trouvé difficile de toucher un piano pendant un certain temps. » Il frappe une note. « Mais rejouer, ça m'a aidé. »

Il secoue la tête, abandonne le piano et revient au milieu de la pièce. « Regarde. J'ai vécu seul, tu sais, à travailler, c'est tout, regardant la télé si je ne rentrais pas trop tard à la maison, ne fréquentant personne. Et, ce matin, je me suis réveillé et je me suis dit, merde, coco, tu n'as que trente-sept ans, tu es censé être vivant, tu es censé avoir une *vie*. Et tu es encore en train de te vautrer dans le deuil et les larmes. Qu'est-ce que tu as qui ne tourne pas rond ? » Il met les mains dans ses poches, les ressort, les examine. « Je ne savais pas que ça prendrait si longtemps parce que je sais qu'il est » — mais il doit reprendre sa respiration avant de pouvoir prononcer le mot — « mort. Et je sais qu'il m'aimait et qu'il ne veut pas que je souffre, il veut que je vive, je sais. Mais il me semble n'avoir aucun intérêt pour quoi que ce soit — pour rien, vraiment — et je ne peux pas m'imaginer éprouvant de l'intérêt pour quiconque. C'est comme si ma vie s'était arrêtée à Londres, elle aussi. Je regrette encore de ne pas être parti avec lui. » Il marque une pause. « C'est que je n'arrive pas à m'ôter de l'esprit, et c'est si foutrement stupide, et c'est *mal* ! » Il se tait, sourit, me regarde, les larmes aux yeux. « Je ne suis pas venu ici pour piquer une crise sur ton joli tapis tout propre.

— Pique une crise. Ça m'est égal. Ça m'est égal pour moi, je veux dire. Mais tu te sens encore coupable, et c'est *idiot* — tu n'as pas à te sentir coupable de quoi que ce soit. »

Arthur avait chanté sur une scène de music-hall à Paris. Lui et Jimmy s'étaient disputés à Paris et c'est pourquoi Arthur était parti pour Londres sans lui. Mais Jimmy avait eu l'intention d'aller l'y rechercher et de repartir avec lui aux États-Unis.

Arthur avait été très difficile ces derniers mois. Il avait été difficile avec *moi*. J'avais commencé à me rendre compte qu'il haïssait ce qu'il faisait. Il ne savait pas comment s'arrêter. Jimmy avait essayé de le faire en le menaçant de le quitter, de cesser d'être son accompagnateur. Il n'avait pas joué pour Arthur, lors de cette dernière représentation à Paris, et c'est ce qui le tourmentait.

Arthur, qui avait toujours été capable de boire sans problème, s'était mis à boire différemment, et il avait découvert la drogue — rien de plus que du hachisch, espérait Jimmy, sans trop savoir : la cocaïne et l'héroïne naviguaient dans les parages et il y avait quelques très beaux salauds parmi les gens qui commençaient à entourer Arthur. Jimmy avait dû se débrouiller avec tout ça. Il vivait avec mon frère. Moi non. Et si l'amour et la peur amenaient parfois Jimmy à sortir de ses gonds, qui peut le lui reprocher ? Arthur me faisait souvent sortir moi aussi de mes gonds, mais je ne vivais pas avec lui.

« C'est vrai, dit Jimmy. Je le *sais*. Mais combien de temps faudra-t-il pour que je le *croie* ? » Il se mouche et retourne au piano.

Je vais à la cuisine. Jimmy se met à improviser au piano sur le thème « Here comes the sun », en le mélangeant avec « Oh ! Happy Day » et menace, de manière générale, de se laisser aller à une frénésie de boy-scout autour d'un feu de camp. La musique sonne très claire dans ma maison déserte, en ce dimanche ensoleillé et froid.

Je déniche les verres et la glace, je fais couler de l'eau sur les glaçons et les sons, d'une certaine façon, se mélangent à la sensation de l'eau froide, à la sensation des glaçons et aux multiples effets de la lumière sur eux et sur mes mains. Je verse le whisky couleur de miel sombre dans des verres transformés en kaléidoscopes, tandis que les notes retentissent dans le salon : Jimmy est en train de prier, de prier aussi intensément qu'il le peut.

Je m'arrête à la fenêtre de la cuisine, je regarde les arbres, la cour et la rue paisible au-delà, en écoutant une musique qui demeure, dans son essence, étrange et menaçante pour ces lieux.

Je reviens au salon. Jimmy termine son numéro en fanfare puis se lève et prend son verre.

« Cheers ! » Nous nous rasseyons. Nous parlons d'autres choses, travail, argent, politique, couleur — musique, enfin, car Jimmy dit, soudain : « Ça pourrait bien devenir une symphonie. Ça pourrait bien ne pas être un livre. »

Je décide de ne pas aller chez Julia avec lui car, à présent, le soleil se couche, ma tribu va quitter la ville pour regagner ses pénates et je sens que je dois rester avec elle.

Quand Arthur arriva de Paris, ce dimanche lointain, il prit un taxi pour rentrer droit dans son loft de Dey Street d'où il me téléphona. J'étais absent au moment de son premier appel. Il me joignit plus tard, nous nous vîmes ce soir-là et décidâmes plus ou moins notre prochain voyage dans le Sud.

Arthur avait voulu appeler Jimmy puis il avait résolu d'attendre. Il avait eu peur. Pourtant, il savait désormais qu'il le reverrait.

Julia terminait ses formalités de douane au moment où Arthur arrivait dans son loft, et elle avait gagné directement l'appartement de la 18e Rue.

New York lui parut fort étrange après le paysage auquel elle s'était enchaînée si longtemps. Elle se sentit étourdie par l'espace, titubante de liberté : elle se demanda si elle pourrait revivre ici. Le mot de Jimmy, vieux de plusieurs semaines, ne la surprit pas. Elle songea à m'appeler puis décida de reprendre pied d'abord. Elle n'était pas certaine d'avoir le droit de m'appeler. Il y avait beaucoup de choses qu'elle désirait, qu'elle avait besoin de discuter avec quelqu'un mais, excepté nous, les Montana, et son frère, elle n'avait pas d'amis ici.

Elle s'était liée avec deux femmes à Abidjan, dont une très vieille, qui n'avaient pas voulu qu'elle parte, qu'elle retourne dans sa mystérieuse contrée barbare. Mais elle se sentait racornir dans cet avant-poste de l'Afrique occidentale française. Si elle avait voulu trouver une autre définition de ce que signifiait être une femme, et une femme noire, elle l'avait trouvée : mais il ne semblait pas que ce fût un rôle qu'elle puisse jouer.

Et, maintenant, elle avait cessé d'exister sur deux continents.

Après avoir posé ses valises et lu le mot de Jimmy, elle était allée dans la salle de bain se faire couler un bain très chaud. Et elle s'était rapidement dévêtue, comme pour vite se débarrasser de toutes les preuves de son voyage. Elle avait consulté son miroir. Le soleil d'Afrique avait assombri sa peau et rendu ses cheveux plus rêches, ce qui lui plaisait. Mais elle ne savait pas encore ce qu'elle avait gagné ou perdu. Elle sentait qu'elle avait gagné — quelque chose — quelque chose pour lequel elle n'avait pas, encore, trouvé de mots. Peut-être était-elle revenue chez elle pour procéder à une évaluation qui ne pouvait être faite nulle part ailleurs.

Elle avait rempli la baignoire de sels de bain et y était entrée, plongeant avec bonheur dans la chaleur, se frottant avec une éponge rugueuse, se frottant les cheveux comme si elle avait voulu s'arracher quelque chose du crâne, de son cerveau, se frottant le corps comme pour le laver du péché. Et c'est ce qu'elle avait pensé en vérité, c'est ce que ses mouvements lui avaient fait penser ; peut-être était-ce ce qu'elle avait toujours pensé. Elle était restée étendue immobile, aussi immobile qu'une feuille sur un marigot dans l'étouffante chaleur de midi. Elle avait caressé son corps, son ventre : même l'Afrique n'avait pas réussi à la rendre fertile.

Puis elle s'était enduite de ses huiles et de ses parfums, un peu de sa fatigue se dissolvant en une sorte de langueur luxurieuse et solitaire. Mais sa solitude était très particulière et il semblait qu'elle ne finirait jamais. Et sa beauté l'accusait.

Elle avait enfilé sa longue robe de chambre grise avant d'aller dans le salon où elle s'était versé un verre. Elle avait allumé une cigarette et s'était rassise, reprenant sa veille au chevet de sa vie.

Arthur était rentré en Amérique avec l'intention de partir dans le Sud et il se mit à préparer son voyage. Je n'avais pas encore fait le nécessaire pour me libérer et l'accompagner. Une raison était que j'en avais assez des compromis et que j'envisageais de brûler mes vaisseaux. Une autre, que je venais de rencontrer Ruth. Ces deux raisons — avec le recul du temps — devaient se trouver n'en faire qu'une : mais, à l'époque, j'avançais à tâtons.

Nous nous débrouillâmes pour tout organiser. Cela constitua ma première prestation en tant qu'imprésario d'Arthur.

Arthur n'était pas encore une vedette alors, et n'avait pas d'autre argent que celui qu'il gagnait en tournée. Et aussi — point capital que Ruth fut la première à me faire remarquer, il n'avait virtuellement pas de vêtements. Arthur se considérait vêtu alors qu'il était simplement couvert, et, si on lui avait posé la question, il aurait affirmé qu'il adorait « s'habiller ». Mais, au contraire de ses émouvantes illusions, il vivait en vieux jeans, chandails, chemises usées et baskets éculés, faisait des achats quand il ne pouvait plus l'éviter ou qu'il voyait quelque chose dans une vitrine et qu'il entrait, achetait et ressortait : acte dont il tirait un tel sentiment de vertu que ce qu'il avait acheté devenait importable bien avant qu'il ne se rendît compte qu'il était temps de repartir faire du shopping. Il était, aussi, de tous les voyageurs, le moins capable de faire une valise. Sa notion de l'emballage consistait à jeter ce qu'il voyait dans une valise, à s'asseoir dessus et à courir prendre l'avion suivant — il ne pensait jamais à ouvrir les placards ou les tiroirs. Ce qui fait que, à travers le monde que nous appelons « civilisé », et même au-delà de ses frontières, il existe un ébouriffant semis de montres, bracelets, bagues, médaillons, peignes, brosses, chaussettes, slips, cravates, épingles de cravate, boutons de manchettes, vestes, pantalons, chaussures, portefeuilles, agendas, disques, photos, livres, appels, lettres d'admirateurs, peintures à l'huile, peintures à l'eau, notes et manuscrits, courrier demeuré sans réponse et missives inachevées.

Le lui reprocher était inutile : on devait apprendre à tenir compte de ces aspects d'Arthur quand on s'occupait de lui.

Bien entendu, notre premier problème fut l'argent — les fonds nécessaires pour aller et venir, pour les achats courants, ce qu'on nomme parfois l'argent de façade : l'argent qui achète une « façade ». Nous l'appelions du sonnant et trébuchant ; nous n'avions aucun crédit. Il n'y avait pas eu d'offres de disques dignes de considération. Tout ceci allait changer mais nous ne le savions pas encore.

Il n'y avait pas d'argent dans le Sud, et les imprésarios sont dans les affaires pour faire du fric. Arthur ne pouvait pas être engagé au Copacabana ou à Las Vegas mais il était précieux sur le circuit des collègues ; sa réputation grandissait dans des endroits assez inattendus. San Francisco-Oakland, par exemple, Seattle, Philadelphie, New York naturellement, des sections du New Jersey, Boston — et pour une raison quelconque, Vancouver, Toronto, Montréal et Londres. C'était là où ses agents voulaient le produire. Ils ne pouvaient pas lui prendre des engagements dans des endroits comme Savannah, Tallahassee, La Nouvelle-Orléans, Birmingham, Memphis, etc. : ils n'auraient pas su comment le sortir des mains du shérif, de la prison ou de chez les forçats. Ils ne voulaient pas qu'il lui arrive des ennuis et ce souci découlait, très souvent, d'une affection sincère. Mais ils ne voulaient pas non plus qu'il fût associé de trop près — et certainement pas au commencement de sa « prometteuse » carrière — à ce qui était après tout une cause controversée et, au bout du compte, impopulaire. De plus, ainsi que la mort de J. Edgar (Hoover) avait permis à mes innocents compatriotes de le découvrir, des pressions excessivement brutales pouvaient être appliquées sur toutes sortes d'individus et de corporations, par toutes sortes de moyens. Arthur lui-même n'était pas encore à ce point exposé, mais certains de ses agents, oui.

Nous avions besoin d'argent dans le Sud pour les mises en liberté sous caution, les taxes et la nourriture. On n'était pas censé, d'après Arthur, rapporter quoi que ce fût de là-bas, sauf sa propre peau, si possible. Et j'en convenais avec lui.

Ce qui signifiait qu'Arthur devait subventionner sa tournée dans le Sud par une tournée ailleurs. Tandis que ses agents s'activaient à lui trouver des engagements dans des endroits où il pourrait se faire un peu d'argent, je m'activais à l'engager en des lieux où il était exclu qu'il en fît : Vancouver par exemple paierait notre voyage à Jackson, Mississippi.

Un merveilleux travail pour moi, que j'adorais. C'était quelque chose que j'avais souhaité faire et je découvrais que j'en étais capable. Il le fallait car j'étais le synchroniseur en chef.

Montréal, par exemple, ayant appris qu'Arthur a fait sensation à Vancouver, exigeait Arthur pour un soir où il devait se rendre à Tuskegee.

« Je suis désolé, ce n'est pas possible, disais-je à un téléphone haletant. Mr. Montana est pris ce soir-là, est pris en fait toute la semaine.

— Pris ? Pris où ?

— Dans des collèges et des églises du Sud, monsieur.

— Oh ! Puis-je demander qui est à l'appareil ?

— Je m'appelle Hall.

— Eh bien, Mr. Hall... »

J'appris immédiatement quelque chose : ils croyaient toujours que la difficulté fondamentale était l'argent et ils augmentaient toujours le montant du cachet. Et donc, naturellement, plus tard, j'entamais les négociations au prix le plus haut cité en dernier et puis, parfois, je le doublais au pifomètre. Je fis des découvertes. Arthur aussi, dans un sens, mais jamais comme moi et cela parce qu'il avait une autre tâche. Je commençai à comprendre nos traits d'union : en partie grâce à Ruth qui travailla avec moi durant cette avant-première et qui aurait dû recevoir plusieurs oscars pour ses exploits au téléphone.

Que je vous raconte comment j'ai rencontré Ruth.

Une des organisations noires donnait une réception, soit pour célébrer soit pour pleurer quelque chose, quelque part au centre de Manhattan. Il me fallait y assister à cause de mon travail. Il y avait beaucoup de chapeaux, certains dessinés apparemment par des architectes : ni le boubou ni le dashiki n'avaient encore fait leur apparition, qui exigeraient d'être adressés en swahili. Le style afro était juste au coin de la rue.

J'étais là, serrant les fesses, utilisant comme un bouclier le verre de rigueur et souriant le sourire requis. La réception avait lieu dans un hôtel particulier, une maison du côté est, semblable à celles de Henry James. L'hôte était le descendant et portait le nom d'un des financiers les plus terrifiants, les plus atroces, un des pirates les plus célèbres du siècle. Passons. Il espérait tirer quelque chose de notre splendeur désespérée de surface. C'était un homme gentil, un homme très sincère. Je lui parlais aussi longtemps que je pus, dans la mesure où je le pus, mais ce ne fut pas très long. Mon sphincter commençait à fatiguer : je dus m'enfuir. Pauvre homme, il ne pouvait pas s'empêcher d'avoir l'air de s'être fait piéger au milieu d'une bruyante vente d'esclaves en l'absence du commissaire-priseur.

Je descendis un étage avec l'intention de me tirer discrètement — Arthur ne viendrait pas. J'étais au sommet d'une seconde volée de marches quand quelqu'un m'agrafa, quelqu'un d'une agence rivale, une autre espèce de pirate, un aventurier de la pub et du baratin antipauvreté.

Il était noir, pas comme moi, j'espérais — en fait il était couleur de pain d'épice — et je lui rendis son sourire. Il s'appelait Roy Furlong.

« Comment va ?

— Comme tu vois. Et toi ?

— Épatamment. » Puis il chuchota, je ne sais pas pourquoi, le F.B.I. savait déjà tout : « Je ramasse des sous pour mon théâtre, vieux.

— Oh ? Terrible. Où est ton théâtre ?

— Rien de très grandiose, tu comprends — simplement mon loft, sur l'East Side — à côté de la Bowery. Les mômes me fabriquent des décors avec des vieux draps de lit et des serpillières et des couvertures en loques. On les vaporise de peinture, tu vois — on a même la planche à laver de la mère d'un type ! » Il rit, sa face de renard penchée vers moi.

« Merveilleux, dis-je.

— Je cherchais ton frère — quelqu'un m'a dit qu'il serait ici ce soir ? Il est là ?

— Je ne crois pas. Je ne l'ai pas vu.

— Si tu ne l'as pas vu, c'est qu'il n'est pas là. Je vais te dire ce que j'aimerais qu'il fasse — qu'il vienne botter un peu le cul aux mômes — leur changer un peu de gospel, leur expliquer d'où ils viennent. »

Fichtre, pensai-je. « Ces mômes viennent de toutes sortes d'endroits, dis-je. De paroisses catholiques, de synagogues russes et de temples chinois...

— C'est justement le point, mon vieux — une chanson d'Arthur et tout ça ne fait plus qu'un. » Il baissa la voix : « Et ça ferait une publicité folle à l'école — tu comprends, on met au parfum deux ou trois frères noirs dans les médias, tu saisis, et eux, ils couvriront l'histoire et ça ferait aussi une fantastique publicité à ton frère. » Il sourit, très content de lui : « Chacun y trouve son compte. »

J'aurais pu alors commettre l'erreur de lui faire remarquer qu'il ne me semblait pas évident que les enfants allassent beaucoup « y trouver leur compte » quand une fille de forte carrure, accoutrée d'une cape pain brûlé et d'un chapeau qui ressemblait à une pagode chinoise en folie, surgit de la cohue et donna une tape sur l'épaule de Roy.

« Tu m'avais garanti que ce serait remboursé rubis sur l'ongle, dit-elle, et ce n'était pas vrai. » Elle pinça les lèvres. « Alors, je n'ai pas besoin de te dire ce que je *pourrais* te foutre au cul.

— Ruth, ma chérie ! » s'écria Roy en la prenant dans ses bras et en l'embrassant — en partie, eus-je l'impression, pour la faire taire, au cas où elle n'aurait pas vraiment plaisanté. « Tu étais là ce soir ? Je ne t'ai pas vue !

— J'ai rasé les murs, en t'écoutant vendre ta salade. J'ai des micros jusqu'aux dents — attendez voir, Mr. Furlong, que j'envoie mon rapport ! »

Roy se tourna vers moi avec un certain soulagement : « Vous ne vous connaissez pas tous les deux ? Je te présente Ruth Granger, on a travaillé ensemble il y a quelque temps. Ruth, voici Hall Montana. »

Nous nous serrâmes la main. J'aimai le contact de ses doigts dans les miens. « Ravie de vous rencontrer, Mr. Montana. Vous connaissez ce charlatan depuis longtemps ?

— Nous nous voyons dans des réceptions, dis-je.

— Ah ! Des réceptions pour collecte de fonds, bien entendu », fit-elle avec un sourire à l'adresse de Roy.

Celui-ci se mit à rire en levant les bras d'un air impuissant. « Je ne vois pas pourquoi tu m'attaques comme ça, ma poupée. Je t'assure. Que puis-je faire pour te plaire ? » Et il me regarda avec ce qu'il croyait être un désespoir feint. « Je vois que tu n'as rien à boire. Puis-je aller te chercher un verre ?

— Je vais m'occuper, moi, de trouver un verre pour cette

dame. Nous allons te laisser ici concocter un *autre* moyen de regagner les bonnes grâces de madame. » Je fis un sourire à Ruth. « Puis-je ? »

Elle trimbalait aussi en bandoulière un sac plutôt menaçant qu'elle fit passer sur l'autre épaule de manière à pouvoir prendre mon bras : elle était équipée pour toute éventualité. « Je crois que vous avez trouvé la solution parfaite, dit-elle, avec un sourire à Roy. Bonsoir, Mr. Furlong ! » et nous nous joignîmes à la foule.

Dès que j'avais vu le visage de Ruth sous cet absurde et charmant galurin, et découvert son attirail, mon humeur avait changé. Je n'eus plus envie d'être seul. Elle me plaisait. Elle était drôle. Elle était directe. Je ne songeais nullement à essayer d'imaginer son histoire. Quand elle riait, elle avait l'air d'un malin petit cireur de dix ans. Elle était fortement charpentée mais pas grosse — une fille bien bâtie — et au centre de cette solidité bien ordonnée se trouvait une petite fille courageuse et blessée. Je sentais cela à la manière dont on perçoit intuitivement certaines choses.

Si l'extérieur de Ruth était compliqué, pour ne pas dire résolu, ses goûts étaient simples. Elle n'exigea pas à tout prix un brandy Alexander, un Manhattan sirupeux ou quelque précieuse concoction française ou russe, mais prit ce que nous fûmes capables de nous procurer, deux Dewar sur glaçons. Puis nous retournâmes vers l'escalier sur lequel nous nous étions rencontrés. Ruth posa son sac par terre et s'assit sur la plus haute marche.

Je ne sais pas pourquoi nous n'avions pas déjà décidé de quitter les lieux mais je pense que tous deux sentîmes, chacun à notre manière, que nous risquions peut-être, ainsi, de procéder trop vite et de façon désastreuse.

Je m'installai sur la marche suivante, mon dos contre la grille de la balustrade.

« Je suis content de vous connaître, dis-je, mais je ne peux pas résister à vous le demander — comment et où avez-vous trouvé ce chapeau ? »

Elle rit et toucha le remarquable objet. « Vous rappelez-vous Hattie McDaniel, elle jouait Mammie dans *Autant en emporte le vent*?

— Oui.

— Eh bien, vous vous souvenez, quelqu'un finalement lui donne quelque chose — un jupon rouge, rien de moins... »

Je me mis à rire : « Oui...

— Je crois que c'est Clark Gable, en fait, qui le lui donne — je n'*ose* pas vraiment imaginer... mais elle le montre à Clark Gable — arrêtez de rire... »

Elle toucha de nouveau son chapeau. « Nous avons chacun différentes manières de rechercher l'approbation. Pour Gable, je l'admets, c'est raté, mais il y en a d'autres. Je veux qu'ils voient comme cela me va bien — ce qu'ils m'ont donné. »

Je suis sûre que je dus avoir l'air alarmé, car elle rit et dit : « Non. C'est juste un chapeau dingue, marrant. Il a un rapport avec la faculté de faire d'heureuses découvertes par accident. Je l'ai acheté un après-midi *particulièrement pluvieux*, et je le porte quand je suis d'une certaine humeur. »

Nous avions terminé notre whisky. « Pourquoi ne pas se tirer d'ici? dis-je. Si vous n'êtes pas pressée, j'aimerais vous offrir un dernier verre quelque part, O.K.?

— O.K. », répliqua-t-elle. Elle se leva en jetant un coup d'œil furtif à sa montre. Elle remit son sac en bandoulière et nous descendîmes l'escalier, souriant et saluant de-ci, de-là, avec l'espoir de ne pas nous faire intercepter par Furlong ou notre hôte. Nous mîmes les voiles. Ruth avait sa voiture et nous allâmes au Small's Paradise. Nous y restâmes à boire et à bavarder jusqu'à deux ou trois heures du matin, comparant les Afriques teintées d'Indien dans lesquelles chacun de nous avait vu le jour. Ruth habitait alors sur Riverside Drive à la hauteur de la 90e Rue, ce qui signifiait que nous étions quasiment voisins, et elle me déposa à ma porte. Nous nous reverrions pour déjeuner dans les deux jours suivants. Je me rappelle la regardant s'éloigner en voiture avant de rentrer dans mon immeuble, et me demandant pourquoi je me sentais si paisiblement fatigué, si formidablement à mon aise.

Nous arrivâmes dans le Sud et un climat épuisant. Je ne veux pas seulement parler des conditions météorologiques ni du climat de mon cœur ou de celui d'Arthur. Je veux parler de quelque chose de plus compliqué, de plus difficile à définir. Le climat sécrété par ce qui courait dans l'air. On aurait cru que le paysage attendait des pluies de l'arrière-saison la purification par l'eau bouillante — la décision libératrice. Cela se lisait sur les visages, dans les voix, les accents, dans l'horreur de ce qui pouvait être dit.

Nous prîmes l'avion d'une grande cité à l'autre, mais la voiture entre les villes de moindre importance, nous parcourûmes à pied plus d'une route poussiéreuse, traversâmes d'interminables voies ferrées et de multiples tunnels, nous vîmes des milliers de gares, d'entrepôts, de dépotoirs, de maisons abandonnées aux abords des villes, les mauvaises herbes menaçant le bois et la pierre, nous passâmes devant beaucoup de vérandas paisibles à la veillée, nous visitâmes bien des églises et bien des taudis et rencontrâmes beaucoup et beaucoup d'enfants. Nous nous rendîmes compte tous deux, sans nous le dire, que nous étions toujours à la recherche de Peanut disparu, d'Alexander Theophilus Brown, à la peau si claire. Il était absent de toutes les pièces dans lesquelles nous entrions, menaçait d'apparaître à chaque détour, chuchotait dans le soleil de l'aube et celui du couchant. Nous ne parlions pas de lui — nous en étions incapables. Nous ne pouvions pas nous avouer que nous avions atteint un état proche de la folie. Nous vivions sans cesse dans la souffrance et la terreur, nous marchions dans l'ombre de la mort et l'ombre de la mort était dans chaque regard. Elle était dans le regard des hommes et des femmes impatients d'achever notre destruction, et dans le regard des Noirs qui nous observaient et observaient les regards qui nous observaient. Personne n'en parlait jamais, pas plus que mon frère et moi ne parlions de Peanut. Pourtant tout faisait allusion... à ce qui ne pouvait être dit.

Dit ? Cela ne pouvait pas être chuchoté. Chuchoté ? Cela ne pouvait pas être rêvé. Rêvé ? Cela ne pouvait pas être confessé. Tous les enfants du shérif ne sont pas blancs, cette certitude se lisait dans tous les regards. Tous les enfants de ma mère ne sont pas noirs. Cette certitude, qui est la même, se lisait aussi dans tous les regards, mais avec une différence.

Cette différence est la différence entre la fuite et la confrontation. Ou bien, si je puis m'abaisser à emprunter à un vocabulaire stupéfiant dans sa malhonnêteté absolue et désespérément sincère, c'est la différence entre être noir ou blanc. Les mots paraissent infantiles et dénués de poids dans un tel contexte, des mots d'une absurde trivialité pour expliquer une tempête aussi mortelle : mais j'ai été forcé de m'abaisser à emprunter à un livre que, Dieu merci, je n'ai pas écrit. Car ces deux mots étaient les seuls qui fussent prononcés, tout ce qui put être dit, tout ce qui put être entendu et porté par les vents du Sud. Si je ne pouvais qu'à peine en croire mes oreilles, si cela m'humiliait de constater que nous puissions être si bassement lâches, j'étais pourtant obligé de l'entendre car je voyageais avec mon frère et nous tremblions pour notre vie. Pour eux nous étions noirs, un point c'est tout. Oh ! J'aimais peut-être rire, et peut-être aussi tenais-je à la vie, peut-être mes doigts étaient-ils capables de démonter un fusil ou de jouer du violon, peut-être aimais-je ma femme, mon fils, ma fille ou mon frère, peut-être savais-je, moi aussi, comme tous les hommes, que j'étais né pour mourir. Rien de cela n'avait d'importance, rien de cela ne pesait du plus fin des cheveux dans la balance, car j'étais noir. Si je ne pouvais pas opportunément mourir ou décemment sourire, ni travailler avec gratitude, alors il fallait m'emmener sur un lieu d'exécution, et laisser les chiens se régaler de mon sexe. Feu, air, vent, eau et, enfin, la terre, mes ossements : cela se résumait ainsi pour moi et les miens, et mon propre pays que j'aimais tant et que j'avais aidé à construire.

J'observais les yeux des hommes et des femmes noirs qui observaient les yeux qui nous observaient. Les yeux contenaient de la pitié et du mépris, et un vague amusement — et un calcul, car, après tout, la reddition n'était pas une possibilité. Tu peux être aveugle, semblaient dire les regards, mais moi je peux voir et je te vois, toi. Il est difficilement possible que j'aie vécu ici avec toi, pendant si longtemps, et subi tant de choses de ta part et pourtant t'avoir tant aimé, et avoir si souvent lavé ton corps nu, fessé tes enfants jusqu'au peu de maturité qu'ils furent capables d'acquérir (car tu n'étais pas toi un modèle), veillé sur toi quand tu pensais être en sûreté (et par conséquent n'avoir plus besoin de moi), ouvert ma porte pour toi quand le filet de sécurité a cédé te laissant choir rudement (et quelle autre porte aurait pu s'ouvrir ? Tes amis sont tous comme toi), marché au cimetière avec toi, et au baptême, Seigneur, sur la montagne, dans la vallée, trompettes, trombones et mélancolie, t'emmenant bercer ton âme dans cette dernière rivière, supposes-tu maintenant que cette densité de liens passionnés n'a fait de moi rien d'autre qu'un étrange miroir qui ne reflète que ce que tu veux voir ? Que m'importe si tu es blanc ? *Sois* blanc : je n'ai pas à prouver ma couleur. Je ne serais pas obligé de voir ta couleur à toi, si tu n'étais pas aussi anxieux de la prouver. Pourquoi ? Et à moi, entre tous ! — Mais je sais pourquoi. Tu as peur d'avoir vécu avec moi ici trop longtemps et de ne plus être vraiment blanc. Ce qui est probablement vrai mais tu n'as jamais été vraiment blanc pour commencer. Personne ne l'est. Personne n'a même jamais *voulu* être blanc, à moins d'avoir peur d'être noir. Mais être noir n'a rien d'effrayant. Je le savais avant de te rencontrer et je l'ai appris de nouveau depuis, à travers toi.

Peut-être qu'être blanc n'est pas une condition concevable mais une terrible illusion, un choix moral. Rien ne ressemblait autant à une illusion terrifiée que le climat épuisant, dans lequel Arthur et moi nous déplacions, un climat qui était incontestablement le résultat d'un choix moral.

Quand nous arrivâmes en Floride, nous avions maigri, les fonds commençaient à baisser et nous avions perdu le pianiste, un gamin de Harlem nommé Scott, condamné à une peine de travaux forcés. Cela se passait à Montgomery, Alabama, une ville anguleuse si blanche qu'elle en paraît morte, comme un os décoloré dans le désert. Il existe des villes de ce genre, des villes dont les couleurs s'impriment à l'esprit : Jérusalem, par exemple, devient réellement *dorée*, lorsque le soleil tombe derrière ses collines lasses. Quand le soleil abandonne Montgomery, rien ne nous vient autant à la mémoire que l'image des ardentes portes d'albâtre de l'enfer.

Scott, une grande gueule de môme de vingt-deux ans, mal équipé pour la non-violence mais tout prêt à s'y essayer, fut kidnappé — je refuse d'user du mot légal « arrêté » — à Montgomery pour avoir craché sur le trottoir et, en l'occurrence, n'avoir pas eu d'argent sur lui. Il fut accusé de vagabondage et, par-dessus le marché, à cause de ses violences de langage, de conduite contraire aux bonnes mœurs, et condamné à quatre-vingt-dix jours de travaux forcés. Cela se produisit en fin d'après-midi, alors que nous l'attendions à l'hôtel. Nous allâmes à l'église, les pasteurs commencèrent à appeler la police, nous passâmes une nuit impossible à décrire : sans découvrir jusqu'au lendemain soir ce qui était arrivé à Scott. Il était déjà alors en train de casser des cailloux.

Beaucoup de choses peuvent arriver à un homme en quatre-vingt-dix jours et c'est pourquoi Scott ne fut pas ramené sous escorte à l'hôtel où il était enregistré et où nous avions l'argent nécessaire pour prouver qu'il n'était pas un vagabond. Quant à l'accusation d'inconduite, employer un langage imagé quand on se fait accoster par des étrangers avec ou sans uniforme, est un des privilèges les plus sacrés des Américains. Kidnappé pour avoir craché dans la rue, Scott n'avait rien dit que l'Amérique n'ait applaudi depuis des générations, chaque fois qu'énoncé par John Wayne, par exemple, où encore J. Edgar Hoover. Un succès en entraîne un autre.

Nous avions à réunir l'argent de la caution, une somme arbitraire mais loin d'être négligeable. Arthur télégraphia à ses agents et à leur avocat — ce fut la première fois que je m'aperçus que nous, nous n'avions pas d'avocat — et je télégraphiai à mon magazine et à son avocat. Nous espérions avoir suffisamment impressionné les autorités pour éviter à Scott d'imiter Peanut. Mais nous ne pouvions pas dépendre de cela, dans ou hors Dixie, en plein Sud ou pas. Il nous fallait réunir l'argent et revenir avec la somme en main pour la donner au juge, ramasser Scott et repartir vers le Nord. Pour la première fois, Arthur serait contraint d'empocher ses cachets sudistes : nous ne pouvions pas manquer ou annuler un seul engagement et nous allâmes donc en Floride.

Nous n'étions pas sans avoir compris, quoique sans pouvoir le dire, que kidnapper Scott était un moyen de menacer Arthur. On nous brandissait l'écriteau populaire, qui attendait toujours patiemment, dans divers placards, de ressortir au grand jour : *Nègre, lis ceci et fous le camp. Si tu ne peux pas lire, fous le camp quand même !*

On se rappelait Peanut, chez eux aussi. On ne voulait pas que nous l'oubliions.

Et nous arrivâmes donc dans le sous-sol de cette église, au fin fond de la Floride, où un Jimmy si maigre que je faillis ne pas le reconnaître et vêtu d'un vieux chandail troué, dévorait un sandwich, assis sur la table.

Je ne le reconnus pas parce que, pour la première fois, il me rappela Julia : et je venais de rencontrer Ruth. Je sais que ça paraît absurde, mais c'était quelque chose de ce genre, comme si, en le voyant, j'avais cligné les yeux sous l'effet d'une lumière soudaine et trop vive.

« Bienvenue au massacre, les enfants ! »

Et nous le suivîmes là-haut, dans le corps principal de

l'église. Il se mit au piano, Arthur commença à chanter et ils entamèrent, enfin, leur vie commune.

« Tu penses que tu es maintenant capable de me porter en haut de cet escalier, vieux ?

— Oui. Je crois être prêt.

— Tu m'as drôlement fait attendre.

— Je n'en avais pas l'intention.

— Je t'ai traité de tous les noms d'oiseaux, coco.

— Je m'en doute.

— Que pensais-tu ? Tu pensais que j'attendais tout bonnement — comme une cruche ?

— Je — j'espérais que tu serais content de me revoir. Je n'arrivais pas à penser plus loin.

— Tu as été content de me revoir, moi ?

— Tu sais bien que j'étais content de te revoir.

— Comment ça s'est passé à Londres ?

— O.K.

— Comment était Paris ? Qu'est-ce que tu as fait là-bas ?

— Oh... je me suis baladé. J'ai visité des monuments.

— Comme quoi ?

— Oh ! L'Arc de Triomphe.

— On y retournera ensemble ?

— Si tu y tiens.

— Ce que tu peux être vache, mon vieux.

— Je plaisantais. Je n'ai pas l'intention d'y retourner sans toi.

— Vaut mieux pas. Je t'attends depuis très longtemps, coco. »

Et Jimmy se tourne vers Arthur qui l'attire dans ses bras. Ils sont dans le lit de Jimmy, au fond de la maison que Jimmy habite. Il est à peu près deux heures du matin.

La maison est silencieuse, comme les rues dehors. Jimmy et Arthur sont calmes, très paisibles : on dirait que finalement chacun est rentré au port.

Ils avaient été intensément, incroyablement conscients de la présence l'un de l'autre, dans l'église, mais n'avaient que peu parlé. Ils avaient été entourés, occupés. Tendu, inquiet, épuisé, Arthur avait en tête l'image de Scott chez les forçats et, devant lui, le problème de sa prestation de la soirée. Il n'aurait ni le temps de manger ni de se changer. Il avait su, il avait senti qu'il reverrait bientôt Jimmy et il avait eu follement envie de le revoir. Mais il en avait eu peur, aussi, et il semblait une revanche du sort que de les faire se rencontrer dans des circonstances aussi pénibles, à cet instant et en ce lieu.

Néanmoins, l'atmosphère entre eux se détendit dès qu'ils s'occupèrent de musique. Chacun comprit l'autre, rapidement et précisément : il était très étonnant de s'apercevoir qu'ils n'avaient jamais travaillé ensemble. Sans avoir eu une seconde pour mentionner le passé, ils se découvrirent camarades dans le présent, et la musique avait déjà commencé à les faire avancer dans l'avenir. S'ils pouvaient jouer ensemble de cette manière, ils auraient été des idiots de se perdre !

Et donc, malgré leurs réticences, leur impatience s'accrut. Peut-être étaient-ils plus riches qu'ils ne l'avaient cru.

Sans vraiment le récupérer, nous libérâmes Scott, rentrâmes cahin-caha à New York et Julia me téléphona. Elle venait de voir Jimmy qui, à la fois vidé et jubilant, était arrivé pour déposer ses valises, suivi de peu par Arthur venu chercher Jimmy. Nous étions donc réunis tous les quatre, bien que je ne fusse pas présent : et, dès que nos deux petits frères eurent quitté son loft, Julia m'appela.

C'était un samedi, tard dans l'après-midi. J'étais seul et j'écoutais des disques tout en lisant d'un œil et en songeant au lendemain où je devais dîner avec Ruth qui me téléphonerait pour confirmer.

Entre-temps, j'étais libre. Je savais que je ne verrais ni

Arthur ni Jimmy ce soir-là. J'avais décidé de ne pas sortir. Je ferais venir un dîner chinois, je prendrais une douche et regarderais la télé. Et j'avais ôté mes chaussures, mes chaussettes et mon pantalon, m'apprêtant à me mettre sous la douche, quand le téléphone sonna.

Persuadé que c'était Ruth, je m'avançai gaiement pieds nus vers l'appareil et, l'œil sur la sereine West End Avenue, je m'emparai du récepteur tout en me grattant le nombril et les couilles.

« Hello ! Quel est le verdict ? »

On ne devrait jamais, jamais le faire : jamais anticiper la voix à l'autre bout du fil. La voix que j'entendis me trancha aussi proprement qu'un rasoir. La sueur qui se forma sous mes aisselles dégoulina le long de mon corps avec autant de résolution que mon sang si j'avais été sectionné du bras à la hanche.

« Hall ? »

Je savais son nom et je voulus le crier mais j'en fus incapable. Je mis ma main sur ma queue. Les maisons de l'autre côté de la rue parurent se pencher vers moi avec des intentions hostiles.

« C'est Julia.

— Je sais. Comment vas-tu, mon enfant ?

— Oh ! Le verdict n'a pas encore été rendu.

— Ça ne t'était pas destiné », répliquai-je, me sentant à présent vraiment très gauche et regrettant de ne pas avoir dit autre chose dès qu'elle se mit à rire : « Je sais bien que ce n'était pas pour moi, dit-elle. Comment vas-tu, Hall ?

— Avec des hauts et des bas. »

Ma queue commença à se raidir. Ce qui me fit peur et me rendit furieux contre Julia. Puis, chose insensé, furieux contre Ruth.

« J'aimerais te voir, Hall. »

J'aimerais te voir aussi. « Sûr. Quand ?

— Eh bien, je viens de voir ton frère prodigue, avec mon

petit frère prodigue à moi, et je sais que tu dois être fatigué...

— Je ne suis pas si fatigué que ça. Quand es-tu revenue ?

— Je crois à peu près en même temps qu'Arthur. Mais j'ignorais où vous étiez, tous.

— Ma foi, petite, Dieu sait que nous ne savions pas où tu étais, toi. »

Cesse de l'appeler petite. *Ça ne te regarde pas là où elle était ni ce qu'elle a fait.*

J'avais de plus en plus peur. J'étais venu répondre au téléphone m'attendant à parler à Ruth. Ma queue se fit lourde, dure et je ne savais pas si cette douleur s'appelait espoir ou souvenir, pas plus que je ne pouvais faire la différence.

« Eh bien, tu m'as toujours prévenue que je risquais de me retrouver à Tombouctou.

— Jeune fille, même Tombouctou doit posséder un bureau de postes, un téléphone et un télégraphe.

— Eh bien » — elle rit — « c'est une des choses bizarres à propos de Tombouctou. Parfois on dirait que c'est le cas. Et puis tu regardes de nouveau, et ça ne l'est plus. »

Il y eut un silence. Je souffrais, désarmé comme seul peut l'être un homme adulte.

« Tu veux me voir ce soir ? »

Je voulais qu'elle dise oui. Je voulais qu'elle dise non. Je voulais entrer et sortir.

« Non — pas ce soir. Demain ?

— Je... je crois que je suis pris pour le dîner — demain soir... »

J'allais dire : « Mais peut être que je peux annuler », mais je ne le fis pas.

« Et pour déjeuner ?

— Ça serait au poil.

— O.K. Pourquoi ne pas se rencontrer... sur les marches de Carnegie Hall, à une heure et demie ? Et puis on décidera après où aller.

— Très bien.

— Au revoir, Hall. Passe une bonne nuit — dors un peu.

— Oui — Julia ?

— Oui... ?

— Je serai très heureux de te revoir. C'était merveilleux d'entendre ta voix. »

Elle parut reprendre sa respiration. Puis : « Je crois, dit-elle, que j'ai commencé à apprendre quelque chose — à Tombouctou. Mais tu es la seule personne à qui je puisse le raconter. »

Ma douleur commença à diminuer et, pourtant, se mit à monter en un autre chagrin, plus doux, plus inexorable.

« Je t'aimerai toujours, tu sais. Je veux dire » — je retins mon souffle, je lâchai ma queue — « quoi qu'il arrive.

— Je crois que je l'ai toujours su. En tout cas, à présent, je le sais. Moi aussi, je t'aimerai toujours. » Elle rit, un rire rauque mais dépouillé d'amertume : « Quoi qu'il arrive. À demain, alors.

— À demain. »

Le lendemain était un dimanche froid et ensoleillé, avec un froid et un soleil particuliers à New York. Le ciel demeure métallique mais s'élève à la hauteur où il convient à un ciel de se trouver : les immeubles vous concèdent le droit d'être là et vous font de la place. Et je descendis la West End Avenue coiffé d'une toque de fourrure russe, je m'en souviens, et vêtu des vêtements d'hiver sérieux et distingués que requièrent les toques de fourrure russes, éprouvant peut-être, à l'intérieur de ma relative aisance, une panique contenue mais essayant d'être prêt pour ce que ce lendemain apporterait.

Puis je tournai sur la 59e Rue, le long de ces immenses pâtés de maisons, jusqu'à Colombus Circle, rempli de l'innocence d'un dimanche new-yorkais — c'est-à-dire de gens qui ne savaient qu'à peine où ils se trouvaient et pourquoi — puis je traversai le Circle et continuai sur la 57e Rue, tournant de nouveau à l'est en direction de Carnegie Hall, avec mon cœur qui commençait à jouer les marteaux-piqueurs et mon front, sous la bordure de ma toque russe, mouillé de sueur froide et chaude.

Puis j'attendis le feu vert au carrefour de la Septième Avenue, en regardant les gens qui se pressaient devant Carnegie Hall, les gens sur les marches, le feu toujours au rouge, les voitures défilant en trombe, et les taxis ; venant du Plaza, une calèche avec un homme, une femme et une petite fille tourna dans l'avenue le long de laquelle elle continua à trotter avant de traverser la 57ᵉ Rue en passant devant moi, et le feu changea.

Je traversai l'avenue. Mais j'étais sur le mauvais trottoir. Il ne m'était pas venu à l'idée d'en changer tandis que j'attendais. Je regardai les affiches à l'extérieur de Carnegie Hall : on y donnait un concert cet après-midi-là. Il y avait des masses de gens sur les marches. Je consultai ma montre : une heure trente-cinq. On ne pouvait pas dire que j'étais en retard. Le feu passa au vert et je traversai la rue.

Elle était debout sur la plus haute marche, près de la série de portes la plus éloignée de l'avenue. Elle portait un manteau de tissu gris ceinturé, avec un grand col relevé. Elle portait des bottes noires à talons hauts. Elle était coiffée d'un turban noir très élégant qui lui couvrait les oreilles. Elle avait les mains dans les poches.

Je demeurai au bas des marches, à la regarder. Puis je montai. Elle tourna la tête et me vit.

La qualité de l'accueil est indescriptible : elle ne peut pas être feinte. Quand Julia tourna la tête et me vit, je sus — *je sus* — que, sans signifier pour elle ce que j'avais espéré signifier, j'avais plus d'importance pour elle que je ne pourrais jamais l'imaginer. Quelle que fût l'angoisse qu'elle m'avait causée, je la sentis balayée par le vent léger sur mon visage tandis que je grimpais les marches.

Puis je fus près d'elle, ses mains nues et froides entre les miennes. « Bois à ma santé simplement avec tes yeux » — cette chanson absurde prit un sens pour moi. « Et je boirai à la tienne avec les miens. » Et je la pris dans mes bras et nous nous embrassâmes en frère et sœur.

« Comment allez-vous — vieille *fille* de Tombouctou ?

— Je vais bien. Je suis heureuse de te voir ! »

Puis nous nous contentâmes de nous regarder.

« Où va-t-on déjeuner ?

— Tu as beaucoup de sous ? »

Nous rîmes. « Assez pour un dimanche après-midi, dis-je.

— Eh bien, moi, j'ai fauché dans la tirelire de Jimmy. Allons à côté. On m'y connaissait autrefois.

— Ah ?

— Part de la gloire d'un mannequin. Mais je n'ai jamais voulu te casser les pieds avec ces trucs-là. Viens. Il fait trop froid pour rester dans la rue. »

Nous redescendîmes les marches pour aller au Russian Tea Room. Nous n'avions pas trop mal choisi notre heure, en dépit d'un dimanche. Les gens qui allaient en matinée étaient en train de régler leur addition et les clients de la soirée n'arriveraient pas avant un moment.

Il est vrai qu'on la connaissait. « Miss Miller », par-ci, « Miss Miller », par-là, du vestiaire à notre table. Mais j'eus l'impression qu'on l'aimait vraiment, qu'elle leur avait donné des raisons de la respecter et que le respect était mutuel.

Nous nous assîmes en face l'un de l'autre.

« Tu es célèbre, petite.

— Certains ne l'exprimeraient peut-être pas aussi gentiment mais, oui » — elle sourit — « j'ai eu ma période de succès.

— J'ai le sentiment que tu es à l'aurore de ta gloire. »

C'est l'impression qu'elle donnait. Il y a un moment dans la vie d'un homme, dans celle d'une femme, quand tout, tout ce qui compose cette personne, s'assemble pour la première fois, quand tous les éléments disparates, conflictuels — le menton, le nez, le sourcil, le port de tête, l'expression des yeux

— forment enfin une composition cohérente. Julia commençait à ressembler à Julia.

Il est vrai que, en évangéliste enfant, elle avait été inoubliable ; mais alors elle n'avait ressemblé à personne, elle n'avait été que l'illustration troublante d'un mystère. Elle avait été inoubliable précisément parce que, en tant qu'enfant et évangéliste, elle ne s'était pas appartenue, et n'avait pas eu la moindre idée de son identité. Elle avait été à la merci d'une force qu'elle n'avait aucun moyen de comprendre. C'est pourquoi j'avais souhaité pouvoir détourner les yeux du terrible spectacle de sa chute, j'avais espéré ne pas être présent à l'heure de son jugement.

Or quelque chose lui *était* arrivé, on ne pouvait pas s'y tromper, et avec ce qui avait été brisé, avec ce qui lui était resté, elle avait commencé à se créer elle-même. Je fus le bienvenu parce qu'elle crut ce qu'elle lut dans mes yeux.

« Eh bien, par où commence-t-on ?

— Oh ! Je viens d'arriver. Je ne sais pas où je suis. Je ne suis pas sûre de savoir où j'ai été.

— L'Afrique ?

— Peut-être. Je vais te dire une chose : les gens qui se promènent en racontant qu'ils ont *découvert* l'Afrique sont fous. » Elle éclata de ce rire de gamine. « Je pense que l'Afrique les a peut-être découverts, eux — pour les rendre fous — mais... personne n'a jamais découvert l'Afrique. »

La serveuse vint prendre notre commande, s'enquérant de la santé de Miss Miller et me traitant avec la déférence due au compagnon de Miss Miller.

« Combien de temps es-tu restée là-bas — enfin » — et je ris — « où que tu sois allée ?

— Depuis que je t'ai vu pour la dernière fois. Deux ans à peu près. Mais tu comprends ce que je veux dire ? Il s'agissait d'un autre *temps*. »

Je la dévisageai. « Non. Je ne comprends pas ce que tu veux dire. Tu veux dire *quoi* ?

— Eh bien, regarde. J'étais dans une ville appelée

Abidjan. On l'appelle une ville. Et elle se trouve sur la côte ouest de l'Afrique. Mais elle n'est pas vraiment en Afrique — l'Afrique est en elle et la rend folle. » L'expression de mon visage la fit rire de nouveau et elle dit : « Oui. Je crois que ça m'a rendue un peu folle, moi aussi.

— Je n'ai jamais vraiment compris, dis-je avec précaution, ce que tu faisais là-bas — pourquoi tu y étais allée... »

Elle baissa les yeux, s'empara de mon paquet de cigarettes et en alluma une. « Disons que j'ai pensé que ce serait plus juste — de poser à l'Afrique les questions dont je ne voulais pas t'accabler. » Elle baissa de nouveau les yeux. « Tu n'es pas l'Histoire.

— Je te l'accorde. Mais — tu m'as perdu. » Elle me jeta un coup d'œil. « En cette particulière circonstance, je veux dire. Tu ne me *perdras* jamais.

— C'est difficile, dit-elle, de dire la vérité. En partie parce qu'on ne la connaît pas. En partie parce qu'on a peur...

— Peur de la connaître déjà... ? »

Je ne sais pas pourquoi son visage me fit lui poser la question de cette manière. Peut-être lisais-je ma propre pensée.

La serveuse revint avec nos Bloody Mary et nous passâmes commande de notre déjeuner.

Julia leva son verre, je fis de même et nous nous saluâmes réciproquement.

« Sais-tu, demanda-t-elle, pourquoi un Bloody Mary s'appelle un Bloody Mary ? Au lieu de, par exemple » — et nous éclatâmes tous deux de rire — « un Bloody Virginia ? Ou un Bloody Julia ? »

Heureusement, le Russian Tea Room n'était guère peuplé, ou nous aurions pu avoir été priés de partir. Les têtes se tournèrent vers nous, se demandant ce qui avait provoqué un tel fou rire.

« Non, dis-je finalement. Et je ne tiens pas à le découvrir.

— Eh bien, affirma-t-elle, ça signifie que tu connais déjà la raison. » Elle avala une gorgée de son Bloody Mary. « Ça fait partie de ce que j'ai commencé à apprendre — à Tombouctou. » Elle écrasa sa cigarette. « C'est pour cela que personne n'a jamais découvert l'Afrique. Personne n'en a l'audace. »

Elle prit une autre cigarette, l'air à la fois jeune et très las.

Il est étonnant de contempler — de supporter — une beauté à laquelle vous êtes lié inexorablement et pour l'éternité, et qui jamais, jamais ne vous appartiendra, jamais ne se soumettra à vous. Il est bouleversant d'être confronté à la vulnérabilité qui fait céder la pierre et l'acier.

Car la jeune fille que j'avais en face de moi mourait d'envie d'appartenir à quelqu'un. C'était la profondeur de son désir qui altérait la nature de la transaction, qui en démolissait les termes habituels. Elle avait trop profondément eu peur pour être facilement effrayée de nouveau, elle avait subi la possession bien avant de rêver d'amour. Ceci lui donnait, cruellement, une cruelle et intimidante liberté : qui oserait tenter de la posséder ?

Cela aussi, elle avait commencé à l'apprendre au cours de son curieux pèlerinage. « C'était un homme très gentil. Je ne me suis jamais assez instruite, vois-tu, au sujet de *son* monde. Peut-être n'apprendrai-je jamais. Mais, tu sais, il sortait d'écoles religieuses et avait poursuivi ses études en France et en Suisse. Je l'avais rencontré à une réception, à l'O.N.U. J'eus l'impression qu'on ne pouvait jamais le tromper.

« Et il était si *Noir*. Pas simplement physiquement noir mais *réellement noir*, noir d'une manière que je n'avais jamais connue. Il était assez vieux pour être mon père et — je pense — cela le rendait beau à mes yeux. »

Tout en parlant, elle rompit un petit pain, et avala un bouchée de son bœuf Strogonoff. Je la contemplais sans savoir quoi dire : elle ne confessait pas, par exemple, m'avoir été infidèle.

« Il était marié, bien entendu, et il avait des enfants de mon âge, à l'école. Un garçon et une fille — et d'autres enfants plus jeunes, que je rencontrais plus tard, là-bas. Mais le garçon et la fille se montrèrent très gentils. Je ne sais pas à quoi je m'étais attendue mais pas à ça. Ils semblaient amusés, comme si j'étais un des objets que leur père adorait rapporter de ses voyages. J'eus l'impression qu'ils me disaient de ne pas m'inquiéter pour *eux* — *ils* avaient l'habitude. »

Elle rit et avala un peu de vin en jetant un coup d'œil autour du restaurant. Je commençais à être fasciné par une histoire dont je faisais partie et qui pourtant me maintenait à l'écart.

« Il voulait que je parte avec lui en Afrique. Je lui ai dit que je ne pouvais pas — il m'a répondu que je mentais, que je rêvais. Rien ne me retenait ici. »

Elle se tut à nouveau et me regarda — pas comme si elle avait craint de me blesser, possibilité qu'elle se contenta de marquer d'une moue. Elle me regarda comme si elle se demandait si je comprenais ou pouvais l'aider, elle, à comprendre. Son histoire m'excluait en même temps qu'elle m'emprisonnait — avec elle. Elle me racontait quelque chose qui nous arrivait à *nous*.

C'était là le plus étrange et le plus pénible signe de respect dont quiconque m'eût jamais gratifié.

« Et j'ai donc dû y réfléchir. Je savais, moi, ce qui me retenait ici. »

Elle tendit une main pour la poser sur la mienne, un instant.

« J'aurais aimé pouvoir me dire — à moi-même — que c'était toi. Mais je me serais menti à moi et à toi, et je t'aime trop pour cela. »

Elle lâcha ma main et chipota son riz.

« Je l'ai déjà dit — tu n'es pas l'Histoire. Tu ne pouvais pas la défaire. Je ne pouvais pas te l'imposer. Parfois, on sort d'un piège pour tomber dans un autre. Je crois que j'ai cru qu'il était, lui, l'Histoire. Parce qu'il me rappelait mon père. Et parce qu'il était noir, noir comme mon père ne l'avait jamais été. » Et elle sourit : « Peut-être ai-je cru qu'il pouvait, lui, la défaire. »

Elle ôta brusquement son turban et le jeta sur la banquette à côté d'elle. Je vis ses beaux cheveux épais, moitié espagnols moitié crêpelés. Elle les avait relevés, sous son turban, en un chignon épinglé au-dessus de sa tête. Et l'on pouvait voir les fines ridules sur son grand front, et autour des yeux. Elle commençait à ressembler à Julia : le prix qu'elle allait payer commençait à se voir.

« En tout cas — finalement — je suis partie là-bas. »

Elle se tut, prit son verre et me regarda.

« Il y avait des tas de choses que j'aurais voulu te dire, alors, mais je n'ai pas pu. Je voulais te demander de prendre soin de tout ici — pendant que j'essaierais de découvrir ce que j'avais à découvrir — là-bas. » Puis elle sourit. Un sourire qui me fit savoir qu'elle faisait partie de moi pour toujours ; et que, parce qu'elle faisait partie de moi, elle faisait partie d'un mystère que je ne pourrais jamais résoudre.

« Je n'ai rien pu te dire, parce que nous avions trop mal. Mais je savais » — et elle but son vin — « que tu avais ton frère et je savais que j'avais le mien. Je n'avais donc pas peur. »

Elle reposa son verre.

« J'ai dit que je ne partirais pas à moins d'avoir un moyen de gagner ma vie là-bas. J'ai dit que je n'étais pas faite pour être la concubine de quiconque. » Elle rit, un son inattendu qui courut autour de la pièce et fit se retourner et sourire les gens. « Bien entendu, il y a des tas de manières d'être une concubine — ainsi qu'il le savait, et que je devais le découvrir. »

Elle baissa les yeux sur la table comme si elle regardait au fond d'un puits, pour y repérer quelque chose qu'elle y aurait laissé tomber par inadvertance. « Il savait une chose que je ne savais pas vraiment — il savait combien j'avais confiance en lui. »

Je promenai mon regard autour du restaurant, saisi de l'envie de fuir non pas Julia mais *avec* elle ; ce qui me fit m'interroger sur mes liaisons passées et futures.

« J'avais un poste dans une des compagnies d'aviation. Je

suis forcée d'appeler cela un poste parce que ça ne ressemblait pas à un travail. J'étais chargée des V.I.P. qui ne parlaient pas le français. » Elle rit : « Ils ne parlaient pas davantage l'anglais, mais je me débrouillais à coups d'intuition. J'ai appris un peu d'allemand, de français et de hollandais et, qui sait, ça pourra servir un jour.

« Mon ami, une fois que je me suis trouvée là-bas, a commencé à prendre de plus en plus d'importance. Il comprenait quelque chose, lui. Il était la seule personne à le faire — enfin, le seul mâle. Au début, je ne connaissais pas la moindre femme.

« Une fille noire, qui n'est pas *née* en Afrique et qui n'a jamais *vu* l'Afrique, est une étrange créature pour elle et tous ceux qui la rencontrent. Je ne sais pas ce qui vient en premier ou ce qui est pire. Ils ne savent pas qui ils rencontrent. Tu ne le sais pas toi-même pas plus que tu ne sais qui ils sont, eux. Tu peux avoir cru le savoir mais ce n'est pas le cas ! Tu ne sais rien d'aucune des minutes qu'ils ont passées sur terre. Tu traverses le village, ou les villages, mais tu ne les vois pas vraiment — Hollywood t'a vitriolé les yeux avant que tu aies sept ans. Tu es aveugle, c'est la première chose dont tu te rends compte. Plus tard tu commences à voir un peu. Et puis tu commences à voir pourquoi tu ne pouvais pas voir. Mais, au début — bon Dieu, tu en sais plus sur le cinglé du Mississippi, bien que tu le haïsses et que tu saches qu'il te hait. Et puis » — levant ses yeux vers moi — « tu vois comment les gens essaient de s'accrocher à ce qu'ils savent, si laid cela soit-il. C'est mieux » — et elle rit — « que rien ! »

Elle termina son Strogonoff, s'essuya les lèvres avec soin et prit son verre de vin.

« Mais peut-être ce qui t'est arrivé toute ta vie continuera-t-il à t'arriver en Afrique aussi — pourquoi pas ? Tout est arrivé là-bas déjà, simplement tu n'étais pas là. Ainsi, tu ne sais pas quelle tribu t'a produit, et tu ne sais même pas ce que cela veut dire, mais les gens qui te regardent, en Afrique, ils le savent, eux. Ils n'ont même pas besoin d'y réfléchir — ils *savent*. Et se rappellent-ils ce qu'ils t'ont fait en dernier lieu ou bien ce que tu leur as fait en dernier lieu ?

« Le vieil homme, mon ami, ne pensait pas que tout cela importerait beaucoup en Afrique, dans ce qu'il appelait le futur "à long terme". Mais il s'attend à ce que je vive cent ans et cela dans ce qu'il appellerait, je pense, le futur à court terme. Ainsi — j'ai commencé à voir que je ne serais pas capable de rien comprendre à moins de me mettre à écouter — à croire — un autre langage. » Elle fronça les sourcils et sourit. « Mais tu ne peux pas comprendre un autre langage, à moins de l'avoir déjà entendu. »

La clientèle nocturne commençait à arriver. Les gens s'étaient habillés pour être vus, ils s'étaient habillés pour « sortir ». Je ne sais pas pourquoi mais, pour la première fois ou presque, ou en tout cas de manière si vive, je trouvais leur défilé émouvant. Ils avaient vaguement l'air de réfugiés. Beaucoup d'entre eux *étaient* des réfugiés, ou avaient ainsi entamé leur vie en Amérique. Dans un sens, ils étaient plus chez eux ici que Julia ou moi ne pouvions le prétendre ; et pourtant, dans un autre sens, ils étaient des apatrides. Je me demandais dans quelle mesure cela dépendait de ce qu'on se rappelait de son pays, de ce qu'on pouvait emporter de son pays avec soi, ou de ce qu'on était contraint de laisser derrière. Si elle n'avait pas été frappée de mutisme et de paralysie à la vue de la cité en flammes, peut-être la femme de Loth aurait-elle pu nous le dire. Mais la mémoire ne saurait être une statue de sel veillant sur une mer morte : nous avons besoin d'un nouveau vocabulaire.

Julia aussi examinait les gens, les couples et les familles que l'on conduisait à leurs tables. C'était dimanche et les familles semblaient donc plus en évidence qu'à l'ordinaire. Des grand-mères, dodues, avec des broches ornant leurs vastes poitrines, cheveux rincés bleu ou argent, maquillées avec une discrétion qui, pourtant, devait quelque chose à la télévision, et leurs filles ou belles-filles, lisses, soignées jusqu'aux bouts des ongles, les cheveux savamment libérés en cascade. Le vent de l'hiver avait vivifié les teints et les yeux brillaient des plaisirs de la sécurité. Les hommes arboraient des airs de propriétaires, et un enjouement mesuré, mais paraissaient fiers de leurs familles et pleins de sollicitude à l'égard de leurs enfants. J'avais autrefois envié ces gens — ou du moins l'avais-je cru. Je ne les enviais plus mais je trouvais agréable de les voir dans un décor où nous ne paraissions pas nous menacer les uns les autres. Eux aussi nous regardaient à l'occasion, Julia et moi, avec, semblait-il, la même aisance et le même soulagement.

Voilà pourquoi, peut-être, je pensais si souvent à la sécurité en regardant ces Américains récents et pourquoi je songeais à eux comme à des apatrides. Il leur fallait croire en la sécurité, qui, diable, aurait pu les en blâmer ? Mais je savais qu'ils n'étaient pas en sécurité ; si, moi, je n'étais pas en sécurité dans mon pays, si aucun contrat social viable n'avait pu être conclu ou honoré avec *moi*, alors personne n'était en sécurité.

Je regardai Julia.

« Quel effet ça te fait d'être de retour ? »

Elle fit la moue, l'air sombre. « Je suis contente d'être revenue. Mais — c'est la même question qu'ils m'ont posée à mon arrivée là-bas. Ils n'avaient pas tort. »

Elle parut de nouveau regarder dans le fond d'un puits.

« Je veux dire, ce n'était pas un truc à la noix du genre ma-chère-sœur-africaine. Les gens qui te servaient ça te méprisaient et ne cherchaient qu'un moyen de t'utiliser. Non. La question était sérieuse. Elle portait quelque chose de vrai, bien que je ne sache pas encore comment l'exprimer en mots. Cela venait d'un endroit sans mots, d'un endroit où la question *est* la réponse. »

Elle leva les yeux vers moi, comme si elle se demandait si ses propos avaient un sens. Oui et non. Oui dans la mesure où elle-même avait un sens : j'étais tout à fait sur sa longueur d'ondes.

Quelque chose dans l'expression de mon visage la fit

sourire. « J'essaie de mettre tout cela en ordre, mon frère. La diaspora ne s'est pas faite en un an. » Nous rîmes tous deux. « Mais, je m'explique — on nous a appris qu'une question est une chose et que la réponse en est une autre — et nous disons toujours *la* réponse. Mais peut-être n'en va-t-il pas ainsi. » Elle sourit : « Pense à tous les gens que tu vois passer leur vie entière à la recherche de la réponse, à attendre la réponse — sans s'attaquer à la question. Ainsi — j'ai dû simplement accepter la question comme exprimant quelque chose de fantastique sur *moi.* »

Elle se tut, souriante, et tripota les cigarettes. Notre serveuse s'approcha et nous commandâmes un dessert. Il était quatre heures passées. J'avais rendez-vous avec Ruth à sept heures et demie.

Et je me demandai brusquement ce que je dirais à Ruth de cet après-midi, ce que je lui dirais de Julia. Pour la première fois, Julia serait quelqu'un que j'aurais à expliquer à quelqu'un d'autre.

Et je la regardai comme si j'essayais de former les mots dans ma tête, ou comme si j'étais sur le point de lui dire adieu. Mais j'avais déjà dit adieu à Julia. Nous l'avions déjà fait, ça n'avait pas été drôle et nous n'aurions plus jamais, Dieu merci, à repasser par là. Nous avions accepté nos termes ou peut-être les avions-nous dictés : cela ne faisait plus aucune différence. Trop de choses nous liaient pour que nous soyons désormais séparés : « Notre amour ne s'en irait plus », comme disait la chanson. Dont je fredonnai une mesure ou deux tandis que Julia, le menton appuyé sur son poing, me contemplait d'un air ironique.

Puis, les yeux baissés, elle reprit : « Il m'a dit que je n'étais pas stérile, que l'enfantement prend beaucoup de formes, que le regret est une sorte d'avortement, que le chagrin est la seule clef de la joie. » Elle releva la tête. « Je ne sais pas. Mais il m'a donné de quoi réfléchir — peut-être m'a-t-il donné une *manière* d'y réfléchir. Il m'a fait commencer à regarder en avant au lieu de regarder en arrière. »

Elle baissa de nouveau les yeux. « Et... je voulais te revoir, parce que, dans un sens, je me sens différente. Je ne suis pas *heureuse*, mais... je ne suis pas tourmentée comme je l'étais. Je voulais que tu le saches. Tu mérites de le savoir. Et il n'y a personne d'autre à qui je puisse le dire. Ah ! » — et elle me regarda de nouveau — « un jour, je te raconterai d'autres choses. Ce fut un cauchemar pour moi, je ne savais pas *qui* j'étais. J'ai trouvé étrange d'être considérée non pas seulement comme moi-même mais comme faisant partie de quelque chose d'autre, plus vieux, plus grand. J'ai détesté cela. Mais maintenant que je suis de retour ici, parmi tous ces gens qui pensent que tout commence et finit avec eux, ces choses se mettent à prendre un sens. » Elle secoua la tête, rit, leva les yeux. « Je ne sais plus ce que ce mot "sens" veut dire mais je suis en train d'apprendre à faire confiance à ce que je ne sais pas. » Elle se pencha et prit ma main. « Peut-être est-ce tout ce que je voulais te dire. Pour te rassurer à mon sujet et te libérer. »

Je saisis sa main entre les deux miennes. Nous ressemblions à des amants et il était merveilleux de s'apercevoir qu'enfin nous en étions.

« Merci pour cela, dis-je. Mais ma liberté va me servir surtout à veiller sur ceux que j'aime.

— C'est une rue à deux sens », dit-elle. Elle me contempla pendant un moment. « Toi aussi, tu as voyagé. »

Nous partîmes aux environs de six heures. Je réussis à trouver un taxi dans lequel je mis Julia, et je rentrai à pied, n'arrivant pas à croire que je puisse être aussi heureux, aussi libre. Rien n'avait été perdu. Nous allions vivre.

C'est largement grâce à Jimmy qu'Arthur devint une star.

Ceci est une affirmation un peu curieuse liée à ce qui devait devenir part du supplice de Jimmy.

Je ne suis pas d'accord avec l'estimation de Jimmy quant

à sa responsabilité et, lorsque sa souffrance se sera apaisée, Jimmy sera obligé de se rendre à mon opinion. Après tout, je le vis arriver et une chose fut claire pour moi : Jimmy rendait Arthur heureux. Pour la première fois de nos vies, je vis mon frère heureux.

Être témoin du bonheur de quelqu'un que vous aimez c'est recevoir un grand cadeau : vous devenez l'invité privilégié d'une rare cérémonie. C'est la vérité : mon âme en est témoin. Après des jours ou des semaines, de désespoir et d'inertie, vous retrouvez la force de sortir vous battre pour gagner l'argent du loyer ou pour aller rechercher votre montre au mont-de-piété. Le bonheur de quelqu'un que vous aimez prouve que la vie est possible. Vos propres horreurs, quelles qu'elles soient, devront attendre votre retour de la fête — il n'est pas question de les emmener avec vous. Et, en effet, à votre retour, en les voyant plantées là dans votre chambre, l'air sinistre et abandonné, vous comprenez que certaines horreurs ont bien plus besoin de vous que vous d'elles et, impitoyablement, vous procédez au nettoyage.

Moi aussi, j'étais très heureux, non seulement parce que j'avais trouvé Ruth, mais parce que je n'avais pas perdu Julia. Ces deux choses étaient liées : je n'aurais peut-être pas été libre, pour Ruth ou quiconque, si Julia avait été perdue. Et je n'aurais peut-être jamais su pourquoi je n'étais pas libre, je n'aurais peut-être jamais consciemment établi le rapport : ce n'est que lorsque je revis Julia et que la brume se déchira que je me rendis compte à quel point le brouillard avait été dense, et combien j'avais longtemps erré sans but. Oh ! J'avais eu des responsabilités, des obligations, un orgueil fait de réserve (ou une réserve faite d'orgueil), une volonté relativement forte. Ce ne sont pas là des atouts négligeables mais je connais leurs limites. Ils peuvent vous aider à revêtir votre armure et vous apprendre à la porter mais ils ne peuvent pas vous aider à l'ôter. Il est vrai que j'avais Arthur mais Arthur était un homme fait — mon frère, pas mon pupille — et si je n'avais pas pu me payer mon billet pour le concert, il n'aurait pas eu d'autre choix que de m'empêcher d'entrer dans la salle : je n'étais pas *son* pupille non plus.

Mon appartement de la West End Avenue fut donc un joyeux tabernacle cet hiver-là, tandis que ma trente-deuxième année s'achevait et que la trente-troisième s'annonçait en fanfare à l'horizon.

Julia travaillait tout le temps. Son absence, à sa surprise, avait eu pour effet d'augmenter sa valeur ; elle tombait au tout début d'une sorte d'engouement pour la mode africaine. Son voyage lui avait aussi donné une qualité autre, plus troublante, et, selon Jimmy, Broadway, Hollywood et les producteurs de télévision étaient pendus au bout du fil. Julia avait lu quelques scénarios : après quoi, toujours selon Jimmy, « Julia pense qu'elle est déjà tombée assez bas à faire le mannequin ». Dans une certaine mesure — en vérité dans une très importante mesure — je pouvais deviner l'état de Julia par Jimmy car son œil ne la quittait pas et, plus encore, Jimmy me faisait confiance. Exactement comme il savait que je savais qu'il aimait mon frère, il savait que j'aimais sa sœur.

Et je pouvais encore plus précisément mesurer l'état d'esprit d'Arthur à travers Jimmy. Au moment de mes trente-deux ans, Arthur en avait vingt-cinq et Jimmy vingt et un. Vingt et un ans est un âge malin et carnivore mais pas sournois. Ni Arthur ni Jimmy ne purent jamais cacher quoi que ce soit, pas plus qu'ils n'essayèrent de le faire dans les moments cruciaux : mais Arthur était plus réservé en ma présence surtout, cela va de soi, dans ses rapports avec Jimmy. Je trouvais à ce propos Arthur très drôle — tout à fait « mignon » comme diraient les vieux. Jimmy arrivait en bondissant dans les espadrilles de toile qui avaient remplacé les baskets, portant le duffle-coat d'Arthur, un blue-jean, un chandail. Brillant comme une planète, il embrassait Ruth qu'il appelait « Mère Mattie », jettait ses bras autour de moi et filait, bien entendu, dans la cuisine, en se frottant les mains, tout en se plaignant du froid et en hurlant par-dessus son épaule : « Hé, vieux soldat de l'Évangile, t'as rien mangé de la journée ! Qu'est-ce que tu veux que je te prépare ? »

Cela à l'adresse d'Arthur qui l'a suivi cahin-caha, en faisant de son mieux pour prendre l'air exaspéré et dissimuler le plaisir qu'il ne peut cacher en expédiant son sourire à Ruth, ou à moi — nous en accusions toujours réception — et puis, fronçant le sourcil, dans l'obligation de répondre au hurlement de Jimmy, et, dans l'espoir voué à l'échec de lui fermer le bec avant qu'il ne révèle *tous* les secrets de la forteresse, « Je ne t'ai pas entendu demander à Hall la permission de faire une razzia dans son frigo, coco ! »

Jimmy (à la porte de la cuisine, bouteille de scotch dans une main, miche de pain dans l'autre) : « Tu veux un sandwich au jambon, au poulet ou au rosbif ? Faut que tu manges quelque chose, mec. Ton frère veut pas que tu meures de faim. »

Ruth va dans la cuisine et Arthur me regarde — un regard très émouvant, une mine renfrognée, une question, une joie irrépressible. Et je ris.

Après un instant, Arthur rit aussi. « Ah ! Que faire ?

— Manger. Boire. Et être heureux, mon vieux. »

Il me regarde de nouveau, plus que jamais mon petit frère, et j'ose dire : « Je t'aime. Ne l'oublie pas. Et, quoi que soit ce qui te rend heureux, c'est cela que tu dois faire quel que soit celui qui te rend heureux, c'est à ses côtés que tu dois être. »

Un fardeau semble lui glisser des épaules.

En fait, Jimmy et Arthur passaient tout leur temps ensemble, soit à la 18ᵉ Rue — « Mon vieux, on est tout de même venus à bout de ces escaliers ! » proclama un jour, à Ruth et moi, l'irrépressible Jimmy tandis qu'Arthur, rougissant, lui jetait un regard furibard — ou bien dans le loft de Dey Street où ils travaillaient, pratiquaient, répétaient vingt-quatre heures sur vingt-quatre. Ils étaient superbes à voir ; la liberté est un fabuleux spectacle. Ce fut un extraordinaire moment dans nos vies à tous, je m'en souviens, jusqu'à aujourd'hui, comme d'un moment décisif : et c'est alors que Tony fut conçu. Et quand je dis que c'est surtout grâce à

Jimmy qu'Arthur devint une star, je n'entends pas par là que cette possibilité était venue à l'esprit de l'un ou de l'autre. Chacun apprenait en travaillant énormément de choses de l'autre mais ils étaient loin d'envisager une conquête populaire : à cette époque, ce n'était pas seulement l'idée la plus éloignée de leurs esprits mais y eussent-ils songé qu'elle leur aurait paru un piège à éviter. Les gens qui pensent vouloir devenir célèbres n'ont aucune idée de la manière dont fonctionne le processus : la célébrité ne se commande pas ; elle frappe comme une matraque et l'astuce, par la suite, consiste à rester debout après ce qui a semblé être un coup mortel. Si je dis que ce fut largement dû à Jimmy qu'Arthur devint *l'Empereur du Soul!, Mr. Arthur Montana!*, c'est que la présence de Jimmy dans la vie d'Arthur, l'amour de Jimmy, modifièrent l'opinion qu'Arthur avait de lui-même, lui donnèrent une joie et une liberté qu'il n'avait jamais connues, l'imprégnèrent d'une sorte d'émerveillement incandescent, une luminosité qu'il transportait sur la scène.

Le premier disque à succès d'Arthur, par exemple, ne devait paraître que plus d'un an après, mais voici, en partie, comment il se fit :

Dans l'église de Floride, au cours de ce lointain après-midi, quand Jimmy avait accompagné Arthur pour la première fois, Arthur après deux ou trois improvisations avait pensé qu'ils s'arrêteraient et que nous retournerions dans le sous-sol de l'église pour nous laver la figure et changer de chemise dans la mesure où nous avions des chemises de rechange.

Il s'interrompit donc et se tourna vers Jimmy pour indiquer une pause ; mais Jimmy, avec beaucoup d'impertinence et en regardant Arthur droit dans les yeux, entama bruyamment le prélude de « Marcher plus près de toi, mon Dieu ».

Arthur faillit éclater de rire mais il n'eut pas d'autre choix que de suivre Jimmy :

Accorde-moi, Jésus,
S'il Te plaît.

Chaque jour, de marcher près de Toi,
Permets-le,
Seigneur aimé,
Oui, permets.

Je n'avais aucune idée alors, bien entendu, à quel point Jimmy se montrait direct et, pour ainsi dire, sacrilège — étant donné les usages auxquels nous soumettions le temple du Saint-Esprit, sacrilège est un mot très étrange — mais, quoi qu'il en soit, son appel suscita en Arthur une réponse qui parut résonner par-dessus ces rues apocalyptiques et nous fit, moi et les deux hommes avec qui je veillais devant la porte de l'église, nous retourner pour voir d'où provenaient ces sons.

Ce cantique devint pour eux, dès lors, leur cantique, un sacrement, une borne sur le chemin de leur vie : le point de non-retour, le moment où stupéfaits, terrifiés, mais sans avoir d'autre choix, ils se confessèrent l'un à l'autre, en présence des hommes et sous le regard de Dieu.

Arthur ne devait jamais avoir un pianiste comme Jimmy et Jimmy ne devait jamais avoir un chanteur comme Arthur. C'est un mystère auquel il faut simplement dire amen : il ne sera jamais déchiffré.

J'ai rarement entendu ou vu une telle liberté, quand ils jouaient et chantaient ensemble. Cela avait un rapport avec leur jeunesse et avec leur apparence, cela avait un rapport avec leurs vœux, avec leur relation l'un à l'égard de l'autre : mais c'était plus, beaucoup plus que cela. C'était une merveille, un prodige — un mystère : je le proclame sacré. Il me fit comprendre, en tout cas, que nous sommes tous des instruments limités et surtout déformés, et que pourtant, si nous pouvions, tout à la fois défier et nous soumettre, des doigts extraordinaires peuvent tirer de nous la réponse à notre mortalité.

Ils se crevèrent à travailler, par exemple, sur ce vieux

morceau mais, au moment où ils en lançaient la dernière note, il devenait la vérité pour tous ceux qui pouvaient entendre et même, je le jure, pour ceux qui ne pouvaient n'en percevoir les vibrations :

Je peux raconter
cette histoire au monde !
Je peux raconter aux nations
Je suis béni !
Dites-leur ce que Jésus
A fait, Lui !
Dites-leur
Le Sauveur est venu,
Et Il a apporté
de la joie, de la joie, de la joie
dans mon âme !

Ainsi donc nous fûmes tous enfin réunis, Julia, Jimmy, Arthur et moi, liés comme cela s'avérait, pour la vie, avec l'addition de Ruth qui arriva, simplement, et transforma l'espace qui l'avait attendue.

Dans le loft de Dey Street, Arthur et Jimmy travaillent à « Lift him up », l'un des airs qu'ils chanteront à Noël, dans un des temples de Harlem.

J'allais rarement dans l'appart' d'Arthur, à Dey Street, non parce que je ne l'aimais pas ou ne m'y sentît pas le bienvenu, mais parce que c'était plus son lieu de travail que son chez-lui. Voilà, soudain, une manière glaciale de le décrire : je ne crois pas l'avoir vu ainsi à l'époque. Si je dis que je ne me rappelle guère à quoi ça ressemblait, c'est à cause de tout le temps que j'ai dû y passer à emballer des choses dans des caisses et des cartons, à fermer les yeux d'Arthur.

Il se trouvait au dernier étage d'un immeuble de trois ou quatre étages. Les étages inférieurs étaient occupés par diverses petites entreprises qui, à en juger par les visages que l'on entrevoyait parfois, couraient manifestement à la banqueroute. Toute la journée, à travers la maison, des moteurs gémissaient et grondaient, et l'immeuble semblait ronronner comme un gros chat. Après cinq ou six heures, le ronronnement cessait et, désertés, l'immeuble et tout le voisinage redevenaient silencieux. Personne ne vivait là. Ce qui était parfait pour Arthur qui pouvait expérimenter aussi bruyamment qu'il le souhaitait toute la nuit et, en fait, toute la journée. Sa musique ne troublait guère le grondement des machines.

Le samedi après-midi, c'était un refuge merveilleusement paisible ; et nous sommes un samedi.

Oh!
Le monde a faim
du pain vivant.

Debout à la fenêtre, Arthur chante à voix basse, en contemplant les volets fermés de la « dînette » de l'autre côté de la rue. Deux clochards, des Blancs, appuyés à la devanture, partagent une bouteille, sans paraître se soucier du froid, bien que la veste élimée de l'un et l'imperméable noir déchiré de l'autre ne leur offrent aucune protection. La misère, remarque Arthur, ne semble pas avoir le pouvoir de transcender la race ou, plus exactement, l'habitude : les clochards blancs se déplacent, dans l'ensemble, avec les Blancs, et les noirs avec les Noirs. Ils paraissent indifférents à tout ce qui n'est pas leur univers, ne prennent conscience des autres que comme des accès possibles à une autre bouteille. Ils représentent un grand mystère pour Arthur, il se demande ce qui les a frappés si durement, si tôt — car beaucoup d'entre eux sont jeunes et, sous la saleté et la sueur, leur jeunesse hésite et se glace.

Le loft qui s'étend sur la longueur du dernier étage, est divisé sans conviction par un drap posé sur une corde à linge. Derrière le drap, le lit : un matelas immense sur un cadre de bois à même le sol, recouvert, dans la journée, d'une épaisse couverture bleu nuit et d'une masse de coussins de couleurs vives. Il y a une salle de bain, et les rudiments d'une cuisine s'appuient contre le mur du fond.

Soulevez le Seigneur,
pour que les hommes le voient.

Dans la partie avant du loft, avec le piano d'Arthur, sont rassemblés les disques, l'appareil d'enregistrement, les partitions, les livres, objets plus ou moins contenus ou contrôlés par un système de modules en bois. On y trouve aussi un divan, des chaises, une grande table. Au mur, des photographies : Paul, Florence, Arthur, moi ; Arthur avec des amis ou des collaborateurs ; Julia ; et, maintenant, Jimmy. Un ou deux tableaux sans intérêt ; et des affiches annonçant Arthur ou d'autres.

Au piano, Jimmy, vêtu d'une vieille salopette verte, est en train de faire le pitre sans cesser d'écouter Arthur. Arthur — jean, chandail et sandales — marche de long en large en se coiffant.

Crois en Lui,
Et ne doute pas
de ce qu'Il a dit :
J'attirerai tous les hommes
à Moi !

Arthur disparaît derrière le drap pour aller dans la salle de bain vérifier sa coiffure.

Jimmy poursuit ses recherches avec le tempo d'Arthur dans la tête. Le tempo d'Arthur donne sa signification au cantique, le tempo d'Arthur et la note qu'ils attaqueront ensemble. Parfois, Jimmy répond à la phrase — son appel — en le répétant exactement, parfois il questionne ou se lamente, parfois il répond de très près et parfois de très loin. Parfois, ils se sentent tous deux prisonniers du cantique, lorsqu'ils veulent bondir plus loin que la musique ou le tempo d'Arthur ne le leur permet : c'est alors qu'ils transpirent le plus, qu'ils s'instruisent le plus. Il existe toujours une mesure sous la mesure, une autre musique sous la musique et au-delà.

Arthur revient, ses cheveux parfaitement coiffés comme il se doit, et ils se mettent au travail : non seulement sur « Lift him up » mais sur les deux autres morceaux programmés pour Noël qui sera là dans un peu plus d'une semaine. Surprise : le téléphone ne sonne pas de l'après-midi, tandis qu'ils répètent, s'appellent et se répondent, s'appellent et se répondent. La musique résonne dans les profondeurs de la rue déserte sur laquelle s'affaisse la nuit.

Et, si j'étais
soulevé
de terre,
J'attirerais tous les hommes
à Moi !

Vers sept heures et demie, huit heures, Jimmy lève les bras en l'air, bâille et disparaît derrière le drap. Un peu étonné par l'heure — il est resté debout tout l'après-midi — Arthur bâille aussi, va à la fenêtre, jette un coup d'œil sur la rue déserte, puis allume une cigarette et s'affale sur le divan.

Jimmy revient avec un scotch et une bière. Il tend le whisky à Arthur, puis s'assied par terre, sa nuque contre le genou d'Arthur.

« Alors, vieux comment tu te sens ?

— J'ai l'impression qu'on progresse. Mais quelquefois, je ne sais pas — je ne suis pas certain — de savoir vers quoi. »

Arthur se redresse, pose ses pieds sur le plancher et se penche, son verre entre les mains.

« Mais ça m'est égal de sentir ça, dit Arthur. En fait, ça me branche. C'est un peu effrayant. Mais peut-être est-ce ce que je recherchais.

— As-tu jamais songé, demande Jimmy, à faire autre

chose que du gospel ? Enfin, tu vois, du blues, des ballades, toutes les autres musiques que tu as en toi.

— J'y ai pensé, répond Arthur un petit moment après. Les gens m'en parlent tout le temps.

— Sans blague... Je ne suis pas les gens.

— Touché. Mais... le gospel, c'est mon chez-moi. »

Arthur dit cela avec hésitation, étonnement, comme s'il traduisait les mots à mesure qu'il parle.

« Oh ! Allons donc, coco, tu es parti de chez toi il y a un bail, tu n'es qu'un bohémien — tu m'as fait quitter à moi mon heureux foyer. » Puis il tourne la tête en riant pour voir le visage d'Arthur — il s'est surpris lui-même : « Hé ! Vise-moi ça, par exemple. On pourrait faire quelque chose de super avec *ça.* »

Arthur regarde Jimmy avec hauteur.

« Tu. Es. Malade. Deux mecs, deux mecs *noirs*, et je serais censé jouer le noble connard macho de ce morceau ? »

Ils se marrent mais Jimmy est têtu.

« Coco, je ne suggère pas qu'on se transforme en un duo de tapettes pour essayer de conquérir le marché des pédés. Je suis passé par ce cirque-là, et tu es revenu à temps, je te le garantis. »

Il se frotte la joue contre le genou d'Arthur, une seconde, puis se redresse et boit sa bière.

« Mais on pourrait s'en sortir avec "Depuis que je vous aime". Tu ne me le chanterais pas à moi, mais à tout l'auditoire, et je ne serais qu'un témoin. »

Il se lève et va au piano. La touche qu'il frappe fait écho à son introduction de « Marcher plus près de Toi » : Arthur, assis immobile sur le divan, ne sait pas où Jimmy veut en venir. Puis la mélodie se forme et se porte au premier plan. Arthur la gémit. Il chante les derniers vers :

Je crois qu'il n'y a plus d'espoir
J'ai le cafard presque chaque soir
Depuis que je vous aime.

La dernière note d'Arthur est aussi celle de Jimmy, quelque chose comme la dernière note frappée sur un tambour : le piano ne fait aucun commentaire. Mais la dernière note continue à croître dans le silence étrangement rassemblé.

Jimmy vire sur son tabouret et sourit à Arthur.

« Ce n'était pas trop mal. On pourrait mettre ça au point.

— Seulement, dit Arthur, je n'ai plus le cafard — depuis que je t'aime.

— Ah ! Merde ! fait Jimmy. Je n'y avais pas pensé. » Et il revient vers le divan et prend Arthur dans ses bras.

Un moment après, Arthur pose ses mains sur les épaules de Jimmy, et l'écarte un peu pour le regarder dans les yeux.

« Quand tu parles de la chanson, vieux, ce que tu veux vraiment dire c'est que tu ne veux pas être consolé — tu ne veux » — il rit, mais d'un rire très caustique — « aucune consolation.

— Ça, ce n'est jamais vrai », rétorque Jimmy qui regarde Arthur et le reprend dans ses bras.

Et, cette fois, Arthur serre Jimmy comme si l'un d'entre eux était sur le point de mourir. Il le serre, le serre, il ne veut pas lui faire mal, il ne veut pas en réalité que Jimmy sente, supporte son poids, souffre ses odeurs, se noie dans ses pleurs. Pourtant, sans savoir pourquoi, il se met à pleurer de grosses larmes salées et brûlantes, des larmes produites par l'orgueil, l'humiliation, des larmes plus profondes que n'importe quel mot. Il est sidéré par la force de ses pleurs, stupéfait de ne pas pouvoir les faire cesser, étonné de pleurer, même, et dans les bras d'un jeune garçon : car Arthur, aussi, est le frère aîné.

Jimmy enroule son corps et sa salopette verte autour des bras et des jambes d'Arthur, colle son visage au visage d'Arthur, décoiffe de ses doigts les cheveux d'Arthur, il ne dit rien, il se contente de le serrer contre lui.

Peu à peu, le corps d'Arthur cesse de trembler mais Jimmy ne relâche pas son étreinte. Un long moment, ils ne bougent plus. Les profondeurs de la rue demeurent silencieuses : ce qui prouve que la paix peut régner dans la vallée.

Puis Arthur lève les yeux vers Jimmy.

« Salut !

— Comment va ?

— C'est rudement gentil à vous de m'avoir laissé entrer.

— C'était pas une nuit à laisser un homme ou une mule dehors.

— Qu'avez-vous fait de ma mule ?

— Elle est là-bas. Elle dort à poings fermés. »

Ils rient aussi fort qu'Arthur a pleuré, libres, dans le formidable luxe de leur territoire privé, de s'étirer l'un sur l'autre.

« Tu as faim ? »

Ils se remettent à rire.

Oui. Mais que fait Arthur, étendu sur le dos, par terre, dans le sous-sol de ce pub londonien ?

J'ai essayé, par tous les moyens de ne pas atterrir là-bas, et pourtant, je n'ai pas essayé aussi fort qu'Arthur, Arthur qui comprit qu'il ne pourrait pas l'éviter, qu'il courait à sa rencontre depuis trop longtemps, avait été seul trop longtemps, ne faisait confiance, en fait, qu'à la solitude. Jimmy vint trop tard.

Retournons au loft. Les voici, toujours sur le divan, ils ne rient plus. Ils sont calmes, dans les bras l'un de l'autre, et Dey Street est silencieuse. Arthur, ou Jimmy, a tiré les stores de jute noir. Le seul éclairage dans la pièce est celui du piano, auquel s'ajoute la lumière de la cuisine qui filtre à travers le drap.

« Tu as faim ? » demande Jimmy. Appuyé sur Arthur, il le dévisage, sans cesser de le décoiffer.

« Je meurs de faim, maintenant que j'y pense.

— Tu veux qu'on sorte ?

— Merde. Sommes-nous *obligés* de sortir ? »

Jimmy se marre, une main prisonnière des cheveux d'Arthur. « Non. Nous avons des œufs et des côtelettes de porc, un reste de riz et de haricots rouges, une aile de poulet. » Il se soulève. « Du pain, un rien rassis, mais que je peux réchauffer. De la bière, un peu de whisky. Je veux dire — nous n'avons pas besoin de sortir. » Il sourit : « Je peux accommoder les restes.

— Tu veux que je t'aide ?

— Je vais grignoter l'aile de poulet, c'est toute l'aide dont j'ai besoin. Je te laisse mettre le couvert. »

Jimmy embrasse légèrement Arthur, se relève et remonte sa salopette.

« Repose-toi jusqu'à ce que je t'appelle, coco. » Il ramasse le verre d'Arthur. « Je vais te rafraîchir ça. »

Et il disparaît derrière le drap de lit.

Arthur demeure allongé sur le divan, dans la pénombre de ce loft où il a toujours vécu seul. Longtemps, il avait espéré que Crunch viendrait l'y voir et, même, y habiterait. Puis il avait peu à peu compris que Crunch ne le ferait jamais, qu'il ne le pouvait pas : qu'il ne viendrait jamais. Non parce que Crunch ne l'aimait pas mais pour une raison bien plus terrible.

On ne peut pas dire qu'il écoute mais il *entend* Jimmy fredonner dans la cuisine : c'est-à-dire quelque part derrière la tentative de partition. La mélodie lui échappe, va et vient comme un mal de tête, mais il sait qu'il la connaît depuis toujours.

Jimmy revient avec un verre plein. Arthur se redresse, pose les pieds par terre et Jimmy lui met son verre entre les mains. Sans un mot, il redisparaît en fredonnant.

Arthur contemple les fenêtres aux stores de jute. Il y a du

bruit dans la rue, quelqu'un crie ou chante, au loin. Une porte de voiture claque, et l'écho se répercute le long de la rue.

Arthur se lève, va à la fenêtre et regarde à travers les stores. La rue est aussi déserte et silencieuse que d'habitude. Une silhouette solitaire s'éloigne à pas pesants avant de disparaître au tournant le plus proche. Pas très loin, des touristes commencent à vociférer au marché aux poissons de Fulton. Chinatown est à quelques minutes de marche.

Il se gratte la poitrine, sirote son whisky et se demande s'il sait suffisamment qu'il est heureux.

Car il *est* heureux, même s'il sent, obscurément, que le bonheur ne lui est pas dû, qu'il n'a aucun droit à être heureux. Il ne sait pas *pourquoi* il n'a aucunement le droit d'être heureux, et c'est pourquoi il pense à Crunch. Il a été heureux autrefois avec Crunch comme Jimmy est heureux aujourd'hui avec lui — l'air que fredonne Jimmy, à sa façon, c'est « N'a-t-il pas plu ? » et il a coupé quelques oignons pour faire frire avec les côtelettes.

Arthur sait, en outre, qu'il n'est pas Crunch pas plus qu'il n'est Jimmy ou que Jimmy n'est l'autre Arthur, le jeune, et il sait que Julia ne peut représenter une menace pour leur amour. Peut-être : l'amour prend bien des formes et des visages et Julia, autant qu'Arthur puisse en juger, aime Jimmy et personne d'autre.

Arthur est stupéfait par son bonheur. C'est comme si quelqu'un lui avait donné par erreur un portefeuille contenant une fortune, pensant lui rendre un service, persuadé le lui avoir vu perdre. Le portefeuille ne lui appartient pas : mais il est entre ses mains, à présent, et l'amical inconnu a disparu au coin de la rue glaciale. Il n'y a plus personne à qui il puisse exposer son dilemme, personne à qui il puisse donner ce portefeuille : en fait, il ne peut guère demeurer plus longtemps ici, comme un imbécile, le portefeuille à la main. Il risque de devenir une occasion de péché pour les autres. Qu'il le mérite ou non, il est heureux et que faire de l'argent sinon le dépenser?

Il songe à Crunch, peut-être parce que — ce n'est pas ainsi qu'il se le formule mais c'est une interrogation de ce genre qui le retient à la fenêtre —, parce qu'il n'a jamais pensé à la joie comme étant un potentiel de l'air qu'on respire ou au bonheur comme étant aussi simple que, par exemple, la lumière dans les yeux de Jimmy quand Jimmy le regarde, ou l'irremplaçable démarche de Jimmy, ou les deux fossettes juste au-dessus des fesses de Jimmy, placées là pour les pouces d'Arthur, et pour aucune autre raison — quelle autre raison pourrait-il y avoir? — les dents de Jimmy, et le sourire de Jimmy, ses multiples odeurs — qui sont autant de signaux — son caractère parfois orageux: nuages qui se lèvent, nuages qui s'amoncellent, étoiles, planètes, voies lactées, lunes comme des cratères, cratères comme des lunes, le soleil, l'aube, le crépuscule, la mer montante et descendante, le dialogue des planètes — tout cela dans le corps étroit d'un garçon de vingt et un ans qui, de surcroît, veut que le monde entier sache qu'il appartient à Arthur, comme en effet c'est le cas. Arthur a assez de bon sens pour comprendre qu'il ne peut pas jeter le portefeuille dans la gouttière, ne peut pas, comme d'autres diraient, laisser tomber et se tirer.

Et pourtant — le portefeuille, un jour, sera vide, l'argent dépensé, Dieu sait où. Le bonheur passe.

Ah! pense Arthur, debout à la fenêtre, écoutant les côtelettes, les oignons et Jimmy, mais le *posséder* — si ce n'est qu'une fois! Et il sourit — se gratte la poitrine, sirote son whisky. De toute manière, quelqu'un en lui sait que néanmoins quelque chose, si mal que se termine l'affaire, quelque chose, alors que le désastre de votre bonheur s'engouffre dans les égouts, quelque chose comme la dernière note d'une chanson, ou l'expression des yeux de votre mère ou de votre père, quelque chose demeure et transforme à jamais l'air que nous respirons.

Le bonheur est humiliant, terrifiant : que fera-t-on plus tard ? Il faut arriver à ce plus tard avant de s'apercevoir que la question est vaine, avant de cesser de se poser cette question, mais on a toujours peur que plus tard soit trop tard. Trop tard : ainsi Arthur, maintenant, est à la fenêtre, sachant bien que, dans un moment, il ira derrière la tentative de partition, saisir Jimmy par ces deux fossettes au-dessus de ses reins, grogner et mordre dans le creux de sa nuque, renifler les cheveux comme un chat, entourer de ses mains la queue de Jimmy, et écraser, en riant, les fesses de Jimmy contre sa queue à lui, tandis que Jimmy proteste — en riant — et laisse les oignons brûler pour se tourner et prendre Arthur dans ses bras : trop tard. Les côtelettes de porc, elles aussi, risquent de brûler, à moins que Jimmy, comme il le fait souvent, ne fasse preuve d'une grande présence d'esprit, et n'éteigne un des feux tout en calmant et en se soumettant à l'autre : *Enfoiré, t'as donc jamais entendu parler de nourriture ? T'es maigre comme un clou. Si ton frère te voyait, il m'arracherait la peau des fesses. Assieds-toi et bouffe. Je ne vais nulle part. Sans toi. Et tu peux être foutrement certain que tu n'iras nulle part sans moi, à moins que tu n'y ailles sur des moignons. Ou des béquilles. Et je t'achèterai pas de béquilles.*

Jimmy rit et Arthur rit : déconcerté par son bonheur et, tout en espérant le cacher, terrifié. Il ne peut pas croire que Jimmy l'aime, ne peut imaginer ce qu'on peut aimer en lui.

Peut-être dois-je maintenant faire ce que j'ai le plus redouté de faire : céder mon frère à Jimmy, donner au piano de Jimmy le solo ultime : qui doit aussi servir de passerelle.

Donc : Arthur traverse la tentative de partition, *et, mon*

vieux, il me mord le cou. Il commence à faire l'idiot avec moi. Ça ne me gêne pas, en fait ça me branche drôlement, mais j'ai les mains pleines de graisse et d'oignons et je ne peux pas bouger.

Il me fait pivoter et m'embrasse, suffisamment longtemps pour que les côtelettes se mettent à brûler. Alors je le repousse et j'essaie de rire et je retourne les côtelettes. Je le sens qui me regarde. Je suis heureux mais j'ai peur, aussi. Je ne sais pas pourquoi. Enfin, je le sais, dans un sens. Ces yeux, les yeux de ton frère, réclament de moi quelque chose que personne n'a jamais demandé, quelque chose que personne peut-être ne me redemandera jamais. Tu espères pouvoir répondre à la question que tu lis. Tu espères pouvoir donner ce qui t'est demandé. C'est la chose la plus importante, la *seule* chose au monde, que d'être capable de faire ça.

Or, parfois, quand j'essaie de parler d'Arthur, j'ai l'impression d'être une pédale. Et je suppose que, à tout prendre, je *suis* une pédale. Mais, comprends-moi, coco, quand je tenais ton frère dans mes bras, quand j'avais les siens autour de moi, je ne me sentais pas une pédale. Même quand les gens ont commencé à parler de nous, je m'en suis foutu. Je n'ai été blessé que parce que ça blessait Arthur. Mais je le crierai au Grand Dieu Tout-Puissant, mon vieux : j'étais amoureux de *ton* frère.

Ce n'est que depuis qu'il nous a quittés et que j'ai été si seul et si malheureux que tout cette histoire de moralité, ce que le monde appelle la moralité, a commencé à me tournebouler la tête. Par exemple, pourquoi es-tu comme ceci au lieu d'être comme cela ? Comment foutre serais-je censé le savoir ? Je sais ceci : la question ne se poserait même pas si je n'étais pas si seul et si effrayé, elle ne me viendrait pas à l'esprit, je veux dire. J'ai peur et j'aimerais me sentir à l'abri, et personne n'aime être méprisé. Et si discret cela soit-il, tu ne peux pas supporter que quiconque tu aimes soit méprisé. Je ne peux pas faillir à Arthur, je ne peux pas me tirer pour aller me cacher quelque part et traiter mon amour, et laisser le monde traiter mon amour, comme de la merde. Je ne peux vraiment pas faire ça. Et le monde n'a aucune moralité. Regarde le monde. Ce que le monde appelle moralité n'est rien d'autre que le rêve de sécurité. C'est comme ça que le monde arrive à être si foutrement moral. Le seul moyen de savoir que tu es en sécurité c'est de voir quelqu'un d'autre en danger.

Écoute. J'ai arpenté ma chambre de long en large, j'ai marché à l'infini dans les rues, j'ai conduit sur des tas de routes. Et il me manque mon copain, mon amant, ton frère, comme il est impossible de le dire. Alors tu entends les gens et leurs consolations — ah ! chacun sait que je suis Jimmy Miller et chacun sait que j'étais intime avec le grand feu Arthur Montana. Ces connards ne savent rien du tout, coco. Ils ne peuvent pas se *permettre* de savoir. Dans le livre de Job, Job appelle ces mecs des « misérables consolateurs » et Job avait raison. Ils veulent te faire croire que c'est « psychique » — que *nous* sommes, nous, *psychiques*. Quels foutus boniments ! Si c'était vrai, comment pourrions-nous chanter, comment pourrions-nous savoir que la musique vient de nous, que *nous* construisons notre passerelle vers l'éternité, que *nous* sommes la chanson que nous chantons ?

La voix de Jimmy se tait puis reprend :

La chanson n'appartient pas au chanteur. C'est elle qui le découvre. Il n'y a aucun chanteur nulle part qui ait jamais *inventé* une chanson — ce n'est pas possible. Il *entend* quelque chose. Je crois vraiment, du fin fond de mes tripes, mon vieux, que quelque chose l'entend *lui,* quelque chose dit : viens ici ! et saute sur lui exactement comme tu sautes sur un piano, un saxo, un violon ou un tambour et tu lui fais chanter l'air que tu entends : et tu l'aimes, cette chanson, et tu en prends soin, plus que de toi-même, tu saisis ? mais tu ne lui montres aucune pitié. Tu ne peux pas avoir pitié ! Cet air que tu entends, cet air que tu essaies de jouer avec la plus grande précision — et tu m'as entendu ? ouahou ! — est l'air de millions et de millions et, qui sait, maintenant, en écoutant, où est la vie, où est la mort ?

Je sais. Je parle peut-être ainsi parce que je ne peux plus taquiner ton frère, ni le regarder en face, ni le regarder marcher sur la scène ou dans une pièce, et que jamais, jamais, jamais plus je ne graisserai ses coudes et ses genoux rugueux, que jamais plus je n'aurai à trouver un moyen de lui dire tu n'as pratiquement pas de fesses, coco, et tu ne peux donc pas acheter ce pantalon parce qu'il te donne l'air de ne plus avoir de cul du tout. C'était un tel vieux puritain noir, ton frère. Il se tournait vers moi, comme s'il avait été Ézéchiel ou saint Paul ou Ésaïe — ces mecs du désert y z-avaient pas de fesses non plus et y z-avaient pas de Jimmy pour les engueuler.

Parfois, je pensais qu'il me haïssait pour la manière — les manières — dont je l'aimais. Je ne pouvais pas le cacher, où l'aurais-je caché ? Chaque centimètre d'Arthur était sacré pour moi.

Et je le répète : sacré.

J'en témoignerai devant tous les dieux du désert et, quand ils m'auront rempli la gorge de sable, la chanson que j'ai entendue et appris à croire, mon ami, auprès de ton frère, continuera à résonner.

Et rapportera l'eau dans le désert, c'est ce que la chanson est censée faire et c'est le sujet de *mon âme est un témoin.*

Arthur a été blessé, piégé, perdu quelque part dans les mensonges. J'ai dû traiter avec certains de ses vieux amis, amants, sangsues, de Paris à Londres et de Copenhague à Amsterdam : tout ce qu'Arthur voulait, c'était que les gens qu'il respectait le respectent lui — les gens qui avaient *fait* la musique, depuis Dieu sait qui jusqu'à Satchmo, Mr. Jelly-Lord, Bessie, Mahalia, Miles, Ray, Trane, son *père*, et *toi* aussi, couillon, *toi* ! Ce n'est que lorsqu'il a eu peur de ce qu'*ils pouvaient penser de ce qu'il avait fait à leur chanson* —

notre chanson — qu'il a vraiment commencé à se complexer au sujet de notre amour.

Ça n'a pas été du gâteau, notre amour, mais nous avons tenu le coup, coco, pendant presque quatorze ans.

Arthur : il est penché seul, sur le bar du pub de Londres. Le pub est assez plein.

Il est le seul Noir présent mais émet un accent rassurant : et chacun se montre d'une politesse hautaine à l'égard de ce cousin déconcertant, inattendu mais indiscutablement américain.

En face de lui, dans le mur opposé, de l'autre côté du bar, s'ouvre une petite porte de service, en bois brun, une porte qui bat légèrement mais notablement chaque fois qu'un des garçons entre ou sort pour faire ceci ou cela. Il a été fasciné par la porte, a été mesmérisé par la porte depuis plus d'une heure et, durant ce temps — il ne s'en rend pas compte —, il n'a bougé que pour lever son verre ou pour commander un autre whisky, ou pour allumer sa cigarette. Il ne se rend pas compte non plus à quel point sa longue, noire et silencieuse immobilité immobilise les clients du pub londonien qui n'ont pas l'habitude qu'on fasse comme s'ils n'existaient pas. Ne pas être remarqués implique l'attente d'être reconnus, ou bien d'être découverts.

Jimmy a maintenant trente-cinq ans, Arthur trente-neuf : et Jimmy et Arthur ont, en effet, passé quatorze ans ensemble. Je conviens que cela ne paraît pas possible. Mais le temps passe ainsi.

Mon gaillard,
tu m'as
sûrement
bien fait
marcher.

Il avait chanté cela, en rappel, sur la scène du music-hall

parisien, pour Jimmy qui était absent. Il s'était accompagné lui-même au piano, il n'avait pas été mauvais, pas en tout cas dans ce que son auditoire avait pu entendre. Mais il avait été soûl, camé, dans un état de fureur, d'angoisse et de panique, et, dans la mesure où il s'était entendu, n'avait certes pas été bon.

Pourtant les gens — ce vide devant lui— avaient rugi. Il avait été emprisonné, aveuglé par la lumière, perdant totalement le sens de l'humour qui avait été sa clef pour sa chanson :

Mon garçon
ne t'occupe pas trop
de tout ce que je dis.

Il l'avait toujours traitée comme une ballade de blues, vive, légère, à présent — hier soir —, il n'avait pas pu la traiter du tout, il avait réussi à la terminer sans en perdre entièrement le rythme — c'est-à-dire la signification — s'était levé, avait salué et s'était tiré de cette scène, déversant de l'eau salée, des flots d'eau salée, par les yeux et par la queue, dans les toilettes.

Mais à ce moment-là
c'est vraiment
ce que j'ai senti.

Maintenant, il ne sait plus ce qu'il sent, et un terrible poids semble se rassembler dans sa poitrine et entre ses omoplates.

Il se demande ce que moi, Hall, son frère, je pense vraiment de lui. Il se demande si Paul, son père, est mort parce qu'il avait honte de son fils. Et, à l'instant même où il sait qu'il n'en est rien, il sait aussi qu'il ne sait pas, qu'il ne sera jamais libéré du jugement ou de la terreur de son propre regard. Car il sait que c'est lui, et lui seulement, qui réclame si impitoyablement le jugement, rassemble les instruments du Jugement dernier, choisit les juges, exige la sonnerie des trompettes. Il veut exposer son cas et être dispensé de la sentence : mais il ne peut être dispensé de la sentence qu'en abandonnant le procès.

Dieu sait
que je dois cesser
de croire
à tous tes mensonges.

À cet instant de la vie d'Arthur, Jimmy, dans l'hôtel parisien, a bouclé ses valises, a séché ses larmes avec lassitude et fermeté, a demandé au concierge de le réveiller tôt le lendemain matin et de lui commander un taxi pour le conduire à l'aéroport d'où il prendra l'avion pour Londres. Il regrette la querelle d'amoureux de la veille mais, maintenant, il a simplement l'intention de rejoindre son amant et de repartir avec lui à New York : et le livre qu'il ouvre, après s'être versé un verre et s'être étendu sur le lit, n'est pas celui des Lamentations. Il est un peu inquiet, vrai, mais l'on est toujours inquiet des mystères de l'espace à conquérir. Il n'a pas la moindre pensée d'un jugement, de juges ou de trompettes. Jimmy regrette l'absence d'Arthur qu'il aimerait avoir dans ses bras ; il bande un peu et change de place dans le lit, tout en lisant. Il lit, comme toujours dans ces moments-là, un bouquin d'Agatha Christie et devra l'achever avant de s'apercevoir qu'il l'a déjà lu : Jimmy affirme qu'il n'a lu dans sa vie qu'un seul roman d'Agatha Christie mais qu'il l'a lu environ quatre-vingt-sept fois.

Et Ruth et moi nous les attendons à New York, Ruth décidant de ce dont on les nourrira, Julia, qui va faire les courses, prenant note des décisions que Ruth lui dicte au téléphone.

Arthur s'appuie sur le bar. Il vient de remarquer que d'autres, dans le pub, l'ont remarqué. C'est-à-dire qu'il prend conscience soudain de sa notoriété, du fait que lui, un chanteur célèbre, est en train de boire seul dans un obscur bistrot londonien. Obscur ou peut-être pas, il ne sait pas. Il y est simplement entré par hasard.

Il est conscient de sa notoriété d'une autre manière : une paire d'yeux irlandais — il est sûr qu'ils sont irlandais — le regarde fixement d'une table dans le coin le plus reculé de la salle.

On ne peut pas dire que, ce soir, Arthur soit tenté ou capable de répondre à cet étonnamment direct aveu, ni à l'espoir ou à la prière contenu dans ces yeux. Un autre soir, oui, dans cette ville, ou dans d'autres villes, oui : mais des promesses peuvent être faites avec le corps qui sont aussi sacrées que celles faites en paroles, et Arthur a, selon Arthur, failli trop souvent à ces promesses.

Il se redresse et éprouve un moment de panique car il a une mauvaise habitude de star, qui est de se promener sans carte d'identité ni argent liquide.

Il plonge dans son caban, soulagé d'y découvrir son portefeuille, son passeport, des chèques de voyage et, Dieu seul sait comment, quelques livres sterling.

La présence de l'argent est due entièrement, il s'en rend compte, à Jimmy, et il sourit en tirant de son portefeuille un billet de cinq livres.

Il est toujours conscient du regard persistant des yeux irlandais à l'autre bout de la salle, est conscient des autres regards aussi et brusquement, il veut s'en aller d'ici, loin de ces gens, de ces yeux, de cette mort. Car c'est la mort, le besoin humain auquel on ne peut pas trouver le moyen de répondre, le besoin incapable de se reconnaître soi-même.

Et puis, de nouveau, quelque chose le frappe, légèrement, dans la poitrine et entre les omoplates. Il se penche un peu sur le bar, son billet de cinq livres à la main. Il doit s'agir d'un gaz, d'une indigestion, il ira aux toilettes dès qu'il aura payé son addition.

Il paie mais ses mains tremblent, il empoche sa monnaie n'importe comment, et traverse la salle. Les toilettes sont au bout de la pièce, au bas d'une volée de marches.

Le voyage à travers la salle est le plus long voyage qu'il se soit forcé à faire. Il commence à descendre l'escalier et les marches montent vers lui, pour venir le frapper en pleine poitrine, le labourer entre les omoplates, le renverser sur le dos et le regarder fixement du plafond, juste au-dessus de sa tête.

J'ai fait un rêve l'autre nuit. Jimmy, Julia et Arthur et moi étions sous le porche d'une maison, à la campagne. Il pleuvait mais nous étions à l'abri de la pluie qui tombait devant nous, comme un rideau. Nous pouvions voir à travers ce rideau mais personne ne pouvait nous voir.

C'était comme si nous avions été tous dans la maison assis à bavarder ou à jouer aux cartes ou à faire de la musique et que quelqu'un ait dit : « Oh ! les enfants ! Venez voir ! Regardez là-bas ! »

Et donc, dans mon rêve, Julia, qui était à l'intérieur, en train d'écrire un poème, glisse son poème dans sa ceinture — une ceinture lourde, je l'ai déjà vue quelque part mais je n'ai pas le temps de poser la question à Julia — et Jimmy qui coupait les cheveux d'Arthur avec une grande paire de ciseaux dorés, cruels, et Arthur qui tissait les cheveux à mesure qu'ils tombaient par terre en une sorte d'objet qu'il veut donner à Jimmy, et moi, Hall, qui semble avoir été occupé à couper du bois pour que nous puissions faire une grande flambée ce soir, nous courons tous vers la véranda. J'ai l'impression que c'était peut-être la voix de Paul, mais peut-être aussi celle de Ruth : elle est quelque part dans ce rêve, soit me tenant le coude, juste derrière moi, ou bien en train de parler à Florence.

Mais Florence est sous la pluie qui tombe sur la route, juste au-delà de la véranda. Je la vois à cause du peigne de nacre dans ses cheveux sur lequel étincelle la pluie. Amy l'aide à soutenir Martha et, juste derrière elle, Sidney et Joel tentent de s'encourager l'un l'autre sur ce chemin aveuglant.

Je porte Tony sur mes épaules ; ses mains s'accrochent à mes cheveux. Odessa s'accroche à mon genou.

Les doigts de Ruth caressent mon dos.

Arthur vient se mettre à côté de moi.

« Leur dirons-nous ? Ce qu'il y a au bout de la route ? »

Depuis le torrent de la route, Florence lance un regard d'avertissement exaspéré : « Oho-oho. »

Je me tourne vers Arthur.

Nous entendons la pluie, juste derrière nous : la pluie tombe à flots.

« Frère, je m'en vais te quitter.

— Oho-oho. »

Puis tout le monde est en train de rire. J'ai fait un feu. Les enfants ont dîné et se sont couchés. Nous sommes tous trempés par la pluie bien que je ne me rappelle pas que nous ayons jamais quitté la véranda. Le feu commence à nous sécher, tout en nous démontrant à quel point nous sommes mouillés. Et Arthur répète sa question.

« Leur dirons-nous ? Ce qu'il y a au bout de la route ? »

La question me tourmente, comme une chanson que j'ai entendu une fois Arthur chanter, et dont, la tête sur le billot, je ne pourrais asbolument plus me souvenir.

« J'aimerais », dit Jimmy, qui s'affaire avec ses étincelants ciseaux autour de la jungle sénégalaise des cheveux d'Arthur, tandis que les doigts d'Arthur s'activent sur cette sorte de vêtement qu'il tisse pour Jimmy, « que vous laissiez simplement la pluie faire ce qu'elle fait.

— Oho-oho », dit Julia.

Dépêche-toi de te coucher,
soleil,
pour voir ce que demain
apportera.

Je n'ai jamais entendu Arthur chanter cette chanson. Il tourne la tête et m'observe.

Le soleil s'est couché,
le lendemain nous a apporté
la pluie.

Puis je me rappelle, dans mon rêve, le commencement d'un cantique que j'adorais entendre Arthur chanter, *Oh! mon frère aimé, quand le monde est en feu, ne veux-tu pas du sein de Dieu pour oreiller?* et je lui dis, dans mon rêve : Non, ils découvriront ce qu'il y a au bout de la route, y a rien du tout au bout de la route, que nous, coco, et puis je me réveille, et mon oreiller est trempé de larmes.

IMPRIMÉ EN FRANCE PAR BRODARD ET TAUPIN
Usine de La Flèche (Sarthe).
LIBRAIRIE GÉNÉRALE FRANÇAISE - 6, rue Pierre-Sarrazin - 75006 Paris.

ISBN : 2 - 253 - 04848 - 8 42/3112/2